Chris Kraus

Die Sonne und die Mond

ROMAN

Diogenes

Das Motto stammt aus André Gorz,
›Über das Altern‹. Aus: ›Der Verräter‹

Aus dem Französischen von Eva Moldenhauer

Covermotiv: Collage von Joe Webb, ›Holiday II‹

Der Diogenes Verlag wird vom Bundesamt für Kultur
für die Jahre 2021–2025 unterstützt

info@diogenes.ch · www.diogenes.ch
In Fragen zur Produktsicherheit (GPSR):
truepages UG (haftungsbeschränkt)
Westermühlstraße 29, 80469 München
info@truepages.de
100/25/44/1
ISBN 978 3 257 07347 8

Für Uta Schmidt
31.10.1965 – 14.11.2023

Deiner

»Man muss akzeptieren, endlich zu sein:
hier und nirgendwo anders zu sein,
nur dieses Leben zu haben.

Die Unsterblichkeit gehört den Träumen,
die uns treiben,
den Mythen, die über uns hinaus existieren,
der unverletzbaren Fantasie,
die uns in den Stand setzt,
uns unser eigenes Ende überhaupt vorzustellen.

Dass dies uns ermöglicht,
nach der Schönheit des Lebens zu suchen,
die man doch nicht halten kann,
ist der Trost eines jeden Tages,
der uns widerfährt.«

André Gorz

DER ERSTE TAG

1

Es gibt Menschen, die sich wichtig nehmen. Und es gibt Menschen wie Sonne.

Vor einem Vierteljahrhundert, drei Tage nach ihrem siebzehnten Geburtstag, an einem überaus freundlichen Septembermorgen, hängte sich ihr Vater in seiner Garage auf.

Um ihn, den gewesenen Herrn Dipl.-Psych. Jonathan Meling, kümmerte sich umgehend das bewährte Beerdigungsinstitut *Leberschön,* beflissen und mit der zupackenden Reibungslosigkeit eines seit drei Generationen erfolgreichen Familienbetriebs. Der Chef persönlich, Herr Leberschön jun., repräsentierte die kollektive Erwartung an eine vernünftige Bestattung, indem er in allererster Linie einen sehr traurigen Gesichtsausdruck einbrachte.

Er hatte ihn von seinem Vater geerbt.

Und der wiederum hatte ihn von seinem Vater geerbt.

Ohne diese genetisch bedingte physiognomische Katalepsie auch nur ein einziges Mal zu lockern, abgesehen von dem irdischen Moment, als ihn eine altersschwache Schnake in den Hals stach, bettete Herr Leberschön jun. den tragisch Verstorbenen dezent unter die Erde, wie es sich für einen Selbstmörder gehört, sekundiert von einem übergewichtigen Pastor, der sich auf das Schnäpschen danach freute.

Sodann wurde ausgiebig das Diesseits gewürdigt.

Im Gasthof Ravenna servierten etwas zu heiter gestimmte Aushilfskräfte zum Leichenschmaus Pasta und Kalbsschnitzel, inklusive stärkender Getränke, wobei Herr Leberschön jun. nach dem vierten Weißbier zeigen konnte, über wie viele Gesichtsausdrücke er außerdem verfügt.

Sonne wollte ihren Vater noch einmal sehen – es war ihr ein großes Bedürfnis, da er Sonne einst »Sonja« getauft, sie dann aber Tag für Tag und Jahr für Jahr und sogar einen Abend vor seinem Tod noch mit diesem viel strahlenderen, goldgelben Namen gerufen hatte, den sie immer mit seiner weichen, sehnsüchtigen und auch etwas schwachen Stimme verbinden würde.

Um sie jedoch vor bleibendem Schrecken zu bewahren, wurde ihrem Wunsch nicht entsprochen.

Besser, du behältst ihn so in Erinnerung, wie er war, Kleines.

Diese Worte hat sie nie vergessen.

Blitz und Donner wären auch passende Namen für Sonne gewesen. Aber sie redete nicht über ihre Unwetter. Nicht über ihren Vater, ihre Kindheit, ihren Geburtsort. Höchstens über ihre Gegner.

Dazu brauchte sie nicht einmal viele Worte.

Sie konnte auch stumm die Lippen schürzen, die Schultern unwillkürlich nach vorne ziehen, wenn sie Gegnern begegnete. Gegnerschaft war das Persönlichste, was sie über sich preisgab. Darüber schärfte sie ihre Kontur.

Beerdigungsinstitute wie das von Herrn Leberschön jun.

empfand Sonne als Gegner, auch gewisse Friedhofsämter und überhaupt Vorschriften, die dem Sterben galten.

Oftmals wussten ihre Gegner gar nicht, dass sie welche waren, meistens waren das die, denen es eh egal gewesen wäre. Schwätzer, Angeber, unverbesserliche Rechthaber zum Beispiel. Oder Leute, die einen Jagdschein hatten und tatsächlich auf Ansitze stiegen, um aus zweihundert Metern Entfernung ein äsendes Reh zu schießen.

Sonne schlug keine Tiere tot. Sie aß auch keine Tiere.

Sie fand das logisch, denn sie aß ja auch keine Menschen.

Ihr größter Gegner, das war der Tod. Sie fand ihn grauenhaft, obwohl er gut zu ihr war. Als nicht mal 42-jährige Bestatterin hätte sie ihn auch als Freund sehen können. Er sorgte für ihren Unterhalt, er ernährte sie, er brachte die Dinge in Schwung, und er ließ ihr noch viel Zeit, hoffentlich.

Aber was er anrichtete, gefiel ihr nicht, und sie kümmerte sich immer um das, was er wie Abfall hinterließ.

Der Tod liebt das Töten, nicht die Leichen. Der Tod ist ein Krimineller.

Einerseits.

Andererseits führt er die Menschen auch über die Ziellinie, manchmal mit Zärtlichkeit, oft grausam. Und ob sie nun Dickhäuter mit schnappenden Zähnen und kastriertem Gewissen waren oder frisch von ihren Lovern verlassene Selbstmörderinnen mit Integrität und Wärme – am Ende sind sie wie alle Leichen eine sympathische Version ihrer selbst: so authentisch, so willensschwach, so menschlich, so harmlos, so ausgeglichen – voller Niederlagen und künstlicher Hüften und ein bisschen langweilig.

Im Grunde hatte Sonne ein Autoritätsproblem, und das ausgerechnet mit der größten Autorität des Lebens, dem Herrn Gevatter. So nannte sie ihn. Nicht oft natürlich, denn sie sprach nicht viel. Aber sie mochte alte, ausgestorbene Wörter wie »Drangsal« oder »Saumseligkeit«, vielleicht gerade deshalb, weil es ihren Widerstand herausforderte, dass der Herr Gevatter keine Gnade kennt. Selbst die Wörter kommt er holen, selbst die Berufe kommt er holen, und zuallererst die Moden.

Sonne konnte mit Moden wenig anfangen. Die waren für sie Dead Men Walking.

Sie trug die immer gleichen schwarzen Sachen. Shirts. Hoodies. Klar und schlicht. Seit ihrem achtzehnten Geburtstag hatte sie als einzigen Schmuck einen Ring im rechten Nasenflügel, aus Silber.

Sie ist stets nah an sich drangeblieben. Das sagten alle, die sie kannten.

Gleichzeitig war da dieses Stilgefühl.

Stilgefühl war Sonnes Atombunker gegen die Unordnung der Welt.

Wer die Anmut von Proportionen erkennt, hält sie auch für genauso wichtig wie ein Mittel gegen Krebs. Ihre Meinung.

Kam jemand in einen Trauerraum herein, den sie eingerichtet hatte, betrat er ein vergrößertes Modell ihres Schädels. Nicht ihres Herzens. Aber ihres Schädels. Alles hell, übersichtlich und von Licht durchflutet. Das galt auch für das Arrangement der Blumen. Oder für die Wahl von Farben und, wie sie sie nannte, Mitarbeiter:innen.

Wenn Sonne an einem Obdachlosen vorbeikam, so wusste sie sofort, ob er lieber ihr soeben gekauftes Tofu-Brötchen oder Kleingeld haben wollte – denn auch Mitgefühl ist Stilgefühl. Meistens gab sie beides. Sie war eher freundlich als herzlich. Und oft musste sie all ihre Freundlichkeit aus sich herauspressen wie aus einer Zitrone. Sie konnte dann erschöpft und unaufdringlich zugleich sein.

Im Freundlichen steckt so viel Schönheit.

Nirgendwo jedoch gab es für sie weniger von beidem als im konventionellen Bestattungswesen, das Herr Leberschön jun. einst in idealer Weise in einen einzigen, unwandelbaren Gesichtsausdruck gegossen hatte.

Dieses Gewerbe zog Menschen mit stoischer Wangenmuskulatur und ausgeprägter Einfühlungsdisziplin an, die tollkühnen Geschmack mit diskretem Phlegma und der reinen und ungebremsten Freude am Verkaufen nicht nur von Särgen, sondern auch von Trauerwaren aller Art verbanden. Dabei bildeten Sarggarnituren aus Unisex-Glanzseide oder mit Loden- und Spruchbändern, mit Fußballmotiven oder mit in der Tat unsterblichen Swarovski-Steinen nur die Spitze des Eisberges. Sargmatratzen, Füllkissen, Fußpolster, Kinnstützen, Handschmeichler und schwarze Luftballons mit und ohne Kreuz wollten an die geduldige Kundschaft gebracht werden.

Und noch immer bekamen viele Verstorbene (einfach, weil es bei *»Gundolf Köppele Nachf. – Spezialist für Sterbewäsche, Bestattungsbedarf und Friedhofstechnik seit 1849!«* im Sortiment geführt wurde) sinnlose Leichenhemden in weißem Linnen übergestreift, anstatt würdig in ihrer abgefuckten Lieblingsjeansjacke oder dem Frack, in dem sie einst geheiratet hatten, verbrannt zu werden.

Nichts war Sonne wichtiger, als dass alle, die es wollten, von ihrem verstorbenen Menschen Abschied nehmen durften, so wie ihn Gott gedacht, das Leben geformt und womöglich ein Intercityexpress nach dem Aufprall hinterlassen hatte. Ihr Beitrag war es, einen Rahmen für die Würde dieses Moments zu schaffen, und ihr Wissen um die Wirkung von Licht, Schatten und Inszenierung half ihr dabei.

Sie hatte einst Produktdesign studiert und war einige Jahre lang eine mehr als passable Fotografin gewesen. Auch Topmodels musste sie ablichten. Eine Zumutung für jemanden, der mit Moden nichts anfangen kann. Ihr völlig unankratzbares Stilgefühl hat es außerdem beleidigt, für Agenturen unterernährte Idiotinnen zu knipsen, die allesamt, ob sie nun Gisèle, Nathalie, Marie-Caro oder Thymiane hießen, exakt den gleichen tristen, an Verdrossenheit grenzenden Gesichtsausdruck wie seinerzeit der fettleibige Herr Leberschön jun. aufsetzten. Die äußerst begrenzte Mimik dieses Mannes wollte Sonne eigentlich in keiner Visage der Welt mehr wiedersehen, und sei sie noch so apart.

Darüber hinaus hat junges Fleisch sie nie interessiert, denn für sie war junges Fleisch nichts anderes als altes Fleisch, Ballast, den wir durch die Gegend schieben, bis wir ihn abwerfen, wenn wir am Ende angekommen sind.

Seit sie einmal Heidi Klum unter einem Regenbogen fotografieren musste, der in ihrem geöffneten Mund endete, hasste sie Kitsch wie jede andere Lüge.

Ihr kleines Berliner Studio für zugewandtes Begraben hat Sonne nicht *Halleluja* oder *Sonja Meling Bestattungen GmbH,* sondern nach einem alten Toten-Hosen-Song getauft. Es hieß *Sommernachtstraum* und befand sich in einer ehemaligen Bäckerei im Prenzlauer Berg. Manche behaupteten, dass es dort immer noch nach Mehl roch. Ihr einziger Mitarbeiter Samuel nannte den Laden nur die »Totenbäckerei«.

Der Schreibkram der Totenbäckerei wurde in der einstigen Backstube erledigt, dem sogenannten »Office«. Dort standen in großen Regalen die nach den Farben des Regenbogens sortierten Aktenordner und hin und wieder unter dem Tisch auch jemand in fein gemahlenem Zustand, der in einer Urne auf seinen letzten Auftritt wartete.

Der Verkaufsraum spiegelte Sonnes Bedürfnis nach ästhetischer Klarheit wider. Es gab einen alten Holztisch, eine gusseiserne Bahnhofsuhr, einen Modellgrabstein und zum Anschauen einen offenen Sarg aus Kiefernholz. Er duftete nach Harz und Wind und schien wie ein finnisches Kanu auf austrainierte Sportler zu warten. An der hellen, kamillenteegelben Wand hingen einige Kunstobjekte Samuels.

Samuel schnitzte gerne Sachen, die wie vom Meer angespültes Treibholz aussahen. Er sah selbst ein bisschen nach Strandgut aus, schrundig, mitgenommen, vom Salzwasser und den Elementen gezeichnet. Er blickte auf eine Karriere als Punk, als Leadgitarrist der Band *Satanic Sex Toys,* als Filmbeleuchter, Rekordlangzeitstudent, Computergrafiker und als Trauerredner zurück, und wie Sonne hatte er in der Jugend seinen Vater an den Suizid verloren.

Es war keine Berufsvoraussetzung für einen guten Totenbäcker, dass sich Elternteile in der Jugend umgebracht haben mussten. Aber Samuel fand dieses verbindende Element zwischen ihm und Sonne bemerkenswert, so als hätten sie beide, wie er einmal sagte, »riesige Leberflecken in Form eines Sowjetsterns auf derselben Höhe der linken Arschbacke«. Er machte eigenartig makabre Scherze darüber, brachte einmal zu ihrem Geburtstag, nur um sie aufzuheitern, Schilder mit dadaistischen Werbetexten im Schaufenster an wie *Hier tötet sich der Chef noch selbst* oder *Suizide in Familienbesitz seit Ende des 20. Jahrhunderts.*

Leider fühlte sich Sonne durch solche Aktionen niemals aufgeheitert, sondern hängte die Schilder sofort erschrocken wieder ab. Sonne fand Samuel eher selten lustig. Er wiederum liebte es, ihrem durch ihn so leicht auszulösenden Humorverlust beizuwohnen. Denn das war die intensivste emotionale Wirkung, die er bei ihr erzielen konnte.

Sie kannten sich seit vielen Jahren, und sie kannten sich gut. Die Verletzung, die Sonne ihm einst zugefügt hatte, lag unter einer Art Straßenpflaster verborgen, auf dem sie gemeinsam zur täglichen Arbeit gingen.

Ansonsten war Samuels immer noch mädchenhafte Verliebtheit in Sonne das bestgehütete Geheimnis seiner schwerblütigen, etwas übergewichtigen, betont maskulin ramponierten wie auch durch und durch gutmütigen Erscheinung. Er verbarg es unter einem schwarzen Krabbenfischermützchen, das er einfach immer trug, und hinter der Fassade von gelegentlich schroffer Direktheit, gutturaler Sprachmelodie und jener manchmal nur aufgesetzt schlechten Laune, die ihn immer dann anfiel, wenn seine Chefin ihn durch die Wahl ganz besonders unerträglicher Gegner eigentlich entzückte.

Außerdem halfen ihm ein unattraktiver Vollbart und kleine, listige Seemannsaugen, die Sonne oft heimlich musterten, in seinen Gefühlen unentdeckt zu bleiben. Dass er entlassen werden würde, und zwar Knall auf Fall, wenn seine Schwäche für sie ans Licht käme, schien ihm eine ausgemachte Sache zu sein, so wie seine Chefin über emotionale Abhängigkeit urteilte.

»Emotionale Abhängigkeit«, sagte Sonne nämlich oft, »heißt nichts anderes, als dass es kein Leben vor dem Tod gibt.«

Ein Leben nach dem Tod gab es aus ihrer Sicht aber ebenfalls nicht. Sie bestattete ohne betende Hände von Dürer und ohne Rosenkranz, ohne priesterlichen Beistand und ohne Ave-Maria.

Deshalb fasste Sonne auf ihrer Webpage ihre Firmenphilosophie wie folgt zusammen: »Wir von Sommernachtstraum sind Eure Helfer:innen, Wegbegleiter:innen und Unterstützer:innen im Prozess von Sterben, Tod und Trauer. Wir wissen, was zu tun ist, und kümmern uns. Auch um alle Formalitäten. Vor allem aber kümmern wir uns um Euren verstorbenen Menschen und um Euch und Eure Bedürfnisse. Denn das Wichtigste ist, dass Ihr so viel wie möglich selbst entscheiden könnt: so, dass sich jeder Schritt für Euch richtig anfühlt. Individuell und selbstbestimmt.«

Sonne meinte immer alles genau so, wie es geschrieben stand. Sie war eine Kümmerin und liebte es, ihre Stille und Geradheit in Zuwendung zu verwandeln, sogar in Demut. Wie die Toten aussahen, ob sie bei einem Unfall verstümmelt oder bei einem Verbrechen enthauptet worden waren, nahm ihr nicht die Unerschrockenheit. Für sie waren wir alle nur eine Hülle.

Allerdings mochte sie Haare, auch ihre eigenen, leicht krautigen, buchenrindenbraunen. Es war ihr wichtig, dass ihre Kundinnen schöne Haare hatten, wenn sie im Sarg lagen. Sie hatte extra eine Zusatzausbildung gemacht, um Frisuren zu reparieren, gerade dann, wenn Teile der Schädeldecke fehlten, war es ihr wichtig.

Außerdem liebte sie Augen. Für jemanden wie sie, die nicht gerne sprach, waren sie mehr als nur Fenster, sie waren ein Treibhaus voll mit dunklen Begierden und Fragen und Ressentiments. Ihre eigenen Augen waren nichts Weltbewegendes, fand sie, und wenn andere in ihre Augen blickten und es mit Schmelz oder Flirt versuchten, dann schaute sie zurück, mit einem Ernst und einer Unverfügbarkeit, dass man sie am liebsten mit Steinen bewerfen wollte.

Eine Brille mit Fensterglas gab ihr zusätzlich eine gewisse Strenge. Weshalb sie eine sinnlose Sehhilfe trug, die beim Sehen einfach gar nichts half, erklärte sie nur wenigen. Aber für irgendwas schien es gut zu sein. Denn man konnte an der Sorgfalt, mit der sie die Fensterglasbrille behandelte, für die ein in bunten Farben lackiertes Etui immer von ihrer leicht nervösen Hand aus der Jacke gefummelt, betrachtet und zurückgesteckt wurde, durchaus ahnen, dass es etwas für sie sehr Wichtiges sein musste.

Wenn sie durch diese Imitation einer Brille ihre Kundschaft betrachtete, dann änderte sich ihr Blick. Einer ihrer Ex-Freunde hatte mal gesagt, ihr Blick sei dann wie ein Schwarm Flamingos, der aus einem dunkelgrünen, fast schwarzen See auffliegt. Kein Wunder, dass sie ihn verlassen hat. Sie mochte schwülstiges Gerede nicht.

Sie fand, dass die Menschen meistens so sterben, wie sie gelebt haben, und das sei interessant. Überhaupt könne man nur eine gute Bestatterin sein, wenn man Menschen mag. Und Sonne mochte Menschen, wenn auch auf eine eher verschrobene Art.

Zum Beispiel störte sie der menschliche Atem. Er roch einfach oft nicht gut, weshalb sie auch gerne mindestens einen Meter von fremden Gesichtern entfernt blieb.

Sie liebte hingegen Gedanken und Gefühle, die sich wie feste Körper anfühlten, wie eigene Personen fast, die durch ihr Herz spazierten und dort hängen bleiben konnten, jahrelang, wie gute Freunde, nur ohne Körpergeruch, ohne Mundgeruch, ohne jede Art von Miasmen.

Und bis heute las sie Bücher aus dem 19. Jahrhundert auf der Suche nach solch trotz der Abgänge der Verfasser weiterhin existierenden Gedanken und Gefühlen, aber auch schräges Zeug von Bukowski. Und ab und zu, sehr heimlich, einen schlechten Liebesroman.

Am meisten jedoch liebte sie Märchen. Aber das hatte mit ihrem Vater zu tun.

Dass sie einst eine Einserschülerin gewesen war, Klassensprecherin, bereit für den Tigersprung in die Meute der hyperehrgeizigen Karrieristinnen – nicht einmal Samuel konnte sich das vorstellen.

Im Umgang mit den Angehörigen der Verstorbenen war Sonne die Nummer eins unter den alternativen Bestattern Berlins.

Sie musste, obwohl sie so beherrscht, rational und kontrolliert wirkte, oft gegen die Tränen kämpfen, wenn sie in ihrer Totenbäckerei die Geschichten über die Verstorbenen hörte. Die Leute rannten ihr daher die Bude ein, um sie als Klageweib zu ordern.

Georgine vom lesbischen Bestattungsunternehmen *Last Dance* sagte immer ganz spitz, Sonne sei wie eine Hafennutte, die bei jedem Freier einen Orgasmus bekommt.

Das war der übliche Umgangston. Das Bestattungsgewerbe blieb auch in seiner achtsamsten Variante rau und hartgesotten.

Sonne mochte Georgine und musste oft über sie lachen. Aber sie konnte nun einmal in keinem Toten einen Gegner erkennen, weil ihr alles Verstorbene gereinigt schien von der Dummheit, die unseren Alltag am Laufen hält.

Es gibt keine dummen Toten.

Die Dummheit der Toten liegt ausschließlich im Auge des Betrachters und ebenso ihre Größe und Schönheit.

So dachte Sonne bis zu jenem Tag, als sich alles änderte.

2

Wir gleich da.«

Der Mann salzte seine Gleichgültigkeit mit einer Prise Hinwendung.

Er teilte seine Fahrgäste in Kategorien ein, und diese Frau hinter ihm gehörte eindeutig zur Klasse der »Gizhi«. So nennt man in seinem Land die Verrückten.

Sie summte leise und ohne jede Fröhlichkeit vor sich hin. Trotz des Unwetters trug sie eine Brille mit dunklen Gläsern, außerdem kreischend bunte, ihre gleichmäßige Blondheit zertrümmernde Lockenwickler. Und das, was von ihrer Stirn noch frei war, stieß in langsamem Rhythmus wie ein Verhaltensgestörter gegen die Seitenscheibe, an die von außen der Regen schlug.

Es kann nicht schaden, einer Gizhi das Fahrziel ein bisschen näher zu zaubern, als es in Wirklichkeit ist, dachte der Taxifahrer.

»Wir ganz gleich da!«, versprach er noch kriecherischer als zuvor. »Ganz gleich!«

»Immer langsam«, sagte die Frau düster, ohne das Pendeln des Kopfes zu unterbrechen, »sonst wir ganz gleich tot.«

Er verstand nicht ganz, wieso sein gebrochenes Deutsch retourniert wurde. Ob es sich um Verarsche, Rassismus oder einfach was Verrücktes handelte. Dennoch lachte er nur sein beschwichtigendes Lachen, das ihm schon einmal geholfen hatte, als jemand aus derselben Kategorie plötzlich ein Bowiemesser gezogen und ihm ans Ohr gehalten hatte, um zu zeigen, was ein konvexer Schwertschliff ist.

»Gurt?«, fragte er so vorsichtig wie möglich, inzwischen zum dritten Mal seit Beginn der Fahrt. »Gurt, please?«

Die Gizhi hatte offenbar beschlossen, nichts mehr zu sagen. Anschnallen gehörte ebenso wie andere Formen der Unterordnung nicht zu ihren Tugenden. Sie stoppte ihr Summen und auch die gegen das Fenster pumpende Stirn.

In ihrer Hand lag das Kettchen.

Alle in ihrer Familie besaßen solch ein Kettchen mit Kreuz. Ein silbernes. Auch sie hatte es von ihrer frommen Großmutter zur Geburt bekommen. Sie trug es, weil sie es immer getragen hatte. In Zeiten des inneren Aufruhrs jedoch war es mehr als eine Gewohnheit.

Jetzt rieb sie die winzigen, ordentlich sortierten Kettenglieder zwischen Daumen und Zeigefinger, während sie aus dem Fenster in den Regen sah. Sie dachte: Gleich kommt es wieder um den Hals. Aber jetzt noch nicht. Es macht so ruhig. Es fühlt sich schön an in der Hand. Fein und kühl zugleich. Und ohne Gewicht. So hat es sich auch angefühlt, als ich noch so klein war wie dieser Taxifahrer. Der ist unfassbar klein. Eine Art Zwerg. Wie kommt er überhaupt mit dem Fuß an das Bremspedal, dachte sie. Wenn er jetzt bremsen muss, weil die Reifen blockieren wegen des Aquaplanings auf der Straße, und er rutscht runter mit seinem winzigen Körper, nein, er springt runter, um das Bremspedal zu erreichen, und er schafft es nicht rechtzeitig, und wir knallen an einen Lichtmast – dann wird er vom Sicherheitsgurt im Bruchteil einer Sekunde stranguliert. Und ich fliege einfach wie eine Rakete zwischen den Vordersitzen durch, rums, in die Windschutzscheibe. So wie Mahm und Paps.

Sie musste lächeln. Immer brachten sie solche Gedanken zum Lächeln. Sie inspirierten sie zu ihren besten Gags. Einmal hatte sie sogar einen ganzen Sketch über abruptes Sterben geschrieben und in der Kantine improvisiert. Die Lachsäcke aus dem Writers' Room hatten sich weggejodelt. Nur der Regieassistent schluckte und schaute sie an. Seine Tochter war, wie sie später erfuhr, an Leukämie erkrankt.

Ich sollte mich wirklich anschnallen, dachte sie. So wie der Mini-Georgier es alle paar Minuten anmahnt mit diesem Akzent, den sie mal ausprobieren müsste.

Vielleicht entspannt es mich auch.

Georgisch hatte sie noch nie im Programm.

Er starrt immer in den Rückspiegel, als sei er auf der Hut. Gewiss erkennt er mich nicht.

Natürlich sah sie auch komisch aus, weil sie den *wavy hairstyle* noch im Haar hatte. Die Papilloten hätte sie ja wenigstens rausnehmen können. Sie denkt zu wenig nach. Sie macht einfach irgendwelche Sachen.

Sie haben da bestimmt eigene Fernsehclowns in Georgien. Ob die auch nur halb so lustig sind wie ich?

Sie wunderte sich über ihre eigenen Gedanken und überlegte dennoch, ihn zum Lachen zu bekommen. Sie konnte das mit links. Sie bräuchte eigentlich nur das Temperament seiner Augenbrauen zu imitieren.

Andererseits hatte Said sich auch nicht angeschnallt.

Es wäre wirklich zu seltsam, wenn sie wie er enden würde. Wie er und wie der Rest der Familie.

Allerdings hatte ihre fromme Großmutter immer gesagt: Ein Erdbeben kommt selten allein.

Und auch über Saids letzte Sekunden hatte sich ein Unwetter gekrümmt.

Sie fühlte an ihrer Daumenkuppe das Kreuz. Sie drückte es übertrieben stark, um das christliche Metall in ihr Fleisch zu stempeln. Sie mochte Abdrücke auf ihrer Haut, immer schon, und liebte es, dabei zuzusehen, wie sie langsam verschwanden. Sie machte eine Faust.

Dann öffnete sie die Hand, zog seufzend die Silberkette an zwei Fingern in die Höhe, zieselte sie auseinander und schloss sie sich wieder um den Nacken. Ob sie das Richtige tat? Ihr war schlecht, aber das lag an den Drogen. Es lag an der Aufregung. Es lag an *everything*.

Ich muss mal die Augen schließen.

»Wir da«, sagte der kleine Taxifahrer nach einer Ewigkeit und schaltete den Motor ab.

Sie blickte auf. Sie standen in zweiter Reihe auf einer kopfsteingepflasterten Straße, gegenüber einer grauen, mehr als ein Jahrhundert alten Mietskaserne. Hinter dem Film aus schnürendem Regen sah sie das Firmenschild. Sie hatte es sich so sehr angewöhnt, in ihren Blick etwas Erwartungsvolles zu legen, dass dieses Erwartungsvolle auch jetzt nicht verschwand. Was aber erwartet man sich von einem Bestattungsinstitut? Service, klar. Leise Stimmen. Irgendeine Art von Ankunft, während man vorher nur durchs

Weltall rauschte. Aber sonst? Überhaupt, warum sagte man »Institut«? Und nicht »Laden« oder wenigstens »Boutique«? Wenn es eine »Metzgerei«, »Konditorei« oder »Wäscherei« gab, warum dann keine »Bestatterei«?

»Institut« klang hochtrabend. So nach Professor Doktor Soundso und seinem akademischen Hauptseminar. Als könnte man in einem Bestattungsinstitut was lernen. Als würde man klüger herauskommen, als man hineingegangen ist.

Wenn es den Tod gibt, welchen Sinn hat dann das Leben? Warum hat es Said überhaupt gegeben?, dachte sie und spürte, wie die Kopfschmerzen und die Übelkeit immer stärker wurden.

»Wir da«, wiederholte der Mann erneut, eine Spur drängender als zuvor, und zeigte auf den Taxameter.

Sie nickte, obwohl ihr Kopf dabei dröhnte, und riss ihren Blick vom Regen los. Sie griff nach ihrem Portemonnaie und gab dem Fahrer ihre Platin-Kreditkarte.

Er staunte nicht schlecht, vor allem, weil sie ihm das Doppelte des Fahrpreises als Trinkgeld spendierte.

So etwas machte sie sonst nicht. Aber für einen Moment hatte sie das überwältigende Gefühl, dass vielleicht überhöhtes Trinkgeld der eigenen Existenz kurz Sinn verleihen könnte. Zumindest sorgte es für Motivation.

Der Georgier sprang heraus und wurde sofort vom Wolkenbruch bis auf die Knochen durchnässt. Er eilte zum Kofferraum, öffnete ihn, zog einen Regenschirm heraus, klappte ihn auf und half als fleischgewordener Eifer dieser großzügigen Gizhi aus dem Wagen.

Im selben Augenblick sah auch Samuel den Schirm. Er stand hinter seinem Schaufenster, mit verschränkten Armen, und kaute wie fast immer Kaugummi. Er liebte es, kaugummikauend in den schweren Septemberregen zu schauen, die Sturzbäche auf dem Asphalt und an der Scheibe zu betrachten.

In die Glasfront war vor Jahrzehnten als Zunftzeichen der Bäckerinnung eine Art DDR-Brezel hineingraviert worden, und im Loch des linken Knotens sah Samuel undeutlich ein rotes, grünes, gelbes und violettes Durcheinander auf einem Kopf, den er irgendwo schon mal gesehen hatte. Der Kopf gehörte zu einer Gestalt, die gekrümmt aus einem Taxi stieg und sich von einem überstreckten, auf Zehenspitzen balancierenden und klatschnassen Gnom den tänzelnden Regenschirm über ihr Haupt spannen ließ. Trockenen Fußes, aber leicht torkelnd, mit Daumen und Zeigefinger an der Nasenwurzel, marschierte sie durch das Gewitter auf die Brezel zu.

Alles an ihrem Erscheinungsbild ließ Samuel zu der Erkenntnis kommen, dass er das Kaugummi ausspucken musste.

Er befürchtete, dass eine perfekte Gegnerin Sonnes auf dem Weg in die Totenbäckerei war.

Die Frau öffnete die Tür und spazierte herein wie ein Magnet, der kurz zuvor durch ein Shoppingcenter geworfen worden war, sodass die teuersten und am wenigsten zusammenpassenden Klamotten wie Eisenspäne völlig willkürlich an ihm hängen geblieben sind.

Trotzdem wirkte sie auf Samuel nicht wie eine Oligarchengattin. Sonst hätte auch sie Kaugummi gekaut. Sie trug einen Mantel aus erschossenen Nerzen, die zwar alle noch lebten, weil es eine weiße Faux-Nerz-Simulation war. Aber trotzdem. Und sie hatte große Ohrringe.

Im Verkaufsraum nahm die Frau die Sonnenbrille ab. Sie steckte sie ein, und man sah gletscherblaue Augen, die sich zu Schlitzen verengten und ins Nichts blickten.

Der Taxifahrer ließ den Schirm nicht sinken. Er starrte betroffen auf den Ausstellungssarg und tropfte mitfühlend eine riesige Pfütze auf die Dielen. Dann bekreuzigte er sich, und die totenbleiche Frau musste zweimal aufstöhnen, bevor sie ihre Monstermigräne mit einer kurzen Geste andeutete und sich geräuschlos übergab. Samuel hatte rechtzeitig eine leere Urne der Marke *Ciao* mit dem Motiv *Wald-Lokomotive* zur Hand, die sich auch geruchsdicht verschließen ließ.

Als Sonja Meling wegen des Tumults aus der Backstube kam, war die Frau noch über die Urne gebeugt. Aber Sonne erkannte sie sofort. Schon an den Knöcheln der Hände, die das Gefäß hielten. Auf den linken Knöcheln war L-O-V-E eintätowiert worden, auf den rechten H-A-T-E, genauso schief und krumm, wie sie das in Erinnerung hatte.

Und als die Frau aufschaute, wäre die halbe Fernsehnation im Bilde gewesen. Jeder, vielleicht von einem TV-Hasser wie Samuel Petersen und einigen georgischen Taxifahrern abgesehen, kannte Jana von Monds Fernsehgesicht, das sich seit Jahren durch die Comedys der Republik alberte. Die RTL-*Mond-Schein-Show* hatte alle Quotenrekorde gebrochen. Jedenfalls früher.

Jetzt allerdings war Jana weiß wie ein Reiskorn.

Viele Jahre lang hatte Sonne nichts nachhaltiger trösten können als die Vorstellung, dass Frau von Mond dermaleinst in einer weit entfernten Galaxie von Raben zerhackt oder von Insekten zerfressen im Nirgendwo liegen würde. Von niemandem bestattet.

Und nun saß sie direkt vor ihr. Eine Jacke wie Schnee, rosafarbene Sandalen, orangener Perlmuttlack an ihren Fußnägeln, als würde der Sommer niemals enden. Und dann diese Ohrringe.

Dennoch hing an ihrem Elend eine riesige Portion Unbefangenheit, selbst als sie Samuel die gefüllte Urne reichte.

Wie unglaublich unbefangen du wirkst, wunderte sich Sonne. Denn fast alle Menschen, die in ihren Laden traten, waren in irgendeiner Form von Befangenheit gezeichnet.

Jana jedoch schien nicht die Spur von Sorge zu haben, dass sie oder ihre Kotze nicht erwünscht sein könnten, trotz allem, was geschehen war.

»Hi«, quetschte der etwas schräg gestellte Mund hervor.

Statt einer Erwiderung reichte ihr Sonne eines der Papiertaschentücher, die dezent in Griffweite lagen.

Jana nahm das Taschentuch, tupfte sich die Mundwinkel ab, schaute auf, und Sonne sah, dass sie immer noch gelenkig war. Gelenkig im Kopf. Es war schwer zu erklären. Sie erlaubte jedem jede Projektion, jede Wunschvorstellung ihrer Person, sicher das Geheimnis ihres Erfolgs.

Janas geweitete Pupillen musterten den Empfangsraum. Vier 50-Watt-Birnen strahlten gegen den blauschwarz verhangenen Himmel an, der den Morgen in einen späten

Abend verwandelte. Der hellste Punkt des Raumes war die schneeweiße Kleenex-Packung, die unter dem Tisch stand.

»Super, dass hier überall Taschentücher sind«, sagte Jana, während sie ihr Kinn abwischte. »Wie im Puff.«

Niemand antwortete ihr. Man hörte nur das Rauschen an den Scheiben, und in der Nähe donnerte es.

»Sieht toll aus. Ehrlich. Erinnert mich an eine sehr coole Bar in Madrid, in der ich mal war.«

»Ja, du hast immer gerne in Paellas gereihert.«

Jana verzog die Mundwinkel.

»Peace, Sonne. Peace, ja?«

Jana verließ sich wie immer auf ihre unmittelbare Wirkung.

Bei Samuel zumindest schien es zu funktionieren. Sonne bemerkte, mit welcher Akkuratesse er die missbrauchte Urne auf den Mustergrabstein stellte. Als wäre es eine Ming-Vase.

Jana war nicht überschön, nicht mal schön. Aber immer noch hübsch. »Vorläufig hübsch« hatte man sie in der Abizeitung genannt. Weil niemand wusste, in welche Richtung sie erblühen würde. Dieser viel fotografierte Mund, den man frisch nennen könnte. Schon wegen der Farbe, aber auch, weil er etwas schief saß, die linke Oberlippenseite breiter als die rechte, wie eine gebogene rote Peperoni, wenn sie den Mund verzog. Ihr Kinn war runder als früher. Und noch immer hatte sie eine Stirn, als könne man sich darauf einen Schnupfen holen.

Trotz des bunten Plastiks, der sich um ihren Kopf ringelte, strahlte sie eine brüchige Überlegenheit aus, die einen wahnsinnig machen konnte.

Sonne schickte Samuel nach hinten. Sie ging zur Eingangstür, drückte dem Taxifahrer zu dessen ungläubiger Freude ein weiteres fürstliches Trinkgeld in die Hand. Mit ernster Miene schob sie ihn in den Regen, drehte das *Geschlossen*-Schild nach außen und dachte an den Satz von Schopenhauer, wonach blauäugige Blondinen inmitten der überwiegend dunkelhaarigen und dunkeläugigen Menschheit eine Abnormität ausmachen, den weißen Mäusen analog. Sie setzte sich zu ihrer weißmausigen Besucherin. Ihr ganzes Dasein, korrespondierend mit der Vergangenheit, die in ihr aufstieg, sträubte sich gegen diese Begegnung.

»Was willst du, Jana?«

»Fragst du das auch die andern, die hier reinkommen?«

»Von den andern, die hier reinkommen, weiß ich das.«

»Ich will das Gleiche.«

Sonne blickte sie prüfend an.

Jana schien noch immer Ecstasy, LSD und Glaskapseln mit Amylnitrit im Kühlschrank zu haben. Oder wo auch immer. Offensichtlich hatte sie irgendwas eingeworfen. Etwas, das den Höhepunkt noch nicht erreicht hatte.

Diese Pupillen.

Drogen hatte sie schon früher in möglichst unangemessener Umgebung zu sich genommen. Das Mittagessen, das Mama immer für sie beide gekocht hatte, war oft garniert von Krümeln ihrer Halluzinogenpillen. Sonne sah plötzlich diese kleine, blau tapezierte Essecke in der Küche vor sich, an der sie stets nebeneinandergesessen und wie die Hühner gegackert hatten, während alles um sie herum so unwiderstehlich nach Harmonie duftete.

»Es gibt über tausend Bestatter in Berlin. Und du kommst ausgerechnet zu mir?«

»Ja klar.«

»Ich würde nicht zu dir kommen, wenn ich eine Ukulelespielerin bräuchte.«

»Aber Sonne, ich bin keine Ukulelespielerin.«

»Aha.«

»Das war einfach nur eine Nummer. Ein Sketch, weißt du? Ich mache Sketche. Klar, die Ukulele hat fünf Millionen Klicks bekommen oder so. Daher kennst du das Video wahrscheinlich. Aber ich kann gar nicht Ukulele spielen. Ich erzähle Witze. Das ist alles.«

»Ich würde auch nicht zu dir kommen, wenn ich dringend Witze bräuchte.«

Jana verwandelte sich in eine ihrer TV-Parodien, die Honky-Tonk-Jana, schnippte mit den H-A-T-E-Fingern und summte: *»Two trailer park girls go round the outside, round the outside, round the outside, two trailer park girls go round the outside, woo!«*

Sonne sah sie mit unbewegter Miene an.

Janas Haut war ganz durchsichtig, keine Schminke. Wirklich gute Haut, trotz der Drogen. Sie wäre eine schöne Leiche. Ob sie wohl das Kettchen noch hatte?, dachte Sonne. Das Kettchen von ihrer Oma mit dem Kreuz dran?

Wenn es ihr sehr schlecht ging, hatte Jana dieses Kettchen stundenlang in der Faust behalten. Selbst beim Sport. Sogar beim ersten Sex hatte sie diese Faust geballt, und nur Sonne wusste, was sie darin umschloss, ganz im Gegensatz zu dem Typ, der sie vernaschte. Schmuck kann man verfeuern, auch das Kettchen, falls es das noch gab, sogar die grässlichen

Ohrringe. Also hätte man Jana so, wie sie war, ins Krematorium fahren können, samt Lockenwicklern und all den schrecklichen Klamotten. Sie würde gut brennen.

»Steht dir super, diese Brille«, sagte Jana und beendete ihre kurze Gesangseinlage.

»Danke.«

»Macht dich irgendwie weise.«

»Ich kann dir einen Kollegen empfehlen. Nicht weit weg von hier.«

»Ja, aber den ganzen Wahnsinn kannst nur du übernehmen«, erklärte Jana, die ihre Schultern hob wie eine flugunfähige Möwe, um Invalidität zu simulieren.

»Ist dir nicht klar, dass du hier nicht willkommen bist?«, fragte Sonne kühl.

»Schon. Aber müssen so Leute wie du nicht helfen, wenn man in Not ist? Ich meine, ist das nicht … ist das nicht ethisch geboten?«

»Du willst mir was von Ethik erzählen? Dein Ernst?«

»Es gibt den hippokratischen Eid.«

»Ja, für Ärzte.«

»Eben.«

»Wenn ich Ärztin wäre und du hättest eine Schusswunde im Bauch und ich müsste dich operieren, damit du nicht verblutest, dann wäre ich in der Tat verpflichtet, das zu tun.«

Jana blickte Sonne besorgt an. »Du willst sagen, du bist keine Ärztin?«

»Genau. Ich bringe Leute unter die Erde. Ärzte machen das Gegenteil. Mein Beruf ist weniger geschützt als der einer Bratwurstverkäuferin.«

Sie schüttelte den Kopf.

»Ich bin ganz bestimmt keine Ärztin.«

»Aber mir geht es sehr schlecht, und ich brauche jemanden, dem ich vertrauen kann. So wie früher.«

»Ich bin auch ganz bestimmt nicht so wie früher.«

»Da drin ist so viel Wut, Spätzchen«, flüsterte Jana bekümmert und zeigte auf Sonnes im Schatten liegenden Kopf, der ihr inmitten des psychedelischen Sturms, der hinter ihrer Netzhaut aufzog, wie eine afrikanische Kriegermaske vorkam.

Sonne hörte, wie Samuel drüben im Büro ans Telefon ging. Die Anfragen. Die Aufträge. Diese alte Plattitüde, dass das Leben weitergeht. Und auch das Sterben.

Sonne erhob sich, um ein Signal auszusenden. Sie stellte sich vor Jana auf und versuchte, den Abschied einzuleiten.

»Wir helfen Leuten, die wir mögen, Jana.«

»Du hättest Said gemocht.«

Ein Blitz schlug in der Nähe ein. Im selben Augenblick krachte die Straße, und die DDR-Brezel klirrte in ihrer Scheibe.

»Du hättest ihn ganz bestimmt gemocht, weil er mich nicht mochte.« Jana erhob sich nicht. Sie blieb trotzig sitzen und hörte zu, wie der Donner ausrollte. Sie würde auch sitzen bleiben, bis das ganze Unwetter vorbei wäre und noch ein weiteres halbes Jahr, dachte Sonne.

Diese unerträgliche, unveränderte Sturheit.

Sonja Meling kratzte mit ihrem Daumen leicht über die Kehle. Ihr war klar, dass sie Samuel nicht zu rufen brauchte. Der war mental nicht in der Lage, einer verloren wirkenden Frau Anfang vierzig die um die Stuhlbeine gekrallten Finger zu brechen, sie hochzuhieven und hinaus in das Gewitter zu werfen.

Sie ließ die Hand sinken, stemmte sie in die Seite und versuchte, das Geräusch ihres nervösen Atems zu dämpfen.

»Ich muss jetzt weitermachen.«

»Bitte setz dich, Sonne.«

»Jana!«

»Bitte setz dich. Das hätte dein Vater auch gesagt.«

»Lass meinen Vater aus dem Spiel.«

»Das hat er immer gesagt. Erst mal hinsetzen und zuhören. Das hat er gesagt, wenn er seine Märchen vorgelesen hat. Immer. Bitte!«

3

Also gut.

Dann fange ich mit dem Ende an. Dem Anfang vom Ende. Mir ist etwas blümerant. Etwas scheiße sozusagen. Aber ich krieg's schon hin.

Der Anfang vom Ende begann, als ich nach einer Party morgens splitterfasernackt im Bett aufwachte. Und irgendwas war anders. Ungewohnt. Ich spürte ein Kribbeln auf der Stirn.

Erst hielt ich es für eine Fliege.

Da es keine Fliege war, dachte ich, ich hätte die Nachtcreme vergessen und meine Haut, die viel Nachtcreme braucht, würde einfach in ihren eigenen Worten nach Aloe vera rufen.

Aber als ich im Badezimmer die Zahnbürste in den Mund steckte, sah ich, dass mir jemand im Schlaf in blauer Schrift das Wort I-C-H auf die Stirn geschrieben hatte. Und zwar spiegelverkehrt. So konnte ich es ganz bequem im Spiegel lesen.

I-C-H.

Ich ließ die Zahnbürste sinken und sah weitere Schriftzüge auf meinem entblößten Körper. Keine Ahnung, weshalb ich dermaßen nackt war. Aber darüber dachte ich in dem Moment nicht nach. Stattdessen dachte ich darüber nach, wieso auf der mopedkennzeichengroßen Stelle zwischen Schlüsselbein und meinen Brüsten das Verb W-I-L-L stand. Und auf meinem Bauch las ich W-E-K.

Ich rieb an dem peinlichen K, das aber aus wasserunlöslicher Farbe bestand.

ICH WILL WEK.

Ich hasse die Orthografieprobleme meines Mannes.

Also ging ich immer noch so was von unbekleidet ins Büro hinüber. Ich fand auch gleich den blauen Edding, den er auf den Schreibtisch gefeuert hatte. Also war ich nicht faul, nahm den Stift, strich das K durch und ersetzte es durch ein etwas windschiefes G. Und weil noch viel Party und Irritation in mir steckten, bemerkte ich nicht, dass es elf Uhr war und unsere Putzfrau Krystyna bereits am Boden kniete, um die Dielen zu wischen. Aber nun wischte sie natürlich nicht, sondern saß da wie diese Sandskulpturen, du weißt schon, und starrte mich leicht rieselnd an, wie ich einen neuen Buchstaben auf mich draufmalte.

ICH WILL WE~~K~~G.

Sie blickte von schräg unten und versuchte, mir wie ein Kaninchen ununterbrochen in die Augen zu schauen und sonst nirgendwohin.

Ich fragte sie, ob noch irgendwas auf meinem Rücken stand, auf Polnisch vielleicht, oder doch eher auf Arabisch, oder ob jemand eine Maori-Schildkröte auf meinen Allerwertesten gemalt hatte, um mir Fruchtbarkeit, Frieden und ein langes Leben zu wünschen.

Ich drehte mich um und spürte, dass sie hinter mir meine bemalte oder unbemalte Blöße betrachtete.

Krystyna ist Polin und sehr katholisch, noch viel katholischer als meine fromme Oma, und sie hat mir mal gesagt, dass man Dämonen daran erkennt, dass sie keinen Rücken haben, weshalb sie einem immer nur die Schauseite zeigen. Vielleicht dachte sie ja, dass ich keinen Rücken habe. Ich hörte sie nicht atmen und hörte sie doch atmen, und ich war froh, dass ihr für 138 Kilogramm Lebendgewicht ausgelegter Atem nicht meine Haut erreichte.

Also von der eigenen streng katholischen Putzfrau am nackten Gesäß angepustet zu werden, ich weiß nicht. Es war sicherlich völlig verrückt und beschämend. Ich war eigentlich noch gar nicht bei mir. Ich träume immer weit über das Erwachen hinaus, und irgendwas in mir braucht eine Ewigkeit, um zu begreifen, was gerade los ist.

Krystyna händigte mir später ihren Schlüssel zu unserer Wohnung aus. Sie wollte wohl so etwas nie wieder erleben müssen.

Vielleicht wollte sie mich auch nie wieder weinen sehen oder schreien hören. Beides tat ich ausgiebig, während ich die Buchstaben mit ATA-Scheuerpulver abschrubbte, bis die Haut zu bluten begann.

Aber ich schweife ab.

Said wollte also weg, obwohl er für gewöhnlich das Durchhaltevermögen einer städtischen Kanalisation hatte. In jeder Form war er einer der anpassungsfähigsten und sanftesten Menschen, die ich je kennengelernt habe. Und es gab eine Zeit, da habe ich ihn sehr geliebt.

Du musst dir vorstellen: Dieser Mann schaffte es, sich über seine, sagen wir mal, betrunkene, schnarchende, psychisch defekte, gelegentlich untreue und delirierende Ehefrau zu beugen wie über eine Porzellantasse – und in dieser unbequemen Haltung wartete er womöglich stundenlang darauf, dass sich die Tasse auf den Rücken dreht. Denn nur in dieser Position wollte er sie partiell beschriften (anstatt sich an sie zu schmiegen, sie zu beschützen und zu inhalieren, was ich mir lange Zeit gewünscht habe).

Als wir uns vor vielen Jahren kennenlernten, war Said nicht jener Glenn-Gould-Klon, für den er sich später halten sollte. Sondern er war ein mittelloser Immigrant. Ein No-Name-Pianist aus Damaskus, der einfach in der Band unserer Show saß und *My Funny Valentine* intonierte, wenn es von ihm verlangt wurde.

Ich denke schon, dass er einen Teil seiner nicht allzu steilen Karriere mir zu verdanken hat, jedenfalls jenen Teil, der auf Banketten und Stehpartys geschmiedet wird, aber das ist egal.

Man weiß erst, was man empfindet, wenn es zu spät ist. Das hört man ja immer wieder, und es ist wahr.

Mir ging es, als wir uns zum ersten Mal begegneten, nicht gut. Mir ging es sogar kacke. Ich spürte, dass ich am Ende einer persönlichen Epoche stand, die über das bloße Ende meiner Rolle als Sidekick eines unglaublich minderbemittelten, selbstverliebten Moderatorenarschlochs im Entchenkostüm hinausging. Er hatte mich rausgeschmissen. Und der einzige Grund war, dass ich witziger war als er.

Ich galt aus Sicht der Branche noch als umhertreibender Straßenmüll, junges Nachwuchsunkraut, jederzeit ausrottbar. Und irgendwo fand am Abend des Rausschmisses eine

Party statt, voll mit Pseudofreunden und geheucheltem Mitleid.

Vielleicht vermisste ich irgendjemanden, der mir Halt geben konnte. Vielleicht vermisste ich Tiefe.

Nicht, dass ich glaube, besonders tief zu sein, aber ich mag gerne Leute, von denen ich denke, dass sie es sind.

Jedenfalls fühlte ich mich isoliert und provinziell und sah um mich herum nichts anderes als imperiale Paare. Das Leben schien hoffnungslos. Ich leerte sieben Gläser mit Getränken aus unterschiedlichen europäischen Weinanbaugebieten und arrangierte sie gemächlich vor mir zu einer Art Familienaufstellung.

Und als ich dann hackedicht durch die herbstliche Nacht stromern wollte, kam mir im Hausflur ein leuchtender Schatten entgegen, in dem ein weiches Lächeln glomm. Ein Lächeln, das mich an dich erinnerte, Sonne. Weil es so ernst war. Und so hilfsbereit. Und ein ganz klein wenig unerklärlich. Und ich hatte solch eine Sehnsucht, gegen die ich mich nicht wehren konnte, und ich dachte, wenn jemand so sehr in deinem Lächeln wohnt, dann muss es da auch noch andere Zimmer geben, die ich betreten möchte.

Anscheinend bin ich genau in dem Moment umgekippt, jedoch nicht, ohne zuvor in das Lächeln hineinzuküssen.

Das war Said.

Said war nicht Mubi, falls du das glauben solltest. Aber dennoch hatte ich Angst, dass sich die Wunde, die Mubi vor Jahren gerissen hatte, schnell wieder mit Blut füllen könnte. Ich weiß, dass du nicht an Mubi erinnert werden möchtest. Aber Said war nicht Mubi, auch wenn er Palästinenser war und dieselbe Gabe wie unser alter Freund hatte, es sich eher in der Sehnsucht häuslich einzurichten anstatt im wirklichen Leben.

Said kam aus Syrien, nicht wie unser alter Freund aus dem Libanon. Er war Musiker, nicht Schauspieler. Er war wundervoll, wenn er in den Regen lachte. Aber er verstand keinen Spaß mehr, sobald er Bach spielte.

Manchmal sagte er, in ihm sei viel Rauch. Er sagte auch noch viel rätselhaftere Dinge.

Er liebte es, von morgens bis abends Dinge zu lernen. Er lernte, Roggenbrot von Weizenbrot zu unterscheiden, und er lernte, meine selbst induzierten, eigenhändig präparierten Vollkatastrophen aufzufangen und in lange, verständnisvolle Erörterungen beim Italiener umzudekorieren. Er lernte Deutsch, und er lernte Auto fahren, vielleicht nicht gut genug, wie man jetzt befürchten muss.

Aber er gab niemals Versuche auf. Versuche waren Versuche, die irgendwann gelangen, und wenn sie nicht gelangen, wurden sie fortgesetzt. Ad infinitum.

Das Gelingen fand er widersprüchlicherweise überschätzt. Aber vielleicht sagte er das nur, um sich zu schützen. Er hatte Angst vor dem Versagen – und das als Pianist, dem an den Tasten einfach alles gelang. Er fand, dass das Unglück sehr zur Bereicherung des Menschen beiträgt. Dennoch mochte ich so sehr, wenn er ab und zu Glück ausdünstete.

Er wollte immer viel mehr Küsse haben, als er brauchte, und eine ganze Zeit lang bekam er die auch. Ich muss schon sagen, wir wurden von der Liebe wie von einem heißen Schraubstock umklammert, mindestens drei Jahre lang.

Wie du früher trug auch Said gerne Kleidung von mir. Du kannst dir nicht vorstellen, was für ein schmales Hemd er war. Ständig streifte er sich meine Kapuzenpullover über, obwohl er selber Kapuzenpullover hatte. Er mochte meinen Geruch, sagte er, und er mochte meine Seife. Obwohl ich wirklich keine Nilpferdstatur habe, wirkte er noch zierlicher als ich in dem Zeug. Er bewegte sich anders als du, jedenfalls wenn er schlenderte oder gemessen ausschritt. Wenn er aber zu rennen anfing, dann hatte er die gleiche Art wie du, die Finger zu spreizen beim Sprint.

Und er war immer in allem der Bessere, so wie auch du immer in allem die Bessere gewesen bist.

Aber ich war die Erfolgreichere, weshalb mich die meisten für die Bessere hielten.

Oder sogar für die Beste.

Das ist voll tragisch.

Jetzt, wo Said tot ist, denke ich natürlich in diesem brodelnden Gehirnrest darüber nach, was Erfolg überhaupt bedeutet. Aber wenn alle am Leben sind und wenn daher das Leben keinen Wert zu haben scheint, weil man es gewissermaßen umsonst bekommt und ohne Begrenzung, wird Erfolg, der immer einen Preis hat, mindestens den der Anstrengung, nicht hinterfragt. Mir jedenfalls geht es so.

Mein Erfolg, also mein wirklicher Erfolg, begann tatsächlich erst, nachdem ich Said kennengelernt hatte. Und das ist absonderlich, weil Said eben ein eher jenseitiger junger Mann war, womit ich sein Riesenreservoir an Zärtlichkeit und Tränen, verbunden mit einer Überdosis Selbstmitleid, nicht diskreditieren möchte. Er war auch nicht hypochondrisch veranlagt. Das bin eher ich. Auch verträumt war er nicht, dafür aß er viel zu systematisch.

Aber sein Geist steckte doch eher in den Wolken, ganz oben, wenn du weißt, was ich meine. Ganz oben.

Also zum Beispiel:

Ich mochte Partys.

Er mochte Beerdigungen.

Ich liebte den Frühling und den Sonnenschein.

Er liebte den Herbst und den Sonnenschein – den Sonnenschein aber nur, weil er in Syrien geboren wurde.

Ich fand es schön, wenn ich die Menschen mit Seifenblasen ablenken konnte, ein Feuerwerk für sie abbrannte, sie sich den Bauch hielten vor Lachen, den ich durch eine letzte Pointe wie einen Luftballon mit einer Nadelspitze zum Platzen brachte.

Er hingegen hasste Luftballons, Seifenblasen, Feuerwerk. Obwohl er beachtlich fand, dass die Chinesen das Schwarzpulver immerhin nur erfunden hatten, um die Nacht zu illuminieren und die Geister zu vertreiben.

Said hat sich immer gerne auf Friedhöfen herumgetrieben. Er hätte sich bestimmt in seine Bestatterin verliebt, vor allem in eine wie dich, Sonne, die so viel Wert auf Details legt, so wie gewisse Krankenschwestern ebenfalls viel Wert auf Details legen, weshalb er sich auch in Krankenschwestern schnell verschoss, aber blöderweise auch in mich, gewissermaßen das Gegenteil einer Krankenschwester.

Für ihn waren alle Menschen von Natur aus verstimmt, wie Instrumente.

Vielleicht konnte er es deshalb so lange mit mir aushalten, weil ihn falsche Töne nicht gleich wegtrieben, sondern anspornten.

Aber ich, weißt du, ich sehe Menschen vor allem als Publikum.

Na ja, natürlich nicht, das ist Blödsinn. Said aber war dieser schrecklichen Ansicht, und die war natürlich verletzend, zumal er sie trotz seiner sonstigen klösterlichen Schweigsamkeit auch immer äußerte, weil er immer alles äußerte, anders als ich, die ja nicht alles äußert.

Während er neben mir immer trauriger wurde und selbst in den Augen der regionalen Musikkritik zu einem »misanthropischen Lüstling« in seiner Interpretation von Beethovensonaten zusammenschrumpfte, bekam ich zwei Grimme-Preise, den Deutschen Comedypreis und um ein Haar auch ein Kind von einem amerikanischen Rockstar, wobei das weiß Gott keine Auszeichnung gewesen wäre.

Es war ein einziges Desaster.

Es fiel uns beiden schwer, mir zu vergeben.

Ich will mich wirklich nicht verteidigen. Sicher trifft mich die größte Schuld.

Aber immer wieder vorgeworfen zu bekommen, banal zu sein, oberflächlich zu sein, kein Licht der Erkenntnis, sondern eine Art Parkplatzbeleuchtung für im Dunkeln abgestellte Kleinsthirne zu sein, das zermürbt einen, zumal wenn es von jemandem geäußert wird, dessen Miete du mit all deiner Banalität erwirtschaftest.

Einmal sagte mir Said, ich erinnere ihn an einen Schweinekopf. Einen Schweinekopf mit geschlossenen Augen, der in der Auslage einer Schlachterei läge, und mit meiner heraushängenden Zunge berührte ich den Kranz der obszön um mich herumliegenden kleinen armen Würstchen, und das seien meine Fans.

Ich meine, er sagte das als Muslim, der einen Schweinekopf noch einmal ganz anders liest als Frau Kubitschek aus Gelsenkirchen.

Natürlich stritten wir uns. Wir liebten uns noch, aber wir stritten uns fürchterlich. Wir spritzten einander Gift in die Augen und in die Arterien, und irgendwann besuchte ich auch seine Konzerte nicht mehr, weil die Leute um mich herum ihn andächtig anglotzten, aber mich um Autogramme baten.

Und ehrlich gesagt, und das mag eine berufliche Deformation sein: Ich halte eine Ansammlung von Menschen, die einer künstlerischen Darbietung beiwohnen und weder gemeinsam lachen noch gemeinsam weinen, sondern einfach nur still und konzentriert dasitzen, als wären sie alleine auf dem Klo, nicht für ehrfürchtig Staunende, sondern für Kretins.

Noch nie hat mich irgendjemand stumm angestaunt. Aber deshalb ist das, was ich tue, noch lange nicht die Müllabfuhr.

Um unsere Ehe zu retten, versuchten wir einiges. Wir zogen auch eine Paartherapeutin zurate, die uns aber nur erzählte, wie entsetzlich sie von ihrem Mann behandelt wurde und dass Männer zwar keine schlechteren Menschen seien als Frauen, aber bessere Monster.

Das brachte uns einander auch nicht näher.

Saids Vorschlag jedoch, einfach ein Kind in die Welt zu setzen, hielt ich für geisteskrank. Für komplett gestört.

Ich meine, eine Schwangerschaft hat doch noch nie eine poröse Beziehung stabilisiert, oder? Und ein Kind mit jemandem, der Lust und Strafe für das Gleiche hält? Der im Scheitern Freude verspürt? Und jede andere Freude unerträglich findet? Dein Ernst?

Ehrlich gesagt wollte ich auch keinen Nachwuchs haben. Noch nie. Schon damals in der Schule kam uns das absurd vor. Weißt du noch, wie wir über Frau Teckenheim gelacht hatten, die Mathelehrerin? Sie erklärte uns mit ihren schlafenden Zwillingen im Kinderwagen Trigonometrie und ließ sich zwischendrin immer hinter der Tafel ihre Brüste leer nuckeln.

Und was ich erlebt hatte mit meinen Eltern, muss ich dir nicht sagen.

Du weißt das am besten.

Es war der Horror.

Ich hatte einfach Angst.

Said jedoch wollte unbedingt das Kind. Er wünschte es sich so sehr, so inbrünstig. Zu Weihnachten schenkte er mir das Buch »Erziehen ohne Schimpfen«, eingepackt in UNICEF-Geschenkpapier. Auch ein ernst gemeinter Strampelanzug lag daneben, rot-gelb gestreift, sodass mein Kind darin wie eine giftige Made ausgesehen hätte.

Es war wirklich krank, und ich war unendlich unglücklich und stürzte mich mithilfe verschiedenster Substanzen in meine eigene Blutbahn, um durch mich durchzufließen.

Said ließ keine Sexualität mehr zu, sondern verbarrikadierte sich vor mir.

Oft, wenn ich in der Nacht aufwachte, saß er unserem Bett gegenüber auf der Stuhlkante, den glasigen Blick auf mich gerichtet, und schüttete unislamische Getränke in sich hinein. Wahrscheinlich überlegte er damals schon, wie er mich anmalen könnte.

Er sah aus wie das letzte Blatt an einem Baum.

Seine Haut bekam die Farbe von Karamell (tagsüber) oder von zwei Jahre altem Karamell (nachts), und er sagte zu mir, ich sei keine Frau mehr für ihn, weil ich nicht die Mutter seiner Kinder sein wolle.

Das Schlimmste aber war: Er hörte auf zu komponieren. Er hörte sogar auf, Klavier zu spielen.

Und es stieg die Ahnung in mir hoch, dass schreckliche Dinge geschehen würden.

Und die geschahen dann auch.

Weißt du, Sonne, ich plaudere hier vielleicht lustig vor mich hin, aber innerlich sieht es anders aus.

Nachdem mich Said an jenem fatalen Morgen mit großer Sorgfalt und unter Zuhilfenahme eines blauen Edding-Textmarkers hatte wissen lassen, dass er auf der Flucht war, schnitt ich mir am nächsten Morgen kurz vor Aufzeichnungsbeginn im Studio den Arm ab.

Also na gut, der Arm war nicht ab. Denn mit einem Teppichmesser kann man sich gar nicht den Arm abtrennen. So ein Knochen lacht ja nur über ein Teppichmesser. Aber schau es dir an. Hier unten, die Narbe. Ich habe die Augen zugemacht und gesägt. Ich wollte irgendwas spüren. Der Schnitt ging tief. Er musste mit vier Stichen genäht werden, und ich blutete und blutete und kam ins Krankenhaus, und es erschien auch ein Foto in der BILD-Zeitung, und die Ausfallversicherung weigerte sich, die Kosten für die entstandene Drehunterbrechung zu übernehmen, wegen angeblicher Vorsätzlichkeit meinerseits. Der Sender wollte später 120 000 Euro Schadensersatz haben. Von mir. Das muss man sich mal vorstellen. Es war der Schlussakkord der RTL-*Mond-Schein-Show*.

Einige Tage später bat ich meine Freundin Ying Shu, sich mit Said zu treffen und ihn vor meinem bevorstehenden Selbstmord zu warnen. Ich hoffte, dass er zurückkommt. Dass er sich um mich kümmert. So wie er das immer gemacht hatte. Irgendwie fand ich, dass das sein Job war in unserer Beziehung, mich zu retten.

Ying Shu war auch meine Psychologin, seit Jahren schon, und ich war sicher, sie würde die richtigen Worte finden. Mein Gott, ich glaube, er hat mich gerade wegen meines heimlichen Talents zum Suizidieren so sehr geliebt, das glaube ich wirklich.

All dies geschah vor einem Jahr, und danach begann erst die Hölle auf Erden.

Wenn ich Ying Shu nicht gebeten hätte, sich mit Said zu treffen, noch dazu in unserem Lieblingsrestaurant, einem Inder in der Oranienburger Straße, ich bin sicher, dass sie noch leben würde. Und Said auch noch.

Aber sie bestellten sich fatalerweise beide Chicken Makhani, mein Lieblingsgericht, bei dem ein Hühnchen in einer milden, cremigen Currysoße mit viel Butter und Tomaten gekocht wird.

Und vielleicht bestellten sie das Gericht aus Taktgefühl, da das Hühnchen auf dem Teller ja keine Knochen mehr hatte und sie deshalb nicht zwangsläufig auf meinen angesägten Unterarm zu sprechen kamen, was zum Beispiel beim Paulaner Bräu schräg gegenüber, wo man jedes Hühnerflügelchen einzeln abnagt und an den Spitzen krachend zwischen den Kiefern zermalmt, nicht zu vermeiden gewesen wäre.

Weil das Chicken Makhani ihnen aber auf der Zunge zerging, sie kein Fleisch zerschneiden mussten und daher auch keine Assoziationen an Teppichmesser in ihren Köpfen explodierten, konnten sie mein Leid aus diesem Abend gänzlich heraushalten. Und meine Abwesenheit in Verbindung mit Kerzenschein und den Ganesha-Skulpturen in den Restaurant-Nischen, deren Elefantenrüssel Stärke und Sensibilität und auch eine gewisse Erektionsfreude symbolisierten (denn ich kenne keine Frau, die nicht an einfühlsame Penisse denkt, wenn sie einen Elefantenkopf sieht), führten am Ende dazu, dass sich Said und Ying Shu furchtbar ineinander verliebten.

Als sie so frisch verliebt in der Nacht auseinandergingen oder besser gesagt auseinanderschwebten, glaubten sie, innerlich zerrissen, wie sie beide waren, den Menschen ihres Lebens gefunden zu haben.

Jetzt stecke ich, während ich dir von diesem Irrwitz berichte, gedanklich in Deggendorf fest. In diesem Drecksbayern unserer Kindheit. Ich schaue in unsere Träume von damals, in unsere Ängste und Fragen und in unsere tiefen Gefühle. Und ich glaube nicht, dass irgendwas von dem, was mir widerfahren ist, damals schon vom Grund des Deggendorfer Sees aufschimmerte, in dem wir unsere Sommer wegschwammen und wegdösten.

Das Dunkle habe ich mir selbst auferlegt, aber ich habe es auch meinen liebsten Menschen auferlegt: mit einer schlechten Idee, einem falschen Restaurant und einer fatalen Speise, die, obwohl ich sie nicht gewählt habe an jenem Abend, doch mit mir und meinem Gaumen verbunden ist, so als wäre meine persönliche Vorliebe für indische Gewürze ein Auslöser für diese Katastrophe gewesen. Denn eine Katastrophe ist es, eine Dunkelheit der Welt, die ich, im Gegensatz zu einigen anderen Dunkelheiten, die mir und nur mir widerfahren sind, nicht erhellen kann.

Doch die Dunkelheit zwischen uns, die kann ich noch erhellen, und die will ich auch erhellen, und deshalb bin ich hier, liebe Sonne, liebe alte Sonne, meine unendliche hippokratische Freundin.

Und ich bitte darum, dass du dich um Said und Ying Shu kümmerst, denn niemand anderen als dich wollen sie und brauchen sie für ihren letzten Gang.

4

Das Grau wurde heller. Die Straße. Die Häuser. Die Fenster. Es hatte aufgehört zu regnen.

Die beiden Frauen waren wie in Stein gemeißelt. Alabaster die eine. Die andere eher wie aus rotem Sandstein, an dem ein Vorhang aus hin- und herschwingendem Efeu hing. Das war das wenige an Sonne, das sich bewegte: zwei Stirnlocken, als sie den Kopf hob und wieder senkte, um zu sprechen. Aber dann sprach sie doch nicht.

Draußen flogen zwei kreischende Kinderstimmen am Laden vorbei. Das Signalgelb ihrer Anoraks blitzte von links nach rechts quer über das Schaufenster und war schon wieder verschwunden. Die Kinderstimmen verebbten, und man hörte nur noch den gedämpften Strom der Worte aus dem benachbarten Office.

»Wieso redet dein Freund so viel?«, fragte Jana zögernd.

»Er telefoniert. Und Samuel ist nicht mein Freund.«

»Und wieso klingt er so aggressiv?«

»Er spricht mit der Friedhofsverwaltung. Da klappt nichts.«

Der Alabaster nickte stumm, beladen von den beiden Toten, die in Gestalt ihrer Namen Said und Ying Shu langsam aus dem glatten Stein hinausglitten, ihn dadurch aufweichten.

»Dass man so viel telefonieren muss in deinem Beruf«, sagte der Alabaster. »Fast wie beim Fernsehen.«

»Kann sein.«

»Er hat eine gute Stimme.«

»Ja«, sagte Sonne.

»Eine Stimme für die Abendnachrichten. Oder fürs Wetter.« Janas eigene mineralisch feste Stimme brach. Sie wollte es nicht wahrhaben. »Du stehst doch so auf Stimmen, oder? Dieser kleine, heisere Engländer damals? Hieß er Jim?«

»Jana?«, sagte Sonne leise.

»Was?«

»Ich verstehe nicht, was passiert ist.«

Jana wendete den Blick nach draußen. Der aufklarende Himmel diffundierte durch das Schaufenster in Sonnes Sterbe-Biotop hinein. Sie war kein Alabaster mehr, nicht einmal Geröll oder Kies. Sie verflüssigte sich.

»Hörst du mich, Jana? Ich verstehe es nicht.«

Jana beugte sich nach vorne, als sie überlief. Ihr Rücken begann zu wogen beim Schluchzen. Sonne sah, wie ein Tropfen Flüssigkeit auf die Dielen fiel. Und noch einer.

»Was – verstehst – du – nicht?«, stieß Jana hervor.

Sonne wusste nicht, ob es Tränen waren oder irgendwas aus Janas Nase, was den Fußboden benetzte. Sie stand auf, blickte aus dem Brezelfenster, sah den nassen Asphalt. Wie gerne würde sie jetzt auf diese Straße gehen, in die Pfützen springen, auf Autodächer steigen und der Zeit und dem Ort entkommen.

Sie seufzte, machte zwei Schritte nach vorne zum Tisch, zupfte frische Taschentücher aus der Packung, kehrte zurück, reichte sie Jana.

»Weshalb sind die beiden gestorben? Was ist passiert?«

»Ach ja – immer – das Wichtigste – zuerst.«

Jana faltete eines der Taschentücher auseinander, achtsam, als könnte ein verborgenes Geschenk herausfallen. Sie wurde ruhiger.

»Du bringst es natürlich – gleich auf den Punkt. Ich quatsche und quatsche, und du – siehst gleich die schwache Stelle. Du bist genial. Ich habe das immer sehr bewundert, dass jemand, der keinen Piep sagt, so klug sein kann.«

»Willst du es mir nicht sagen?«

»Doch, schon. War ja kein Verbrechen.«

»Da bin ich froh.«

»Spinnst du? Glaubst du, ich könnte jemanden umbringen? Ich versau mir doch nicht den Wikipedia-Eintrag.«

»Gut.«

»O Mann«, keuchte Jana verzweifelt auf, »was für ein scheiß Scherz. Entschuldige. Ich bin das Letzte, echt jetzt.«

Sie hielt das quadratische Taschentuch wie einen riesengroßen Schmetterling und schnäuzte vorsichtig hinein, um ihm fast huldvoll ihr Nasensekret zu schenken.

»Es war wie bei meinen Eltern.«

Sonnes Blick sog sich voll mit Ungläubigkeit.

»Im Auto?«

»Ja. Nur kein Baum, sondern ein ganzer Wald.«

Sonne stöhnte leise auf. Sie fuhr sich mit den Fingern durch die krautigen Haare.

»Vor einer Woche. In meinem Tesla. Deshalb musste ich jetzt mit dem Taxi kommen.«

»Ich dachte, ein Tesla kann gar nicht verunglücken?«

»Keine Ahnung, ob es ein Unglück war. Also ein Unglück im engeren Sinne vielleicht nicht. Sie suchen gerade nach Bremsspuren. Und checken den Autopilot, ob er an war. Und forschen nach, ob irgendwelche seltenen Wanderkröten traumatisiert wurden durch den Vorfall, was weiß ich. Bei den Carabinieri kann das Jahre dauern.«

»Wir reden von Italien?«

Jana bestätigte Italien mit einem Blick, während sie den Schmetterling in die Tasche steckte und ein zweites Taschentuch öffnete. Taschentücher schienen einen dämpfenden Einfluss zu haben. Sie beruhigte sich langsam.

»Toskanische Bergstraße. Einsam. Keine Leitplanken. Der Wagen schoss über die Klippen. So.« Sie zeigte es mit ihrer flachen, taschentuchlosen Hand, die in einem Bogen nach vorne flog, bis der Arm ganz gestreckt war. »Wie in einem James-Bond-Film.« Die Hand sank herab. »Leider öffnete sich kein Fallschirm oder irgendeine Geheimwaffe. Sie krachten mitten in ein Naturschutzgebiet. Die Pinien oder Zypressen oder was weiß ich brannten zwei Stunden. Was da halt wächst. Ein Hubschrauber mit Löschwasser kam sogar geflogen. Aber das Wasser traf einen der Polizeiwagen und spülte ihn den Hang hinunter. Da muss viel los gewesen sein. Ein richtiges Spektakel.«

Sie seufzte traurig und begann, sich mit dem zweiten Taschentuch die Wangen trocken zu reiben.

»Das heißt, die beiden sind noch in Italien?«, fragte Sonne.

»In Florenz, ja. In einem Kühlraum. Aber immerhin Florenz. Dieser weiße Marmortyp vor dem Palazzo Vecchio, dieser nackte David mit der krass naturalistischen Vorhaut, den hat Leonardo da Vinci ja echt super hingekriegt.«

»Michelangelo?«

»Michelangelo, genau. Was du immer weißt, Sonne. Die volle Kunstkennerin. Der David von Michelangelo. Voll Saids Ding.«

»Die Überführung könnte kompliziert werden.«

»Ja. Ich freu mich schon darauf, wenn dein Freund die Italiener anschreit.«

»Er ist nicht mein Freund. Und wir können diesen Auftrag nicht übernehmen, Jana.«

Janas Blick glich einem Erdrutsch.

»Aber das ist doch kein Auftrag.«

»Die Anfrage.«

»Es ist mein rausgerissenes Herz, liebe Sonne. Das liegt vor dir. Das kannst du doch nicht einfach so in Streifen schneiden.«

»Es ist nicht möglich. Leider. Wirklich furchtbar, was geschehen ist. Aber ich schaffe das nicht.«

»Ich verstehe schon«, erwiderte Jana mit Eiter in der Stimme. »Du magst mich nicht mehr, und du hast völlig recht.«

»Jana, hör auf.«

»Aber du willst mich doch mögen, oder? Ich hab es gerade so nötig, gemocht zu werden.«

»So wie ich das sehe, wird die Presse hinter dir her sein. Dein Sender wird sich einschalten. Irgendwelche Leute werden hier rumlungern. Aber …« Sie hielt einen kurzen Moment inne, gerade lange genug, um sich darüber klar zu werden, wie sie Jana das Märtyrerinnenhafte nehmen könnte. »Aber ich würde dich an Becks vermitteln. Was denkst du, Samuel? Wäre das was für Becks?«

Ihr Mitarbeiter war gerade aus dem Office getreten. Er kratzte sich am Kopf, durch die Wolle des Kutterfischermützchens hindurch, lehnte sich an die Laibung der Schiebetür wie ein Speer. Er wirkte empfänglich, und Sonne hasste es, wenn er empfänglich war und gleichzeitig der Speer. Sein Blick wurde dann so sanftmütig, das grenzte schon an Debilität, und gleichzeitig schwoll sein Eigensinn.

»Becks macht doch viele Promis, nein?«, setzte sie nach.

»Ich will mich nicht einmischen, Boss.«

Schon wie er »Boss« sagte, brachte sie auf Hundertachtzig. Und natürlich mischte er sich ein. Er mischte sich schon dadurch ein, dass er das Doppel-S so scharf prononcierte, als wäre es ein Doppel-Doppel-S. Bossss.

Er war nicht einverstanden mit ihr. So viel war schon mal klar.

»Ich will zu keinem Becks«, begehrte Jana auf. »Ich will zu jemandem, der Chicken Makhari versteht. Der Said versteht. Der mich versteht. Und der meinetwegen sogar Ying Shu versteht, die ich ehrlich gesagt nie verstanden habe, weil sie vor allem dazu da war, mich zu verstehen.«

Jana zerknüllte ihr Taschentuch, und ihre Stimme wurde lauter und wieder fester, und man hörte, wie sich Brocken der Empörung lösten und aus ihr herauskullerten.

»Ich meine, sie war eine große Zuhörerin, das war ja ihr Beruf. Und Said war auch ein großer Zuhörer. Jahrelang verblüffte er mich mit seiner Art des Zuhörens. Ich weiß noch, dass ich mal aufsprang und zur Tür rannte, nachdem er mir den ganzen Abend gelauscht hatte. Echt jetzt, ich hatte das Gefühl, dass er mich aussaugt! Ich schrie ihn an. Ich beschimpfte ihn fürs Zuhören, weil ich unfassbar fand, dass er nicht auch mal reden wollte. Anstatt zu reden, wollte er Klavier spielen, weil er fand, dass er sich mit Johann Sebastian Bachs *Präludium und Fuge Nr. 1 in C-Dur* ausreichend erklärt. Er und Ying Shu, zwei Leute, die nur zuhören und nicken können. Was hatten die sich zu sagen? Was haben die in diesem rechtsradikalen Tesla besprochen, bevor sie über die Klippe rasten? Wieso soll ich das mit einem ›Becks‹ erörtern? Wer soll das überhaupt sein? Ist das nicht eine Biermarke? Wie kann ich mit einem ›Becks‹, dessen Name nach einer Biermarke klingt, besprechen, auf welche Art ihr Grab gestaltet werden soll?«

»Wie, ›ihr Grab‹?«

»Na ja, oder wo auch immer sie reinkommen!«

»Was heißt ›sie‹?«

»Willst du mich verarschen? Worüber reden wir denn die ganze Zeit? Said und Ying Shu brauchen ein Grab.«

»Du meinst, jeder braucht eins.«

»Nein. Tutto completto eins.«

»Nur, dass wir uns nicht missverstehen: zwei Gräber für zwei? Oder ein Grab für zwei?«

»Ein Grab für zwei. Wieso fragst du? Ist das billiger?«

Sonnes Wangen schienen wie von plötzlicher Röte überzogen. Ihre Augen waren lebhaft, klar, sehr wach.

»Du willst deinen Mann zusammen mit seiner Geliebten beerdigen?«

»Das wollte er so.«

»In einem Doppelgrab?«

Jana grunzte zustimmend. »Er hat eine solche Mühe auf sein Testament verwendet. Du solltest mal seine Handschrift sehen. Und wie er ihren komplizierten Chinesinnennamen gemalt hat. Kein einziger Rechtschreibfehler. Da stand nicht ›ICH WILL WEK‹ oder so.«

Sonne versuchte sich zu konzentrieren, versuchte, den Pinsel zu greifen, der gerade in ihrem Kopf aus Farben, die nicht zusammengehörten, ein wildes, ungegenständliches Aquarell zusammenschmierte.

»Du bist durcheinander, Jana. Das ist ganz normal. Das ist der Schmerz. Du willst doch kein Doppelgrab.«

»Nee. Ist nicht der Schmerz. Das sind die Fakten. Gestern hat mir die Polizei gesagt, sie hätten mit den Carabinieri geredet. Und die Carabinieri hätten mit dem Rechtsmediziner geredet. Und der Rechtsmediziner hätte gesagt, Ying Shu sei schwanger.«

Ein erster Sonnenstrahl brach durch die Wolken, und die Nässe der Fensterscheiben sog ihn auf wie Valium. Nichts floss oder rann mehr herab, und selbst die Tropfen, die vom Dach fielen, schienen in der flirrenden Luft betäubt stehen zu bleiben.

»Ich denke, es wird eine Dreifachbeerdigung«, fuhr Jana fort. »Ein Dreifachgrab. Mamapapakind. Eine Familiengruft. So wie bei den Habsburgern. Es wird sich für dich lohnen, Sonne. Und für dich auch, Mann mit der Pornostimme.«

»Samuel«, stellte Samuel sich höflich vor, der trotz des Herbstes nur ein graues T-Shirt trug.

»Schon gut, tut mir leid. Ich rege mich wirklich auf.«

Sonne hat bei *Sommernachtstraum* schon viel erlebt.

Einmal hat sie einen Nominierten der deutschen Darwin Awards bestatten müssen, die bekanntlich an Kandidaten vergeben werden, die sich aufgrund bemerkenswerter Fehleinschätzungen selbst töten. Damals hatte es sich um einen Rechtsanwalt gehandelt, der sein Übergewicht gegen ein Fenster im zwölften Stock eines Hochhauses geschmissen hatte, um einer Expertengruppe die Stabilität der Glasscheiben zu demonstrieren. Der Fensterrahmen gab jedoch nach, und der Mann stürzte in die Tiefe.

Bei der Trauerfeier hatte Sonne immer Angst gehabt, dass Samuel kichern könnte, der ja die Rede halten musste. Denn Samuel war bei *Sommernachtstraum* meist für die Trauerreden zuständig, nicht nur wegen seines sonoren Organs. Sondern er hatte die Gabe, die kompliziertesten und auch die lächerlichsten, in ihrer Letalität unbegreiflichsten Todesfälle mit einer milden, unaufdringlichen Ko-Verzweiflung in eine ganz normale, finale Kapitulation verwandeln zu können. Durch Betonung dessen, was er die »postmortale Niederlagengrandezza« nannte.

Er bediente sich gerade in schwierigen Fällen oft entlegener uralter Mythen, die in ihrer Zitatenfülle schöne Ansätze für individuelle Trauergestaltung boten. Selbst die Hinterbliebenen des bedauernswerten, an der endlosen Fassade unfachmännisch verglaster Etagen in vermutlich bassem Staunen herabstürzenden Topjuristen konnte er trösten. Er kam in seinem Nachruf wie nebenbei auf die fliegenden Vimanas in den Sanskrit-Epen zu sprechen, die von verschiedenen Göttern in den Veden verwendet wurden. Dabei handelte es sich um durch die Luft rauschende Streitwagen mit Flügeln, aus denen Indra seine tapfersten Krieger stieß, um ihre Treue zu prüfen. Und genauso geschah es mit Dr. jur. Helmholt Müller.

Die Resonanz unter den Trauergästen auf diese Analogie war überwältigend gewesen.

Eine Rede jedoch für eine Dreierbestattung, bei der eine prominente TV-Komödiantin ihren in Kohle verwandelten, untreuen Pianistengatten mitsamt der In-flagranti-Affäre und einem Embryo verabschiedet, unter Beobachtung der Boulevardpresse und durchgeführt von ihrer einstmals besten Freundin, war selbst für den wortgewaltigen Niederlagenspezialisten Samuel eine Herausforderung, die nicht einfach mit Zitaten aus altindischen Offenbarungen zu bewältigen schien.

»Keine Angst«, sagte Jana, als hätte sie die Gedanken der besorgten Sommernachtsträumerin erraten, »ich werde selbst am Grab sprechen. Völlig ohne Humor. Wird bestimmt bewegend.«

Sie schluchzte lächelnd in ihren nicht mehr ganz weißen Zellstoffschmetterling hinein, stöhnte plötzlich großäugig auf und rief: »Meine Fresse, ist mir übel.«

Samuel hatte keine leere Urne mehr. Sonne dachte für einen Moment an den großen schönen Schausarg.

Jana jedoch sackte einfach scheu zur Seite, glitt ganz unvermeidlich vom Stuhl, wie Lava, die elegant und verhältnismäßig rasch von einem Vulkan herunterrutscht.

Bevor sie mitsamt ihrem nach außen drängenden Mageninhalt auf den Boden knallen konnte, in ihre eigenen, halb getrockneten Tränen hinein, war Samuel da und fing Jana auf, mit einer Verve, als wäre er jederzeit bereit, sie zur Frau zu nehmen.

5

In der ehemaligen Backstube standen in einem weißen Livitalia-Designregal Dutzende von Leitzordnern, farblich sortiert nach der Systematik des Regenbogens.

Sonnes Stilgefühl hatte diese Kolorierung ersonnen, da sie in diesem Fall trotz aller Liebe zum Lesen und Schreiben das Alphabet als nicht ausreichend empfand. Das Archivieren der Toten nach dem Prinzip einer A-bis-Z-Kartei passte für sie nicht zu ihrem Bedürfnis, allen ihren Kunden ein Ich zu lassen, das über Namen oder gar Nummern hinausreichte. Und dieses Ich war eine Farbe.

In den roten Aktenordnern ruhten daher die Herz-Kreislauf-Erkrankungen samt Hirnschlägen und Infarkten.

Die blaue Abteilung enthielt die Tumore.

Gelb stand für Suizide.

Violett versammelte alle sonstigen Todesarten.

Orange war die Farbe der Kinder.

Die grünen Ordner inventarisierten alles, was im weitesten Sinne Pleite, Panne und erratisches Unglück war, auch unspezifisches und selbst verschuldetes Desaster, zum Beispiel Haushalts- und Badeunfälle, Verkehrstote, Drogenopfer. Eine Kundin war kurzzeitig auch einmal im kanariengelben Ordner der Selbstmordverdächtigen gelandet, da sie sich ihrer eigenen Hochzeit durch frenetische Liebkosung einer Starkstromleitung entzogen hatte, die sie für einen Ast hielt. Samuel hatte für Grün votiert (»Grüner geht's nicht«), da ein Suizid auf diese turbulente Art kaum zu der geplanten Verehelichung passte.

Die weißen Aktenordner schließlich waren etwas Besonderes. Sie trugen auf dem Ordnerrücken ein schwarzes P, was für »Poesie«, »Porträt« und »Persönlich« stand.

In den Ordnern »Porträt« schimmerten all die kunstvollen Schwarz-Weiß-Fotos, säuberlich und paarweise einsortiert, die Sonne in den vergangenen Jahren von einigen ihrer Kundinnen und Kunden auf deren Bitten hin kurz vor und kurz nach Eintritt des Exitus aufgenommen hatte, immer in Hinblick auf die Zartheit der sich durch Herzstillstand besänftigenden menschlichen Physiognomie.

Unter dem Schlagwort »Poesie« wiederum fanden sich einschlägige Gedichte und Balladen, aber auch allerlei Unterlagen zur internationalen Sterbe- und Begräbniskultur. Viele der von Sonne abgelegten und lebhaft kommentierten Artikel bezogen sich auf exotische Bestattungsriten.

Man konnte zum Beispiel nachlesen, dass der *Día de los Muertos* zu den wichtigsten Festtagen Mexikos zählt und in dieser Zeit die Seelen der Verstorbenen zu Besuch kommen. Damit sie den Weg nach Hause zu ihren Liebsten finden, werden Gassen und Straßen mit knallorangen Ringelblumen und leuchtend gelben Chrysanthemen geschmückt, da die Toten diese Farben am besten erkennen können. Großfamilien ziehen singend und musizierend zu den Gräbern, tanzen darauf, betrinken sich und stoßen auf die Urgroßmutter an.

Sonne schrieb hierzu, unter Einbeziehung ihrer Vorliebe

für ausgestorbenes Vokabular: »Zagen und Klagen raus aus Deutschland!«

Ganz anderes las man zu manchen indigenen Völkern auf den Neuen Hebriden, die früher ihre greisen und hilflos gewordenen Leute mithilfe einer Keule erledigten. Oder dass das Alter in Polynesien keine hohe Achtung genoss, ganz im Gegensatz zu Mexiko.

Bei den Burjaten wiederum wurden die mutwilligen Abgänge von barock anmutenden Zeremonien begleitet. Man zog den in hohem Alter stehenden Männern und Frauen die besten Kleider an, führte sie auf ihre Ehrensitze, und nach einem wilden Trinkgelage erstickte man sie öffentlich unter dem Applaus ihrer Nachkommen. Bei den Batéké geschah das Gleiche auch mit den Schwerkranken, mit dem Unterschied, dass sie danach noch verzehrt wurden.

Diese Artikel waren oft in Sonnes akkurater Handschrift kommentiert, zum Beispiel mit Fragezeichen oder auch den Worten »Kolonialismus!« oder »Propaganda, denke ich«.

Ebenfalls in den weißen Ordnern befanden sich jene Kundinnen und Kunden von *Sommernachtstraum*, die persönliche Bekanntschaften von Sonne oder Samuel gewesen waren. Oder Geliebte. Unvergessliche.

Bleibende.

Als Samuel die betäubte Jana auf das rote Sofa gelegt hatte, nach Sonnes Meinung auf die gleiche Art, wie Graf Almásy in *Der englische Patient* die Leiche von Katherine Clifton über den Wüstensand zum gelben Doppeldecker trug, richtete er sich auf, blickte auf das Bücherregal, zog einen weißen Ordner hervor und schlug ihn auf, während er mit rauer Stimme murmelte: »Wollen wir Said und Ying Shu hier gleich eintragen, neben deiner Frauenärztin?«

»Nein, das wollen wir nicht.«

»Echt nicht?«

»Auf gar keinen Fall.«

Er machte eine überflüssige Geste, die zu seiner sonstigen Bärenruhe nicht recht zu passen schien. Seine Stimme straffte sich.

»Ist das nicht etwas herzlos, Sonne?«

»Du weißt nicht, was passiert ist.«

»Was ist passiert?«

»Wenn wir das machen, wird uns diese Frau die Hölle auf Erden bereiten.« Sie nickte in Richtung Jana. »Nicht weil ihre Situation so ziemlich das Beschissenste ist, was man sich vorstellen kann. Sondern weil sie selbst das Beschissenste ist, was man sich vorstellen kann.«

Samuel neigte den Kopf zur Seite. Er beäugte Jana forschend, die im Profil und von rechts oben gesehen eine schlafende, von einem Lockenwicklerset getüpfelte Nymphe zu sein schien, eher ein Geist der Berge, Bäume, Wiesen und Grotten als eine Gefahr, wie er fand. Außerdem hatte sie einen schönen Nacken.

»Du hast sie doch ewig nicht gesehen.«

»Und du willst jetzt schon mit ihr ins Bett.«

Er starrte Sonne an, als hätte er nicht recht gehört. Dann legte er den weißen Ordner sanft auf Janas bewusstlosem Körper ab, wie eine Schürze, drückte die Fäuste in die Seite, und Sonne sah seinen prachtvollen Bizeps.

»Du hast sie ja nicht mehr alle«, grummelte es drohend unter dem Bart hervor.

»Du liebst halt Leute, denen es schlecht geht«, beharrte Sonne. »Aber wenn man jemanden liebt, dem es schlecht geht, muss man sich natürlich immer wieder fragen: Liebe ich den Mensch, oder liebe ich seine Krankheit? Ich würde dir raten, allerhöchstens ihre Krankheit zu lieben.«

Das Telefon klingelte. Beide rührten sich nicht vom Fleck.

»Willst du nicht rangehen?«, fragte Sonne.

»Ich glaube einfach nicht, dass du das ernst meinst, was du sagst.«

»Wir sollten die Polizei rufen. Die kümmern sich um sie.«

Das Klingeln erstarb, und Samuel kratzte aufgebracht und vergeblich seine Stirnfalten glatt. »Die Polizei? Die Frau ist eine Person von öffentlichem Interesse. Und das öffentliche Interesse wird praktisch zeitgleich mit den Bullen hier aufschlagen.«

»Ja und?«

»Sie ist bewusstlos. Sie steht unter Schock. Ihr Mann ist tot und liegt in Florenz. Alles ist am Arsch. Sie hat sich was reingepfiffen, was ihr womöglich eine Anzeige einbringt. Und sie ist suizidgefährdet.«

»Wie kommst du denn auf die Idee?«

»Sie hat versucht, sich den Arm abzuschneiden.«

»Dass ich nicht lache.«

»Lach doch!«

»Du hast gelauscht!«

»Ich habe nicht gelauscht, sondern es gibt hier keine Türen, die man schließen kann, okay?«

»Guck dir doch mal den kleinen Ritzer an.«

Sie hob Janas Arm hoch, auf dem eine dünne weiße Linie zu sehen war, weit weg von der Schlagader. Sie ließ den Arm wieder fallen wie einen toten Aal.

»So eine Schramme hast du alle zwei Wochen, wenn du mit deinen Antifa-Jungs Fußball spielst. Sie tut wahnsinnig dramatisch immer, weil sie denkt, die ganze Welt würde sich nur um sie drehen. Den Arm abschneiden! Ich krieg die Krise.«

»Gut, dann bring ich sie zu mir nach Hause.«

»Du kannst mich mal.«

»Sie braucht Hilfe.«

»Sie braucht nicht die Hilfe von einem Möchtegernholzschnitzkünstler, der seine sexuellen Interessen hinter Altruismus versteckt.«

»Soll ich das für bare Münze nehmen, oder redest du nur in deiner Eigenschaft als Pissnelke?«

»Ich rede in meiner Eigenschaft als Boss.«

Samuel blinzelte zweimal, bevor er Luft holte.

»In Ordnung, Boss. Es ist jetzt elf Uhr mittags, Boss, und ich mache Feierabend. Denn ich lade mir hier jeden Tag zwei fucking Überstunden auf, weil mein Boss es nicht auf die Reihe kriegt, hier mal zusätzliches Personal ranzufahren. Mein Boss muss auch mal lernen, selbst ans Telefon zu gehen, er kann ja doch sprechen. Und mein Boss darf heute mal ganz alleine in die Charité fahren und Frau Gebowski abholen, die dort seit drei Tagen unsortiert rumliegt und auf ihren Totenschein wartet. Wenn mein Boss es vorzieht, die Exekutive zu rufen, dann ist das sein gutes Recht, aber gleichzeitig hat er, oder sollte ich ihn an dieser Stelle ›sie‹ nennen, gleichzeitig hat sie also dann auch keinen notgeilen

Möchtegernholzschnitzkünstler mehr, der ›Boss‹ zu ihr sagt oder auch nur ›Schönen Feierabend‹!«

Ohne Sonne noch eines Blickes zu würdigen, stob Samuel an ihr vorbei, hinüber in den Empfangsraum. Sie hörte, wie er sich drüben seine Jacke über das T-Shirt streifte, einen traurigen Parka, den er vorwurfsvoll rascheln ließ. Er öffnete die Tür, rief wütend »Schönen Feierabend«, und war weg.

»Was ist denn mit dem los?«, fragte Jana psychedelisch, die auf der Couch langsam zu sich kam.

Sonne wollte schreien, aber sie war nicht jemand, die einfach so schrie.

»Gar nichts.«

»Und was machen wir damit?«

Jana blickte auf den weißen Aktenordner auf ihrem Bauch, pflückte ihn mit ihren Spinnenfingern und setzte sich auf, während sie durch alle toten Freunde Sonnes blätterte.

»Krass. Wer benutzt denn heute noch Aktenordner?«

Sonne riss ihr das Ding aus der Hand und schleuderte es gegen die Wand. Eine Urne wurde getroffen, fiel zu Boden. Sonnes Gesicht war farblich ein Krebs, ansonsten erhitzt.

Das Telefon auf Samuels Schreibtisch klingelte erneut.

Dann klingelte auch Janas Handy in ihrem weißen Jäckchen. Jana zog es hervor und sagte: »Da muss ich ran, das ist Italien. Oder willst du gleich selbst mit denen sprechen?«

Die Eingangstür vorne ging auf, während Jana telefonierte, aber es war nicht Samuel, der reumütig zurückkroch, sondern ein selbstbewusster Typ von der Post, der kein Wort Deutsch sprach, aber eine Gerichtsvorladung per Einschreiben und auch einen Kothaufen vorbeibrachte, der es sich unter seinem linken Schuh bequem gemacht hatte. Während Sonne ihn und seinen linken Schuh und vorsichtshalber auch den rechten ins winzige Bad schickte und mit dem letzten sauberen Trosttaschentuch, das Janas Kummer übrig gelassen hatte, den Fußboden reinigte, kam eine nervöse Hinterbliebene herein. Sie hatte eigentlich einen Termin mit Samuel, weil er ihre ostpreußische Mutter in das Hafenbecken von Königsberg zu streuen versprochen hatte. Dies aber ging nicht ohne Weiteres, da es sich um russische Hoheitsgewässer handelte und Wladimir Putin nicht die Asche von Leuten, die ss-Männer geheiratet hatten, um die Sowjetunion mit arischen Elitebabys aufzunorden, in der Nähe seiner Patrouillenboote haben mochte.

Während Sonne versuchte, im Chaos der beleidigten Vielfalt ihres Mehr-als-Geschäftspartners, des alternden ss-Elitebabys und eines müffelnden Briefträgers die Contenance zu wahren, legte ihr Jana eine zitternde Hand auf die Schulter und fragte wie in jenem Pommes-frites-trifft-eine-Currywurst-Sketch, der sie einst berühmt gemacht hatte, nur viel leiser und viel weniger lustig: »Ist es okay, wenn ich heute bei dir übernachte?«

6

Sie waren am S-Bahnhof Alexanderplatz ausgestiegen, hatten den Ausgang Rathausstraße genommen und liefen neben dahineilenden Passanten auf dieser geschundenen, den Charme einer Flugzeugträgerlandebahn ausstrahlenden Magistrale schweigend auf das historische Nikolaiviertel zu. Sonne hatte Jana die Sonnenbrille aufgesetzt, die Lockenwickler aus dem Haar gefummelt und ihr stattdessen ein altes, stinkendes Ersatzmützchen von Samuel aufs Haupt gedrückt. Am liebsten hätte sie ihr noch einen falschen Bart angeklebt, um neben so wenig RTL-*Mond-Schein-Show* wie möglich gesehen zu werden.

Die Straße, an ihren Rändern noch glänzend vor Nässe, wirkte an den trocknenden Stellen auf Janas delirierende Wahrnehmung wie eine lange Reihe grauer Walfische, die an einem Strand allesamt hintereinander verendet waren. Jana musste hier und da stehen bleiben, weil ihr schwindelig war. Einmal stürzte sie auf eine Art toten Delfin, kam aber von alleine wieder auf die Füße. Sie hatte das Gefühl, es sei Magie.

Sonne wartete, wenn sie auf Jana warten musste, wie auf einen Fehler.

Alles war falsch, und ganz besonders falsch war es, Jana mit zu sich nach Hause zu nehmen. Aber Samuel hatte recht gehabt: Man lässt niemanden im Dreck liegen. Niemanden. Sie hatten sich das geschworen, als sie *Sommernachtstraum* einst gegründet hatten: immer helfen, ohne Ansehen der Person.

Zwar hatten sie damals über Leichen gesprochen, denen ohne Ansehen der Person geholfen werden sollte. Aber in gewisser Hinsicht war Jana auch eine Leiche, für Sonne vor langer Zeit gestorben. Für eine Nacht, dachte sie, kann ich eine Leiche beherbergen. Es kommt dafür nur Nickys Zimmer infrage, aber dann schläft er mal wieder bei mir. Das hat er schon so lange nicht mehr. Das hat auch was Schönes.

Sie erreichten in Zeitlupe die Poststraße, kämpften sich durch schwulstartige Touristenknäuel bis zur Nikolaikirche durch und bogen dort in die Propststraße ein. An deren Ende, nur einen Steinwurf vom Spreekanal entfernt, versteckten vergilbte DDR-Arkadenbauten das kleine Zille-Museum. Sonne schritt an dessen nachtropfenden Postkartenständern, die offenbar im Regen vergessen worden waren, auf einen unscheinbaren Hauseingang zu. Sie zog den Schlüssel heraus, benutzte ihn aber nicht, da irgendjemand das Schloss herausgebrochen hatte.

Sie traten in einen aus Zementplatten gefertigten Korridor, der nach klammer Feuchtigkeit roch. Nur von außen war der DDR-Riegel als prachtloses Renaissancegemäuer kostümiert. Das Einzige, sagte Sonne gerne, was an dem Haus mit der Renaissance zu tun hatte, war das Fehlen des Fahrstuhls. Aber diesmal sagte sie es nicht. Sie sagte gar nichts. Ihr Gesicht war unbewohnt wie der Mars.

Nach drei Stockwerken erreichten sie eine Tür, die noch grauer schien als die anderen Türen.

Sonne zog ihre Schuhe aus. Dann sagte sie, während Jana noch um Atem rang und versuchte, ihre Halluzinationen in den Griff zu kriegen, dass Nicky unter Hämophilie litt, leider ihrer schwersten Form. Trotz medikamentöser Dauerprophylaxe könne es bei größerem Druck zu Beeinträchtigungen in den Fingergelenken kommen. Deshalb solle er möglichst niemandem die Hand geben zur Begrüßung.

Sie schloss auf und trat ein.

Im kleinen Flur stand ein noch kleinerer Junge und blickte auf. Er trug einen Helm und eine Brille, hielt einen Airbus aus Legosteinen in der Hand und hatte den Vinylboden durch ein großes schwarzes Spinnennetz aus Gummi mit einer rot angepinselten Spinne darin in eine Superhelden-Landepiste verwandelt. An seinem Kinn leuchtete ein lilafarbenes Hämatom.

Sonne hielt inne und lächelte.

»Hallo, mein Schatz.«

Sie umarmte ihn wie einen Strauß teurer Blumen, und er ließ es zu, obwohl es eine etwas zu lange Umarmung war. Jana bemerkte, dass sie beide die exakt gleichen Brillen trugen.

»Freu dich des Lebens, Großer.«

»Freu dich des Lebens, Mama.«

Sonne sagte zu Jana, ohne sie eines Blickes zu würdigen, dass das der Nicky sei.

»Und das ist die Frau von Mond, sie schläft heute bei uns.«

»Die Frau vom Mond?«, fragte der Junge erstaunt.

»Von Mond«, berichtigte Jana schnell, bevor Sonne noch etwas Abfälliges sagen konnte. »Am besten einfach Jana. So heiße ich.«

»Freu dich des Lebens, Frau von Mond.«

Er verschwand mit seinem Flugzeug, seiner Brille und seinem Bauhelm im Kinderzimmer, ohne beeindruckt zu sein.

»Nicky schaut nicht viel Fernsehen«, erklärte Sonne stolz.

Sie gingen in die Küche. Die Wände und die Decke waren aquariumblau gestrichen, der enge Raum selbst schien wie in Watte gepackt. Alle Ecken und Kanten der Möbel waren mit gelbem Schaumstoff abgeklebt, sogar der Herd. Der Küchenboden war ein dicker, flauschiger Flokatiteppich, und der Platz am Mini-Tisch, der offenbar Nickys Platz war, ähnelte mit seinen Schafsfellen und dem Polster aus IKEA-Kissen einem riesigen Katzenkörbchen. Nirgendwo waren Küchengeräte zu sehen, mit denen man schneiden, hacken, bohren oder Fleisch zerteilen konnte. Es war nach Janas Meinung die hässlichste und unbrauchbarste Küchenhöhle, die sie je gesehen hat. Aber der Anblick rief ihr wieder ins Gedächtnis, was Hämophilie war. Der Junge durfte nicht bluten, er durfte sich nicht verletzen, denn die Wunden schlossen sich nur langsam.

Sonne bot Jana einen Stuhl, aber kein Getränk an.

Ohne ihr in die Augen zu sehen, erklärte sie mit ruhiger Stimme die Konditionen.

Die Firma *Sommernachtstraum* sei bereit, sich Janas Falles anzunehmen. Man werde sich daher um die an sie herangetragenen akuten Sterbefälle kümmern, praktisch gesehen in zweifacher, theoretisch gesehen in dreifacher Hinsicht. Oder anders gesagt: Mamapapakind.

Da es sich um komplexe Prozesse mit Zuführung aus dem europäischen Ausland handle, sei auch das formale Prozedere komplex. Die anstehenden Entscheidungen müssten mit den Vorstellungen der bestattungspflichtigen Personen übereinstimmen, zumindest sollten sie deren Wünschen nicht diametral entgegenlaufen. Jemanden als Kohlekapsel ins Weltall zu schießen, der gerne unter einem Zedernbaum im Libanon ruhen würde, nein, das sei nicht die Politik von *Sommernachtstraum*.

Doppelgräber hätten ihre Tücken, ganz besonders für hinterbliebene Ehegattinnen, die womöglich gerne selbst mit einem der Beteiligten eine solche Heimstatt teilen möchten.

Sämtliche Möglichkeiten würden aber demnächst transparent besprochen. Man fände gemeinsam heraus, wie die einzelnen Schritte gestaltet werden sollten. Gemeinsam herausfinden bedeutete, dies erstens ehrlich zu tun und zweitens ohne Beteiligung von Samuel Petersen. Samuel Petersen sei zertifizierter Ersthelfer für psychische Gesundheit und daher emotional leicht erregbar. Sorgen, die mit der Überführung der Kund:innen, ihrer Einlagerung und Kühlung sowie mit Schwierigkeiten des Dolcefarniente in Florentiner Leichenschauhäusern zu tun hätten, aber auch Fragen, die die Anlieferung, das Waschen und Ankleiden, die Einbettung in die Särge, die behördlichen Imponderabilien in Deutschland und nicht zuletzt Details zu Michelangelo

Buonarroti beträfen, seien ausschließlich mit der Geschäftsführerin zu besprechen, auf keinen Fall jedoch mit Samuel Petersen.

Jana verstand kaum ein Wort.

Ihr ging aber durch den Kopf, dass Sonne schon immer hochgestochene Formulierungen wie aus Werbeprospekten bevorzugt hatte, wenn sie jemandem den Hals umdrehen wollte.

Einmal, als sie auf der Abifahrt vier Stunden an der österreichischen Grenze im Stau gestanden hatten und der Busfahrer in unmittelbarer Nähe eines gnädigen Fichtenwaldes mit viel Unterholz keine Anstalten machte, ihnen zur Erleichterung ihrer Mädchenblasen kurz die Tür zu öffnen, hatte sie als Klassensprecherin die legendären Worte an den Fahrer gerichtet: »Einer der größten Vorteile einer Abireise mit dem Bus ist doch, dass durch Inkontinenz der Fahrgäste verursachte Verunreinigungen des Fahrzeugs vertragsgemäß der Reiseveranstalter säubert, Sie Spatzenhirn. Also halten Sie schon mal Eimer und Lappen bereit.«

Jana musste lächeln, als sie daran zurückdachte.

Sie ging zur Spüle, hielt ihren Kopf unter kaltes Wasser und trocknete sich mit dem Geschirrtuch ab. Wieder etwas erfrischt blickte sie sich um auf der Suche nach Spuren von Sonnes einst so glanzvoller Persönlichkeit.

Ihr legendäres Stilgefühl jedenfalls setzte sich nur noch in Kleinigkeiten durch. In der Art zum Beispiel, wie sie an der Küchenwand eine Galerie gerahmter Polaroid-Geburtstagsfotos von Nicky aufgehängt hatte. Sie waren mit jeweils einer seiner Kinderzeichnungen kombiniert und als

Doppelbildnisse gestaltet, fast als Doppelgräber, dachte Jana. So zeremoniell. So jenseitig.

Der erste Geburtstag zeigte nur den violetten Abdruck von Nickys zerbrechlicher Säuglingshand.

Ein Jahr später folgte eine Art Gekritzel, das wohl mit ebendieser Hand gelungen war und äußerst kubistisch wirkte.

Ab dem dritten Geburtstag waren es immer Porträts, die Nicky von seiner Mutter angefertigt hatte, zunächst noch als Punkt-Punkt-Komma-Strich samt Mondgesicht.

Zu seinem vierten Geburtstag bekam sie Haare, die auch aus den Ohren sprossen.

Am fünften Geburtstag hatte sie Kringelaugen auf der Stirn, und zwar drei Stück, weil Mama alles sieht.

Zum sechsten Geburtstag war sie The Lady in Red und hatte die Augen geschlossen, als würde sie träumen, daneben sah man eine kleinere Version Mensch, die am Boden lag und aus deren Kopf Blut spritzte, und darüber stand: »Daweintnicky füa Mama.«

Er konnte also schon mit sechs schreiben.

Zum siebten Geburtstag gab es ein Foto, das sie als Umriss vor einem Schulgebäude zeigte, aber irgendjemand scheint Kaffee oder Säure über das Foto geschüttet zu haben, sodass es unscharf wirkte wie ein Bild aus dem Ersten Weltkrieg.

An seinem achten Geburtstag entdeckte Nicky die Farbe als Gestaltungsmittel und porträtierte seine Mutter in perfekter Pop-Art-Manier als Minnie Maus.

Und der neunte Geburtstag fehlte, schien aber unmittelbar bevorzustehen.

»Langweile ich dich?«, fragte Sonne ohne Ausdruck, sodass Jana schläfrig den Blick von der Wand nahm.

»Ganz und gar nicht. Ich bin nur noch etwas angeschlagen.«

»Du siehst aus, als hättest du noch nie was Uninteressanteres gehört.«

»Ich finde die Bilder da schön, die dein Sohn gemalt hat.«

»Bitte hör mir zu.«

»Ich höre dir zu.«

»Du hörst mir nicht zu. Du siehst mich nicht mal an.«

»Du mich auch nicht.«

»Sieh mich an!«

»Okay.«

»Das wird für uns alle eine herausfordernde Sache.«

»Okay. Aber um das zu wissen, muss ich dich nicht ansehen.«

Jana setzte sich wieder an den Tisch, rieb sich die noch feuchten Augen mit dem Ärmel trocken.

»Said war Araber?«, fragte Sonne.

»Ja, aus Syrien.«

»Seine Familie wird womöglich eigene Vorstellungen haben, was seine Verabschiedung betrifft.«

»Keine Angst, die sind fast alle tot.«

»Was ist mit der Chinesin?«

»Ying Shu hat auch eine blaue Küche gehabt. Aber natürlich doppelt so groß und nicht präpariert gegen Unfälle.«

»Wenn du mich nicht ansiehst«, sagte Sonne, »dann bleib doch bitte bei dir zu Hause. Da ist bestimmt die Küche groß wie eine Tennishalle, und du kannst dir auch noch den Kunstrasen sehr intensiv angucken.«

Jana schüttelte den Kopf und reagierte ihrerseits gereizt.

»Verstehst du nicht, dass ich da nicht hinkann, nach Hause? Da war heute früh schon jemand vom Boulevard. So eine riesige Kamera!« Sie zeigte es. »Ich bin in den Garten raus und über das Häuschen am Swimmingpool entkommen. Wie Zorro. Ich hab mir ein Taxi rufen müssen.«

»Zorro hatte keinen Garten. Und er hatte auch keinen Swimmingpool.«

»Machst du dich lustig über mich, nur weil ich ›Zorro‹ sage?«

»Beruhig dich. Die Zukunft sieht bald wieder rosig aus.«

»Die Zukunft sieht düster aus. Es sind düstere Zeiten.«

»Düstere Zeiten, fürwahr«, spottete Sonne. »Kein Swimmingpool, eine blaue Winzküche, und dann musst du auch noch heute Nacht im Bett meines Sohnes schlafen. Da sind nämlich Gespenster drunter.«

Janas Gesicht leuchtete auf, bleich, wächsern. Sie mochte diesen Ton nicht. Diesen herablassenden, von Jahren der Kargheit und Einsamkeit gebeizten Ton, in den offenbar nur der blutende Sohn so etwas wie Farbe gestreut hatte. Sonne schien ihn alleine zu erziehen. Nirgendwo hing ein Bild seines Vaters.

»Also gut«, sagte Jana. »Ying Shus Familie ist, glaube ich, stinkreich. Aber mir ist die Familie, ehrlich gesagt, scheißegal. Nur, weil du danach gefragt hast. Und dass du es großartig findest, mich hier zu demütigen, nur weil mein Mann und seine Tusse auf komplizierte Weise verkohlt sind, ist mir auch scheißegal. Ich brauche einen Unterschlupf. Nicht mehr, nicht weniger.«

»Ich will dich nicht demütigen.«

»Ach ja? Ich kriege nicht mal ein Wasser.«

Sonne stand auf, holte ein Glas Wasser.

»Meinst du, ich sehe nicht«, fuhr Jana mit Säure in der Stimme fort, während sie auf die Wand zeigte, »dass dieses Blau die Farbe deines Vaters ist? Genau das gleiche Blau wie in eurer Küche damals.«

»Ja, Nicky mochte die Küche seiner Oma. Und als sie starb, haben wir sie nachgebaut.«

»Blau war deine Lieblingsfarbe, weil dein Vater dir immer blaue Kleider schenkte. Blaue Fahrräder. Himmelfarbene Gummistiefel. Blau war seine Farbe. Es war nicht die Farbe deiner Mutter.«

»Das ist doch völlig egal.«

»Völlig egal? Du baust die Küche deines Vaters nach! Du nennst deinen Sohn nach deinem Vater, der doch auch Nikolaus hieß, oder? Und du wirst Bestatterin, um diesen armen, traurigen Nikolaus zwanzig oder dreißig oder vierzig Jahre nach der Garagennummer perfekt zu beerdigen!«

»Schön, dass dich Psychologie interessiert. Aber mich interessiert sie kein bisschen.«

»Aber sie stört dich!«

»Sie stört mich auch kein bisschen.«

»Ach ja? Und wieso schaust *du* mich dann nicht an?«

»Was?«

»Seit ich zum ersten Mal ›blaue Küche‹ gesagt habe, schaust du mich nicht mehr an. Aber ich soll dich anschauen und deine rachsüchtigen, kleinen Augen fixieren.«

»Du hast mich verraten, Jana. Du hast mich zerstört. Ich habe keine Veranlassung, mich von dir an einen Ort erinnern zu lassen, an dem wir zusammen glücklich waren.«

»Du machst es dir sehr einfach, findest du nicht?«

»Nein, das finde ich nicht. Ich lasse mich auf eine Person ein, die ich zutiefst verachte, ich helfe ihr in einer Lebenskrise, ich kümmere mich um ihr Anliegen, um das ich mich null Komma null kümmern möchte, und ich lasse sie vollgepumpt mit Drogen im Bett meines Sohnes übernachten. Ich finde nicht, dass ich es mir einfach mache, und ich würde jetzt wahnsinnig gerne die Bestattungsplanung von Said und Ying Shu fortsetzen, denn die wird mit das Härteste sein, was ich in meinem Beruf je erlebt habe.«

Aber da ging die Kinderzimmertür auf, Nicky kam herüber, immer noch den Bauhelm auf dem Kopf, blieb in der Tür stehen und sah Jana verblüfft an.

»Frau von Mond«, rief er. »Da ist Ihr Gesicht auf der blöden blauen Wand.«

7

Die beiden Frauen betraten Nickys Kinderzimmer. Es machte auf den ersten Blick einen bunten Bullerbü-Eindruck, war aber akkurat aufgeräumt wie eine frisch bezogene Gefängniszelle. Die Kinderbücher standen nach Farben geordnet wie die Leitzordner in der Totenbäckerei. Nirgendwo sah man Gebrauchsspuren, bekritzelte Tapeten oder angefressene Spielsachen. Dafür waren alle Ecken und Kanten des Raumes mit Schaumstoff abgeklebt. Keine Frage, hier wohnte ein Kind, aber womöglich ein siebzigjähriges.

Nicky blieb vor dem mit kleinen goldenen Sternen beklebten Fenster stehen und zeigte nach draußen.

Auf der gegenüberliegenden Straßenseite, in gleicher Höhe und nur wenige Meter entfernt, war über einem Bierlokal ein swimmingpoolgroßer, bläulich leuchtender LED-Screen in eine der alten Plattenbaufassaden integriert, der die Passanten mit TV-Spots, Werbung und Weltnachrichten bombardierte.

»Jetzt ist es weg. Aber es kommt bestimmt gleich wieder«, versprach der Junge eifrig.

Die Frauen nahmen ihn in die Mitte. Zu dritt starrten sie auf die Videowand. Sie sahen Bomben in Charkiw einschlagen und die israelische Armee die Kraft des Gemüts, des

Geistes und der Seele provozieren, indem sie Schuld mit Schuld vergalt. Reißende Flüsse zermalmten Südtiroler Bauernhäuser, Brände wüteten in Kalifornien. Zwei vorwitzige Wanderer stürzten in Alpenpanoramen ab, das geneigte Publikum wurde mit dem Anblick von Parfümflakons und Whiskymarken getröstet.

Nach Fotos zu Lana Del Reys falsch herum geborenen Zwillingen tauchte unvermittelt das Konterfei von Jana auf. Man hatte einen unvorteilhaften Schnappschuss gewählt. Irgendeine Preisverleihung. Goldenes Paillettenkleid. Dazu ihr selbstgefälliges Grinsen und eine meterhohe Überschrift: »Die Mond am Ende?« Darunter lief ein Ticker über die ganze Breite der blöden blauen Wand: »Ehemann begeht Selbstmord. Sender trennt sich. Privatinsolvenz?«

Jana fixierte die Buchstaben. Sie dachte an ihre Großmutter. Sie erinnerte sich, wie die fromme Omimi geseufzt hatte vor vielen Jahren. In ihrem Schaukelstuhl hatte sie gesessen, kurz aufgestöhnt bei der Nachricht, dass ihre geliebte Tochter, Janas Mutter, bei einem Verkehrsunfall ums Leben gekommen war. Und dann war ihr das völlig unangebrachte Sprichwort »Kommt Rat, kommt Tat« murmelnd entschlüpft. Vielleicht, weil man auf Sinnlosigkeit nur mit Sinnlosigkeit reagieren kann.

Janas Hand fuhr mehrfingrig an das von der Omimi spendierte silberne Kreuz an ihrem Hals, und das Metall schimmerte, als sei es ihr einziger Körperteil, der nicht abgestorben war.

Sonne drehte den Kopf nicht zur Seite. Sie blickte weiterhin stur geradeaus, nach draußen, über die Videowand hinweg, erst nach einer halben Ewigkeit hinauf zu den noch nassen Turmdächern der Nikolaikirche, auf denen Sonnenstrahlen tanzten. Eine Möwe kreuzte ihren Blick.

Eigentlich geschieht überhaupt nichts im Leben nach und nach, dachte sie. Es ist immer ein Erdbeben: Alles kommt auf einen Schlag. Nur wir Menschen bewegen uns Schrittchen für Schrittchen.

»Privatinsolvenz?«, fragte sie ohne Betonung und ohne Richtung.

Jana verzichtete auf eine Antwort, ließ das Kreuz los, drehte sich wortlos um, ging aus dem Zimmer hinaus auf den Korridor. Man hörte, wie die Toilettentür sich öffnete und sich schloss und wie der Schlüssel herumgedreht wurde. Dann hörte man nichts mehr.

»Jana!«, rief Sonne fünf Minuten später.

»Hau ab.«

»Es ist mein Klo, Jana.«

»Nimm ein anderes.«

»Ich habe nur ein Klo. Wohnungen, die keine Gärten mit Swimmingpools ihr Eigen nennen, haben nur ein Klo.«

Jana antwortete nicht.

Sonne legte das Ohr an die Tür, hörte aber nichts dahinter.

»Entschuldige«, sagte sie in anderem Ton, immer noch lauschend. »Ich wollte nichts Blödes sagen. Bitte mach doch auf.«

Keine Antwort. Sonne trat einen Schritt zurück und führte fast höflich vor ihrem Bauch die Fingerspitzen zusammen.

»Ich dachte, du bist Zorro?«

»Ich bin alles Mögliche.«

»Vor allem bist du mein Gast. Und du bist ein strahlendes Vorbild für Nicky, der gerade googelt, was für eine Person sich hinter deinem Namen verbirgt.«

»Warum lässt du ihn googeln? Er ist acht Jahre alt. Er sollte Fußball spielen oder ein Baumhaus bauen.«

»Ein Hämophiler kann nicht Fußball spielen. Und wenn er von einem Baumhaus fällt, verblutet er. Außerdem gibt es hier keine Bäume.«

»Du musst keine Angst haben«, sagte Jana nach einer Weile und ohne besondere Betonung. »Ich bin nicht insolvent. Ich kann Saids Bestattung schon bezahlen.«

Sonne dehnte ihre Finger zu geometrischen Figuren. Dreiecke, Quadrate, Rauten wechselten einander ab, ohne dass sich irgendetwas in ihr beruhigte. Sie blies ratlos ein Haar von ihrer Unterlippe und wusste nicht, ob die Frau hinter der Tür eine Handgranate mit gezogenem Sicherungsstift war.

»Komm, Jana, wir gehen in die Küche«, schlug sie vor, »und du kriegst auch noch ein Wasser.«

»Das Wasser kann ich auch bezahlen.«

»Du musst nichts bezahlen.«

»Ich bin nicht insolvent. Und ich bleibe hier.«

So kommen wir nicht weiter, dachte Sonne.

»Da sind Nickys Medikamente im Bad. Die brauchen wir. Er muss da dran.«

»Das ist doch nur ein Trick!«

»Soll ich die Polizei rufen? Willst du, dass du hier auch noch festgenommen wirst? Dass das auch noch über den Ticker geht da draußen?«

»Was sollen denn das für Medikamente sein?«

»Emicizumab. Kleine Fläschchen. Sind in einer gelben Packung. Auf dem Regal links neben dem Waschbecken.«

»Es tut mir so leid, dass er krank ist.«

»Bitte gib einfach die Packung raus, ja?«

»O Gott, musst du ihm das spritzen?«

»Dreimal die Woche, ja.«

Hinter der Tür entstand Bewegung. Geräusche, als ob jemand Frühjahrsputz machte. Dann wieder Stille.

»Da steht aber auf der Packung: morgens oder abends injizieren. Und jetzt haben wir 16 Uhr. Und 16 Uhr ist nicht morgens und auch nicht abends.«

»O Mann.«

»Tja.«

»Es war der größte Fehler, dich hierherzuholen, aber echt.«

»Kann ich nicht länger bei dir bleiben?«

»Das steht nicht zur Debatte.«

»Nur für ein paar Tage?«

»Nein.«

»Bitte! Nur für ein paar Tage, bis der Boulevard abzieht.« Jana klang plötzlich weinerlich.

Sonne schlug ihren Kopf an die gelb gestrichene Wand, noch dazu an eine der wenigen Stellen, die ungepolstert waren. Sie rollte angewidert mit den Augen. Im Flur tauchte Nicky auf. Sie scheuchte ihn mit einer stummen Handbewegung wieder in sein Zimmer.

»Komm erst mal raus da«, sagte Sonne ausweichend und bemüht, den Stress aus ihrer Stimme zu pressen.

»Wo soll ich denn hin? Wo soll ich denn jetzt hin?«

»Das können wir doch in Ruhe besprechen.«

»Ich könnte mich auch um Nicky kümmern.«

»Ach ja, und wie zum Beispiel?«

»Wie du willst. Ich achte zum Beispiel drauf, dass er immer rechtzeitig seine Medikamente nimmt.«

Sonne gurgelte mit nichts anderem als Luft, um nicht schreien zu müssen.

»Du hast Humor, echt«, antwortete sie schließlich mit Bitternis. »Nicky ist wahnsinnig vernünftig. Er ist leider zu vernünftig für sein Alter. Er weiß ganz genau, wann er sich wohin die Spritze setzen muss, in welchen Intervallen, und dass es jetzt an der Zeit ist.«

»Ich könnte ihm ein bisschen unvernünftige Dinge beibringen. Zum Friseur gehen zum Beispiel. Ich habe einen der besten schwulen Coiffeure in Berlin.«

»Du weißt schon, was Kinder sind, oder?«

»Seit wann hat er das denn überhaupt?«

»Was?«

»Diese Krankheit?«

Sonne wusste nicht weiter. Natürlich könnte sie das Beil aus dem Safe holen, wo alle gefährlichen Gegenstände eingeschlossen waren. Sie könnte die Tür einschlagen, die aus kaum mehr als Pressspan bestand. Aber die müsste auch ersetzt und bezahlt werden. Und wer wusste schon, ob Jana nicht längst das Badezimmerfenster geöffnet hatte, beide Beine über die Brüstung baumeln ließ und nur auf einen Anlass wartete, um zu springen.

Privatinsolvenz plus Totalverlust von Ehemann und Arbeitsplatz plus die Toskana-Situation, alles verrührt mit drogeninduzierter Bewusstseinstrübung: Das war ein beeindruckender Cocktail.

In ihren gelben Ordnern gab es zahlreiche Suizide, die bei weitaus geringerem Anlass erfolgreich gewesen waren. So wütend Sonne auch immer noch auf Samuel war, völlig unrecht hatte er nicht: Jana schien ganz objektiv gesehen eine heiße Kandidatin für die gelben Ordner zu sein. Und wenn alles konsequent lief, müsste *Sommernachtstraum* am Ende auch noch die Bestattung dieser Verrückten übernehmen.

Reden, dachte Sonne, Reden hilft. Schweigen ist der Tod. Und da Jana nach Nicky gefragt hatte, beschloss sie, so lange von ihm zu reden, bis ihr irgendetwas Besseres einfallen würde.

»Gut«, rief sie daher, »dann lass uns über Nickys Krankheit sprechen.«

Bei der bloßen Erwähnung seines Namens wandte sie sich dem Kinderzimmer zu, in der Absicht, einfach hinüberzugehen, ihren Sohn in den Arm zu nehmen, sich ihm anzuvertrauen und ihm zu erklären, was es mit der fremden Frau auf sich hatte. Aber sie zwang sich, Zeit zu gewinnen.

»Zum ersten Mal«, erzählte sie mit möglichst behutsamer Stimmlage der Klotür, an die sie sich mit der Schulter lehnte, »zum ersten Mal bekam Nicky eine heftige Blutung, als er mit acht Monaten versuchte, sich am Spülbecken hochzuziehen. Dabei rutschte er aus, fiel hin, seine Lippe platzte auf. Ich brachte ihn ins Krankenhaus, und er brüllte sich die kleine Babylunge fast aus dem Leib. Ich musste seine Ärmchen halten, damit der Arzt ihm eine Spritze geben konnte. Als ich die Nadel in seine Kopfhaut eindringen sah, denn dort war die einzig sichtbare Vene, die man finden konnte, begann ich durchzudrehen. Und das war erst der Anfang.«

Sonne unterbrach ihre Erzählung, lauschte, ob irgendein Geräusch hinter der Tür zu hören war. Aber da war nichts.

»Kurze Zeit später gab es Fortschritte in der Behandlung von Blutern. Das Beste war, dass sie zu Hause behandelt werden konnten. Ich musste nicht mehr wegen jeder kleinen Verletzung in die Charité. Das sparte Zeit. Aber nicht Geld. Die Hämophilie A beherrschte unser Universum, eine Blutgerinnungsstörung, die bei ihm besonders stark ausgeprägt ist. Deshalb treten beim kleinsten Scheiß Gelenk- und Weichteilblutungen auf, die zur Zerstörung seiner Gelenke und langfristig durch Arthrose zur Körperbehinderung führen. Mir gelang es, das Ganze irgendwie wie ein Abenteuer aussehen zu lassen. Eine Herausforderung, weißt du.«

Immer noch Stille.

Aber das Badfenster stand offen, sonst wäre die Polizeisirene viel leiser zu hören gewesen. Sonne blies die Backen auf, ließ langsam die Luft entweichen, rollte sich von der Schulter mit dem ganzen Rücken an die Tür. Redete weiter.

»Als Nicky fünf Jahre alt war, musste er operiert werden. Das linke Auge platzte, weil die Prävention nicht ausgereicht hatte. Jedenfalls konnten die Ärzte die Blutung im Augapfel erst viel zu spät zum Stillstand bringen. Seitdem kann er auf dem Auge nur noch eingeschränkt sehen.«

Sonne spürte, wie der Kummer in ihr aufstieg, und sie schluckte ihn hinunter, denn Kummer konnte sie jetzt nicht gebrauchen.

»Wir ließen uns nicht verrückt machen. Der Herr Gevatter war weit entfernt, und alles, was Nicky brauchte, war eine Brille. Seitdem begleitet ihn dieses scheußliche Ding. Es schützt ihn, und er trägt es mit Würde, obwohl er es aus tiefstem Herzen hasst. Kein Junge im Alter von acht Jahren möchte eine Brille haben, die ihn wie Harry Potter aussehen lässt, ohne auch nur ein Fitzelchen von Harry Potters Superkraft zu besitzen.«

Irgendetwas fiel vom Waschbecken und ging zu Bruch. Die Scherben, dachte Sonne, und stellte sich vor, wie sie in Nickys nackte Fußsohlen eindrangen.

»Seit mein Sohn diese Brille trägt, trage auch ich eine«, fuhr sie fort. »Das gleiche Gestell. Dazu Fensterglas. Nur die Bügel rot statt blau. Es reicht, um ihm zu zeigen, worauf es ankommt. Diese Augen, diese lädierten, oft tränenden und Nacht für Nacht die blöde blaue Wand anstarrenden Augen sind die ganze Welt für mich. Deshalb lass uns doch Folgendes tun!«

Sie legte eine Kunstpause ein. Sie wusste um die Macht von Kunstpausen, denn jede Bestattung lebte davon, an den richtigen Stellen Platz zu lassen. Stille kann machtvoll sein. Und variantenreich.

»Ich gehe jetzt aus der Wohnung«, schlug Sonne vor. »Jetzt gleich. Ich verlasse das Haus. Du wirst hören, wie die Tür zufällt, Jana. Du wartest zwei Minuten. Dann holst du die Packung mit den Fläschchen. Emicizumab. Gelbe Packung. Also nicht die blaue. Verstehst du?«

Eine flackernde Stille.

»Du schließt das Schloss auf und gehst mit den Medikamenten, gelbe Packung, also sonnengelb, ganz gemütlich in die Küche. Dort sitzt Nicky und wartet. Okay? So machen wir das, ja?«

Fünf Minuten später trat Jana in die Küche.

Ihr Gesicht war verheult, aber sie hatte sich beruhigt.

In seinem Katzenkörbchen saß Nicky vor einem geöffneten Koffer mit Spritzbesteck. Er trug keinen Bauhelm mehr. Seine Haare waren blond, fast weiß, und standen in alle Richtungen ab. Ein schwuler Coiffeur wäre genau das Richtige für diese Haare, fand Jana.

Sie setzte sich zu ihm und schob ihm die gelbe Medikamentenpackung hinüber.

Er zog blaue Einmalhandschuhe aus dem Koffer, streifte sie über und begann, sich den Unterarm mit einem Desinfektionstuch abzutupfen. Danach wischte er die Tischplatte mit demselben Tuch ab und begann, routiniert aus der Arzneipackung zwei Fläschchen zu pflücken, die er langsam und vorsichtig zwischen beiden Händen rollte.

Er ist wirklich sehr vernünftig, dachte Jana.

»Du hast gegoogelt, wer ich bin?«, fragte sie.

»Nein, Frau von Mond. Ich habe nur gegoogelt, was mit Ihrem Mann passiert ist.«

»Aha.«

»Es tut mir sehr leid.«

»Aber du weißt, was ich beruflich mache?«

»Ja, Mama hat es mir eben gesagt. Sie haben einen Doktor.«

»Ich habe keinen Doktor.«

»In Hysterie.«

»Das hat sie gesagt?«

»Mhm. Und in Feigheit.«

»Aha.«

»Und sie hatte dabei aber keinen netten Ausdruck im Gesicht, als sie das sagte.«

Er reinigte die Gummistopfen der beiden Fläschchen mit sterilen Tupfern, vermischte sie mit einem kleinen Schlauch zu einer einzigen Lösung. Dann band er sich einen Venenstauer um den Oberarm und begann, sich auf seiner marmorweißen Haut in der Armbeuge eine vielversprechende Vene auszusuchen, während er die Kinderfaust mehrmals ballte.

»Feigheit ist ja auch nichts Nettes«, ergänzte er, griff zu einer vorher zurechtgelegten Butterfly-Kanüle, führte sie vorsichtig in die Vene ein, worauf sich der obere Teil des Schlauchs mit Blut füllte, das Jana fast ohnmächtig werden ließ. Sie konnte kein Blut sehen.

»Stimmt«, sagte sie leise.

»Ich finde Sie aber gar nicht so feige. Machen Sie irgendwas mit Steuern?«

»Nein, Nicky, wie kommst du denn darauf?«

»Mama mag keine Leute, die was mit Steuern machen.«

»Ich bin beim Fernsehen. Ich bringe Menschen zum Lachen.«

»Aber das ist ja gar nichts Schlimmes.«

»Es kommt darauf an.«

Nicky löste den Venenstauer am Oberarm. Der Butterfly-Schlauch füllte sich komplett mit Blut, und der Junge begann, die Spritze mit einer leichten Drehung an der Kanüle zu befestigen. Jana starrte angestrengt aus dem Fenster in den blauen Himmel. Sie durfte jetzt nicht vor dem Jungen einfach umkippen. Auf keinen Fall.

»Könnten Sie mich auch zum Lachen bringen?«

»Ich denke schon.«

»Das ist schön. Ich könnte Mama bitten, dass Sie hierbleiben und mich zum Lachen bringen.«

»Ich glaube nicht, dass deine Mutter das möchte.«

»Ja, das habe ich schon mitbekommen. Aber mir erfüllt sie jeden Wunsch, wenn ich süß bin.«

Er injizierte das Präparat langsam in seine Vene, wie eine Krankenschwester mit zehnjähriger Berufserfahrung.

»Mir geht es nicht so gut, weißt du.«

»Stimmt. Sie sind ja ganz blass.«

»Wegen meinem Mann«, sagte Jana einfach.

»Aber der sitzt doch jetzt auf einer schönen Wolke, oder?«

»Ja. Aber vielleicht bin ich trotzdem nicht so fröhlich wie sonst, und du langweilst dich mit mir, und ich bringe dich gar nicht zum Lachen.«

»Oh, ich habe noch nie eine so alte Frau gesehen, die sich im Bad einschließt wie ein kleines Kind und so lustige Sachen sagt wie Sie.«

»Was soll ich denn Lustiges gesagt haben?«

»Ihre Stimme meine ich, die war wie die von Donald Duck.«

Er machte ihre Stimme nach.

»Verstehe.«

»Ehrlich gesagt habe ich schon ganz schön viel gelacht vorhin.«

»Oh, danke.«

Nicky beendete den Injektionsvorgang mit rascher Akkuratesse.

»Ich finde Sie also gar nicht langweilig, Frau von Mond. Und Zorro ist mein Lieblingsheld.«

»Dann bist du wahrscheinlich ein Romantiker, Nicky.«

»Jedenfalls gebe ich Mama viele Küsschen.«

Mit einer sauberen Kompresse drückte er auf die Punktionsstelle und verschloss sie mit einem kleinen Pflaster.

»Ich habe mal einen Sketch gemacht im Fernsehen«, sagte Jana heiser, »da habe ich Zorro gespielt.«

»Können Sie denn überhaupt fechten?«

Als Sonne eine halbe Stunde später die Wohnungstür aufschloss und ohne Schuhe über den Flur schlich, fiel die Nachmittagssonne schräg in die Küche, gelb wie die Farbe der Emicizumab-Lösung. Im Gegenlicht lag eine Gestalt, die an den Kühlschrank gesunken war und weinte. Eingewickelt in Sonnes Kleiderschrank, zumindest in ihren roten Mantel, mit einem schwarzen, zerdrückten Herrenhut auf dem Kopf, den Sonja Meling von ihrem Vater geerbt hatte, drehte Jana ihr ein mit einem Nylonstrumpf maskiertes Gesicht zu. Tränen sickerten aus den zwei nassschwarzen Löchern, die für die Augen in den Strumpf hineingeschnitten worden waren, mithilfe der Schere, die direkt und ungeschützt vor Nicky lag, angriffslustig wie eine Python.

Nicky saß neben Jana und streichelte ratlos ihren Arm, in der Hand zwei Selleriestängel, mit denen zuvor womöglich ein unzulässiges Degenduell ausgetragen worden war.

»Zorro hat verloren«, sagte Nicky entgeistert.

Sonne beugte sich zu Jana herab. Janas Körper bebte.

Jana war so sehr in Tränen aufgelöst, dass Sonne gar nicht anders konnte, als sie in den Arm zu nehmen und zu trösten. Und auch Nicky schmiegte sich an den roten Mantel, der nach seiner Mutter roch, und an Jana, die nach Zorro roch.

»Said«, stieß Jana leise hervor.

»Ich weiß«, hauchte Sonne.

»Er ist nicht da.«

»Das ist so schlimm.«

»Er ist weg.«

Verfluchte Nummer eins unter den verfluchten totengrabenden Heulsusen, dachte Sonne und spürte in sich die Flut hochsteigen, wollte es dem Meer verbieten, die Gezeiten zu beachten. Wie lächerlich.

»Ich bin da«, flüsterte sie, bereits weinend.

»Du bist wirklich da?«

»Mhm.«

»Said.«

»Erzähl von ihm.«

»Du verachtest mich nicht?«

»Erzähl mir seine Geschichte.«

»Wirklich?«

Ich bring ihn über den Fluss, ich sollte ihn kennen, Spätzchen, dachte Sonne, sagte aber nichts.

8

Ich kann es nur so erzählen, wie es Said mir erzählt hat, in seinen eigenen Worten. Er erzählte immer sehr genau. Natürlich ist es gelogen, wenn ich sage, dass Said nur zuhören konnte und niemals sprach. Er sprach so selten wie du, aber auch so überlegt. Seine Gedanken fand er oft der Erwähnung nicht wert. Aber diese Geschichte schon. Und zwar mehrmals.

Es ist die Geschichte von Saids Vater Yussuf.

Yussuf war ein gefragter Klavierstimmer in Damaskus und hatte das, was man ein goldenes Ohr nennt. Er nahm keine Wucherpreise und erledigte Aufträge mustergültig.

Außerdem war er blind. Und da der Prophet vor dem Blinden sogar den Umhang ablegt, führte dies zu einer guten Beschäftigungslage für Yussuf.

Zu den Kunden musste ihn aber Said begleiten. Immer. Er hatte die Aufgabe, den Werkzeugkoffer zu tragen, die Stimmgabel zu schlagen und für den Vater die Löcher im Asphalt zu erspähen.

So lernte Said täglich nach der Schule die Welt der Reichen und Schönen kennen, oder, wie er selbst immer sagte, den Vorhof zur Dschanna.

Eines Tages, Said war fünfzehn und hübsch wie ein Sonnenaufgang, wurden er und Yussuf von einem riesigen schwarzen BMW mit getönten Scheiben abgeholt, ein Anblick, den die Bewohner des Einwandererviertels Jarmuk so gut wie nie zu Gesicht bekamen. Der Wagen saugte sie ein wie Staub und schwebte mit ihnen durch das fast geräuschlose Stadtzentrum. Durch das dicke Panzerglas hätte man nicht mal eine Detonation gehört. Sie fuhren bergan und glitten mit jedem Meter dem Wohlstand entgegen, der sich an den Hängen des kahlen Kassiounberges in die Höhe fraß. Ganz oben lag der Palast von Präsident Assad. Aber so weit ging es nicht.

Die Limousine bremste zwei Serpentinenschleifen südlich davon an einer Straßensperre.

Bewaffnete Männer, die allesamt die gleiche Frisur und sogar den gleichen Schnurrbart hatten sowie eine Vorliebe für teure Anzüge aus Europa, kontrollierten den Wagen.

»Wer ist das?«, fragte der Kommandeur den Fahrer.

»Ein Blinder und sein Sohn. Sollen das große Ding vom Chef stimmen.«

»Wo kommen die her?«

»Jarmuk.«

»Aus Jarmuk? Seid ihr Palästinenser?«, bellte der Offizier Saids Vater an. Der nickte nur, die Lippen zu einem Strich zusammengepresst. Aber da ihn der Blindenstock und die dunkle Sonnenbrille so gut wie unangreifbar machten, ließ der Kommandeur das Schweigen Yussufs durchgehen, ebenso seine Abstammung.

Dennoch mussten er und sein Sohn aussteigen, die Jacken und Hemden, die Schuhe und Hosen mitten auf der

Straße ausziehen, hinunter in die Hocke gehen und den Mund weit öffnen. Dann durften sie wieder in den Wagen.

Zweihundert Meter weiter kam die nächste Straßensperre. Während Vater und Sohn diesmal sitzen blieben, wurde der Chauffeur nach draußen befohlen. Die Sicherheitskräfte filzten ihn wie einen potenziellen Terroristen, obwohl er sogar zu ihrer Einheit gehörte. Er öffnete den Kofferraum, ein Soldat leuchtete mit einer Art übergroßem Zahnarztspiegel unter den Wagen.

Yussuf sagte leise: »Was auch immer passieren wird, mein lieber Sohn, du musst lächeln! Nichts als lächeln!«

Said nickte und lächelte probehalber.

Yussuf selbst lächelte nicht gerne. Said hatte ihn seit Jahren nicht lächeln sehen. Zu viele Dinge waren passiert.

Sie setzten die Fahrt fort. An allen Straßenecken standen Männer mit Kalaschnikows in der Armbeuge und blickten an dem BMW vorbei, als sei er ihnen lästig.

Jeder rauchte.

Schließlich hielten sie vor einem schmiedeeisernen Tor mit vergoldeten Löwen-Emblemen. Zwei Bewaffnete legten von innen einen Hebel um, und die Tore senkten sich in den Boden ab wie in einem Mafiafilm.

Im Hof stiegen sie aus und fanden sich mit einem Mal an die französische Riviera katapultiert. Vor ihnen funkelte ein mächtiger Palazzo, der auch in Monte-Carlo hätte stehen können. Der Rasen war perfekt getrimmt. Im Hintergrund sah man Swimmingpool und Tennisplatz, beide überwölbt von einem in der Mittagshitze schimmernden Glast.

Aus einem Liegestuhl erhob sich eine Frau in mittleren

Jahren, die wie Grace Kelly kurz vor ihrem Tod aussah. Sie schüttelte sich die weißblond gefärbten, offenen Haare aus der Stirn und trug nichts als einen Badeanzug, über den sie ihren roséfarbenen Bademantel warf.

Noch nie hatte Said in Damaskus eine Frau in solch einem Aufzug gesehen, und obwohl sie schon die vierzig überschritten zu haben schien, hatte er Angst, dass ihm eine Spontanerektion erwachsen würde, was ihm seit einiger Zeit des Öfteren passierte.

Die Frau begrüßte den Alten und seinen Sohn freundlich und ging voraus. Said nahm seinen Vater an die Hand und folgte, doch Yussuf blieb zweimal kurz stehen, um an den Rosenbögen zu schnuppern.

Sie betraten die Eingangshalle. Der Boden war aus weißem Marmor, an den Wänden hingen französische Landschaftsgemälde des 18. Jahrhunderts, darunter sogar ein Originalpastell von François Boucher mit dem Titel *Die Schäferin im Traume*. Linker Hand sah man eine Bar mit Flaschen leuchtend bunten Alkohols, weiter hinten eine zweitausend Jahre alte römische Statue. Ihre Marmorhand war abgebrochen. Rechts und links führten Treppen in die oberen Gemächer. Und vorn, in der Mitte der Eingangshalle, schimmerte der Flügel.

»Das ist ein Steinway«, klärte Said seinen blinden Vater auf. »Ein D-Modell, Baba. Ich glaube wirklich, dass es ein D-Modell ist.«

»Habe ich mir schon gedacht«, murmelte Yussuf und ließ sich von seinem Sohn das Handwerkszeug geben.

Noch nie zuvor hatte Said einem D-Flügel von Steinway

gegenübergestanden. Selbst später hat er so was nur zweimal gesehen, einmal in London in der Royal Albert Hall und das andere Mal, als er vor fünf Jahren mit mir auf der MIDEM-Musikmesse in Cannes war. Diese Dinger sind riesig wie Raumschiffe und kosten mehr als zwei Porsche-Cabrios. Das Exemplar in der Villa in Damaskus war noch dazu in makellosem Perlmutt lackiert, und die Notenablage schien aus purem Gold zu sein.

Said konnte seine Aufregung kaum mehr unterdrücken. Das lag nur zum Teil an dem Instrument, zum wesentlich größeren Teil allerdings an dem Mädchen, das sich auf den Korpus gefläzt hatte: Sie las auf dem Rücken liegend die *Vogue*. Die noch nassen, dunklen Haare flossen bis auf das knappe Handtuch herab, das sie sich unter ihren schmalen Oberkörper gelegt hatte, den nichts weiter als ein Bikini bedeckte und der die ganze Halle mit leichtem Kokosduft erfüllte.

»*Fous le camp, Tahira! Tu es folle?*«, rief ihre Mutter auf Französisch. »Du machst Opas Klavier kaputt, und sie müssen arbeiten, *les messieurs*.«

»*Les messieurs,* soso«, maulte das Mädchen und musterte Said spöttisch.

Sie war die Einzige, die seine verzweifelte Erregung bemerken konnte, und er sah, dass ihr, obwohl er sich durch eine akrobatische Körperdrehung vor ihrem Blick zu schützen suchte, auch nicht das Geringste entging. Er wollte auf der Stelle sterben. Aber er gehorchte seinem Vater und lächelte, was das Zeug hielt, wenn auch knallrot im Gesicht.

Sie jedoch ließ sich nichts weiter anmerken, setzte sich auf, brachte die Füße mit parallelem Schwung zu Boden und glitt vom Flügel, anmutig wie eine Turnerin. Auf dem weißen Lack blieben die rasch verdunstenden Abdrücke ihrer Gesäßbacken zurück sowie ein Ölfilm, den man hätte abreiben müssen. Fast hätte Said seinen Ärmel genommen.

»Draußen ist es so heiß«, klagte das Mädchen und pflanzte sich mit einer Schnute, in der die Lästigkeit der ganzen Welt zum Ausdruck kam, in eine Ledergarnitur in die Ecke.

Yussuf bat seinen Sohn, sich an den Flügel zu setzen und Mozarts Klaviersonate C-Dur KV 279 anzustimmen, mit der man sehr schnell die Dissonanzen eines Instruments herausfindet. Said tat dies, erleichtert, sich hinter irgendetwas verschanzen zu können. Seine Finger flogen über die Tasten.

So angestrengt sein Vater aber auch lauschte, kein einziger Misston offenbarte sich.

Dass sich kurz darauf im Raum etwas veränderte, merkte Said an der Haltung des Mädchens, zu der er immer wieder schielte. Sie ließ die Illustrierte sinken und hob den Kopf.

Er hielt inne und drehte sich um.

Ein älterer Herr kam die rechte Treppe herab, trug ein weißes, sehr lässiges Hemd und einen leichten, hellen Sommeranzug. Er hatte einen grauen Oberlippenbart, graue, nach hinten gekämmte Haare und die gleichen mild vergnügten Augen wie Josef Stalin.

Sehr langsam klatschte er in die Hände.

»Bravo, bravo!«, rief er Said zu. »Wo hast du so gut Klavier spielen gelernt, Junge?«

Said sprang auf, verbeugte sich und murmelte etwas von

der Musikschule und den ehrenwerten Herren Lehrern. Dann drehte er seinen Vater zu dem Hausherrn, und sie begrüßten sich, wie der König und sein Sklave einander begrüßen.

»Das ist ja ausgezeichnet!«, sagte der Herr voll Anerkennung zu Yussuf. »So jung und schon so ein exzellenter Pianist, dein Sohn! Wie heißt du, Junge?«

»Said, mein Herr.«

»Wie originell.«

»Nach Edward Said, dem großen Musikkritiker«, ergänzte der Junge nicht ohne Stolz, aber ungefragt.

Sein Vater neben ihm erstarrte, und Said spürte, dass irgendetwas Falsches geschehen sein musste.

»Ach, Edward Said.« Der Herr sprach den Namen beiläufig aus und überlegte kurz. »Ist das nicht der Amerikaner, der die jüdischen Pianisten so lobt?«

»Er ist Palästinenser, mein Herr«, antwortete Said demütig.

»Nun ja, er heißt Edward, wie die englischen Könige, und du kannst froh sein, Junge, dass du nicht so albern heißt«, lachte der Mann gutmütig. Dann wandte er sich an das Mädchen auf der Couch.

»Da solltest du dir mal ein Beispiel nehmen, Tahira! Ein Leopard auf den Tasten, dieser Junge. Vom Draufrumliegen lernt man das Instrument nämlich nicht! Er wäre bestimmt ein guter Lehrer für dich!«, kicherte er fröhlich und zeigte auf Said. »Und er kommt sogar aus Jarmuk!«

Das Mädchen rollte mit den Augen, sprang stumm auf und flog nach draußen wie ein verscheuchter Schwarm winziger Vögel.

Yussuf versuchte, so wenig wie möglich mit ihm zu sprechen an jenem Tag. Said wunderte sich, denn sein Vater liebte es normalerweise, ihn zu belehren und die Eigenarten der jeweiligen Instrumente zu kommentieren, die er in die Mangel nahm. Einen Steinway-D-Flügel hatte er bestimmt noch niemals stimmen dürfen, und wie gerne stellte er Vergleiche an zwischen Bösendorfer, Schimmel oder Steinway, all den deutschen oder fast deutschen Titanen.

Aber diesmal schwieg Yussuf beharrlich.

Said bemerkte jedoch an dem unvertrauten Geruch, den sein Vater ausströmte, was die Stunde schlug. Denn obwohl er diese strenge Beimischung des Schweißes noch nie gewittert hatte, wusste er doch sofort, dass es der Geruch menschlicher Todesangst war.

Der Hausherr und Grace Kelly verschwanden nach oben. Yussuf vergrub sich in seine einsame Arbeit, begann, die Hämmer zu inspizieren, zupfte die Saiten, justierte mit dem Stimmschlüssel nach.

Said fühlte sich überflüssig und war es auch. Das Schweigen seines Vaters verstärkte den Eindruck. Er schlenderte daher durch die Verandatür ins Freie, um vom Garten aus das überwältigende Panorama von Damaskus zu genießen. Er blickte nach Süden über den sternförmigen Umayyad-Platz. Durch den Smog hindurch konnte er am Horizont die grünen Felder von al-Ghutah erkennen.

Dann stand das Mädchen neben ihm, von einem langen T-Shirt bedeckt, auf dem *Grand Lycée Paris Saint-Denis* stand. Sie nuckelte an einer Limonade und blickte ihn hinter ihrer Lolita-Sonnenbrille unverwandt an.

»War das ein Kompliment eben, Said?«

»Was?«

»Ta bite bien dure?«

Sie fixierte ihn, machte dabei mit Zeige- und Mittelfinger eine in die Höhe ragende Geste von atemberaubender Obszönität. Er hatte das Gefühl, sein Blut explodiere und er müsse in Ohnmacht fallen.

»Ich weiß nicht, was Sie meinen.«

»Klar weißt du das. *Mais moi, je m'en fous …* «

Sie öffnete ihre Hand wie eine Blume, und sofort erhoben sich ein paar Fliegen in der Nähe.

»Wenn du willst, kannst du für den Sommer mein Lehrer sein«, sagte sie einfach. »Ich hab nur so 'n langweiligen *prof de pi* von der Uni. Willst du?«

»Ja, ich weiß nicht …«, stotterte er.

»Kannst du auch was von den Cardigans?«

»Was ist das?«

»Also nicht. Na ja, *je m'en fous.*«

Mehr sprach sie nicht mit ihm.

Als Yussuf mit seiner Arbeit fertig war, tauchte der Hausherr wieder auf, diesmal in anderer Garderobe. Er trug eine bombastische Uniform, an deren Borten er herumnestelte, während er Tahira hineinrief und an den Flügel bat. Gehorsam schlurfte sie heran, setzte sich und spielte die ersten Takte von *Für Elise,* und zwar auf eine Weise, die Said sein ganzes Leben lang nicht vergessen sollte, so sehr ähnelte das Hörerlebnis einer schmerzhaften Massage, war aber doch auch erregend. »Sehr schön, Liebes. Sehr schön«, sagte der Hausherr weich, unterbrach damit die Tortur und wandte sich an den Klavierstimmer. »Was bekommst du dafür?«

»Das ist schon in Ordnung, danke, dass wir Sie besuchen durften«, erwiderte Yussuf gepresst.

»Nein, nein, du musst ja bezahlt werden.«

»Wirklich nicht, der Flügel war doch vorher schon hervorragend gestimmt. Eigentlich hätte ich gar nicht kommen brauchen, Herr Minister.«

»Du willst mich doch ganz gewiss nicht beleidigen?«

Es entstand eine Stille, in der niemand zu atmen wagte.

Schließlich drehte sich Tahira auf dem Klavierhocker um und sagte lächelnd: »Vielleicht könnte mich ein neuer Lehrer ein bisschen inspirieren, *Papy*.«

Ihr Vater strich ihr zerstreut über den Kopf, den sie im selben Augenblick zu Said wendete, der etwas abseitsstand. In ihren Augen sah er etwas Dunkles, Ernstes, eine Botschaft, die zwischen zwei Lidschlägen verborgen war. Vielleicht war es einfach nur die unerwartete Abwesenheit von Banalität, die ihn erschütterte. Jedenfalls setzte er sich sofort in Bewegung, ging die wenigen Schritte auf seinen Vater zu, um Aufmerksamkeit zu erregen.

»Na gut«, sagte der Hausherr, als Said neben Yussuf stehen blieb. »Du hast das Geld vielleicht nicht nötig. Aber dein Junge hier, der kann es sicher gut gebrauchen.«

Der Mann zückte sein Portemonnaie, fischte ein ungeheures Bündel an Scheinen hervor und reichte es Said. In dem Moment, als dieser die Hand ausstrecken wollte, sagte sein Vater: »Wir möchten Ihr Geld wirklich nicht beanspruchen, Herr Minister. Wir sind es gar nicht wert.«

Der Mann starrte ihn ungläubig an, wendete sich dann an Said und fragte: »Hättest du denn Lust, einmal die Woche meine liebe Tochter zu unterrichten?«

Said sah eine Explosion verstörender Bilder vor sich, fragte sich, wie er eine so bestürzend unbegabte, dermaßen gleichmäßig gebräunte Gefahr wie Tahira an Beethoven heranführen könne, und begann, genauso zu stinken wie sein Vater.

»Mein Sohn hat so viel zu tun«, sagte Yussuf bedauernd, bevor Said antworten konnte. »Das wird er ganz gewiss nicht schaffen können, Herr Minister.«

Das Mädchen lächelte schwach, so kam es Said vor. Sie erhob sich unverzüglich und ging davon, ohne Said noch einmal anzusehen.

Ihr Vater hingegen brauchte einen Moment, um sich für einen Gesichtsausdruck zu entscheiden. Er war blass geworden. Dennoch wählte er schließlich die Variante wärmster Herzlichkeit, steckte das Geld ins Portemonnaie zurück und sagte gutmütig: »Ein Mann mit Grundsätzen, das gefällt mir, das gefällt.« Er seufzte, blinzelte Said an und fügte hinzu: *»Honi soit qui mal y pense.«*

Said wollte zu dem Mädchen sehen, in die Richtung zumindest, in die sie enteilt war, aber der Blick des Ministers nagelte ihn fest.

Als er wieder frei über seine Augen verfügen konnte, war sie für immer verschwunden.

Die Limousine brachte Vater und Sohn zurück nach Jarmuk.

»Du hast nicht gelächelt«, sagte Yussuf später. »Als ich dir verbot, das Kind von diesem Schwein zu unterrichten, hast du nicht gelächelt! Ich mag nichts sehen können, aber so was merke ich. Du musst immer lächeln, das habe ich dir doch gesagt, mein lieber Sohn.«

»Entschuldige, Baba.«

Wenige Tage danach wurde Yussuf abgeholt. Diesmal nicht von einem schwarzen BMW, sondern von einem olivgrünen Militärjeep. Der Wagen wartete mit laufendem Motor vor dem Haus. Alle wussten, was es bedeutet, wenn ein Geheimpolizist einen Klavierstimmer, ob blind oder nicht, in solch ein Auto setzt.

Drei Monate später starb Yussuf, Saids Vater, im Gefängnis al-Maisad.

Als Todesursache wurde plötzliches Herzversagen in den Autopsiebericht eingetragen.

Said konnte wenige Jahre später im Zuge des Arabischen Frühlings nach Europa entkommen.

Er hat mir gesagt, dass er nie wieder eine Frau traf, die Tahira so ähnlich war wie ich. Nicht was ihre Talentlosigkeit, sondern was ihre Fähigkeit betraf, sich in einen ihr emotional und sexuell verfallenen Pianisten aus Jarmuk hineinzuversetzen.

Ist das nicht entsetzlich?

9

In der Nacht wachte Sonne auf. Immer dasselbe. Der Schimmer der blöden blauen Wand zitterte über die Fenster. Ununterbrochen und zu jeder Jahreszeit strömten die neuesten Meldungen in die Dunkelheit und endeten als buntes Zucken an ihrer Zimmerdecke. Manchmal versuchte sie zu erraten, ob die nervösen Lichtflecken gute oder schlechte Nachrichten enthielten oder, worauf sie stets vorbereitet war, sogar sehr schlechte, wie einen Atomkrieg.

Doch das half ihr natürlich nicht zurück in den Schlaf.

Eher kam es vor, dass sie mit ihrer Vermutung aus dem Bett hinüber zum Fenster sprang und sie auf der gegenüberliegenden Videotafel überprüfte. Selten mit Erfolg. Sie lag fast immer daneben, erkannte in dem Geflimmer über ihrem Kopf keine Codes oder Muster, nur Chaos. Warme Farben, denen sie instinktiv eine positive Ursache zueignete, waren meist auf Raketeneinschläge, Bombenexplosionen, Brände aller Art zurückzuführen.

Es gab keinen Vorhang. Auch in den anderen Räumen nicht, nicht mal im Kinderzimmer. Sie und Nicky mochten Vorhänge einfach nicht. Nicht einmal in den kurzen Nächten des Sommers, wenn es schon um fünf Uhr dämmerte und die Helligkeit sie oft weckte, dachte sie über die Vorteile von Vorhängen nach. Sie fragte sich, ob Jana recht gehabt hatte. War das Blau der Küche etwa nichts anderes als das Blau ihrer Kindheit? Und wenn ja, ließ sie dann deshalb ihre Fenster ohne jede Option einer Verdunkelung, weil auch ihr Vater Vorhänge gehasst hatte?

Womöglich hatte er nur die Garage gewählt, weil es der einzige Raum im Haus war, in den niemand von außen hineinäugen konnte. Vielleicht hätte er ansonsten das allgemeine Vorhandensein von blickdichten Vorhängen für einen anderen Abschiedsort in der Wohnung genutzt. Für ein etwas heimeligeres Zimmer womöglich. Am Ende hätte er unter Umständen die Gardinen in der geliebten Küche zugezogen und sich neben dem Herd aufgehängt. Dann hätte Sonne jedenfalls gewiss ihre Küchenwand nicht blau gestrichen.

Neben ihr schlief Nicky. Er atmete gleichmäßig, seitlich eingerollt wie eine Katze, das Kinn auf einer Pfote, zutraulich von ihr abgewandt. Sie blickte zu ihm, sah das ruhige Auf und Ab des Brustkorbs. Ein meditatives Geräusch, dieses kaum hörbare Pfeifen der Lunge. Von ihrem Vater, seinem Großvater, hatte er den trockenen Husten, von dem aber jetzt nichts zu spüren war.

Es war so schön, dass er zu ihr ins Bett hatte kommen müssen, weil Jana-die-Unerträgliche in dieser Nacht sein Zimmer brauchte. Der Schlafanzug war ihm etwas zu klein. Er wuchs so schnell. Ein kleiner Teil seines Rückens lag frei. Sie sah zwei seiner Rückenwirbel, klein wie Haselnüsse. Sie zog ihm vorsichtig die Bettdecke über die entblößte Stelle. Ein Reflex, denn es war fast zu warm im Zimmer.

Öffnen konnte sie die Fenster nicht vollständig. Es wäre zu laut gewesen. Betrunkene Touristen torkelten grölend bis weit nach Mitternacht aus den Bars und Kneipen. Und immer wieder Sirenen in der Nähe. Nur Anlehnen ging.

Leise stieg sie aus dem Bett, schlich hinüber zum Fenster, kippte es einen Spalt. Eine winzige Brise zog hinein, strich ihr über die Wange. Sie verkniff es sich, die Videotafel gegenüber nach Fetzen von Janas Namen oder ihrer Physiognomie abzusuchen.

Sonne drehte sich um, betrachtete ihre eigene, schemenhaft hervortretende Einrichtung, während sie den Wind nun in ihrem Nacken spürte. Wenige Möbel. Eine alte Kommode. Ein roter chinesischer Kleiderschrank von Rahaus. Der kleine Schreibtisch. Und das Doppelbett mit ihrem Kind. Es gab kaum Geld für Stilgefühl.

Sie war froh über das Doppelbett, obwohl sie schon zu lange alleine darin schlief. Einzelbetten aber hatten kein gutes Karma, fand sie. Im Krankenhaus stehen nur Einzelbetten. Im Altersheim auch. Im Hospiz sowieso. Einzelbetten sind unsere ersten und letzten Lebenslager, in denen wir weder Sex haben noch Leute finden, die uns was Schönes vorlesen oder in Löffelchenstellung die Arme um uns schlingen. Viel lieber würde Sonne statt in einem Einzelbett in diesem Doppelbett sterben, mit der Erinnerung an Nickys eingekauerten, warmen, nach Hitze und Kindershampoo duftenden Körper, einfach weil Doppelbetten, egal wie groß oder leer sie sind, weniger Verlassenheit ausstrahlen.

Und ganz ähnlich ist es mit Doppelgräbern.

Verrückt, dachte Sonne, ich kann nur noch an die Arbeit denken.

Ihr Blick wanderte hinüber zu den wenigen Fotos, die über dem kleinen Schreibtisch hingen. Ihr Vater blickte aus einem weißen Rahmen vertrauensvoll und jung ins Zimmer hinein. Ihre Mutter, oval gefasst, stand daneben im Garten und goss Rosen. Das rahmenlose Foto mit Jana hatte Sonne nie abgehängt, trotz allem.

Die Gischt der Breaking News spritzte als Lichtwelle über das Bild. Man sah auf dem Foto für einen Sekundenbruchteil die eingefrorene Trauer der beiden Mädchen aufglimmen, die geradezu zwillingshaft wirkte. Sie weinten und lächelten zugleich.

Das Bild hat Sonnes Mutter aufgenommen. Auf dem Friedhof. Sogar auf der Beerdigung. Es war ein Sonntag gewesen. Der 14. Oktober 1998.

Bis heute staunte Sonne über die Abwesenheit von Fotoapparaten oder Handys auf Trauerfeiern. Kein Mensch kommt auf die Idee, Erinnerungsfotos zu schießen, wenn jemand zu Grabe getragen wird. Hochzeiten, Geburtstagsfeiern, Familientreffen werden milliardenfach festgehalten, je banaler, desto lieber, aber niemals der Tag des endgültigen Abschieds. Deshalb dokumentierte Sonne für die Angehörigen grundsätzlich jeden Schritt des Adieus, ganz verstohlen mit ihrem mobilen Endgerät.

Am 14. Oktober 1998 aber, als die Handys noch Antennen hatten und keine Fotofunktion, hatte Jana einen klassischen Apparat dabei. Sie hatte Sonne untergehakt und Frau Meling gebeten, sie beide vor der Einsegnungshalle mit der alten Fotokamera ihres Vaters abzulichten, die sie extra mitgenommen hatte. Sonne erinnerte sich genau, wie sehr Mama sich gesträubt hatte, wie ängstlich sie sich umschaute, ob auch niemand sie beobachtete, als sich ihre Tochter und deren beste Freundin wie am Strand der Adria aufstellten, um mit dem Rücken zum Gräberfeld, erleuchtet von einer rostroten Herbstsonne, in all ihrem Schmerz und all ihrem Schwarz fotografiert zu werden.

Auch Sonne war es eigenartig vorgekommen. Aber Jana beschwor sie: »Es ist wie bei den Apachen, wenn die sich mit dem Messer die Arme aufritzen und gegenseitig ihr Blut trinken. Es ist wichtig. Glaub mir: Es wird das Foto sein, das wir noch unseren Enkelkindern zeigen.«

Sonne hatte verständnisvoll genickt und ihr die Geste geschenkt. Es war schließlich nicht ihre Veranstaltung gewesen. Denn nicht ihrem Vater galt die Beerdigung. Sondern Janas Eltern. Ihrer Mahm und ihrem Paps.

Die von Monds waren ein halbes Jahr nach der Garagenkatastrophe bei einem Autounfall ums Leben gekommen. Ganz ähnlich wie Said und Ying Shu. Ein einzelner Baum neben der herbstlich nassen Landstraße. Keine Airbags. Eine Explosion. Wahrscheinlich stand der Baum heute noch, obwohl er damals lichterloh brannte.

Herr Leberschön jun. hatte den Reibach des Jahres gemacht. Doppelgräber sind eine lukrative Angelegenheit. Doppelte Särge, oft im Partnerlook, doppelte Bestellungen bei *Leonard Goetz Nachf. – Spezialist für Sterbewäsche!*, doppelte Gästezahl, doppelte Aufwände. Aber nur eine Vorgangsnummer. Und nur eine Veranstaltung.

Absurderweise war ausgerechnet Herr Leberschön jun. mit auf das Foto von Jana und Sonne geraten. Man konnte ihn unscharf hinter Sonnes linker Schulter erkennen. Er blickte mit großen Augen, fast erschrocken, in die Kamera, die Haut mumifiziert, das dünne Haar in einer Art Spinnennetz über den breiten, glänzenden Schädel gelegt, was bei der schlechten Bildqualität kaum zu bemerken war. Aber Sonne hatte ein hypertrophes Gedächtnis, vor allem für Details.

Die Erfahrung, sich auf einem von Trauernden überquellenden Friedhof gegenseitig die mageren Teenagerarme um die Hüften zu legen, mit dem kartoffelköpfigen Bestatter im Hintergrund, hatte die Mädchen auf schicksalhafte Weise miteinander verschweißt.

Niemand sonst in ihrer Klasse hatte tote Eltern. Kein anderer bekam Waisenrente und hatte so viel Taschengeld.

Vor allem Jana schwamm im Überlebendencash, wie sie das nannte.

Ihre beiden jüngeren Schwestern zogen zu einer mitfühlenden Tante in den Harz. Aber da Jana schon kurz vor ihrem achtzehnten Geburtstag stand und nur noch ein Jahr hatte bis zum Abi, musste sie ganz alleine in Deggendorf bleiben, in der Einliegerwohnung einer nahezu tauben Försterswitwe, wo sie sich selbst versorgte. In erster Linie mit allem, was Spaß macht. Hier fanden die exzessivsten Kifferpartys nördlich der Alpen statt.

Es war die Geburt der Sonne und der Mond. Denn sie waren eine eigene Spezies, zwei verschworene Albinos, die sich durch das Fehlen von elterlichen Pigmenten von allen anderen Kids unterschieden. Sie wurden geschont und angestaunt, und die krampfhafte Normalität, die ihre Umgebung ihrer Auserwähltheit entgegenbrachte, machte ihnen erst recht klar, dass sie sich darin nur äußerlich bewegten.

Es gab manche Albernheiten, die sie sich selbst unbewusst untersagten, jedenfalls Sonne tat das, Jana aber nur für zwei oder drei Tage. Durfte man, wenn man tote Eltern hatte, überhaupt an Jungs denken? Jana fand ja. An was sollte man sonst denken?

Sie hatten sich schon zwei Jahre vorher angefreundet, Sonja und die Neue. Da war die Welt noch kein heißer Milchtopf, der überquoll. Jana stand vor der Klasse und sagte den fatalen Satz: »Ich bin die Jana aus Jena.«

Der Name hing ihr jahrelang an.

Jana-aus-Jena war 15, kam aus dem Osten, was damals noch ein Stigma war. Jedenfalls in Niederbayern, wo ihr von der Treuhandanstalt abgewickelter Alter, wie sie ihren Paps nannte, um zu schockieren, einen lukrativen Job bei einem Landmaschinenhersteller gefunden hatte. Sie redete viel, trug bunte DDR-Blueser-Sachen, die kein bisschen cool, sondern hippiemäßig waren, und Sonne schon damals nur Schwarz.

Bereits als sie sich das erste Mal im Klassenraum begegneten, weil die Neue auf die Bank neben Sonne platziert wurde, beugte sich Jana-aus-Jena auf ihre unnachahmlich manierierte Art zu ihr herüber und fragte die blödeste Frage, die man überhaupt nur fragen konnte:

»Sag mal, wieso bist du eigentlich Klassensprecherin?«

Was um alles in der Welt sollte man auf so etwas antworten? Weil man gewählt worden war? Weil man als besonnen und beliebt galt? Weil man gerne Verantwortung übernahm?

Oder aber weil man eine etwas verkrampfte Tusse war,

die sich auf diese Weise die Bestätigung holte, die Schnitte des Abendlandes zu sein?

Sonne hatte ratlos gelächelt und geschwiegen.

Jetzt, über ein Vierteljahrhundert später, stand sie als Silhouette vor ihrem kalt glühenden Fenster und lächelte fast dasselbe stille Lächeln des Unglaubens. Denn am Abend zuvor hatte Jana, noch im Zorro-Outfit, verheult und 42 Jahre alt, ihr am Abendbrottisch die praktisch identische Frage gestellt wie als Kind:

»Sag mal, wieso bist du eigentlich Bestatterin?«

Sonne hatte sie zunächst nur angestarrt und dann tatsächlich laut auflachen müssen, nicht, weil irgendetwas lustig war, natürlich nicht.

Dann hatte sie gesagt: »Nachdem du deine scheiß Aktion abgezogen und mich zertreten hast wie einen Marienkäfer, dachte ich mir: Eigentlich egal, was ich beruflich mache. Hauptsache, was mit Menschen.«

Die Antwort war ihr ein Vierteljahrhundert zuvor, als es um die Motivation zur Klassensprecherin ging, nicht eingefallen. Damals hätte Jana sie auch gar nicht zertreten können. Denn Sonne war die Königin des Geschwister-Scholl-Gymnasiums und Jana nur der miserable, zum Zerquetschen prädestinierte Marienkäfer mit komischen Pippi-Langstrumpf-Klamotten und absurdem Dialekt. Immer, wenn sie etwas in ihrem weichen, sächsisch klingenden Idiom sagte, grinste irgendjemand. Überdreht, lernunwillig, zappelig, anhänglich, suchte Jana-aus-Jena sich schnell ihre Rolle als Spaßvogel.

Ausgerechnet die damals beliebten Blondinenwitze waren ihre Spezialität, obwohl sie selbst alle Klischees einer Blondine mehr als zu erfüllen schien.

Sonne hingegen war die klassische Brünette, zurückhaltend, klug, ein kritischer Geist, der sich im Hintergrund hielt, wenig sprach und dem dennoch alle zuhörten.

Jana hörte man nur zu, wenn sie eine Show abzog. Aber das konnte sie. Sie stieg in Freistunden aufs Lehrerpult, ging dort in den Lotussitz, der ihre knallenge Jeans im Schritt fast zum Zerreißen brachte. In dieser Haltung hielt sie zur Gaudi der atemlosen Jungs das, was sie die »Vaginamonologe« nannten.

Sitzen eine Brünette und eine Blondine vorm Ofen.

Sagt die Brünette: »Feuer mal den Ofen an.«

Sagt die Blondine: »Ofen vor, noch ein Tor.«

Seufzt die Brünette: »Nein! Du sollst den Ofen anmachen!«

Nickt die Blondine und sagt: »Na Ofen, heute Abend schon was vor?«

Als ihre Eltern tot und ihre Geschwister weg und ihr Überlebendencash auf dem Konto waren, verhielt sich Jana völlig anders als Sonne mit ihrem im ganzen Dorf betuschelten Selbstmördervater. Jana wurde nicht stiller und zurückgezogener, sondern ging in die Offensive. Jana-aus-Jena warf ihre Schlangenhaut ab und wurde Jana-der-Star.

Keine Konvention war vor ihr sicher. Anders als mit dem Gefühl, das Salz der Erde zu sein, kann man auch kein Foto von sich und der besten Freundin am Tag der Beerdigung der eigenen Eltern machen lassen, zehn Meter neben dem Grab.

Nicky wälzte sich herum. Sonne blickte zu ihm, zu seinem für einen kurzen Moment gespitzten Mund, der durch den Schlaf sofort wieder seine Form verlor. Sie verließ den Platz am Fenster und ging hinüber zum Schreibtisch. Sie beugte sich zu dem alten Foto hinab, kniff die Augen zusammen, studierte im flackernden Zwielicht, das ihr die blöde blaue Wand schenkte, die Gesichter der beiden Friedhofskinder, die Jana und sie damals waren. So viel Schmerz, so viel Wut und bei keiner von beiden eine erkennbare Neigung zum Unglück, bei Jana nicht mal eine Neigung zum Leid. So viel reiner Trotz in ihren Mundwinkeln.

Jana-der-Star wurde zum Paradiesvogel. Sie war zwar gebeutelt, aber dem Drang zum inneren Rückzug oder gar zum Trauma entzog sie sich, indem sie ihre Seele als riesigen, unversehrten Tank und all ihre Verluste als Treibstoff sah, der aus dem Tank gewissermaßen über Nacht ausgelaufen war, in Gestalt ihrer Mutter, ihres Vaters, ihrer beiden fortgezerrten, beim Abschied vor Panik glühenden Geschwister, des mit ihnen in den Harz ziehenden Dalmatiners Schnucke, des blühenden Gartens, der Schaukel des blühenden Gartens, des Secondhand-Jugendzimmers und des Invulnerabilitätsgefühls einer ganz normalen 17-Jährigen. Der Tank musste bis oben hin gefüllt werden, und als Benzin gab es nur jene Art von Ernst und Nachdenklichkeit und Verständnis und Liebe, die Sonja Meling spendete, damit daraus wilde und verzweifelte Superstar-Energie werden konnte.

Und umgekehrt war auch Janas Impuls, sich unentwegt und für die Umwelt nervenzerfetzend zu produzieren, für

Sonne der einzige Halt auf ihrem so viel ruhigeren Weg ins Leben.

Beide, so viel war sicher, brauchten die Utopie.

Also wollte der Paradiesvogel ein Paradies gründen.

Noch in der Oberstufe beschlossen Jana und Sonne, ihr finanzielles Erbe zusammenzuschmeißen und direkt nach dem Abi in die südamerikanischen Berge zu ziehen, nach Bolivien oder Chile.

Dort wollten sie in einer Kommune von acht bis zehn Leuten leben, einem selbst gebauten Holzhaus, das karmesinrot gestrichen war und wie das Gegenteil von Schloss Neuschwanstein aussehen sollte, aber auch mit Türmen und leidlichen Agitprop-Deckengemälden von Sonne und einer Terrasse zum Feiern, auf der auch eine Sauna eine kleine Rolle spielen durfte, weil Jana, wie alle Ossis, auf Saunen stand.

Sie wollten Getreide anbauen, einen Teil davon tauschen, gegen Milch oder Marihuana. Sonne sollte Kunst machen und Meditation lernen. Sie würde auch versuchen, alles, was ihnen fehlte, auf natürliche Weise zu bauen. Einen Rührbesen aus Stöckchen zum Beispiel. Sie dürfte auch Klassensprecherin der Kommune sein.

Jana wiederum würde – in Ermangelung von Comedy-Affinitäten im Dschungel – Yogakurse für die Ureinwohner geben und nebenbei als Ayurveda-Doktor arbeiten und jede Woche den Master of Ceremony eines noch anzustrebenden Theaterdorfs machen.

Sie gründeten zusammen mit zwei angenehm verwahrlosten Antikarrieretypen aus der Sozialkunde-AG namens Johnny und Heiko noch in ihrem letzten Schuljahr die minderjährige Kommune *Che Guevaras Rache*.

Ihr erstes Projekt war das Abiturientenkabarett.

Das Programm hieß *Blondinen bevorzugt* und war ein voller Erfolg, erst im Fasching, dann zur Abifeier. Sonne übernahm die Regie, malte die Kulissen und schrieb die Texte, formte aus den Blondinenwitzen eine kleine systemkritische Handlung, in die sie auch Bemerkungen über die Spendenaffäre der CDU und die Rettung der Weltmeere einfließen ließ.

Ihr kleines, vorgeblich hochemanzipatorisches Stück wurde sogar auf ein Kabarettfestival nach München eingeladen, auf dem es den Nachwuchspreis gewann.

Nach der Preisverleihung stiegen die enthusiastischen Kommunarden nachts vollzählig in den Tierpark Hellabrunn ein und schwammen nackt mit den Seehunden. Einer der Seehunde namens Bobby fraß Janas auf der Zementnachbildung eines Eisberges abgelegtes Bikinioberteil, das drei Jahre später, als Bobby verendet war, unverdaut in seinem Mageninhalt gefunden und von der *Süddeutschen Zeitung* fotografiert wurde.

Johnny, der auch sehr gerne Janas Bikiniober- wie auch -unterteil gefressen hätte, trug zum Gelingen des Projekts vor allem Didgeridoo- und Gitarrespielen bei. Und Heiko, der leider gar nichts konnte, außer hundert Liegestützen zu machen, war bis über beide Ohren verliebt in Sonne.

Es wurde ein großer Sommer voller Licht und Schwärmerei und kribbelnder Ungewissheit, in dem man außer der

Hitze und der totalen Sonnenfinsternis am 11. August nichts ernst nahm, da die Jahrtausendwende bevorstand und somit allerlei Neuheiden, Satanisten und Anhänger nordischen Götterglaubens die Apokalypse erwarteten.

Ein Mann mit gutturalem Timbre meldete sich unverdrossen nach dem Münchener Kabarettfestival und fragte, ob Jana nicht einen Manager brauche. Aber sie brauchte keinen, sie hatte ja Sonne, und in Bolivien oder Chile brauchte man Landrover und Gewehre und keine Manager.

Der Geist konzentriert sich immer – auf etwas, das ihn interessiert. In Janas Fall waren das Gags und Partys und die bevorstehende Emigration. Und in Sonnes Fall war das die Kunst und die Tiefe und irgendwann nur noch Jana.

Sie verließ sogar ihre Drei-Wochen-Romanze Heiko, als der sich unter Tränen beschwerte, dass in Bolivien oder Chile Sonne nicht mit ihm, sondern mit Jana in ein gemeinsames Zimmer ziehen wollte, und zwar in den sogenannten *Leaders' room*. Heiko und Johnny hingegen sollten in den *Losers' room*, jedenfalls vermuteten sie das, und so zog sich der männliche Teil der Kommune *Che Guevaras Rache* in das beginnende Studium der Betriebswirtschaftslehre zurück, wo er dann von Jana in *Che Guevaras Schande* umgetauft wurde.

Der Mai, der Juni, der Juli, der August flossen unter einem großen Himmel dahin, als gäbe es nie wieder familiäre Tragödien. Man war unzertrennlich. Die Sonne und die Mond. Die Stille und die Laute. Die Hübsche und die schöne Bescherung. Die, die gemeinsam durch den Regen liefen und sich alles anvertrauten, was sie sonst niemandem anvertrauten. Die um des Paradieses willen zusammen Spanisch lernten. Sie machten tausend Pläne und trafen keine Entscheidungen. Sie trugen die Männer in sich, die sie nach Südamerika begleiten sollten, viele als Idee, einige als Idol, den einen oder anderen als Boyfriend für ein paar Stunden oder Wochen, schließlich alle als blasse Erinnerung. Der Ruhm einer spektakulären und dennoch bäuerlichen Lebensweise, der zehntausend Kilometer entfernt auf sie wartete, war eine ausgemachte Sache, und der Himmel war immer blau.

Manchmal, sehr selten, gibt es das Gefühl im Leben, dass alles so sein sollte, wie es gerade ist. Alles, was es gibt und geben kann, bündelt sich in einem solchen Moment, und genau so war es damals gewesen, erinnerte sich Sonne, während sie sich zurück in ihr Bett legte und ihren kranken, träumenden, anderthalbäugigen Sohn betrachtete, der neben ihr atmete, der einzige Atem, den sie gerne roch, obwohl auch er leicht Säuerliches verströmte.

Nichts hat uns auf die dramatische Tragödie vorbereitet, die auf die idyllische Tragödie folgte, Jana-aus-Jena, und nun bist du unglücklich und schläfst da drüben in Nickys Bayern-München-Bettwäsche, inmitten unserer billigen Dreiraumwohnung, als hättest du alles Recht dazu.

Was für ein Tag.

DIE ERSTE WOCHE

10

Wenn Samuel eine Sache hasste, dann war es Warterei, ganz besonders Warterei vor einem Sterbehospiz. Denn nirgendwo sonst ist Zeit eine so harte Währung. Warten kann tödlich sein.

Er kaute sein drittes Kaugummi und schüttelte schon die Wrigley's-Spearmint-Gum-Dose, um sich auf das vierte vorzubereiten.

Er hatte vor dem Hospiz-Kräutergarten geparkt. Wenn schon Warterei, dachte er, dann neben was Frischem.

Durch seine Windschutzscheibe betrachtete er die domestizierte Botanik. Das Bohnenkraut. Den Kram, den er nicht kannte. Und die klein gewachsene Marokkanische Minze, deren Aroma er ja gerade im Mund zermalmte. Wie perfekt all das zu den blaugrünen Moosen passte, die aus den verrotteten Fensterabdichtungen seines Wagens wuchsen, bemerkte er trotz seiner Unruhe. Der zwanzig Jahre alte, von Taubenkot gesprenkelte, mausgraue und womöglich noch nie gewaschene vw-Touran war auf dem besten Weg zum Wrack. Bis auf Särge passte aber alles in den Stauraum, was das Herz eines Bestatters begehrt.

Heute waren das acht mit Art-Metal-Lack frisch vergoldete Miele-Staubsauger. Sie mussten zu einer majestätischen Trauerfeier gebracht werden, und zwar schnell. Die prunkvollen, altägyptisch anmutenden Artefakte waren als goldenes Ehrenspalier gedacht für die dahingeschiedene Nummer drei des größten Berliner Gebäudereinigungsunternehmens.

Der Mann hatte bei einem Geschäftsessen in Tokio Fugu verzehrt, eine japanische, hochtoxische Delikatesse aus dem Pazifik, die man mit der gleichen Gemütsruhe genießt wie russisches Roulette.

Er starb auf dem Flug nach Frankfurt an der vermutlich einzigen letalen Fischvergiftung Deutschlands in diesem Jahr.

Was es alles gab.

Samuel schob das Kutterfischermützchen aus seiner Stirn und fragte sich, wo Sonne blieb.

Was er am meisten an ihr liebte, abgesehen davon, was sein Herz an ihr liebte, war ihre Kompromisslosigkeit. Aber schon an zweiter Stelle kam ihre unerreichte Pünktlichkeit.

So unpünktlich wie heute war sie schon seit Langem nicht mehr gewesen. Und weder hatte sie eine SMS geschickt, noch war sie telefonisch zu erreichen.

Er blickte nervös auf sein Handy. Die Sekunden tickten voran. Er machte sich Sorgen. Denn sie kannte seine Abscheu vor Warterei.

Ob sie noch sauer war wegen gestern?

Sosehr er ihre Kompromisslosigkeit liebte, so sehr hasste er sie auch. Wieso sie die beiden Toten ihrer verrückten Freundin partout nicht versorgen wollte und lieber gegen das eigene Berufsethos verstieß, als über ihren Schatten zu springen, konnte er nicht verstehen. Vielleicht hätte er sie nicht einfach im Stich lassen sollen, nicht einfach nach Hause gehen und dort an die Küchenwand starren sollen, wo seit zehn Jahren ein Foto von ihnen beiden hing. Kleinformatig. Vollgesogen mit Bratfett und Sehnsucht. Das Foto aus Prag.

Manchmal half es, sie anzuschreien. Das vermochte sie in eine meditative Stimmung zu bringen.

Leider konnte er nicht mit kühlem Kopf schreien, um ein bestimmtes Ergebnis zu erzielen, sondern nur, wenn er überkochte. Und dann wuchs kein Gras mehr.

Am Morgen hatte er gelesen, was im Netz alles über diese Komikerin verbreitet wurde. Jemand schrieb, sie sei das »Quietscheentchen des deutschen Fernsehens«, das nun auf dem Totenfluss Lethe heruntertrieb, dem Fluss des Vergessens.

Sie tat ihm erheblich leid.

Zwar sah man auf den ersten Blick, dass sie eine selbstgefällige und hochnäsige Bitch war. Aber sie hatte auch einen zarten Nacken.

Ein Nacken erzählt so viel über Menschen. Über ihre Art, den Kopf in den Sturm zu halten.

Klar war sie eine Kokserin. Aber Kokain ist schließlich nur Gottes Art, dir zu sagen, dass du zu viel Geld hast. Es gab Schlimmeres. Ihn jedenfalls hatte Schlimmeres erwischt, und Sonne hatte sich einst um ihn gekümmert. So was von. Sonst wäre er ja niemals Buddler geworden.

Und diese Geschichte mit dem Araber und der Chinesin. Die rührte ihn an.

Mit der Geliebten im Wagen über eine Klippe zu fliegen und zu wissen, du hast noch zwei gemeinsame federleichte Sekunden und das war es dann, hatte durchaus Format. Vielleicht nicht so sehr, wenn es sich um einen vermoosten Touran mit acht goldlackierten WhirlWind-Bagless-Vacuum Cleanern hintendrin handelte.

Aber doch, so was könnte er sich für den eigenen Abgang auch vorstellen.

Es würde nur die passende Begleitung fehlen.

Leider fand er die nicht, da er auch nicht immer den richtigen professionellen Abstand zu den Kundinnen von *Sommernachtstraum* hielt, jedenfalls nicht zu den hübschen.

Er seufzte gedankenvoll, hielt mit dem Kaugummikauen inne, blickte sich nach allen Seiten um. Aber nirgendwo war Sonne zu sehen. Er stöhnte auf und starrte auf die halb vertrockneten Pimpinellen, weil sie ihm genauso verkorkst vorkamen wie er sich selbst.

Erst vor zwei Wochen hatte er diese bildschöne und todtraurige Witwe eines Orchestermitglieds der Berliner Philharmoniker zum Krematorium begleitet. Sie war sehr aufgewühlt gewesen, als der Sarg vor ihren Augen in den Ofen fuhr. Er fand einfühlsame Worte, erwähnte Kohelet – »Windhauch, Windhauch, es ist alles Windhauch« –, und sie neigte den Kopf gegen seine starke Schulter. Eine Zartheit gab die andere, und am Ende zerwühlten sie miteinander vielfingrig ihre lindgrüne Satinbettwäsche, die noch warme Asche der Zweiten Bratsche Klaus auf dem Nachttischchen neben ihnen.

Ihn machte die Gegenwart der duldsamen Gattenreste

etwas nervös, die sehr gelenkige und auch stimmgewaltige Alleinerbin jedoch schien offenbar inspiriert. Sie spielte nach den Umarmungen Cello zum Abschied, Bachs *Cellosuite Nr. 1 G-Dur*.

Als er es später Sonne beichtete, flippte sie völlig aus, hatte gleich Angst um den Ruf ihres Unternehmens. Aber die Witwe hatte sicher viel größere Angst um ihren Ruf als Witwe.

Samuel seufzte, als er daran denken musste, dass die Bestattungszeremonie von Klaus ja noch ausstand und er Cello-Bettina, die ihn ständig anrief, bis dahin in einem stabilen seelischen Gleichgewicht halten musste. Mit ihr, so viel war sicher, würde er nicht im Auto die Klippe herunterstürzen.

Samuel blickte auf die Fahrzeuguhr. Es war zwanzig Minuten über der vereinbarten Zeit. Man konnte nicht länger warten.

Mit Grimm warf er das vierte Kaugummi in den Mund, guillotinierte es zwischen seinen Schneidezähnen, nestelte an seiner Mütze herum, stieg aus dem Wagen und stapfte, mit den Kiefern mahlend, auf den Eingang des Theodorus-Hospizes zu.

In diesem Moment sah er Sonne.

Sie eilte ihm, vom Berufsverkehr zur trippelnden Vorsicht gezwungen, von der anderen Straßenseite aus entgegen. Und wie.

Er war überrascht. Nicht nur ihre Vorliebe für pünktliches Erscheinen, sondern auch die von ihm so verehrte Kompromisslosigkeit führte sie ad absurdum.

Neben ihr nämlich hüpfte ihre gestern noch verstoßene Ex-Freundin auf ihn zu. Zwar sah sie nicht fröhlich, aber selbstverständlich aus, äußerlich zur Unkenntlichkeit verändert, geradezu inkognito.

Ihren weißen Pseudonerz und den Rest der Dreitausend-Euro-Garderobe hatte sie gegen Sonnes Lumpenkollektion eingetauscht, offenbar um sich zu tarnen. Beide Frauen trugen von oben bis unten typisches Sonne-Schwarz, in Form von Sonne-Trainingshosen, Sonne-Kapuzenpullis, Sonne-Turnschuhen. Die Mond verbarg sich noch dazu hinter ihrer dunklen Sonnenbrille, einer schwarzen FFP2-Atemschutzmaske und einem schwarzen Kopftuch, das ihre blonde Durchschnittsmähne im Zaum hielt, die ihn in ihrer Dünnhaarigkeit an Cello-Bettina erinnerte.

Vor der Eingangstür trafen alle zusammen und blieben unsicher voreinander stehen. Samuel starrte Sonne mit eingefrorenen Kiefern an, wie einen blinden Fleck, als wäre sie direkt vor ihm und auch wieder nicht.

»Weißt du, wie spät es ist?«, fragte er schließlich vorwurfsvoll.

»Tut mir leid, Samuel. Wirklich.« Sie war außer Atem. »Wir mussten noch wohin.«

Samuel fing wieder an zu kauen und musterte die Frauen von oben bis unten. »Zu einem Ninja-Treffen?«

Jana schaltete sich ein: »Ich brauchte ein neues Handy«, erklärte sie. »Damit man mein altes nicht orten kann. Also mich.«

»Okay, Null-Null-Sieben. Aber man kann auch anrufen.«

»Ja, schon«, erwiderte Jana kleinlaut, blickte kurz zu

Sonne, mit einem Ausdruck reuiger Zerknirschung. »Leider habe ich ihr Mobiltelefon, nun ja, fallen lassen.«

»Obwohl sie nicht drangehen durfte«, sagte Sonne kühl.

»Obwohl ich nicht drangehen durfte.«

»In der Küche.«

»Scheiße.«

»Und sie hat es nicht einfach fallen lassen, sondern es ist ihr aus der Hand geglitten, und als sie danach schnappen wollte, in der Luft, traf sie es mit solcher Wucht …«

»So!«, ergänzte Jana bedauernd und zeigte eine Art Tennisaufschlag.

»… ja«, sagte Sonne. »Und es flog an die Wand und zersprang, und zwar in tausend Teile. Nicky hätte sich schneiden können.«

»Quatsch, ich habe alles aufgesaugt.«

Ihre Sätze ergänzten sich wie von selbst, in jener Art Zwillingsgeplapper, das irgendwann vor Urzeiten auf einem verregneten Schulhof geboren worden sein musste, um zwei halbwüchsige Teenager in einer einzigen Zunge sprechen zu lassen.

»Jedenfalls«, fasste Sonne zusammen, »brauchten wir zwei neue Handys. Nicht nur eins.« Sie griff in ihre Hosentasche und zog ein nagelneues Samsung S25 hervor.

Samuels Gesicht löste sich etwas auf, nicht die Kontur, sondern die Konsistenz. Seine Wangen sahen plötzlich wie aus Gummi aus.

»Du willst mir sagen, man kann dich derzeit nicht erreichen? Man kann *Sommernachtstraum* nicht erreichen?«

»Beruhig dich.«

»Und Frau Mutzke wartet oben seit zwanzig Minuten!«

Er gestikulierte vage zu der Fassade des Hospizgebäudes hinauf.

»Aber hier habe ich doch ein neues Gerät«, wehrte sich Sonne und hielt ihm das Handy vors Gesicht. »In zwei Stunden ist es freigeschaltet. Und warum um alles in der Welt bist du nicht alleine zu Frau Mutzke hoch?«

»Alleine? Ohne meinen Boss, ohne den ich Dummerchen keinen Schritt gehen darf?«

Sonne blickte zur Seite. Ein Sanitätsfahrzeug fuhr vor, hielt direkt neben ihnen. Ein Krankenpfleger sprang aus der Fahrerkabine, ging um den Kastenwagen herum und öffnete die Hecktüren.

»Es tut mir leid, Samuel. Ich habe mich nicht gut benommen gestern.«

»Und was macht sie hier?«, fragte er unwirsch, zog das »sie« in die Länge und deutete auf Jana, deren Nacken ihm im Moment völlig gleichgültig war, da der Kapuzenpulli ihn sowieso geext hatte.

»Wir übernehmen die Bestattung ihres Mannes und ihrer Psychologin«, antwortete Sonne knapp. »Und ich bringe sie jetzt zu ihrem Anwalt.«

Der Pfleger zog gemeinsam mit seiner Kollegin eine korpulente Patientin auf der Fahrtrage aus dem Sanitätsfahrzeug. Sie war auf dem Gestell festgeschnallt. Ihre Augen fischten nach irgendeiner Hoffnung, fanden aber nur Wolken und, als sie zur Seite blickte, den Kräutergarten, undeutliches, schmerzlinderndes Grün. Hinter ihr tauchte eine jüngere Frau aus dem Wagen, vielleicht ihre Tochter. Sie bestand zur Hälfte aus Kummer, die andere Hälfte war leer. Sie weinte.

»Sauber, das wird eine Riesennummer. Doppelgräber immer zu mir.«

»Das wolltest du doch.«

»Egal«, meine Samuel knapp. »Ich hab einen tierischen Druck wegen der Staubsauger.«

»Hast du sie?«

»Klar, hinten drin. Pures Gold. Und sie müssen sofort zu Ramses dem Zweiten.«

»Wir sprechen nicht so über unsere Verstorbenen, Samuel.«

»Genau, und wir kommen auch nicht so zu unseren Verstorbenen, Sonne, so wie du. So spät.«

»Okay.«

»Wir kommen nicht mal so zu unseren Lebenden, denn noch lebt ja Frau Mutzke.«

Die korpulente Frau wurde an ihnen vorbei in den Schlund des Hospizes gefahren. Sie zog einen Geruch von Desinfektionsmitteln hinter sich her sowie ihre entsetzte Tochter.

»Okay, ich gehe allein zu ihr«, beschloss Sonne, »und du fährst schon mal los und lieferst die Staubsauger ab.«

Er nickte. Typisch für sie, Anweisungen zu geben, statt um Nachsicht zu betteln. Er drehte sich wortlos um, spuckte sein Kaugummi in den Kräutergarten und stieg ins Auto.

Und irgendwie freute er sich darauf, Said und Ying Shu persönlich kennenzulernen.

11

Der Weg durch das Hospiz ähnelte olfaktorisch dem Gang durch eine Drogerie. Am Empfang hatte jemand den Irischen Frühling versprüht, in den Gängen setzte sich Lenor-Aprilfrische durch, aus einem Zimmer, dessen Tür offen stand, drang der zarte Duft von Kinder-Penaten-Creme in den Korridor, verwirbelt mit etwas Zitronenbrise, die aus einem Besucherklo herausdiffundierte. Und alles mischte sich mit dem stechenden Geruch nach Sagrotan und den süßlichen Aromen von Stuhlgang und Todesangst.

Die Flure waren hell und freundlich, vielleicht etwas zu hell und zu freundlich, so als hätte jemand eine Geisterbahn hellgelb umgestrichen und mit Blümchenmustern verziert.

Sonne schien schon öfter hier gewesen zu sein. Sie nickte einem Pfleger zu, wechselte zwei Worte mit ihm, ging eine Treppe hoch. Jana folgte ihr.

»Er streitet gerne, oder?«

»Wer?«

»Dein Partner.«

»Kann schon sein. Aber nur mit mir.«

Sie kamen im ersten Stock an. Sonne öffnete eine Glastür. Sie betraten eine stille, ganz in Grün gehaltene Galerie.

»Ja«, sagte Jana und schloss zu ihr auf. »Da steckt viel Sanftes hinter der Desperado-Fassade«, vermutete sie.

»Vergiss es«, versetzte Sonne, die die Türen, die sie passierten, aufmerksam musterte. »Seine große Sanftheit hält ihn nicht davon ab, alles zu ficken, was nicht bei drei auf den Bäumen ist.«

Die unerwartete Obszönität wunderte Jana. Sie passte nicht zu Sonne.

»Interessant.«

»Pass auf. Irgendwann wird er über deinen Nacken sprechen. Und dann solltest du einfach aufstehen und gehen. Lass auf keinen Fall zu, dass er über deinen Nacken spricht.«

»Aber was ist mit meinem Nacken?«

»Glaub mir einfach.«

»Klar. Ich soll doch eh alles nur mit dir besprechen«, bemerkte sie mit feiner Destruktivität.

»Genau.«

»Ist ja schade, dass ihr euch nicht mögt.«

»Wer sagt denn so was? Ich würde Samuel mein Leben anvertrauen.« Sie lächelte dünn. »Und natürlich auch meinen Tod.«

Sie kamen zu den Fahrstühlen. Auch hier war alles unauffällig. Nichts knisterte vor Spannung. Auf einem kleinen Tischchen, das von zwei Korbsesseln gerahmt wurde, brannte eine oberarmdicke Kerze, was Jana wunderte. Sonne erklärte ihr, dass man in diesem Haus immer eine Trauerkerze anzünde, wenn eine Bewohnerin oder ein Bewohner seine letzte Reise angetreten hatte. Das Kerzenlicht sollte dem Verstorbenen den Weg in die Ewigkeit erhellen und auch zu innerer Erleuchtung verhelfen.

»Bitte nicht Frau Mutzke«, murmelte Sonne besorgt.

Sie blieb vor einer Tür stehen, auf der eine Plakette mit der Nummer 18 und einem Namen aufgeschraubt war. Sie wirkte erleichtert.

»Kann ich mit rein?«, fragte Jana.

»Es ist ein Aufnahmegespräch.«

»Und wenn mich im Flur jemand erkennt?«

»Wer soll dich erkennen?«, fragte Sonne erstaunt und musterte Janas nahezu vollständig verhülltes Gesicht, aus dem nichts als eine sehr blasse Nase herausragte. »Selbst ich sehe dir ähnlicher als du.«

»Ich bleibe nicht hier neben dieser Kerze sitzen. Das ist total unheimlich. Da könntest du mich auch gleich direkt neben Said setzen.« Ihre Stimme bekam einen töricht-jammernden Ton. Sonne verzog den Mund, wie jemand, der aus einer neunzig Grad heißen Sauna in ein Eisbecken springt.

»Was stört es dich, wenn ich stumm neben dir stehe und alles tu, was du sagst?«, fragte Jana mit gehorsamer Miene.

Sonne legte die Stirn in Falten, strich sich zweifelnd über die Kehle. Vielleicht war es doch zu riskant, eine nervöse TV-Komödiantin im Sterbehospiz alleine auf dem Flur warten zu lassen, dachte sie. Am Ende fängt Jana noch an, dem Personal dreckige Witze zu erzählen.

»Kein Pieps, okay?«

»Okay«, erwiderte Jana schnell.

»Du sagst einfach überhaupt gar nichts.«

»Nichts. Kein Wort.«

»Wenn du dich auch nur räusperst, dann fuck off!«

»Na klar. Ich schwöre.«

Sonne klopfte. Sie öffnete die Tür und trat zusammen mit Jana ein, was ihr später noch sehr leidtun sollte.

Das Zimmer entpuppte sich als ein Apartment, das größer war, als man gedacht hätte, sehr licht und gepflegt. Es roch sogar nach frischer Farbe. Das konnte jedoch auch einer der vielen Raumdüfte sein, die im Hospiz versprüht wurden. Die breite Fensterfront öffnete sich nach Süden, war aber von einer Kiefer verschattet, deren Äste bis herüber zum Balkon reichten. Ein einsamer Kieferzapfen lag auf den Balkonfliesen, der Wind rollte ihn hin und her, maximal um eine halbe Umdrehung. In einer Ecke war eine moderne Küche eingerichtet, die einer Astronautenkapsel ähnelte. Eine angelehnte Tür offenbarte ein riesiges, weiß gekacheltes Bad. Zwei andere Türen gehörten zur Schrankwand. Die schneeweißen Wände waren kahl, aber auf eine mediterrane Weise. Bis auf den obligatorischen Sonnenuntergang vor dem Panorama Sardiniens gab es keinen Bilderschmuck. Es gab auch keinerlei Möbel außer zwei Designerstühlen und einem kleinen Tisch.

Den Mittelpunkt des Raumes bildete das vollelektronische Ultraniedrig-Pflegebett, das wie ein riesiges weißes Hightechfloß auf dem meeresblauen Teppichboden zu schaukeln schien. Tatsächlich aber schaukelte nur Frau Mutzke mit ihrem hageren Oberkörper, als sich die beiden schwarz gekleideten Frauen vor ihr aufbauten, wie Scherenschnitte vor all dem strahlenden Weiß.

»Wat seid'n ihr für Schornsteinfeger? Eens, zwo, drei, vier, dat Glück jehört mir, wa?«

Sie lachte kehlig. Ihre schöne, achtzig Jahre lange Nase berührte fast den Mund, in dem allerlei Zähne fehlten, die man aber kaum vermisste. Sie hielt eine Schüssel mit Suppe in der Hand, aus der es munter herausschwappte.

Sonne wartete, bis bei Frau Mutzke wieder Ruhe eingekehrt war. Dann stellte sie sich vor und sagte, dass sich das Hospiz bei *Sommernachtstraum* gemeldet hätte, weil es wohl Gesprächsbedarf gäbe.

»Ja logisch«, meinte Frau Mutzke und schlürfte einen Löffel Suppe, »ick sterbe nämlich.«

Das täte ihr sehr leid zu hören, erwiderte Sonne.

»Ick war fuffzich Lenze Putzfrau. Und 'ne Putzfrau kehrt nie wieder.«

Wieder lachte sie, die Suppe spritzte ihr wie ein Geysir aus dem zahnlosen Rachen.

»Is 'n Guter, oder? Is' echt 'n Guter!«

Sonne fragte, was sie mit »Guter« meinte, ob sie damit womöglich auf die Qualität des Witzes anspielte. Jana spürte, dass Sonne in ihren prädatorischen Naseweiston zu rutschen drohte, den sie oft bei Gegnern anwandte. Aber da Jana geschworen hatte, nichts zu sagen, sagte sie auch nichts.

»Na klar, Püppi, kennste den Abzählreim nich'? Den kennt doch jeder.«

Sonne verneinte.

»Die Putzfrau kehrt nie wieder. Der Gärtner beißt …?«

Sie machte eine Kunstpause. Sonne blickte sie verständnislos an.

»Na, wie geht der Satz weiter, Frau Neunmalschlau? Der Gärtner beißt …?«

»Keine Ahnung, wen der Gärtner beißt.«

»Keine Ahnung? Sie woll'n 'ne or'ntliche Totengräberin sein und kenn' dat nich'? Der Gärtner beißt ins Gras, Kleene.«

»Aha.«

»Und der Koch gibt …?«

»Ich weiß es wirklich nicht«, gab Sonne auf.

Frau Mutzke stellte die Suppe ungehalten beiseite, auf einen Nachttisch, auf dem eine Packung mit Papiertüchern, ein Atemtrainer und ein niedriger Stapel Modezeitschriften lag. Sie blickte ihre Bestatterin aus blutunterlaufenen Augen an, während aus dem Infusionsgerät grellgrünliche Flüssigkeiten über mehrere Schläuche in ihre Adern glitten.

»Wat bist 'n du für 'ne Eule? Also ick weeß nich, ob wir zusammenkomm', Gnädichste! Ein Institut, dat so 'ne Bildungslücke hat, dat is mir irgendwie suspekt. Und außerdem wart ihr 'ne halbe Stunde drüber. Ick kann jede Sekunde über 'n Jordan sein, da kommt man doch nich' mit der Schneckenpost.«

»Der Koch gibt den Löffel ab«, hörte Sonne plötzlich Jana hinter ihrer Maske hervorsprechen. Sie fuhr entsetzt herum, aber Jana blickte über ihrer Sonnenbrille ganz unschuldig zu Frau Mutzke, mit diesem Dackelblick, auf dem ihre halbe Karriere gründete.

»Ah, jeht doch. Wenigstens eene hat Grips. Der Pfarrer muss …?«

Sonne schwieg in brütender Erwartung weiterer Nackenschläge, fixierte Jana drohend.

»Der Pfarrer muss dran glauben«, vervollständigte Jana dennoch eilfertig.

»Sehr gut. Der Gynäkologe …?«

»Krieg ich noch ein Verb?«, bat Jana nach einigen Sekunden des Grübelns.

»Braucht man keen Verb zu. Muss ja wat mit Vagina zu tun haben.«

»Der Gynäkologe ... scheidet aus?«

»Nee«, lachte Frau Mutzke, »det is mir zu schmutzich. Der Gynäkologe scheidet dahin.«

Frau Mutzke und Jana lachten fröhlich. Sonne lächelte nur mit eingesogenen Wangen, als würde ein leicht anschwellender Speichelfluss sie an einer breiteren Herzlichkeit hindern. Unter der Chiffre gleichbleibender Professionalität gelang es ihr, den Kampf gegen den vollständigen Verlust der Fassung zu gewinnen. Ihre Stimme verströmte weiterhin Frieden, als sie fragte, was man für Frau Mutzke denn nun tun könne.

Die Alte wurde plötzlich ernst und fixierte Sonne.

»Also ick kann nich' schwimmen.«

»Das verstehe ich, Frau Mutzke. Ist das auch ein Abzählreim?«

»Quatsch mit Soße. Ick sach nur, ick kann nich' schwimmen. Also 'ne Seebestattung kommt für mich nich' infrage. Und außerdem hab' ick Angst vor Feuer.«

»Also auch keine Feuerbestattung?«

Frau Mutzke schüttelte langsam den Kopf.

»Und dat Widerlichste überhaupt uff der Welt sind Würmer. Als Putze hab' ick unjefähr 'ne Million Würmer kaltgemacht. Und zwanzigtausend Spinnen und so Gekrötz. Die werden sich an mir rächen. So!«

Ihr Zeigefinger imitierte einen Wurm, der sich in ihr linkes Auge schlängelt.

»Also Würmer und Spinnen, det jeht gar nich'.«

»Also auch keine Erdbestattung?«

»Exactamente!«

»Hm, Frau Mutzke. Nicht Feuer, nicht See, nicht Erde.«

»Ick weeß, ick weeß. Is' nich' leicht. Deshalb wollt' ick ja ooch Profis.«

»Da müssten wir mal nachdenken. Wie viel Zeit bleibt Ihnen denn noch?«

»Die Ärzte sagen, eene Woche. Vielleicht zweie. Aber ick fühl' mir hier pudelwohl. Also mein subjektivet Bauchjefühl is', mindestens noch 'n Monat, bevor ick die Flocke mach'.«

»Schön, dass Sie sich hier wohlfühlen.«

Frau Mutzke richtete sich im Bett auf, stemmte sich kerzengerade gegen die Endlichkeit. Nichts an ihr, bis auf ihr Äußeres, wirkte gebrechlich, alles vergnügt.

»So jut ging's mir noch nie. Icke, ja, wenn ick um Mitternacht 'n Ei jebraten haben will, okay? Nu, dann klingel ick eenfach, und der Paradiesvogel da draußen bringt mir 'n Spiegelei mit Speck druff, so dicke, und mit allem Pipapo. Und kuck mal hier, der Fernseher.«

Sie zeigte auf den Monitor, der ihr gegenüber an der Wand hing, groß und silbrig wie eine Edelstahlplatte.

»So wat gab's früher nur im Adlon. Da hab ick jeschrubbt als Ruhm-Service, und manchmal ham wir Mädels uff Schicht heimlich *Bergdoktor* jekiekt. Einmal hat uns der Michael Jackson erwischt, wie der da jenächticht hat, dat war vielleicht wat, weil er hat jedacht, wir sind die Dämonen.«

Sie lachte wieder, verschluckte sich etwas, Jana sprang zu

ihr, klopfte ihr auf den Rücken, ohne zu fragen, ob sie das nicht eventuell umbringen würde. Frau Mutzke lächelte Jana zärtlich aus ihrem hochroten Gesicht an.

»Was ist mit Mikroorganismen?«, fragte Sonne zwischen zusammengepressten Lippen, als Frau Mutzke wieder atmen konnte.

»Wat is 'n Mikroorganismen noch mal?«

»Verwesung wird durch saprotrophe Organismen hervorgerufen. Bakterien, Pilze. Das sind die Dinger, die aus einem grünen Blatt ein Herbstblatt machen.«

»Also 'n Herbstblatt werden, det find ick jut.«

»Das ist doch schön, Frau Mutzke. Dann könnte ich Ihnen was ganz Neues vorschlagen. Die sogenannte ›Reerdigung‹.«

»Klingt ja ulkich.«

»Das ist vor allem für Leute geeignet, die der Natur was Gutes tun wollen. Sie kommen da in einen großen Tank hinein. Dort werden Sie auf ein Pflanzensubstrat gebettet. Das sieht etwa so aus wie Müsli, und da sind dann die ganzen Mikroorganismen drin.«

»Aber keene Würmer?«

»Kein einziger Wurm. Sie müssen sich das wie so eine Art Cornflakes vorstellen. Da ist ja auch kein Wurm drin.«

»Schon mal jut.«

»In dem geschlossenen Behälter bleiben Sie vierzig Tage. Der rotiert so ganz langsam, bei siebzig Grad Celsius. Saunaartig. Damit alles gut verrottet. Und dann, wenn wir nach anderthalb Monaten den Behälter wieder öffnen, dann ist da nur Humus drin. Bester Mutterboden.«

»Also ick muss sagen, det jefällt mir.«

»Was Sie aber wissen müssen: Dieses Verfahren ist nur in Bremen zugelassen. Es ist sehr viel Papierkram. Und wirklich teuer.«

»Na, dann kiekt ma', wat Muttern Mutzke hier hat.«

Sie griff hinüber zum Nachttischchen, öffnete die einzige Schublade und zog einen von einem roten Gummi zusammengehaltenen, dicken Batzen Geldscheine hervor.

»Sechzehntausend Ocken.«

»Oh, so viel Bargeld sollten Sie aber nicht hier im Zimmer haben.«

»Na, wat meent ihr, wie viel Toiletten dafür blitzeblank jekachelt wurden? Aber wat tut man nich' allet für 'n Herbstblatt.«

»Ich liebe nachhaltige Lösungen«, mischte sich Jana erneut ein. »Und das ist wahrscheinlich die nachhaltigste Lösung, von der ich je gehört habe. Und so was von enkelgerecht.«

»Meene Enkel wer'n sich freun, die Gauner. Muttern Mutzkes juter Kompost.«

»Das finde ich …«, begann Jana euphorisch, »also, das finde ich eine ganz zauberhafte –«

»Danke, Jana«, unterbrach Sonne sie mit schneidender Kälte. »Das finden wir alle.«

Mutter Mutzke zog die Augenbrauen zusammen.

»Wat sind Se denn so garstich zu Ihrer schwatten Kollegin?«

»Gar nicht.«

»Wohl. Sie ham se unterbrochen.«

»Es ist nur … Die Mitarbeiterin ist noch ganz neu, wissen Sie? Die kennt das Verfahren gar nicht.«

»Das stimmt«, gestand Jana.

»Also nur, dass nüscht falsch kapiert wird. Ick will so ’ne Erde werden, am liebsten mit ’nem neuen Baum druff am Ende. Aber nur, wenn dat Madame hier übernimmt.«

Sie zeigte auf Jana.

»Hören Sie, Frau Mutzke –«, zeigte Sonne ihren Protest an.

»Nee, nee, Frau Mutzke will nüscht mehr hörn. Det is meen Wunsch und basta.«

Sonne schwieg. Alles war still. Von draußen hörte man nur den gedämpften Lärm der Straße.

»Nehmen S’es nich’ janz uff ’n Kopp. Aber die scheint ’n büschen kompetenter zu sein wie Sie. Büschen menschlicher. Die hat ooch ’n Humor, und der steckt nich’ so ’n Stock im Arsch wie Ihnen, jutes Kind.«

Frau Mutzke wandte sich gütig an Jana, die hinter ihrer Maske etwas bleich geworden war.

»Also, Schneebällchen. Kannste mir versprechen, dat keen anderer wie du und janz bestimmt nich’ deene Jefährtin hier uff mir achtjeben tut, wenn ick da ins Karussell kletter’ und die Biege mach’?«

»Ja natürlich.«

»Dann allet in Butta. Runter mit der Sonnenbrille und den Lappen von der Schnauze, damit ick dir ma’ richtich ankieken kann!«

Später brachte Sonne Jana zum Anwalt, einem kleinen, kahlköpfigen Herrn namens Hoppe, der ein ekstatisches Verhältnis zu optionalen Katastrophen hatte, bei deren Ausmalung Speichel in seinen Mundwinkeln erschien.

Sonne sagte kein Wort, als ihnen Herr Hoppe erklärte, er könne wahrlich keine Berge versetzen. Sie schwieg desgleichen, als er die Überführung eines Leichnams von Italien nach Deutschland, in diesem Falle gleich zweier, wenn nicht gar dreier Leichname, mit einer Operation (»ach was, mit mehreren!«) am offenen Herzen verglich. Auch blieb sie still, nachdem er alle Formalitäten einschließlich der Beschaffung der erforderlichen Unterlagen als nichts weniger als ein »tüchtiges Husarenstück« bezeichnet hatte. Allein schon der von italienischen Behörden auszustellende *Passaporto mortuario,* gab er lustvoll zu bedenken, während Sonne nur aphon aus dem Fenster blickte, könne sich als unüberwindliches Hindernis herausstellen, falls nicht alle beteiligten Staatsorgane den Dienstweg einhielten. Sie verbot sich eisern den Mund, als er mit düsterer Miene ausführte, wie sehr der Fall an zusätzlicher Aussichtslosigkeit gewinne (er sagte tatsächlich »gewinne« und nicht »kranke«), da er als mögliche Mordsache oder Selbstmordsache in der fachlichen Zuständigkeit der *Polizia giudiziaria* läge, der wahrscheinlich trägsten Polizeibehörde der Welt.

Als der Anwalt umstandslos begann, in ihrem ureigenen Revier zu wildern und die technischen Schwierigkeiten einer Überführung der Verstorbenen per Flugzeug erörterte, ereilte sie die Narkolepsie, verbunden mit Schreckstarre und Tonusverlust, affektiv. Stumm wie eine Birke nahm sie seine Empfehlung hin, die Organisation einer sogenannten Flugkiste mit Zinkeinlage unbedingt zu überwachen, da dieser Überführungssarg über ein Ventil für den Druckausgleich verfügen müsse. Falls ein solches fehle, und er persönlich habe schon zweimal von dem Nichtvorhandensein des unabdingbaren Ventils gehört, dann, so sprach Herr Hoppe in den kataplektischen Kummerschlummer von Sonne hinein, dann platzten die Leichname einfach in einer Flughöhe von 10 000 Metern auf, und man habe, Pardon, die Bescherung.

Nachdem Sonne so viele Stunden geschwiegen hatte, fragte Jana sie auf der Heimfahrt, ob sie nicht endlich einmal die Zähne auseinanderkriegen könne. Sie würde nämlich durchdrehen. Nicht so sehr wegen des pessimistischen Anwalts. Sondern wegen der armen Frau Mutzke. Ihr Versprechen, sich nach Frau Mutzkes Ableben um ihre Kompostierung zu kümmern, läge ihr schwer im Magen. Was das denn bedeuten würde, wenn sie ihr Versprechen nicht einlösen könne? Und was es bedeuten würde, wenn sie ihr Versprechen denn doch einlösen könne?

Aber Sonne schwieg weiter.

Also versicherte ihr Jana in zunehmend bestürzterem Ton, dass sie nun absolut verstanden habe, was es bedeute, wenn man kein Wort spräche. Sonne hätte ihr das anschaulich dargelegt über die letzten Stunden. Kein Wort bedeute: kein Wort! Und zwar gar keins! In keiner Affektlage! Sie würde sich daran ein Beispiel nehmen. In Zukunft und für alle Zeiten.

Gerade bei einem so stillen Beruf wie dem von Sonne müsse man sich eigentlich die Zunge herausreißen. Bei Frau Mutzke habe sie auch keinen Mucks tun wollen, so wie es versprochen war. Sie habe sich auf die Lippen gebissen und sehr lange durchgehalten. Aber dann lag die Gefahr im Raum, dass *Sommernachtstraum* den Auftrag verlieren könnte. Das habe sie verhindern wollen. Gutes Herz und kein Verstand, das sei der Urschlamm, aus dem Jana-aus-Jena gekrochen sei, von Anbeginn sinnlose Silben vor sich herstammelnd, ohne Schließmuskel, ihr Organ. Es tue ihr so leid. Sie habe es nur gut gemeint. Sie habe nur helfen wollen. Sie sei aber eine Gans, eine wertlose Existenz, eine armselige Plaudertasche, die für ein bisschen Witzigkeit im Leben alle Prinzipien eines Schweigegelübdes über den Haufen werfen würde. Sie werde nie wieder einen Witz machen, schon gar keinen ungenehmigten, und erst recht keinen über nie wieder kehrende Putzfrauen. So wahr ihr Gott helfe.

Sonne antwortete erst Stunden später, nachdem sie zu Hause angekommen waren, Nicky bereits in ihrem Bett lag und die blöde blaue Wand in den Raum hineinsimmerte. Da kam sie ins Kinderzimmer. Sie blickte auf Jana herunter, die sich hingelegt hatte und deren sonnenblumenbrauner Kopf auf der blau-weißen Bayern-München-Raute lag, umkränzt von blonden Haaren, die Sonne, obwohl ihr Haare so sehr am Herzen lagen, am liebsten angezündet hätte. Sie sagte: »Kurz und traurig ist unser Leben, Jana. Kurz und traurig.«

Dann schloss sie die Tür wieder, schlüpfte in ihr Bett zurück, deckte Nicky zu, obwohl er vollständig zugedeckt war, und fand in den Schlaf.

12

Die Situation entspannte sich nicht, weil Jana sich nicht entspannte. Ihr sehr neues Handy wurde in erstaunlicher Geschwindigkeit aktiviert und wirkte schon nach wenigen Stunden wie ein sehr altes Handy. Ihr Wunsch, nicht geortet zu werden, stand im Widerspruch zu ihrem Mitteilungsbedürfnis, und im Handumdrehen schien die ganze Welt ihre neue Nummer zu besitzen.

Ihre Schwestern riefen sie an.

Ihr Management rief sie an.

Ihre Agentur rief sie an.

Die Presse rief sie an, und zwar mit ihren erbarmungslosesten Stimmen.

Ihre Ernährungsberaterin rief sie an und riet dringend zu Obstsäften.

Die Polizei rief sie an.

Die Versicherung rief sie an.

RTL rief sie an.

RTL rief immer wieder an. Schließlich sprach eine unbekannte, zuckersüße Stimme auf den Anrufbeantworter, man erreiche sie leider nicht und RTL würde daher mit ihrer Agentur wegen der Beendigung des Geschäftsverhältnisses sprechen, wünsche aber unabhängig davon alles Gute in dieser schweren Zeit, und zwar von Herzen.

Ihre Agentur rief daraufhin noch mal an, diesmal nicht mehr ganz so zuversichtlich wie beim ersten Mal.

Ihr Anwalt Herr Hoppe rief sie an und klagte über die italienische Kriminalpolizei.

Und halb Italien rief sie an und wollte Geld wegen der Überführung der Leichen, vor der noch Tage, Wochen oder gar Jahre ins Land gehen konnten, wie Herr Hoppe mit typischem Mangel an Zuversicht orakelte.

Nur sie selbst rief niemanden an außer ihrem Said.

Er riet ihr mit seiner freundlichen Anrufbeantworterstimme etwa zwanzigmal am Tag, eine Nachricht zu hinterlassen.

Sie hinterließ Nachrichten ins Jenseits, die man intensiv nennen könnte, und das in einer Zeit, in der Nicky viel für Mathe lernen musste.

Sie lenkte sich von all der Dunkelheit in ihrem Schädel mit Nickys kleiner Schildkröte ab. Sie hieß Kakerlake.

Schon am zweiten Tag ihres Aufenthalts, als Sonne in die Totenbäckerei zum Arbeiten gefahren war, fand Jana in Nickys Spielzeugkiste ein Miniskateboard aus Plastik, kaum größer als eine Zigarettenschachtel. Sie fragte sich, ob Kakerlake nicht viel glücklicher wäre und sie das Tier also viel glücklicher machen könnte, wenn sie ihm das Skateboard unter den Brustpanzer schrauben würde und es auf Rollen wie ein Vogel mit Flügeln dahinglitte.

Jana holte Sonnes Werkzeugkasten aus dem Bad, legte die Schildkröte mit dem Rücken auf den Boden, fixierte sie mit doppelseitigem Klebeband und wollte mit der Bohrmaschine kleine Löcher in ihren Bauchpanzer treiben.

Nicky konnte das Schlimmste verhindern.

»Da laufen Nervenbahnen durch, Frau von Mond. Das tut unheimlich weh. Das ist etwa so, als würden Sie mir mit der Bohrmaschine Löcher in meine Haut bohren. Und wenn Sie mir Löcher in meine Haut bohren, dann sterbe ich, weil ich bin ja ein Bluter.«

Janas Augen begannen zu schimmern, als sie sein ängstliches Gesicht sah. Sie nahm ihn in den Arm, schluchzte einmal auf, küsste Kakerlake auf den kleinen Kopf, entschuldigte sich vielmals für ihre Unwissenheit und warf in einem Affekt die Bohrmaschine in den Mülleimer.

Dann sagte sie zu dem Jungen, er solle du zu ihr sagen. Sie sei die Jana.

Nachdem Nicky sie getröstet und Kakerlake eine Sonderration Salat verschlungen hatte, fand Jana Pattex-Sekundenkleber in einem der gepolsterten Flurschränke und klebte das Miniskateboard bombenfest und tierschutzgerecht, wie sie fand, unter die Schildkröte. Sie brachte den kleinen reptilischen Cyborg in den Flur, den einzigen Ort in Sonnes Wohnung, der ein glattes Laminat hatte, und setzte ihn vorsichtig ab.

Kaum hatte Kakerlake leicht schaukelnd ihr Gleichgewicht auf dem rollenden Untersatz gefunden, stieß sie sich auch schon mit ihren flossenartigen Beinen über den spiegelglatten PVC-Belag, und zwar in einem Affenzahn, mit Geschick und sehr guter Orientierung. Es gelang ihr nach einigen Minuten des Übens sogar, vor Erreichen der Bodenleisten mit den Vorderbeinen abzubremsen. Instinktiv zog sie kurz vor dem Aufprall den Kopf komplett in den Panzer zurück und konnte schließlich sogar lenken.

Locker überholte sie die Nachbarskatze, die sich Nicky extra für ein Wettrennen ausgeborgt hatte. Zwar trug die Katze vorsorglich Pfotenschutzsöckchen, um den Jungen nicht mit ihren Krallen zu verletzen, und war daher in ihrer Beweglichkeit und Rasanz etwas eingeschränkt. Dennoch war es ein besiegtes Raubtier, und sowohl die Schildkröte als auch Nicky jubilierten innerlich, Jana auch äußerlich mit jeder Faser ihres Körpers.

Es war so erleichternd für sie, in all der Finsternis einen Moment der tiefen Freude empfangen und ausdrücken zu können, dass sie auch darüber schon wieder in Tränen ausbrach und an Said dachte. Sie wurde geflutet von niederschmetternder Begeisterung, lachte fast schon mit einem Schuss Hysterie.

Nicky filmte die rasende Schildkröte mit seinem Smartphone. Er hatte ein Faible für Geschwindigkeit. Geschwindigkeit war so ziemlich das Gegenteil von dem, was er in seinem Leben kannte. Er musste stets so langsam sein, so achtsam, er durfte niemals stürzen. Und die einzigen Sportarten, die er ausüben durfte, waren allesamt seniorenerprobt: Wandern, Segeln, Schwimmen, Rudern und Minigolf.

Sonne war nicht begeistert, dass Jana per Klebstoff ein wehrloses Lebewesen mit Plastik verbunden hatte, einfach nur zum circensischen Amüsement der Menschheit. Außerdem verhedderten sich die winzigen Räder des Miniskateboards im Flokatiteppich der Küche, sodass Kakerlake wie ein Auto im Matsch stecken blieb. Sonne verlangte, dass das kybernetische Experiment gestoppt und das Skateboard weggeschmissen werde, schon aus pädagogischen Gründen.

»Das finde ich aber nicht gut, Mama«, beschwerte sich Nicky. »Kakerlake hatte so viel Spaß.«

»Nein, mein Schatz, ihr hattet so viel Spaß.«

»Kakerlake auch.«

»Kakerlake ist eine Schildkröte. Schildkröten kriechen. Wenn sie plötzlich das Zehnfache ihrer Normalgeschwindigkeit verkraften müssen, dann führt das vielleicht zu psychischen Beeinträchtigungen.«

»Aber wir haben Kakerlake doch schon oft in Samuels Auto mitgenommen. Wenn ich sie aus dem Fenster gehalten habe, dann hat sie schon das Tausendfache ihrer Normalgeschwindigkeit verkraftet.«

»Nicky, ich finde nicht in Ordnung, dass du eine lebende Schildkröte aus dem Auto hältst.«

Jana richtete sich etwas vom Sofa auf, einen nassen Waschlappen an die Migränestirn haltend, um zu intervenieren: »Aber Sonne, wir haben das Tier doch nur ein bisschen modifiziert. Zu seinem Vorteil.«

»Ja, Arnold Schwarzenegger wurde auch nur ein bisschen zu seinem Vorteil modifiziert, und dann war er plötzlich der Terminator. Und du, Nicky, sollst keine Tiere quälen, sondern Mathe lernen.«

Also kratzte Jana mit einem Teppichmesser fügsam den Klebstoff von Kakerlakes Plastron, brach aber mitten in der Arbeit zusammen und weinte, die Schildkröte wie einen Säugling im Arm wiegend.

Die Trauer kam anfallweise über sie, stellte sie ins Aus, als würde eine Stromleitung unterbrochen.

Sie schmiss sich grüne halluzinogene Tabletten ein, krümmte sich ins Blau und Rot der Bayern-München-Bettwäsche, und was immer sie in dieser embryonalen Haltung innerlich auch tat, es wurde von Schweigen, von Schluchzen, von kehligen Lauten, von Schnarchen, von Stöhnen und von heftigem Atmen begleitet.

Es war nicht leicht für Nicky, zwei Meter von dieser fleischgewordenen Depression entfernt ruhig an seinem Schülerschreibtisch zu sitzen und mit Multiplikationsaufgaben fertigzuwerden. Aber es gelang. Und er mochte Jana. Denn was Trauer anrichtet, das wusste er natürlich durch seine Mutter, und was Sehnsucht war, lernte er gerade.

Inzwischen übernahm *Sommernachtstraum* alle Anrufe, um den Krieg gegen Italien zu gewinnen und die Bestattung der sterblichen Überreste von Janas unfreiwilliger Patchworkfamilie vorzubereiten.

Sonne musste Gespräche führen und drang ungewollt in Janas Welt ein.

Ihre Gegenüber hatten oft den Raureif von kalter Sensation auf ihren Stimmen, waren vollgesogen mit echter und geheuchelter Besorgnis. Und so erfuhr sie, in welch tiefem, bis hoch zur Decke mit Grundwasser vollgelaufenen Bergwerksstollen Janas Leben zurzeit feststeckte.

Ihre bevorstehende Tour war wegen mangelnder Nachfrage abgesagt worden. Die RTL-*Mond-Schein-Show* lag in Trümmern. Ihre Unzuverlässigkeit in terminlichen und organisatorischen Dingen hatte zur Einstellung des einzigen weiteren TV-Projekts geführt, das in diesem Jahr anstand. Und ihr sanfter Said war reicher an Schulden und ärmer an wirtschaftlicher Unschuld, als er ihr vermutlich je gestanden hatte.

Wenn Jana auf ihrem Bett lag, ertrank sie nur deshalb nicht in völliger Mutlosigkeit, weil es nicht ihr Bett war (und damit auch nicht Saids Bett), dem sie ihren viel zu leichten Schlaf anvertraute. Sondern es war das Bett eines unbekannten Kindes, das ihre so anstrengende Gegenwart ohne Murren aushielt, als wäre es fünfmal so alt.

Manchmal brachte ihr Nicky einen dampfenden Zitronentee, und dann stöhnte sie: »Gibt es etwas Fürchterlicheres als Tageslicht?«

Sie konnte nicht alleine sein. Nicht in diesen Tagen.

»Geh doch zu Freunden«, riet Sonne ihr am Abend, als sie beide ins Jugendblau ihrer Küche starrten, das zwiefache Blau aus Gestern und Heute. Sonne stand am Herd und kochte Spaghetti. Jana saß hinter ihr am Tisch, hatte sich auf die Tischplatte gestützt, mit ihren knochigen Ellenbogen, während die Hände das Kinn hielten wie ein Baugerüst eine einsturzgefährdete Ruine.

»Ich habe ja dich«, wehrte sie ab.

»Red keinen Blödsinn, Jana«, erwiderte Sonne, zutiefst erschrocken. »Ich meine: richtige Freunde. Freunde, die dich auch mögen.«

»Solche Freunde hab ich nicht. Ich hab eher unterhaltsame Freunde.«

»Ja klar«, sagte Sonne ironisch.

Jana nahm die Finger vom Kinn. Sie lehnte sich zurück, verschränkte die Arme vor der Brust, fixierte Sonne. Ihr wurde klar, dass diese Frau niemals Menschen als Ersatz für andere Menschen ansah, so wie sie das gewohnt war. In Janas Welt war ein Mensch immer nur der Ersatz für jemand Besseren, und in Sonnes Welt bekam jeder einen eigenen Wert oder aber gar keinen.

»Kannst du mal bitte dein Oh-wie-gut-ich-dich-kenne-Lächeln lassen?«, fragte Jana erschöpft.

»Ich lächle nicht, und ich kenne dich nicht«, sagte Sonne ohne Betonung.

»Keiner kennt mich so wie du«, erwiderte Jana. »Ich hab oft an dich gedacht.«

»Ich kann dir ein paar gute Adressen von Psychologen geben.«

»Danke. Ying Shu war meine Psychologin.«

Aus dem Topf sprühten kleine, heiße Wassertröpfchen, weil Sonne ihn etwas abrupt vom Herd nahm.

»Oh scheiße. Hab ich vergessen.«

»Ja, ich hab die beiden einander vorgestellt, sie und Said.«

»Das tut mir wirklich leid.«

Sie goss die Nudeln ab. Sie hatte es wirklich vergessen.

»Sie wusste alles von mir«, sagte Jana fast versonnen. »Na ja, in gewisser Weise hat ihr das Vorteile verschafft. Sie wusste, mit wem ich im Bett war. Und mit wem ich ins Bett wollte. Leider hat sie mir nicht gesagt, mit wem sie im Bett war und mit wem sie ins Bett wollte.«

»Ich sagte ja, du kannst ein paar Tage hierbleiben.«

»Danke.«

»Aber lass Kakerlake in Ruhe.«

Sonne holte das Geschirr aus dem Schrank und ärgerte sich, dass Jana nicht auf die Idee kam, ihr in irgendeiner Weise behilflich zu sein. Sie füllte die Spaghetti auf die Teller, suchte im Hochschrank das Pestogläschen und kam sich wie ihre eigene Mutter vor.

»Sonne?«, hörte sie hinter sich ihren Namen flüstern.

»Hm?«

»Vielleicht kann ich Nicky zur Schule bringen oder so?«

Sonne drehte sich langsam um ihre Achse, setzte sich schweigend mit dem Pestoglas zu Jana, starrte sie ungläubig an, während ihre Finger den Deckel aufdrehten.

»Ich meine, das hatte ich ja schon angeboten, dass ich mich irgendwie nützlich mache«, fuhr Jana fort. »Ich glaube, wir kommen gut klar, dein Sohn und ich. Und ich muss irgendwas tun, sonst werde ich wahnsinnig.«

Seitdem durfte Jana sich um Nickys tägliche Fahrt in die Schule kümmern. Das nahm Sonne auch etwas Arbeit ab, da sie immer morgens um acht Uhr in »den Laden« musste, wie sie die Totenbäckerei nannte.

Nicky mochte es, in die Schule begleitet zu werden, schon deshalb, weil ihn dann niemand hänseln konnte. Und sein persönliches Geleit rief erhebliches Aufsehen hervor, da Jana von Mond vergaß, ihre strenge Camouflage aufrechtzuerhalten.

Inzwischen war sie in ihre und Saids Villa gefahren, hatte sich innerhalb von drei Minuten mit satisfaktionsfähiger Garderobe eingedeckt, hatte kaum geatmet, um nicht die Erinnerungen an Said einzutreiben, seinen Duft, der in seinem Bademantel steckte, in allen Textilien, sogar in seinem Flügel, hatte auch seinen Kleiderschrank geschlossen gehalten und war überstürzt wie eine Diebin aus ihrem eigenen Haus geflohen.

Als Nicky mit ihr am ersten Tag über den Flur ging, drehten sich Lehrer nach ihnen um, die ihn noch nie zuvor bemerkt hatten.

Jana blieb zwei Stunden auf einem Kinderstühlchen vor der Tür des Klassenzimmers sitzen, rief Said an, hörte seine Stimme, weinte, stand auf, weinte, las sich Nachrichten am Schwarzen Brett durch, nahm sich vor, nicht noch mal anzurufen, weinte, wurde von Drittklässlern beim Weinen fotografiert und sofort ins Netz gestellt.

Als die große Pause anstand, rief ihre Agentur an und sagte, sie solle die Beine in die Hand nehmen, die BILD-Zeitung sei unterwegs. Sie zog Nicky ungeduldig an der Hand vom Schulhof und fragte ihn beiläufig, ob er schon einmal bei einer Darmreinigung dabei gewesen war.

Das war er nicht.

Also ließ Jana die nächsten drei Schulstunden ausfallen und nahm ihn mit zu einem schwulen Typen, der ihr einen Schlauch in den Hintern steckte, ihr den Bauch rieb und beteuerte, wie viel besser es ihr gehen würde, wenn ihr Darm sauber sei. Zusammen mit Nicky betrachtete sie die Scheißeflöckchen im abgehenden Schlauch. Dann lud sie Nicky zum Eis ein, vergaß, dass er ein Bluter war, und machte mit ihm ein Wettrennen um Leben und Tod, mit fünf Eisbällchen in der Waffel, die sie beim Laufen weit von sich wegstreckten, sodass sie beim Stolpern ungeschützt auf den Asphalt geknallt wären. Das hatte wenig mit Wandern oder mit Minigolf zu tun.

Am nächsten Tag gingen sie nicht mehr zur Schule, sondern gleich zu ihrem Gesichtspeeling, zur Pediküre, zur Massage, zum Waxing und zum femininsten Friseur der

Stadt, der nur Stars mit mehr als 100 000 Instagram-Followern persönlich bediente.

Auch Nicky bekam eine neue Frisur, die aus kleinen Löckchen bestand, die an seinem Kopf festgeklebt wurden, wie bei Serge Gnabry.

Allen sagte Jana, dass Nicky der süße Sohn ihrer Bestatterin sei, aber dass sie Himmel und Erde in Bewegung setzen werde, damit dieses arme, sensible Kerlchen nicht auch in einem solch grauenhaften Beruf enden müsse.

»Du musst hier raus, Jana«, sagte Sonne später, die gar nicht wusste, wohin mit ihrer Empörung.

»Aber warum?«, fragte Jana erschrocken, wieder am Küchentisch sitzend, wo sie immer saß.

»Warum? Du zwingst meinen Sohn, die Schule zu schwänzen?«

»Also glaub' mir, Gewalt musste ich nicht anwenden.«

»Wohnst du bei mir, oder wohnst du nicht bei mir?«

»Ich wohne bei dir.«

»Du wohnst bei mir, in der Wohnung einer Bestattungsunternehmerin, und du sagst Nicky, Bestattungsunternehmerin zu sein sei ein scheiß Job?«

»Das stimmt gar nicht. Ich habe gesagt, Bestatter sind total wichtig. Sie kriegen ja auch ein super Feedback. Sie sind halt nicht sehr glamourös, und ich glaube, Nicky wird mal viel *personality* haben. Und ich helf ihm, seinen *character* zu bilden.«

»Ach ja? Indem du mit ihm in einen Beautyshop gehst und ihn zugucken lässt, wie man dir den Kot aus dem Leib spült?«

»Ich bin traurig, Sonne.«

»Du nimmst Drogen!«

»Weil ich traurig bin!«

»Du musst hier raus, echt.«

»Aber ich kann nicht. Ich kann nicht. Wo soll ich denn hin?«

Hatte sie keine Menschen, die sich um sie scheren? Kannte sie niemanden, den sie jederzeit anrufen konnte, ohne dafür bezahlen zu müssen? Niemand strahlte weniger Einsamkeit aus als Jana von Mond, aber irgendwie war das auch ihr Beruf, nicht einsam zu erscheinen, fand Sonne.

Eine aus Janas Entourage, vielleicht ihre Managerin, mit der Sonne wegen der Beerdigung telefonieren musste, hatte ihr erzählt, dass es Frau von Mond in letzter Zeit nicht mehr gelang, die Leute dazu zu bringen, sich vor Lachen zu kringeln. »Ihr Humor macht gerade eine kleine Krise durch«, hatte die Frau gesagt, nahe an der Illoyalität.

Es klang mitfühlend, bezeichnete aber einen schwerwiegenden Defekt, eine Behinderung, die auch die Managerin zu behindern schien, und zwar am Geldverdienen, so hörte es sich für Sonne an. Und es hörte sich auch so an, als gingen weitere Komplikationen mit Janas grippal infiziertem Humor einher. Ihre Intuition zum Beispiel. Löste die sich ebenfalls auf? Oder ihre Fähigkeit, im richtigen Moment das Richtige zu sagen. War es nicht eher so, dass sie in jedem Moment das Falsche sagte?

Nicky wollte auf keinen Fall, dass Jana wieder ging.

Selten hatte er so viel Spaß gehabt wie in diesen düsteren Tagen, so viel Anerkennung erfahren in der Schule, so viele Einladungen bekommen zu Kindergeburtstagen, die blutergerecht organisiert werden sollten (gleich zwei an einem Tag).

Er versprach seiner Mama, fleißig in der Schule zu sein, wenn Jana noch ein wenig bleiben dürfe. Er wollte, wenn es Sonne zu eng war mit ihm in einem Bett, ins Wohnzimmer umziehen, auf der Couch schlafen und jeden Tag staubsaugen und lernen, wie man kein armseliger Bestatter, sondern ein erfolgreicher, trauriger Comedian wird, wenn man groß ist. Denn genau dabei würde Jana ihm helfen. Das hatte sie versprochen.

Sonne kochte innerlich. Denn schon wieder schaffte es Jana. Sie schaffte es immer. Oh nein, ihre Intuition löste sich keinesfalls auf, sondern war durchaus noch in Ordnung. Und zumindest Nicky gegenüber sagte sie immer im richtigen Moment das Richtige. Sie wickelte alle um den Finger mit ihrem unaufhörlichen Gequatsche und ihrem aufgesetzten Lachen und ihrem niedlichen »Klopfklopf«, wenn sie zur Tür reinkam, um das existenzielle Wurmloch, in dem sie zu verschwinden drohte, mit Gequassel vollzustopfen.

13

Als Samuel am frühen, sonnigen Morgen auf den Laden zuging, sah er schon von außen durch die Brezel in der Schaufensterscheibe, dass Sonne am Empfangstisch saß, das Gesicht groß und leer und ungeheuer blass, vor sich eine Kaffeetasse, den abwesenden Blick in die Höhe gerichtet. Das Bild rührte ihn so an, dass er kurz innehielt und das Kaugummi aus dem Mund nahm, denn Kaugummikauen fand Jana unsensibel, das hatte sie ihm oft gesagt, auch wenn sie es auf Trauerfeiern bezog.

Er trat behutsam in den Laden, auch um diesen schönen, von verhangenen Wimpern verwischten Blick nicht zu zerstören, der sie atemberaubend mysteriös machte in ihrer ansonsten so berechenbar scheinenden Zuverlässigkeit.

»Guten Morgen.«

»Hi, Samuel.«

Der Blick war weg.

Sie kannten sich besser, als ihnen lieb war. Beide wussten, dass das frühe Erscheinen Janas ihre Bitte ausdrückte, über wichtige Dinge zu sprechen. Aber er war skeptisch, ob sie über ihre unerwartete Anwesenheit hinaus ihre Anliegen oder gar Wünsche formulieren konnte. Den Grad ihrer Offenheit und Berührbarkeit musste man erraten, und wenn man falsch riet, sank die Gesprächstemperatur schnell auf null.

Samuel kannte niemanden, der diese aus Verschlossenheit rührende Stärke so schnell hervorrufen konnte wie Sonne.

Aber heute war sie schwach.

Sie erzählte ihm dennoch wie immer nur das, was sie sich zu erzählen vorgenommen hatte.

Die Schildkröte auf Rädern.

Nickys verpasster Unterricht.

Janas Darmspülung.

Sie erzählte ihm nicht von ihrer Befürchtung, dass Jana eine Spur zu geisteskrank sein könnte, als dass dahinter nicht doch jene Faszination Samuels für endgestörte Frauen aufblitzen würde, die ihm noch stets den Kopf verdreht hatte.

Zwar schlief Sonne seit vielen Jahren nicht mehr mit Samuel. Es war nur noch einmal vor zwei Jahren zu Berührungen an seinem Geburtstag gekommen, und dann eher aus protektiver Zuneigung ihrerseits, weil er schreckliche vierzig Jahre alt wurde.

Aber sie spürte dennoch so etwas wie einen Stich, wenn sie an den Magnetismus von Jana dachte. Samuel war ihr ein echter, zugewandter, loyaler, ein tausendprozentiger Freund, von dem spezifischen Arkanum einmal ganz abgesehen, das sie verband. Und sie hatte nicht die geringste Lust, dass Jana irgendeine Art von Terror in ihre Verbindung trug.

Doch all das behielt sie für sich und sagte nur hart und kalt, dass Jana wegmüsse.

»Aber weißt du«, gab Samuel nach einer kurzen Pause zu bedenken, »sie war doch mal deine Freundin. Und was immer zwischen euch vorgefallen ist: Die Frau ist am Ende. Willst du, dass wir sie auch beerdigen?«

»Ich bin nicht ihre Kindergärtnerin. Und ich bin nicht ihr Hotel.«

»Aber sie ist dir auch nicht egal.«

Sie konnte ihm unmöglich von der Wut erzählen. Sie konnte nicht sprechen. Über nichts Wesentliches. Nicht über die Schwärze, die Jana in sie vor langer Zeit gegossen hatte, jene gallige Flüssigkeit, die sich in diesen Tagen in ihr von Minute zu Minute verdickte. Vielleicht musste sie ihm wieder schreiben. Musste ihm schreiben, um selbst zu verstehen, was los war. Sie hatte ihm schon lange nicht mehr geschrieben.

Sie stand auf, obwohl Samuel merkte, dass sie überhaupt noch nicht in der Lage war aufzustehen. Sie bewegte sich im Raum umher, zwanghaft, konzentrisch. Wie Raben kreisen, denen ein Küken aus dem Nest gefallen ist.

»Ich glaube, wir kümmern uns als Erstes um die Wardetzky«, begann sie in geschäftigem Ton, vermischt mit der Hast des Themawechsels. »Ihr Mann hat schon zweimal angerufen. Wegen dem CO_2-freien Sarg.«

»Wieso sagst du nicht, was los ist?«, wagte sich Samuel weit hinaus.

Sie unterbrach ihr Kreisen, blieb unvermittelt stehen.

»Nerv mich nicht, okay?«

»Dass du einfach nicht reden kannst. Unglaublich.«

Sie atmete ein. Sie atmete aus.

»Soll ich dich mal in den Arm nehmen?«

Sie atmete ein. Sie atmete aus.

»Soll ich dich mal in –«

»Nein.«

Sie setzte sich wieder. Sie schwieg. Sie musste schreiben. Sie musste ihm schreiben. Das war ihr jetzt klar.

Er wartete. Samuel hasste die Warterei. Aber er war super im Warten. Warten war im Gegensatz zur Warterei etwas, zu dem er sich selbst ermächtigte.

Er bemerkte, dass ihre Tasse leer war. Er schlurfte rüber zur Espressokanne und schraubte sie auf, füllte gemütlich Kaffeepulver hinein, füllte Wasser hinein, als sei das die Bestimmung seines Lebens.

»Ich weiß nicht, was sie mit Nicky gemacht hat«, sagte Sonne stimmlos, als er mehrere stille Minuten später mit zwei dampfenden Kaffeetassen zurückkam. »Normalerweise hasst er jeden Besuch. Aber an ihr hängt er. Jede Sekunde will er mit dieser Irren verbringen. Dabei macht sie nur bekloppte Jokes und schleimt sich ein.«

»Wir könnten sie mit nach Patagonien nehmen.«

»Dein Ernst?«

»Da kann sie sich ein bisschen nützlich machen.«

»Patagonien?«

»Erst mal.«

»Diese Knalltüte? Mit ihrem scheiß Kunstnerzmantel und der Fernsehfresse? In Patagonien?«

14

Mein erstes Wort, das ich sprach, war »Mama«.

Mein erstes Wort, das ich schrieb, war »Papa«, und das zweite war »tot«.

Da beide Wörter nebeneinanderstanden, musste ich weinen.

Ich habe schon immer geschrieben. Ich schrieb, sobald ich lesen konnte. Und ich konnte lesen, als ich noch meinem Vater wie ein Schimpansenjunges durch den Garten hinterherkrabbelte.

Es ist immer riskant, über Dinge, die einem wichtig sind, mit jemandem zu sprechen, der einem wichtig ist. Schreiben ist so viel sicherer. Vielleicht weil ich das wusste, habe ich früh damit begonnen.

Auch mit dir fällt mir das Reden schwer, lieber Samuel. Das weißt du ja auch.

Ich habe dir damals nicht gesagt, sondern geschrieben, dass ich verliebt bin, doch leider nicht in dich. Ich konnte bloß hoffen, dass du es mir verzeihst, denn es lag nicht in meiner Macht, etwas dagegen zu tun. Ich bin so froh, dass es uns nicht zerstört hat. Dass uns auch unser Geheimnis nicht zerstört. Dafür werde ich dir auf ewig dankbar sein.

Ich liebe dich immer noch wie einen Bruder. Doch da

unser tägliches Miteinander die süße und oft banale Glasur von Ironie, Sarkasmus und gelegentlicher Grobheit überzieht und vielleicht auch erst erträglich macht, kann ich dir so etwas Angreifbares nicht sagen, sondern halte es schriftlich fest.

Ich weiß auch, dass du mich eigentlich nicht brauchst, und ich wurde immer von Menschen angezogen, die mich brauchten, bis sie mich dann nicht mehr brauchten und ausspuckten. So wie Jana. Oder so wie Fredo, dessen Namen ich nicht schreiben kann, ohne dass mir flau im Magen wird. Mein Zeigefinger zittert, während ich das schreibe, ist das nicht verrückt? Wie alle anderen Briefe an dich, die ich in den letzten Jahren geschrieben habe, werde ich auch diesen nicht abschicken. Vermutlich. Nichts an mir müsste zittern. Und doch bin ich aufgewühlt.

Also will ich dir erzählen, wieso mich die Anwesenheit von Jana dazu bringt, leider manchmal so unfreundlich zu dir zu sein, sicherlich auch unnahbar, und wieso ich diese großen Ängste habe, die mich weit zurückwerfen in ein Leben, das ich gar nicht erinnern mag.

Und ich muss dir deshalb erzählen und erzähle es dir auch wieder nicht, warum mein zweites geschriebenes Wort »tot« hieß und nicht »ich« oder »Mama« oder »lieb« oder sonst irgendwas.

Das lag ganz allein an meinem Vater.

Papa las mir, seit ich denken kann, Märchen von Hexen und Königinnen vor, von Zauberern und dem bösen Wolf, stundenlang, tagelang. Ich hing an seinen Lippen, mit »wohligem Schauer«, so hätte Papa es wohl selbst ausgedrückt.

Denn ich verstand sehr schnell, dass all diese Märchen von Killern und Blutsaugern, von Menschenfressern, Pyromanen und Serienmördern handelten. Überall lauerte der gewaltsame Tod. Selbst das tapfere Schneiderlein zerschmetterte Fliegen. Gretel stieß die alte Frau, die ihren Bruder Hänsel gemästet hatte und verspeisen wollte, in den Ofen. Schneewittchen ließ ihre Stiefmutter auf ihr Ende zutanzen, in rot glühenden Eisenschuhen, die ihr Fersenfleisch bis auf die Knochen abschmorten. Bäuche wurden aufgeschnitten, Augen ausgestochen, in der Geschichte von König Blaubart hingen junge Mädchen gehäutet im Keller, und König Blaubart selbst platzte die Lunge.

Papa nannte das die »Happy-End-Tode«, nicht weil es glückliche Tode waren, sondern weil sie häufig das gute Ende der Geschichten illustrierten.

Oft wurden zum Happy End einer herrlichen Hochzeit beispielsweise die widerwärtigen Hexen in ein Fass gesteckt, in das man von außen Nägel hineinschlug. Daraufhin schubste die schöne und gute Prinzessin die böse Fracht mit einem Kiekser der Freude den Berg hinunter, und alle lauschten gut gelaunt den verhallenden Schreien aus dem ins Tal kullernden Fass nach und lebten glücklich bis ans Ende ihrer Tage.

Das waren Happy-End-Tode in Reinkultur, fand mein Vater.

Die Grausamkeit hat Leute wie diesen fürchterlichen Walt Disney nicht daran gehindert, aus den ebenfalls fürchterlichen Geschichten rosaroten Kitsch zu machen, mit lustigen Zwergen und einem König der Löwen, der kein Fleisch frisst. Und die Happy-End-Tode wurden einfach gelöscht, da sie nicht kindgerecht schienen.

Papa war es, der den Micky-Maus-Erfinder deshalb als Verbrecher bezeichnete. Ich war fünf Jahre alt, als er das sagte, denn Mama wollte mit mir ins Kino gehen, in die Kindervorstellung von *Cinderella*, einem Disney-Film, in dem alle meine Freundinnen waren. Aber Papa war dagegen.

Natürlich war ich erschrocken. Nicht nur über den Streit zwischen meinen Eltern, die sich ständig stritten. Für mich war ein Verbrecher auch jemand, der unbedingt hingerichtet oder dem zumindest die Hand abgehackt werden musste, und ich dachte, dieser Herr Disney habe sich furchtbarer Taten schuldig gemacht, die etwa denen glichen, von denen Papa immer vorlas.

Ihm war es wichtig, ganz im Gegensatz zu meiner Mutter, die brutalen Regeln des Überlebenskampfes durch zuckerfreie Originalversionen der Märchen in mein kindliches Herz zu pflanzen, wahrscheinlich, um mich auf die Härten des Daseins vorzubereiten. Die Härten des Daseins waren sein Thema. Sie fluteten seine Träume, obwohl er selbst viel zu weich und schwach war, um ihnen etwas entgegenzusetzen.

Ich weigerte mich damals, in *Cinderella* zu gehen, den Film eines schlimmen Verbrechers, und machte damit meinen Vater stolz und meine Mutter traurig. Und meine Freundinnen hielten mich für blöd.

Doch so erfuhr ich durch Papa und die Wahl seiner Fabeln ohne den Umweg über Hollywoodprodukte von all dem Wahnsinn, von all den vielgestaltigen Morden und Totschlägen, die es auf der Welt gibt.

Aber kein einziges dieser vielen uralten Märchen, die den Tod und das Töten umkreisten, handelte von einem Selbstmord.

Es war Papa, der mich darauf aufmerksam machte. Ich kann mich noch an jeden Moment dieses Abends erinnern, an dem er das tat.

Es muss in einem der Sommermonate Juli oder August gewesen sein. Draußen war es noch hell und warm, und die letzten goldenen Sonnenstrahlen schossen wie Flüssigkeit durch die geöffneten Fenster, die ja alle keine Vorhänge hatten.

Wie so oft kam Papa zum Gutenachtsagen zu mir ans Bett, in kurzen Hosen und einem Hawaiihemd. Er hatte diese feinfühlige Ausstrahlung, wenn er sich ganz vorsichtig auf die Bettkante setzte, dieses innere Leuchten verbunden mit seinem großen Ernst und den warm schimmernden, sanften, bernsteinfarbenen Augen und den dichten Augenbrauen hinter der Brille. Er hatte ein Buch dabei, das ich noch nie gesehen hatte, nicht Schwabs *Deutsche Volks- und Heldensagen*, nicht Hauffs Kunstmärchen oder die große Volksmärchensammlung für Jung und Alt. Sondern es war ein graugrünes Bändchen in sonderbarer alter Schrift.

Er sagte, dass kein Märchen auf der ganzen Welt das Sterben durch eigene Hand thematisiere, was er falsch fand. Denn es gebe auch Menschen, denen die Verzweiflung keine Wahl lasse. Und da ich schon ein großes Mädchen sei, gerade eben sieben Jahre alt geworden, lese er mir heute sein Lieblingsmärchen vor, die einzige einschlägige Darstellung zum Thema. Sie hieße *Max im Grab*.

Ob ich mich denn bereit fühlte, die schönste Geschichte auf der Welt zu hören, wollte er wissen.

Ich war sehr begierig und rief: »Ja, Papa, bitte.«

Natürlich hatte ich nicht die geringste Ahnung, was mich erwartete, mochte aber den Nervenkitzel. Und die Aussicht auf die schönste Geschichte der Welt, verbunden mit etwas so Aufregendem wie einem Selbstmord, machte mich eher wach als müde.

Max im Grab klang komisch, erinnerte aber ein wenig an *Max und Moritz,* eine Geschichte, die ich auch sehr liebte und in der die Bösewichte am Ende in einer Mühle zerkleinert werden, ohne dass man Blut sieht.

Nun gut, sagte Papa, schaute sich noch einmal um, ob Mama uns hören konnte. Der Fernseher lief drüben im Wohnzimmer, und meine Mutter, die davor auf der Couch lag, hatte sich längst resigniert aus unserem Märchenbund verabschiedet, wartete auf Hans-Joachim Kulenkampff und gurgelte mit Rotwein.

»Es war einmal ein armer Hirtenjunge«, so begann Papa, machte eine Pause, schaute auf und blickte mich ernst an, um zu überprüfen, ob ich auch gut zuhörte.

»Es war einmal ein armer Hirtenjunge«, wiederholte er, »dem waren Vater und Mutter gestorben. Und dieser Junge hieß Max. Und Max war von der Obrigkeit einem reichen Bauern in das Haus gegeben worden, gegen eine Steuererleichterung.«

Mein Vater unterbrach sich, erklärte, was »Obrigkeit« bedeutete, nämlich nichts Gutes, ebenso wie Steuern nichts Gutes waren, »Steuererleichterung« hingegen schon.

Dies war aber das letzte Mal, dass er sich unterbrach, und er sagte nur noch, dass die Geschichte in einer etwas altertümlichen Sprache geschrieben sei, da es sich um eine sehr seltene Trouvaille der Gebrüder Grimm handele, die gar nicht mehr gedruckt würde.

Er blickte wieder in das Buch und las vor, dass es vielleicht auch nur ein Befehl der Obrigkeit gewesen war. Der Befehl lautete, der reiche Bauer solle den Waisenjungen Max ernähren und erziehen.

Der Mann aber und seine Frau hatten kein gutes Herz, sondern sie taten nur so, als würden sie arme Waisenjungen gerne bei sich aufziehen. Sie waren bei allem Reichtum geizig und missgünstig. Wenn irgendjemand auch nur ein kleines bisschen von ihnen haben wollte, zum Beispiel ein Stück Butter, dann sagten sie, sie hätten gar keines. Außer, wenn es ihnen etwas nutzte.

Max aber nutzte ihnen nichts bis auf die niedrigen Steuern. Er mochte tun, was er wollte, er erhielt wenig zu essen, nie ein gutes Wort, und er musste von morgens bis abends für den reichen Bauern arbeiten.

Eines Tages sollte er die einzige Henne mit ihren sieben Küken hüten. Er passte gut auf, aber die Henne entschlüpfte dennoch mit ihren Jungen durch einen Heckenzaun. Gleich schoss der Habicht herab, haute seine Krallen in die fette Henne und entführte sie in die Lüfte. Der Junge schrie aus Leibeskräften: »Dieb, Dieb, dreister Dieb!«

Aber was half ihm das? Der Dieb brachte seinen Raub nicht wieder zurück, sondern flog davon, um das verzweifelt krähende Huhn in Ruhe zu schlachten.

Der Bauer hörte den Lärm, lief herbei, und als er vernahm, dass seine gute Henne fort war, geriet er in Wut. Er gab dem Jungen eine solche Tracht Prügel, dass er sich ein paar Tage lang nicht regen konnte.

Als seine Wunden verheilt waren, bekam Max nur noch die Hälfte seiner kärglichen Essensration. Er musste nun die Küken ohne die Henne hüten. Aber da war die Not noch größer: Das eine Hühnchen lief dahin, das andere dorthin, alle schienen verstört nach ihrer Mutter zu suchen. Da meinte Max es klug zu machen, wenn er sie alle zusammen an eine feine Schnur binde, weil ihm dann der Habicht kein Tierchen wegstehlen könnte.

Aber weit gefehlt. Nach ein paar Tagen, als Max vom Herumlaufen und vom Hunger ermüdet einschlief, kam der Räuber lautlos angeschwebt. Nach der Mutter wollte er nun auch die Brut fressen. Er packte eins von den kleinen Küken, und da die gelb leuchtenden Geschwister wegen der Schnur alle daran festhingen wie Schleifchen am Schwanz eines Papierdrachens, so trug der Habicht sie auch alle mit fort, setzte sich auf einen Baum und schluckte sie nacheinander hinunter, bis es ganz still war.

Der Bauer kam eben nach Hause, und als er das Unglück sah, erboste er sich und schlug den Jungen noch unbarmherziger als beim letzten Mal. Diesmal musste Max eine ganze Woche liegen und konnte seine Daumen nicht mehr bewegen.

Als Max wieder auf den Beinen war, sprach der Bauer zu ihm: »Du bist mir zu dumm. Ich kann dich zum Hüter nicht brauchen, du sollst als Bote gehen und bekommst weniger zu essen.«

Also schickte er ihn zum Richter, dem er einen Korb voll Trauben bringen sollte, um ihn gnädig zu stimmen, und gab ihm noch einen Brief mit.

Unterwegs plagte Hunger und Durst den Waisenjungen so heftig, dass er zwei von den Trauben aß. Er brachte dem Richter den Korb. Als dieser aber den Brief gelesen und die Trauben alle gezählt hatte, so sagte er: »Es fehlen zwei Stück.«

Max gestand, dass er, von Hunger und Durst getrieben, die beiden fehlenden Früchte verzehrt habe.

Der Richter hatte Mitleid und schenkte dem ehrlichen Waisenjungen zwei weitere Träubchen für den Rückweg. Er schickte dem Bauern jedoch einen Brief mit, worin er ihn ermahnte, Max großzügiger zu halten und es ihm an Speis und Trank nicht fehlen zu lassen; auch möge er ihn auf gute Art lehren, was recht und unrecht sei.

»Ich will dir den Unterschied schon zeigen«, sagte der zurechtgewiesene Bauer düster; »willst du aber überhaupt noch was zu essen haben, so musst du auch arbeiten, und tust du etwas Falsches, und mag es noch so gering erscheinen, so sollst du durch Schläge hinlänglich belehrt werden.«

Am folgenden Tag stellte er ihn an eine schwere Arbeit. Max sollte ein paar Bund Stroh zum Futter für die Pferde schneiden. Dabei drohte der Bauer: »In fünf Stunden«, sprach er, »bin ich wieder zurück. Wenn dann das Stroh nicht gut zu Häcksel geschnitten ist, so schlage ich dich tot.«

Der Bauer ging mit seiner Frau, dem Knecht und der Magd fröhlich auf den Jahrmarkt und ließ dem Jungen nichts zum Essen zurück, nicht einmal ein kleines Stück Brot.

Max fühlte sich sehr schwach, stellte sich an den Strohstuhl und fing an, aus Leibeskräften zu arbeiten. Da ihm dabei heiß wurde, zog er sein Röcklein aus und warf es auf das Stroh. In der Angst, nicht fertig zu werden, schnitt er immerzu, und in seinem Eifer zerschnitt er unvermerkt mit dem Stroh auch sein Röcklein darunter in dünne Streifen. Zu spät wurde er des Unglücks gewahr, das sich nicht wiedergutmachen ließ. »Ach«, rief Max weinend, »jetzt ist es aus mit mir. Der Herr hat mir nicht umsonst gedroht. Kommt er zurück und sieht, was ich getan habe, so schlägt er mich tot. Lieber will ich mir nun selbst das Leben nehmen.«

Der Junge hatte einmal gehört, wie die Bäuerin sprach: »Unter dem Bett habe ich einen Topf mit Gift stehen.« Sie hatte es aber nur gesagt, um die Nascher in ihrem Haus zurückzuhalten, denn es war Honig darin. Der Junge kroch unter das Bett, holte den Topf hervor und aß ihn ganz aus.

»Ich weiß nicht«, sprach er, »die Leute sagen, der Tod sei bitter. Aber mir schmeckt er süß und ganz vorzüglich. Kein Wunder, dass die Herrin sich so oft den Tod wünscht.«

Er setzte sich auf ein Stühlchen und war gefasst, elend zu sterben. Aber statt dass er schwächer wurde, fühlte er sich von der nahrhaften Speise zunehmend gestärkt.

»Vielleicht war es gar kein Gift«, sagte er, »aber der Bauer hat einmal gesagt, in seinem Kleiderkasten liege ein Fläschchen mit Fliegengift, das wird wohl das wahre Serum sein und mir den Tod bringen.«

Der Junge ging zum Kleiderkasten, fand die Flasche,

holte sie heraus und trank sie bis zur Neige. Es war aber kein Fliegengift, sondern edler Ungarwein.

»Auch dieser Tod schmeckt süß«, sagte er staunend, »und es ist solch eine Freude in mir.«

Doch als bald hernach der Wein anfing, ihm ins Gehirn zu steigen und ihn zu betäuben, so meinte er, sein Ende nahe heran. »Ich fühle, dass ich sterben muss«, sprach er, »ich will hinaus auf den Kirchhof gehen und ein gutes Grab suchen.« Er taumelte fort, erreichte den Kirchhof und legte sich gleich in ein frisch geöffnetes Grab. Die Sinne schwanden ihm immer mehr.

In der Nähe stand ein Wirtshaus, wo eine große Hochzeit gefeiert wurde. Als Max die Musik hörte, wähnte er sich schon im Paradies, und er dachte, wie schön diese Art des kurzen Sterbens sei verglichen mit seinem langen und wenig schönen Leben. Dann dachte er an seine Eltern, die er nun gleich wiedersehen würde, und mit diesen Gedanken verlor er endlich alle Besinnung.

Der Waisenjunge erwachte nicht wieder. Die Glut des schweren Weines und der kalte Tau der Nacht nahmen ihm das Leben, und er verblieb in dem Grab, in das er sich selbst gelegt hatte.

Am nächsten Morgen fand ihn der Pfarrer mit einem seligen Lächeln auf dem Gesicht.

Der reiche Bauer und seine Frau aber nahmen sich einen neuen Waisenjungen, und da sie ihn ebenfalls schlugen und ihm ebenfalls zu wenig Nahrung gaben, zündete er in einer Nacht das ganze Haus an und ging seiner Wege. Alle Kühe und Pferde verbrannten, es blieb nur Asche übrig, und der Bauer und seine Frau brachten die Jahre, die sie noch zu leben hatten, in Armut und Elend zu, während Max in seinem Grab in Frieden schlief.

Als mein Papa geendet hatte, war es schon dämmrig im Zimmer. Die Assonanz des gedehnten »ie« in den letzten beiden Wörtern »Frieden« und »schlief« hatte er ganz lang gezogen, und sie hallte in meinen Ohren nach. Er sah vielleicht nicht, wie ich mich fühlte, und gab mir einen Gutenachtkuss, der sich von keinem anderen seiner Gutenachtküsse unterschied. In mir fühlte ich einen Stein, der viel mächtiger als ich selbst war, und der erst Tage später abrollte.

Es ist kein Wunder, dass es keinen Zeichentrickfilm über *Max im Grab* gibt, denn ein überwältigender Publikumserfolg wäre er vermutlich kaum geworden. Nicht einmal der Verbrecher Walt Disney hätte daraus Family Entertainment zaubern können. Welche Merchandise-Produkte etwa könnte man sich zu diesem vollkommenen Fiasko ausgedacht haben? Den Habicht als Kuscheltier? Oder den armen Max als Lego-Figur mit einem grinsenden Totenkopf? Es gibt überhaupt keinen einzigen Helden in dieser Geschichte, nur einen freundlichen Richter, der einem Jungen zwei Weintrauben schenkt. Wieso hat er ihm nicht vierzig Weintrauben geschenkt? Oder ihn dem reichen Bauern weggenommen, den bösen Mann ins Gefängnis gesteckt und den bedauernswerten Max selbst aufgezogen, damit er später eine Prinzessin heiraten könnte?

Das alles ging mir erst Jahre später durch den Kopf. Aber es beschäftigte mein Herz von jenem Abend an, mit all dem Frieden, in dem Max angeblich schlief.

Ich fragte meinen Vater am nächsten Tag schüchtern, wieso dies für ihn die schönste Geschichte der Welt sei. Und Papa sagte, wegen der Freude am Schluss auf dem Gesicht des Jungen. Wegen des Humors, der sich im Honig und im Ungarwein verberge, und natürlich, weil das Ende sehr gut und gerecht sei, denn die schrecklichen Zieheltern würden für ihr Handeln bestraft.

»Aber sie überleben und Max nicht«, widersprach ich.

»Ach, mein Schatz«, meinte Papa nur, »Überleben ist doch kein Wert von Dauer. Genau davon handelt das Märchen.«

Sicher ist, dass dieses Märchen kein Happy End hatte. Und daher gab es auch keinen Happy-End-Tod.

Denn dieses Sterben, das langsame Erfrieren von Max, traf niemand Bösen, kein Ungeheuer und keine Hexe im Knusperhäuschen, die am Schluss ihrer gerechten Strafe entgegensahen. Dieser Tod war auch nicht spektakulär und nicht einmal gewaltsam. Er war ein Versehen, das Gegenteil eines märchenhaften Finales.

Der Waisenjunge starb einen Unhappy-End-Tod. Er starb den furchtbarsten Tod der Welt, nämlich den sinnlosen.

Mein Vater fand dennoch, dass man daraus viel lernen konnte. Der Tod, diese unüberwindbare Begrenzung, war für ihn das Wichtigste im Leben. Und dieses Paradox hatte er durchschaut wie niemand sonst, den ich getroffen habe. Es ist gewiss schwer, diesen Widerspruch auszuhalten.

Wenn das Überleben für uns keinen Wert von Dauer hat, was ist dann das Leben überhaupt?

Diese Frage habe ich von Anfang an gefühlt, Samuel. Deshalb schrieb ich, als ich ein Kind war, vielleicht nach »Papa« als zweites Wort »tot« auf ein Papier, weil ich das Totsein als unsichtbares Ziel meines Vaters so spürte wie vielleicht nur wenige Fünfjährige.

Und ich fühle es ja bis heute. Das Totsein anderer ist unser Beruf, und mir kommt es manchmal so vor, als wäre Papa froh darüber. Einfach froh für das, was ich in meinem Leben für die Toten leiste. Was wir beide leisten, Samuel.

Für mich war mein Vater immer dieser kleine Waisenjunge Max, und es hat eine dunkle Ironie, dass Nikolaus Meling im Grunde genau so endete wie diese tragische Version von David Copperfield, die die Gebrüder Grimm nicht für wert erachteten, in ihren endgültigen deutschen Märchenkanon zu übernehmen.

Da ich Papa, nachdem sie seine Leiche abgehängt hatten, nicht verabschieden und ihn im Sarg nicht mehr sehen durfte, weiß ich bis heute nicht, ob er gelächelt hat am Ende, so wie Max.

Als Bestatterin ist mir natürlich bewusst, dass Suizidierte, die sich für den Strick entscheiden oder, wie mein Vater, für ein Starkstromkabel, normalerweise kein Lächeln auf den Lippen haben. Dennoch hätte ich gerne gesehen, ob Papas schönste Geschichte der Welt, die ihn immer aufgrund des lächelnden Endes getröstet hat, ihre tiefe Wahrheit nicht auch durch sein Ende beglaubigte.

Ich bin die Tochter meines Vaters, Samuel, und ich glaube, dass ich heute viel eher verstehe als vor vielen Jahren, dass ein so schlechtes Märchen wie das von *Max im Grab* unserer eigentlichen Existenz eher Form und Ausdruck gibt als beispielsweise *Peter und der Wolf* oder *Dornröschen.*

Und gleichzeitig spüre ich, dass Menschen wie Jana genau jene Märchenfiguren sind, die uns unterhalten mögen, aber auch in größte Desaster stürzen.

Leute wie sie sprühen dir und mir Sternenstaub in die Augen.

Sie sind nicht nur Kandidatinnen für Disney-Filme, sondern für alle Filme.

Janas Eltern starben nicht deprimierend banal wie Max in kalter Erde oder qualvoll wie Papa in seiner Garage. Sondern sie explodierten in einem circensischen Feuerball an einer emblematischen Eiche, wie die Bösen in seinem *Mission-Impossible*-Film.

Und Said und Ying Shu flogen in Zeitlupe auf einen Wald aus Zypressen zu, in einer pathetischen *Thelma und Louise*-Variante, die schon vor Jahrzehnten Millionen von Dollar eingespielt hat.

Jana, umstellt von diesen spektakulären Selbstmorden, hat eine ebenso spektakuläre Aura, die großartige Katastrophen verheißt. Sie führt im Grunde das Leben von Schneewittchen. Sie beißt in jeden vergifteten Apfel, den sie pflücken kann, und hält uns für ihr Hospital. Sie hat nicht wie die meisten Menschen sieben Küken, auf die sie aufpassen muss und dann doch an eine Arschgeige von Habicht verliert. Sondern ihr werden sieben nur zu ihrer Rettung beigegebene Zwerge zugeteilt, zu denen du und ich gehören und die nicht einmal Namen haben, nur niedrigen Wuchs.

Du hast vollkommen recht. Jana ist mir nicht egal.

Obwohl ich sie zutiefst verabscheue, obwohl ich schon durch ihr Parfum angewidert bin, das ein TV-Huren-Parfum ist, hängt mein Zwerginnenherz an ihr oder jedenfalls an dem, was sie einmal war.

Ich habe sie so lange vor dem Jägersmann, vor der bösen Königin bewahrt. Ihre ersten Bühnentexte habe ich für sie geschrieben, ihr allererstes Bühnenprogramm inszeniert. Ich war ihre Managerin, ihre Trainerin, ihr Kummerkasten und ihr Heiliger Geist. Ich glaube, dass sie ohne die Begegnung mit mir nicht diese Karriere gemacht hätte.

Aber sie hätte eine andere Begegnung gehabt und eine andere Karriere gemacht. Davon bin ich überzeugt. Sie hätte einfach jemand anderen ins Unglück gestürzt, um selber glücklich zu werden. Sie hätte wen auch immer dazu gebracht, in eine Garage zu gehen und sich aufzuhängen, um sich nicht selber aufhängen zu müssen.

Und auch jetzt, Samuel, trommelt sie ihre Zwergentruppe zusammen, sucht sich in deren Zwergenhöhle zu verstecken, um trotz der fürchterlichen Lage, in der sie sich befindet, irgendwie doch noch zu ihrem Schneewittchen-Happy-End zu kommen.

Wer aber wird dann die Happy-End-Tode sterben?

Werden wir das sein?

Deine Idee, Jana nach Patagonien zu holen, macht mir große Angst. Was ist, wenn Patagonien nur ihre Zwergenhöhle ist, die sie irgendwann in Brand setzt? Mit uns beiden darin?

Und du, Samuel, willst du wirklich ihr Oberzwerg sein?

Ich weiß nicht, ob ich das Recht habe, so mit dir zu sprechen. Wahrscheinlich nicht. Du bist auch nicht mein Oberzwerg. Und ich bin nicht dein Boss, auch wenn ich so dumm war, dir neulich so etwas Drastisches an den Kopf zu schleudern. Es geschah aus Wut und aus dem Sekundenwunsch heraus, dich zu verletzen. Mir tut das sehr leid. Es sollte keine Bosse und es sollte keine Zwerge und es sollte keine verdammten Schneewittchen geben. Warum nur können die Menschen nur nach, aber nicht vor ihrem Tod alle gleich sein? Warum sind wir oft nichts weiter als unsere Rollen? Und warum warst du nie mein Märchenprinz?

Manchmal denke ich, dass du nur in diesen Beruf geraten bist, weil du etwas zurückzahlen möchtest. Damals, als ich dich von der Straße las, gab ich dir eine Gelegenheit. Einen Job. Ein Zwischendrin. Du wurdest angespült. Und bist geblieben. Aber gewählt hast du nicht, was du nun jeden Tag tust.

Dein zweites Wort im Leben war bestimmt nicht »tot«. Dein Vater hat dir keine grauenhaften Dinge vorgelesen, und er hat einen anderen Abgang gewählt. Einen noch grausameren, wie ich finde.

Dass wir beide unsere Eltern früh an den Herrn Gevatter verloren haben, schweißt uns zusammen.

Und was du für mich getan hast, indem du mir den Sinn meines Lebens geschaffen hast, werde ich dir nie vergessen.

Ich trage Papa mit jeder Begleitung, die ich übernehme, erneut zu Grabe. Und du machst das mit deinem Vater vermutlich auch.

Oder trägst du vielleicht nur deine Schuldigkeit ab, lieber Samuel? Du schuldest mir nichts. Und ich schulde dir nichts.

Jedenfalls schulde ich dir nicht, dir nicht zu kündigen, wenn du dich wie ein Thailandtourist durch die Betten unserer Klientinnen schläfst.

Ich bin dir näher, als du glaubst, Samuel.

Und von Nicky will ich in diesem Brief nicht reden. In all meinen früheren Briefen, die du wie diesen hier nicht erhalten hast, habe ich dir von ihm berichtet.

Ich liebe an dir, dass du ein guter Mensch bist.

Und da du es möchtest, akzeptiere ich Jana in Patagonien.

Mein Vater hatte recht. Überleben ist kein Wert von Dauer, auch unser Überleben nicht. Und das Überleben von *Sommernachtstraum* erst recht nicht.

Und dennoch fände ich es tragisch, wenn uns Jana mit in ihren Abgrund reißen würde.

Bitte, lieber Samuel, pass auf dich auf.

Bitte verlieb dich nicht.

Sei umarmt, von ganzem Herzen und immer

deine Sonne

15

Inmitten der fast dörflichen Idylle Rixdorfs, zwischen der Bethlehemskirche aus dem 15. Jahrhundert mit ihrem hölzernen Glockenturm und Berlins ältester Schmiede, neben der eine alte Dieselzapfsäule aus den Fünfzigerjahren stand, führte mausgraues Kopfsteinpflaster durch ein altes offenes Backsteintor direkt in den Hof Patagoniens.

Niemand wusste, warum das von geduckten Scheunen, ehemaligen Stallungen und einer vom Zahn der Zeit ruinierten Seifenfabrik begrenzte Territorium »Patagonien« genannt wurde. Vielleicht wegen seiner rötlichen Pampa-Erde in der Hofmitte oder aufgrund der geringen Bevölkerungsdichte.

Diese stieg jedoch erheblich, wenn man die in den Kühlhäusern lagernden, frostfrei behausten zweihundert Kunden und Kundinnen jener verschiedenen Bestattungsunternehmen hinzuzählte, die sich hier eingemietet hatten. Es herrschte ein reges, wenn auch gedämpftes Kommen und Gehen, ohne dass jemals der Eindruck von Hast entstand oder auch nur von Dynamik. Die stillen Bewohner mussten angeliefert oder zu den Krematorien und Friedhöfen weiterbefördert werden. Manchmal brachte man sie auch in angewärmtem Zustand zum Umkleiden in entsprechende Räumlichkeiten oder zum Abschiednehmen in eine der beiden Trauerhallen auf dem Gelände, deren eine kürzlich Samuel neu gestrichen hatte, weil Sonne den Anblick der bordellrosa getünchten Wände nicht mehr ertrug.

Patagonien war riesig und mündete in einen weiteren, nur den Mietern zugänglichen Hof, den sogenannten Fuhrpark. Er wurde von zwei endlos langen Galerien kleiner, heruntergekommener, schmutzig grauer Betongaragen aus der Vorkriegszeit eingefasst. Schäbig bunt waren einige der Garagentore, von denen uralte Farbschichten blätterten. Sie begrenzten eine weite, brüchige Asphaltfläche, in deren ausgehöhlter, von Dotterblumen und Gräsern durchbrochenen Kruste Mauereidechsen lebten, scheu wie Dinosaurier. Die Leichenwagenfahrer fütterten die Tiere mit Weißbrot und Salami, obwohl es streng verboten war, da Ratten das Gleiche mochten.

Im Sommer sonnten sich die vollgefressenen Reptilien in den Nischen der pergamentfarbenen Backsteinmauer, die Patagonien umschloss. Dahinter ragten moderne weiße Townhouses wie makellose Jacketkronen in das kariöse Gebiss der Stadt.

Die Besitzerfamilie Kalmik, die vor zweihundert Jahren aus Böhmen eingewandert war, das Land für 34 königlich-preußische Silbertaler erstanden hatte und seither zu jedem dritten Adventssonntag für das Personal mit der Mehrzahl ihrer Mitglieder unter einer großen Weihnachtstanne Trompete spielte, hätte das Grundstück längst für eine Millionenstange Geld an Immobilienspekulanten verhökern können.

Das ging aber nicht. Denn Urgroßvater Jeremias Kalmik hatte sich in der Weimarer Republik durch Ausnahmegenehmigung direkt vor der ehemaligen Pferdescheune begraben lassen, zusammen mit dem Schädel seines liebsten Kutschgauls. Und er ließ testamentarisch verfügen, dass seine sterblichen Überreste niemals und unter keinen Umständen umgebettet werden dürften.

Dermaßen ausgetrickst blickte der Turbokapitalismus gegen das aus der Zeit gefallene Leichenfuhrunternehmen Kalmik in die Röhre, und zwar in die Röhre von § 7 Abs. 1 Bestattungsgesetz (BestG), wonach jeder die Ehrfurcht vor den Verblichenen zu wahren und die Totenruhe einzuhalten habe.

Es war ein windiger, kühler Nachmittag, als an dem klug eingerichteten Grabmal, über dem ein Pferdekopf aus weißem Marmor vor einem bedeckten Septemberhimmel leuchtete, Samuels lepröser VW-Touran im Schritttempo vorbeirappelte. Er bog durch einen schmalen Durchlass in den Fuhrpark ein, passierte zunächst ein Dutzend in unterschiedlichen Phasen der Verrottung befindliche Garagentore und danach einen hager-muskulösen Alten, der vor einem offenen Verschlag mit freiem Oberkörper und einer goldfarbenen Sporthose über einer Pfütze Liegestütze machte. Schließlich blieb der Wagen vor einer lila Garage stehen. Ein Schild war an das morsche Portal genagelt, auf dem in großen, selbst gemalten Lettern *SommerNT* stand.

»Sommernachtstraum«, erklärte Samuel beflissen.

Jana dachte, entweder hält er mich für zu blind oder für zu dämlich, um »achts« und »raum« sinnhaft zu ergänzen.

Sie saß auf dem Rücksitz und zählte stumm die ältlichen, links von ihr produzierten Liegestützen mit. Sonne schien es ihr gleichzutun, die sich auf ihrem Beifahrersitz etwas vorbeugte, um besser sehen zu können.

»Soll ich noch warten?«, fragte sie zweifelnd, ohne den Blick von dem sportlichen Rentner abzuwenden.

»Der wird schon nicht kommen«, meinte Samuel beschwichtigend und nahm die Hände vom Lenkrad.

Sonne überlegte. »Lass einfach den Motor an, dann weiß er, wir gehen gleich wieder«, sagte sie schließlich.

Er nickte. Jana wunderte sich, wieso dermaßen intensiv über einen turnbegeisterten Zausel diskutiert wurde.

Sonne stieg aus. Sie streckte sich kurz, schritt dann hinüber zum fliederfarbenen Garagentor, schloss es auf und schlüpfte hinein, ohne den Torflügel hinter sich ganz zu schließen.

Wie schön sie ist, dachte ihr Jana hinterher.

Der Motor ächzte im Leerlauf, als wäre er für die Schifffahrt konstruiert worden. Weder Samuel noch Jana sagten ein Wort. Sie warteten, dass der Liegestützgreis schlappmachen würde. Verwehtes Herbstlaub fing sich in seinen langen, dünnen weißen Haaren, die herabhingen und manchmal, wenn der Oberkörper absank, in die Pfütze wie Pinselspitzen eintunkten. Im Profil sah der Mann aus, als könnte er noch tagelang so fortfahren.

Ab und zu ließ Samuel den Schiffsmotor aufröhren. Jana hatte das Gefühl, dass es Konkurrenzverhalten war und sonst gar nichts. Er öffnete auch zweimal das Schiebedach, als wolle er beweisen, dass es funktionierte.

»Nicht schlecht, das Dach«, sagte sie daher freundlich.

»Ja, oder?«

Er ließ das Dach zu, schwieg wieder. Sie wollte seine unglaubliche Stimme hören.

»Wer ist dieser Mann?«, fragte sie daher und schaute hinüber zu dem unermüdlich pumpenden Körper.

»Das ist Eumel. Manchmal schafft er über zweihundert.«

»Er heißt Eumel?«

»Wenn du ihn kennenlernst, weißt du warum.«

Erst jetzt, als sie wieder nach vorne blickte, durch die Windschutzscheibe, in Erwartung von Sonnes aus der Garage zurückkehrender Gestalt, fiel es ihr auf.

»Krass«, sagte sie einfach.

»Was?«

»So eine Garage«, sagte Jana, holte Luft und fixierte die lila Holzfläche vor ihr aus zusammengekniffenen Augen, »so eine Garage mit genau dem gleichen Tor hatte ihr Vater benutzt.«

Vor Schreck stellte Samuel den Motor ab. Auch sein Kiefer hörte auf, weiter das Kaugummi zu malträtieren. Fast andächtige Stille.

Er blickte kurz in den Rückspiegel und sah Janas Gesicht. Sie hatte nicht nachgedacht, was sie aber allmählich selbst bemerkte.

Er atmete langsam ein, transportierte das Kaugummi noch langsamer in die andere Wangentasche und sagte gedehnt, mit einem zeitlosen Blick auf die angelehnte Garagentür vor ihm: »Was macht die – da drin – so lange, Mann?«

Er seufzte, schnallte den Sicherheitsgurt ab und wollte aussteigen.

»Und wenn der Typ hierherkommt?«, hielt Jana ihn auf,

mit Blick zur auf und nieder wogenden Silberrückenlandschaft neben ihr. »Der erkennt mich doch.«

»Er kommt nicht her.«

»Und wenn doch?«

»Du hast ja noch die Maske. Und ich bin gleich wieder da.«

Schon war er aus dem Wagen draußen, knallte die Fahrertür zu, eine Spur zu fest. Er folgte Sonne in die Garage, und Jana dachte, wie kann es so schwer sein, ein paar Perücken zu finden.

Ihre Augen verhängten sich nachdenklich. Am Tag zuvor war sie noch Feuer und Flamme gewesen. Sonne hatte ihr in der Totenbäckerei angeboten, sie in Patagonien als Hilfskraft einzustellen. »Danke euch für dieses Vertrauen«, hatte Jana strahlend gegluckst und auf eine Ablenkung gehofft, auf etwas, das sie auf andere Gedanken bringen könnte.

Und Samuel hatte sogar erklärt, dass ihr die Tätigkeit positive Impulse verleihen würde, gerade für ihre anstehende Trauerarbeit.

Besonders irritierte sie, dass er von »Reinigung« gesprochen hatte.

Unter »Reinigung« hatte sie zunächst etwas Spirituelles erwartet, etwas, was ihre Negativität abkärcherte. Seelenreinigung, Aurareinigung, eine von Mutter Gaia angerührte Reinigungslotion. So was in der Art.

Doch Sonne hatte über beunruhigende technische Details gesprochen, über das korrekte Säubern von totenstarren Fingergliedern zum Beispiel. Sollte sie, Jana, die eine niedrige Ekelreizschwelle hatte und auch einen empfindlichen Magen, etwa in eine Art Vorstadthades hinabsteigen, um gleichmütig wie eine Geschirrspülmaschine Leichen zu schrubben?

Oder sollte sie die Leichen sogar froh gelaunt waschen? Heiter und beschwingt? So hatte sich Sonne fast angehört.

Waschen war aber überhaupt nichts, was ihren Gemütszustand aufhellte, selbst wenn es nur um das Waschen von Erdbeeren ging. Und wie sollte sie die Nähe zu frisch verstorbenen Menschen von Saids Schicksal ablenken?

Welche Art von positiven Impulsen Samuel da gemeint haben könnte, war ihr völlig unklar. Und wieso Sonne sie während des Gesprächs so ganz ohne Freundlichkeit angestarrt hatte, war auch verunsichernd.

Jemand klopfte an die Scheibe.

Als Jana sich umwandte, stand der halb nackte Liegestützenmann neben ihr und drückte seine Stirn und ein paar nasse Haarsträhnen an das Seitenfenster. Sie griff zur schwarzen FFP2-Maske, die neben ihr lag, und verdeckte damit hastig ihr Gesicht. Sie ließ die Scheibe herunter und hoffte, dass nicht alles zu spät war.

»Warum machste denn die Maske vors Gesicht, Kleines?«, fragte der Alte gutmütig.

»Sie wollen mich sprechen?«

»Ja. Aber mit Maske« – er schüttelte den Kopf –, »da sehe ich dich ja gar nicht richtig.«

»Was kann ich für Sie tun?«

»Biste die Neue vom *Sommerschlussverkauf*?«

»*Sommernachtstraum*, ja.«

»Ich veräppel dich ja nur.«

»Ja, ich helf hier ein bisschen aus.«

»Die Frischeste biste aber auch nicht mehr.«

»Das stimmt, aber ich bin auch keine trübe alte Halbglatze, die sich nahezu unbekleidet vor eine dreißig Jahre jüngere Frau stellt, um für ein bisschen Gymnastik bewundert zu werden.«

»He, du klingst ja genauso witzig wie deine Chefin. Ich liebe witzige Frauen. Was machste denn beruflich?«

»Ich bin auch beruflich eine witzige Frau.«

»Na ja, ich bin jedenfalls der Gerhard.«

»Und ich dachte, du seist der Eumel.«

Gerhard verlor ein bisschen an innerem Gewicht. Er stellte sich gerade hin und bekam einen Blick, als hätte er etwas Komisches gerochen.

»Sag mal, warum bist du denn so aggressiv?«

»Ich bin gar nicht aggressiv«, sprach sie ernst in ihre Maske hinein, »ich bin einfach nur witzig, und ich soll hier helfen, ein bisschen mehr Spaß und positive Impulse unter den Verstorbenen zu verteilen.«

»Na, das ist ja mal ganz was Neues.«

»Und ich heiße übrigens Agnetha.«

Die lila Garagentür wurde aufgestoßen, und Sonne trat heraus, zusammen mit Samuel, der unterm Arm einen großen Karton trug, aus dem Haare quollen.

»Ach, der Gerhard«, rief Sonne alarmiert, »hast du also die liebe Patricia schon kennengelernt?«

»Patricia? Ich dachte, sie heißt Agnetha.«

»In meinem Personalausweis«, sagte Jana, »steht sogar Jana. Na ja, jedenfalls endet alles auf ›a‹.«

»Und wie soll ich dich jetzt nennen?«

»Nenn mich doch einfach ›Aah‹, und ich nenn dich ›Eumel‹.«

»Deal!«, sagte Gerhard.

Sonne war richtig sauer.

Als alle drei wieder im Wagen saßen, fragte sie Jana, was ihr einfalle, so abfällig mit Gerhard Kalmik zu sprechen, dem Eigentümer von Patagonien, Gottvater der Berliner Bestattungsbranche, Garant ihrer Lagergarage, Kühlregale und beruflichen Existenz.

Jana blickte erstaunt dem alten Mann hinterher, der sich inzwischen ein Hemd übergestreift hatte. Er stromerte in leicht schiefer Körperhaltung auf das weit entfernte Grabmal seines Vorfahren zu. Ein Leichenwagen kam ihm entgegen, der Fahrer winkte dem goldbehosten Patriarchen zu, der huldvoll zurücknickte.

»Ihr habt gesagt, er sei ein Eumel.«

»Na und?«

»Ein Eumel ist ein Idiot.«

»Quatsch, Eumel ist ein Kosewort«, erklärte Samuel.

»Und außerdem eine Abkürzung«, ergänzte Sonne.

»Genau. Eumel heißt ›Eure Majestät‹«, vollendete Samuel.

»Wollt ihr mich verarschen?«

»Nein, Jana«, seufzte Sonne. »Gerhard führt ab und zu selbst noch Bestattungen durch. Und wenn ihm etwas sehr zu Herzen geht, dann verschwindet er danach hier im Fuhrpark und macht ein Fitnessprogramm in unserer Sportgarage.«

Sie zeigte zu dem Verschlag, vor dem Gerhard seine

Übungen gemacht hatte. An der inzwischen geschlossenen grauen Tür stand in weißen Druckbuchstaben *Leib & Seele*.

»Er hat heute im Trauersaal ein kleines Kind verabschiedet. Leukämie. Sechs Jahre alt.«

Jana riss die Augen auf, legte sich die rechte Hand auf die linke Schulter, eine Geste der Verlegenheit, die Sonne so vertraut war.

»Hat er dich denn erkannt?«

Jana schüttelte stumm den Kopf.

Ein kleines Kind verabschiedet! Sie hatte ihr Improvisationsprogramm runtergespult und jemanden vor den Kopf gestoßen, der sich die Vernichtung aus dem faltigen Körper gearbeitet hat. Einfach nur freundliche Menschen. Was war sie nur für eine kranke Person?

Sonne gab sich den Anschein, als wäre die Sache für sie erledigt. Sie zog eine Perücke aus dem Karton, den sie auf ihren Knien hielt, und reichte sie Jana. Die nahm den Arm von der Schulter, setzte das Haarteil mit beiden Händen auf und blickte in den Spiegel, den Sonne ihr vorhielt.

Es war keine Verbesserung.

Damit sie ihre Identität schützen konnte, hatte ihr Sonne am Vorabend die Haare champagnermatt gefärbt und ihr einen Schnitt verpasst, den Jana ihren schlimmsten Feinden nicht wünschte. Fast alles wurde abgesäbelt. Sie würde monatelang keine Lockenwickler mehr benutzen können.

Die Mond, die sonst nur Coiffeure mit französischen Vornamen und abgespreizten Teetassenfingern an ihr Haupt ließ, hatte die Verstümmelung zunächst mit Würde hingenommen. Auch akzeptierte sie eine alte Ersatzbrille von Nicky, mit Fensterglas, sodass Sonne, ihr Sohn und Jana die gleichen Brillenmodelle trugen. Schließlich war Jana auch wieder in Sonnes schwarzen Zwirn gestopft worden, in dem sie wie eine Tarantel aussah.

Am Morgen hatte Sonne das Gefühl gehabt, dass die physiognomische Veränderung Janas noch nicht groß genug war. Ihr war die Perückensammlung in Patagonien, die normalerweise letalen Kopfverletzungen zugutekam, in den Sinn gekommen. Und um die Kollektion auszuprobieren, waren sie nun hier.

Jana versuchte es mit der nächsten Perücke, einer Salz-und-Pfeffer-Variante, mit der sie sich in ihre eigene katholische Omimi verwandelte und sofort an ihr Silberkreuz fasste.

»Wir müssen uns jetzt für einen Namen entscheiden: Nennst du dich Agnetha oder Patricia?«

Jana schüttelte den Kopf über das, was sie im Spiegel sah.

»Ist es denn überhaupt eine gute Idee, dass ich euch hier helfe?«, fragte sie vorsichtig. »Ich meine, ist das nicht unglaublich albern mit so einer Perücke?«

Es wurde still im Auto. Von draußen hörte man, wie Wasser aus einem Wasserschlauch auf die Karosserie eines Leichenwagens pladderte, den sein Fahrer vier Garagen weiter zu waschen begann. Sonne blickte zu Samuel, hob die Augenbrauen. Samuel drehte sich auf seinem Sitz nach hinten, fixierte Jana streng.

»Das musst du wissen«, sagte er mit priesterlicher Herablassung. »Aber die Ankunft deines Mannes wird noch dauern. Und du hast dich von allem und jedem zurückgezogen – und uns gesagt, dass du dich irgendwie beschäftigen möchtest.«

»Das stimmt«, gab sie ermattet von sich. »Mir war nur nicht klar, was für ein Mausoleum das hier ist.«

»Was hast du denn erwartet? Den singenden und klingenden Friedrichstadtpalast?«

»Ist schon klar, Sonne, aber in diesen Garagen da«, sie wischte mit der Hand nachlässig nach draußen, »liegen da auch die Toten?«

Samuel musste lachen, mit einer fast koketten Abgebrühtheit, die Jana abstieß. Sonne lächelte nur dünn.

»Nein«, sagte sie. »Das ist der Fuhrpark. Hier stehen die Limousinen. Wir mieten sie normalerweise samt Fahrer von Eumel an, um unsere Verstorbenen aus der Forensik oder den Hospizen zu holen.«

»Und in den anderen Garagen«, fügte Samuel hinzu, mit einer den Horizont umspannenden Geste, »lagern die Utensilien der verschiedenen Bestatter und Bestatterinnen: Särge, Schaufeln, Urnen. Aber auch Partystuff, Champagner, Luftballons. Oder Perücken. Alles Mögliche. Und da drüben, in der Tigerentengarage«, er zeigte auf ein gelbschwarz gestreiftes Holztor, »gibt's bestimmt auch die eine oder andere Sexpuppe.«

»Wer ist da jetzt?«, fragte Sonne interessiert. »*Hautundknochen?*«

»Nein. Die *Bonnies.*«

»Ach, die *Bonnies.*«

Jana betrachtete sich Sonnes Mund, als sie »die *Bonnies*« sagte. Ihr verrieten Münder viel mehr als Augen, die sie mehr an undurchdringliches Rauchglas erinnerten, nicht an Spiegel, schon gar nicht an Spiegel der Seele. Münder hingegen verrieten alles, Arroganz oder Verwirrung oder Eitelkeit. Für Jana waren Münder das Charakteristischste im ganzen Gesicht, kein Organ außer dem Herzen hatte mehr Muskeln. Sie konnte Münder entziffern wie andere Leute Hieroglyphen, und sie sah, dass sich Sonnes Mund entspannt zeigte, gleichzeitig gefühllos, da er sich in keiner Weise mit den *Bonnies* beschäftigte. Vielmehr lag eine eigenartige Genugtuung in diesem Mund, so als wäre dieser Mund und all das, was ihn steuerte, im Grunde froh über das, was gerade geschah. Und was gerade geschah, war Janas Rückzug aus Patagonien, noch bevor sie überhaupt angefangen hatte.

Sie atmete tief ein, streckte ihren Rücken unmerklich durch und änderte ihre Meinung, indem sie sagte: »Ich denke, Agnetha ist der richtige Name.«

Sie war gespannt, wie Sonnes Lippen reagieren würden.

Zu ihrer Überraschung wurden sie nicht weich und froh über die klare Entscheidung, sondern sie spannten sich. Sonne drehte ihren Kopf und ihren Mund weg und blickte nach vorne, sodass vom Rücksitz aus nur ihr Hinterkopf und ihre gut durchbluteten Ohren zu sehen waren.

»Wir könnten ihr ja mal zeigen«, hörte Jana Sonnes Stimme leise, fast spöttisch, jedenfalls sanft vibrieren, »wo die Toten hier tatsächlich liegen.«

»Was meinst du?«, fragte Samuel.

»Die Kühlräume. Die sollte Jana vielleicht als Erstes sehen.«

»Jetzt?«

»Ja, natürlich jetzt.«

Jana musste den Mund nicht sehen, der solche Worte mit schönem Timbre zu benutzen in der Lage war.

Die Kühlräume.

Sie fühlte sich wie ein Fichtenwald in Sibirien, in den aus heiterem Himmel ein Asteroid einschlägt. Eben noch Landschaft. Kein Laut. Und dann 60 000 brennende Fichten. Nichts war vergessen. Nichts war vergeben. Und wie sehr Sonne überhaupt nicht wollte, dass Jana in Patagonien Wurzeln schlägt, war mit einem Schlag klar. Und doch hatte sie es selbst vorgeschlagen. Oder war es Samuel gewesen? Alles Lüge. Wie unbezwingbar Sonnes Hass immer noch war, zitterte sich in diesem süffisanten Vorschlag hoch.

Die Kühlräume. Die sollte Jana vielleicht als Erstes sehen.

Sonne kannte Janas Mund vielleicht nicht so gut wie umgekehrt, aber Janas Ohren, die kannte sie, da sie früher jede Nuance ihrer Sorgen gehört hatten. Janas Ohren waren Sonne so vertraut, dass sie wusste, wie sehr das Wort »Kühlräume« dort nach Kammern des Schreckens klangen.

Jana fühlte in sich erst tiefe Traurigkeit, dann die Empörung aufsteigen, als wären ihre inneren Organe Benzintanks, in die jemand brennende Streichhölzer warf. Ein Tank nach dem anderen flog in die Luft. Der Magen. Die Milz. Die Leber. Natürlich die Galle. Sie schluckte dennoch das Flüssige herunter, das in den Gaumen hochgeschleudert wurde, all die metallisch schmeckende Hitze. Wie falsch kann man nur sein, dachte sie. Kein offenes Visier, sondern Tücke. Und du willst mir moralisch so sehr überlegen sein? Sonja Meling, Klassensprecherin, Philanthropin, Gewissen der Spießer und armen Seelen. Du miese kleine Ratte.

Jana lächelte, denn lächeln konnte sie hervorragend.

Dann stülpte sie über ihr Lächeln die FFP2-Maske und sagte leichthin: »Au ja, ich würde gerne eure Kühlräume sehen.«

Sie stiegen aus dem Wagen und machten sich auf den Weg. Janas graue Perücke war nicht befestigt, und sie fragte sich, was passieren würde, wenn sie verrutschen und man die darunter verborgene TV-Physiognomie erkennen sollte.

Der Chauffeur, der seine Limousine wusch, schaute kurz herüber. Vollkommenes Desinteresse. Immerhin funktionierte die geriatrische Tarnung.

»Sieh mal da drüben«, sagte Samuel und zeigte auf ein rotes Garagentor, auf dem ein Schild prangte mit der Aufschrift *Last Dance*. »Die sind voll okay. *Last Dance* ist auf Frauenleichen spezialisiert. Die Chefin Georgine: absolute Wucht. Fröhliche Kölnerin, von der man auch mal den Schminkkoffer leihen kann, wenn es irgendwo brenzlig wird.«

»Sehr gut«, sagte Jana.

Er fügte hinzu, vielleicht um freundlich zu sein, wie gerne Georgine ein Feierabendbierchen mit ihnen zische. Immer zwei. Einer ist keiner. Und sie habe auf dem Georgen-Parochial-Friedhof am Prenzlauer Berg das erste eigene Friedhofsfeld nur für Lesben angelegt.

»Toll«, sagte Jana.

Sie blickte Sonne verstohlen an, die vor sich hin lächelte. Jana sah das Lächeln nicht, aber sie spürte es. Münder waren einfach ihr Spezialgebiet. Du weißt doch ganz genau, wie ich als Kind war, Sonne. Frau Erbenleid, die mich in Heidelberg gerade noch mit ihren Wurstfingern auffangen konnte, als die kleine Brillenschlange der 10 B in eine

Scherbe fasste und es ganz rot aus ihrer Hand raussprudelte. Und ich: Zack. Hinfall. Wenn ich Blut sah, war ich weg. Selbst wenn ich einen gebrochenen Arm sah, war ich weg, jedenfalls wenn der Arm in einem unnatürlichen Winkel abstand. Und als Nicky sich seine Spritze gesetzt hatte, konnte ich nur mit Mühe bei Besinnung bleiben.

»Hörst du mir überhaupt zu?«, fragte Samuel pikiert.

»Klar.«

Im Gegensatz zu Georgine, fuhr er fort, sei *Himmelbeere* recht anstrengend. Die hätten sich auf die gesamte queere Community konzentriert und hockten in der grünen Garage da drüben.

Er zeigte auf ein Tor.

»Aha.«

Da die geschlechtsangeglichenen Geschäftsführerinnen gerne das Tor aufließen und alte Schlager spielten, super laut, gäbe es oft Ärger.

»So.«

Vor allem Zarah Leanders Hit *Davon geht die Welt nicht unter* perlte gerne zur Unzeit über den ganzen Hof. Bis hinüber zum Trauersaal II, in dem weinende Angehörige den Text gelegentlich missverstehen würden.

»Missverstehen«, wiederholte Jana, um Interesse zu heucheln.

Leichen kenne ich nur aus Horrorfilmen, dachte sie hingegen, da sie innerlich mit nichts anderem als den unmittelbar bevorstehenden Kühlhäusern beschäftigt war. Und ich hasse Horrorfilme, weil die auftretenden Toten meistens sehr lebendig sind und keinen guten Charakter haben. Selbst die Begegnung mit den Körpern meiner verunglückten Eltern wollte ich nicht. Es hätte mich traumatisiert. Du hast das null verstanden, Sonne, hast ja immer rumgeklagt, dass du deinen Vater nicht sehen durftest mit offener Kehle und herausgedrückter Zunge. Hast mich sogar verurteilt. Hast gesagt, ich hätte ein Müllschluckerherz. Weil ich das einfach nicht wollte, diese Fleischfetzen angucken. Das waren nicht mehr meine Eltern, diese verbrannten Klöpse.

Kapier endlich, dass andere Leute einfach anders sind als du. Ich habe kein Müllschluckerherz. Ich habe ein stinknormales Herz.

»Es gibt auch ein Bestattungsunternehmen der Zeugen Jehovas«, hörte sie wie von weither Samuels sonore Stimme. »Die begleiten selbstverständlich nur Zeugen Jehovas ins Paradies und können erstaunlicherweise davon leben.«

»Aha.«

»Aber später mehr. Jetzt sind wir ja da.«

Sie waren angekommen. Stumm standen sie vor dem Eingang der ehemaligen Seifenfabrik. Sonne stieß die Tür auf, trat durch eine Art Schleuse, drückte den Griff zu einer Metalltür herunter und trat ein.

Warum tust du mir das an, dachte Jana.

Warum tust du das?

Als Sonne den dunklen Raum mit all den nackten Füßen zeigte, an deren Zehen kleine Zettel hingen wie an Kunstgegenständen, wunderte sich Jana über ein leichtes Flackern im Raum.

Sonne erklärte, dass bei fünf Grad Celsius Raumtemperatur das in der Haut verbliebene Menschenfett ein leicht phosphoreszierendes Licht abwerfe, das die Leichenhalle etwas erhelle. Sie schlug das Laken von einem entstellten Körper hoch, als wolle sie ein Feuerwerk entzünden. Jana schloss die Augen.

Sie möchte, dass ich umfalle, dachte sie. Dass ich zusammenbreche. Wie früher. Zack. Hinfall.

Dass ich gehe.

Ich werde aber nicht gehen, meine alte, gnadenlose Freundin.

Ich brauche dich.

16

Wenn wir nicht einfach in den Tag hineinleben wollen.

Das dachte Sonne.

Wenn wir nicht einfach in den Tag hineinleben wollen.

Sie stand in der Morgendämmerung unter der Dusche, und es fielen ihr lauter halbe Sätze von früher ein. Und sie wiederholte sie stumm. Vermutlich, weil sie müde und die Dusche so schön warm war. Wenn sie kalt duschte, was häufig vorkam, blieb sie gedanklich in der Kälte stecken. Nur warmes Wasser half der Erinnerung.

Sie wollte an ihren Vater denken. Solange Nicky bei ihr im Bett übernachtete, konnte sie das nur hier. Im Bad war sie alleine in einer Raum-Zeit-Kapsel, fühlte sich sogar vom Universum vergessen und durfte wohltemperiertes Wasser an ihren Körper und ihre Träume vergeuden, so lange sie wollte. An ihren Vater zu denken fühlte sich an, als würde sie heimlich eine Zigarette rauchen. Manchmal widmete sie sich auch ihren Sorgen um Nicky unter der heißen Brause, was ihr nicht ganz so unschicklich vorkam.

Brause. Ein Wort, das Papa so gemocht hatte.

Sonne, komm zum Brausen.

Und sie erinnerte sich an den wärmenden Schauer auf ihrem vierzig Jahre jüngeren Kinderkopf, der von seinen

Händen massiert wurde. Mit Shampoo an den aufschäumenden Fingern. Und wie viel Angst sie vor dem Shampoo gehabt hatte, lustvolle Angst, weil Papa immer ganz vornehm »Oh, Entschuldigung, Euer Hoheit« sagte, wenn sie Seife ins Auge bekam. Sie prustete dann fröhlich los, und er lachte. So wie jetzt Nicky prustete und sie damit zum Lachen brachte. Auch sie nannte ihren Sohn beim Shampoonieren gerne »Euer Hoheit«, mit einem Funken fernen Glücks, einem Abglanz von Papas Liebe. Nicky hatte so viel Zerbrechlichkeit von seinem Großvater geerbt.

Wenn wir nicht einfach in den Tag hineinleben wollen.

Er hatte nicht nur Märchen vorgelesen. Sondern manchmal auch die Verteidiger der Märchen. Was Mama besonders blöd fand.

»Sie ist doch noch viel zu klein für Bruno Bettelheim.«

»Man kann gar nicht klein genug sein für Bruno Bettelheim.«

Doktor Bettelheim, wie Papa ihn nannte, war sein Psychologieprofessor in Chicago gewesen, als er dort Ende der Siebzigerjahre studiert hatte, um selbst dereinst ein renommierter Psychologieprofessor zu werden. Dass er seine erhoffte Karriere an der Universität verpassen und seine Ambition irgendwann in einem mittelgroßen Angestelltenverhältnis eines Personalbüros in Niederbayern verebben würde, traf ihn unerwartet.

Wenn wir nicht einfach in den Tag hineinleben wollen, hatte Doktor Bettelheim gesagt.

Wenn wir nicht einfach in den Tag hineinleben wollen, sondern uns unserer Existenz ganz bewusst werden möchten, dann ist es unsere schwerste Aufgabe und auch unsere größte, in unserem Leben einen Sinn zu finden.

Ausgerechnet Papa, dieser so vergebliche Sinnsucher, hatte den Satz oft wiederholt, vor allem die erste Hälfte, so wie er auch Sprichwörter wiederholte. Oft nur die ersten Hälften.

Was du nicht willst, das man dir tu.

Sonne hasste es, angefangene Sätze zu ergänzen. Kein Wunder, dass sie auch Frau Mutzkes Satzruinen nicht hatte fertigbauen wollen. Die Putzfrau kehrt. Der Gärtner beißt. Der Koch gibt. Wieso sollte sie das »nie wieder«, das »ins Gras« oder »den Löffel ab« hinzufügen, wenn daraus kein neuer Gedanke entstand?

Papa hätte diesen Lapidarien echte Verzweiflung entgegengebracht oder zumindest Philosophie.

Man weiß, dass viele Menschen den Lebenswillen verlieren und den Kampf aufgeben, weil sich ihnen der Sinn entzieht, kleine Maus.

Sonne war damals viel zu unverständig gewesen. Dass er ihr aus Doktor Bettelheims berühmten Büchern vorlas, war etwa so, als würde sie Nickys Schildkröte etwas vorlesen. Ohne Resonanz. Sie war eher damit beschäftigt, sich eine unheimliche Schlange gebückter Gestalten an einer Theatergarderobe vorzustellen, die bis auf die Straße anstanden, um ihren Lebenswillen irgendeiner Garderobiere ordentlich in die Hand zu drücken, wie einen Mantel, der einen wärmt.

Sie fand die Vorstellung dieser aufgereihten Trauerklöße so fürchterlich, dass sie Menschenansammlungen seit ihrer Kindheit möglichst mied. Vielleicht war es sogar ein Grund für ihr Talent des Alleinseinkönnens. Nur nicht in einer Schlange landen. Dann lieber Solitude.

Kinder wollen immer leben. Und sie glauben auch, dass sie niemals sterben. Doktor Bettelheim hatte das gesagt. Um die Welt zu verstehen und dennoch leben zu wollen und sterben zu lernen, braucht man Märchen. Als Therapeut und Erzieher von psychisch erkrankten Kindern wusste der Professor, dass sie nur die Hoffnung auf den Glanz der Zukunft jenen Widrigkeiten standhalten lässt, denen jeder unvermeidlich ausgeliefert ist. Und in Märchen gibt es immer Hoffnung auf den Glanz der Zukunft – selbst im Märchen vom armen Waisenjungen Max in seinem kalten Grab, weil der herzlose Bauer und seine Frau am Ende bestraft werden.

Papas Ablehnung von banalen Kinderbüchern war allumfassend.

Nur Astrid Lindgren ließ er gelten, weil sie die nötigen Portionen Gewalt, Traurigkeit und Angst, die jedes Kind braucht, in ihre honigfarbenen Geschichten einfließen ließ, ohne dass es irgendjemand merkte.

Sonne stellte das Wasser ab, stieg aus der Dusche und trocknete sich ab. Woran ihr Vater wohl gedacht hatte, als er sich mit dem Starkstromkabel in die Garage aufmachte? Ob sie, die Spätpubertierende, sein letzter Gedanke war? Oder Mama? Oder Doktor Bettelheim?

Wenn es Astrid Lindgren gewesen wäre, hätte er den Stuhl noch mal beiseitegestellt. Da war Sonne sich sicher.

Sie hat jedenfalls Nicky nur die Geschichten von Karlsson vom Dach und von Rasmus, Pontus und dem Schwertschlucker, von Pippi Langstrumpf und den Brüdern Löwenherz vorgelesen und nie ein einziges deutsches Volksmärchen. Und jetzt wuchs er allmählich aus dem Märchenalter heraus und wurde von seinen ersten Videospielen vergiftet.

Sie hängte das Handtuch an den Haken, blickte an ihrem Körper herab, an dem sie einiges auszusetzen hatte, erinnerte sich an ihre makellose Haut der Kindheit, die ihr damals auch nicht gefiel.

In diesem Moment beendete das Klingeln ihres Handys alle Nostalgie. Es lag auf der Waschmaschine. Die pure elektronische Gegenwart, leer tönend. Es war erst kurz nach sieben Uhr. Hinter dem Fenster brach ein nebeliger Tag an, Nicky schlief noch. Jana ebenfalls. Sogar die blöde blaue Wand. Sie griff zum Telefon, blickte auf das Display. Die Rufnummer war unterdrückt. Obwohl sie ungern nackt telefonierte, nahm sie ab und sagte nur: »Ja bitte?«

»*Buongiorno, signora. Onoranze funebri Roberto Zega.* Spreche ich deutsch?«

»Sie sprechen deutsch.«

»Ist es große Störung?«

»Nein.«

Sie brauchte eine Sekunde, um sich zu orientieren.

»Rufen Sie an wegen der Überführung?«

»Sonja von Sogno?«

»Wie bitte?«

»Sonja von *Sogno di una notte d'estate*?«

Sonne verstand nicht, aber der Italiener sagte fröhlich, dass *Sogno di una notte d'estate* übersetzt Sommernachtstraum bedeute.

»Sonja von Sogno is' *una poesia* für die *Onoranze funebri*. Giorgio Zega is' keine *poesia. Io sono Giorgio Zega.*«

»Danke, Herr Zega. Wie schön, dass Sie sich melden. Wir haben uns schon Sorgen gemacht wegen des langen Schweigens.«

Giorgio lachte gutmütig und sagte, dass sich die Signora doch keine Sorgen zu machen brauche. Denn der erstklassige Bestattungsbetrieb der Familie Zega sei dazu da, alle Sorgen zu vertreiben. Man sei Numero uno in Roma und habe Ruhm erworben als Partner der italienischen Regierung, der Präsidialämter des Präsidenten der Republik und des Ministerratspräsidenten, des Verfassungsgerichts, des Außenministeriums.

»Und wir sin' so stolz, dass wir sin' gute Freund von die italienische Militari. Für die wir kümmern uns um Soldati, die in aktive Dienst werden in Stücke gerissen.«

»Ja, unser Anwalt hat auch Gutes über Sie berichtet«, log Sonne, denn es wäre gegen Herr Hoppes Berufsehre gegangen, jemals etwas Gutes zu berichten, anstatt es schweigend zu übergehen. »Darf ich fragen, was der Grund Ihres Anrufs ist?«

Giorgio sagte milde, dass sie natürlich fragen dürfte. Und dass er, Giorgio Zega, sich ungeheuer darüber freue, dass sie frage. Und dass Fragen von neugierigen ausländischen Bestattungsfirmen überhaupt viel eleganter seien als Antworten. Aber nicht unbedingt besser. Und in der Tat habe er herrliche Nachrichten.

»Das ist ja schön«, sagte sie abwartend.

»Sì, sì. Signor Said e signora Ying Shu stanno benissimo.«

»Gibt es Hoffnung auf eine Überführung?«

»Signora Sonja von Sogno, ich muss sagen: große Hoffnung. Sie fliegen in schöne Berlin.«

»Wunderbar. Wann?«

»Jetzt.«

»Sie meinen: bald?«

»*No, no,* jetzt. Ich sehe gerade, wie Maschine in blaue Himmel steigt.«

»Jetzt? In … in diesem Augenblick?«

»Sì, sì!«, gluckste Giorgio begeistert. »Mit Ihre glückliche Herr Said und glückliche Frau Ying Shu innedrinne. Ist das nicht *fantastico*?«

»Und das sagen Sie mir jetzt?«

»Habe angerufen die ganze Nacht!«

»Ich habe geschlafen die ganze Nacht. Ich dachte, die bürokratischen Dinge dauern Wochen?«

»*Sì.* Wochen! Monate! Ach, Jahrhunderte! Aber wir angerufen unsere Freunde, die Militari. Waren die so nett und haben gesehen gestern, dass Platz heute frei ist für zwei Särge nach Berlino in Kampfmaschine.«

»In einem Tornado?«

»So lustig, Signora Sonja von Sogno. So lustig. Natürlich nicht in Tornado. Da müssen ja Signor Said und Signora Ying Shu selber die Piloten sein. Ganz schöne Loopings.«

Er lachte vergnügt, und Sonne hörte geradezu, wie er mit dem Zeigefinger die irren Loopings der toten Piloten in die Luft schrieb.

»*No.* In Super-Hercules-Frachtflugzeug. Zusammen mit zweitausend Maschine-Gewehre für Ukraine oder so. Is' große Privileg. Is' große Glück. Is' gar nich' so teuer.«

Sonne war sprachlos.

Giorgio nutzte die Pause und erklärte, dass es kaum etwas extra koste, da seine Preisliste als eine der fairsten, detailliertesten und günstigsten im ganzen Mittelmeerraum gelte. Vor allem seien seine Preise wesentlich niedriger als die unbezahlbaren und eigentlich kriminellen Preise der Konkurrenz, obwohl die Einbalsamierungen durch die *Onoranze funebri Roberto Zega* bereits vorgenommen seien, und Signor Said und Signora Ying Shu sähen prachtvoll aus.

»Wieso Einbalsamierung? Wir hatten keine Einbalsamierung bestellt.«

»In Italia es is' Frage von Kultur. Die *Onoranze funebri Roberto Zega* kenne hervorragend alle Kulture. Und ruckezucke Einbalsamierung is' die Alpha und die Omega von unsere *professione estetica*.«

»Herr Zega!«, sagte Sonne und ignorierte, dass sie in ihrem unbekleideten Zustand zu frieren begann. »Wir haben keine Einbalsamierung bestellt. Wir haben keinen militärischen Frachtflug bestellt. Und wir haben ihn schon gar nicht für heute Morgen bestellt. In Berlin wird nicht im Hauruckverfahren wie in Rom bestattet. Hier kann man sich wochenlang Zeit nehmen. Monatelang. Deshalb kühlen wir unsere Verstorbenen und balsamieren sie nicht ein.«

»Oh, *molto interessante*. Das hat man uns gar nich' gesagt. Man hat uns gesagt, es solle gehen ruckezucke.«

»Wo und wann landet die Maschine?«

Sie erfuhr, dass das Flugzeug in zwei Stunden am militärischen Teil des BER-Flughafens aufsetzen werde, wo die Reisesärge übergeben werden könnten. Und zwar durch den sehr freundlichen Oberst Benedetto Zega, der ein Cousin zweiten Grades von Giorgio Zega sei und mit in der Maschine sitze.

Sonne legte auf, hätte am liebsten gleich wieder geduscht, diesmal eiskalt, zog sich aber stattdessen rasch an und meldete sich bei ihrem fassungslosen Anwalt Herrn Hoppe. Und bei Samuel.

Anderthalb Stunden später saßen alle am Frühstückstisch. Jana versuchte voll agnetharisiert – graue Perücke, dunkle Sonnenbrille, schwarze Kluft – Nicky von der bevorstehenden Mathearbeit abzulenken. Ihre tiefe, etwas raue Stimme wurde wie immer beim Witzeerzählen etwas höher und nahm den Tonfall koketter Kameraderie an: »Gehen eine Blondine und eine Brünette durch den Wald. Sagt die Brünette: ›Guck mal, ein toter Vogel!‹ Schaut die Blondine nach oben und fragt: ›Wo?‹«

Sonne hatte ein Vierteljahrhundert zuvor den Witz für *Che Guevaras Rache* inszeniert und ihn schon damals fast komplett von Heiko erzählen lassen, sodass Jana ganz am Ende wie ein Zirkusclown nur das Wort »Wooooo?« hauchen musste, mit in den Nacken gelegtem Kopf und in die Wolken gerichtetem Blick.

Als Jana nun dieses Bild für Nicky wiederholte und mit einer Tasse Kaffee in der Hand suchend in die Höhe starrte, stöhnte Sonne auf. Sie musste sofort daran denken, dass womöglich in dieser Sekunde Saids sterbliche Hülle in einem italienischen Militärflugzeug über sie hinwegdonnerte.

Es war kaum zu ertragen, wie sehr sich Nicky über den misogynen Witz amüsierte.

»Müsst ihr so albern sein?«, stöhnte Sonne.

Nicky stachelte die Frage nur an. Er japste vor Vergnügen und schlug mit der Hand auf den Tisch, sodass ein Eierbecher umfiel.

»Es ist gut, Nicky. So lustig ist es auch wieder nicht.«

»Das finde ich aber schon«, sagte Jana. »Vor allem für dich, denn es spielt ja auch was Verstorbenes mit.« Wieder explodierte Nicky, riss den Mund auf, schloss die Augen, überließ sich der konvulsivisch schnappenden Freude.

»Ist irgendwas?«, fragte Jana mit einer Spur Ernst in das Gelächter hinein, als sie Sonnes Blick sah.

»Nein, gar nichts, wieso?«

»Du sitzt da mit Leichenbittermiene und rührst seit drei Minuten in deinem Müsli rum. Wenn du das Zeug dermaßen hasst, dann kannst du doch auch mal was essen, was du magst.«

Jetzt umarmte der hysterisch zuckende Nicky Jana sogar, die sich mit gesundem Appetit ein Nutellabrötchen in den grinsenden Mund schob. Für einen Moment überlegte Sonne, ob sie es Jana nicht doch einfach sagen sollte. Aber Samuel hatte ihr davon abgeraten, um keinen Zusammenbruch zu riskieren.

Auch ihr schien es klüger zu sein, Samuel erst einmal die italienische Fracht diskret am Flughafen abholen zu lassen. Man könnte Jana alles erst am späten Abend vorsichtig beibringen, wenn der Gatte samt Geliebter die Strapazen der Reise glücklich überstanden hatten, in ihren vorläufigen Gemächern ruhten und das Chaos eine Besänftigung erfuhr.

»Bist du nachher in Patagonien?«

»Ja klar«, antwortete Jana. »Samuel meinte, ich soll heute alleine waschen.«

Sonne nickte und flößte sich den ersten Bissen Müsli ein.

Sie hätte nie gedacht, dass es so weit käme. Kaum zu glauben, dass die Blondinenwitzjana sich überwinden konnte, all ihre Empfindlichkeiten über den Haufen zu werfen und sich zum ersten Mal in ihrem Leben nicht bedienen, nicht umsorgen, nicht frisieren, nicht pediküren, nicht maniküren und nicht narzisstisch bestätigen zu lassen. Diese Dienste allesamt passioniert anderen Menschen zuteil kommen zu lassen, Menschen, die ihren ersten Schritt ins Vergessen treten, in das Gegenteil von Öffentlichkeit, in das Nirwana des Erlöschens, war eigentlich eine Charakterdeformation, wenn auch eine sympathische.

Als sie vor drei Tagen zum ersten Mal den patagonischen Kühlraum gemeinsam betreten hatten, hatte Jana nicht Reißaus genommen, obwohl Sonne sah, dass sie mit einem Würgereiz kämpfte. Aber sie blieb. Seitdem legte sie einen mysteriösen Eifer an den Tag, was die Versorgung der Kundschaft betraf.

Bei der ersten Verstorbenen, einem 73-jährigen Herzinfarkt, 77 Kilo Gewicht, 173 Zentimeter Körperlänge, Beamtin, grüner Aktenordner, hielt sie zunächst noch die Augen geschlossen, als Sonne zusammen mit Janas zitternden Händen die entkleidete Frau auf den Sektionstisch legte und dort mit gelochten Metallkassetten erhöhte, damit man sie von allen Seiten betrachten konnte, auch von unten. Jana hatte geblinzelt, als sie hörte, wie das Desinfektionsmittel über die Leiche gesprüht wurde. Und sie öffnete eines ihrer blauen, rot geäderten Augen ganz, als das Waschwasser vom Körper der Frau durch den Rost in das Auffangbecken tropfte. Sonne gab Jana am Ende das Porminal-Pulver und einen Wattebausch und bat sie, die Nasenlöcher, die Gehörgänge, den Rachen und den Anus tupfend zu verschließen, sodass keine Flüssigkeiten mehr austreten konnten.

Das zweite Auge Janas klappte nun auf, und beide Pupillen fixierten sie, und für einen Moment hatte Sonne Sorge, dass sie geohrfeigt würde. Aber dann brach der starre Blick entzwei, wie ein Ei, aus dem ein Küken schlüpft. Jana lächelte nur fein in den Mundwinkeln, streute das Pulver auf die Watte und sagte traurig: »Mit dem größten Vergnügen.«

Am selben Tag musste auch Kenny versorgt werden, Influencer, 29 Jahre alt, schön wie Dorian Gray. Er war auf einer Party an einer Überdosis Ketamin gestorben. Das Gift hatte sich in den Tagen danach durch alle Moleküle und Zellen an die Körperoberfläche hochgekämpft und dort die gesamte Epidermis wie mit einem Ölteppich überzogen. Die eleganten japanischen Tätowierungen an Armen und Beinen, die ein Vermögen gekostet haben mussten, waren unter und in all der ungeheuren Schwärze nicht mehr zu erkennen. Von seiner Tintenhaut konnte Jana gar nicht die Augen lassen und auch nicht die Finger, mit denen sie den gut polierbaren, ohne wahrnehmbare Poren glänzenden, termitenfesten Ebenholzkörper vorsichtig befühlte, und auch das unwirklich blonde David-Bowie-Haar. Sie reinigte die Rückstände von Erbrochenem auf seinen Lippen mit dem gleichen Gesichtsausdruck, mit dem sie sonst bei sich selbst manchmal Rouge auftrug. Sie cremte Kenny mit der Feuchtigkeitscreme ein, massierte die kalten Muskeln, die gummiweich waren.

Sonne staunte über Janas Mangel an Zimperlichkeit. Und Jana schaute ihr sogar ungerührt zu, aus nächster Nähe, als Sonne Kennys Mund mit einer Ligatur vernähte, für die sie eine chirurgische Nadel nahm, damit einen Baumwollfaden durch das Zahnfleisch seines Unterkiefers trieb und von innen mit der Nasenscheidewand zusammenband. Alles, damit der Mund nicht aufklappte und keine Insekten hineinkriechen konnten. Danach schob sie seine Augenlider hoch, legte silbrige, mit winzigen Noppen versehene Kontaktlinsen auf die Augäpfel und zog die Lider wieder darüber.

»Warum tust du das?«, fragte Jana, fast so neugierig, wie sie einst gefragt hatte, warum Sonne Klassensprecherin war.

»Nur so kann man verhindern, dass sich seine Augen wieder öffnen, wenn sie eintrocknen.«

Jana schien zuzuhören.

Wie konnte das sein?, fragte sich Sonne an ihrem Frühstückstisch, immer noch im Müsli rührend. Wann hatte Jana jemals irgendjemandem zugehört? Oder gar zugewendet? Sie hatte niemals zu den Regsamen gehört, zu den Ernsthaften, von den Nüchternen ganz zu schweigen. Doch nun wirkte sie verändert, selbst Drogen schien sie zurzeit keine mehr zu nehmen, und ihr wildes Flügelschlagen war alten Blondinenwitzen gewichen, die sie aufsagte wie eine brave Kindergärtnerin. Nicky wurde in kein Schönheitsetablissement mehr gezwungen, allein schon deshalb nicht, weil Janas Tätigkeit für *Sommernachtstraum* keine Zeit mehr dazu ließ.

War es möglich, dachte Sonne, dass der Herr Gevatter

Jana dazu brachte, sich nicht mehr abzulenken? War das wirklich möglich?

Und ihr fiel wieder ein, dass Jana heute in ihrer Rolle als Agnetha zum ersten Mal ganz alleine waschen sollte.

Aber das ging ja nun nicht mehr. Sie durfte unmöglich in Patagonien sein, wenn dort die italienischen Särge angeliefert wurden.

»Erzählst du mir noch mehr Blondinenwitze, wenn wir zur Schule gehen, Tante Jana?«, fragte Nicky, als er mit dem Frühstück fertig war.

»Logo«, versprach die Mond freundlich. »Aber du musst auch die Formeln noch mal pauken. Wie viel ist 24 mal 12?«

Nicky sagte betont gelangweilt: »288«, stand auf und stromerte aus der Küche, um seinen Ranzen zu holen.

»Du kannst heute nicht nach Patagonien«, sagte Sonne jetzt so luftig wie möglich, als sei es ihr eben erst eingefallen.

»Wieso?«

Mit einiger Anstrengung schob sich Sonne einen Löffel mit matschigen Körnern in den Mund, um kauend Zeit zu gewinnen. Sie hasste es, die Unwahrheit zu sagen.

»Jemand muss mit dem Vertrag zu Frau Mutzke.«

»Wolltest du das nicht machen?«

»Frau Mutzke möchte ausdrücklich nur dich sehen. Und wenn sie unterschrieben hat, kommst du zu mir in den Laden. Kein Patagonien heute.«

Jana nickte.

»Und wann wasche ich?«, fragte sie, als wäre es ihr plötzlich wichtig.

Trotz allem, was geschehen war, durchflutete Sonne ein

unerträgliches Mitgefühl, und sie blickte, unterspült von pochender Schuld, in Janas blasses, ahnungsloses Gesicht.

Aber sie konnte sich bezähmen und sagte nichts.

17

Frau Mutzke hingegen war soeben verstorben.

Die Familie nahm in ihrem Apartment Abschied.

Jana wurde daher von der Pflegerin gebeten, sich gegenüber an das Tischchen im Flur zu setzen und unter einer Madonnenfigur zu warten. Man hatte die Gedenkkerze in die Tischmitte gerückt und entzündet, sodass Frau Mutzkes unsterbliche Seele leicht rußend, aber unverzagt leuchtete, wie ein olympisches Feuer, in das es hineinregnet.

Jana hatte sich schon bei ihrem ersten Besuch vor der Kerze gefürchtet, denn sie wollte partout nicht an Said denken. Den vorbereiteten Bestattungsvertrag legte sie neben das Geflacker, verschränkte die Arme und beugte sich vor. Ihr war nicht klar, wie sie die Dinge nun erledigen sollte.

Auf der letzten Vertragsseite, die obenauf lag, war eine Zeile zu sehen, unter der sehr klein »Ort und Datum« sowie »Unterschrift Gerlinde Mutzke« eingedruckt war. Das Signaturfeld selbst war leer und würde es immer bleiben. Sie überlegte, ob sie den Vertrag nicht einfach über die Flamme halten und gehen sollte.

Die Pflegerin nahm das Namensschild von Frau Mutzkes Apartmenttür ab. Sie schenkte Jana keine Beachtung mehr und schlenderte davon, während ihre Finger das Papier zerrissen und die Schnipsel in den nächsten Mülleimer rieseln ließen. Einer der Schnipsel fiel daneben auf den blauen Teppichboden wie eine große Flocke weißer Asche, und Jana fragte sich, welcher Buchstabe des zerfetzten Namens wohl darauf stand.

Nach einer Weile kam die Familie heraus.

Sie bestand aus einer einzigen Person, einem Hünen, Mitte vierzig, Lkw-Fahrer-Statur, Schnurrbart, Jeansjacke und mit einer Gesichtsfarbe, die genauso ungesund war wie die der Madonna. Sein Hals und seine Arme waren kräftig. Die prominente Nase hatte er von seiner Mutter geerbt. Links und rechts von seinem Kopf hingen ihm lange graue Haare herunter und sahen aus wie der Nackenschild einer Kobra.

Er setzte sich Jana gegenüber.

»Wir haben die gleiche Frisur«, sagte er und zeigte auf Janas graue Perücke.

»Agnetha«, stellte sich Jana mit ihrem neuen Pseudonym vor, als hätte sie nicht recht gehört. »Von *Sommernachtstraum*. Mein herzliches Beileid.«

Er nickte knapp.

»Der Sohn?«, fragte sie.

»Mutzke«, erwiderte er knurrig und hörte nicht auf mit dem Nicken. »Sie ist einfach eingeschlafen. Vor einer Stunde.«

Jana lieh sich ein betretenes Gesicht von einem RTL-Schottensketch, der ihr noch in den Knochen steckte. Sie hatte nicht die geringste Ahnung, was sie machen sollte. Oder was sie sagen sollte. Sonne, die nie viel sagte, aber eine emotionale Naturgewalt war, hatte es bestimmt einfacher als ein unsentimentaler Eisschrank wie sie. An die Höhlenwände ihres Gehirns ritzte sie Kritzeleien, aus denen sonst ihre Improvisationen entstanden, aber diesmal mussten sich die zwei Meter hohen blitz- und flammenförmigen Gags, die durch ihren Schädel rasten, gut verstecken. Auf Stress reagieren bedeutete für sie normalerweise, lustig sein zu müssen, nicht traurig sein zu müssen.

Herr Mutzke beugte sich etwas vor, blickte sie aus erwartungsvollen Augen an.

»Wie hat sich meine Mutter das denn genau vorgestellt?«

»Was?«, fragte Jana mit trockenem Mund.

»Na ja, die Beerdigung?«

»Hat sie Ihnen das nicht gesagt?«

»Wir hatten leider nicht mehr so viel Kontakt zuletzt.«

Jana merkte mit Entsetzen, dass irgendeines ihrer typisch komischen Reaktionsmuster entkommen sein musste. Wie aus dem Nichts stieg in ihr eine unangemessene Euphorie auf, womöglich in Form eines grundlosen Lächelns. Das verbiss sie sich. Mit bemühtem Ernst erinnerte sie sich daran, dass Frau Mutzke keine Erdbestattung, keine Feuerbestattung, keine Seebestattung gewünscht hatte. Und ihr fiel auch ein, dass Sonne eine neuartige Technik vorgeschlagen hatte. Irgendwas Nachhaltiges mit Tanks, in denen man zu Blumenerde reifen konnte und das im Vertrag detailliert geregelt war. Aber wie hieß das denn noch mal?

»Ihre Mutter«, sagte sie schließlich unsicher, »wollte ja vor allem verrotten.«

Herr Mutzke starrte sie ungläubig an, zupfte sich dann am Schnurrbart.

»Verrotten?«, wunderte er sich.

Jana konnte nicht fassen, dass sie wirklich das Wort »verrotten« benutzt hatte. Hatte sie noch alle Tassen im Schrank? Wieso drängte sich ihr Sinn für absurde Verben mit hohem Komikpotenzial in den Vordergrund? Ihren inneren Nachthimmel erhellten erste winzige Leuchtsignale des Irrwitzes. Mannshohe, gut verborgene Lustigkeiten drängten in Scharen aus ihren Verschlägen, wollten kunterbunt hinaus. Hinaus ins Freie.

»Es ist nicht so unglamourös, wie es klingt, Herr Mutzke. Ehrlich gesagt ist es der letzte Schrei.«

Durchtobt von der Qual der Pointen, die sich in ihr dunkelgraues Gehirn bohrten, rettete sie ihre Pietät mit letzter Kraft in die rechte Hand, die Herrn Mutzke den Vertrag herüberschob. »Schließlich kostet der Spaß 14 000 Euro.«

Hatte sie »Spaß« gesagt? Hatte sie wirklich ein Synonym für pures Vergnügen gewählt? Warum? War sie denn noch ganz bei Sinnen?

Der Kobrakopf zuckte, als wollte er sie anspeien, und als Herr Mutzke tatsächlich den Vertrag studierte, das Wort »Reerdigung« laut und verständnislos vorlas, »Junge, Junge, Junge« sagte, sich danach zurücklehnte, den Kopf Richtung Kerze drehte und ergeben »Die Alte, äi!« seufzte, mit originalem Madonnenblick, konnte sie nicht mehr.

Das Gelächter brach aus ihr hervor. Unaufhaltsam.

Heiße Asche aus einem Vulkan.

Die Eruptionen erfüllten sie gleichzeitig mit Verzweiflung. Sie musste die Asche fortpusten, den Vulkan löschen. Doch wie?

Das Rote Meer der Trauer teilte sich, sie tänzelte wie ein ausgelassen wiehernder Moses trockenen Fußes ans andere

Ufer, führte die versklavten Lächerlichkeiten aus der ägyptischen Gefangenschaft in die Freiheit, und das Schlimmste war, dass sie Herrn Mutzke damit ansteckte.

Beide hielten sich plötzlich die Bäuche, tapezierten das Hospiz mit Maschinengewehrsalven hysterischer Fröhlichkeit. Jana bekam keine Luft, riss sich die Maske vom Mund, schrie »14 000!«, Herr Mutzke brüllte mit Tränen in den Augen »Euro!«, Janas Perücke floh von ihrem angestammten Platz nach vorne auf die Stirn, bis zu den Augenbrauen, die Gedenkkerze erlosch, Frau Mutzke war nur noch ein schwarzer Docht, Jana lachte und lachte, ein pathologisches Lachen, wiehernd und schrill. Herr Mutzke zeigte mit dem Zeigefinger auf Sonnes Nase, jaulte »Die Mond!« und sank auf den Boden, gleichzeitig mit den Augen die Korridordecke nach versteckten Kameras absuchend.

Dann stand er auf, sie rief noch »Ich bin nicht die Mond!«, er winkte nur keuchend ab und verschwand mit zuckender Kobrakappe in Frau Mutzkes Apartment, um alles seiner Mutter zu erzählen.

Die Todkranken, die noch laufen konnten, kamen aus ihren Zimmern herausgekrochen, blieben in den Türen stehen und starrten die rot angelaufene, hilflos japsende Jana verwundert an.

Es tat ihr so unfassbar leid. Alles tat ihr leid. Hätte sie sich nur nicht an den Schottensketch erinnert.

Sie sah die Pflegerin auf sich zueilen und war fast sicher, das Wort »Hausverbot« auf ihren Lippen zu lesen. Sie sprang auf und floh vor ihr nach draußen, in einem Wolkenbruch aus Kichern und Tränen.

Vor dem erholsamen Kräutergarten des Hospizes blieb sie stehen, kam allmählich zur Besinnung. Ihre Atmung beruhigte sich. Sie ging in die Hocke, holte tief Luft. Ganz langsam. Alles Langsame ist gut gegen Lachzwang. Das Gefühl aschigen Entsetzens machte sich allmählich in ihr breit. Sie hatte vollständig versagt. Die Scham drohte sie zu überwältigen, wobei sie sonst eigentlich kaum Scham kannte.

Doch die Vorstellung, Sonne anrufen zu müssen und ihr die Katastrophe zu beichten, veränderte ihre Atemfrequenz.

Die arme Frau Mutzke.

Der schöne Vertrag.

Der unglaubliche Kobrablick.

Das pathologische Lachen.

Würde ihr verziehen werden?

Auf keinen Fall wollte sie ihren Unterschlupf verlieren, diesen von Sonne so gut organisierten Bienenstock, während ihre eigene Welt ein brennendes Wespennest war.

Und sie wollte auch Sonne nicht verlieren, nicht das Gewebe ihrer gegenseitigen An- und Abstoßungen, nicht ihren Anblick oder auch nur den Anblick der Schritte, die sie machte, um die Küche zu durchqueren, denn ihr Gang war federnd wie eh und je, als ob sie von der Verrichtung bedeutender Taten komme, und doch brachte sie nur den Müll herunter.

Merkte Sonne denn nicht, wie sehr sie sich anstrengte? Wie viel Überwindung es sie kostete, in diesem Totenreich auszuharren? Wie ungern sie verstorbene Menschen wusch?

Sie fand es unfassbar ekelhaft, eine rabenschwarze Leiche wie die von Kenny zu reinigen, zu ölen, zu massieren wie ein Kobe-Rind. Wie gut sie sich verstellen konnte, entging Sonne. Sonne glaubte tatsächlich, irgendetwas in ihr bräuchte diese Tätigkeit. Ständig sprach sie vom »Sinn«. Sonnes Lieblingswort.

In Wirklichkeit wollte Jana nur eines verlieren, nämlich den Hass ihrer Freundin, der ihr mal deutlich, mal auch nur in winzigsten Potenzen entgegenstäubte, wenn sie mit Sonne zusammen war.

Schon wie Sonne am Morgen so verdrießlich im Müsli gescharrt hatte, als sie Nicky ein paar harmlose Blondinenwitze erzählte. Diese Ablehnung ihres Humors, den sie schon in der Schule gespürt und als uneingestandenen Neid wahrgenommen hatte, würde jetzt, wo er sich im Hospiz als psychopathischer Anfall verkleidet und womöglich einen Kunden vergrault hatte, in offene Verachtung verwandeln.

Nein, sie konnte Sonne unmöglich kontaktieren, obwohl Frau Mutzke ja dringend abgeholt werden musste.

Aber sie vermochte auch Samuel nicht anzurufen, den sie so gerne angerufen hätte. Schon um seine Stimme zu hören. Auch das war ihr ja untersagt worden.

Wieso Samuel und Sonne kein Paar waren, erstaunte sie. Die emotionale Bindung Sonnes an ihn war unübersehbar, ihr Mangel an libidinöser Energie nur gespielt. Und Samuel hing an ihr wie ein Apfel an seinem Baum.

Sonne wollte nicht, dass er gepflückt wurde. Aber ihn selbst zu verspeisen kam offenbar auch nicht in Betracht.

Es schien ein Geheimnis um die beiden zu geben, aber keinen Raum für Illusionen. Samuel hatte einmal nur angedeutet, dass sie sich schon seit Studienzeiten kannten.

Also musste er ihr kurz nach der Trennung von Jana und Sonne begegnet sein.

Samuel war jemand, von dem man sich wahnsinnig gerne umarmen ließ. Kein Wunder, dass so viele Witwen mit ihm schliefen. Die Berührung mit ihm ließ alle Zweifel am eigenen Wert verstummen. In seiner tapsigen Umarmung lag etwas Intaktes, und auch er selbst schien nicht aus lauter Einzelteilen zu bestehen, im Gegensatz zu ihr und zu vermutlich den meisten Menschen, die gerade einen Verlust erlitten hatten. Sondern er war wie ein Einbaum, gehauen aus einem Eichenstamm, er hatte etwas Unsinkbares, auch wenn er keine Segel besaß, keinen Motor, kein Steuer und man die Ruder vielleicht selbst mitbringen musste, um sie zu regen.

Jana merkte, wie er sie manchmal prüfend von Kopf bis Fuß betrachtete, sodass sie fast scheu wurde. In der weißen, knisternden Glut einer Fernsehbühne wurde sie natürlich ständig beobachtet und ließ keinen Blick hindurch, den sie nicht wollte. Aber in der Totenbäckerei oder in Patagonien oder in einem Sterbehospiz war die Aufmerksamkeit Samuels etwas Bezauberndes, etwas, das ihr Minimales gab und nicht Maximales nahm, während ihr durch die Toten so viel entzogen wurde.

Sie stöhnte auf und legte die Stirn in Falten. Okay, Samuel war keine Option. Ihn konnte sie nicht anrufen. Nicht in diesem Moment, der von Peinlichkeit noch so gesättigt war.

Und von all jenen Heuschrecken der TV-Welt, die ihr hinterhersprangen, um sie wie eine Sommerernte abzunagen, wollte sie kein einziges Exemplar an ihrem Ohr haben.

Schließlich war die einzige Nummer, die ihr einfiel, die der Taxizentrale. Als der Wagen kam, atmete sie tief durch. Dann stieg sie ein und fuhr nach Patagonien, um doch noch die grauenhafte Waschung durchzuführen, die heute anstand.

Waschen ohne Sonne.

18

Als sie auf dem Hof ankam, immer noch in fieberhaften Gedanken, wie sie bis zum Mittag Samuel die Kalamität erklären, vor allem aber Frau Mutzke abholen lassen konnte, betrat sie zunächst das Büro von Herrn Kalmik.

Drei Leichenwagenfahrer machten Mittagspause und lümmelten sich in durchgesessenes Verloursleder. Während sie ihre Brote aßen, spielten sie auch noch Skat, und einer von ihnen rauchte. Das Trio versuchte, zusammen mit der gesamten Büroeinrichtung, das Zeitgefühl des 20. Jahrhunderts in die Gegenwart dieses eigenartigen Raums zu retten. Dabei verhüllte die Kutscher auch nicht der dünnste Schleier von Humor.

Jana schwebte als geheimnisvolle Agnetha an ihnen vorbei, wischte sich die falschen grauen Stirnhaare aus den Augen, befühlte die schwarze Maske über ihrem Mund und trat in ein Kabuff.

Hinter der Karikatur eines Generaldirektorschreibtischs schaute Herr Kalmik verwundert auf.

»Sieh mal an, die liebe Aah«, sagte er leutselig.

»Hallo, Eumel«, erwiderte sie. »Ich bräuchte mal bitte einen Ihrer Jungs da drüben. Für einen Transport zum Waschraum. Und den Schlüssel.«

»Der Waschraum ist besetzt.«

»Das kann nicht sein. Samuel hat ihn reserviert für mich.«

»Der Waschraum ist von Samuel besetzt. Da kamen vorhin zwei Zugänge rein. Größere Sache.«

»Ach«, staunte sie. »Er hat mir gar nichts gesagt.«

Herr Kalmik beugte sich zur Seite, schaute an ihr vorbei, äugte hinüber zum Pausenraum wie in einen Tunnel der Einsamkeit und rief: »War doch eine größere Sache von Samuel, oder?«

Der Raucher wandte den Kopf, hob ihn aber nicht an, sondern blickte weiter in sein Blatt, das er in der Hand um ein paar Grad zur Seite drehte.

»Voll groß, Chef.« Er nahm eine Spielkarte aus dem Blatt und warf sie auf den Tisch. »Mussten seinen Kram mit zwei Wagen vom Regierungsterminal abholen.«

»Lagen in einem Bomber oder so. Vielleicht Generäle«, ergänzte der zweite Mann, mit vollem Mund kauend. »Oder Admiräle.«

»Klingt ja interessant. Generäle hatten wir noch nie. Wir können ja mal gucken.«

Herr Kalmik stemmte sich – trotz all seiner Sportaktivitäten ächzend wie ein Dampfboot – vom Schreibtisch hoch, warf sein dunkles Jackett über, trat aus dem Kabuff, blieb kurz bei den Skatspielern stehen, kommentierte den Grand Hand des Rauchers mit dem Wörtchen »sauber«. Dann öffnete er die Tür, begleitet von Jana.

Sie traten nach draußen.

In der Mitte des Hofes, dort, wo der rote Sand bemoost und stumpf wie ein von Unkraut geplagter Tennisplatz war, blieb er plötzlich stehen. Er bückte sich, hob mit seinem Zeigefinger einen Marienkäfer auf und blies ihn in die Luft.

Aber das Tierchen wollte nicht fliegen, sondern landete wieder im Dreck, wie ein kleiner Fallschirmspringer ohne Fallschirm. Eumel hob ihn nicht mehr auf, sondern lachte keckernd und sagte zu Jana: »Der weiß schon, was er an uns hat.«

Er klopfte an die Tür des Waschraums. Da niemand antwortete, drückte er die Klinke runter und trat ein. Jana folgte ihm und sah in der Ecke des fensterlosen, weiß gekachelten Raumes einen von Eumels Fahrern stehen. Er spielte auf seinem piepsenden Handy *Dungeons & Dragons.* Als er Herrn Kalmik sah, steckte er das Handy hastig in die Tasche. Aus Eumels Blick sprach tiefste Missbilligung.

»Wo ist Samuel?«

»Nur kurz auf Klo. Und holt die andere.«

»Und was machst du hier?«

»Hab beim Transport geholfen.«

Er nickte hinüber zum Waschtisch. Dort lag, von ihnen abgewandt, in stabiler Seitenlage, ein verbrannter nackter Torso. Die Luft war erfüllt von einem Gemisch aus Kampfer, geschmolzenem Gummi und Rauchwaren.

»Gut, der Transport ist vorbei. Und Handy geht gar nicht.«

»Hab nur kurz die Zeit gecheckt.«

»Ich will Liegestützen sehen.«

»Wie viele, Chef?«

»Vierzig. Oder eine Nachtschicht.«

»Vierzig schaff ich nicht. Aber vielleicht dreißig.«

»Vierzig ist das Minimum, um das kardiovaskuläre Risiko abzumildern.«

»Okay, fünfunddreißig, Chef. Oder zwei Nachtschichten.«

»Deal.«

Der Leichenwagenfahrer ging auf den Boden und begann mit den Liegestützen, aber auf solch hilflose Weise, dass dagegen selbst der flugfaule Marienkäfer hoch motiviert gewirkt hatte.

Jana betrachtete von Weitem das Geschöpf auf dem Tisch. Es sah aus wie ein seltenes Mahl für Riesen aus Sonnes Märchenwelt. Die Wirbelsäule war in der Mitte gebrochen und wirkte zart wie ein mineralisiertes Fossil, das Jahrtausende unter einem Gletscher gelegen hatte. Das Deckenlicht sorgte für unbarmherzige Beleuchtung.

»Ist gut gegen Herzinfarkt«, erklärte ihr Herr Kalmik, während in regelmäßigen Intervallen das Stöhnen des Kutschers den Raum flutete. »Sollten Sie auch mal machen, Aah. Verlängert das Leben.«

Jana setzte sich in Bewegung, stieg an dem verzweifelt mit seinem Körpergewicht kämpfenden Mann vorbei und näherte sich der Leiche.

Später erinnerte sie sich des Augenblicks, an dem sie um den Waschtisch gebogen war und Said immer noch nicht erkannte, sondern nur überrascht wurde durch die große Ähnlichkeit nicht des Gesichts, sondern des Friedens in dem Gesicht, von dem alle Haut abwärts des Nasenrückens verschwunden war. Und dieser vertraute Frieden ließ plötzlich Momente in ihr aufscheinen, an denen sie am glücklichsten gewesen waren. Zuerst, als Said und sie damals auf der Rausschmissparty zum ersten Mal zusammen tanzten, und sie, volltrunken, gar nicht merkte, dass sie überhaupt nicht miteinander tanzten, sondern dass sie sich umschlungen hielten oder auch nur er sie umschlang, und sie sich mit ihrem schweißfeuchten Körper an ihm festhielt wie an einem Versprechen. Oder als sie in Italien einmal beide zusammen unter dem bestirnten Himmel weit ins Meer hinausschwammen und vor ihnen plötzlich der Delfin aus dem Wasser sprang, nur fünfzig Meter von ihnen entfernt, und kurz danach das kleine Delphinjunge, eine Silhouette vor dem zunehmenden Mond, wie auf dem Plakat von *The Big Blue*. Und Said fing mitten im Ozean zu jubilieren an, während sie nur dachte, dass ja auch ein Hai mit seinem Nachwuchs in der Bucht sein konnte, und sie schwamm schnell zurück ans Ufer. Und wie er ihr lachend folgte und sie sich am Strand liebten, als wären sie junge Touristen.

Erst als sie die Hände des Toten sah, erkannte sie den Trauring. Unwillkürlich blickte sie zu ihrer Hand und sah den gleichen Ring an ihrem Mittelfinger, schlicht gehämmertes Sterlingsilber.

Pignus amoris habes.

Du hast meiner Liebe Pfand.

Saids Inschrift.

Er war solch ein Romantiker.

»Und dreißig«, sagte Herr Kalmik. Dann verließen den adipösen Leichenwagenfahrer die Kräfte. Er klappte auf die dunklen Fliesen herab. Es gab ein platschendes Geräusch, und in sein Keuchen hinein wurde durch die Tür eine Schiebebahre gefahren, auf der Ying Shus sterbliche Reste lagen, in großer Unordnung.

Samuel blieb im Türrahmen stehen, als er Jana erkannte. Seine Hände lösten sich vom Wagen und sanken herab.

»Sehen Sie, Aah, man muss sich immer schön fit halten, sonst landen wir schneller in diesen heiligen Hallen, als wir ›Sauerkraut‹ sagen können.«

Herr Kalmik drehte sich spöttisch lächelnd zu Jana um und erstarrte mitten in der Bewegung, als er die Praktikantin geräuschlos über der Leiche weinen sah.

»Aber junge Frau, das dürfen Sie sich nicht zu Herzen nehmen«, rief er erschrocken. »Das ist doch nur ein General.«

Samuel trat neben Jana, sagte kein Wort. Dann griff er zu dem weißen Tuch, das auf den Füßen des Brandopfers lag, und bedeckte dessen Leib mit einer weichen, fließenden Bewegung von Kopf bis Fuß. Ein Gebirge breitete sich vor ihnen aus, schneebedeckt, voll mit wertvollen, furchterregenden, herzzerbrechenden Bodenschätzen.

»Jetzt fängst doch du nicht auch noch zu heulen an, Junge«, beschwerte sich Herr Kalmik, während die Lunge des Leichenwagenfahrers noch leise pfiff. »Das ist nicht der Leib Christi, Leute.«

»Einfach mal die Fresse halten«, flüsterte Samuel sanft.

Jana drehte sich weg und ging hinaus, tränenüberströmt, aber so massaihaft wie möglich. Sie ging den Flur entlang, stieß die Tür nach draußen auf, schritt über das Kopfsteinpflaster, begann zu rennen, rannte schnell, schmiss alles weg, was sie am Rennen hinderte, Perücke, Maske, Brille, rannte durch Patagonien auf den Fuhrpark zu, rannte über die Fläche des Fuhrparks, flog an den Garagen vorbei, zählte einfach nur die fliehenden, über den Asphalt trommelnden Schritte.

38, 39, 40, 41.

Alles an ihr löste sich auf. Sie konnte nur Bestand haben, solange sie rannte.

58, 59, 60, 61.

Der Strudel verschlang sie augenblicklich. Sie raste der Umfassungsmauer entgegen.

Die Mauer der Eidechsen.

93, 94, 95, 96.

96.

96.

96, 96, 96.

Sie stand an der Mauer wie ein Schatten. Und atmete.

Sie hatten sie betrogen. Hintergangen.

Sie sah die Backsteine und sonst gar nichts.

Dass Sonne so war! Eine unaufrichtige kleine Person, die in der oberen Stimmlage ihres Kehlkopfes lebte, wenn sie log.

Man konnte es nicht verstehen. Wie Sonja Meling heute Morgen gelogen hatte. Mit dieser Fistelstimme.

Nur ihr Müsli hatte die Wahrheit gesagt. Das ungenießbare Müsli.

All die Sprüche ihrer Jugend, die sie sich gegenseitig in die Tagebücher geschrieben hatte. Alles Lügen.

Da sie nicht rennen konnte, sondern vor dieser beschissenen Mauer stand, rannten die Sprüche der Deggendorfer Kindheit durch Jana hindurch.

»Die Ameise glaubt, dass Gott sie nach seinem Ebenbild schuf.« (Sonne)

»You can't always get what you want.« (Jana)

»Zwei Dinge sind unendlich, das Universum und die

menschliche Blödheit. Aber beim Universum bin ich mir noch nicht sicher.« (Einstein)

»Cinemascope ist das ideale Format, um das Leben eines Dackels zu verfilmen.« (Billy Wilder)

»Johnny ist super im Bett, aber ein Gehirn aus Styropor.« (Jana)

Samuel stand fünf Meter hinter ihr. Er keuchte. Auch er war gerannt.

»Ich bin schuld«, stieß er hervor. Er spürte in seinem Nacken irgendwelche Leute, die zu ihnen herüberglotzten. »Ich habe Sonne gebeten, dir nichts zu sagen.«

Seine Stimme hatte gar nichts Anziehendes mehr, sobald sie log. Die völlig gewöhnliche Stimme von Pinocchio.

»Die Italiener haben die beiden heute Morgen in eine Militärmaschine geschmissen. Illegal. Ohne Absprache. Eine totale Sauerei. Wir wollten ... wir wollten dich nur beschützen.«

Sie konnte nichts sagen, blickte weiter auf einen Backstein, über den kleine Läuse krabbelten.

Er drehte sich um, winkte Eumel und seine Truppe davon, die glotzten. Dann ein Schritt zu ihr.

»Es war ein Fehler. Es tut mir leid.«

Noch ein Schritt.

»Sonne hätte es dir nachher gesagt.«

»Er ist so klein.«

Ihre Stimme klang wie ein rostiger Reißverschluss. Er traute sich nicht, näher zu kommen. Obwohl er spürte, dass sie es wollte.

»Ja. Die Menschen werden kleiner bei großer Hitze.«

Er sah, wie ihre Schultern plötzlich zuckten, hörte nur den Lärm der Stadt hinter der Mauer. Er gab sich einen Ruck, ging zu ihr hinüber. Er stellte sich neben sie, lehnte den Rücken an die Wand und wartete, bis das Wogen der Schultern vorbei war.

»Kaugummi?«, fragte er und bot ihr das Döschen Wrigley's an. Überraschenderweise drehte sie sich um, er vermied den Blick in ihr Gesicht.

Sie nahm wortlos das Kaugummi, steckte es sich in den Mund. Dann kippte sie nach vorne. Samuel fing sie auf. Ihre nasse Wange lag an seinem Hals, und obwohl er spürte, dass sie Vergnügen daran gehabt hätte, ihn in zwei Teile zu sägen, drückte er ihr einen Kuss auf die Stirn, fast ohne Kontakt seiner Lippen mit ihrer Haut. Sie ließ es geschehen, und ihre Hand auf seinem Rücken schien ihn unmerklich zu streicheln, und so streichelte er sie auch. Erst dann spürte er, wie ihre Wange an seinem Hals mahlte, weil sie zu kauen begann.

Später saßen sie kaugummikauend nebeneinander an der Mauer, und ihre Schultern berührten sich.

»Das Gute an meinem Beruf ist eigentlich, dass er einen zu einem guten Menschen macht«, sagte er.

»Du bist kein guter Mensch.«

»Natürlich nicht. Aber mein Job gibt mir dennoch das Gefühl.«

»Wieso? Weil er so schlecht bezahlt ist?«

»Nein. Aber man kann doch annehmen, dass selbst ein schlechter Bestatter an einem schlechten Tag besser ist als zum Beispiel ein guter Drogendealer an einem guten Tag.«

»Versteh ich nicht.«

»Vielleicht ist es auch Quatsch. Vielleicht haben Drogendealer Tage, an denen sie Helden sind und verzweifelten Selbstmördern mit einem guten Stoff das Leben retten und abends nach Hause kommen mit dem Gefühl: Heute habe ich echt was geleistet.«

»Mein Drogendealer hat mich noch nie angelogen.«

»Na siehst du.«

»Man darf nicht lügen.«

»Natürlich nicht.«

»Du hast meine Sachen.«

Sie blickte aus ihren geschwollenen Augen auf Perücke, Maske, Brille, die er in der linken Faust umklammert hielt.

»Na ja, es lag halt überall rum.«

»Agnetha ist cool. Sie ist eigentlich meine bessere Identität.«

»Ich würde eher sagen, deine neue.«

»Meine Das-Gegenteil-von-einem-Drogendealer-Identität.«

»Ohne Perücke siehst du aber besser aus.«

»Ach ja?«

»Ja. Mit diesen kurzen Haaren. Da kommt dein Nacken besser zur Geltung.«

Jana musterte ihn mit ausdruckslosen Augen. Dann zupfte sie ihm die Perücke aus der Faust und setzte sie auf.

»Soll das ein Flirt sein?«

»Nein, überhaupt nicht.«

»Nein?«

»Nein. Dein Mann liegt da hinten im Waschraum. Da flirte ich doch nicht.«

Sie nahm nun die Brille, deren Gläser zerbrochen waren. Sie setzte sie auf.

»Weil mir Sonne nämlich gesagt hat, dass du gerne mit Frauen schläfst, die einen schönen Nacken haben.«

»Das hat sie gesagt?«

»Was würde sie denn sagen, wenn wir miteinander schlafen?«

»Du willst mit mir schlafen?«

»Quatsch. Ich habe gesagt: ›wenn‹.«

»Ich weiß es nicht. Ich meine, euer Verhältnis scheint ja nicht das beste zu sein.«

»Was hat sie dir erzählt?«

»Nichts.«

»Man darf nicht lügen.«

»Sie hat nur mal von diesem Typen erzählt. Mit dem italienischen Namen.«

»Fredo?«

»Kann sein, ja. Wir hatten mal einen Familienvater, der von einer Leiter gefallen war. Genickbruch. Der hieß auch Fredo. Da hat sie sich geweigert, den Auftrag zu übernehmen.«

»Nur weil er Fredo hieß?«

»Wir haben auch noch nie eine Jana begraben.«

Sie blickte ihn hinter den geborstenen Brillengläsern an. Eine ramponierte Version Agnethas, aber zum Kampf entschlossen.

»Jemand muss Frau Mutzke abholen. Sie ist tot.«

»Ach du Scheiße.« Er blickte sie an, als wäre sie direkt vor ihm in einen tiefen Brunnenschacht gefallen. Wie immer, wenn er erschrak, ballte er die Fäuste.

»Und ich werde mich um meinen Said kümmern. Und auch um seine … Liebste.«

»Ich helfe dir.«

»Nein, du hilfst mir nicht. Du hilfst ja Frau Mutzke.«

»Schaffst du das denn alleine?«

»Ich muss nur noch mal telefonieren.«

»Ja klar«, sagte er verwirrt.

Sie stand auf, ging zehn Schritte zur Seite und rief Fredo an.

Danach rief sie Sonne an und sagte ihr das mit Fredo und dass sie ihrem eigenen Charakter nie sehr getraut hatte, da in ihr so viele Sehnsüchte lauerten, so viel Gier nach Anerkennung, dass sie das Glück immer zu korrigieren wusste, wenn es nicht ihr zuzufallen drohte, weshalb sie sich selbst immer für eine nichtswürdige, impertinente Lügnerin gehalten habe, nicht jedoch Sonne, das *role model* einer ehrlichen Haut.

19

Ach, Samuel. Das mit Said wundert mich nicht. Diese große Anziehung. Jana stand auf Araber. Seit ich sie kenne. Auf Araber und auf Juden komischerweise. Sie nannte die oft äußerst turbulenten Beziehungen in ihrer derben Art »die Nahost-Krisen«. Sie selbst spielte sich als eine Art neutrale Schweiz mit naturblondem Pferdeschwanz auf, die in der UN-Vollversammlung mal der einen und mal der anderen Seite zuneigte, um auf hohem ethischem Niveau und stets im Sinne der Völkerfreundschaft für den Frieden zu ficken, mit wem auch immer sie wollte.

Ich weiß. Es klingt grob. Zu grob für dich, Samuel. Und auch für mich.

Dennoch schreibe ich es dir auf, mein Freund, schreibe es für deine Augen und für dein Herz und auch für deine von Jana schon jetzt fest umkrallten Eier auf (streite es nicht ab, ich weiß es doch).

Ich schreibe auf diese altmodische Art, mit Bleistift auf aussterbendem Papier, denn du weißt, ich liebe aussterbende Dinge, aussterbende Tagebücher, aussterbende Wörter und alles bereits Ausgestorbene sowieso.

Denn komischerweise bedeutet das Aussterben meiner Meinung nach nicht, dass das große Nichts kommt. Auch das Vergehen von Menschen heißt nicht, dass sie nicht überdauern. Alles Bedeutende existiert nur in der Erinnerung. Das ist kein Kalenderspruch. Sondern das wissen du und ich besser als die meisten.

Heute Mittag rief mich Jana an. Sie klang wie eine Hornisse, die man in ein leeres Glas gesperrt hatte.

Ich war entsetzt, dass sie von Saids Gegenwart so vollkommen überrascht worden war. Von seinem Anblick. Von unserem Schweigen. Und ja, auch von unserer Unaufrichtigkeit. Ich fühlte mich erbärmlich, wie du ja auch. Sie zieh mich der Falschheit. Ich entschuldigte mich aus vollem Herzen und mehrmals.

Nach kurzer Zeit war die Hornisse erschöpft. Jana entgegnete nichts mehr, wurde distanziert, kalt, ganz anders, als du mir ihre Reaktion geschildert hast. Kein brodelnder Rumtopf aus Schmerzen mehr. Jana kann der Nordpol und der Südpol gleichzeitig sein, und der komplette winterliche Himalaja dazu, wenn sie will. Und ich habe dich gewarnt.

Sie berichtete mir von einem Menschen, von dem ich dir nur oberflächlich erzählt habe. Von ihm weißt du jedoch, dass er auf mein Leben eingewirkt hat. Es veränderte sich durch ihn.

Er heißt Fredo Lagrande, und er lebt noch.

Und er lebt sogar immer noch im Universum von Jana, was ich nicht wusste.

Ich war in der Totenbäckerei, als sie anrief, saß vorne im Laden und wartete auf eine Kundin. Und als sie auflegte, ging ich nach hinten in die alte Backstube, dorthin, wo früher der Ofen stand und immer noch die hundertdreißig Jahre alten Kacheln die Wand bedecken, und ich zog mein

Kleid aus und setzte mich auf den Fußboden, den nackten Rücken gegen die kalten Kacheln gepresst. Unser Laden drehte sich um mich. Ich bildete mir ein, ein Flugzeug zu sein, ein Blatt im Sturm, Grashalme auf einem brechenden Seedeich. Nur mein Kauern auf der Erde und mein Rücken an der kühlen Wand gaben mir ein wenig Haftung. Und ich dachte, als um mich herum alles wieder unbewegt und einbetoniert war, dass ich dir nun mitteilen muss, was Jana von Mond für ein Wesen ist.

Damals in München lernte sie Mubi kennen. Er hieß nicht Mubi, denn das war nur eine Abkürzung von fünf oder sechs Namen des Korans, zu denen auch Mustafa und Bilal gehörten.

Mubi nahm sich vor, ihren Stimmbildungslehrer, Herrn David Edelszteyn, zu erwürgen, der Jana immer, wenn sie das A und das O übte, seine haarige Hand auf ihren Solarplexus legte, um Atmung und Resonanzräume zu kontrollieren.

Sie gestand mir, dass Herr Edelszteyn mehr von der Sensibilität einer Klitoris verstand, als Mubi wissen musste, den sie zwar viel lieber mochte, der aber leider noch so jung war, wie sie beklagte, und entsprechend hastig mit dem Ejakulat.

Wir hatten dank unserer Hinterbliebenenrenten eine winzige möblierte Zweizimmerbude im Lehel ergattern können, deren Miete zwar für Münchener Verhältnisse spottbillig, jedenfalls erschwinglich war, aber zur Auflage hatte, dass wir uns um den Papagei der Vermieterin kümmern mussten, einen verhaltensgestörten Blaulatzara.

Frau Jawlenski saß für sieben Jahre im Gefängnis, weil sie ihren Mann im Flur erstochen hatte. Da Blut so schlecht aus Textilien rausgeht, sah man auf dem Teppichboden immer noch den großen Fleck in den Umrissen der iberischen Halbinsel, über den wir die Kommode der Vermieterin geschoben hatten, sodass nur noch ein Stückchen von Portugal herauslugte.

Auch alle anderen Deutsche-Eiche-Möbel waren im Korridor gelandet und hatten ihn völlig verstopft, sodass man das Bad nur erreichen konnte, wenn man wie wir unter fünfundfünfzig Kilo wog und den Bauch stark einzog, um sich an dem dunklen Gerümpel vorbeizuquetschen.

Der Papagei sprach viel, vor allem Wörter, die er von der Mörderin gelernt haben mochte, vielleicht auch von ihrem Opfer, zum Beispiel »Hipp, hipp, hurra!« oder »Sieg Heil!«.

Gerade Herrn Edelszteyn hat das etwas irritiert, wenn er mal eine Nacht bei Jana verbringen durfte, weil seine Frau auf einer Fachtagung außerhalb Europas war und zur gleichen Zeit Mubi auf einem Actors-Workshop in Rom vor Eifersucht völlig durchdrehte.

Der Papagei erwies sich im Übrigen als äußerst sprachbegabt. Obwohl Herr Edelszteyn nur zwei- oder dreimal mit auf Janas Zimmer genommen wurde, machte der Blaulatzara ausgerechnet dessen imposante, weittragende und resonanzreiche Lustschreie nach, am liebsten, wenn Mubi in der Küche direkt neben seinem Käfig frühstückte.

»Was schreit denn das Vieh da?«

»Ich glaube, das ist der Mord, Mubischatz«, sagte Jana unglaublich gelangweilt und bat um das Salz.

»Was?«

»Den Moment, als Herr Jawlenski das Messer von Frau Jawlenski in den Bauch bekam, den macht er nach.«

»Ja«, griff ich meiner Freundin pflichtschuldig unter die Arme, gleichzeitig unverfänglich an einem Gemüsesaft nuckelnd, »der Papagei war ja dabei.«

»Aber wenn man ein Messer in den Bauch kriegt, schreit man doch nicht ›Komm, komm, komm!‹.«

»Ach, Chérie«, seufzte Jana, »du bist so wunderbar nachdenklich.«

Der Mietvertrag war nicht nur zeitlich befristet, sondern endete automatisch mit dem Tod oder einer schweren Krankheit des Vogels, weshalb wir dem Tier, obwohl wir es hassten und ihm nicht mal einen Namen gaben, die größtmögliche Aufmerksamkeit und alle Vitamine und Nüsschen der Welt angedeihen ließen.

Die Zimmer waren in typischen Papageienfarben grünblau gestreift (meins) oder grau-blau gestreift (Janas) oder rot-blau gestreift (die Küche) und rochen alle nach Papageienpisse. Jana ließ sogar aus Amerika Papageienwindeln importieren, da es die damals in Deutschland noch gar nicht gab. Das Vieh fraß aber die Windeln alle in Nullkommanichts auf, und wir hatten Angst, dass es an einer Darmverschlingung zugrunde gehen könnte.

Mubi war stolz, leidenschaftlich, witzig und sehr gutmütig. Sein sanftes Gesicht mit den mattschwarzen Augen und einer runden Afrolook-Frisur, die sich wie Moos unmerklich ausbreitete, leuchtete hell auf, wenn er Jana nur sah. Er studierte wie sie an der Gräfin-von-Dorst-Schauspielakademie, einem privaten Institut von zweifelhafter Reputation in Schwabing.

An der vornehmen Otto-Falckenberg-Schule waren sie beide durch die Aufnahmeprüfung gerasselt. Jana aufgrund mangelnden Talents und Mubi, weil er auf die rassistische Frage, ob er als Palästinenser denn auch Shakespeares Shylock spielen würde, leider antwortete, dass Shylock Holmes sein allerliebster Detektiv sei.

Gebildet war Mubi nicht, der noch in Neuperlach in einem tristen Vorstadtwohnblock bei seinen Eltern wohnte, wo es nach Safran und Pfefferminze roch. Als begabtester Student der Schule wurde er von niemandem gefördert, da er, wie Gräfin von Dorst persönlich einmal anmerkte, später sowieso nur illegale Einwanderer und Attentäter mit Migrationshintergrund spielen würde.

Während Jana und ich uns über den aggressiven Rassismus empörten, freute er sich wie ein Kind auf die Explosionen.

Er schlief mit drei Geschwistern in einem Zimmer, und alle konnten hervorragend Helmut Kohl und Gerhard Schröder nachmachen, wenn auch mit arabischem Akzent. Sie waren allesamt Rapper, und Mubi hatte sogar im Alter von siebzehn Jahren den bayerischen Meistertitel im Gangsta-Rap gewonnen.

Sein ältester Bruder Mohammed arbeitete als Schuldeneintreiber einer mittelgroßen Vorort-Gang. Zehn seiner Zähne waren aus Gold, und er fieberte seinem elften entgegen.

Wenn wir uns erholen wollten von der faschistischen, bierseligen Alphornatmosphäre Münchens, einem Ort, den wir nur »Hauptstadt der Bewegung« nannten, gingen wir zu Mubi und stellten uns vor, im Ziegenfellzelt eines Beduinen eingeladen zu sein, der in seiner Djellaba eingehüllt und mit graziösen Zeitlupengesten heißen Tee mit Minze in ein mit Kupfer eingefasstes Glas eingoss, damit wir uns nach langen Irrfahrten durch die Sahara regenerieren konnten. Wir waren den gleichen postkolonialen Klischees wie unsere Eltern verhaftet, ohne auch nur von einem Hauch Selbsterkenntnis angekränkelt zu sein. Der Orient schien uns die natürliche Verlängerung unserer geplatzten Südamerika-Träume zu sein, und eigentlich will ich nur sagen, dass Mubi uns die Gelegenheit gab, uns in all unsere herablassenden, unreflektierten und jugendlich überbordenden Fantasien zurückzuziehen.

Ich selbst hatte nie Freude an wechselnden Beziehungen gehabt und blieb in der Münchener Zeit an jemandem hängen, an den ich mich kaum noch erinnern kann. Meine Zeit mit Jana entschädigte mich für vieles, auch für das Produktdesign-Studium, in dem ich mich mit den größten Idioten herumplagte, nur um später Schneebesen oder Aschenbecher gestalten zu dürfen.

Als für die Zweitjahresinszenierung ein Szenenbild entworfen werden musste, schlug Jana mich aufgrund meiner spärlichen Designkenntnisse als Bühnenbildnerin vor. Und da niemand der Studis einen Kommilitonen als Regisseur akzeptiert hätte und keiner der Schauspiellehrer Zeit hatte, sollte ich nebenbei auch gleich das Stück inszenieren.

Es ging um Giraudoux' Satire *Der trojanische Krieg findet nicht statt,* eine Mischung aus Oscar Wilde, Sartre und

Agitprop. Das Drama persiflierte Kriegstreiberei und Waffenlobbys elegant und etwas altbacken.

Kurz zuvor hatte der 11. September uns alle elektrisch aufgeladen. Mubi behauptete auf der Probebühne, die Anschläge auf das World Trade Center hätte die CIA inszeniert, um an die arabischen Ölfelder zu kommen, was er aber vor allem deshalb lauthals verkündete, weil er sich an Herrn Edelszteyns Schnappatmung erfreuen wollte.

Nach langen Diskussionen verlegte ich Troja nach New York. Liebevoll baute ich die Twin Towers aus Pappe nach und verwandelte den Trojaner Hektor in John F. Kennedy und Odysseus in einen sexsüchtigen Osama bin Laden.

Die beste Rolle gab ich Jana, die die schöne Helena als sarkastisches Paris-Hilton-Gift auf Drogen spielte. Den flippigen Paris verwandelten wir in einen bekifft überall herumlümmelnden, die halbe Welt infizierenden Milzbranderreger, den Mubi als so hinreißend witzigen Bazillus verkörperte, dass es das Premierenpublikum von den Sitzen riss vor Begeisterung.

Wir hatten einen wahnsinnigen Erfolg, weil sich eine Journalistin der *Süddeutschen Zeitung* in die Premiere verirrt hatte und sich in einer kurzen Rezension unglaublich darüber aufregte, dass die siegreichen Griechen zu al-Qaida-Killern mutiert waren.

Danach rannten uns die Leute die Bude ein.

Wir erhielten die Einladung einer Kleinkunstbühne in Schwabing, die Heppel & Ettlich hieß und eigentlich nichts weiter als eine Kneipe mit winzigem Hinterzimmer war. Dort gaben wir jedoch zwanzig ausverkaufte Vorstellungen hintereinander. Wir waren ein Dutzend radioaktiver Schauspielstudis auf einer Bühne, die nicht größer war als sieben nebeneinander gelegte Badehandtücher.

Die hell funkelnden Stars der Truppe waren Jana und Mubi, denen die Herzen nur so zuflogen.

Wenn ich heute an diese Zeit zurückdenke, dann waren das goldene Jahre, obwohl es vielleicht nur goldene Monate oder sogar nur goldene Momente waren, ach was, sagen wir silberne.

Jana riss jedoch jeden und jede hin.

Ihre Augen waren nicht wie jetzt falsch, durchtrieben und komisch durchsichtig, sondern lebhaft, groß, klar, arglos, mit feuchtem Glanz und ohne jede Schminke um sie herum. Alles an ihr war echt, sogar die Farbe ihrer Wangen, die von einem von Erfolg und Selbstbewusstsein geschmierten Herz nach oben gepumpt wurde. Und ihr Mund kannte noch nicht diese ständige Bereitschaft, in die Kamera zu grinsen, sondern sah aus wie der Mund von Camille Claudel, deren Skulpturen wir gerade im Designstudium kopierten: etwas trotzig, verletzbar und bereit, sich in all das Glück zu verlieben, das vor ihr lag.

Die Partys, die sie in unserer kleinen Wohnung gab, waren legendär. Manchmal zitterten die blauen Federn des Papageien im Rhythmus von Eminems *Without me,* das volle Kanne aufgedreht die Nachbarn betteln ließ, dass die angenehm stille Mörderin bald wieder unter ihnen einziehen möge.

Without me war unser Song. Der Song dieser Ära.

Uns gefiel natürlich der Anfangsbeat: *Two trailer park*

girls go round the outside, round the outside, round the outside, two trailer park girls go round the outside, woo!

Dieses ›*Woo!*‹ war das *Woo* unserer Freundschaft: Zwei Vorstadtmädchen torkeln durch dick und dünn. Und Jana schrie immer diese Zeile mit: *But no matter how many fish in the sea, it'd be so empty without me.*

So war sie schon damals, obwohl wir noch ein paar Niemande waren.

Jana-aus-Jena war schon lange tot.

Der Mond jedoch gehörte die ganze Zukunft und der Sonne ein Teil davon.

Einmal kam sie und zeigte mir ihre Tattoos, die sie sich im Laden von Mubis Cousin hatte stechen lassen. Die Buchstaben L, O, V, E zierten die Finger der linken Hand, während auf der rechten H, A, T, E zu lesen war.

»Das sieht stinklangweilig aus«, sagte ich.

»Vielleicht. Aber es ist ein Konzept-Tattoo.«

»Was meinst du mit Konzept-Tattoo? Eine Botschaft?«

»Hör mal, das Gehirn ist in zwei Hemisphären aufgeteilt«, erklärte sie altklug und tippte sich an die linke Schläfe. »Hier in der linken Hemisphäre, die paradoxerweise der rechten Körperhälfte die Kommandos gibt, sind alle Stereotype und Konventionen der kapitalistischen Welt aufgestapelt.«

Der Zeigefinger wanderte von der linken an die rechte Schläfe.

»Die rechte hingegen dirigiert die linke Körperhälfte. Sie ist die Domäne der Freiheit und der Zügellosigkeit.« Ihre Stimme klang gestrafft vor Begeisterung. »Deswegen sieht die Gesellschaft nicht gern, wenn man mit links schreibt, denn dann steht da ja nur Scheiße.«

»Aber niemand schreibt doch noch mit der Hand, Jana. Alle haben Computer.«

Jana dachte für einen Moment nach und wirkte sehr ernst.

»Okay, aber dann schau dir die Rechtswichser an. Alle, die rechts wichsen, haben Angst, dass sie später taub oder schwachsinnig werden, was ja oft genug passiert. Also, wenn ich diese Wörter LOVE und HATE auf meine Hände tätowiere, dann heißt das: Meine rechte HATE-Hand hasst meine bescheuerte linke Gehirnhälfte, während meine linke LOVE-Hand der coolen rechten Gehirnhälfte eine krasse Liebeserklärung macht. Ich habe sogar vor, den Klub der Linkswichser zu gründen. Mubi ist schon dabei. Wir holen uns nur noch mit links einen runter. Was ist, würdest du da mitmachen?«

Tatsächlich hieß unser nächstes Projekt *Die Linkswixer*, denn Jana liebte es, auf zarte und selbstverständliche Weise obszön zu sein. Herr Ettlich, dem die Kneipe Heppel & Ettlich gehörte, war nach dem Triumph von *Der trojanische Krieg findet nicht statt* auf mich zugekommen und hatte gefragt, ob man nicht mit Jana und Mubi ein eigenes Programm auf die Beine stellen könnte.

»Die beiden räumen ja hier die Bude ab«, schwärmte er.

Wir wollten was Politisches, Unangepasstes, Radikales machen, irgendwas, was die Hauptstadt der Bewegung aufrütteln würde. Genau wie Eminem rappte: *So, everybody, just follow me, 'cause we need a little controversy.*

Wir fühlten uns im Gegensatz zu diesem Größenwahn dermaßen klein in unseren öden Möchtegernunis.

Jana wurde von ihren Schauspiellehrern, irgendwelchen erfolglosen Ex-Heldendarstellern am Traunreuter Stadttheater, allen Ernstes gesagt, dass sie ein Butterhörnchen nicht emotional genug rüberbringen würde.

Ich wurde an meiner Uni dafür verlacht, dass ich Auguste Rodin für einen ekelhaften Versager hielt, der Camille Claudel auf dem Gewissen hatte.

Und Mubi war der ewige Kanake, dem niemand was zutraute.

Zusammen mit Jana schrieb ich, angefüllt mit Zorn, das ganze Programm in zwei Wochen runter. Es war eine Mischung aus Tantramassage-Dialogen und Emanzen-Propaganda, wobei Jana den Part der verklemmten, aber sexuell voll informierten Ossi-Bioladen-Besitzerin übernahm, die die Welt verbessern wollte, und Mubi den libanesischen Gaststudenten mimte, der sich wegen des permanenten al-Qaida-Verdachts als Italiener ausgab und ständig auf Geschlechtsverkehr hoffte.

Aus heutiger substruktureller Sicht war das vermutlich latent frauenfeindlich, sexistisch, xenophob und antiislamisch. Damals aber blieb den Leuten die Spucke weg vor lauter Progressivität.

Den Ort der Handlung hatte ich in unsere kleine WG-Mörderküche verlegt, die ich liebevoll im Szenenbild rekonstruierte, inklusive Frau Jawlenskis Brotschneidemaschine, Frau Jawlenskis Küchenuhr und dem drei Jahre alten Originalkalender, denn so lange saß Frau Jawlenski bereits in der

Justizvollzugsanstalt Stadelheim. Wir liehen uns zur Ausstattung ein paar ihrer authentisch hässlichen Möbel aus, was auch unseren Flur wieder leichter betretbar machte.

Jana bestand außerdem darauf, dass wir den Papagei mit auf die Bühne nahmen, was einige Vorstellungen lang gut funktionierte, bis er dann mit seinem ständigen »Sieg Heil«-Gekreische anfing.

Nach dreißig Wiederholungen war das nicht mehr lustig.

Auch den Orgasmus-Sound von Herrn Edelszteyn holte das Tier aus den Tiefen seiner akustischen Erinnerung, ausgerechnet an jenem Abend, als der Stimmbildungslehrer im Publikum saß und seiner eigenen Stimmbildung lauschen konnte.

Ich will wirklich nicht prahlen, Samuel, aber wir hatten jeden Abend die Hütte voll. Selbst der Oberbürgermeister, kabarettverliebt und immer am Puls der Zeit, von seinem Erster-Weltkriegs-Schnurrbart einmal abgesehen, holte am Tresen für sich und seine Frau zwei Karten für *Linkswixer* und sagte danach zum verdutzten Mubi, dass er fasziniert sei von dessen »urbayerischer Lebensfreude auf der Bühne«.

Wir waren alle erst Anfang zwanzig.

Wir hatten die Köpfe in den Wolken.

In den Zeitungen gab es das erste Interview mit Jana, in dem sie nur antifaschistischen Unsinn und feministischen Glitzer verbreitete. Und an einem kalten Januartag 2003 beschlossen wir bei einem gemeinsamen Spaziergang am verschneiten Starnberger See, *Che Guevaras Rache* wiederzubeleben – ohne Johnny und Heiko, dafür mit Mubi – und als Kabarett-Truppe die Welt aus den Angeln zu heben.

Neben dem Bühnenbild und der Regie übernahm ich ch das Management der kleinen Truppe und hörte prak- ›ch auf zu studieren, denn anders war Revolution nicht ıöglich.

ıllerdings schlichen sich auch einige interne Konflikte ein.

Jana lehnte nämlich einen Heiratsantrag von Mubi ab, den er ihr auf Knien in einem Dönerladen in Neuperlach gemacht hatte, vor palästinensischen Landsleuten, mit einem unfassbar hässlichen Diamantring, der die gesamten Einkünfte aus seinen Bühnenauftritten verschlungen hatte.

»Weißt du, Mubischatz«, stammelte meine kalt erwischte Gefährtin, »das ist sehr süß von dir. Ich mag dich wahnsinnig gern, und wir werden miteinander alt werden, und zwar als gute Freunde und fest verschworene Linkswixer. Aber was du da möchtest, das kommt ganz krass aus der linken Gehirnhälfte, schau …« Sie zeigte ihm ihre rechte Hand, auf der HATE eintätowiert war. »Über das T kann man doch keinen Diamantring streifen. Das ist doch ein Widerspruch. Ich meine, wir alle verabscheuen doch die linke Gehirnhälfte, oder?«

»Aber ich liebe dich so«, sagte Mubi.

»Ich liebe dich auch. Du und Sonne, ihr seid meine wichtigsten Menschen.«

»Sonne ist genauso wichtig für dich wie ich?«

»Aber Mubi«, erwiderte sie zart, »wir sind zusammen aufgewachsen, Sonne und ich. Unsere Eltern sind ums Leben gekommen, da waren wir noch Kinder. Sonne ist meine Familie.«

In Mubis Augen traten Tränen, während er ihr weiter ungläubig ins Gesicht blickte, als würde sich der schreckliche Irrtum gleich auflösen, wenn er nur lange genug durchhielt beim Gucken.

Sie ergriff seine Hände und drückte sie so zart, als würde sie nur den Puls fühlen. Danach ließ sie die Schmuckschatulle zuschnappen. Sie umarmte ihn, und er war völlig verstört. Jedenfalls berichtete er mir das später so.

Zwar wurde die Beziehung fortgesetzt, und alle taten so, als ob sich nichts verändert hätte. Aber in Wirklichkeit hatte sich alles verändert. Gerade weil wir in der Papageienwohnung und auch im Neuperlacher Beduinenzelt Mubis alle unsere Rituale beibehielten, inklusive die der heimlichen promiskuitiven Gewohnheiten Janas, spürte man den bebenden Abgrund darunter.

Und dennoch gingen Jana und Mubi liebevoll miteinander um, sehr freundschaftlich und eng. Und die Erfolge bei Heppel & Ettlich verwoben sich mit ersten TV-Anfragen, und ich war sicher, dass wir unsere chaotischen Privatleben und den Beruf in Zukunft gut voneinander würden trennen können.

Eines Abends, kurz vor Weihnachten, kam nach einer Vorstellung im Heppel & Ettlich ein Anfangvierziger mit Hut auf mich zu. Sein Kinn hatte die Form einer Gabel, und seine bayerisch gefärbte Stimme gab sich maskulin.

»Hi. Betreuen Sie die beiden Granaten?«

Kennst du das, Samuel, wenn du einem Menschen begegnest, und er ist dir vom ersten zauberischen Moment an sympathisch?

Bei ihm war es genau das Gegenteil.

Er war das, was man damals einen Blanke-Brust-Typ nannte. Er verbarg seine Augen im Schatten eines Huts und zeigte ein mattes Lächeln, das einem Angst einjagte. Denn man sah sofort, dass sein Mund ein dentales Unikum war.

Seine zwei Zahnreihen hatte der liebe Gott oder wer auch immer auf die falschen Kiefer verteilt. Die großen oberen Schneidezähne ragten aus dem Unterkiefer, und die kleinen unteren Schneidezähne verloren sich im Oberkiefer, sodass man sie beim Lächeln gar nicht bemerkte. Das Ganze sah aus wie das halbe Maul eines Tiefsee-Anglerfischs mitten in einer Businessclassfresse, und ich hätte mich nicht gewundert, wenn ein kleiner Lampion aus seinem Rücken gewachsen wäre und versucht hätte, mich zu hypnotisieren.

»Fredo mein Name. Ich bin Manager, und ich manage ein paar Verlierer aus der Münchner Post-Hip-Hop-Szene und bin mit einer Art Titten-raus-TV aufgestiegen, für das ich die Bräute suche.«

Das sagte Fredo zwar nicht, aber ich fand noch am selben Abend heraus, dass das sein Leben war, und es wäre mir lieber gewesen, er hätte uns gleich reinen Wein eingeschenkt.

»Freut mich«, behauptete ich. »Ich bin Sonja. Und ich ›betreue‹ nicht *Che Guevaras Rache*, sondern ich manage uns.«

»Ich hab gehört, Sie werden ›Sonne‹ genannt?«

»Ja, von meinen Freunden.«

»Huh, nichts für ungut!«, wollte er die Wogen glätten. »Ich will nur freundlich sein und meiner Begeisterung für die beiden Kids Ausdruck verleihen. Kein Stress.«

Dass er meine Compañeros »Kids« nannte, hätte mich fast dazu gebracht, ihm seinen hochmütigen Hut vom Fischkopf zu fegen.

»Alles gut. Was kann ich tun?«

Er wollte natürlich Jana und Mubi sprechen, was er auch hätte machen können, ohne mich vorher um Erlaubnis zu fragen. Sie standen ja einfach mit einem Glas Bier in der Hand im Zuschauerraum, der sich langsam in eine Kneipe zurückverwandelte.

Ich brachte Fredo zu Jana, die zuvor den kleinen Saal zum Überkochen gebracht hatte mit einer wirklich heftigen, männerfeindlichen, frauenfeindlichen und kinderfeindlichen Performance, innerhalb derer sie von Mal zu Mal mehr improvisierte und sich vom Skript immer weiter entfernte. Im Grunde machte sie damals schon Stand-up. Das war ihre große Stärke, mit der sie sich an diesem Abend auf die gleichen Gegner gestürzt hatte, die auch meine waren: auf die Jasager, die Faschos, die Kleingeister, auf George Bush und auf huttragende Angeber wie Fredo. Niemand konnte so bitter sein wie Jana. Sie war der dunkle Spiegel der Welt.

»Das ist meine bessere Hälfte«, zwitscherte sie Fredo zu und umarmte mich lachend. »Ohne sie gäbe es das hier alles gar nicht.«

»Oh, cool«, grunzte Fredo. Und er gab ihr seine Visitenkarte und sagte, man könne sich ja mal zusammensetzen, wenn wir alle miteinander Lust hätten, so richtigen Erfolg zu haben.

»Denn wenn Sie so richtigen Erfolg haben wollen«, säuselte er gleichmütig zu Jana, und mir entging nicht, wie er

»richtigen« betont hatte, »dann sollten Sie nicht so negativ sein.«

»Negativ sein?«

»Weniger Politik. Mehr Gelächter. Das können Sie. Darin sind Sie super.«

Wir nahmen den Schmarotzer nicht ernst, obwohl er nun Stammgast im Heppel & Ettlich wurde und uns das Blaue vom Himmel versprach. Weil er ein paar Kontakte zum Privatfernsehen hatte, versuchte er immerhin, einen kleinen Auftritt bei SAT.1 zustande zu bringen.

Aber die gesamte Tingeltour durch die Kleinkunstbühnen der Nation habe ich organisiert. Ich putzte monatelang die Klinken, bin zu jeder ARD-Anstalt in Deutschland persönlich gefahren, manchmal mit Jana und Mubi im Schlepptau, meistens jedoch als nervige Einzelkämpferin. Zwar hagelte es überall Absagen. Aber wir waren jung. Wir waren zornig. Und wir füllten die Klubs.

Als wir in Mannheim waren, erlebten wir zum ersten Mal andere Reaktionen. Im Zuschauerraum ballten sich grauhaarige Altachtundsechziger, die sich einen gemütlichen, politisch korrekten Abend im stilvoll-behaglichen Ambiente der *Klapsmühl* erwartet hatten, dem Kabarettkeller der Stadt. Und dann war da Mubi, von dem so eine Art Ethno-Comedy erhofft wurde, wie sie damals in Mode kam: Nette Deutschtürken machen nette Scherze über das nette teutonische Establishment.

Aber Mubi war nicht Kaya Yanar.

Sondern er fragte die Leute, ob sie auch fänden, dass der

Nachfahre eines Auschwitz-Überlebenden mit Burn-out-Syndrom mitten in Deutschland sagen dürfe: »Ich fühle mich heute so ausgebrannt.« Während an dieser Stelle noch unsicher gelacht wurde, zeigte er auf die von mir entworfenen Twin Towers aus Pappe, die unmotiviert in die WG-Küche gestellt worden waren, und fügte hinzu: »Warum darf ein Palästinenser wie ich dann nicht mehr über Flugangst klagen?«

In Mannheim nutzten danach ein paar Leute die einzigartige Nähe des Publikums zum Bühnengeschehen und murmelten ablehnend »Hä?« oder »Oje«. Irgendjemand rief: »Antisemit!«, das konnte man wenigstens verstehen.

Jana tänzelte nach vorne und versuchte, einen Bogen zurück zum Skript zu schlagen. Aber Mubi ignorierte die Brücke, die ihm gebaut wurde. Er tickte völlig aus. Er reagierte mit einem Judenwitz, der so schlecht und geradezu widerlich war, dass ich ihn hier nicht zitieren mag.

Daraufhin erhoben sich einige Besucherinnen empört und verließen die Vorstellung, was ich auch am liebsten getan hätte. Mubi warf ihnen mit hochrotem Kopf Beschimpfungen hinterher, die in Neuperlach zu Messerattacken geführt hätten. Der Saal buhte. Mubi stand beleidigt auf, zeigte der Mannheimer Lach- und Schießgesellschaft den Mittelfinger und ließ Jana alleine auf der Bühne zurück.

Sie war verloren, denn *Linkswixer* funktionierte nur im Duett.

In ihrer Verzweiflung fiel ihr nichts anderes ein, als ausgerechnet die alten frauenfeindlichen Blondinenwitze hervorzukramen, was inmitten des Aufruhrs endgültig für Lynchstimmung sorgte. Eigenartigerweise flog ein Blumenstrauß auf die Bühne, vielleicht, weil kein altes Obst zur Hand war.

Schließlich brach Jana weinend die Vorstellung ab.

Ich eilte zur schmallippigen Geschäftsführerin und sorgte dafür, dass die Zuschauer ihr Geld zurückerhielten. Sie sagte nur schnippisch, dass *Che Guevaras Rache* besser *Che Guevaras Albtraum* heißen sollte.

Später in der Hotelbar kam Mubi zu mir an den Tisch geschlichen und fragte leise, ob er in meinem Zimmer übernachten könne. Jana hatte ihn rausgeschmissen. Er hatte einen glasigen Blick.

»Was um Himmels willen war denn da los vorhin?«, fragte ich bestürzt.

»Es tut mir leid, wirklich. Aber mir geht es nicht gut. Ich glaube, Jana liebt mich nicht mehr.«

»Wie kommst du denn darauf?«

»Ich glaube, sie hat was mit Edelszteyn am Laufen.«

»Aber deshalb kannst du doch keine beschissenen, menschenverachtenden Judenwitze erzählen. Spinnst du denn?«

»Das ist das, was dir als Erstes dazu einfällt?«

»Was soll ich sonst sagen? Wir haben null Einnahmen heute. Die Vorstellung wurde abgebrochen. Du hast Jana verletzt und mich enttäuscht und uns alle erledigt. Und dein Beitrag war einfach ein Bruch mit unseren politischen Überzeugungen. Wir werden nie wieder nach Mannheim eingeladen.«

»Warum sagst du nicht: ›Mach dir keine Sorgen. Jana hat nichts mit Edelszteyn am Laufen. Das wüsste ich ja. Denn sie ist meine beste Freundin‹?«

Ich starrte ihn an.

»Es stimmt also?«, stieß er hervor.

»Nein, natürlich stimmt es nicht«, log ich, oder jedenfalls log es aus mir heraus.

»Sonne! Du bist ein ehrlicher Mensch. Sag mir die Wahrheit!«

»Ich sage die Wahrheit.«

»Nein, du sagst nicht die Wahrheit. Ich sehe es doch, wie du weggucken willst. Du bist ein ehrlicher Mensch. Auch ehrliche Menschen lügen, aber sie gucken weg. Jana ist kein ehrlicher Mensch. Sie kann immer überall hingucken, so wie diese Schlangen, die keine Augenlider haben.«

Er legte seinen Kopf auf den Bartisch, den Blick von mir abgewendet.

»Aber sie ist so vielschichtig, gerade weil sie so unehrlich ist«, nuschelte er. »Ich liebe vielschichtige Frauen, aber es bringt mich um.«

Ich streichelte seinen riesigen Afro, der wie ein totes pelziges Tier neben dem Wodka Lemon lag, den ich bestellt hatte.

»Es gibt so viele Arten, jemanden zu lieben«, sagte ich auf diese ratlose Art, die für viele Menschen weise klingt.

»Bullshit. Es gibt nur eine Art zu lieben. Es gibt aber viele Arten, nicht zu lieben. Und eine Menge davon sehen wie Liebe aus.«

»Ach, Mubi, du bist ein dummer Mensch.«

»Es tut mir so leid wegen dem Judenwitz.«

»Ich weiß.«

»Ich hasse David Edelszteyn.«

»Ich weiß.«

»Und?«

»Was?«

»Fickt sie ihn?«

»Ach, Mubi.« Er richtete sich plötzlich auf.

»Du weinst ja«, rief er.

»Du weinst auch. Es war ein harter Tag.«

»Sie hat was mit ihm. Sie liebt mich nicht. Stimmt das?«

Weißt du, Samuel, wenn es mir ganz schlecht geht im Leben, so wie jetzt, dann ist es manchmal so, als würde ich an einem belebten Strand liegen. Ich höre die Stimmen der Menschen, fühle ihre Füße meinen Körper streifen und ihre Gestalten zwischen mir und der Sonne vorbeigehen. Und ich lausche dem matten Glucksen der Wellen, und ich weiß, sie werden gleich über mir zusammenschlagen, denn ein Tsunami wird kommen, in wenigen Sekunden schon, das ist so sicher wie das Amen in der Kirche, nur weiß es noch niemand außer mir, und es hat auch gar keinen Sinn, aufzuspringen und wegzulaufen, denn es wird eine gewaltige, alles vernichtende Flutwelle sein. Und in einem solchen Moment bleibe ich liegen und habe gar keine Angst und tue nur, was getan werden kann an diesem Tsunamistrand, nämlich das Notwendige, die unbedingt letzten Dinge. Und deshalb schreibe ich dir jetzt diesen Brief. Und deshalb nickte ich damals, als Mubi mich mit seiner ganzen Verzweiflung überwältigte.

»Ich wusste es«, sagte er nur, »denn sie schläft auch mit Fredo.«

»Was?«

»Bestimmt. Er will sie zu RTL bringen. Sie und mich. Da staunst du, was?«

20

Samuel unterbrach die Lektüre und legte den Brief beiseite.

Sonne hatte ihm noch nie einen Brief geschrieben.

Er betrachtete ihre Handschrift mit dem Auge des Holzschnitzers, und so erschienen ihm auch ihre Buchstaben wie winzige, in Papier gehauene Skulpturen, die auf dem Rücken lagen, hingestreckt, im Schlamm. Es schien ihm eine traurige Handschrift zu sein, der die Bögen und Arkaden einer typischen Frauenschrift fehlten, voll mit verkümmerten Wortanfängen. Er hätte ihr eher große zackige Anfangsbuchstaben zugetraut, linkslastige Schleifen, so wie willensstarke Menschen sie oft haben.

Er blickte aus dem Fenster seiner winzigen Prenzlauer-Berg-Wohnung, sah gegenüber auf dem Balkon einen kleinen Jungen Geige üben, hörte die Geige auch, stand auf und schloss das Fenster. Der Junge trug einen bunten Skianorak gegen die Kälte.

Auf dem Tisch lag der Briefumschlag: *Herrn Samuel Petersen.*

Dazu ein Postwertzeichen mit dem Motiv *Nicht Olympische Sportarten,* auf dem man eine Wakeboarderin sah.

Der fälschungssichere Matrixcode auf der Briefmarke kam ihm seltsam modernistisch vor. Er wirkte wie ein digitales Siegel, passte nicht zu dem aus der Gegenwart gefallenen Inhalt des Briefes, und auch zu keinem einzigen der ebenfalls fälschungssicheren, einzigartigen, tragischen Buchstaben, mit denen sein Name und alles andere handgeschrieben war und in denen Sonnes Angst eingesperrt schien.

Warum schrieb sie ihm sonst, wenn nicht aus Angst?

Wieso teilte sie ihm Geheimnisse mit, obwohl sie sonst doch so verschlossen war wie eine Pandorabüchse?

Für einen Moment zögerte er, in dem Brief weiterzulesen. Er ahnte die Katastrophe, die ihm geschildert werden würde.

Alles an dem Brief lief auf Unheil hinaus, auf stürzende Träume, und er hatte keine Lust darauf.

Trübes Wasser wird nur klar, wenn man es in Ruhe lässt.

Sein Vater hatte das immer gesagt. Ausgerechnet.

Der kleine Junge auf dem Balkon gegenüber wurde von seiner Mutter gepflückt und samt Violine und Skianorak ins Wohnzimmer gezogen.

Samuel öffnete das Fenster wieder, holte tief Luft und setzte sich, vollgepumpt mit herbstlich vergorenem Sauerstoff.

Er blickte auf den Brief und begann, vorsichtig in ihm weiterzustochern, wie in einer frisch aufgerissenen, uralten Wunde.

21

Am nächsten Tag trennte sich Mubi von Jana.

Die gemeinsame Vorführung in der Frankfurter *Schmiere* wurde dennoch ein voller Erfolg, vielleicht gerade, weil die Hauptdarstellerin ununterbrochen heulte, während sie über Sex und Tod ihre Witze machte, die auch meine waren.

In der Nacht ging ich mit meiner besten Freundin am Main entlang, weil ich aufpassen musste, dass sie sich nicht in den Fluss stürzte oder von irgendwelchen Dealern Koks kaufte und verhaftet wurde.

Ich verstand nicht, wieso ihr der Bruch zu Herzen ging.

Und sie verstand nicht, wieso ich sie verraten hatte.

»Aber Jana, das habe ich nicht. Was sollte ich denn tun? Er war am Boden. Es ging nicht, einfach die Schnauze zu halten. Mubi tat mir wahnsinnig leid.«

»Ich werde dir das nie verzeihen, das tut keine Freundin.«

Ihr Ton war nicht aggressiv, sondern fast linkisch vor Schwäche. Sie hatte die Arme verschränkt, während sie leicht versetzt vor mir herlief. Sie wollte nicht von mir berührt werden.

»Und was ist mit diesem Fredo?«, fragte ich.

Sie lachte nur düster und regte sich über Mubis bürgerliche und uncoole Eifersucht auf. Mit Fredo sei sie zwar in ständigem Kontakt, aber das wisse ich ja auch, und ja, er sei wohl ein Comedy-Caster für RTL und darüber wolle sie sowieso mit mir sprechen.

»Fuck off, Jana«, ereiferte ich mich, »RTL ist das absolute Gegenteil von *Che Guevaras Rache*. Wir machen politisches Kabarett.«

»Ja klar, wir scheißen auf RTL. Das habe ich Fredo auch gesagt.«

»Und wie hat er reagiert?«

»Er hat mich zu sich nach Hause eingeladen.«

»Und wie hast du reagiert?«

»Ich habe jedenfalls nicht mit Fellatio reagiert, falls du das meinst«, zischte sie scharf, und ihre Schwäche war wie weggeblasen.

»O Mann, du triffst dich mit ihm? Das bricht mir das Herz. Hast du seine Piranha-Zähne gesehen? Und diesen bekloppten Hut?«

Sie blieb stehen, nicht weit vom Eisernen Steg. Die helle Skyline der Hochhäuser rahmte ihren Kopf ein, der nur eine graue Fläche war, aus der ihre kühle Stimme herausströmte, um sich Absolution zu erteilen.

»Du hast kein Recht, mich zu verurteilen. Du hast mich verpfiffen, und glaub ja nicht, dass ich dir das nicht heimzahle. Ich habe Mubi geliebt, und zwar sehr. Und ja, ich treffe mich mit anderen Leuten. Und manchmal gehe ich sogar mit anderen Leuten ins Bett. Es ist nicht meine Schuld, dass du mit einem Langweiler zusammen bist, dessen Namen du dir nicht mal merken kannst, der dich total nervt und den ich eine Sekunde, nachdem er den Raum verlassen hat, rückstandslos vergesse. Du musst nichts von deinem Frust an mir auslassen.«

»Die Frage ist, ob wir nun tot sind.«

»Wie, ob wir nun tot sind?«

»Na ja, ob wir nun die Tour hier beenden.«

»Spinnst du? Das ist unser Ding. *Two trailer park girls go round the outside.*«

Sie löste erst jetzt die verschränkten Arme, warf sie wie Flügel kurz in die Höhe, drehte sich um und schlug den Weg zurück zum Hotel ein. Ich folgte ihr.

»Sicher?«, fragte ich zweifelnd, nachdem ich zu ihr aufgeschlossen hatte.

»Hundertpro. Wir machen weiter. Mubi will das auch.«

»Es ist so schade, dass ihr auseinander seid.«

»Ich hab schon Ideen fürs nächste Programm«, sprach sie an mir vorbei mit neuer, etwas kranker Zuversicht. »Es heißt *Die Rechtswixer*. Du wirst begeistert sein, und dir fallen bestimmt super Gags ein.«

»Woo«, hauchte ich traurig.

Ein halbes Jahr später war ich mit Mubi zusammen.

Ich weiß nicht mehr, wie und warum wir gematcht haben. Eigentlich stand ich nicht auf Leute, die keine Bücher lasen. Ich war ein etwas mageres, hochnäsiges Ungetüm mit Bildungshochmut und Regieambitionen, aber ohne das gewisse Etwas.

Er war kein Idiot, sondern sehr klug. Und ganz bestimmt war er kein eindimensionaler, stumpfer oder prosaischer Mensch. Aber die Schwermut bringt schon das Sensible, Seelenvolle und auch Spirituelle in uns hervor, und zwar bis auf den letzten Tropfen. Und so war es auch bei Mubi. Seine Trauer hat mich angerührt. Das Leise stand ihm so viel besser als all das Laute, das er auch hatte.

Gleich nach der Trennung von Jana hat er sich aber leider nicht nur vor Kummer einen Bart wachsen lassen, sondern auch seinen Afro abrasiert und sah so unglaublich nach Selbstmordattentäter aus, dass mir die Tränen kamen.

Da ich die Regisseurin war, ließ ich für die restlichen Vorstellungen unserer Deutschlandtour noch eine ultrateure Afrolookperücke für ihn knüpfen, weil man ihn unmöglich dermaßen verstümmelt auf die Bühne lassen konnte.

Es ist auch so, dass Glatzköpfe weniger lustig sind als Menschen mit Haaren. Ich kann es nicht erklären. Es ist aber so. Selbst Verstorbene sehen mit Frisur einfach zuversichtlicher aus. Und Haare sind mir bis heute sehr wichtig, wie du ja weißt.

Es waren, glaube ich, genau jene Momente, in denen ich ihm die Perücke überstreifte, die ihn verletzlich und mich empfänglich machten. Wie man in der Kirche vor einem Kruzifix steht und danach Kleingeld an Bettler verteilt. Oder wie man einem Mann das Kondom überstreift, weil er es selbst nicht hinbekommt. Das öffnet uns irgendwie füreinander.

Wir hatten eine gute Zeit, obwohl wir uns beide nicht gegenseitig wie die Luft zum Atmen brauchten, glaube ich.

Aber gegen den Typ, den ich für ihn verließ und den ich tatsächlich vergessen habe und dir deshalb auch nie von ihm erzählte, war Mubi ein Traum.

Jana schien kein Problem damit zu haben.

Im Gegenteil. Sie behauptete, dass ja nun die ganze Balance unseres Trios wieder im Lot sei.

Und so wirkte es auch: Wir fühlten uns wie eine Boeing 707, die abgeschmiert war, weil der Pilot einen Herzinfarkt erlitten hatte – alles aber wird gut, weil die Stewardessen im letzten Moment das Cockpit stürmen, sich das Steuer krallen und die Maschine wieder hochreißen, bis sie ganz gemütlich durch die sonnenbeschienenen Wolken gleitet.

Janas Eindruck war, dass ich eine Mutter-Sohn-Beziehung mit Mubi führte, die wie ein trockener, aber angenehm süßer Marmorkuchen mit erotischer Glasur überzogen schien, womit sie aber erst recht zum Inzest absank. »Und ich glaube«, mutmaßte Jana nachdenklich, »ihr mögt beide Sex nicht besonders, und dann habt ihr einander ja auch verdient.«

Es kam wieder ein Hauch Leichtigkeit in unsere Freundschaft. Wie früher trafen wir uns zu dritt in der Mordwohnung oder auch in Neuperlach, um einfach gar nichts zu tun, außer uns Sketche auszudenken und herumzualbern. Und meine beiden liebsten Menschen schienen wieder hervorragend miteinander auszukommen.

Getrübt wurde das Ganze nur durch die Liaison, die Jana mit dem Tiefseefisch Fredo begonnen hatte und die nicht mal dem Krümel eines Marmorkuchens glich, aber dennoch unglaublich klebrig war.

Sie übernachtete immer öfter bei ihm in seiner »One-Million-Dollar-Villa«, wie sie das kleine Reihenhäuschen nannte. Und ich spürte, dass sie Geschenke von ihm annahm, ihre Garderobe immer mehr aufpolierte und ihn mit niemand anderem betrog.

Das war beunruhigend. Bei uns in der Wohnung tauchte er nicht auf, er war auch nie Gesprächsthema, schon weil Mubi null Interesse daran hatte.

Das neue Programm hatten wir zu dritt fertig geschrieben. Es hieß aber nicht mehr *Die Rechtswixer*, weil uns das zu epigonal klang. Stattdessen tauften wir die Show nach langen Debatten in *Das Massenvernichtungslachen* um.

Fredo behauptete, dass das der schlimmste, abstoßendste und publikumsfeindlichste Programmtitel sei, den er in seiner fucking Talent-Agency-Karriere je gehört habe. Kein überheblicher, selbstgefälliger Mittelschichtssnob, der sich normalerweise in deutsche Kabarettprogramme schleppe – und schon gar nicht seine die abendlichen Vergnügungsentscheidungen treffende, eskapismussüchtige Ehefrau –, würde sich einen fröhlichen, sorgenfreien Abend mit *Das Massenvernichtungslachen* machen wollen, zitierte Jana besorgt ihren Lover. Er meinte sogar, es würde mehr bringen, wenn wir es gleich *Treblinka* nennen würden. Das sei ehrlicher.

Doch Mubi und ich waren anderer Meinung. Und wir überstimmten Jana.

2003 fand der Irakkrieg statt, und Mubi spielte Saddam Hussein kurz vor seiner Hinrichtung in einem von mir gebauten Bühnenbild, das eine Gefängniszelle darstellte, die gleichzeitig wie ein Sado-Maso-Studio aussah.

Jana verkörperte alle möglichen Feinde des irakischen Diktators. George Bush, Jesus Christus, ein Pornostar, Hillary Clinton, ein deutscher Waffenhändler, Alice Schwarzer und das »Alte Europa« besuchten Saddam in seinen Träumen im Gefängnis und sprachen mit ihm über Leben und den Tod durch den Strang.

Wir waren sicher, es würde ein Hit werden.

Das Interesse der Veranstalter war riesengroß.

Unsere erste Tour hatte sich, von Mannheim abgesehen, als gigantischer Erfolg erwiesen, und es gelang mir, diesmal die Kleinbühnen zu verlassen und fast überall größere Säle anzumieten. Außerdem investierten wir in großem Stil in die Werbung.

Jana und ich lösten unsere Renten auf, denn die Kosten für Tourbus, Techniker, PR-Aufwand, Plakate, Presseagenten und die vielen Inserate waren enorm und mussten allesamt vorfinanziert werden. Selbst meine Mutter haute ich um ihre Ersparnisse an.

Leider liefen die Vorverkäufe überraschenderweise etwas schleppend. Wir blieben zuversichtlich, waren aber auch nervös. Zwei Wochen vor der Premiere wurde Jana auch noch krank und fuhr mit Fredo an die Ostsee.

Da immer jemand auf den Papagei aufpassen musste, blieb ich zu Hause.

Es war ein Samstagabend, das weiß ich noch. Mubi hatte eingekauft, Tatar und komische Gewürze. Er wollte mich mit einem orientalischen Abend verwöhnen. Ich liebte es, verwöhnt zu werden. Vor allem durfte ich ihm nicht helfen, musste aber in der Küche bleiben und zugucken, weil man im Nahen Osten immer beieinander in der Küche sitzt.

Auch der Papagei fand es gesellig. Es schien ein schöner Abend zu werden.

Ich sah zu, wie Mubi Auberginen, Möhren und Kartoffeln wusch, putzte und mit einem Affenzahn grob würfelte. Er hatte so feine Hände. Einen Tag zuvor hatte er ein festes Engagement des Landestheaters Tübingen abgesagt, wo sie ihm einen Dreijahresvertrag angeboten hatten.

»Ich hoffe, es war kein Fehler, Habibi«, nannte ich ihn bei seinem Kosenamen, denn »Mubischatz« konnte ich ja schlecht sagen.

»Nein, nein«, jubelte er und schälte Zwiebeln und Knoblauchzehen, als sei es das reinste Vergnügen. »Was soll ich in Tübingen? Da werde ich ja nicht weltberühmt und steinreich.«

»Außerdem bin ja ich nicht in Tübingen.«

»Außerdem bist ja du nicht in Tübingen, meine liebste und schön getrocknete Tomate.«

»Soll das ein Kompliment sein? Bin ich eine schön getrocknete Tomate für dich?«

»Meine liebste und schärfste Chilischote.«

Er schnitt eine Chilischote längs auf. Kerne und weiße Häutchen entfernte er, und das Fruchtfleisch schnitt er in feine Streifen, um ein bisschen zu naschen.

»*Das Massenvernichtungslachen* ist vielleicht wirklich nicht so der Hit als Programmtitel«, sagte ich etwas klagend und hoffte, in den Arm genommen zu werden.

»Mein liebstes und saftigstes Hackfleisch!«, schwärmte mein glatzköpfiger Liebhaber und schmiss das Tatar in die Pfanne, um es kurz anzubraten.

»Fickt euch«, sagte der Papagei.

»Was hat er gesagt?«, fragte ich.

»Er hat ›Fickt euch‹ gesagt. Und ich glaube, das werden wir nachher auch tun, oder?«

»Ach, Habibi. Du bist wirklich romantisch.«

Er kam zu mir und gab mir einen sanften Kuss auf die Wange, und ich sagte ja schon, dass es ein richtig schöner Abend zu werden schien.

Dann klingelte das Telefon. Denn damals hatte ich noch kein Handy. Ich war immer schon sehr altmodisch, und bis heute liebe ich Kabeltelefone, eben weil sie so ausgestorben sind. Ich schreibe ja sogar Briefe.

Ich ging rüber in den vollgerümpelten Flur und hob den Hörer ab. Es war meine Mutter. Ihre Stimme klang besorgt und hektisch.

»Hallo, Kleines«, sagte sie. »Sag mal, weißt du das mit *Was schnubbelst du?*«

Ich war verwirrt. »Wovon redest du, Mama?«

»Mach mal den Fernseher an, mein Kind. RTL. Mach schnell.«

Ich legte auf, ging in die Küche und schaltete den kleinen Röhrenfernseher auf dem Kühlschrank ein, der dort der stillen Mörderin schon viele Jahre lang treu gedient haben musste.

Mubi schmiss das gewürfelte Gemüse, die Tomaten, den Knoblauch und den Chili mit Verve in die Pfanne, sodass es laut zischte.

Das erste Bild, das ich auf RTL sah, war eine Großaufnahme von Jana. Man hatte sie à la Grace Kelly geschminkt, und gleichzeitig war sie von taufrischer Gläubigkeit wie ein

Kind aus einer kitschigen Aufsteigergeschichte. Ein Strudel aus Ahnungen verschlang mich augenblicklich.

»Sei mal leiser mit dem Kochen«, rief ich.

Er goss aber den Rinderfond an und rührte Tomatenmark unter, sodass ich nichts verstand.

»Verdammt, Mubi, mach die scheiß Pfanne aus!«

Ich drehte aufgeregt den Fernsehton auf volle Lautstärke und hörte eine donnernde, basstiefe Predigerstimme: »Jedenfalls wird das die Hammershow mit diesen geilen *talents*!«

Mubi schaltete den Gasofen ab und kam zu mir herüber.

»Jana, wie alt bist du?«

»23.«

»Das ist ja unglaublich jung, Jana. Darfst du denn schon tagsüber alleine über die Straße gehen?«

»Ja«, sagte das liebreizende Gesicht, »ich denke schon, dass ich das hinkriege.«

Ich spürte Mubi neben mir, spürte seinen Atem.

»Du hast dich gegen tausend junge Schauspielerinnen durchgesetzt. Was ist das für ein Gefühl?«

»Oh, ich bin da wahnsinnig demütig. Aber ich glaube, ich habe ganz viel meinem Manager zu verdanken, dem Fredo. Ohne den Fredo hätte ich gar nicht gewusst, worauf es ankommt.«

»Worauf kommt es denn an, liebe Jana?«

»Ich denke, es kommt vor allem aufs Timing an. Aber auch auf die Motivation, in dieser tollen Show alle Menschen mitzunehmen. Entertainen heißt immer, das Publikum voll zu spüren. Die Erwartungen aller Zuschauer ernst zu nehmen. *They get what they want*, sage ich mal so.«

»Cool, Jana. Und was ist dein Song, der dich die letzten Monate beim Castingmarathon aufrecht gehalten hat?«

»*Without me*, von Eminem.«

»Super Song. Geile Wahl. Vielleicht hören wir mal –«

Ich schaltete den Fernseher aus, starrte aber weiter auf den dunklen, stillen Bildschirm und sah dort die Reflexion eines unter der Küchenlampe stehenden, nicht gecasteten und nicht wahnsinnig demütigen Schauspielers, der nichts, aber auch gar nichts Fredo zu verdanken hatte.

Ich beobachtete weiter im Spiegelbild, wie Mubi zurück zum Herd ging und das Gas wieder andrehte. Er gab etwas Zimtstange, Kreuzkümmel, Salz, Pfeffer und Zucker in die Pfanne. Er schloss sie mit dem Deckel und ließ alles bei mittlerer Hitze zehn Minuten schmoren.

In der ganzen Zeit bewegte er sich nicht vom Herd weg.

Und ich bewegte mich nicht vom Fernseher weg.

Schließlich hob er den Deckel an, nahm einen Löffel, schmeckte ab und servierte heiß. »Kommst du essen, meine liebste und schön getrocknete Tomate?«, sagte er sanft.

Ich riss mich von dem schwarzen Bildschirm los, drehte mich um und setzte mich ihm entschlossen gegenüber. Wir teilten die Empfindung, miteinander allein im dunklen All zu sein.

Das Essen roch wirklich gut. Wir wünschten uns einen guten Appetit. Aber keiner griff zur Gabel.

Mubi blickte mich nicht an, sondern sagte zum Papagei: »Sie ist nichts wert.«

»Nein, sie ist nichts wert«, wiederholte ich.

»Fickt euch«, sagte der Papagei.

Ich denke, das reicht erst einmal, lieber Samuel. Ich bin erschöpft. Ich habe viele Stunden geschrieben. Und doch ist nur das Unwesentliche gesagt. Und alles, was danach geschah, das Wesentliche, möchte ich lediglich andeuten, da es mich so viel Kraft kostet, erneut in diese Zeit geworfen zu sein.

Die Wahrheit ist, und zwar nichts als die Wahrheit: Jana hatte sich bei RTL als Nachwuchstalent für eine offene Stelle in der Comedy-Show *Was schnubbelst du?* beworben.

Sie hatte mich nicht eingeweiht.

Und sie hatte Mubi nicht eingeweiht, damit erstens ich nicht gewarnt werde und zweitens er sich nicht ebenfalls bewirbt.

Che Guevaras Rache war Geschichte.

Das Massenvernichtungslachen erlebte niemals eine Premiere, und schon gar keine Deutschlandtour.

Wie Jana es psychisch geschafft hat, die Sketche und das ganze Programm mit mir zu entwickeln, zu schreiben, zu verbessern, die Proben durchzuhalten und all die schönen gemeinsamen Abende in unserer Küche zu genießen, immer in dem Wissen, dass sie uns gleichzeitig nach Strich und Faden verarscht – ich weiß es nicht. Es gehörte eine Menge Kraft dazu. Vermutlich war es ihr Plan B.

Vielleicht hätte sie es mit uns durchgezogen, falls sie von RTL nicht genommen worden wäre.

Vielleicht auch nicht.

Ich blieb auf den Kosten sitzen. Für Stornierungen war es zu spät. Alle Veranstaltungen mussten abgesagt und die Veranstalter ausbezahlt werden.

Das Geld meiner Mutter war Staub, Papas Rente ebenso.

Eine juristische Klage war ohne jede Erfolgsaussicht, denn alle Transaktionen zwischen uns waren auf Treu und Glauben vollzogen worden. Zwischen uns gab es keinen Vertrag. Nicht einmal eine Papierserviette hatten wir mit irgendeiner Art von finanzieller Vereinbarung bekritzelt.

Die Verluste trafen auch Jana. Aber sie saß nun an den Fleischtöpfen.

Ich muss gestehen, dass mir vollkommen entgangen war, wie wenig sie an unser Projekt geglaubt hatte.

Mein Vater hätte mir sicherlich *Das Märchen von einem, der auszog, das Fürchten zu lernen* vorgelesen. Denn auch ich lernte das Gruseln nicht, sondern brauchte noch ein paar Wochen, um meine Lektion zu lernen.

Eines Tages klingelte Fredo an der Tür. Er trug einen neuen Hut und grinste wie Francisco Pizarro, der gerade das Inkareich erobert und allen Indios die linke Hand abgehackt hatte. Sehr höflich übergab er mir die offizielle Kündigung als Managerin von Jana von Mond, geboren am 28.04.1981, gestorben am 28.04.2004, dem Tag der heiligen Gier.

Er verbot mir, sie anzurufen.

Ich wollte sie aber gar nicht anrufen.

Mein sinnloses Designstudium nahm ich wieder auf und hatte alle Zeit der Welt, um herauszufinden, wie es sich anfühlt, nie das Leben führen zu können, das ich mir erträumt hatte.

Damals trafen wir uns, Samuel.

Aber ich konnte dir nicht sagen, was geschehen war.

Mubi rief in Tübingen an und versuchte, doch noch das Engagement zu erhalten, das ihm das Landestheater angeboten hatte. Aber es war zu spät.

Er war genügsam und tapfer, zeigte keinerlei Bitternis und hatte vor, sich nicht unterkriegen zu lassen und seinen Weg als Schauspieler weiterzugehen.

Bei seinem Talent hätte er es auch geschafft. Da bin ich sicher.

Ein halbes Jahr später aber kippte er in einem Buchladen um, ausgerechnet in einem Buchladen, obwohl er in seinem ganzen Leben kein einziges Buch gelesen hatte. Aber er wollte ein Geburtstagsgeschenk für mich kaufen und stürzte in die Romane für Verliebte.

Dort starb er auch. Ich glaube nicht an Kitsch beim Sterben, aber das war sehr nah dran.

Er hatte ein Hirnaneurysma, wie die Pathologie herausfand.

Niemand kann etwas dafür.

Auf seiner Beerdigung erschien auch der Jahrgang der Gräfin-von-Dorst-Akademie. Vollständig.

Bis auf Jana-aus-Jena-und-jetzt-bei-RTL.

Gott ist mein Zeuge, dass Mubi mich niemals so geliebt hat, wie er sie geliebt hatte, auch wenn er es nicht zugab. Er betete ihre sanfte Verlogenheit an, ihren so dunkel schimmernden, heliumgefüllten Charakter.

Wahrscheinlich hatte er gehofft, ihre Krankheit heilen zu können. Aber nicht alles, was den Menschen schlecht macht, ist eine Krankheit.

Leider habe ich nie erfahren, welches Buch für Verliebte er mir schenken wollte.

Ich denke gerne an Mubi.
Sehr gerne, sehr oft und voller Dankbarkeit.
Und sein Bestatter war ein wunderbarer Mann.
Bei ihm ging ich Jahre später in die Lehre.
Und alles andere weißt du.

DER ERSTE MONAT

22

Es war eine äußerst schwierige Nacht gewesen.

Einige Stunden zuvor, als die Nacht noch ein Abend war und Jana ihre Entscheidung gerade erst getroffen hatte, erschien ihr gleichzeitig der erste sternförmige Punkt. Sie begann, ihre wenigen Sachen zu packen, und wollte noch rechtzeitig die Wohnung verlassen.

Aber dann wurden es schon farbige Flecken mit gezackten Rändern. Und sie spürte die Vorboten der Übelkeit. Den pochenden Druck hinter den Schläfen. Sie wusste, dass es sie bereits im Treppenhaus erwischen konnte. Und sie hatte keine Lust, von wildfremden Menschen beim Erbrechen beobachtet, mit dem Handy erlegt und auf YouTube hochgeladen zu werden.

Also fiel sie in Nickys Bayern-München-Bett. Sie schloss die Augen und hoffte. Vielleicht, so hoffte sie, war der Aura nur eine kurze Flimmerphase vergönnt, ein Aufglühen, dem nicht mehr als ein Mittelschmerz folgte, so wie bei ihrer Menstruation.

Aber es kam anders. Die Migräne schlug voll zu, stampfte sich in sie hinein, hämmerte ihr Gehirn auf und breitete sich dort aus wie eine Rattenplage.

Nicky schwebte ab und zu ins Zimmer. Ihr Stöhnen verunsicherte ihn.

Dennoch fragte er mit piepsender Stimme, ob er irgendwas tun könne. Sie verstand ihn kaum, so viel Lärm war in ihr. Sie bat um einen nassen Waschlappen, einen Eimer, Aspirin und Zeichensprache. Ihre kostbaren Frovatriptan-Tabletten lagen bei ihr zu Hause. Aber dafür konnte das Kind ja nichts.

Den Strudel der Nacht verbrachte sie zusammen mit einer Mücke. Beide fanden keinen Schlaf.

Vielleicht hat die Mücke auch unerträgliche Kopfschmerzen, delirierte Jana und ließ mehrere Gelegenheiten verstreichen, das Insekt zu erschlagen.

Sie verfluchte Sonne aus verschiedenen Gründen, vor allem aber für ihre Unlust, Gardinen vor die Fenster zu hängen. Die blöde blaue Wand fütterte mit den ungehindert ins Kinderzimmer flutenden Farbkaskaden ihre Photophobie.

Die Migräne verwandelte sie in eine lichtscheue Küchenschabe, der man die Beinchen ausgerissen hatte. Während sie sich früher auf der Folterbank wie sterbend gefühlt hatte, dachte sie jetzt Stunde um Stunde: Ich lebe.

Am Morgen ließ der Presslufthammer nach, aber sie hatte kein Auge zugemacht.

Um 7:16 Uhr schlich Nicky ins Zimmer, um seine Schulsachen zu holen. Er hielt die Luft an, als er die reglose Gestalt katzenhaft passierte. Vom Schreibtisch zupfte er sein Matheheft und alles andere.

Als er kurz aus dem Fenster sah, bemerkte er, dass draußen auf der Videowand über Jana berichtet wurde. Er nickte zufrieden und wollte später jemanden heiraten, der genauso skandalös war wie die Mond. In diesem Augenblick schwor er sich das.

Als er die Dinge beieinanderhatte, Mäppchen, Ratzefummel, Hefte, Ranzen, blieb er dicht neben ihr stehen. Er beobachtete sie genau, vor allem ihre berühmten Nasenflügel, über denen nordwärts der Rasen des grünen Frottee-Waschlappens begann, der sich über den Nasenrücken, die Augen, das Jochbein und die Stirn bis hoch zu ihrem Haaransatz zog.

»Bist du wach?«, hauchte er vorsichtig.

»Ja, Nicky«, kam es dünn und stimmlos zwischen den rissigen, fast unbewegten Lippen hervor.

»Mama hat gesagt, du gehst heute.«

»Ja, Nicky.«

»Das ist aber schade.«

»Nicky, ja.«

»Kannst du nur ›Ja, Nicky‹ oder ›Nicky, ja‹ sagen?«, fragte er enttäuscht.

Sie zog den Lappen von den Augen und lächelte ihn unbehaglich an. Er hatte alte, mitleidige Augen und hielt unter dem rechten Arm seine Schulmappe und unter dem linken Arm die in der Luft kraulende Schildkröte, die ebenfalls alte, mitleidige Augen zu haben schien.

»Sorry«, flüsterte sie.

»Schon gut. Mama hat gesagt, ich soll das Erbrochene rausbringen.«

»Das mach ich schon selber. Danke.«

»Ich mache es gerne.«

»Du hast doch die Hände voll.«

Er zögerte. »Wie findest du mein Bett?«

»Entschuldige«, wisperte sie, »aber ich kann noch nicht so gut sprechen.«

»Wenn du es gut findest, kannst du immer wieder in meinem Bett schlafen.«

»Das ist lieb von dir, danke.«

»Freu dich des Lebens, Tante Jana.«

Er beugte sich zu ihr herunter, umarmte sie zärtlich und gab ihr einen verhuschten Kuss, trotz des stechenden, säuerlichen Geruchs, der ihrem Mund entströmte, als sie langsam Luft aus ihren Backen ließ.

Dann hielt er ihr die Schildkröte an die Wange, als sollte sie Energie aufnehmen oder abgeben, flüsterte »Kakerlake sagt tschüssi«, drehte sich schnell um und eilte mit Tier und Ranzen hinaus.

Später erhob sie sich.

Sie schlüpfte in ihre Trainingskleidung, nahm den gefüllten Eimer, brachte ihn ins Bad und goss alles ins Klo.

Sie putzte sich die Zähne, wusch sich kurz, betrachtete die kleinen, geröteten Augen im Spiegel, dunkle Ringe darunter. Schließlich ihre Falten und Sommersprossen. Zuletzt ihre raspelkurzen Haare. Sie dachte, das also ist die dritte Migräne ohne Said gewesen. Obwohl es eigentlich schon die vierte war.

Sonst hatte Said immer akkurat Buch geführt über ihre Anfälle, hatte Intensität, Dauer und Häufigkeit in ein kleines Buch eingetragen, um den Überblick zu behalten. Er hatte Statistiken geliebt, hatte ihr zu Weihnachten die dramatischsten Vorfälle der Saison zusammengefasst. Ja, er hatte sogar die angefallene Jahresmenge an Mageninhalt vermerkt, die Jana in die Welt gesprüht hatte. 2018 waren es fünfeinhalb Liter gewesen, ein Spitzenwert.

Er war immer so liebevoll nach ihren hemikranischen Unwettern gewesen. Stets hatte er ganz leise auf seinem Piano Bach für sie gespielt, um zu testen, ob es ihr noch etwas ausmachte.

Dann brachte er ihr, wenn sie zerbrochen, fertig, ein Wrack war, das aus dem letzten Loch pfiff, einen Bananenjoghurt ans Bett, damit der entleerte Magen etwas Leichtes zum Üben bekam.

Sie empfand starke Sehnsucht.

Als sie aus dem Bad in den Flur trat, arbeitete es in ihr. Dann bog sie in die Küche ab, um die Erinnerung durch das gewohnte Ritual zu ehren. Sie war schwach. Und sie war den Tränen nah, wie eigentlich ständig seit Saids Verschwinden.

Am Küchentisch saß Sonne in ihrem unentrinnbaren Schwarz, reglos und mit durchgedrücktem Rücken wie eine stolze spanische Witwe. Sie sah sich verschiedene Unterlagen durch, die in einer Mappe lagen. Es waren eng beschriebene DIN-A4-Seiten und einige Farbfotos.

Sie blickte auf und musterte die hereintigernde Jana, ohne ein Wort der Begrüßung zu wählen. Vielleicht fiel ihr auch nur keins ein.

Jana schwieg gleichfalls. Sie öffnete den Kühlschrank, um nach einem Joghurt zu suchen, das sie mit Said verbinden konnte und seiner sanftseligen Zugewandtheit. Zwar fand sie welchen, aber nur mit Erdbeergeschmack.

Said hätte ihr niemals Erdbeerjoghurt gegeben. Er wusste, was sie mochte.

Wie schwer es ist, überlegte sie, jemanden zu finden, der weiß, was man mag. Und dem es nicht egal ist.

»Du haust ab?«, fragte Sonne gleichmütig.

»Hatte ich dir gesagt, ja.«

»Wollte nur sichergehen.«

Jana erwiderte nichts, pflückte den Joghurt, der da war, schloss den Kühlschrank. Sie wollte nur weg. Fredo würde ihr ein Hotelzimmer besorgen, ohne blaue Wand, ohne Fotoerinnerungen, ohne Schildkröten, die man ihr zum Kühlen an die Wange legt.

Sie holte einen kleinen Löffel aus dem Schubfach. Leider gab es nur billige IKEA-Löffel und nicht die Omar-Ramsden-Silberteelöffel, die Said ihr zur Verlobung geschenkt hatte.

»Wir müssen trotzdem sprechen«, sagte Sonne bestimmt. »Über die Beerdigung.«

»Jetzt?«

»Jetzt bist du noch da.«

»Okay«, erwiderte Jana unwillig.

Sie setzte sich so weit wie möglich von Sonne weg. Sorgfältig zog sie den Deckel des Joghurtbechers ab, leckte aber nicht am Inneren des Aluminiumverschlusses, da Said das immer so unkultiviert gefunden hatte. Die zitternden LOVE-Finger tauchten den Löffel in die rosa Masse, wie einen winzigen Spaten.

Sie wollte nicht über die Beerdigung sprechen. Nicht jetzt. Aber sie hätte gerne einen Kaffee gehabt, so wie früher.

»Unser Anwalt, Herr Hoppe, hat mir gestern ein Schreiben zugemailt, das er von deinem Anwalt bekam«, begann

Sonne und rückte ihre neu verglaste Solidaritätsbrille zurecht, eine Geste, die Jana hätte beunruhigen müssen.

Jana schaute kaum hin, als Sonne, um ihren Worten Dringlichkeit zu verleihen, auf die Mappe deutete.

Jana fand alles um sie herum zu hell. Zu anstrengend für das gemarterte, eidotterweiche Schädelinnere. Ich muss mich ablenken, dachte sie.

Aber sie sagte: »Aha.«

»Hast du mit ihm telefoniert?«

»Ich kümmere mich gerade nicht um diese Sachen.«

»Solltest du aber. Herr Hoppe versucht dich seit Tagen zu erreichen. Es ist ein Schreiben aus Taiwan. Von Ying Shus Eltern. Ganz große Scheiße.«

Erdbeeraroma wird aus Schimmelpilzen und Holzspänen gewonnen, fiel Jana ein. So schmeckt es auch. Mit Erdbeeraroma für sechs Cent können 100 Kilogramm Joghurt aromatisiert werden. Das muss man sich mal vorstellen.

»Sie wollen kein Doppelgrab mit deinem Mann.«

»Ist mir egal. Said wollte das Doppelgrab, also kriegt er es auch.«

Unfassbar. 100 Kilogramm Joghurt vermengt mit sechs Cent Erdbeeraroma ergeben 1000 Becher mit Erdbeerjoghurt, dachte sie.

Man müsste einen Sketch daraus machen. Oder Joghurtfabrikantin werden.

»Es fehlt das Testament von Ying Shu. Bisher gibt's davon keine Spur.«

»Okay?«, murmelte Jana fragend, zunehmend von dem öden Gespräch gelangweilt.

»Sofern sie überhaupt eins hatte.«

»So wie ich Ying Shu kenne, hatte sie bestimmt eins.«

»Und das ist ein Problem.«

»Wieso?«

»Vor allem, weil wir hoffen müssen, dass in dem Testament schwarz auf weiß drinsteht, wie sehr sie mit einem Doppelgrab einverstanden ist.«

»Und wenn nicht?«

»Wenn nicht, entscheiden ihre Eltern, wie sie begraben wird. Und das hier …«, sagte sie fast versonnen, während ihre Finger über einem der Fotos vor ihr kreisten, »… hätten sie gern.«

Jana hob zum ersten Mal den Kopf, der immer noch wie im Nebel lag. Sie warf einen Blick auf die Abbildung, die Jana ihr mit beiden Händen feierlich herüberschob. Gleichzeitig kratzte sie den Joghurt leer, leckte sich die Lippen mit aufreizender Langsamkeit ab und stellte den Becher samt Löffel erst beiseite, als es nicht mehr wie Gehorsam aussah, sondern wie die autonome und gravitätische Entscheidung einer Person der Zeitgeschichte.

Dann vergaß sie alle Erdbeeraromen, legte die Stirn in Falten, betrachtete sich das Foto genauer, zog es mit dem Zeigefinger der rechten Hand zu sich heran.

Was sie mit dem Ausdruck zunehmenden Erstaunens sah, war eine achteckige Pagode mit geschwungenem Tempeldach, die in der Sonne glitzerte und vor der ein ernst blickender Chinese in einer Art Kung-Fu-Anzug an einer Rose roch. Das Mausoleum war vier Meter hoch. Zwei Meter breit. Zwei Meter tief. Aus Marmor. Und voll mit chinesischen Schriftzeichen.

»Und da soll Said mit rein?«

»Familie Shu will ja gerade nicht, dass er dort einzieht«, murmelte Sonne verdrossen. »Sie zählen zu den reichsten Familien Taiwans. Ihnen gehört ein Imperium. Für gewöhnlich bekommt ein Imperium, was es will. Aber wenn ich dieses Foto da der Friedhofsverwaltung Charlottenburg Süd zufaxe, zusammen mit einem Antrag auf Grablege, auf Baugenehmigung und Sondernutzung, werden wir sowieso alle verhaftet.«

»Wie lange dauert das, bis es fertig ist?«

»Es wird nicht fertig werden, Jana. Damit wird nicht mal angefangen. Das letzte Mausoleum dieser Größenordnung, das in Berlin errichtet wurde, war glaube ich für einen ss-Obergruppenführer.«

Jana wurde nervös. Sie brauchte noch einen Joghurt. Sie stand auf, schlurfte hinüber zum Kühlschrank. Während sie ihn eine Spur zu aggressiv aufriss, riet Sonne eindringlich, die Entscheidung für das Doppelgrab zu überdenken.

»Da gibt's nichts zu überdenken«, knurrte Jana. Das wäre ja noch schöner, regte sie sich auf. Alles würde sie tun, um Said den gewünschten Abschied zu ermöglichen. Einfach alles.

Sie griff die Erdbeerjoghurts Nummer zwei und Nummer drei und kehrte entsprechend aufmunitioniert auf ihren Platz zurück.

»Aber Jana«, sagte Sonne ungeduldig und zog ihre nutzlose Brille ab. »Said ist doch dein Mann. Nicht der Mann dieser Millionärstochter. Vielleicht hat er mit ihr nur geschlafen, weil du ihn schlecht behandelt hast.«

»Ich habe ihn nicht schlecht behandelt.«

»Du hast alle deine Männer schlecht behandelt. Aber das spielt jetzt keine Rolle. Vielleicht wärt ihr in einem Jahr wieder ein Herz und eine Seele gewesen.«

»Die Frau ist von ihm schwanger. Sein Kind wird mit ihm begraben. Es ist sein letzter Wille. Basta.«

Der zweite Joghurt schmeckte genauso grauenhaft wie der erste. Und Jana spürte ein leichtes Kribbeln an der Schläfe. Auf keinen Fall konnte sie eine neue Migräne riskieren, hätte eigentlich woanders hinblicken müssen, irgendwohin, wo es dunkel und kühl ist. Vielleicht zu den Porträts an der Wand, auf denen Nicky zu sehen war mit den Elogen auf seine Mutter.

»Das mag sein, Jana. Du hast aber ohne Testament keinerlei Befugnis über Ying Shus Willen«, beharrte Sonne, der allmählich die Langmut aus der Stimme rieselte. »Ying Shu und ihr Fötus haben juristisch gesehen nichts mit Said zu tun. Es sind einander vollkommen Fremde. Und ein Doppelgrab für einander vollkommen Fremde ist nicht selbsterklärend. Begreif das doch.«

Warum ließ Sonne nicht von ihr ab, dachte Jana gereizt. Wieso musste sie immer so rücksichtslos sein? So demonstrativ vernünftig alles schnellstmöglich erledigen? Warum nur konnte sie nicht warten, bis es ihr ein wenig besser ging, sie ins Fünf-Sterne-Hotelzimmer verschwand und nicht mehr auf feindlichem Gebiet war, sondern an einem Ort, wo sie in aller Ruhe bei einem Bananenjoghurt trauern konnte?

»Wieso glaubst du, dass ich alle meine Männer schlecht behandelt hätte?«, wollte sie wissen.

»Lass uns nicht darüber reden.«

»Ich habe Mubi nicht schlecht behandelt.«

»Na gut«, seufzte Sonne und schien aufzugeben. »Du bist auf dem Sprung, Jana. Lass dich nicht aufhalten.«

»Ich bin auf dem Sprung zu Fredo. Ich habe auch Fredo nicht schlecht behandelt.«

»Ich will nicht hören, dass jemand Fredo nicht schlecht behandelt hat.« Sonnes Stimme zog sich zusammen. »Und schon gar nicht von jemandem, der mich als Manager gegen ihn ausgetauscht hat und hier ohne mit der Wimper zu zucken alle meine Erdbeerjoghurts vertilgt.«

»Aber wir sind doch nun quitt, oder?«

»Wie bitte?«

»Du hast gelogen. Und ich habe gelogen. Wir sind jetzt quitt, denke ich.«

Sonne richtete sich auf, so wie sich eine Klapperschlange aufrichtet, die noch verdaut. Ihre Finger begannen, mit dem Bügel der Pseudobrille zu spielen.

»Moment mal«, sagte sie fast sanft. »Du willst die Tatsache, dass du Mubi und mich hintergangen, mein Geld vernichtet, unsere Freundschaft zerstört und das Leben mehrerer Menschen ruiniert hast, damit vergleichen, dass ich versucht habe, dich vor einem Schock zu bewahren?«

»Das ist dir ja toll gelungen«, sagte Jana bitter. »Der verbrannte und zerschmetterte Körper von Said war wirklich Balsam für meine Nerven.«

»Und das tut mir furchtbar leid! Aber ich habe aus protektiver Verantwortung gehandelt.«

»Ja klar. Du spielst immer den Moralapostel. Und doch hast du mich damals hochgehen lassen! Du hast dich einen Dreck um unsere Freundschaft gekümmert. Sondern du warst dir nicht zu schade, mich bei der ersten Gelegenheit an Mubi zu verpfeifen, nur weil ich da diesen Lehrer hatte!«

»Diesen Lehrer hatte?« Sonne sprach inzwischen mit fast vibrierender Stimme. »Das klingt so, als hättest du da irgendeinen Lehrer ganz harmlos zur Nachhilfe gehabt. Du hattest diesen Lehrer aber in deiner Vagina. Und da drin konnte er dir weiß Gott nichts mehr beibringen.«

»Du bist ekelhaft. Du hast auch nur immer an dich gedacht und an deinen Vorteil. Du konntest es nur besser verbergen.«

»Klar, weil ich an mich und meinen Vorteil denke, helfe ich dir auch mit dieser bekloppten Zwei-sind-einer-zuviel-Beerdigung, auf die ich null Bock habe, Mann! Und ich widerliche Kreatur versuche dir aus reinem Eigennutz dieses völlig unsinnige Doppelgrab auszureden! Obwohl die irren Taiwanesen, wenn sie hier tatsächlich die Kopie einer chinesischen Kaisergruft in den märkischen Sand setzen, mich wahrscheinlich zur reichsten Bestatterin dieser Stadt machen!«

»Genau«, schoss Jana zurück, »du bist ja wirklich Mutter Teresa und hast mir niemals Mubi ausgespannt!«

Plötzlich veränderte sich der Raum. Sonne schien dem Klang der Worte nachzulauschen, wie einer fernen, verzweifelten Kadenz, die der Wind davonträgt. Die Küche wirkte wie durch Zauberhand menschenleer, weil es keine Bewegung mehr in ihr gab. Bis auf die Bewegung des Uhrzeigers, der eine Minutenziffer voranklackte.

»Es tut mir leid«, hauchte Jana fast unhörbar. »Das wollte ich nicht sagen.«

»Okay. Wir lassen das jetzt.«

Sonne stand mit energischer Geste auf. Sie zog ihr Mobiltelefon aus der Tasche.

»Was lassen wir?«

»Alles.«

Jana sah in anschwellender Panik zu, wie Sonne eine Nummer wählte, sich mit der Schulter neben das Fenster lehnte, hinausblickte, trotz all ihrer Weißglut lyrisch gestimmt wie auf einem Bild von Caspar David Friedrich.

»Was machst du?«

Das Gemälde veränderte sich nicht, sondern blieb in allen Farben bestehen. Am anderen Ende der Leitung schien sich jemand zu melden.

»Na, mein Goldstück«, hörte man Sonnes nun sehr freundliche und warme Stimme. »Du, ich hoffe, ich störe nicht.«

»Leg bitte wieder auf«, beschwor Jana sie.

»Danke«, sprach das romantische Gemälde ins Handy. »Hier ist so weit alles okay. Aber eine Menge los.«

Jana erhob sich und ging auf das Fenster zu.

»Ich bräuchte mal deine Hilfe. Es geht um die Übernahme einer Klientin. Zwei Einzelgräber. Oder ein doppeltes.«

Jana schlug ihr das Mobiltelefon aus der Hand, und der erhabene Caspar-David-Friedrich-Moment war dahin.

»Heb das sofort wieder auf!«

»Ich brauche dich. Ich brauche dich für diesen Abschied. Wirklich.«

»Ich sagte ›Aufheben‹!«

Jana bückte sich und klaubte folgsam das Handy aus dem

Flokatiteppich, in den sie sich am liebsten eingegraben hätte, ohne all die üblen Fatalitäten, die nur dazu da waren, Unglück über sie zu bringen.

»Bitte, Sonne. Ich hab's nicht so gemeint.«

Sie übergab Sonne den Apparat. Sonne, die nun eher an wilde abstrakte Malerei erinnerte, bohrte ihren Blick in die zerlaufene Physiognomie Janas.

»Ich soll dir Mubi ausgespannt haben?«

»Vergiss es einfach. Bitte.«

»Was fällt dir ein? Ihn solch einer Schulhofbanalität auszusetzen ist wirklich das Letzte. Du kamst nicht mal auf seine Beerdigung!«

Jana fühlte sich wie eine Nacht, die sich in alle Richtungen ausbreitet. »Was kann ich tun«, fragte sie verstört, »damit du dich kümmerst?«

Sonne schwieg voller Zorn.

Ich beuge mich. Ich beuge mich doch, dachte Jana. Was willst du denn noch haben?

»Bitte!«, flehte sie. »Übernimm du die Beerdigung. Und versuch es irgendwie mit dem Doppelgrab.«

Jana stieß sich vom Fenster ab, schritt brütend hinüber zum Küchentisch und begann, die Papiere und Fotos in den Briefumschlag zurückzuschieben.

»Fredo!«, sagte sie schließlich.

»Was meinst du?«

»Du feuerst Fredo.«

»Was meinst du?«, wiederholte Jana.

»Ich will nicht, dass Fredo irgendwie, irgendwo, irgendwann auftaucht in den nächsten Wochen. Und deshalb feuerst du ihn.«

Jana zögerte. Sie schaute aus dem Fenster und sah einen raschelnden Blätterhaufen auf der gegenüberliegenden Satellitenschüssel umherwirbeln. Der Herbst stand vor der Tür.

»Wie soll das gehen?«

»Du wirst es hinkriegen.«

Sonne verschloss ihr Gesicht, als sei alles Wesentliche gesagt.

Auch Jana kehrte wie in Trance auf ihren Platz zurück, auf dem immer noch drei Erdbeerjoghurts standen: ein leerer Becher, ein halb leerer Becher und einer, den man gegen einen Bananenjoghurt umtauschen könnte.

»Er ist mein Manager. Weißt du, was das bedeutet?«

»Klar weiß ich, was das bedeutet. Ich war auch mal dein Manager.«

»Er hält mir den Rücken frei. Er ist, um es mit deinen Worten zu sagen, meine schimmernde Wehr.«

»Tut mir leid. Aber das ist die Bedingung.«

Jana spürte, wie sich alles in ihr auflöste. Sie legte beide Hände oben auf die Stirn, verschränkte die Finger.

LHOAVTEE.

Vibrierende Fingerspitzen.

»Ich hab gleich einen Termin bei ihm.«

»Dann sag ihn ab.«

»In einer Stunde.«

»Dann hast du eine Stunde, um ihn abzusagen.«

»Er wollte mir ein Hotel besorgen. Und er will was Persönliches klären.«

»Dann begleite ich dich.«

»Du willst dich mit ihm treffen?«

»Das tue ich nicht.« Sonnes Blick senkte sich friedlich über Janas Furcht. »Ich begleite dich nur und schaue zu, wie du deinen Manager feuerst – das ist kein Treffen. Oder du schaust zu, wie ich ihn feuere, so wie er damals mich gefeuert hat – das ist erst recht kein Treffen. Oder ich rufe Georgine an, und sie übernimmt die Bestattung, und du behältst deinen Manager und ziehst deiner Wege – nichts könnte weniger ein Treffen sein. Also drei Optionen. Und alle drei sind okay für mich. Entscheide du.«

23

Ein Taxi brachte sie in den Westen. Sie stiegen in der Kantstraße vor einer pantheonartigen Villa der Jahrhundertwende aus. Drei Stockwerke hoch. Vier Kolossalpilaster bis zum Dach. Gebaut für zwei schwule Reitergeneräle Kaiser Wilhelms II., die angeblich einander Philemon und Baucis gewesen waren. Die Kavallerieattacken, die den grauen Steinklotz an den unmöglichsten Stellen mit nackten Gardehusaren verzierten, wurden bekanntermaßen in jede queere Stadtführung aufgenommen.

Dass in allen Stockwerken Janas Agentur residierte, war an den gebogenen gelben Neonröhren zu erkennen, die über dem griechischen Tympanon, der das Obergeschoss krönte, in der ganzen Breite des Hauses den Schriftzug *Mad Solutions GmbH* bildeten.

Sonne und Jana betraten die Lobby, die sich als eine durch aggressive Klimaanlagetechnik frostig herabgekühlte Gruft entpuppte. Sie schien nur dazu zu dienen, ungebetenen Besuchern, die von draußen aus dem Sonnenlicht eindrangen, die Orientierung zu erschweren. Weder war irgendein Mensch zu sehen noch eine Treppe, nicht einmal ein Mad-Solutions-hier-bin-ich-richtig-Schild.

Unter schummrigem Deckenlicht umgaben die Besucherinnen drei nackte, marmorverkleidete Wände. Die vierte

Wand, der sie vis-à-vis gegenüberstanden, bestand aus Aluminium und einer schweren Tresortür aus Stahl. Das war der Fahrstuhl. Daneben waren eine Sprechanlage und eine winzige Kamera in das Metall eingelassen.

Sonne blickte sich angewidert um. Das Vorhandensein einer Selbstschussanlage hätte sie nicht gewundert.

»Ich weiß nicht, ob ich das kann«, jammerte Jana.

»Klar kannst du das. Es ist ganz einfach. Wir steigen da ein, fahren hoch, du sprichst mit Fredo. Und dann gehen wir wieder.«

Jana wirkte unentschlossen.

Sonne warf ihr einen verächtlichen Blick zu, der Jana jedoch nicht motivieren konnte.

»Aber Sonne«, quengelte sie, »wenn ich das mache, bin ich erledigt.«

»Quatsch.«

»Ich will dann nur noch sterben.«

»Nein, das stimmt nicht. Du siehst nicht aus wie eine, die sterben will. Du siehst aus wie ein verzogener Teenager, dem mal die Glückssträhne reißt.«

Jana protestierte mit ihrer ganzen Körperhaltung, drückte trotzdem auf die Klingel neben dem Fahrstuhl, grinste verkrampft in die Kamera und nannte ihren Namen. Die Fahrstuhltür glitt auf. Die eine schnurrte hinein, die andere stiefelte hinterher.

Während sich der Fahrstuhl langsam sortierte, seine Türen schloss und kalifornische Popmusik ins Innere rieseln ließ, betrachtete Sonne verstohlen ihre nervöse Freundin, die nichts anderes als Angst ausstrahlte. Ein Mensch, der sterben will, ist aber nicht ängstlich. Das wusste Sonne. Ein Mensch, der sterben will, ist wütend und voller Lebenskraft und verzweifelt und angeödet und ausgepumpt und alles auf einmal. Ein Mensch, der sterben will, legt sich mit jedem an und möchte sich zu einer Kugel zusammenrollen und geht nicht zur Pediküre oder zum Friseur oder zeigt einem kleinen Jungen, was alles in seinem Darm steckt. Ein Mensch, der sterben will, würde wenigstens ein einziges Mal sagen oder zumindest flüstern, dass es ihm leidtut, wie sehr er damals alles zerstört hat, nur um mit einem Arschloch wie Fredo das dicke Ding zu drehen. Ein Mensch, der es jetzt nicht schafft, aus dieser Karikatur eines Raumschiff-Enterprise-Fahrstuhls zu steigen und Fredo rundzumachen, der will nicht sterben. Der will nicht mal leben. Ein solcher Mensch will einfach nur aufs Ärmchen.

Sie wurden vier Stockwerke höher in einen hellen, hallenartigen Empfangsraum gespuckt, der aussah wie ein alter Fellini-Film. Hinter einem Retroschreibtisch in Form eines riesigen, in den Raum ragenden Hufeisens saß eine Heerschar von Assistentinnen vor ihren Laptops. Alle trugen den identischen Pferdeschwanz aus den Fifties und dazu blaue oder schwarze Businessklamotten mit Fischgrätmuster.

Einer der Pferdeschwänze, ein besonders lebhafter mit der Gesichtsfarbe von Astronautennahrung, stand auf, schrie »*Oh my God!*«, schrie dann noch mal »*I can't believe it*«.

Sie hauchte schließlich Jana Komplimente zu für das Massaker, das Sonne auf ihrem Kopf angerichtet hatte. Sie umkreiste Sonne förmlich, traute sich nicht zu fragen, wer sie sei, konnte aber ihre Frage durch die Intensität ihrer Umkreisung andeuten.

Schließlich sagte Jana: »Das ist Sonja, meine Freundin.«

»Sicher die beste Freundin der Welt!«, mutmaßte der Zerberus glucksend, schlug die Hände wie eine Nonne zusammen und zeigte Sonne, als sie mit dem Ave-Maria fertig war, eine grüne Sitzgarnitur von Minotti, die im Weg stand. »Köstlich. Der Platz für die beste Freundin der Welt ist da drüben, Honey! Weich wie ein Kuchenboden!«

»Nein«, meinte Sonne. »So gut sind wir gar nicht befreundet. Ich gehe lieber mit rein.«

Das Lachen erstarb. Jana nickte der Assistentin beschwichtigend zu.

Fünf Minuten später wurden sie vorgelassen.

Fredo stand mit dem Rücken zu ihnen. Er hatte sich feldherrenhaft vor ein großes, hellblau strahlendes Fenster gestellt, an dem in diesem Moment eine Möwe vorbeiflog, sodass man sich wie auf einem Schiff vorkam. Vielleicht war es auch nur eine Taube gewesen.

Sonne konnte zunächst nur erkennen, wie hager er geworden war. Das weiße Dolce & Gabbana-Hemd hing an ihm wie der offene Kittel an einem zerstreuten Atomforscher, und der Nacken hatte etwas hühnerartig Knochiges, das hungrig aus dem Kragen herauslugte. Er hatte die Hände hinter dem Rücken verschränkt und blickte auf die Stadt herab, wie früher die zwei schwulen Generäle.

Jana zwitscherte ein Hallo, so schüchtern, wie Sonne das noch nie gehört hatte.

Fredo blickte sich um. Das gabelförmige Kinn reckte sich beim Grinsen nach vorne. Er stakste als Adorant auf sie zu und rief: »Janaspatz!« Das weiße Hemd flatterte wie eine Fahne. Sie umarmten sich, sodass Sonne spontane Zeugin von so ehrlicher wie heftiger Zuneigung wurde. Für einen Augenblick überlegte sie, doch wieder zu gehen.

Janaspatz sagte jedoch schnell, dass sie ihre »Beste-Freundin-von-früher-ihr-kennt-euch« mitgebracht habe, ohne den Grund zu nennen.

Fredo erkannte ihre Begleitung jedoch nicht. Er meinte nur: »Na klar. Bring ruhig alles mit, was du magst, bis hin zum Schankpersonal. Deine Freunde sind auch meine Freunde.«

»Na ja«, machte Sonne sich bemerkbar und räusperte sich. »Ich bin dann eher die Ausnahme.«

Er schaute sie an, mit einem winzigen Zweifel in seinen ungesund schimmernden Augen. Er öffnete beim Nachdenken halb den Mund, sodass Sonne seine hässlichen Down-under-Zahnreihen betrachten konnte, die verkehrte Gebisswelt mit den riesigen oberen Schneidezähnen im Unterkiefer und den winzigen unteren Schneidezähnen im Oberkiefer. Inzwischen sah er aus wie ein Ork.

»Das ist Sonne«, sagte Jana gedämpft. »Du erinnerst dich doch an Sonne?«

Es herrschte Schweigen.

»Aus meiner Münchener Zeit? Sonne? Sonja Meling? Nein?«

Der Ork hob nur kurz eine Augenbraue, als es ihm dämmerte.

»Ja, natürlich, Sonne.« Er lachte konziliant auf, ein bestürzender Anblick. »Ich Dummerchen. Was für ein toller Name. Die Sonne. Vergisst man nicht. ›Mach es wie die Sonnenuhr, zähl die heiteren Stunden nur.‹«

Er lächelte gerührt über seine eigene Sottise, als würde er sie ernsthaft für Philosophie halten. »Du siehst toll aus, Sonne«, behauptete er, und winzige Schatten der Erinnerung krochen über seine zu Schlitzen gepressten Augen. »Wolltest du nicht Regisseurin werden?«

»Doch«, sagte sie wahrheitsgemäß.

»Wusst ich's doch. Und? Arbeitest du im Theater oder eher im Filmbereich?«

»Ich begrabe Leute.«

»Sonne ist mehr so die Regisseurin von Trauerfeiern, ja«, sprang Jana ihr bei.

»Oh wow. Toll. Bestimmt auch nicht einfach.«

Fredo war vorher schon desinteressiert gewesen, wandte sich nun aber noch desinteressierter ab.

Großspurig bat er Jana, auf einem seiner weißen Sessel Platz zu nehmen. Dann ließ er sich hinter dem Schreibtisch nieder, ihr gegenüber, während Sonne dumm auf dem schwankenden Schiffsboden stand, in der Art blinder Passagiere.

Sie beobachtete ihn. Er bewegte sich wie ein Siebzigjähriger, konnte aber nicht älter als sechzig sein, dachte Sonne. Das Haar war grau meliert, der Blick stumpf, die Hautfarbe gelblich. Er hatte einen Ikterus, das sah sie sofort. Sogar das Weiß seiner Augen war urinfarben. Womöglich Leberzirrhose. Er hatte schon im Heppel & Ettlich damals die Nächte durchgesoffen, was das Zeug hielt, erinnerte sie sich.

Es konnte auch Hepatitis sein.

Sein schwefelhaltiger Blick huschte kurz über die verstockt wirkende Freundin Janas. Bevor er fragen konnte, sagte Jana, dass er ganz frei von der Leber weg sprechen möge, als sei Sonne gar nicht da.

Er zögerte kurz, nickte dann, zeigte mit üppiger Geste auf ein Schriftstück, das vor ihm auf der Schreibplatte lag: »Danke, dass du es mir geschickt hast.«

»Klar. Du bist mein Agent.«

Er lächelte dünn und sprach im Ton jener ostentativen Teilnahmslosigkeit, die er immer schon für Professionalität gehalten hatte: »Meine Güte, was war das für eine Ehe?«

»Was meinst du?«

Er hob das Schriftstück hoch, raschelte damit und sagte trocken: »Gab es Spuren von Zuneigung?«

»Wieso? Wir haben uns sehr geliebt.«

»Aber dieses Testament ist doch fürchterlich. Said will mit seiner Geliebten in ein Doppelgrab? Was will er dir damit sagen?«

»Keine Ahnung. Vielleicht geht es nicht um mich.«

»Jetzt schon. Und es geht darum, dass es auf keinen Fall zu so einem Doppelgrab kommt.«

»Aber das ist sein Wunsch.«

»Ich will ganz ehrlich sein, Janaspatz: Für dich wäre das eine Katastrophe. Du bist angezählt. Ihn jetzt noch mit dieser Person in ein gemeinsames Grab zu senken, würde sie romantizieren.«

»Romantiwas?«

»Zieren. Du weißt schon, was ich meine. Es würde bedeuten, dass du dich weiter schwächst, von der emotionalen

Deutungshoheit her. Du machst dieses Flittchen zur Ehefrau – und dich als Ehefrau zum Flittchen. Der Boulevard wird sich darauf stürzen.«

Sonne verließ die unsicheren Planken und setzte sich, ohne irgendeine Erlaubnis einzuholen, unaufgefordert und mit einer Spur Eleganz auf den Sessel neben Jana.

»Man kann es durchaus so sehen wie du, Fredo«, pflichtete sie dem Mann nachsichtig bei, der einfach nicht existente Wörter benutzte, denn das Verb »romantizieren« war nicht einmal ausgestorben, da war sie sich sicher, sondern das hatte es nie gegeben. »Aber ich bin als offizielle Bestatterin mit dem Fall betraut und helfe bei diesem Doppelgrab, wenn es denn gewünscht ist.«

Fredo zeigte zum ersten Mal so etwas wie eine emotionale Reaktion, zumindest sein Tiefseefischmaul tat das, da es komplett aufklappte. Er blickte auf Sonnes Hände, vielleicht um zu überprüfen, ob man damit Erde ausheben und Särge absenken konnte.

»Und ich werde Saids letzten Wunsch erfüllen, Fredo«, beharrte Jana ernst. »Ob der uns gefällt oder nicht. Und wenn es das Letzte ist, was ich tue.«

Fredo atmete eine Weile nur durch die Nase. Er fasste sich ans Herz, sog die Luft lautstark ein und entließ sie eher leise. Seine Hand griff zu einem goldenen Kugelschreiber, auf dem *Mad Solutions* eingraviert war.

»Na schön«, wiegelte er zähnebleckend ab und wechselte abrupt das Thema: »RTL ist raus, *by the way*.«

»Endgültig?«

»Ich habe alles versucht.« Er nickte, den goldenen Kugelschreiber wie einen Tambourmajorstab zwischen den Fingern jonglierend. »Aber du bist ihnen derzeit nicht *fresh* genug. Schlimmes Wort, *I know*. Und jetzt der Skandal mit Said. Ach, und wenn dann noch das Doppelgrab kommt und diese …«, er stockte und sah Sonne an, »diese äh … offizielle Bestatterin … *Santa Maria*.«

Er seufzte.

»Wie viele Millionen haben die in den letzten zehn Jahren mit mir verdient?«, wollte Jana wissen.

»Ein guter Punkt. Aber mit der Pünktlichkeit hattest du es leider nicht immer so. Und hättest du mal Botox genommen, wie ich dir immer geraten hatte.«

»Fünfzig Millionen?«

»Kann sein.«

»Fünfzig Millionen! Und die errichten mir kein Denkmal, sondern schmeißen mich raus, weil ich kein Botox nehme?«

»Es ist, wie es ist, sagt die Liebe.«

»Okay.« Jana schüttelte den Kopf und begann, an ihren Fingernägeln zu kauen, wie ein Eichhörnchen, das eine Nuss zernagt. »Dann werden wir uns eben auf dieses ARD-Projekt konzentrieren.«

Fredo hielt die Fingerspitzen beider Hände aneinander, drückte sie mehrmals bekümmert zusammen. Dann teilte er ihr mit, dass es kein ARD-Projekt mehr gebe, weil die Redaktion eher nach fresh flesh angle. Es gebe daher derzeit gar nichts in der Pipeline für sie, fuhr er mit einer Stimme fort, die sich eher an Jana-aus-Jena als an Janaspatz wandte, ja, selbst die Pipeline sei nicht wirklich zu sehen, aber er sei sicher, genau in diesem Moment denke sich jemand was richtig Tolles für die Mond aller Monde aus.

Jana starrte ihn nur an, die angenagten Finger von sich weggespreizt.

In die betretene Stille hinein hüstelte Sonne: »Wenn die offizielle Bestatterin mal was sagen darf?«

Der Mann zwinkerte überrascht, nickte unmerklich.

»Ich glaube, du stirbst bald, Fredo.«

Kein Zwinkern mehr.

»Aber das haben dir bestimmt auch schon die Ärzte gesagt. Deine Haut sieht furchtbar aus. Deine inneren Organe scheinen alle am Arsch zu sein.«

Jana nickte nur bekräftigend, sagte aber nichts.

Dafür beugte sich Fredo verwirrt nach vorne, mit irrem Ausdruck im Augapfelgelb, das der CI-Farbe von *Mad Solutions* glich, wie Sonne bemerkte. Dann stemmte er die Hände samt Goldkugelschreiber dezidiert auf den Tisch und tauchte seinen Dioxinblick in Sonnes Rehvariationen.

»Das ist Unsinn. Ich bin kerngesund«, begann er mit beschwörendem Timbre und suchte den Blickkontakt zu Jana, »und mit all meiner gesunden Kraft bin ich in dieser schweren Zeit natürlich an deiner Seite. Du kannst dich voll auf mich verlassen.«

»Danke, Fredo«, antwortete sie. »Vielleicht ist das aber gar nicht nötig.«

»Oh doch, natürlich ist das nötig.« Er warf den Kuli auf den Schreibtisch, erhob sich, rannte wieder zu seinem Fenster hinüber. Er wirkte wie ausgewechselt, wie von unerwarteten Sorgen getrieben. Bleiern starrte er auf eine gerahmte Fotografie an der Wand, die ihn und Tom Cruise zusammen mit einem Hummer zeigte, den sie in einer transatlantischen Küche in die Höhe hielten, als sollte er Luft kriegen. »Es gibt auch noch eine kleine organisatorische Sache. Und die sollst du nicht in den falschen Hals bekommen.«

»Ach ja?«

»Nun, aus verwaltungstechnischen Gründen nimmt dich die Geschäftsleitung erst mal aus meinem Portefeuille. Also die amerikanische Geschäftsleitung. Also die Ärsche in Hollywood, mit denen wir das Joint Venture haben.«

Jana starrte seine furchterregenden Zähne an, da er breit grinste.

»Nur nach außen natürlich wird das verändert. Intern gibt es *no changes*. Also ich bleibe dein Buddy. Keine Sorge. *We are the team.*«

»Ich verstehe nicht, was du mir sagen willst.«

»Also wenn es nach mir ginge, Janaspatz, würde das nicht so kompliziert gemacht. Aber die Amis haben schon recht. Es ist vielleicht besser, wenn wir dich erst mal von einer anderen Stelle aus verwalten lassen. Einer weniger exponierten.«

»Du willst sagen, dass du mich an eine … an eine Assistenz abgibst?«

»Aber wie kommst du denn auf Assistenz? Um Gottes willen. Du wirst doch nicht von einer Assistenz abgefrühstückt.«

»Es hörte sich so an.«

»Nein. Es geht um unsere Partneragentur.«

»Eine andere Agentur?«

»Doch nicht irgendeine. Sondern wir haben schon mal *Infinity Colours* angesprochen. Sagt dir was, oder?«

»Du meinst diese Girlies, von denen du behauptet hast, die seien zu doof, um in den Schnee zu urinieren?«

»Also so drücke ich mich wirklich niemals aus, Jana.«

»Der genaue Wortlaut war ›pissen‹.«

»Schau sie dir doch erst mal an.«

»Ihr gebt mich an eine Billigagentur ab?«

»Ganz und gar nicht. Die sind *born to be excellent*. Es ist vielleicht sogar ganz gut, dass da noch Jugend und Hunger wüten.«

»Du feuerst mich?«

»Jana!«

»Das ist krass. Ultrakrass.«

»Niemand feuert dich, Jana. Wir glauben an dich.«

»Ihr glaubt an mich, indem ich auf die Totenkopfinsel verbannt werde, ja?«

Der am besten ausgebildete Muskel an ihm war der, mit dem seine Schulter zuckte. Sonne musste zugeben, dass Fredo in den letzten zwei Jahrzehnten noch einiges hinzugelernt hatte, was das Aus-dem-Handgelenk-an-die-Luft-Setzen betraf. Nicht das kleinste Atom eines Schamgefühls war zu spüren hinter seiner allmählich verwesenden, pergamentdicken, schuppigen Salzwasserfischhaut.

»Du siehst irgendwie geknickt aus, Jana«, bemühte sich der vom Gevatter Gezeichnete um gute Stimmung. »Dafür gibt es keinen Grund. Es ist doch bloß vorübergehend. Und eigentlich betrifft es nur die Buchhaltung und das Telefon. Nur eins: kein Doppelgrab bitte! Das würde es vielleicht auch für *Infinity Colours* etwas zu ruckelig machen am Anfang.«

Jana erhob sich, ohne noch ein Wort zu sagen, und schritt hocherhobenen Hauptes zur Tür. Sonne folgte ihr zunächst, drehte sich an der Tür um, fixierte Fredos kanariengelbe

Kaninchenaugen und erklärte ihm ganz ruhig, dass vermutlich nur eine Lebertransplantation ihn davor bewahren könne, innerhalb der nächsten zwölf Monate das Zeitliche zu segnen. Daher würde sie ihn auch nicht als Gegner betrachten. Sondern als potenzielle Kundschaft.

Und sie schritt auf seinen Schreibtisch zu, warf ihm die Visitenkarte von *Sommernachtstraum* neben Saids Testament, genau über die Zeile *Mein letzter Wille*.

Jana musste lachen, fast so wie früher.

24

Zwei Tage später saß Samuel in der Totenbäckerei und sah seiner Gutmütigkeit beim Versickern zu. Sein Kaugummi hatte er gegen einen Eiswürfel eingetauscht, den er zwischen den Backenzähnen zermalmte. Das Krachen vertrieb die Misere jedoch nicht.

Es war 15:52 Uhr.

Schon am frühen Morgen hatte er in Patagonien einen Zweieinhalbjährigen gewaschen.

Von dort war er in den Laden gerast und hatte ein emotional belastendes Kennenlerntreffen mit einem lesbischen Pärchen absolviert, das der Krebs bald halbieren würde.

Danach musste er in Kreuzberg einen vollkommen am Boden zerstörten, den Krematoriumstermin seiner Frau unzulässig hinauszögernden Oberstudienrat ermutigen.

Schließlich fuhr er in die Totenbäckerei zurück, um seinen Wagen für die Trauerfeier des nächsten Tages mit technischem Equipment vollzuladen, wobei er von einer weiblich gelesenen LGBTQ-Aktivistin gestört wurde, die im neunten Semester Sozialpädagogik studierte.

Sie hatte orange gefärbte Haare, strebte einen Praktikumsplatz bei *Sommernachtstraum* an und stellte sich unangemeldet persönlich vor.

Als Samuel – durchgeschwitzt, womöglich übel riechend,

vom Tag ermattet und sich alt und verbraucht fühlend – die duftende Kandidatin nach den Gründen der Bewerbung fragte, fiel ihr nichts ein außer »megaspannende Aufgabe«. Und als er nachhakte, ob sie zur Berufsvorbereitung nicht vielleicht ein Jugendzentrum oder eine Einrichtung für Menschen mit Behinderung als Realitätscheck megaspannender fände, zuckte sie nur mit den Achseln und blieb patzig lächelnd eine Antwort schuldig.

Er fragte noch halb freundlich: »Also Hauptsache, was mit Menschen?«

Sie schüttelte den Kopf und erwiderte knapp: »Hauptsache, was mit toten Menschen.«

Er warf sie hochkantig raus. Die moosigen Noten ihres Parfums hingen noch minutenlang beleidigt in seiner Nase.

Samuel hasste Praktikantinnen.

Und er war schon seit Längerem konsterniert, dass sich sein Beruf zu einer Mode entwickelt hatte.

Vor Jahren noch war die Berührungsangst groß und die Bewerberzahl klein gewesen. Seit Neuestem jedoch erhielten Sonne und er ein Dutzend Praktikumsanfragen pro Monat. Er verstand nicht recht, woran das liegen mochte. Sie führten ja keine Modelagentur, sondern hatten eine im Wesenskern deprimierende Aufgabe zu erledigen. Und galten dennoch als *hot spot* der neuen Kümmerlichkeit.

Seit der Coronapandemie und erst recht nach dem Überfall Russlands auf die Ukraine hatte ein Wandel eingesetzt. Wie Regen in den Bäumen saßen die Kriege und Katastrophen. Und die Kids spannten ihre kunterbunten Schirme auf.

Selbst die Coolsten unter ihnen spürten die Nähe des Herrn Gevatters. Angesichts zukünftiger militärischer Auseinandersetzungen und aktueller weltumspannender Krisen fühlten sie sich dadurch existenziell erfrischt und wollten beruflich an sinnstiftender Melancholie teilhaben. An erhebender Düsternis. An der Life-Death-Balance.

Support, Coaching, Care und Daseinsfragen – all das bot alternatives Bestatten und schien, verbunden mit modernsten Dienstleistungen und einer extraordinären Eventkultur, für junge Leute, die nach Antworten, Melo-Fun und gechillter Energie suchten, etwas flirrend Attraktives zu haben.

Samuel war angewidert. Eigentlich hätte er der Karottenfrau eine schmieren müssen, dachte er grimmig. Leider war er einfach immer zu langmütig und harmlos. Ihm graute schon davor, dass irgendwann die Kochsendungen im Fernsehen von Bestattungsshows abgelöst werden würden, die *Der perfekte Abschied*, *Dying of the Fittest* oder *Mein schönes Grab – dein blödes Grab* heißen könnten. Oder gar *Sie nannten ihn Maulwurf – Unterwegs mit Starbestatter und Entertainer Samuel Petersen*.

Wie immer versuchte Samuel, sich mit solch silbrigen Horrorszenarien die Gemütsruhe zu bewahren.

Aber es war schwer.

Die Eiswürfel gingen aus.

Das Telefon klingelte unablässig.

Die Masse der E-Mails flutete sein Postfach.

Und Sonne war seit zwei Tagen ohne jede Erklärung abgetaucht.

Eine einzige SMS hatte sie geschrieben: *Lieber Samuel, mach dir keine Sorgen. Ich muss für eine kurze Zeit Abstand gewinnen. Ich erkläre dir alles. Bitte übernimm meine Schichten. Bitte ruf mich nicht an. Es tut mir sehr leid. Umarmung, Sonne.*

So etwas hatte Samuel noch nie erlebt.

Auf seine Antwort-SMS *Verstehe. Okay. Frage: Wurdest du entführt? Oder hast du einfach nur sehr viel Sex?* erhielt er keine Antwort mehr.

Wahrscheinlich war es wieder mal das alte Humorproblem. Sie hatte das mit ihm, aber er auch mit ihr. Ihr unerschütterlicher Ernst, der für ihn an Freudlosigkeit grenzte, ging ihm so was von auf die Eier.

Als er ihr als dezenten Hinweis den Gipsabdruck seines Hodensacks – liebevoll deformiert, mit zwei schwarzen Stiefeln eines Playmobil-Feuerwehrmanns gekrönt und mit Blattgold verziert – letztes Jahr zu Weihnachten geschenkt hatte, lachte sie nicht einmal aus Höflichkeit.

»Sorry, ich verstehe den Witz nicht, und ich hoffe, da sind nicht noch Haare dran«, hatte sie gesagt, als sie sein goldschimmerndes Skrotum gegen das Licht hielt, einen Hammer holte und offenbar dachte, man müsse es zerschmettern, um Geldstücke darin zu finden.

Noch unbegreiflicher war ihm der sehr lange und ungeheuer persönliche Brief, den Sonne ihm vor einigen Tagen ganz altmodisch per Post geschickt hatte und den er ständig bei sich trug.

Die Informationen darin waren so ungeheuerlich, die Bekenntnisse so weitgehend, die offengelegten Mysterien so unergründlich und damit doch nicht so offen, wie es den Anschein hatte, dass er völlig irritiert war. Es war ein Brief, der einem tief in die Augen sah. Seine Bekenntnisfreude passte überhaupt nicht zu Sonnes Barrieren, zu ihrer charismatischen Verschlossenheit.

Und die atemberaubenden Anklagen gegen ihre Freundin lasen sich einerseits überzeugend, andererseits auch lückenhaft, und er hatte das unangenehme Gefühl, dass er unbedingt gegen Jana eingenommen werden sollte.

Aber er war nicht gegen Jana eingenommen.

Ihr gemeinsamer Moment an der Eidechsenmauer machte ihm immer noch eine Ganzkörpergänsehaut. Und das, was er über sie und ihre sehr speziellen jugendlichen Verfehlungen durch Sonne erfuhr, konnte das Bild, das er mit ihrer von Trauer und Schock gefrorenen Gestalt in sich aufgenommen hatte, nicht zersetzen.

Seine Neugier wuchs nur. Sein Interesse. Ihr Bild wurde zum Bildnis. Und das machte ihm zu schaffen.

Auch von Jana hatte er nichts mehr gehört, obwohl Said und Ying Shu im Kühlraum auf Entscheidungen warteten.

Und Familie Shu schickte fast täglich Depeschen aus Taipeh.

Er schluckte den letzten Eiskrümel herunter und blickte auf die Uhr. 15 Uhr 58.

Gleich würde Herr Mutzke kommen.

Aber Herr Mutzke hatte einen Termin mit Agnetha, die es weder in irgendeinem Einwohnermeldeamt noch im metaphysischen Sinne gab. Ihr reales Alter Ego Jana von Mond war nicht da. Sonne war nicht da. Er selbst war mental ebenfalls kaum vorhanden und kannte Herrn Mutzke auch gar nicht. Was sollte er ihm also sagen?

Er fragte sich, wie jemand, der so großen Wert auf verantwortungsvolles Handeln legte wie Sonne, ihn eiskalt sitzenlassen konnte. Warum nur behandelte sie ihn so respektlos? Wieso marterte sie ihn mit Warterei?

Sein gekühlter, eisfreier Mund brauchte Reibung, und wie so oft, wenn Samuel unter Stress stand, summte er das Totenbäckerlied vor sich hin. Die Nationalhymne von *Sommernachtstraum*.

Aber das machte die Sache nicht besser. Denn dieses Lied hatte Sonne mit der fast gleichen Vehemenz als geschmacklos abgelehnt wie die lyrisch gemeinten Gipsabdrücke seiner Testikel.

In der Totenbäckerei
gibt es manche Meckerei.
Zwischen Sarg und Brot
macht so manche Not
eine riesengroße Kleckerei.
In der Totenbäckerei.

Wieso regte sie sich über seine Kreativität auf? Er hatte den Text des Adventslieds *In der Weihnachtsbäckerei* ein wenig verbessert, es auf der Westerngitarre begleitet und mit Nicky in sein Handy eingesungen.

Wo ist das Rezept geblieben
von dem Leben, das wir lieben?
Wer hat das Rezept verschleppt?
Ich nicht.

Nicky hatte ein wahnsinniges Vergnügen an dem neuen Text gehabt, hatte den Song mit Inbrunst geschmettert. Sie waren ein perfektes Duo gewesen.

Aber nein, Sonne war natürlich ablehnend. Mehr als das, sie war dagegen. Sie behauptete, der Junge gelte sowieso aufgrund seiner Erkrankung und der peinlichen Brille in der Schule als Außenseiter. Wenn er jetzt fröhliche Weihnachtslieder in makabre Punksongs verwandelte, würde er als Freak gebrandmarkt werden.

Samuel konnte nur abwinken. Makabre Punksongs? Diese kleine Variation eines der behindertengerechtesten und abgedroschensten Adventsschlager des vergangenen Jahrhunderts? Samuels Erbitterung war immens. Wie ignorant sie sein konnte. Wie verhagelt. Dass sie nicht spürte, wie sehr Nicky auch Leichtigkeit brauchte. Eine Brise Leichtigkeit. Wie wichtig alberner Quatsch für ihn war, um keine normierte Persönlichkeit zu werden.

»Du bist eine Spießerin und normierst deinen Sohn.«

»Einen Bluter kann man gar nicht normieren«, hatte sie entgegnet, »denn ein Bluter wird immer außerhalb der Norm sein.«

Ja, hatte er zurückgebellt, aber die Frage sei, ob außerhalb der Norm wie ein unheilbar Kranker – oder außerhalb der Norm wie ein geiler Mega-Rockstar, dem die Mädels hinterherpfeifen.

Sie hatten sich wahnsinnig gestritten. Sie warf ihm vor, sich zu sehr in Nickys Heranwachsen einzumischen, obwohl ihn das gar nichts anginge. Er sah das naturgemäß anders, verbiss sich aber entsprechende Bemerkungen.

Sie war sein Engel, aber auch sein Würgeengel.

Er konnte sich daher vorstellen, wie sehr Sonnes Rechthaberei, ihr kleinlicher Kontrollzwang, ihre Freude an unbedingt einzuhaltenden Regelwerken seinerzeit auf Jana gewirkt haben mochten, als sie ein ungewöhnlich talentiertes, ungewöhnlich karriereaffines Mädchen war, dem die frisch aus dem Ofen kommende Welt offenstand.

Warum sollte Sonne entscheiden können, aus welcher Himmelsrichtung man diese vor Hitze dampfende Welt betrat? Warum stellte eigentlich sie alle Regeln auf?

Wenn er sich selbst nur anschaute. Seine jahrelange Loyalität, seine Zugewandtheit, seine unerwiderte Liebe zu dieser Frau hatten ihn zu einem emotionalen Wrack gemacht, das zu keiner Beziehung mit einem anderen Lebewesen fähig war – nicht mal zu der Katze der Nachbarin – und sich von einem oberflächlichen Date zum nächsten schleppte, um mal für drei Nächte bei Cello-Bettina zu landen.

Er hatte ihretwegen begonnen, ihre Gegner zu seinen zu machen. Er stellte ihr Wohlbefinden über seine Einsamkeit. Er sang nur Lieder, die sie für angemessen hielt. Die Wahrheit war, er war Sonne verfallen, und zwar nicht auf die unproblematische Weise, die er sich stets eingebildet hatte.

In der imaginären Fußballmannschaft ihres Lebens, in der sie die Kapitänsbinde trug, war er nicht der kantige

Stopper oder die dauerlaufende Pferdelunge oder der harte Wadenbeißer oder der große maradonahafte Alleskönner, nicht einmal der kleine Schurke war er, sondern die Niete, die immer ins Tor musste. Der Ausputzer. Der Typ, der ihr die Stollenschuhe hinterhertrug und keinen Muckser tat, wenn sie zwei Tage nicht zum Training erschien.

Dann war es 16 Uhr.

Die Ladentür wurde aufgestoßen. Herr Mutzke stand vor ihm. Er saß vor ihm. Er stand wieder auf, als er hörte, dass Agnetha gar nicht im Laden war.

»Dann gehe ich wieder.«

»Aber vielleicht kann ich Ihnen weiterhelfen, Herr Mutzke?«, riet ihm Samuel, irritiert von all der Zackigkeit.

»Nein. Meine Mutter wollte von Agnetha beerdigt werden. Und zwar auf diese komische Art.«

»Auf welche komische Art denn?«

»Ja, ich soll heute doch den Vertrag unterschreiben.«

Von einem Vertrag wusste Samuel nichts. Innerlich fluchend öffnete er die Schublade, durchstöberte die Tischablage, fasste sich sogar an die Hosentaschen, absurd, während er ein möglichst beflissenes Gesicht aufsetzte. Unentwegt erklärte er dabei, dass *Sommernachtstraum* auf Arbeitsteilung setze, sodass auch er wirksam handeln könne. »Und ehrlich gesagt«, schloss er, während er den Firmencomputer öffnete und dort vergeblich nach einem Vertragsentwurf fahndete, »habe ich ja Ihre Mutter aus dem Hospiz abgeholt, habe mich um sie gekümmert und rede auch jeden Tag mit ihr, wenn ich sie im Kühlraum besuche.«

»Sie reden mit meiner Mutter?«

»Ja natürlich. Ich rede mit allen verstorbenen Menschen, die mir anvertraut sind.«

»Über was?«

»Wie ›Über was‹?«

»Ja, über was reden Sie mit denen? Über das Wetter oder über die Probleme, die Sie gerade mit Ihrem Hund haben, oder über die Weltlage?«

»Na ja, um ehrlich zu sein, sage ich vor allem, wie sie aussehen. Also Ihre Mutter sieht sehr gut aus.«

Herr Mutzke strahlte eine unheilvolle Bedrohung aus, vielleicht nur durch die muskelbepackten, schwarz tätowierten Oberarme, die er ineinander verschränkt hatte.

»Das habe ich ihr nie gesagt«, rollte es aus ihm heraus. »Ich habe ihr nie gesagt, wie gut sie aussieht. Obwohl sie spitze aussah, als sie noch jung war. Sie war ein Feger.«

»Ja, das glaube ich gerne.«

»Das habe ich ihr nicht gesagt, als sie noch lebte. Und jetzt würde ich es ihr erst recht nicht sagen, weil es ja auch nicht stimmt.«

»Ich denke schon, dass es stimmt.«

»Ich finde es irgendwie krank, mit den Toten zu sprechen.«

»Für mich fühlt sich das völlig normal an.«

»Habe ich nie gemacht.«

»Sie?«

»Ich, ja.«

»Sie hatten mit Leichen zu tun?«

Herr Mutzke nickte.

»Asgaard«, sagte er.

»Was ist das?«

»Nie was von *Asgaard* gehört?«

»Nein.«

»Dann mal nachgucken in dem Ding!«

Herr Mutzke zeigte mit seinem muskulösen Zeigefinger auf Samuels Computer. Samuel gab gehorsam den eigenartigen Namen in der Google-Suchmaske ein und erhielt 24 000 Treffer.

»Und?«, fragte Herr Mutzke.

»Ja, so eine Art Söldnerfirma, dieses *Asgaard*.«

»Sicherheitsfirma. Hamm. Bagdad. Erbil. Damals waren wir zwei Jahre in Somalia so eine Art Polizei. Da macht man natürlich nicht so ein Geschiss von wegen ›Reerdigung‹.«

»Ach, darum geht es.«

»Ja.«

»Eine sehr nachhaltige Bestattungsform, Herr Mutzke.«

»Ja, diese Agnetha hat es meiner Mutter angedreht. Ist sauteuer.«

»Ja, das stimmt.«

»Aber wenn die Alte das unbedingt will«, seufzte er.

»Ich kann den Vertrag nicht finden«, bedauerte Samuel und schloss die Schublade. »Aber ich kann Ihre Mutter ja morgen mal fragen, ob sie es sich noch mal überlegen möchte.«

Herr Mutzke blinzelte. Ganz langsam wurden seine Lippen von einem verächtlichen Lächeln entstellt.

»Sie sind so ein Spaßvogel, ja?«

»Tut mir leid.«

»Nein, es interessiert mich.«

»Ist mir nur so rausgerutscht.«

»Machen Sie sich gerne lustig über die Leute, die Ihnen ihre Liebsten anvertrauen?«

»Die Wahrheit ist, dass es heute ein nicht ganz perfekter Tag ist. Ich bin leider ein wenig überfordert. So wie Sie, wenn Sie Luftunterstützung anfordern mussten, weil die Rebellen in Somalia vorrückten.«

»Was wissen Sie über Mogadischu?«

»Gar nichts.«

»Einen Scheiß wissen Sie.«

»Das stimmt, Herr Mutzke.«

»Waren Sie beim Bund?«

»Zivildienst.«

»Ärsche abputzen?«

»Genau.«

Der Söldner nickte und zeigte ihm dann seine zehn Finger, als hätte er sie soeben gewaschen.

»Ich könnte Sie mit diesen Händen hier töten. Das geht ganz schnell. Hier oben am Hals.«

Seine rechte Hand schnellte nach vorne wie bei einem Zaubertrick und fuhr mit der Spitze des Zeigefingers sanft und in Zeitlupe über Samuels *Arteria carotis externa*, die heftig pumpte.

»Kein Arzt würde das bemerken. Nicht mal ein Pathologe. Die würden denken, Sie hätten einen Herzinfarkt gehabt.«

Herr Mutzke zog die Hand zurück, lehnte sich in den Stuhl, musterte sein Gegenüber, das Harmonie abzustrahlen versuchte und etwas dümmlich grinste.

»Sie sind so jemand, der Ärger sucht, oder?«, sagte der Mann knurrend.

»Ganz und gar nicht. Kennen Sie das Lied *In der Weihnachtsbäckerei*?«

»Ja, klar.«

»Da habe ich den Text ein wenig verändert. Wenn Sie wollen, singe ich Ihnen das Lied vor. Das entspannt.«

»Sie wollen mir ein Weihnachtslied vorsingen?«

Samuel war schon unterwegs ins Office, trat zum Kühlschrank, öffnete ihn, zog aus dem Eisfach das Glas mit den Eiswürfeln hervor, genehmigte sich ein besonders kantiges Exemplar, das ihm vielleicht das Zahnfleisch aufreißen, ihn aber auch beruhigen würde, und zog schließlich die alte Gitarre hinter dem Schreibtisch hervor, während ihm durch den Kopf ging, was für unglaublich verrückte Menschen es doch gibt.

Als er mit dem Instrument wieder in den Verkaufsraum kam, stand Sonne neben dem Schreibtisch. Ihre kleine, leicht geduckte Gestalt im Gegenlicht, nur eine Silhouette.

Als ob alles wie immer wäre.

Ihr Lieblingspulli in samtiger Amethystfarbe, der auch sein Lieblingspulli war, nicht wegen der grässlichen Farbe, sondern weil er sich um ihren Körper schmiegte wie eine zweite Haut. Und neben ihr zappelte Nicky, der ihn freundlich anblickte und »Hallo, Onkel Samuel« sagte.

Warum ist Nicky nur immer so gottverdammt brav, dachte Samuel.

Er blinzelte den Besuch an. Vielleicht hatte er die beiden beim Eintreten nicht gehört, weil er ein paar Akkorde hatte anklingen lassen. Vielleicht waren sie auch einfach hereingeweht worden. Eine Ansammlung von Molekülen, die auf dem Wasser schweben und durch die Fenster diffundieren können. Er traute Sonne alles zu.

Sie blickte ihn unverwandt an, während ihre Hand auf der Schulter des Asgaard-German-Security-Mitarbeiters ruhte, als wäre er eine Kinderkrankenschwester.

»Herr Mutzke fragt, warum du ihm ein Lied vorspielen willst.«

Sie betrachtete aufmerksam Samuels Gesicht, als wäre es ihr wichtig.

»Was hast du da im Mund?«, wollte sie wissen.

Das sah doch wohl jeder, fand er. Eine quadratische Kubatur. Ein Hexaeder mit zwei Zentimetern Seitenlänge, das seine bärtige Backe ausbeulte. Was sollte es denn sonst sein außer einem sedierenden Eiswürfel?

»Ich habe mir richtig große Sorgen gemacht«, nuschelte Samuel undeutlich.

Sonne betrachtete ihn aus ihren mysteriösen hellbraunen Augen, ohne zu reagieren. Dann wandte sie sich Herrn Mutzke zu und erklärte, dass Samuel eine psychologische Zusatzausbildung gemacht habe, bei der Musiktherapie eine große Rolle spiele.

Dafür, dass Sonne es hasste zu reden, und dafür, dass sie es vor allem hasste, vollkommenen Unsinn zu reden, verhielt sie sich atypisch. Sie kämpfte um den Auftrag. Sogar mit berechnendem Augenaufschlag. Eine stinknormale kapitalistische Unternehmerin. Gar nicht so weit vom Geschäftsgebaren des Herrn Leberschön jun. entfernt.

Samuel trat auf Nicky zu und ließ den Eiswürfel einfach vor sich hinschmelzen.

»Komm mal mit.«

Er legte Nicky den Arm um die Schulter und zog ihn nach draußen vor die Tür, die offen stehen blieb. Er wusste, wie sehr es Sonne verabscheute, wenn er Nicky berührte, über seine Haare fuhr, seine Nase anstipste. Aber jetzt war ihm das egal.

Sie setzten sich auf die Bank vor der Totenbäckerei.

»Warum siehst du denn heute so wütend aus, Onkel Samuel?«

Samuel reagierte auf die Frage nicht, sondern zeigte auf die Gitarre. »Soll ich dir jetzt C-Dur beibringen?«

»Ich habe gerade Schokolade gegessen.«

»Ja und?«

»Ich habe ganz verklebte Finger. Da mache ich vielleicht die Gitarre schmutzig. Vielleicht sollte ich mir erst mal drinnen die Hände waschen?«

»Nein, da kannst du jetzt nicht rein. Deine Mama muss grad eine schwierige Leiche klarmachen.«

»Oder ich leck sie ab.«

Das tat er. Samuel nahm die Gitarre in den Schoß und zupfte die ihm unerträgliche Melodie von Bob Dylans *Blowin' in the Wind*, die durch die offene Ladentür in die Totenbäckerei rieselte und auf illegale Ex-Söldner vielleicht einen segensreichen Einfluss hatte durch all das Hippiekarma.

Nicky jedenfalls gefiel es, und er lehnte sich an ihn.

Nach zwei weiteren Dylan-Songs unterschrieb Herr Mutzke den Bestattungsvertrag, verließ die Totenbäckerei, ohne den klampfenden Samuel auch noch eines Blickes gewürdigt zu haben.

Es war 16 Uhr 47.

Sonne trat nach draußen, zog die Ladentür zu und sagte zu niemand Besonderem: »Feierabend.«

Sie kam auf Samuel zu, ließ sich im Schneidersitz auf der Bank nieder, setzte Nicky den Schutzhelm auf und zog ihn fest. Dabei schaute sie an Samuel vorbei, so wie früher in den Neunzigern die glutäugigen Zehntklässlerinnen an ihm vorbeigeschaut hatten und ihn, den Elftklässler, der aussah wie ein Neuntklässler, etwas ironisch gewähren ließen, ohne zu ahnen, dass er schon auf Nimmerwiedersehen den Weg zum Hardcorepunk eingeschlagen hatte.

Er zupfte weiter blumenkindmäßig vor sich hin.

Sie sagte zu Nicky, dass sie nun zum Kinderspielplatz gehen könnten. Nicky sprang fröhlich auf, lief ein paar Schritte voraus, und Sonne nahm Samuel die Gitarre aus den Händen, zärtlich, aber auch mit großer Selbstverständlichkeit, und hängte sie sich um wie eine Tennistasche.

Wie immer schaffte sie es, ihn dazu zu bringen, ihr zu folgen, indem sie Nicky folgte.

Sie wartete ein paar Sekunden, bis er zu ihr aufgeschlossen hatte, und verwundete ihn dann mit einem völlig nichtssagenden Kuss auf die Wange, hinter der sie den kühlen, hauchdünnen Rest des Eiswürfels spürte.

25

Dass es so lange dauert, bis es schmilzt. Alles zusammen mit dem Kummer in deinem Mund. Natürlich weiß ich, was es heißt, wenn du Eiswürfel nimmst und darauf rumkaust. Dir geht es schlecht. Du bist in Sorge. Alles ist scheiße.

Und du machst dir die Zähne kaputt.

Du hast doch so weichen Zahnschmelz. Zahnschmelz wie aus den Kreidefelsen von Rügen geschlagen. Hat das nicht deine Zahnärztin gesagt? So eine poetische Zahnärztin. Und so blond, wie du es magst. Ist sie nicht auch eine Norddeutsche? Könntest du sie nicht heiraten?

Ich habe nicht gefragt, was du im Mund hast, um zu erfahren, was du im Mund hast. Sondern ich wollte Zeit gewinnen. Und ich merkte, dass Herr Mutzke eine Zurechtweisung erwartete.

Es tut mir sehr leid, dass ich dich deshalb beschämt habe. Es war nur eine winzige Beschämung. Und dennoch. Entschuldige bitte. Aber ich kann echt nicht zulassen, dass du dich zum Affen machst.

Du hast die Gitarre nur geholt, damit wir den Auftrag verlieren. *Blowin' in the Wind* ist was für Jammerlappen, hast du selbst mal gesagt. *Blowin' in the Wind* bedeutet Selbstverleugnung für jemanden, der die Band FUCKING

NOISE zusammengehalten hat. Du warst frustriert und wütend und wolltest mir und dir Schaden zufügen. Richtig? Damit wir etwas zusammen erleiden. Etwas Gemeinsames. Einen gemeinsamen Verlust.

Du brauchst negative Bindung.

Du bist so durchschaubar, lieber Samuel.

Du hasst es so sehr, alleine zu sein.

Und ich wundere mich dann, dass du sagst, ich sei überhaupt nicht durchschaubar für dich.

Es tut mir unendlich leid, dass ich dich so im Stich gelassen habe. Wirklich. Und gleich zwei Tage lang. Ich schulde dir Erklärungen. Ich schulde dir vermutlich auch ein wenig Nähe. Und ich kann nur sagen, dass mein Himmel eingestürzt ist, jedenfalls das Stück Himmel, das noch da war.

Jana hatte sich unmöglich benommen. Ich weiß, dass du eigentlich auf ihrer Seite bist, vermutlich sogar jetzt noch, selbst nach meinem Brief. Jedenfalls bin ich mit ihr in Streit geraten. Ich wollte Saids Beerdigung an Georgine abgeben. Ich habe Georgine deshalb angerufen.

Aber Jana hat sich mit Händen und Füßen gewehrt. Aus einem Grund, den ich nicht durchschauen kann, will sie Saids letzten Willen erfüllt wissen. Buchstabengetreu. Durch mich. Dieses Doppelgrab.

Als Gegenleistung musste sie ihren Manager entlassen. Das Verrückte ist: Am Ende hat nicht sie den Typ entlassen, sondern der Typ sie.

Krasse Geschichte.

Wir kamen danach aus der Tür und gingen nebeneinander die Straße hinunter, und sie war total fertig. Psychomäßig halt. Wir landeten in einem Park am Ufer des nahe gelegenen Lietzensees. Ein weißer Schmetterling taumelte noch stärker als Jana. Sie sagte, sie brauche ein Bad. Dann marschierte sie so, wie sie sonst ein Shopping-Center betritt, in den See hinein, was streng verboten war.

Ich sprang ihr hinterher, da ich dachte, sie wolle ertrinken.

Sie lachte, während sie in eleganten Kraulzügen davonschwamm.

Vom Ufer aus blickten uns Passanten, aber auch Blesshühner nach, alle mit ganz ähnlichem Gesichtsausdruck, und ein Terrier sprang ebenfalls ins Wasser, wurde aber von seinem Frauchen wieder herausgepfiffen.

Als wir tropfnass am Ufer standen und froren, kam eine Polizistin auf uns zu und überreichte uns einen Strafzettel. Sie schenkte aber Jana eine Banane, die sie zufällig in der Hand hatte, nannte sie »liebe Frau Mond« und dachte wie eigentlich immer, wenn Jana irgendeinen Scheiß macht, dass womöglich ein Filmteam in der Nähe ist.

Danach schüttelten wir uns wie Hunde die feuchten Haare aus, und in Janas Gesicht sah ich das Gesicht von damals aufschimmern, als sie in der Oberstufe auf Tischen saß und Blondinen verarschte.

Ich sagte, wie sehr es mich berührte, dass sie um dieses unvernünftige Doppelgrab kämpft. Als würde die Welt untergehen, wenn nicht diese zwei Menschen, verwandelt in kleine Knochenreste, nebeneinander zu liegen kämen. Sie weinte, und ich machte mich nicht mehr lustig. Wir trockneten in der Sonne. Sie hatte nun kein Hotelzimmer bekommen von Fredo und bat mich, sie zu sich nach Hause zu begleiten. Das tat ich auch.

Ihre Villa war einfach überwältigend. Echt jetzt. Fast ein Palast. Sie zeigte mir alle Zimmer. Es waren sechs oder sieben. Und sie machte Kaffee und öffnete die Kleiderschränke von Said.

Ich sah seine salbeifarbenen Shirts, die Sweater in allen Schattierungen des Meeres, die maritimen Streifenmuster auf den Pullovern. Said ist ein Sommertyp und liebt die Toskana, sagte Jana. Dann war sie so erschrocken über ihren Satz, dass sie sich den Korb mit seinen weißen Socken über den Kopf schüttete. Mit traurigem Lächeln forderte sie mich auf, Dutzende seiner Hemden in allen Sommertypfarben anzufassen. Er hat wohl am liebsten Hemden getragen. Sie zeigte mir, wie er sie zugeknöpft hatte, wie er die Lippen dabei spitzte. Sie konnte ihn gut nachmachen.

Na ja, das ist ja auch ein bisschen ihr Beruf, Leute nachmachen.

Ich schlug vor, dass sie schon einmal die Kleidungsstücke aussuchen sollte, die wir über seinen verbrannten Leib streifen würden. Die Garderobe für die letzte Reise.

Sie bat mich, bei ihr zu bleiben und sie zu beraten, obwohl ich nichts anderes als Schwarz trage und ihren Mann nie getroffen habe.

Sie zeigte mir ein Fotoalbum, damit ich seinen etwas geckenhaften Stil verstand.

Danach lernte ich die Gesamtheit seiner Textilien kennen, die Unterwäsche, die Krawatten, die Auftrittsuniformen in Silber, Schwarz oder Apricot, die meist cappuccinofarbenen Kopfbedeckungen, natürlich die Schuhe. Ein Haute-Couture-Durcheinander breitete sich in den Zimmern aus, ein Teppich aus allem, was in ihnen einst getragen wurde, bis hin zur Exzentrik.

Jana ließ mich in seine hirtenartigen Lieblingssandalen fassen, und ich spürte den durch Millionen von Schritten geprägten Abdruck seiner Zehen, seiner Ferse, seines Mittelfußknochens im weichen Leder der Sohle.

Sie hätte ihm gerne diese Sandalen mitgegeben.

Aber ich musste ihr mitteilen, dass Krematorien Lederschuhe nicht akzeptieren. Die Gerbstoffe des brennenden Leders verklumpen die winzigen Risse der Schamottsteine, sagte ich ihr, sie dehnen sich dort aus, wie Eis, das Felsspalten sprengt, und sie glaubte mir.

Jana suchte schließlich für ihn das bunte Dior-Hemd aus, in dem er einst Rachmaninow in der Philharmonie gespielt hatte, dann eine beige Hose, die die Themen »Erde«, »Orient« und »Gewürze« abdeckte, dazu Strümpfe in Rosa, die sie ihm einst geschenkt hatte, und aus dem gleichen Grund einen Seidenschal. Sie ging zu seinem Piano im Wohnzimmer, setzte sich auf seinen Platz und spielte *Let it be*. Immer wieder brach sie in Tränen aus. Ich hatte gar nicht gewusst, dass sie so gut spielen kann. Und auch ich brach in Tränen aus, denn sie saß an diesem Klavier wie unter Wasser. Ich sagte ihr, dass es irgendwann auch wieder besser werden würde. Nicht jetzt und nicht in ein paar Wochen. Aber irgendwann. Nicht sicher, aber vielleicht.

Ich kann mit Optimismus nichts anfangen, nur mit Hoffnung.

Und ich erklärte ihr, was ich von dir weiß, Samuel: dass der Unterschied zwischen Optimismus und Hoffnung der Unterschied zwischen John Lennon und Paul McCartney ist.

Imagine gilt als bester Song aller Zeiten. Dennoch hasse ich diese Nummer. Ich hasse sie nicht, weil die Musik nicht toll wäre. Sie ist okay. Aber ich hasse das Sentimentale. Keine einzige Zeile darin hat mit der Realität zu tun, mit all der Beschissenheit, in die wir geworfen sind. Alles an diesem Lied ist verlogen, und ich glaube, dass diese Verlogenheit auch die Verlogenheit von Jana ist.

Ihr unerschütterlicher Optimismus, dass sie ewig leben wird, ewig Glück haben wird, ewig die Leute zum Johlen bringt, hat in das Desaster geführt. Optimismus macht nichts besser, sondern alles schlechter. So wie auch raffinierter Zucker niemals gesund ist. Glück hält nicht ewig.

Manche können schon ihr Glück nicht fassen, auf diesem Planeten ein Desaster nach dem anderen überlebt zu haben, und beklagen sich, weil sie nur die Desaster erinnern, aber nicht das Überleben.

Dennoch hat Jana nicht *Imagine* gespielt, sondern *Let it be*. Dieses Lied zeigt uns eine andere Richtung. Dieses Lied ist tief verwurzelt in der Beschissenheit von einfach allem. *And when the broken hearted people living in the world agree, there will be an answer,* nicht wahr? Es wird eine Antwort geben. Oder es kann eine geben. Oder vielleicht auch nicht. Aber es gibt die Chance einer Antwort. Selbst in der tiefsten Dunkelheit kann ein Licht aufscheinen. Ich glaube daran, Samuel. Wirklich.

Auch mein Vater hat an die Hoffnung geglaubt. Er hatte

sogar Hoffnung, denn alle Märchen tragen Hoffnung in sich, selbst das Märchen von Max dem Selbstmörder trägt Hoffnung in sich, auch wenn es nicht gut ausgeht.

Aber kein Märchen ist optimistisch. Niemals.

Es ist ein tiefes Missverständnis, dass das Märchenhafte eine Traumwelt sei. Das ist sie nicht.

Hoffen hilft beim Trauern. Optimismus nicht.

Optimismus verhindert das Trauern, er überdeckt alle Wunden, er schmiert sie zu.

Jana holte eine Fantaflasche und Knabberkram von der nächsten Tankstelle, und wir sprachen, wie wir vor zwanzig Jahren gesprochen haben. Über unsere Eltern. Und über den Herrn Gevatter.

Wie er zu meinem Vater kam.

Wie er ihre Eltern in Brand setzte.

Wie er sich deinen Vater holte, ließ ich natürlich unerwähnt.

Aber sie will dich darauf ansprechen. Wir haben viel über dich geredet. Sie wird auf dich zukommen. Da bin ich sicher.

Und für mich ist es in Ordnung.

Es wurde sehr spät, und Jana bat mich, über Nacht bei ihr zu bleiben. Weil sie es alleine in diesem Haus nicht aushielt. Ich habe dir eine SMS geschickt. Du hast sie erhalten, oder? Und zu Nicky schickte ich unseren Babysitter.

Und dann schlüpften wir in dieses Bett. Ein Ehebett ist vielleicht immer eine kleine Wohnung in der großen Wohnung. Wir legten unsere Köpfe dorthin, wo Janas und Saids Füße gelegen hatten. Sie nahm Saids Kopfkissen in die

Arme. Sie wollte die Bettwäsche nicht neu beziehen. Wir schmiegten uns aneinander, Arm in Arm, als wären wir wieder sechzehn Jahre alt. Ich spürte, wie sie zitterte. Wir löschten das Licht, und von draußen hörte ich statt Straßenbahnen die letzten Grillen des Herbstes durch das offene Fenster brüllen.

»Sonne?«, sagte Jana zu mir, immer noch zitternd.

»Hm?«

»Du hast mich auch nicht immer eins a behandelt.« Janas Stimme war leise und völlig entfettet, als käme sie direkt aus ihrem Kopf, ohne im Rachen Feuchtigkeit aufzunehmen.

»Was meinst du?«

»Du fandest dich immer unheimlich clever.«

Ich blickte schweigend zu ihr herüber. Ihr bekümmertes Blondinenhaar.

»Mit deinen super Noten. Und weil du halt immer alles gleich kapiert hast. Und mich fandest du ein bisschen bekloppt.«

»Nein, bekloppt nicht.«

»Aber Jana-aus-Jena halt. Die checkt es nicht. Am Anfang warst du hochmütig. Mit deiner souveränen Ruhe. Wie du mich hast abschreiben lassen in der Schule. So von oben herab.«

»Immerhin habe ich dich abschreiben lassen.«

»Ich meine es nicht böse.«

»Nicht, dass ich es falsch verstehe: Du wirfst mir vor, dass du dich unbedeutend, klein und unfähig gefühlt hast, weil ich dich habe abschreiben lassen?«

»Ich werf dir gar nichts vor. Ich habe dir Schlimmes angetan. Und einen abschreiben lassen ist super und kein Verbrechen. Aber irgendwie fand ich dich immer so kühl, so ernst, so überlegen. Und bis unsere Eltern starben, war ich dir peinlich.«

»Das glaubst du doch selbst nicht.«

»Du warst die Klassensprecherin. Du warst so ein stiller Aztekenkrieger, der niemals Unsinn redet. Ich war dein Clown. Mir ging es nicht immer gut als dein Clown.«

Sie hielt mich fest, Saids Kissen hielt sie auch fest. Ich starrte nach draußen, in ein sternklares Dunkel, das ich so selten sehe.

»Ich fühlte mich einfach immer verloren«, fuhr sie flüsternd fort. »Und das hat niemand gemerkt. Du warst so brillant. Du kanntest dich viel besser in der Kunst aus, in Deutsch, in allem. Du wusstest einfach, was man tut.«

»Ich hab dich gemanagt, Jana. Es war mein Job zu wissen, was man tut.«

»Ich will es nur erklären.«

»Ich versteh's aber nicht.«

»Ich wollte diese Chance. Ich hatte das Gefühl, ich muss mich in zwei Richtungen gleichzeitig bewegen: auf mich selbst zu und auf meine Chance zu. Und meine Chance, die warst nicht du. Du hättest mich nie ernst genommen.«

»Glaubst du das wirklich, dass ich dich nicht ernst genommen hätte?«

»Mein Gott: Du hast mein Programm umgeschrieben, weil ich halt nicht so begabt war wie du. Du hast mir gesagt, was lustig ist und was nicht lustig ist. Du hast mir die Joints weggenommen wie meine Mama und mich bis zuletzt wie deine Marionette behandelt. Niemals hättest du mich ernst genommen.«

»Ich verstehe, worauf du hinauswillst.«

»Ich bin schuld an allem, Sonne. Ich hab mich weggeduckt, anstatt mal zu sagen, was mein Problem ist. Meinetwegen kannst du ›Mata Hari‹ zu mir sagen. Oder ›fucking snitch‹. Aber ich spürte irgendwie: Du wirst es überleben ohne mich. Weil du so unglaublich clever warst. Und ja, vielleicht hast du recht, vielleicht war das eine Art kranker, selbstgerechter Optimismus, den ich mir gönnte. Damit ich mich nicht schlecht fühle.«

»Mein Geld war weg.«

»Ich hab's dir überwiesen.«

»Zehn Jahre später.«

»Ich weiß.«

»Und meine Mum hat jede deiner unwitzigen, langweiligen, die halbe Menschheit herabsetzenden Shows gesehen und war auch noch stolz darauf, von dir mal übers Ohr gehauen worden zu sein.«

»Wie ist sie gestorben?«

»Vielleicht reden wir nicht mehr über das Sterben.«

Ich war so müde in diesem Bett, in dieser von außen hineinströmenden, von sterbenden Grillen zersägten Stille, in dieser Satinbettwäsche, in der noch Haare von Said schliefen, und dennoch schlug mein Herz bis zum Hals.

»Okay«, hauchte sie. »Mir gefällt der Unterschied zwischen Lennon und McCartney.«

»Ja.«

»Wollen wir was singen?«

»Was singen? Jetzt?«

»Ich kann sowieso nicht schlafen. Und Said und ich haben auch oft im Bett gesungen.«

»Was willst du singen? Was von den Beatles?«

»Weißt du was Besseres?«

»Wir haben ein Lied, das ich eigentlich nicht mag. Aber Samuel mag es. Und Nicky mag es auch. Es ist unsere Hymne. Die Hymne von *Sommernachtstraum.*«

»Ihr habt eine eigene Firmenhymne? So wie Toyota?«

»Die Melodie ist von einem Weihnachtslied. Und Samuel hat den Text verändert.«

»Wie geht das?«

Ich blieb zwei Tage in Janas Haus, Samuel. Und die meiste Zeit mit ihr in ihrem Bett. Ich habe ihr geholfen, den Abschied von Said vorzubereiten. Wir haben Spaghetti gekocht und im Garten Federball gespielt und Dokumente gesucht und Saids Kinderfotos betrachtet und seine uralten CDs gehört, die er für die *Deutsche Grammophon* eingespielt hat.

Und ich habe von dort auch die Eltern von Ying Shu in Taiwan angerufen und ihnen das Mausoleum ausgeredet. Die Mutter hat geweint, und sie hat genau die gleiche schöne Stimme wie Ying Shu, sagte mir meine furchtbare Freundin.

Jana wird bei uns überwintern die nächste Zeit, Samuel. Nicht als kostümierte Agnetha. Sondern als Jana von Mond.

So wird sie auch arbeiten. Als wäre sie sie selbst. Es war ihr Wunsch, sich nicht mehr zu verstecken oder zu verstellen, wenn sie bei den Verstorbenen ist.

Ich hoffe, dass du nichts dagegen hast, lieber Samuel.

Du magst sie ja, das weiß ich, und das macht mir ein wenig Angst. Obwohl ich keine Besitzansprüche stelle, gar nicht. Und doch habe ich Sorge, dass sich alles verflüssigt, weil sich alles ändert.

Nichts ist für mich schrecklicher als irgendein Verlust, und sei er noch so klein. Und doch verlieren wir tagtäglich ein winziges Stück unserer schmaler werdenden Zukunft.

Jana ist wieder bei mir eingezogen, denn sie will nicht alleine in dem großen, verlassenen Haus leben. Es war so wundervoll, so befreiend, dein Lied über die Totenbäckerei zu singen. Wir haben das sehr oft getan, eigentlich immer während der paar Tage, und deshalb warst du auch ständig bei uns, ob du es glaubst oder nicht.

Samuel? Was machst du? Wieso willst du gehen? Wir sind doch erst angekommen. Sieh mal, Nicky würde gerne mit dir die Rutsche herunterrutschen, und ich habe doch auch gar nichts dagegen. Ich will ihn nicht von dir fernhalten.

Bleib doch noch ein wenig.

Samuel?

Ach, Samuel.

26

In der Totenbäckerei
Gibt es manche Meckerei
Zwischen Sarg und Brot
Macht so manche Not
Eine riesengroße Kleckerei
In der Totenbäckerei
In der Totenbäckerei
Wo ist das Rezept geblieben
Von dem Leben, das wir lieben?
Wer hat das Rezept
Verschleppt?
»Ich nicht«
»Du vielleicht?«
»Nee, ich auch nicht«
Na, dann müssen wir kremieren
Und den Rest improvisieren
Schmeißt den Ofen an (oh ja!)
Und ran!

In der Totenbäckerei
Gibt es manche Neckerei
Auch der schlimmste Schluss
Macht nicht nur Verdruss

Sondern auch ein bisschen frei
In der Totenbäckerei
In der Totenbäckerei
Geben wir nicht Schokolade
Trost und Beistand und Succade
Für den Leichenschmaus
Ins Aus?
Doch auch uns zieht man den Stecker.
Auch der beste Totenbäcker
Ist am Ende Rauch und Schall
Im All!

27

Es war kühl und fast noch dunkel. Jana ging hinter ihm, sah die schief gelaufenen Absätze seiner zum Repräsentieren ungeeigneten alten Allstar-Schuhe und fragte ihn nicht, ob er für die wichtige Fahrt vielleicht lieber was Anständiges an die Füße ziehen wolle.

Samuel und Sonne hatten beide so überhaupt keinen Sinn für Eleganz.

Sie hatte ihn sogar gedrängt, das erstklassige, praktisch nie getragene Ersatzschuhwerk von Said zu übernehmen. Wollte er aber nicht, obgleich beide Männer nahezu identische Spreiz- und Senkfußdeformationen hatten und noch dazu die gleiche Schuhgröße 44. Es war schade um die zwei Paar guter Sneaker, die grünen Bootsschuhe, die Budapester mit doppelter Sohle und Lochverzierung und vor allem um die vor zwei Jahren in der Londoner Savile Row erstandenen Chelsea Boots, die in demselben Schuhladen von Hand zusammengenäht wurden, in dem bereits Winston Churchill, Lord Nelson und Napoleon III. ihren Status als Männer von Welt gefestigt hatten. Was immer sie Saids kräftigen, von winzigem, weichem Haarflaum überwucherten Füßen auch geschenkt hatte, er wollte nur wenig davon tragen – wegen der heiß geliebten Sandalen, in die er immer und überall schlüpfte, wie ein störrischer Beduine.

Nicht nur die Füße, auch die Hände von Samuel schienen die gleiche Größe wie die ihres Mannes zu haben, waren von der Anatomie her in der Lage, die Schumann-Toccata C-Dur zu spielen, zumindest den Schlussakkord. Jedenfalls theoretisch, dachte Jana. Und ihr schoss durch den Kopf, dass ihre Brüste dann ja genau in seine Hände passen müssten.

»Was trödelst du so?«, fragte er von vorne, und sie erwiderte nichts, schloss zu ihm auf, und so marschierten sie nebeneinander durch den blauschwarzen Morgennebel Patagoniens auf die Kühlräume zu. Sie ging gerne neben ihm, auch wenn er in letzter Zeit schmallippig, fast grau wirkte, wenn sie sich trafen.

Ihnen kam eine Silhouette entgegen. Herr Kalmik persönlich, was sie erst sah, als er einen Meter vor ihnen stehen blieb. Offenbar war er auf dem Weg in die Sportgarage, jedenfalls beladen mit einer Sporttasche und einem abwesenden Blick. Samuel grüßte ihn, indem er sein Mützchen anlupfte, und Herrn Kalmiks Blick wurde anwesender.

»Na, der frühe Vogel fängt den Wurm, was?«, fragte der Alte.

»Nach Bremerhaven dauert's ja ein bisschen.«

»Ihr nehmt den Achter?« Er blickte zur Seite, wo vor dem Grab seines Urgroßvaters die Umrisse eines von der Innenbeleuchtung erhellten, patagonischen Leichenwagens zu erkennen waren. Die Heckklappe stand offen.

»Ja, ohne Kutscher. Das schaffen wir alleine.«

»Am Berg müsst ihr die Kupplung immer langsam kommen lassen. Die ist ziemlich hinüber.«

»In Bremerhaven gibt's ja nicht so viele Berge«, nickte Samuel. »Und du? Was machst du hier mitten in der Nacht?«

»Senile Bettflucht.«

»Schlimme Sachen heute?«

Kalmik nickte düster.

»Jemand hat zwei Babys verhungern lassen. Fühlen sich an wie kleine Katzen. Da kann man schlecht schlafen.«

»O Mann. Dich erwischt's aber immer hart.«

»Heute mal hundertzehn Liegestütze«, sagte der Mann ausdruckslos und wandte sich an Jana. »Und Sie, Gnädigste? Sind hier alle nett zu Ihnen?«

»Sehr nett, Eumel, danke.«

»Das will ich doch hoffen.«

Er wandte sich ohne weiteren Gruß ab, zuckelte Richtung Fuhrpark davon und wurde vom Nebel verschluckt. Sie rechnete ihm hoch an, dass er sich niemals über ihre Verwandlung von Agnetha in Jana lustig gemacht hatte, sondern sie in erster Linie als Witwe sah und entsprechend behandelte.

Samuel ging weiter, betrat die Scheune, entriegelte die Schleuse und ließ Jana den Vortritt in den Kühlraum. Die Neonröhren blitzten auf. Vierstöckige Edelstahlregale führten zusammen mit großen weißen Tüchern und den darunter paarweise hervorkragenden Füßen zu taumelnden Assoziationen.

Jana hatte jedes Mal aufs Neue das Gefühl, dass die Leichen sich nur versteckt hielten unter dem Stoff und jeden Augenblick wie eine Wasserballettmannschaft in perfekter Choreografie aus den Fluten aufsteigen und im Chor »April, April« rufen könnten.

Ihre Ruheplätze waren nicht nach Firmen sortiert, sondern nach Farben. Sonne hatte jedem Unternehmen ein sogenanntes Coloursignet zugeteilt, das zusätzlich zum obligatorischen Namensschild an einer Zehe hing. Die Farbe von *Sommernachtstraum* war Türkis.

Samuel fand unter den türkisfarbenen Schildchen zwei dunkelgrau gebeizte Frauenfüße. Er zog sie und den ganzen Rest eines zermergelten Körpers auf den Regalrollen hervor und sagte »Moin, moin, Frau Mutzke«.

Er schob den vorbereiteten Transportsarg neben das Regal und begann, Frau Mutzke noch einmal von oben bis unten mit einem Flakon zu desinfizieren.

Jana ging derweil zu den eisesstarren Füßen von Said hinüber, die einige Regale weiter ungeduldig auf sie warteten. Sie umfasste sie mit beiden Händen, um Said zu beruhigen, zu streicheln, zu grüßen und zu wärmen. Sie hatte in den vergangenen Wochen viel an Scheu verloren und das Wichtigste gelernt. Wie man die Toten aus dem Krankenhaus holt zum Beispiel. Dass man, wenn man sie in der Leichenhalle des Hospitals zum ersten Mal trifft, sich ihnen höflich vorstellt. Indem man leise sagt: »Guten Tag, Frau Remscheidt. Ich bin die Jana, Ihre Bestatterin. Ich werde mich bestmöglich um Sie kümmern, werde Sie waschen, versorgen, anziehen, verbrennen und gut unter die Erde bringen. Vielleicht mache ich hin und wieder einen Scherz. Das ist eine alte Berufskrankheit. Wie schön, Sie kennenzulernen. Und jetzt fahren wir erst mal ein bisschen durch die Stadt.«

Jana hat auch gelernt, ihre Angst zu bezähmen. Die

Angst vor den Toten ist auch die Angst vor dem Tod, hat Sonne ihr immer wieder gesagt.

Nie zuvor hat sich Jana gefragt, was sein wird, wenn nichts mehr sein wird.

Nie hat sie sich vorgestellt, wie ihre Eltern sich gefühlt haben mochten beim Aufprall mit 120 Sachen. Wie sie eine Sekunde davor aussahen. Wie sie eine Sekunde danach aussahen. Wo sie heute sind. Hat sie je von ihnen geträumt? Spüren Mahms und Paps' Moleküle ihre noch in einem ganzen Stück existierende, aber so fulminant gescheiterte Tochter? Kann sie sich selbst vorstellen, einmal wie Frau Remscheidt auf einer Bahre zu liegen und von einer TV-Schlampe gekämmt zu werden? Und war das kleine silberne Kreuz an ihrem Hals nur ein Talisman, oder könnte es doch so etwas wie Gott geben?

»Hilf mir mal«, sagte Samuel und riss sie aus ihren Gedanken.

Sie tätschelte traurig Saids schwarze Knöchel zum Abschied und rückte seine Füße gerade. Danach legte sie zusammen mit Samuel Frau Mutzke in den Reisesarg. Sie brachten den Sarg auf einem Rolltisch nach draußen und schoben ihn hinten in den Achter.

Als sie vom Hof fuhren, in einen am Horizont rot aufglühenden Sonnenaufgang hinein, rief sie Herrn Mutzke an, weil er um Nachricht gebeten hatte, sobald seine Mutter sich auf den Weg machte, um Humankompost zu werden.

In den drei Wochen seit der Trennung von Fredo und von allem anderen, was bisher ihre berufliche Existenz ausgemacht hatte, konnte Jana an sich ein neues Talent bemerken: eine melancholische Leichtigkeit im Umgang mit den Hinterbliebenen.

Allerdings waren einige dieser Leute bei ihrem Anblick auch irritiert. Manch einer blickte sich um auf der Suche nach der versteckten Kamera, die im Grabgesteck vermutet wurde. Ein älterer Herr mit Pepitahut hatte sogar geseufzt: »Verscheißern kann ich mich selber.«

Aber sie sagte ihm, dass sie nicht in ihrer Eigenschaft als mediale Muntermacherin von Mond auftrete, sondern einfach nur die Bestattungsassistentin Jana sei, die sich um seinen geliebten Menschen kümmere und ganz gewiss keine Albernheiten machen werde.

Das Stammkapital einer Bestatterin ist das Vertrauen, das man ihr entgegenbringt.

Bringt man aber jemandem Vertrauen entgegen, der einst vor einem Millionenpublikum mit entblößten Brüsten eine Wasserrutsche runtergeflitzt war und dabei in die Kamera »Meine Arschritze klemmt« gekreischt hatte?

Erstaunlicherweise ja. So wie sie früher die Bereitschaft der Leute, lauthals zu lachen, adaptieren und in Energie umwandeln konnte, so lud Jana sich heute mit deren Bereitschaft auf, in Tränen auszubrechen.

Auf Kommando weinen – so wie Sonne – konnte sie nicht. Aber sie war furchtlos, vermochte ihr Redebedürfnis drastisch zu reduzieren und fand mit den übrig bleibenden Worten eigentlich immer auf heiter getragene Weise in ihr Gegenüber.

Von jener madamigen Caprice, die vor ein paar Wochen

in einem weißen Pseudonerz in die Totenbäckerei getorkelt war, schien sie so weit entfernt, als hätte sie mit dieser Person nie etwas zu tun gehabt.

Sie war auch bei all den fremden Schicksalen, denen sie entgegentrat, damit konfrontiert, ihre eigenen Verluste zu verbuchen. Als sie zusammen mit Sonne das erste Kind bestatten musste, blond, weiblich, ein Hirntumor, kam es ihr so vor, als wäre es ihr eigenes. Als würde das Niegeborensein eines Kindes seinem Sterben gleichkommen.

Vereinzelt wurde sie um Autogramme gebeten. Aber die schrieb sie nur mit rotem, blauem oder grünem Filzstift auf die Särge. Särge wurden mit allen Farben und natürlich mit allen Kunden mitverfeuert. Sie waren im Grunde nichts weiter als zusammengeleimtes Brennmaterial.

Sie fuhr gerne ins Krematorium, das weit draußen in Brandenburg lag, am Rande eines schattigen Waldes. Die Jungs aus Patagonien nannten es nur »Feuerland«.

Dort bereitete sie im Abschiedsraum zusammen mit Samuel oder Sonne die Hinterbliebenen auf die Flammen vor. Manche der Angehörigen wollten selbst mit an den Ofen gehen und den Knopf drücken, mit dem der Sarg in die Verbrennungsanlage einfuhr. Andere machten einen Spaziergang.

Nicht jeder und jede in Patagonien war von der neuen Kollegin begeistert. Zumal sie gar nicht so neu war.

Georgine nahm es mit Humor, dass Jana keine Brille, keine Perücke, keine schwarzen Klamotten, keine Mund-Nasen-Maske und vor allem keinen falschen Namen mehr trug: »Immerhin gibt dir die Verlogenheit auch was schön Kaputtes, Hasilein.«

Die Konkurrenz von *Biss ins Grab* hingegen nahm übel. Dort hielt man es für unlauteren Wettbewerb, dass eine Prominente ihnen die Kunden wegsaugte. Zumal Jana für sie nur eine »Kissenaufschüttlerin« war, die gar nichts konnte: »Neu wie Schnee und dumm wie ein Tannenwald.«

Tatsächlich wollten jede Menge Branchenpeople von einer exangesagten Fun-Spezialistin wie Jana von Mond ihre Nächsten versorgt wissen, die dadurch womöglich nicht ganz so tot wirkten wie ihre Bestatterin. Es gab sogar Anfragen, ob sie nicht ihre besten RTL-Sketche in die Trauerreden einflechten könne. Dabei war es ihr gar nicht erlaubt, Trauerreden zu halten. Das durfte nur Samuel.

Sie dachte an seine Stimme und wollte sie hören, denn er hatte schon seit zwanzig Kilometern nichts mehr gesagt.

»Weißt du eigentlich, dass du eine Radiostimme hast?«, fragte sie ihn etwas plump und mit kokettem Oberton.

Er schüttelte den Kopf und antwortete nicht.

»Deine Stimme hat genau die Tiefe, die noch nicht einschüchternd ist. Also schon Höhle, aber noch nicht Atombunker.«

»Was du nicht sagst«, meinte er knapp.

»Völlig okay, wenn du nicht reden willst.«

»Danke.«

»Wie findest du denn meine Stimme?«, fragte sie nach einem Moment des Nachdenkens, ob seine abweisende Haltung vielleicht das komplizierte Einverständnis in sich trug, sich nach kurzem Small Talk in Nichts aufzulösen.

»Keine Ahnung. Ich habe noch nicht drüber nachgedacht.«

»Die war früher viel heller. Als ich noch nicht gesoffen und gehurt habe.«

»Okay.«

Er blickte starr geradeaus auf die Fahrbahn, ohne auch nur mit einem Zucken der Augenbraue auf ihre als Selbstironie daherkommende Bitte um ein Kompliment einzugehen. Stattdessen verfolgte er die Sportwagen, die ihn ab und zu in Lichtgeschwindigkeit überholten, mit hasserfülltem Blick.

»Sollen wir jetzt echt fünf Stunden lang schweigend nebeneinandersitzen?«

»Du schweigst eigentlich nicht.«

»Weil es mir ein bisschen besser geht. Weil ich es gut finde, einfach auf der Autobahn dahinzufahren. Raus aus Berlin. Und an die Küste.«

»Ja, finde ich auch gut.«

»Wenn wir nachher im Hotel sind, dann muss ich unbedingt was trinken.«

Sein Schweigen forderte sie heraus, einfach weil sie spürte, dass er gar nicht schweigen wollte, sondern ständig mit ihr zu reden schien, auf eine stumme, fast aggressive Weise.

»Wollen wir auf die Frau Mutzke anstoßen?«, fuhr sie fort. »Und du gehst total aus dir raus und erzählst mal was nicht vollkommen Langweiliges?«

»Ich hab das Hotel abgesagt.«

»Echt jetzt?«

Sie war wirklich überrascht.

»Ja, keine Zeit. Wir fahren direkt nach Berlin zurück, noch in der Nacht. Und ich trinke grundsätzlich nicht.«

»Lass mich raten: Alkoholiker. Zwei Jahre trocken. 100 Prozent Rückfallgefahr?«

»Nein.«

»50 Prozent?«

»Nein. Nur Medikamente.«

»Was für?«

»Antidepressiva.«

»Oh, Scheiße.«

»Halb so wild. Mir geht's gut. Nur Alkohol geht halt nicht.«

Sie blickte aus dem Fenster, sah in der Ferne Kühe auf dem Gras stehen, über ihnen Wolken aus Watte, die selbst wie satte Kühe aussahen.

»Sonne hat erzählt, dass dein Vater sich das Leben genommen hat«, sagte sie.

»Ach ja?«

Er schien nicht gewillt, sich aus der Ruhe bringen zu lassen.

»Ja.«

»Wundert mich, dass sie das erzählt.«

»Mehr war es auch nicht. Sie hat nur gesagt, dass du sozusagen willkommen im Klub bist.«

»Ehrlich gesagt mache ich echt gerne Witze über den ganzen Scheiß«, erklärte Samuel. »Diese ununterbrochene Betroffenheit von Sonne ist nicht meine Strategie.«

»Ja, meine auch nicht.«

»Aber im Augenblick ist mir auch nicht nach Tralala.«

»Okay.«

»Im Augenblick ist mir danach, all diese Porschefahrer, die uns überholen, von der Straße zu fegen und dann nach hinten zu Frau Mutzke zu packen! Sorry, Frau Mutzke.«

Während er das sagte und im Rückspiegel zum Sargdeckel sah, erblickte er einen heranrasenden Tesla. Er wechselte ohne Blinker auf die Überholspur und trat ohne jeden Anlass auf die Bremsen, sodass Frau Mutzke zu kreischen begann, zumindest ihr Sarg machte ein kreischendes Geräusch, als er aus der Verankerung sprang, wieder einrastete und dann betroffen schwieg.

Der Tesla hinter ihnen konnte gerade noch wie ein Kajak im Wildwasser das Ruder herumreißen, wich vor dem Zusammenprall mit quietschender Vollbremsung auf die rechte Arme-Sünder-Spur aus und fiel zurück.

»Schlecht geschlafen?«, rief Jana, die unwillkürlich die Beine gegen die Fußwanne stemmte.

»Sorry, nein.«

»Aber lebensmüde?«

»Ich höre auf.«

»Womit?«

»Hiermit.«

»Mit schlecht Autofahren?«

»Mit allem. Mit Frau Mutzke.« Wieder blickte er in den Rückspiegel. »Sorry, Frau Mutzke.«

»Wie, du hörst auf?«, fragte sie irritiert.

»Mit *Sommernachtstraum*. Ich kann nicht mehr.«

Jana hatte keine Zeit zu reagieren, denn von rechts kam der Tesla näher, und ihr fiel auf, dass es das gleiche Modell war wie das, mit dem Said die Toskana in Brand gesteckt hatte. Die Limousine fuhr auf gleiche Höhe und flog parallel bei 120 Stundenkilometern neben dem Leichenwagen her, wie der schnellste Zugvogel der Welt neben dem anderen schnellsten Zugvogel der Welt. Der Fahrer mit Jahreseinkommen-200 000-Euro-Gesicht ließ sein Seitenfenster herunter, und Jana sah nur ein aufgerissenes Schimpansenmaul, dessen Wangenfleisch und Zunge im Fahrtwind flatterten und das irgendetwas Unhörbares brüllte, das den Bewegungen der Lippen nach durchaus »HU – REN – SOHN!« heißen konnte.

»SELBER HURENSOHN! NAZIWICHSER! ICH MACH DICH KALT!«, schrie Samuel, imitierte mit der rechten Hand eine Pistole und schoss in das offene Schimpansenmaul. Der Tesla erschrak, schlingerte entsetzt zur Seite und machte, dass er davonkam.

»Was soll das heißen, du kannst nicht mehr?«, fragte Jana, nachdem Samuel wieder aus der Angriffsposition in die Defensive der rechten Fahrspur gewechselt war und den Achter nicht mehr wie einen Boliden peitschte, sondern wie einen achtsamen Leichenwagen, der heile ankommen und seine Fracht distinguiert abladen wollte.

»Es wird Zeit. Es wird schon lange Zeit.«

»Weiß Sonne davon?«

»Ich werd's ihr schon noch sagen.«

»Aber ich dachte, ihr mögt euch total. Sonne hat gesagt, du bist für sie der wichtigste Freund.«

»Sie hält es trotzdem nicht für nötig, ihren wichtigsten Freund darüber zu informieren, dass sie dich gerne in die Firma nehmen möchte. Sie liebt es, hübsche und telefonbuchdicke Briefe zu schreiben und einen vor vollendete Tatsachen zu stellen, als wäre man gar nicht da.«

»Du wolltest doch, dass ich bei euch arbeite«, sagte Jana ohne Vorwurf.

»Aber nicht so! Nicht als jemand, der mich ersetzt.«

»Aber ich ersetze dich doch nicht. Ich bereite den Abschied von Said vor und helfe euch ein wenig und weiß ja überhaupt noch nicht, wie dann das Leben weitergeht!«

»Ich sitze seit undenklichen Zeiten neben dieser Frau, die du auf dem Gewissen hast.«

»Ich habe … ich habe doch Sonne nicht auf dem Gewissen.« Sie spürte, wie die Empörung aus dem Nichts entstand, innerlich in ihr hochkroch wie ein Wurm und schon in ihrer Lunge ankam, wo sie ein paar Zylinder lahmlegte. »Was soll denn das, Samuel? Wir haben uns wieder vertragen.«

»Ja klar, ihr habt Spaghetti gekocht und Federball gespielt und in deiner Luxusvilla Schulmädchen gespielt. Sie rettet dich hier in etwas, was du als Feriencamp siehst, so wie sie dich früher auch immer gerettet hat. Und du denkst, alles sei wieder in Butter?«

»Du glaubst, es sei ein Feriencamp für mich, meinen eigenen verstorbenen Mann zu versorgen und ansonsten fremde Leichen zu checken?«

»Hast du auch nur die geringste Ahnung, wie kaputt Sonne ist?«

»Wieso willst du sie dann im Stich lassen?«

»Da fragt die Spezialistin, oder?« Seine Stimme klang fast höhnisch.

»Ich komme einfach nicht mit«, entgegnete Jana zunehmend aufgelöst. »Wieso greifst du mich an? Ich dachte, wir mögen uns?«

»Nur weil du gerne flirtest, heißt das noch nicht, dass wir uns mögen. Ich hab mich für dich eingesetzt, weil ich Mitgefühl hatte. Aber da wusste ich nicht, dass du wochenlang bleibst und wochenlang flirtest.«

»Okay. Du hast recht. Lass uns einfach fünf Stunden lang schweigen. Das wird das Beste sein.«

Sie verschränkte unwillkürlich ihre Arme und drehte den Kopf zur Seite, um wenigstens irgendwas zu tun.

»Du machst die Dinge nicht besser«, setzte er nach. »Sonne hält keine Nähe aus. Und ich bin also seit zehn Jahren mit jemandem befreundet, der keine Nähe aushält, und treffe nun dich, die dafür verantwortlich ist, dass sie keine Nähe aushält.«

»Vielleicht hält sie keine Nähe zu dir aus.«

»Obwohl ich so eine schöne Radiostimme habe.«

Sie blickte wieder nach vorne, auf die Rücklichter eines Schwertransporters, mit verriegeltem und dreifach abgeschlossenem Gesicht, bereit, sich bis zur Hysterie zu streiten. »Man ist nicht psychisch krank«, blaffte sie ihn an, »nur weil man dich nicht cool findet.«

»Sonne ist nicht psychisch krank. Das ist der falsche Ausdruck. Ich bin psychisch krank und nehme meine Tabletten und fertig. Sonne jedoch ist durch und durch komplett gestört. Deshalb lässt sie nur Leute an sich ran, die einen toten Vater haben.«

»Das klingt nach Psychogequatsche, Samuel.«

»Ich habe einen toten Vater. Du hast einen toten Vater. Und du hast einen toten Said, der einen toten Vater hat.«

Jana durchfuhr es. Saids Vater war von Assad ermordet worden. Sie vergaß es immer wieder.

»Sogar Nicky hat einen toten Vater.«

Ihr Kopf schwang zu ihm hinüber. Sie sah ein zusammengekniffenes, von Verzweiflung entstelltes Gesicht, in dem alle Muskeln gleichzeitig verrücktspielten.

»Nickys Vater ist tot?«

»Er ist jedenfalls nicht da, oder?«

»Wer ist der Vater?«

»Das ist doch egal. Jedenfalls gibt's ihn nicht!«

Seine Faust schlug auf das Lenkrad. Mehrmals. Hart.

»Aber ihr kennt euch so lange, Sonne und du. Du hast den Mann doch gekannt, oder?«

»Klar habe ich ihn gekannt.«

»Und was war das für'n Typ?«

»Es war ein ganz normaler Typ.«

»Was soll das sein?«

»EIN GANZ NORMALER, DURCHSCHNITTLICHER, LANGWEILIGER TYP EBEN!«

»Hör auf, mich anzuschreien. Ich verstehe nicht, was ein ganz normaler, durchschnittlicher, langweiliger Typ sein soll!«

»SO EIN TYP WIE ICH.«

»Und wie hieß er?«

»ER HIESS AUCH SO WIE ICH.«

Die Wolken ähnelten keiner Kuh mehr, sondern waren Monster, die einen Wetterumschwung ankündigten. Jana sah um sich herum eine liebliche norddeutsche Landschaft, die ihr aber abstrakt wie eine Karte dieser Landschaft vorkam. Und sie lebte auf dieser Karte, nicht in dieser Landschaft, sie lebte auf einem bunten Stück Papier, auf dem sie sich zurechtfand, nicht in dieser geheimnisvollen Idylle, zu der auch Samuel neben ihr gehörte, der aussah, wie er aussah, aber Dinge sagte, die zu diesem Aussehen nicht passten, zu dieser Landschaft nicht passten und ganz sicher in die Karte nicht passten, die ihr Schema der Welt war.

»Willst du mir sagen ... Willst du mir sagen ...« Sie wusste nicht, wie sie den Satz beenden konnte. »Willst du mir sagen, du bist der Vater von Nicky?«

»Auf gar keinen Fall. Wenn ich das behaupte, wird sich Sonne für immer von mir abwenden. Ich bin nicht der Vater. Ich bin nur das Sperma.«

28

Ich lernte Sonne kennen, wie sich Leute kennenlernen, die ihre Hunde ausführen und immer an der gleichen Lichtung im Park zusammentreffen. Da betrachten sie dann gegenseitig ihre Köter und tauschen sich begeistert über Fellpflege und Knusperstangen vom Rind aus. Erst freunden sich die Hunde an, dann die Frauchen und Herrchen.

Bei uns war es ähnlich. Nur führten wir keine Hunde, sondern die Suizide unserer Väter an langen Leinen spazieren.

Wir waren nicht in einer Selbsthilfegruppe oder so. Sondern wir studierten beide in München Produktdesign und fanden die Uni zum Kotzen. Sonne war schon auf dem Absprung. Sie hatte parallel zum Studium mit der Fotografie angefangen, bei einer dieser Stadtzeitungen, die damals noch in waren. Sie war durchaus eine Erscheinung an der Akademie, obwohl sie alles tat, um genau nicht als Erscheinung zu gelten. Aber im Gegensatz zu mir wurde sie von den Profs als hochtalentiert eingeschätzt und von allen anderen, auch im Gegensatz zu mir, als geheimnisvoll. Sie hat ja nie viel gesprochen. Sie war introvertiert. Aber sie hatte diese Art, nicht scheu zur Seite zu blicken wie andere stille Gewässer, sondern ihre Augen auf jeden zu richten, wobei man spürte, dass es Einladung und Drohung zugleich war.

Irgendwann saßen wir zufällig alleine in der Mensa an einem Tisch und löffelten stumm den Fraß in uns hinein. Wir kannten uns kaum, weil sie ein paar Semester Vorsprung hatte. Sie sah so fertig und vermatscht aus in ihrem schwarzen Hoodie mit der Aufschrift SCHADE DASS BETON NICHT BRENNT, dass ich sie ansprach und sagte: »Ich kenne einen guten Selbstmord-Witz, und du siehst aus, als möchtest du ihn hören.«

Sie wehrte sich nicht, blieb abwartend in ihrer Stille, und ich begann: »Kommt eine Blondine mit der abgeschossenen Fingerkuppe ihres linken Zeigefingers in die Notaufnahme des Krankenhauses. Fragt der diensthabende Arzt: Wie ist das denn passiert? Antwortet die Blondine: Ich wollte Selbstmord begehen.«

Dann stockte ich kurz, weil ich überlegen musste, wie es weitergeht, und Sonne fuhr nahtlos und ganz ruhig fort:

»Fragt der Arzt: Selbstmord, indem Sie sich den Finger abschießen? Blödsinn, sagt die Blondine. Erst habe ich mir die Pistole aufs Herz gedrückt. Aber dann dachte ich: Die OP war so teuer, da mache ich mir doch nicht die schöne neue Brust kaputt.«

Sie erzählte den ganzen sexistischen, idiotischen, politisch so was von inkorrekten Müll fast gleichmütig zu Ende, wozu sie in der Lage war, weil der Selbstmordwitz gleichzeitig als Blondinenwitz galt. Sie kannte alle Blondinenwitze, verriet aber nie den Grund. Ich war natürlich zutiefst beeindruckt und bettelte sie sofort um ein Date an.

Tatsächlich begegnete ich dir, Jana, und *Che Guevaras Rache* also damals schon, aber nur indirekt, gewissermaßen unbewusst, so wie man Fremden auf der Straße entgegenkommt und sie sofort vergisst. Denn Sonne sprach nie von dir oder von euren gemeinsamen Erfolgen. Ich wusste nur, dass sie ein Jahr zuvor von ihrer besten Freundin verraten worden war. Es fielen keine Namen. Keine Orte. Sie erzählte die Dinge immer sehr pauschal und vage, fast schläfrig, wie innerlich abwesend. Sie sagte: »Ich hatte mal eine Schulfreundin, die hat mein Leben stark beeinflusst. Seitdem habe ich ein Problem mit Vertrauen, werde mir aber Mühe geben.«

Das war alles.

Sie gab nie Details von sich preis. Bis du vor einem Monat hier bei uns auftauchtest, wusste ich nicht mal, dass du außerhalb deiner TV-Präsenz überhaupt für sie existierst.

Nur vom Selbstmord ihres Vaters, davon sprach Sonne viel mit mir. Und sie war eben auch am Schicksal meines Vaters interessiert. Es gab so viele Analogien zwischen den beiden.

Ihr alter Herr jedoch hatte Multiple Sklerose gehabt, war ein schmaler, schwächlicher Manager gewesen, Psychologe eigentlich. Er leitete die Personalabteilung irgendeiner Immobilienfirma.

Mein Dad hatte hingegen die Statur einer in der Mitte durchgesägten Litfaßsäule, und auch den gleichen Bewegungsdrang. Er wirkte wie so ein stoischer Jahrmarktstyp, der »Eingestiegen, meine Damen und Herren. Kommse ran, kommse ran« schreien konnte, ohne dass es nach einer Anstrengung aussah. Er scheiterte einfach an jeder einzelnen seiner gesunden Geschäftsideen. Seine Vorstellung von sich, ein grandioser Unternehmer zu sein, ertrank in einer Flut von Firmenpleiten.

Sonne wollte wirklich jedes winzige Detail zu ihm wissen und bestürmte mich, ihr alles ganz genau zu erzählen.

Als mein Vater sich das Leben nahm, war ich gerade mit dem Zivildienst fertig und mit meiner Band auf einem Punkfestival in einem Kaff in Mecklenburg. Es war der erste große Gig, den wir überhaupt außerhalb von Kneipenauftritten bekommen haben. Ich war total aufgeregt.

Noch am Abend zuvor war ich mehrere Stunden mit Gerd, so hieß mein Vater, zusammen in der Küche gesessen, hatte ihm gesagt: Das Leben ist nicht so schlimm, Papa, wie es aussieht. Er solle nicht dem Mumpitz vertrauen, den er fühle und denke.

Eigentlich habe ich mit ihm nicht wie ein Punker mit seinem Erziehungsberechtigten, sondern wie ein besonnener Vater mit seinem drogenkranken Sohn geredet. Ich wusste über die Situation Bescheid, in der sich sein Gehirn befand. Er war zweimal in stationärer Aufnahme wegen akuter Selbstgefährdung gewesen. Meine Mutter hatte ihn in die Psychiatrie gefahren wie in eine Kur, auch mit der gleichen Zuversicht.

Ich ähnelte in meinem Naturell mehr meiner Mutter. Sie war Klavierlehrerin in der Musikschule, spielte gut Tennis und war gern unter Leuten. Von ihr habe ich mein musikalisches Rüstzeug.

Er konnte mit Geklimper wenig anfangen, hasste *social life* und definierte sich nur über Erfolg, der sich jedoch nie einstellte. Er störte die Mutter-Kind-Symbiose durch seine Anwesenheit, was vor allem im Nachhinein unerträglich ist.

Denn er hat alles für mich gemacht, wirklich alles.

Als ich mit sechzehn auf den Wellenreit-Trip kam, hat er mir die teuersten *Noserider*-Surfboards ever gekauft. Er hat mich und meinen Freund im Sommer ins Auto geladen, hat uns bis Südfrankreich an die Atlantikküste gefahren. 1500 Kilometer ohne Pause. Er hat eine Nacht im Zelt übernachtet und ist am nächsten Tag zurück. Zwei Wochen später dasselbe. Er hat bestimmt zwanzig Geschäftstermine dafür sausen lassen.

Und als ich dann in die Punkszene eintauchte, schenkte er mir zu Weihnachten eine Packung Sicherheitsnadeln, und zwar versilberte. Was zwar bescheuert war. Aber welcher Vater macht das schon? Welcher Vater möchte so sehr von seinem einzigen Kind geliebt werden?

Am Tag, als es passierte, habe ich eine Vorahnung gehabt. Bis heute fühle ich mich wie eine Kompassnadel des Horrors, die manchmal klemmt oder zittert, aber am Ende fast immer funktioniert.

Jedenfalls wachte ich um sechs Uhr auf und konnte nicht mehr einschlafen. Meine Mutter hat mich um sieben Uhr angerufen. Papa ist tot. Hat sich vor die Bahn geschmissen. Mehr sagte sie nicht.

Ich bin zur Band rausgegangen, runter in den Speisesaal der Jugendherberge. Morning Jungs, mein Vater hat sich das Leben genommen, sagte ich. Muss leider wieder los.

Die waren erst geschockt, dann stinksauer, und einer ranzte tatsächlich: »Deine Entscheidung, wenn du Woodstock verpasst.«

Ich bin sehr, sehr schnell nach Hause gefahren.

Als ich im Dorf ankam, stand der Zug zwischen den Wiesen, direkt vor unserer Siedlung. Ich habe noch den Leichenwagen gesehen. Zwei Fahrer schoben den Sarg in den Kofferraum, klappten die Tür zu, fuhren ab.

Ich sprang aus dem Wagen, rannte ins Haus, habe meine Mutter umarmt. Mich hat's aus dem Wohnzimmer zur Terrasse gefegt. Da stand eine Stehleiter am Gartenzaun. Ich bin ein überordentlicher Mensch. Das war mein Vater auch. Er hatte, um über unseren Gartenzaun aufs Bahngelände zu kommen, die Stehleiter mit den linken Holmen in unseren Garten und mit den rechten Holmen auf das Gebiet der Deutschen Bahn gestellt, sodass er wie über eine Brücke bequem über den Zaun hinübersteigen konnte, ohne ihn kaputtzumachen. Ich weiß nicht, ob ich jemals etwas Traurigeres als diese rücksichtsvolle Leiter gesehen habe.

Meine Mutter benutzt sie heute noch, um an die Kirschen zu kommen.

Ich stieg wie mein Vater über die Sprossen, sprang neben seinen Fußabdruck, den man im trocknenden Matsch gut erkennen konnte, und ging durch die Brennnesseln und das von Insekten summende Gebüsch zum Bahndamm. Er grenzte direkt an unser Grundstück. Als Kind hatte ich deshalb immer gedacht, dass der Zug auch mir gehört, wenn er so nah an unserem Land vorbeifährt.

Ich kletterte auf die Gleise hoch. Und dann stand ich in einer riesigen Blutlache mit Fleischstücken drin. Mehrere Minuten lang habe ich es gar nicht bemerkt.

Als ich dann nach unten sah, war es eine Stille. Ich wusste: Würde die Stille durch irgendein Geräusch unterbrochen werden, durch einen Ruf oder den Flügelschlag einer Amsel, dann geriete mein ganzer Körper ins Schlingern. Wie ein Fass, das man ins Meer wirft. Es war kein Heulen. Keine Trauer. Es war ein Fass. Aber ein leeres.

Ich war komplett traumatisiert. Schockzustand. Menschen, die auf so eine Art jemand verlieren, fangen nicht an zu trauern. Totale Leere. Totale Stille.

Ich bin nicht zurückgesprungen, als ich das Blut an meinen Schuhen sah. Ich bin einfach stehen geblieben und blickte schnell nach oben. Ich habe die ganze Zeit den Wind beobachtet in einem Baum. Ein schöner Baum, der da stand. Ich glaube, eine Birke.

Mein Gefühl war, jetzt ist es also doch passiert.

Das war immer die größte Angst gewesen.

Ich habe diese größte Angst oft gehabt, wenn sich meine Eltern gestritten hatten und ich es von meinem Kinderbett aus hörte.

Ich dachte: So ist das also, wenn so was passiert. Ungläubigkeit. Das Schlimmste, was einem im Leben passieren kann, kann doch nicht mir passieren.

Irgendwann stieg ich den Bahndamm wieder runter. Mein Schuh schmatzte vor Nässe.

Ich wurde wütend. He, ist mir scheißegal, dass ihr die Bahnstrecke wieder zum Laufen kriegen wollt, schrie ich die Polizisten im Haus an. Da liegen noch Stücke meines Vaters auf dem Gleis rum. Das geht nicht. Wir müssen da leben.

Da sind dann Leute in Uniform die Schienen entlanggegangen mit blauen Tüten in der Hand und haben sie gefüllt, so wie wir früher Muscheln am Strand sammelten.

Zwei Tage danach bin ich mit meiner Mutter spazieren gegangen. Da fühlte ich mich leicht. Unser Hund war dabei. Ich hatte ein schlechtes Gewissen, dass ich keine Trauer in mir trug. Eine unheimliche Belastung war von mir abgefallen.

Zorn auf meinen Vater empfand ich nie. Ich konnte seine Tat nachvollziehen.

Sich vor diesen Zug zu stellen war das Sicherste, was er für sich machen konnte. Das war seine beste Option. Natürlich nicht meine oder Mamas beste Option. Aber seine.

Ich glaube nicht an Freitod. Ich glaube an Kannnichtanderstod. Suizid ist zwar selbstbestimmt, aber gleichzeitig auch unfrei. Zwanghaft. Mein Vater hatte keine Wahl, und wenn irgendwelche Arschlöcher sagen, man hat immer eine Wahl, dann haben sie keine Ahnung von der alleszerfetzenden Macht von Depressionen.

Mit dieser Geschichte, die ich langsam erzählte, aber nicht zum ersten Mal, habe ich Sonne kennengelernt. Oder jedenfalls hat sie mich damit kennengelernt. Und ich erfuhr alles über ihren Papa und seinen Kannnichtanderstod in der Garage.

Es ist vollkommen elektrisierend, auf einen Menschen zu treffen, der genau weiß, wie es in dir aussieht, einfach weil er genau die gleichen dunklen, eingestürzten Räume bewohnt wie du. Wobei ich mich viel weiter aus dem zerbrochenen Fenster hängte, als sie das konnte. Ich war damals schon in Therapie, nahm Tabletten. Sie nicht.

Wir trafen uns sehr schnell sehr häufig, um zusammen über unsere Schmerzen zu sprechen, was mich betraf, oder darüber zu schweigen, was sie betraf. Wir nannten das: einen Kaffee zusammen trinken.

Sie erzählte mir dabei all die Märchen, die sie von ihrem Vater kannte, und das war schön, ihm und ihr gleichzeitig damit nahezukommen.

Die Art und Weise, wie ihr Vater aus dieser Welt gegangen war, unterschied sich in einer Hinsicht fundamental von der Version meines Vaters: Vor den Zug zu springen zerstört den ganzen Körper. Wenn nichts Erkennbares übrig bleibt, ist das was anderes als Erhängen. Da radiert sich jemand aus. Da wird dafür gesorgt, dass kein Herr Leberschön jun. seine Muskeln zeigen kann. Es ist die ultimative Auslöschung.

Mein Gefühl war, dass Sonne ganz erleichtert, ja geradezu dankbar schien, dass ihr Vater nicht den Zug gewählt hatte.

Die kurze und heftige Romanze, die Sonne und ich einen Sommer lang erlebten, ähnelte äußerlich wahrscheinlich allem, was Leute mit Mitte zwanzig so miteinander anstellen.

Unter der Woche gingen wir zusammen Kaffee trinken, wenn auch auf etwas morbide Art. Am Wochenende fuhren wir an den Starnberger See, badeten, gingen danach ins Kino, oder sie begleitete mich zu den Klubkonzerten.

Sie lebte mit mir in Giesing in einer winzigen Einzimmerwohnung, die den Grundriss eines Revolvers hatte und im obersten Stock eines abbruchreifen Fabrikgebäudes lag. Wenn es regnete, drehte sie die Sicherungen raus, weil der Regen durchs Dach drang, sich über dem Deckenverputz sammelte und an den Beleuchtungskörpern heruntertropfte.

Sie sagte, wir könnten einen Schlag kriegen.

Sie sagte, von uns würde nur verschmortes Fleisch übrig bleiben.

Sie sagte, wir sollten nachts Kerzen anmachen, wenn wir aufs Klo müssen.

Sie sagte alles ganz gemütlich, ganz ruhig und souverän, wie es Sonnes Art war, und dennoch blieb der plötzliche Tod immer ein Mitbewohner, was ich verstehen konnte.

Wir schliefen miteinander, und sie hat nie wieder so viel über meine blöden Scherze gelacht wie damals.

Aber untendrunter wälzte sich ein großer schwarzer Fluss aus Öl durch unser Gestein und versiegte niemals.

Das wurde mir schon bald zu viel.

Sonnes Intensität, ihre große Stille, das war etwas, was man erst einmal durchstehen und auf sich wirken lassen musste. Ich war überfordert von dieser Kraft, die schon damals von ihr und ihrer Ruhe ausging, von dieser Unlust an Oberfläche.

Ich aber brauchte Oberfläche, um mit meiner Krankheit klarzukommen, mit der Schlaflosigkeit und der Angst. Alles, wirklich alles hatte für sie eine Tiefe, sogar der Penner, der einen anbettelte, wurde nach seiner Lebensgeschichte gefragt, obwohl er nur Wodka wollte.

Ich fragte mich, ob ich als zukünftiger Rockstar eine Überforderung in einer Beziehung überhaupt zulassen sollte. War das nicht schlecht für die Gitarrensoli?

Man ist so hirntot in diesem Alter. Echt jetzt.

Ich trennte mich nicht, so war es nicht.

Aber Sonne hatte ein hochempfindliches Echolot für innere Vorgänge. Für Steine, die sich lockern. Für tropfendes Öl.

In dem Moment, als ich über uns nachzudenken begann, entfernte sie sich schon – obwohl sie in meinem Arm lag – wie Helium, das in die Luft entweicht.

Sie hatte ein Jobangebot für Berlin, begann Shootings für Modemagazine, und das nutzte sie, um wie in einer natürlichen Bewegung von mir fortzuschwimmen. Bei niedrigem Wellengang.

Es fühlte sich alles eigenartig an, und ich dachte mir schon, wie will so jemand Models fotografieren, ohne nicht ständig Schreikrämpfe zu bekommen.

Wir schrieben uns noch einige Zeit, denn damals schrieb man sich noch richtige Briefe. Aber die Briefe waren das genaue Gegenteil unserer fundamentalen Verbindung. Sie hatten Postkartenqualität, nicht mehr. Eher weniger. Obwohl wir durch unsere Schicksale so eng miteinander verknüpft waren wie mit keinem Fremden sonst, lichteten wir die Anker.

Dann lernte ich bei einem Konzert in Magdeburg Mtsitsi kennen, die Sängerin der *Surrounders,* und Sonne und ich gingen einander verloren.

Erst zehn Jahre später lief sie mir in Berlin wieder über den Weg.

Ich war wegen einer dummen Affäre dort in Kreuzberg gestrandet und hängengeblieben. Meine Karriere war völlig im Eimer, ohne dass sie jemals angefangen hätte. Es gab keine Welttourneeträume mehr, keinen Größenwahnpunk mehr, keine Mtsitsi mehr, auch keine Heike, Anna-Louisa, Mamba oder Penny Lane. Und genau null Konzerte und null Plattenveröffentlichungen.

Aus meiner letzten Band voll mit russischen Versagern war ich rausgeschmissen worden, weil ich was mit der Ische vom Schlagzeuger angefangen hatte.

Ich lebte in wechselnden WGs und trank wie ein Loch, was Kamikaze war wegen all der Pillen, die ich einpfeifen musste. Ich war Anfang dreißig, sah aus wie Anfang vierzig und fühlte mich wie Anfang fünfzig.

Leidlich schlug ich mich als Klavier- und Gitarrenlehrer in einer Musikschule im Wedding durch, was so ziemlich das Erniedrigendste ist, was man überhaupt machen kann.

Einer meiner erträglichsten Schüler war so ein kleines Wiesel namens Arash. Er war so alt, wie Nicky heute ist, aber ungefähr zehnmal frecher.

Und eines Tages wurde er von Sonne abgeholt.

Sie saß da draußen im Flur wie so eine geschnitzte Holzfigur an alten Segelschiffen, wartete neben den anderen daunenbejackten Helikoptereltern auf der langen, blau lackierten Wartebank und war die neue Lebensgefährtin von Arashs Vaters.

Sie hatte sich äußerlich gar nicht verändert, während ich ein fleckiges, ungebügeltes Button-Down-Hemd trug und sogar eine üble graue Krawatte, weil das die Direktion der Schule von ihrem männlichen Lehrkörper verlangte.

Wir freuten uns sehr, uns zu sehen, und sie hatte immer noch diese strenge Falte zwischen den Augenbrauen, die sich aber beim Lachen auflöste. Sie fragte natürlich, ob ich einen Kaffee mit ihr trinken wolle.

Das war unser Code für Todesangstgespräche.

Wir gingen runter ins Café, wo die Kids einen Indoor-Spielplatz hatten, um sich nach der Blockflötenstunde austoben zu können.

Während alle Leute um uns herum das Leben ihrer Kinder bejubelten, sprachen wir über den albernen Mythos von Leichengift.

Denn Sonne hatte mit dem Fotografieren aufgehört und gerade einen Job bei einem alternativen Bestatter begonnen. Sie war Feuer und Flamme, und ich spürte eine ganz andere innere Landschaft in ihr als noch in München.

Aus den Steilküsten am tosenden Meer, von denen sie sich mindestens einmal pro Tag hatte hinunterstürzen wollen, waren sanfte grüne lombardische Hügel geworden, durch die sich ein liebliches Gewässer schlängelte, an dem sie Arash Bötchen fahren ließ.

Denn mit Arash war Sonne ein Herz und eine Seele. Er nannte sie *Amme,* was auf Persisch »Tante« heißt.

»Das ist ein Ehrenname«, sagte Sonne stolz.

Sie war von größerer Gelassenheit als früher, hatte einen neuen Schmelz in ihrem Blick und ihren alten Stolz in jeder ihrer Bewegungen. Ja, eine Würde, ich kann es nicht anders sagen. Und ich fragte mich, wie ich so schwachsinnig gewesen sein konnte, diese Frau jemals gehen zu lassen.

Sie war mit ihrem Typ, Arashs Vater, offenbar familientemperiert glücklich, der ihrem Beuteschema gemäß auch keine Eltern hatte, da seine Mutter ihn mit drei Monaten zur Adoption freigegeben hatte.

Er war Exilperser, hasste das Ayatollah-Regime, arbeitete als Architekt. Ihn traf ich nur wenige Male in der Musikschule, wenn Sonne keine Zeit hatte. Aber ich lernte ihn nicht kennen, und sie sprach auch kaum über ihn, weil sie Glück sowieso nicht in Worte fassen konnte.

Ich sah sie immer nur einmal in der Woche am Mittwochnachmittag, wenn sie Arash abholte und wir danach im Kindercafé zusammensaßen.

Oft kam Arash alleine von der Schule, und dann musste ich schauen, dass er seine Hände von dem ganzen Schokoladenzeug gereinigt bekam, das sich wie Höhlenmalerei über seine Unterarme zog.

Einmal erklärte ich ihm, Beethoven würde aus dem Himmel heruntersteigen und ihn fertigmachen, wenn er jemals Nutellaabdrücke auf den Klaviertasten entdeckt.

»Ach«, sagte er, »der Himmel ist ja so weit weg, und Herr Beethoven hat bestimmt schlechte Augen. Er ist ja tot.«

»Der hat Augen wie ein Vampir, der Herr Beethoven. Und Vampire sind auch tot. Totsein heißt gar nichts.«

»Vampire sind nicht tot. Vampire sind untot.«

»Dann ist Herr Beethoven auch untot.«

»Ich dachte, er ist im Himmel.«

»Aber nicht in eurem Himmel, Arash, sondern in unserem. Im Himmel der Ungläubigen.«

Ich musste die Zahnbürste und ein Mikrofasertuch holen, damit er alles abschrubben konnte.

»Merk dir, Arash: Du trainierst auf einem toten Elefanten. Also zeig ein bisschen Respekt.«

»Auf einem toten Elefanten?«

»Auf seinen Zähnen, ja. Das ist Elfenbein«, log ich und zeigte auf die weißen Tasten, die aus japanischer Fichte gefertigt waren. »Das ist kein Plastikscheiß, auf dem du rumhämmerst. Das ist ein anisotroper Werkstoff. Da kannst du mal deine *Amme* fragen, was das ist.«

»Ach, die *Amme*«, sagte Arash traurig. »Die muss ja gehen.«

»Was soll das heißen?«, fragte ich ihn, als wäre er plötzlich erwachsen.

»Sie ist nicht mehr meine *Amme*. Mein *Baba* will sie nicht mehr.«

»Aber sie sitzt doch draußen auf der Bank und wartet auf dich.«

»Ja, sie weiß es noch nicht, und ich darf es ihr nicht verraten.«

Für jemanden, der ein Problem mit Vertrauen hat, war eine solche Art der eruptiven Trennung der Endgegner. Und Sonnes hochsensibles Echolot für tektonische Verschiebungen im Zwischenmenschlichen hat in diesem Fall fulminant versagt. Vielleicht, weil sie wirklich verliebt war. Das ist ja die Fehlerquelle für fast alles.

Ich brachte es nicht übers Herz, sie vorzuwarnen, weshalb ich mir später große Vorwürfe machte.

Der Iraner teilte ihr das Finito per parfümiertem Brief mit, der den gleichen süßlichen Moschusduft verströmte wie Fredo, als er sie ein Dutzend Jahre zuvor in fast identischer Weise in deinem Namen abserviert hatte. Das hat sie mir selbst gesagt.

Sie hielt sich tapfer. Sie wurde nur durchsichtig. Wir trafen uns öfter, ohne dass sich die alte Münchener Nähe wieder einstellte. Sie behauptete später, dass ausgerechnet der Job als Bestatterin ihr Stabilität gegeben habe in dieser Situation. Denn verglichen mit der ultimativen Abholung durch den Herrn Gevatter ließen ihr die Erfahrungen mit ihrem Vater, mit dir und mit dem iranischen Architekten noch die Möglichkeit, im Hier und Jetzt Schlüsse zu ziehen.

Genau drei Konsequenzen folgten aus den Katastrophen.

Erstens ein eiserner Wille zur inneren und äußeren Freiheit.

Sonne barg nicht nur sich selbst aus den Trümmern ihrer Fast-Ehe, sondern holte auch mich im wahrsten Sinne des Wortes aus der Gosse, wo ich als Straßenmusiker zu verebben drohte, nachdem ich die Stelle an der Musikschule aufgegeben hatte, um Arash und seinem Vater nicht mehr begegnen zu müssen.

Wir verbündeten uns. Zusammen gründeten wir das Unternehmen *Sommernachtstraum,* obwohl ich von Bestattungen so viel Ahnung hatte wie von der Weltraumforschung. Aber Sonne leitete mich an, vertraute auf mein Helferding, das uns verband. Sie wollte unbedingt selbstständig und unabhängig sein.

Wir wurden die drei Musketiere: Sonne, der Herr Gevatter und ich. Wobei der Herr Gevatter die höchste Instanz war und ich das kleinste Licht. Ich wurde nur Angestellter, kein gleichberechtigter Geschäftspartner, was mir bis heute zu schaffen macht.

Zweitens der Abschied vom Märchenprinz.

Sonne beendete ihre Experimente mit Männern und beschloss, in Zukunft vollkommen autonom zu leben, unverletzbar und in edlem Verzicht auf Zweisamkeit. Sie teilte mir mit, dass sie mich als Freund betrachte, und zwar als ihren einzigen. Aber niemals und unter keinen Umständen wollte sie mit mir noch einmal eine Liebesbeziehung führen. Sie bat mich zu entscheiden, ob ich das dauerhaft ertragen würde, zumal sie gelegentliche sexuelle Begegnungen, die sie »casual« nannte, mit irgendwelchen Allerweltstypen nicht ausschloss.

Drittens wollte sie ein Kind.

Ihre Erfahrungen mit Hinterbliebenen zeigten ihr, dass die menschliche Existenz mit Kindern einen weitaus größeren Sinn zu machen scheint als ohne Kinder. Schon allein deshalb, weil auch die menschliche Existenz mit Eltern mehr Sinn zu machen scheint als ohne Eltern.

Trauerfeiern, auf denen keine hinterbliebenen Kinder auftauchten, einfach weil es sie nicht gab, wirkten oft auf sie so, als würde man verendete Einsiedlerkrebse in die Erde stecken, deren einziges Lebensziel es gewesen war, eine schöne Coladose oder sonstigen Müll als bequeme und sichere Behausung zu finden. Und am meisten vermisste sie an ihrer Romanze mit dem iranischen Architekten, dass Arash aus ihrem Leben verschwunden war, den sie zutiefst in ihr Herz geschlossen hatte.

Ich spürte an der Art, wie sie die Leichen von männlichen Kindern wusch, nämlich fast immer in Tränen aufgelöst, stets mit großer Sorgfalt in der Behandlung ihrer Knabenfrisuren und schmalen Knabenkörper, dass der Schmerz, über den sie nur noch wenige Worte verlor, unrettbar an ihr nagte.

Wie alles andere in ihrem Dasein wurde auch ihre Schwangerschaft minutiös geplant. Sie wollte ihr Kind unbedingt alleine aufziehen, weshalb sie mich in die Planungen mit einbezog. Denn in den Monaten ihrer Unabkömmlichkeit musste ich ja alle Bestattungen alleine übernehmen, nur unterstützt von entsetzlichen Praktikantinnen, bei denen man aufpassen musste, dass sie nicht aus Versehen ihren Hipster-Kaffee in den Sarg kippten.

Ich erinnere mich, wie wir am Weihnachtsabend vor neun Jahren gemeinsam im Office der Totenbäckerei saßen. Keiner von uns musste bei seiner Familie sein oder in einer Kirche oder in einer anderen Gemeinschaft, die uns band. Wir waren frei wie die Zugvögel. Und es gab viel zu tun.

Es gibt immer viel zu tun am Jahresende. Und das Sterben hält sich auch nicht an Feiertage. Draußen tobte einer der seltenen Schneestürme, und wir besprachen die Planungen hoch und runter.

Irgendwann musste Sonne aufs Klo.

Ich zog mir ihre Papiere auf meine Schreibtischseite, um ein paar Zahlenreihen zu verstehen. Dabei entdeckte ich eine Tabelle, die sie mit Kugelschreiber auf eine gelbe Karteikarte geschrieben hatte. Dort war ihr Eisprung der letzten zwölf Monate minutiös verzeichnet. Hinter jedem Eisprungtermin stand das Wort »Action«.

Als sie von der Toilette zurückkehrte, sah sie mich über ihre Tabelle gebeugt.

Sie setzte sich nicht mehr auf ihren Bürostuhl, sondern kam zu mir herüber. Ohne jede Erklärung pflanzte sie sich auf die Tischplatte seitlich vor mich, sodass ihre Schultern, ihre Brüste, ihre Oberarme mein komplettes Gesichtsfeld bestimmten. Ich witterte ihren Duft.

»Du hast mir immer noch nicht geantwortet«, sagte sie, nahm mir die Karteikarte aus der Hand und legte sie sorgfältig zur Seite.

»Worauf?«, wollte ich wissen.

»Auf die Frage, ob du es mit mir aushalten wirst ohne jede Liebe.«

»Ohne jede Liebe vielleicht nicht.«

»Ich meine auch: ohne jeden Vollzug der Liebe.«

»Sonst wäre ich nicht hier und würde nicht mit dir am Weihnachtsabend das Unternehmen am Laufen halten.«

»Aber du hast es nicht ausgesprochen.«

»Du hast mich nicht gebeten, es auszusprechen.«

Sie veränderte ein wenig die Sitzposition, und obwohl es eine kaum merkliche Bewegung war, gerieten doch ihre Haare ins Rutschen, und eine Strähne fiel ihr wie ein Komma vor das linke Auge.

»Kannst du mir versprechen, dass du dich nicht in mich verliebst?«, fragte sie ernst. »Und dass du dir keine Dinge wünschst, die ich dir nicht geben kann?«

»Warum soll ich dir so was versprechen? Und wieso glaubst du, so unwiderstehlich zu sein?«

Jetzt erst strich ihr Finger die Haare aus der Stirn, und ich sah diese kleine Falte zwischen den Augenbrauen, diese investigative Falte, die sie stets bekam, wenn sie es wissen wollte.

»Du hast gesagt, du hättest nie geweint. Du hättest nie in der größten Pfütze aller Zeiten gesessen und laut um deinen Vater geheult.«

Ich sagte nichts.

»Du hättest nie so einen Ton gemacht. So einen hohen Ton wie ein sterbendes Tier.«

Sonne legte den Kopf zurück, schürzte die Lippen wie ein heulender Wolf und stieß einen Ton aus, der nichts Komisches hatte, sondern der sofort an Tränen gekoppelt war, die ihr in Sekundenbruchteilen in die Augen stiegen. Ich sah und hörte erst jetzt ihre abgrundtiefe Niedergeschlagenheit, die an dem bis dahin unverbindlichen Abend verborgen gewesen war.

Ich zuckte die Achseln und fragte mich, wohin das führen sollte.

Sie wurde still und wischte sich den Schmerz mit einem fahlen Lächeln weg. Dann legte sie mir die Hände auf die Schultern. Sie musste sich vorbeugen, und ihr Gesicht war nah an meinem Gesicht, und ich sah die Spur von Schimmer in ihren Augen und roch ihre Haut und ihren trockenen, nach Wiese duftenden Atem, und wie sie es schaffte, dass ihr Atem nie nach Zahnpasta oder nach Verwesung roch, trotz all der kleinen Nahrungsrückstände, die doch auch in ihrem Rachen verfaulen mussten, ist mir unbegreiflich. Ich roch sie so gerne.

»Und du bist damals nach Hause gefahren und hast gesehen, wie der Sarg in den Wagen geschoben wurde?«

Ich nickte.

»Und als du auf den Bahndamm kamst, was fandest du da?«

Ich blickte zur Seite, sah sie nicht mehr an.

»Du fandest kleine Fleischstücke, stimmt das?«

Ich machte keine Kopfbewegung, sondern nahm ihre Hände von meinen Schultern und stand auf, weil ich ihre Nähe nicht mehr ertrug. Ich stellte mich neben das Fenster, sah meine eigene Spiegelung in der dunklen Glasscheibe, an die der Schnee wirbelte.

»Niemand hat dich bei der Beerdigung traurig gesehen. Niemand sah dich weinen.«

Ich sah sie an.

»Du bist stolz darauf.«

Ich sagte nichts. Aber es stimmte.

»Und du liebst es, deine unterirdischen Witze zu reißen und all diesen Quatsch. Damit du niemals in die Situation kommst, doch einmal deine ganze Fassung zu verlieren.«

Sie starrte mich an. Ich machte meine Augen fest zu und fing an zu kichern. Ein zittriges, hohes Kichern mit verkniffenem Gesicht.

»Samuel.«

Ich kicherte, und dann lachte ich.

»Samuel.«

Es war doch zu lustig.

»Ich kann mich nicht erinnern, dich jemals beim Weinen gesehen zu haben. Außer bei *Der mit dem Wolf tanzt*. Und bei *Winnetou* III.«

»Und wen stört das?«, lächelte ich.

»Niemanden, Samuel. Aber das ist einer der Gründe, warum ich nicht mit dir leben kann. Niemals, verstehst du? Ich kann nicht mit jemandem leben, der nur bei schlechten Filmen weint.«

Ich fing mich wieder.

»Aber wenn du damit klarkommst, dass wir niemals zusammenleben können, wenn das für dich in Ordnung ist, dann wäre es wunderschön, wenn du mir deinen Samen schenken könntest für mein Kind.«

Noch nie in meinem Leben habe ich so schnell vom Lachen in totale Entgeisterung gefunden.

»Du würdest nicht der Vater sein. Nicht der Erzeuger. Schon gar nicht der Heilige Geist«, erklärte sie. »Sondern niemand. Nobody. Du müsstest auf alle Rechte verzichten. Du hättest aber auch keine Pflichten. Ich würde den Vater als ›Unbekannt‹ angeben. Und ich müsste mich darauf verlassen können, dass du niemals juristische Schritte gegen mich unternimmst. Oder gegen mein Kind. Du würdest niemals versuchen, selbstsüchtige Entscheidungen zu treffen. Du würdest einfach nur ein perfekter Freund sein.«

Wenn ich mich an diesen Abend so genau erinnere, Jana, dann auch wegen der drei Meter Abstand, die zwischen uns lagen. Ich konnte aus dieser Entfernung, vom Fenster aus, ihre ganze Gestalt erfassen, die da auf dem Tisch saß, der heute noch im Büro steht. Sie hatte die Beine übereinandergeschlagen und war in ihrem Wunsch, ununterbrochen die Kontrolle über die Situation zu behalten, so durchschaubar, wie ich sie in ihrer sonstigen Undurchschaubarkeit nie zuvor erlebt hatte. Wahrscheinlich fühlte sie sich nackt und verletzbar, aber sie zeigte sich mir nicht so. Und sie redete nicht so. Sie saß da wie Winona Ryder in *Black Swan*, der sie sowieso recht ähnlich sah in ihrer zerbrechlichen und willenssatten Jungenhaftigkeit.

»Und wie soll das gehen?«, fragte ich mit trockener

Kehle. »Bei deiner Frauenärztin? Oder machen wir das in einer Klinik oder wie?«

»Das könnten wir tun«, sagte sie gedehnt und schlug ihre Beine auseinander, sodass sie vom Tisch baumelten und freigelassen wirkten, wie Kinderbeine auf einer Schaukel, und mir fiel wieder ein, was für hauchdünne, empfindliche Kniekehlen sie hatte.

»Heute habe ich aber auch meinen Eisprung, wie du gesehen hast.«

Eine rasche Geste wies auf die gelbe Tabelle, die neben ihr lag. Sie blickte mich gleichzeitig aus Augen an, die bemüht waren, Sachlichkeit auszustrahlen. Und sie hielt ihren Mund mit Vorsatz geschlossen, als würde sie eine Zahnspange tragen, die niemand sehen darf.

»Wir könnten uns also auch die neue Lieferung Sargkissen unterlegen und du erledigst die Samenspende jetzt. Auf natürlichem Weg. Wenn du einverstanden bist mit allem.«

Sie bot mir keine Umarmung, keinen Trost an, und dennoch wurde an diesem Heiligen Abend Nicky gezeugt.

29

Der Achter bog in eine s-förmig geschwungene Allee ein, die wie ein Rückgrat den Bremerhavener Parkfriedhof erschloss. Links und rechts davon zweigten helle, rippenartig gekrümmte Wege ab, an denen alte Grabquartiere unangenehme graue Knorpel in der Landschaft bildeten, gekrönt von Engeln aus Zement oder schlichten Steinkreuzen. Die Sonne schlug bereits lange Schatten.

Der Leichenwagen passierte einen kleinen, geröteten Buchenwald und erreichte den Parkplatz der Friedhofskapelle. Er hielt im knirschenden Kies. Überall lag gelbes Laub und punktierte den graugrünen Rasen, der zu einem verlandeten Teich herabfloss.

Ein zeugejehovaartig gescheitelter Gnom mit einem olivengroßen Abszess auf der linken Wange kam aus einem Nebeneingang gehuscht und eilte mit fliegenden Jackettschößen, einen Sargkarren hinter sich herzerrend, auf Samuel zu, der aus dem Auto stieg.

»Wir fragten uns schon!«, rief der junge Gnom, leicht aufgebracht, aus einiger Entfernung. »Wir fragten uns wirklich schon!«, wiederholte er, näherkommend.

Samuel schaute schweigend auf. Sein unsteter Samuelblick. Sein etwas blasses Samuelgesicht aus der Perspektive eines Fremden. Sonst nichts.

»Warum haben Sie denn nicht angerufen?«, wollte der kleine Mann etwas konzilianter wissen, als er den Leichenwagen keuchend erreichte.

»Tut mir leid. Staus und Unfälle«, murmelte Samuel schulterzuckend, obwohl das die Frage nicht beantwortete. Er blickte sich nicht zu Jana um, die die Beifahrertür aufstieß und sich aus dem Wagen zog.

»Das ist ja enttäuschend«, sagte der Gnom, der offenbar leicht zu enttäuschen war. »Herr Petersen, richtig?«

»Samuel, ja. Und das ist Jana, meine Kollegin.« Samuels Hand rührte im Nichts herum, während er sah, dass der Gnom sie erkannte, denn ihm trat ein Speichelbläschen zwischen die Lippen.

»Jana ist als Bestatterin hier und für sonst gar nichts«, erklärte Samuel.

»Ja, ja, Bestatterin, allerhand«, hüstelte das Männchen beflissen und aufgeregt, räusperte sich, deutete Jana gegenüber eine Verbeugung an und sagte: »Gestatten: Pfeiffer. Mit drei F, eins vor dem Ei und zwei danach, wie der Heinz Rühmann in *Die Feuerzangenbowle*«. Er lächelte liebenswürdig. »Meine Frau und ich, wir lieben die Filmindustrie!«

»Danke«, erwiderte Jana nur, grüßte knapp und hasste sich dafür, die Sonnenbrille und die Perücke vergessen zu haben.

Während die beiden so unterschiedlich großen Männer die Hecktür des Leichenwagens öffneten und Frau Mutzke, die viel Neues und Aufregendes auf der Fahrt hierher erfahren hatte, im Sarg aus dem Fond gezogen und vorsichtig auf den Sargkarren geschoben wurde, las Jana eine vor der Kapelle stehende Informationstafel über die Geschichte des Friedhofs, um sich von all der Verwirrung abzulenken, die Samuels unerwartete Vaterschaft in ihr angerichtet hatte.

Sie lernte, dass dem ersten Friedhofsinspektor, Peter Podelmann (1865–1954), zahlreiche noch heute erhaltene dendrologische Besonderheiten sowie ein inzwischen leider überwuchertes Alpinum im Westen der Anlage zu verdanken waren, außerdem die gärtnerisch interessanten Gedenkstätten für die Gefallenen des Ersten Weltkriegs, für die Opfer der Novemberrevolution 1918, für die Massakrierten der Bremer Räterepublik 1919, für die Erschossenen des Kapp-Putsches 1920, für die Bombenopfer des Zweiten Weltkriegs (denen ein Mahnmal in Form einer stilisierten Hausruine gegönnt wurde), für die verhungerten sowjetischen Kriegsgefangenen (für die sich keine Spendierhose fand) sowie für die vielen Ermordeten der fleißigen Bremer Gestapo-Behörde.

Sie hätte gerne noch weitergelesen und über sonstige botanisch wertvoll erledigte Opfergruppen der Bremer Geschichte nachgedacht, anstatt über all das andere nachzudenken. Und vor diesem sie mit Blicken geradezu verschlingenden Reerdigungs-Däumling ihre beginnende Migräne zu verbergen war auch keine verlockende Aufgabe.

Sie warf sich zwei Triptan-Tabletten ein, schluckte sie nur mit ihrem Speichel herunter und folgte Frau Mutzke auf ihrem letzten Gang.

Herr Pfeiffer öffnete die Tür zu einem Raum, den er hochtrabend »unser Arkanum« nannte. Es war in einer ehemaligen Nebenkapelle untergebracht, die nach frischer Farbe roch und sich in zartem Motorbrummen und hohen gotischen Fenstern erschöpfte.

Drei riesige Whirlpools im Finnische-Sauna-Stil, von Herrn Pfeiffer als »voilà, die berühmten Kokons!« apostrophiert (was in Janas Showbiz-Ohren wie »voilà, die berühmten Cancans!« klang), standen nebeneinander auf dem Terrakottaboden. Einer davon lockte mit erwartungsvoll geöffnetem Deckel. Ein anderer Behälter brummte geschlossen in der Ecke, wie ein moderner Kühlschrank. Die dritte Wanne wippte ganz langsam auf einer drehbar gelagerten Achse in mehrere Richtungen, von einem wie ein großer Wagenheber aussehenden Fertigungsroboter einen Meter hoch in die Luft gestemmt, sodass der Inhalt sich überall verteilen konnte.

»Das ist Doktor Mattuschek. Der rottet gerade«, stellte Herr Pfeiffer den Mieter des auf- und abwiegenden Kokons bereitwillig vor.

Er klatschte in die Hände, vielleicht um zu zeigen, was das Arkanum für ein schönes Echo erzeugte. Es reflektierte auch den Schall der über die Fliesen quietschenden Metallräder, als er Frau Mutzkes Sarg auf dem Karren hinüber zu dem Behältnis fuhr, dessen Deckel maulartig offenstand.

»Hier, riechen Sie mal!«

Herr Pfeiffer beugte sich tief in die Wanne hinab, fächelte sich von dort unten Luft zu, sog sie durch die Nase ein, schloss die Augen und machte ein genießerisches Gesicht.

Als Jana herantrat, roch auch sie das duftende Heu, das am Boden der Metalltruhe lag, vermengt mit Stroh, Kleie, Schneckenklee und einer einzelnen roten Rose.

»Die Rose ist ein Willkommensgeschenk für Frau Mutzke«, schwärmte Herr Pfeiffer über seine eigene Großzügigkeit.

»Kriegt die jeder?«, fragte Jana, um irgendwas zu fragen.

»Oh, nein. Doktor Mattuschek hat eine aufgetaute Erdbeere bekommen. Die alte Naschkatze«, scherzte er.

Dann machte er eine präsentierende Handbewegung zu der trockenfutterartigen Substanz und wandte sich an Samuel.

»Darauf betten Sie jetzt freundlicherweise die liebe Frau Mutzke. Und bitte darauf achten, dass sie vollständig entkleidet ist. Textilien werden von den Mikroben nicht zersetzt, ja?«

Samuel nickte.

»Wenn sie bereit ist, nehmen Sie da hinten schön viel Streu.« Er zeigte auf eine große Truhe, die neben der Eingangstür stand. »Damit bedecken Sie die Verehrte bis oben zum Rand. Wenn Sie fertig sind, rufen Sie mich. Den Deckel mache ich drauf. Und die Elektrik schalte auch ich an.«

»Und dann?«

»Dann vergehen fünf Wochen. Und Frau Mutzke wird bei siebzig Grad Celsius zu einem potenten Mutterboden. Durch ihre eigenen Bakterien und Mikroorganismen. Sie ist ja eine leckere Nahrungsquelle. Da sind Fette, Eiweiße, Kohlenhydrate, Wasser, Eisen, alles Mögliche in ihr drin.«

Er sah aus, als würde er sich gleich die Lippen lecken.

Jana musste sich abwenden, um eine dritte Tablette zu schlucken.

Sobald Herr Pfeiffer gegangen war, nahm sie zusammen mit Samuel den Sargdeckel ab. Sie blickte in das Sarginnere und merkte sofort, dass irgendetwas gar nicht in Ordnung war.

Die Vollbremsung auf der Autobahn schien Frau Mutzke nicht gut bekommen zu sein. Die Frisur war verrutscht. Der schmale Kopf lag unnatürlich auf der Seite. Samuels Hand schlüpfte unter das Haupt, hob es etwas an. Es lag wie eine abgeschlagene Kokosnuss in seinem Handteller, der Hals nichts weiter als eine durchhängende Leine. Das Genick war gebrochen.

»Oh, Scheiße«, flüsterte Samuel in aschigem Entsetzen.

Markante, beängstigende Stille.

»Das ist mir noch nie passiert.«

»Es merkt ja niemand«, sagte Jana unsicher. Die Fingerspitzen ihrer rechten Hand wollten sich tröstend auf seinen Rücken legen. Doch sie verharrten in der Luft, wenige Zentimeter Abstand haltend von seinen Schulterblättern, aufgewühlt und leicht zitternd wie Nektar witternde Kolibris.

»Sorry, Frau Mutzke«, sprach er hohl. Er wirkte müde und erschöpft.

Bereits auf der Fahrt hatte er nach seiner langen Rede verdächtige Augen gehabt. Sie waren von der Autobahn an der Ausfahrt Sachsenwald abgefahren. Samuel hielt an einem Parkplatz der Schwarzen Au und ging geschlagene zwei Stunden alleine durch Otto von Bismarcks uralte Wälder.

Später hatten sie wieder über Sonne gesprochen.

Wie schaffte diese so aufrichtig wirkende, falsche Heilige es nur, in dieser großen Lüge zu leben, der Lüge ihrem eigenen Sohn gegenüber.

Deine Täuschung ist auch nicht besser als meine Täuschung, dachte Jana.

Du willst ein Kind ohne die Verletzung durch einen Partner.

Du willst auch nur das Beste ohne das Schlimmste.

Sie bückte sich zu der blutroten Rose herab, fischte sie aus dem Strohbett und legte sie auf Frau Mutzkes Bauch, damit sich keine Dornen in ihr Rückenfleisch bohren konnten.

»Wollen wir sie reinlegen?«, fragte sie. Aber Samuel starrte immer noch fassungslos auf Frau Mutzkes gebrochenes Genick.

Sie hievten den leicht wie ein Papierdrache im Wind schaukelnden Körper in die Metalltruhe, in deren Tiefe er kaum einsank. Samuel atmete schwer. Seine Augen glänzten glasig, und er war von tiefgreifender Nutzlosigkeit.

So konnte es nicht weitergehen.

Jana nahm seine Hand, führte ihn zu einem Stuhl, der neben dem rottenden Kokon stand, und ließ ihn sich setzen.

»Ich mach das schon«, sagte sie beruhigend.

Er nickte, krümmte sich apathisch ein und konzentrierte sich auf Doktor Mattuscheks psychedelisches Kreisen.

Die nächste Stunde versorgte sie Frau Mutzke ganz alleine. Sie zog ihr das Kleid, die Socken, die Unterwäsche aus, was eigentlich noch im Sarg hätte passieren müssen. Sie faltete ihr die Hände ineinander, kämmte sie noch einmal ordentlich, puderte ihre Wangen und sortierte den fragilen Kopf so, dass er trotz geschlossener Lider in den Himmel blickte. Zuletzt legte sie ihr den Stiel der Rose unter die Finger, sodass die Blütenblätter wie ein Geschmeide knapp unter ihrem Kinn leuchteten.

Als Jana ihr Werk kritisch betrachtete, mit dem Handy in der Hand, da Herr Mutzke auf einem Ready-to-go-Foto seiner Mutter bestanden hatte, raschelte Frau Mutzke mit den Füßen.

Janas Miene erstarrte.

Zwar wusste sie, dass dies gar nicht sein konnte, dennoch hörte sie ein erneutes Rascheln.

Sie hielt den Atem an, kniff die Augen zusammen, bückte sich etwas und betrachtete konzentriert die schwarzen Zehen Frau Mutzkes, die sich keinen Millimeter bewegten. Dennoch machten sie zum wiederholten Mal ein deutliches Geräusch, das lauter wurde.

Schließlich tauchte am äußeren Knöchel des linken Fußes eine kleine Maus auf, wie ein U-Boot. Sie krabbelte auf Frau Mutzkes Unterschenkel, putzte sich dort die Ohren, hielt inne, blickte Jana mit den olivschwarzen Stecknadelkopfaugen überrascht an, kräuselte die Nase und kroch langsam wieder nach unten in das Grünschnittparadies, als hätte sie genug gesehen.

Jana hörte, wie sich die Maus unter Frau Mutzkes Rücken eine gemütliche Höhle baute.

»Ist irgendwas?«, fragte Samuel von seinem Stuhl aus.

»Ja, ich weiß nicht.«

»Du guckst so komisch.«

Jana überlegte, wie sie Frau Mutzke vor der Maus und die Maus vor der Kompostierung retten sollte, ohne Samuels

Hilfe beanspruchen zu müssen. Alleine aber konnte sie die Leiche und deren kokosfruchtartigen Appendix nicht aus dem Kokon hieven. Und unter Frau Mutzke mit den Händen zu stochern würde das scheue Tier nur verwirren und die Verstorbene in erneute Unordnung bringen.

»Ich glaube, Frau Mutzke hat eine Maus.«

Samuel blieb stumm sitzen, stand nach einigen Sekunden auf und kam sehr bedächtig zu ihr hinüber, hielt sein Ohr über Frau Mutzkes Brustkorb und hörte tief darunter dem Tier beim Einrichten der Wohnung zu.

»Wie kommt die denn da rein?«, fragte Jana erschrocken, schüttelte den Kopf, weil ihr keine Lösung einfiel.

Samuel sagte, während er immer noch seinem Ohr vertraute, mit einem leisen, hoffnungsvollen Lächeln: »Die bekommt Nicky.«

Dann öffnete sich die Tür. Herr Pfeiffer betrat das Arkanum und gab mit Taktgefühl, aber im Tonfall strapazierter Geduld seiner Hoffnung Ausdruck, dass man demnächst zum Abschluss kommen möge. Es werde schon dunkel.

Als er erfuhr, welche Problematik sich ergeben hatte, erklärte er sein Bedauern mit bekümmerter und gleichzeitig honigsüßer Stimme. Manchmal, erläuterte er, würden tatsächlich Nagetiere, Heuschrecken und sogar Vogeleier versehentlich vom elektronisch gesteuerten Mähdrescher mit in die Stretchfolie gewickelt, die das Heu so schön frisch halte. Aber die gute Nachricht sei, dass ein solches Malheur auch nicht weiter schlimm sei.

»Ja, und wie lösen wir das Problem?«, fragte Jana verständnislos.

»Ach, das löst sich gewissermaßen von selbst«, erwiderte

Herr Pfeiffer mild lächelnd, betrachtete mit Zufriedenheit die von ihm gestiftete Rose auf Frau Mutzkes würdiger, aber unbekleideter Erscheinung und begann, weitere Heuballen aus der Truhe zu holen, um die Leiche zu bedecken.

»Sie wollen doch jetzt nicht das Ding hier anschmeißen?«, sagte Jana erschrocken und zeigte auf den Kokon.

»Wieso denn nicht?«

»Da ist ein Lebewesen drin!«

»Nun ja, selbst schuld, könnte man sagen«, meinte Herr Pfeiffer aufgeräumt, trat mit jeder Menge Grünzeug neben sie und riss die Folien auf.

»Die Maus bekommt Nicky«, erklärte Samuel erneut, auf enthusiastische, fast etwas überspannte Art.

»Ja, genau«, bekräftigte Jana zerstreut und wandte sich an den Gnom: »Wissen Sie, wir würden das Tier gerne fangen.«

»Fangen?«, fragte Herr Pfeiffer ungläubig und ließ den Heuballen sinken.

»Für Nicky fangen!«, bekräftigte Samuel mit dem Ausdruck eines Sektenführers.

»Und für Frau Mutzke«, setzte Jana hinzu. »Denn Frau Mutzke fände es bestimmt nicht richtig, wenn ihre letzte Handlung auf diesem Planeten darin bestünde, eine unschuldige Kreatur bei lebendigem Leib in Dünger zu verwandeln.«

»Fangen geht leider nicht.«

Der nun entschlossen, sogar zwei Zentimeter größer wirkende Reerdigungsbeauftragte schüttelte bedauernd den Kopf, mit einer winzigen Spur Gereiztheit in der Stimme.

»Wieso nicht?«

»Entschuldigung«, begann Herr Pfeiffer, und seine Liebenswürdigkeit schmolz wie Schnee in der Frühlingssonne, »aber ich muss wirklich jetzt nach Hause zu meiner Frau.«

»Sie müssen gar nichts«, erwiderte Jana. »Sie müssen Frau Mutzke anständig versorgen, das ist das Einzige, was Sie müssen!«

»Ich würde Ihnen wirklich gerne entgegenkommen«, entgegnete Herr Pfeiffer verstimmt. »Ich mag Ihre Sendung. Und meine Frau mag ebenfalls Ihre Sendung. Ich weiß auch nicht, wieso jemand wie Sie Leichen nach Bremerhaven fährt. Aber ich kann Ihnen sagen: Alle Zeitpuffer sind abgelaufen. Restlos alle. Sie sind heute vier Stunden später als abgemacht hier angekommen. Und meine Frau und ich haben jetzt gleich einen Tisch beim Inder.«

»Funktioniert der Staubsauger da?«, mischte sich Samuel ein. Er zeigte, außer sich vor freudiger Hoffnung, auf den großen Industriestaubsauger, der in der Ecke stand.

Der Gnom nickte kühl.

Fünf Minuten später hatten sie mit den Händen sämtliches Heu aus dem Whirlpool entfernt und auf dem Boden abgelegt. Die kleine Maus saß in Frau Mutzkes wohlfrisierten Haaren, weil sie das einzige Nest waren, in dem sie sich noch verstecken konnte.

Samuel schloss den Staubsauger an, der wie ein Motorrad aufröhrte. Behutsam schob er den Saugschlauch in den Kokon, wo ein kleiner, aufgeregter Schatten mit wurmdünnem Schwanz einsam und verloren auf dem Wannenboden umherrannte. Innerhalb von drei Sekunden war die Maus verschluckt.

Als die Maschine ausgestellt wurde, hörte man nichts anderes als Doktor Mattuscheks gleichmäßiges Schnurren.

Dann fielen sich Samuel und Jana in die Arme, schrien und lachten, ja tanzten geradezu, bejubelten die Rettung der Maus, beseelt von der heroischen Tat.

Herr Pfeiffer spendierte seine Tupperdose, in die die panisch piepsende Maus aus dem Bauch des Staubsaugers geschüttelt wurde.

»Vielleicht belassen wir es jetzt einfach dabei, und ich rufe meine hungrige Frau an?«, schlug der Gnom vor.

Ohne eine Antwort abzuwarten, warf er mehrere Heuballen auf die Verstorbene, verteilte die Streu innerhalb kürzester Zeit gleichmäßig über und unter ihrem Korpus. Dann drückte er einen Knopf auf der elektronischen Schaltfläche des Kokons. Der Deckel senkte sich herab.

Frau Mutzke war verschwunden.

Es war schon tiefe Nacht, als sie mit der Maus in der Vesperbox nach draußen traten, in geradezu euphorischer Stimmung. Der Vollmond hing über dem Friedhof wie ein riesiger Topf aus selbstleuchtenden Chemikalien, der sich im nächsten Moment über die Gräber ergießen könnte.

Die große Rasenfläche vor ihnen hatte die Form eines linken Lungenflügels, und sie glitten im Leichenwagen darüber hinweg, erfüllt von tiefster Befriedigung.

Sie diskutierten angeregt über den möglichen Namen der Maus, die zwischen ihnen in der Tupperware auf bessere Zeiten hoffte. Samuel taufte sie schließlich auf den Namen Vahana. Denn Vahana war das Reittier von Ganesha gewesen, des buddhistischen Überwinders der Hindernisse, und sie war die kleinste Maus der Welt, und wer sie reiten konnte, hatte seinen Egoismus überwunden.

Sie aßen im Fischrestaurant Fisch, ohne zu reden, beäugten sich verstohlen.

Danach suchten sie ein Hotel und fanden das wie ein Segel aus Aluminium und Glas genähte Atlantic Hotel Sail City, das direkt am Weserdeich lag und von dem es im Internet hieß, man könne bequem die Kreuzfahrtterminals zu Fuß erreichen.

Obwohl sie bis zuletzt nicht miteinander sprachen, war ihnen beiden klar, dass sie ein Doppelzimmer nehmen mussten.

Aber keiner wagte, an der Rezeption danach zu fragen.

Sie buchten zwei Einzelzimmer.

Später klopfte Jana an Samuels Tür. Als Vorwand diente ihr die Suche nach Aspirin.

Während sie darauf wartete, ob die Tür geöffnet werden würde oder nicht, dachte sie, dass er vermutlich an ihr die irrationale Kraft liebte und an Sonne die rationale Kraft. Sie stand, vollgesogen mit irrationaler Kraft, weit nach Mitternacht in einem hellen Hotelflur, und nahm die Gefahr in Kauf, sich als schamlose Witwe eines unbeerdigten Mannes lächerlich zu machen. Und angreifbar.

Diese Art Gefahren nahm sie schon ihr ganzes Leben lang in Kauf. Vielleicht war ihr Wesen einfach auch nur lächerlich und angreifbar in ihrem absurden Bedürfnis nach möglichst viel Licht und möglichst wenig Schatten.

Die Tür öffnete sich, und es gab keine Gedanken an die Vergangenheit mehr und auch keine an die Zukunft.

Als sie Samuels Gesicht sah, war ihr klar, dass niemand sie lächerlich machen oder gar angreifen würde.

30

Natürlich wusste Sonne, dass sich in der Geräumigkeit ihrer charakterlichen Anlagen auch Fehler tummelten.

Intoleranz.

Sturheit.

Aggressivität.

Ungeduld.

Die meisten dieser Eigenschaften traten aber vor allem zutage, wenn sie mit einer Welt konfrontiert wurde, der sie sich kein bisschen zugehörig fühlte, zum Beispiel der Welt der Mode und deren Fotografie oder, noch abstruser, der Welt von Anwälten.

Gebote und Verbote auswendig zu lernen kam ihr so bedeutungslos vor, dass sie vor allem Mitleid hatte mit all den Starjuristen, deren einziges Ziel im Leben es war, möglichst ununterbrochen recht zu behalten und für dieses jämmerliche Dasein mit finanziellem Triumph betäubt zu werden.

Sie fühlte sich fremd in der Runde der drei Anwälte, die sie, um sie überhaupt auseinanderhalten zu können, Sir-yes-Sir, Herr Yin & Yang und Dr. Hoppe-hoppe nannte, jedenfalls wenn sie nicht dabei waren. Es war später Nachmittag, und sie saßen am Ladentisch der Totenbäckerei, um sich reden zu hören. Eitle Anzugträger, die das Palaver auch noch »Taskforce« getauft hatten. Ein selbstgefälliger Versuch, die rechtlichen Rahmenbedingungen der bevorstehenden »Bestattung des Jahres« zu erörtern.

Sie hörte kaum zu. Leute, die sich für beneidenswert hielten, brachten sie zum Einschlafen.

»Das Hauptproblem ist das Doppelgrab«, dozierte zum Beispiel Sir-yes-Sir, Janas sowohl anglophiler als auch adipöser Rechtsberater, der gerne bunte Einstecktücher trug, bei jeder Gelegenheit Earl-Grey-Tee gegen asiatische Teesorten verteidigte und sich seinen *nom de guerre* redlich verdient hatte. Alle nickten seinem banalen Satz zu, applaudierten ihm mit Wimpernschlägen, als wäre er voll betörender Erkenntnisse oder gar Schönheit. Alle waren sich ja auch einig, dass das Hauptproblem das Doppelgrab war. Wieso also musste man Stunden mit diesem Allgemeinplatz verbringen, an dessen Fatalität sich noch dazu nichts ändern ließ?

»Die ganze Veranstaltung könnte komplett abgeschirmt werden, so wie man Schnaken mit einem Moskitonetz fernhält«, setzte Sir-yes-Sir sein Lamento fort, »wenn es nicht um zwei Personen ginge, die in einem Doppelgrab beigesetzt würden, obwohl sie da nicht hineingehören.«

Wieder nickten die anderen Advokaten, und alle wandten ihre mit diesem dreifaltigen Glaubensbekenntnis getränkten Köpfe erwartungsvoll Sonne zu, die dadurch wach wurde.

»Es ist der Wunsch von beiden Verstorbenen«, wiederholte sie zum vermutlich zwanzigsten Mal. »Und zwar der letzte Wunsch.« Sie konnte sich nicht einmal selbst zuhören und musste sich beherrschen, um nicht ihren Finger anzufeuchten und den bräunlichen Essensrest auf Sir-yes-Sirs linker Wange abzurubbeln.

»Das mag sein. Aber es ist ein furchtbarer Wunsch für meine Mandantin«, seufzte Sir-yes-Sir, und sein Essensrest verschwand bei jedem Vokal in einer Hautfalte des Doppelkinns, tauchte danach aber wie eine Boje wieder auf. »Und Familie Shu hat ja den Bestattungstermin im Internet herausposaunt. Und damit ist das Moskitonetz gerissen.«

»Ich darf Sie aber doch sehr bitten, Herr Kollege«, intervenierte Yin & Yang, der Anwalt von Familie Shu, ein junger, alerter, quirliger Schwabe mit schmieriger Gelfrisur, der eigentlich Siegfried Gienang hieß. »Meine Mandantin ist Ihnen weit entgegengekommen.«

Herr Hoppe, der dritte Jurist im Bunde, zu unauffällig für einen exotischen Spitznamen, weich, mit einem gemütlichen Brombeergesicht, saß für *Sommernachtstraum* am Tisch. Er hatte all seine Miesepetrigkeit abgelegt, wiegte bedächtig sein Haupt und sagte, um auf das Positive hinzuweisen: »Immerhin gibt es kein Mausoleum mehr, nicht wahr?«

»Genau«, sagte Sonne dankbar und blickte zu Samuel, dem einzig verrückten, also normalen, also liebenswerten Mensch im Raum, über den sie in den letzten Tagen so viel nachgedacht hatte.

»Na, was ist«, fragte sie ihn, »willst du mal zeigen?«

Samuel, der ihr gegenübersaß, erhob sich stumm und verließ die Runde, um seine Unterlagen aus dem Office zu holen.

»Ja, es wird nur ein stilisierter Pavillon sein, ein Grabmal aus Tuff, nicht aus Marmor«, erklärte Sonne inzwischen das

Vorhaben. »Die Friedhofsbehörde hat es schon genehmigt. Aber die Fertigung dauert ein Jahr. Für die Zeremonie werden wir deshalb ein mobiles Modell nehmen.«

»Ach, da bin ich ja gespannt«, sagte Yin&Yang und zauste sein klebriges Haar, als könne er es wirklich vor lauter Gespanntheit nicht aushalten.

Samuel kehrte zurück, mit einer großen Zeichenmappe in der Hand. Er setzte sich wieder, öffnete die Mappe und zog einige Entwurfsskizzen hervor, die er in der Mitte des Tisches ausbreitete.

»Es ist im Stil eines chinesischen Tempels gestaltet«, erklärte er. »Hergestellt aus verschiedenen hochwertigen Holzsorten und verschraubt mit Spax-Schrauben. Dieser Tempel ist nicht nur robust, sondern auch verhältnismäßig leicht und ästhetisch ansprechend. Der Sockel besteht aus stabilen Siebdruckplatten, das Dach aus kanadischer Rotbuche und der Rest aus einem Kiefern-Fichten-Mix.«

»Ich glaube, Samuel, du musst nicht jede Holzsorte aufzählen.«

Im selben Augenblick bereute Sonne, was sie gesagt hatte. Er stockte kurz. Sie sah seinen vorwurfsvollen Augenaufschlag. Warum nur riss sie sich den Anwälten gegenüber zusammen und ließ dafür an Samuel ihre Genervtheit aus, ihre Verachtung für die drei Paragrafenreiter und ihren Ekel vor Essensresten in Sir-yes-Sirs übersatter Physiognomie?

Die Liste ihrer schlechten Eigenschaften ließe sich beliebig verlängern.

Feigheit.

Heuchelei.

Berechnung.

Samuel fuhr ungerührt in seinem Bericht fort.

»Der Tempel ist höher als breit, pagodenartig, fast ein Turm. Er hat eine Grundfläche von einem Meter mal einem Meter. Die Wände sind zwei Meter hoch. Das Dach noch mal achtzig Zentimeter hoch. Ich lasse es an den Seiten überstehen. Etwa so weit.«

Er zeigte den Abstand mit seinen Händen.

»Und da kommt dann natürlich viel rote Farbe und Goldlack drauf.«

»Chapeau«, sagte Yin & Yang beeindruckt, setzte seine Brille auf, zog eine der Skizzen zu sich herüber und studierte sie mit Interesse. »Darf ich meiner Mandantschaft mitteilen, welcher historische Tempel Ihnen als Vorlage für den Entwurf diente? Oder welche Dynastie Ihnen vorschwebte? Tang- oder Song-Dynastie vielleicht?«

»Nun ja, ich habe mich ehrlich gesagt an einem vietnamesischen Meerschweinchenstall orientiert.«

»Aha.«

»In Tempelform. Es musste ja schnell gehen.«

Yin & Yang nickte konsterniert, was sollte er auch sonst tun.

»Aber Meerschweinchen kommen doch eigentlich aus Südamerika«, sagte Herr Hoppe in seiner Eigenschaft als Dr. Hoppe-hoppe sinnlos. Es entstand eine betretene Stille.

»Ist denn inzwischen klar«, fragte Sir-yes-Sir nach einer Weile und schlürfte genießerisch seinen Tee, »welcher Priester die Zeremonie leitet?«

Yin & Yang führte aus, immer noch leicht irritiert, dass man im Namen der Familie Shu in Kreuzberg einen etwas verlotterten, aber approbierten Feng-Shui-Meister aufgetan hatte, der die Einhaltung der korrekten Rituale garantieren konnte. Meister Mings Forderung nach einer traditionellen siebentägigen Beerdigung hätte jedoch die Kapazitäten von *Sommernachtstraum* und sogar von ganz Patagonien enorm strapaziert, weshalb darauf verzichtet wurde, zumal auch Familie Shu nicht eine Woche in Berlin trauern konnte.

Sonne sah, wie ein Taxi vor dem Laden hielt.

Nicky hüpfte heraus, fröhlich und leichthin. Ein rotes Handtuch lag auf einem schwankenden Kasten, den er trug. Was für ein Farbfleck in meinem Leben, freute sich Sonne und musste lächeln. Ihr erstes Lächeln seit Beginn der Taskforce-Konferenz. Hoffentlich wird er niemals Einser-Jurist, dachte sie.

Hinter ihm stieg Jana aus dem Taxi, getarnt durch ihre Sonnenbrille und einen Cowboyhut.

Beide kamen auf die Eingangstür zu, Nickys Hand in ihrer Hand, wie Sonne bemerkte. Ist er nicht schon viel zu alt für diese Hand, überlegte sie mit einem kleinen Stich im Herzen, aber die Anwesenheit der Anwälte half ihr, die Vertrautheit relativ normal zu finden.

Jana betrat die Totenbäckerei mit Nicky im Schlepptau und begrüßte die Runde.

Samuel tat harmlos.

Sonne sagte: »Wie schön, dass ihr da seid. Hat alles geklappt?«

»Ja, Mama«, strahlte Nicky. »Sie wurde geimpft und kastriert.« Der Junge zupfte das rote Handtuch vom Kasten herunter, elegant wie ein Magier, und enthüllte einen Käfig. Die kleine Maus saß in einer Ecke wie sediert, unscheinbar und verschüchtert, aber bereit, Ganesha ans Ende der Welt zu tragen.

»Ist das was Seltenes, vielleicht eine indische Nacktsohlenrennmaus oder so?«, wollte Yin & Yang wissen.

»Das weiß ich nicht«, sagte der Junge. »Sie heißt Vahana. Und wenn du nicht mehr egoistisch bist, kannst du auf ihr reiten.«

»Oh«, entfuhr es Dr. Hoppe-hoppe, »die würde ja super in den vietnamesischen Meerschweinchenstall passen.«

Zehn Minuten später war das Treffen vorbei, und sie saßen, vom juristischen Trio erlöst, zu dritt im Office. Sonne hätte es mit den Gutverdienern und Sir-yes-Sirs ungewaschener Wange keine Minute länger ausgehalten, ohne zu schreien.

»Gut, dass du nicht da warst«, sagte sie erschöpft zu Jana.

Jana, die am wenigsten saß, sondern am Fensterbrett lehnte, als wolle sie vor allem nicht umfallen, kaute auf ihren Fingernägeln, dass der Cowboyhut leicht vibrierte.

»Ja, denke ich mir.«

Ihre Stimme war klar, trug aber nicht weit. Eine Stimme, die versuchte, nicht hoffnungslos zu klingen. »Beim Tierarzt hat man mich angestarrt, als hätte ich jemand auf ein Bahngleis geschubst.«

»Die Beisetzung des Jahres!«, deklamierte Samuel gedehnt, fast träumerisch, mit giftigem Sarkasmus. Er hatte sich auf einen Hocker geflätzt. Neben ihm auf dem Boden stand ein braun lackierter Kuppelsarg, der für einen Kunden zwischengelagert wurde.

Die Beisetzung des Jahres. Vier Wörter wie rostige Nägel in Sonnes Ohren geschlagen. Absurd. Es gibt ja auch nicht den Tumor des Jahres, dachte sie. Oder die Windel des Jahres. Und ganz sicher würden Said und Ying Shu nicht wie Queen Elizabeth von zweihundert säbeltragenden Kürassieren in die King-George-VI-Gedächtniskapelle auf Schloss Windsor begleitet werden.

Die BILD-Zeitung hatte dennoch eine perfide Reportage unter dem Titel »Die Zotengräberin« veröffentlicht, in der der ehemalige Manager des Comedystars, Fredo Lagrande, zu Janas Tätigkeit als Bestatterin mitteilen ließ: »Eine grenzwertige Handlungsweise unserer ehemaligen Klientin, wie wir finden. Diese Art seelische Grausamkeit, nicht nur den eigenen Gatten, sondern auch dessen verstorbene Geliebte persönlich zu waschen, zu frisieren, zu kleiden, ist mit den ethischen Werten unserer Agentur nicht vereinbar.«

Alle blickten auf, weil ein vergnügter Schrei erklang.

Nicky hatte Vahana drüben im Laden auf dem Tisch eine Rennbahn gebaut, mit Holzleisten an der Seite, sodass das Tier nicht herunterspringen und abhauen konnte. Ab und zu hörte man Anfeuerungsrufe herüberschallen.

»Sir-yes-Sir sagte, er rechnet mit vielen Besuchern. Bis zu zweitausend. Und jede Menge Fotografen und Kamerateams«, gab Sonne zu bedenken.

»Said stand nie gerne im Mittelpunkt«, seufzte Jana. »Er verschwand ja geradezu hinter seinem Piano.«

»Glaub mir, auf seiner Beerdigung wird er ganz bestimmt nicht im Mittelpunkt stehen.«

»Das ist alles fürchterlich.«

»Noch kannst du es dir überlegen.«

»Ich mache nur das, was Said wollte. Aber das mache ich.«

Sonne blickte sie prüfend an, lieh sich dazu einen Blick aus ihrer Vergangenheit als beste Freundin, dem Jana nicht auswich.

»Es ist richtig, auch wenn es falsch ist«, bekräftigte sie, nahm ihren Cowboyhut ab und warf ihn auf die Couch.

Sonne holte tief Luft. Said tat ihr leid. Wie kann man auf der eigenen Beerdigung nicht im Mittelpunkt stehen? Die Toten sollten geehrt werden, fand sie. Sie sind oft die einzigen unserer Verluste, die das verdient haben. Denn Verluste sind so viel umfassender. Wir verlieren Menschen nicht nur durch den Tod, sondern auch, weil wir verlassen werden, weil wir verraten werden, weil wir uns verändern und weil wir Leuten wie Jana begegnen, die einen für ein paar Silberlinge an den Meistbietenden verscherbeln.

»Was ist mit dir?«, fragte sie Samuel abrupt, um kein schales Gefühl aufkommen zu lassen.

»Was sollte sein?«, sagte er überrumpelt und stellte seine Kaffeetasse auf dem Kuppelsarg vor ihm ab.

»Du sagst gar nichts.«

»Ihr habt euch unterhalten.«

»Du hast Yin & Yang ganz schön angefahren.«

»Ja, kritisier mich nur. Ich liebe das.«

»Ich sage bloß, dass du ihn angefahren hast. Das mit dem vietnamesischen Meerschweinchenstall hättest du dir sparen können.«

Samuel musterte sie aufmerksam, beugte sich auf seinem Hocker nach vorne und sagte leise: »Ist dir eigentlich klar, dass du nie ein freundliches Wort an mich richtest?«

»Was ist dir denn über die Leber gelaufen?« Sonne war überrascht. »Wir reden doch einfach nur offen.«

»Wer kommt eigentlich morgen mit mir ins Krematorium?«, fragte Jana, um das Thema zu wechseln.

»Stimmt, das ist ja morgen.«

»Oder soll ich Said und Ying Shu alleine verbrennen?«

Typische Janafrage, dachte Sonne. Klingt härter, als sie gemeint ist. Jana weiß gar nicht, wohin mit all ihrer Auflösung. Sie ist so übervoll an Verlusten. Zu denen auch die Absage an eheliche Träume gehört, die Aufgabe unrealisierbarer Hoffnungen, das Ende des Strebens nach Ruhm, Anerkennung, Sicherheit. All das, was ich in zwanzig Jahren eingebüßt habe, verliert Jana in wenigen Tagen.

»Ich komme mit dir mit«, sagte Sonne zu ihr.

»Danke.«

»Nein. Ich komme mit«, erbot sich Samuel so unbekümmert wie möglich, griff nach vorne und pflückte seine Kaffeetasse vom Kuppelsarg. »Ich fahre sowieso hin.«

Sonne beobachtete, wie er die Tasse an den Mund führte. Irgendwas an ihm war verändert. Sie konnte nicht sagen, was es war. Selbst seinen Kaffee trank er anders. Vielleicht handelte es sich um eine Art Trotz, den sie bisher nicht gekannt hatte. Er widersprach ihr häufiger als früher. Was sie mochte. Auch mochte sie, dass er sich über ihr Verbot hinweggesetzt und Nicky einfach eine wilde Maus aus Bremerhaven mitgebracht hatte, ohne vorher zu fragen, ob er das dürfe.

Es hatte sie zunächst geärgert. Zumal ein Bluter keine Nager haben sollte als Haustiere. Aber für Nicky hatte es sie trotzdem gefreut. Er hatte gequiekt vor Entzücken, als ihm Samuel den Karton überreichte.

Samuel war quer über die Gleise gegangen, denn es war vereinbart, dass er Nicky keine Geschenke macht, die zu inneren Bindungen führen könnten. Andererseits fiel ihr auf, wie ähnlich Nicky inzwischen Samuel sah. Alle drei Wochen schnitt sie ihrem Sohn die Haare. Sie versuchte dabei, so wenig Übereinstimmung wie möglich zu Samuels schütteren Fasern aufkommen zu lassen, die für eine Frisur kaum noch reichten. Aber beide hatten den gleichen Haarwirbel vorne über der Stirn. An der gleichen Stelle. Und sie spürte, dass sie ab und zu sogar Samuel die Locken aus der Stirn wischen wollte, obwohl gar keine mehr da waren, sondern nur das ewige Schiffermützchen.

Wieso wollte Samuel morgen mit Jana zum Krematorium fahren?

Sie wunderte sich über ihre Eifersucht. Wo kam die nur her?

Sie hatte sogar in Bremerhaven im Hotel nachgefragt und erfahren, dass Samuel und Jana zwei Einzelzimmer gebucht hatten, als sie wegen Frau Mutzkes Reerdigung dort waren. Was sie beruhigte.

»Ich glaube«, sagte sie bedächtig, »ich begleite Jana morgen nach Feuerland, Samuel. Nicht du. Okay?«

»Klar. Du bist der Boss.«

»Ich denke, es ist vielleicht besser, wenn jemand dabei ist, der sie kennt.«

»Du denkst, ich kenne Jana nicht?«

»Nicht so intim, nein«, behauptete Sonne. »Es ist einfach besser wegen der Emotionen, die dort brodeln.«

Was für ein blödes Wort in diesem Zusammenhang, ärgerte sie sich. Wie komme ich nur auf ›brodeln‹? Irgendein

Märchenwort. Irgendein Wort, das Papa vor uralten Zeiten benutzt hat.

Das Wasser brodelt im Topf der alten Hexe.

»Kein Ding«, sagte Samuel gleichmütig, wendete aber den Blick ab.

»Ich meine, wenn es für dich, Jana, irgendwie besser ist, dann kann natürlich auch Samuel mit dir nach Feuerland.«

»Nein, nein, schon gut«, wiegelte Jana ab.

Die Lava brodelt im Krater des zischenden Vulkans.

»Ich will mich nicht aufdrängen.«

»Du bist halt ein dominanter Mensch, Sonne. Damit muss man klarkommen«, lächelte Jana.

»Wieso sagst du das so komisch?«

Die feindselige Stimmung brodelte schon lange im Saal.

»Ich meine es wertschätzend. Du hast Verantwortungsgefühl. Du bist zielstrebig. Du triffst gerne Entscheidungen.«

»Und du klingst wie so ein BWL-Persönlichkeitstest für Firmengründer.«

»Du bist doch die Firmengründerin von uns beiden«, wehrte sich Jana.

»Genau. Mit einem einzigen Mitarbeiter.« Sonne wandte sich an Samuel: »Findest du auch, dass ich dominant bin, oh mein einziger Mitarbeiter?«

»Na ja, ich werde jedenfalls nicht für immer hierbleiben und vietnamesische Meerschweinchentempel nachbauen.«

»Nein?«

»Nein, ganz sicher nicht.«

»Du wirst kündigen?«

»Je eher, desto besser«, bekräftigte er. »Aber so devote

Pfeifen wie ich kündigen ja nicht, sondern die werden gekündigt.«

Der Gedanke an seine zukünftige Abwesenheit versetzte ihr einen Stich. Und wie erleichtert er klang bei der Vorstellung, von ihr irgendwann fortzugehen. Obwohl er es leger sagte, wie einen Scherz aussprach, so wie er alle seine blöden Scherze aussprach. Aber irgendwas war anders. Und irgendwas an ihm bewegte sie.

»Willst du mitkommen zu uns heute? Zum Abendessen?«, brach es plötzlich aus ihr heraus.

»Du lädst mich zum Abendessen ein? Zu dir nach Hause?«, fragte Samuel erstaunt.

»Ja, warum nicht?«

»Du hast mich in den letzten neun Jahren nicht ein einziges Mal zum Abendessen eingeladen.«

»Ich will halt nicht, dass du kündigst. Ich will halt nicht, dass du sagst: ›Du hast noch nie ein freundliches Wort an mich gerichtet.‹«

Jana, die aus dem Fenster gesehen und die Mülleimer im Hof betrachtet hatte, weil es nichts anderes zum Betrachten gab, wandte ihren Kopf: »Aber wir können heute nicht mit dir essen, Sonne«, warf sie ein, wischte sich was Unsichtbares aus dem Gesicht. Es wirkte verlegen. »Samuel und ich müssen ja noch an der Rede arbeiten.«

»Was für eine Rede?«

»Die Trauerrede für Said.«

Das war überraschend. Sogar ein Affront. Eigentlich hatte Jana geplant, mit ihr, Sonne, die Rede zu entwerfen und selbst vorzutragen. Fast so wie früher. Die Sonne schreibt im Verborgenen, und die Mond glänzt silbern.

»Ich hab's dir noch nicht gesagt«, schob Samuel hinterher. »Aber die Rede halte ich.«

»Ach ja? Wieso?«

»Wieso? Weil ich eine tolle Reibeisenstimme habe und supergut aussehe, vielleicht.«

Sonne fand es nicht witzig.

»Und weil sie Jana in der Luft zerreißen würden, wenn sie auch nur eine falsche Pause setzt.«

»Verstehe.«

»Samuel und ich wollten heute länger hierbleiben«, sagte Jana. Sonne fiel auf, dass sie auf der Fensterbank etwas zur Seite rutschte, so wie früher im Matheunterricht, wenn sie die Fragen nach den Hausaufgaben fürchtete.

»Ach, wolltet ihr das?«

»Genau. Wir schreiben die Rede zusammen.«

»Aber ihr habt keinen Sex oder so? Ich meine, hier im Büro?«

Sie blickte in spiegeleiergroße Augen, kuhartige Augen, Augen wie Seesterne. Samuel holte seine Wrigley's-Dose aus der Tasche und genehmigte sich zwei Kaugummis.

»Wie kommst du denn darauf?«, fragte Jana entgeistert.

»Nur so. Es ist ja auch nicht schlimm. Es ist euer gutes Recht. Obwohl ich es scheiße fände. Ich würde es nur gerne wissen. Ich möchte es einfach gerne wissen. Ich möchte mich nicht wie Dreck fühlen. Ihr könnt es mir sagen, so zwanglos, wie man halt mit einer Firmengründerin spricht.«

Brodelndes, wallendes Brodeln ergötzte die Prätorianergarde.

Sonne war erleichtert, als beide die Frage weit von sich wiesen.

Zwar würde sie Jana niemals ein Wort glauben. Aber Samuel vertraute sie. Er würde sie nicht anlügen.

Das würde er nicht machen, bitte.

Das würde er nicht machen, bitte.

Das würde er nicht machen, bitte.

Als sie sich verabschiedete, hatte sie das entsetzliche Gefühl, dass ihr ganzes Leben bestimmt war von Momenten, in denen sie aus der Distanz oder sogar der Abschottung heraus Gefühle entdeckt und Erinnerungen in Gang gesetzt hatte, die sie auf sich selbst zurückwarfen. Die Gefühle oder Erinnerungen erreichten niemand anderen. Sie teilte sie nicht. Sie war nie in Kontakt gewesen mit irgendjemandem.

Außer mit ihrem Vater, der sich umbrachte.

Und mit Jana, die sie umbrachte.

Sonst waren alle Zugänge gesperrt.

Ich lebe gar nicht, dachte sie und winkte Jana zu.

Sie ging hinüber in den Eingangsbereich, betrachtete Nicky beim Spielen, bewunderte seine geschickten Handgriffe. Ich bewege mich gar nicht. Ich stehe in meiner Totenbäckerei und betrachte mein Kind, das eine Maus betrachtet. Ich wirke außer auf mein Kind auf niemanden, der lebt. Sondern nur auf Leute, die tot sind. Oder sterben.

Obwohl sich vieles richtig anfühlt, ist doch alles falsch.

Außer Mubi habe ich niemals einen Mann geliebt. Doch obwohl ich Mubi so sehr liebte, fühlte ich mich mit ihm dennoch nicht in Verbindung.

Ich ziehe mich von Menschen zurück, indem ich gehe. Aber könnte ich mich nicht auch von Menschen zurückziehen, indem ich wieder von vorne beginne? Und dann neu auf sie zukomme? Und mich neu verbinde? Könnte ich nicht Samuel verlassen, diesen etwas mürrischen, wundervollen, zuverlässigen, klugen, gutherzigen, mit aufdringlichem Humor begabten und einem hässlichen Bart ausgestatteten Samuel verlassen und einen neuen etwas mürrischen, wundervollen, zuverlässigen und gut rasierten Samuel entdecken? Sollte ich ihn tatsächlich einmal zum Essen einladen?

Könnten wir nicht von vorne anfangen?

Wäre es nicht schön, Nickys Haare einmal zu streicheln, wenn sie nicht auf Nickys Kopf, sondern in spärlichen Resten auf Samuels Kopf wachsen?

Wie war das, als wir vor vielen Jahren miteinander geschlafen haben?

Sie erinnerte sich nicht mehr. Sie hatte so selten daran zurückgedacht, dass die Bilder ausgeblichen waren. Mehr als das. Sie waren gelöscht.

Gefühle und Erinnerungen sind nur die eine Hälfte der Medaille.

Die andere Hälfte ist Aktion.

Ich muss etwas tun.

Sie ging hinüber zum Ladentisch und packte ihre Sachen. Sie öffnete eine Schublade, legte zwei Akten frisch Verstorbener in ihren Rucksack. Sie setzte den Rucksack auf und wischte Krümel von der Tischfläche. Sie trat hinüber zu Nicky und bat ihn, Vahana in den Käfig zurückzusperren und sich fertig zu machen, da sie gehen müssten.

Am Ende rief sie »Tschüs« in die Totenbäckerei, und es wurde entsprechend zurückgerufen.

Mit dem innerlich lebendigen, rot verhüllten Käfig traten sie und ihr Sohn nach draußen. Sonne schloss sorgfältig die Eingangstür, hörte noch ein Lachen aus dem Office aufperlen.

Sie liefen über die Danziger Straße. Die Autoscheinwerfer schossen wie Magnesium durch die Dämmerung.

»Wie findest du eigentlich Samuel so?«, fragte sie nach einer Weile.

»Ich mag Onkel Samuel sehr gerne.«

»Das ist schön, ich mag ihn auch.«

»Ja, Onkel Samuel ist bestimmt ein toller Mitarbeiter«, sagte Nicky altklug.

»Ich glaube, ich mag ihn nicht nur als Mitarbeiter. Er ist auch mein bester Freund, weißt du?«

»Ja, das hat mir Tante Jana auch gesagt.«

»Was hat sie dir gesagt?«

»Dass er ihr bester Freund ist.«

»Ach, das ist ja schön«, sagte Sonne, verfiel aber dann in Schweigen. Nach fünf Minuten blieben sie an einer Ampel stehen, warteten, bis es Grün wurde.

»Wie sehr magst du denn überhaupt Onkel Samuel?«, fragte Nicky, als sie auf der anderen Straßenseite ankamen.

Sonne verzog überrumpelt das Gesicht, legte es in Falten, kräuselte die Stirn. Ihr fiel keine Antwort ein.

»Also auf einer Skala von 1 bis 10. Wie sehr magst du da Onkel Samuel?«

»Wie sehr mag ich denn auf dieser Skala dich?«

»Ja, das würde ich auch gerne wissen.«

»Also dann sage ich mal: eine glatte 10.«

»Das habe ich mir schon gedacht, Mama. Aber du kannst ja auch gar nichts anderes sagen.«

»Wieso nicht?«

»Weil ich dann weinen würde.«

»Also dann ist es ganz sicher eine 11.«

»Und bei Onkel Samuel?«

»Bestimmt eine 6,5.«

»Nur eine 6,5? Oje. Frau Zimmermann würde von mir eine 6,5 kriegen. Und die hasse ich ja. Frau Zimmermann ist bestimmt die Lehrerin, die ich am meisten hasse auf der ganzen Welt.«

»Also gut, eine 7.«

»Das heißt, eigentlich findest du ihn langweilig?«

»Das habe ich doch gar nicht gesagt. Vielleicht könnte er auch eine 8 werden.«

»Also Tante Jana gibt ihm eine glatte 9.«

»Wie kommst du darauf?«

»Das hat sie mir heute gesagt, als wir beim Tierarzt gewartet haben.«

»Und so was Persönliches fragst du Jana?«

»Na ja, ich habe ja gesehen, wie sie sich geküsst haben.«

»Was? Wer?«

»Na, Onkel Samuel und Tante Jana.«

Sonne schwieg und blickte zu der Straßenbeleuchtung, die ansprang.

Das würde er nicht machen, bitte.

Das würde er nicht machen, bitte.

Das würde er nicht machen, bitte.

»Ich habe es zufällig gesehen. Also sie wissen nicht, dass ich es gesehen habe.«

»Wer hat denn wen geküsst?«

»Das verstehe ich nicht.«

»Na ja, wer hat denn wen geküsst? Das ist doch nicht so schwer zu verstehen.«

»Aber Mama.«

»Was?«

»Zu einem Kuss gehören immer zwei.«

31

Sie auf ihrem Bauch, er auf ihrem wogenden Rücken, die Glasur von Schweiß, die er von ihrer Haut leckte. Pelzig seine Zunge von all dem Geschmack, klebrig ihre Körperöffnungen, ihre Haare, alles.

Später nahm sie seinen Zeigefinger in den Mund und saugte daran.

Weil beide nicht gerne redeten, nachdem sie sich so sehr gehört hatten, machte sie den Laptop an, checkte Mails und stumme YouTube-Clips bezüglich einer prominenten Kundin.

Sie lagen am Boden, auf einer nagelneuen Sargdecke.

Hoffentlich sind keine Flecken drauf, dachte Jana.

Sie hörte den gleichmäßigen Atem von Samuel neben sich. Vielleicht war er eingedöst. Sie mochte es, wenn Männer neben ihr einschliefen nach dem Orgasmus. Sie waren so wehrlos dann.

Das bläuliche Licht ihres Bildschirms erfüllte das Zimmer.

Im schwachen Schein erkannte sie alle Details um sich herum. Den Sarg neben sich allerdings, an den sie einen Fuß gelehnt hatte, sah sie nicht. Sie spürte ihn nur an der Ferse. Das Holz duftete nach Öl und frisch gefällter Kiefer und ein wenig auch nach ihrem Apfelshampoo.

Sie fand es eigenartig, dass ihr Kopf eben noch auf dem Sargdeckel gelegen hatte wie auf einem Schafott, die feuchten Hände links und rechts abgestützt, verschwitzte Haare in ihrem Mund, den Blick zur Seite gerichtet, all die Urnen in den Regalen sehend, die sie auch jetzt wieder sah, nur bläulicher, all die bunten Leitzordner mit der Pupille streifend, während Samuel hinter ihr ihren Leib in vollkommene Unordnung brachte, den ruckelnden Sarg ebenso.

Sie hatte dabei nicht an Said gedacht. Keine Sekunde. An keine konkrete Situation.

Aber sie hatte gedacht. Obwohl sie erregt war, hatte sie gedacht.

Sie hatten so lange keinen Sex mehr gehabt, Said und sie. Wie wohl Ying Shu und er miteinander geschlafen haben mochten? Sie wünschte, dass es schön gewesen war für Said. Dass er sich so geborgen gefühlt hatte, wie das mit Sex nur dann möglich ist, wenn auch Nähe eine kleine Rolle spielt.

Sie bemerkte die Träne, die sich in ihrem Auge sammelte. Sie widerstand dem Wunsch, ihren langsamen Lauf mit dem Daumen zu stoppen. Nicht, dass die Bewegung ihrer Hand Samuel noch aufwecken würde. Das wollte sie nicht.

Sie mochte Samuel in dieser Sekunde.

Und sie liebte Said in dieser Sekunde.

Es war so ein großes Gefühl des Vermissens in ihr, tief eingelagert wie in einem Salzbergwerk.

Wenn sie Saids Körper morgen verbrennen würde, den Körper, der einst in ihr pulsiert hatte wie vorhin Samuels Körper, eine völlig surreale Vorstellung, wenn dieser Körper also zu Asche würde, dieser oft kranke Körper, der immer wieder ihre Hilfe gebraucht hatte – ihren Gang zur Apotheke, ihre umschlingenden Arme, ihre Fingerspitzen, die über seinen Nacken glitten, sobald er am Klavier saß –, dann würde ihr Herz endgültig brechen.

Obwohl sie nicht weinen wollte, spürte sie das Ziehen im Innersten, das nach ihrer Kehle griff. Eine zweite Träne sammelte sich.

Das Begräbnis würde nur ein Symbol sein können. Ein Absenken. Aber das Verbrennen war das eigentliche Aus. Die ultimative Verwandlung von dem schwarzen Leib, den sie bis jetzt jeden Tag im Kühlhaus besucht und berührt hatte, zu amorpher Materie. Welche Menschenmassen sich auch immer auf der noch weit entfernten Beerdigung an ihrer Qual ergötzen wollten, es würde nur das in die Erde gebettet werden, was Feuerland morgen übrig ließ.

Sie schluchzte kurz auf.

Samuel hatte ihr erklärt, dass jeder Mensch auf die gleiche Art der Erde übergeben werde, aber auf seine ganz eigene Weise verbrenne. Große Skelette brennen länger als die kleinen, Frauenknochen knacken unter der enormen Hitze anders als Männerknochen, Veganer schlagen weniger Blasen als Fleischfresser, manche richten sich im Feuersturm noch einmal in eine sitzende Position auf und jemand, der eine Chemotherapie erdulden musste, explodiert förmlich.

Das Brennen seines Fleisches ist der letzte individuelle Fingerabdruck, den der Mensch hinterlässt. Jeder braucht seine eigene Zeit. Und die Kameras in den Öfen sehen alles.

Am liebsten würde Jana morgen im Kontrollraum sitzen

und auf den Monitoren verfolgen, in welcher Weise Said brannte, ob sie seine menschliche Feinheit, seine Melodien und seine Vorliebe für Brahms erahnen könnte in der Art, mit der die Glut ihn umfasste. Und wie sehr er sie geliebt hat. Denn das hat er. Das weiß sie ganz genau.

Fuck you, Ying Shu.

Aber euer armes Kind.

Und nun fängt sie doch stärker an zu weinen, geräuschlos immerhin, doch ihr Brustkorb senkt sich auf und ab, und da sie Haut an Haut mit Samuel liegt, könnte er das Zucken spüren.

Sie dreht sich vorsichtig um zu ihm, schmiegt sich wie ein Löffel an den anderen Löffel, taucht mit ihrem Arm von hinten unter seiner Achsel durch, fasst an seine haarige Brust und lauscht, während sie in sein Ohr atmet.

Irgendwo im Treppenhaus hustet jemand. Sie stellt sich vor, dass es vielleicht die Nachbarn über ihnen sind, die jetzt erst von einer Party zurückkehren, sodass sie das Stöhnen und die Schreie aus der Totenbäckerei nicht gehört haben konnten.

Sie fragt sich, warum sie gelogen haben.

Als Sonne wissen wollte, ob sie Sex miteinander hätten, hatte sie im ersten Moment »Ja aber selbstverständlich« rufen wollen. Doch sie hatte Scheu, weil es so banal und unangemessen und abstoßend fröhlich wirkte und weil die Frage auch nicht wie eine Frage klang, sondern wie eine Warnung.

Nichts verleiht dem Menschen mehr Würde als die Liebe. Und nichts nimmt dem Menschen mehr Würde als die Liebe. Hätten sie denn sagen sollen, dass sie im Beerdigungsinstitut miteinander ficken werden, weil es sonst keinen Ort gibt? Oder weil es billiger ist als ein Hotel und weniger unheimlich als in Janas Villa?

Aber Samuel hatte auch nicht die Wahrheit gesagt. Das wunderte sie. An ihm war so gar kein Arg und Falsch, nichts Verstecktes. Und doch war er es gewesen, der gesagt hatte: Nein, Sonne, meine Güte, was denkst du von uns? Wir schreiben an der Rede, das ist alles.

Vielleicht hatte er ja wirklich geglaubt, dass sie an der Rede schreiben würden. Vielleicht hatte er sich eingebildet, dass sie einen Laptop öffnen und die entsprechende Datei mit dem Textentwurf suchen und nebeneinander wie Ministranten in der Sakristei sitzen und den Gottesdienst vorbereiten.

Sie hatte keine Sekunde daran geglaubt.

Und ehrlicherweise war auch sie es gewesen, die den Computer zur Seite geschoben und Samuels protestierende Massen mit der Zungenspitze auseinandergetrieben hatte.

Aber Sonnes Verhältnis zu Samuel versteht sie nicht.

»Samuel?«, fragte sie leise.

»Mhm.«

»Erzähl mir was.«

»Was soll ich erzählen?«

»Wurde hier Nicky gezeugt?«

»Was?«

»Habt ihr auch hier auf dem Boden miteinander geschlafen, so wie wir? An derselben Stelle?«

Ein kaum merkliches Geräusch entstand, als er seinen

Kopf minimal anhob, als würde er überlegen, sich ihr zuzuwenden. Doch das tat er nicht.

»Ich würde es nicht ›miteinander schlafen‹ nennen. Und Sonne würde das erst recht nicht tun. Eine Pipette schläft ja auch nicht mit einem Reagenzglas.«

Sie dachte nach.

»Er ist dein Sohn, Samuel. Du hast Rechte.«

»Wir müssen allmählich los.«

»Ich muss nicht los.«

Er löste sich aus ihrer Hand, stand auf, ohne sie anzusehen, ging hinüber zu seiner Gitarre. Das Instrument war wie immer an den geborstenen gusseisernen Heizkörper gelehnt, der schon lange nicht mehr funktionierte. Wahrscheinlich hatte es schon vor neun Jahren hier gestanden, dachte Jana. Er liebt Rituale. Rituale sind das Einzige, was Samuel Halt gibt.

Er setzte sich in seiner Blöße auf den Bürostuhl. Man hörte die Haut auf dem Kunstleder schmatzen.

Seine Silhouette zupfte ein paar Akkorde. Bitte nicht *In der Totenbäckerei,* hoffte sie. Bitte nicht *Let it be.* Bitte nichts, was er damals Sonne vorgeklampft hatte.

Was er schließlich spielte, klang spanisch.

»Du bist nicht unschuldig an der Situation«, sagte er, anstatt auch spanisch zu singen.

»An welcher?«

»An der Situation mit Nicky.«

»Was habe ich damit zu tun?«, fragte sie überrascht.

»Dass Sonne ist, wie sie ist, folgt aus eurer Geschichte. Das hast du damit zu tun.«

»Und ich dachte schon, du seist nett.«

»Stimmt es nicht?«

»Du bist auch nicht der moralische Hit. Und der musikalische Hit bist du auch nicht.«

»Kannst du das beurteilen?«

»Mein Mann war der musikalische Hit. Und er hat nie irgendjemanden hintergangen.«

»Das habe ich auch nicht.«

»Hintergehen wir nicht Sonne gerade?«

»Sonne ist nicht meine Partnerin. Sie ist meine Chefin.«

»Sie ist die Mutter deines ... von Nicky.«

»Sie ist sehr viel. Und wir sollten uns wirklich anziehen.«

Er stellte die Gitarre zur Seite, mit dem Ausdruck von unvermeidbarer Erforderlichkeit. Dann ging er, ohne sich anzuziehen oder auch nur Anstalten zu machen, seine Klamotten vom Boden aufzuklauben, hinüber in den Laden.

Vielleicht wollte er nur fort von ihr. Aber sie brauchte ihn doch jetzt.

Der Laden war von einer Straßenlaterne erhellt, Modell Alt-Berlin, die direkt vor dem Eingang stand und einen harten, geometrisch gezirkelten Lichtkegel warf. Samuel blieb außerhalb des Lichtkegels stehen. Nur seine Füße standen im Hellen. Seine Unterschenkel. Seine Knie. Nicht jedoch die Genitalien. Er wusste nicht, wieso er hier stand. Er war seinen Füßen gefolgt. Und nun zauderte er hier und wusste nicht, was richtig und was falsch war. Sie kam ihm hinterher. Barfuß. Das silberne Kreuz funkelte an ihrem Hals. Sie lehnte sich von hinten an ihn, schlang ihre Arme um seinen Brustkorb, legte den Kopf an seinem Nacken ab, wie ein zärtlicher Vampir, dem silberne Kreuze egal waren.

»Bitte sei nicht böse«, hörte er ein Flüstern.

Sie küsste ihn so sanft, dass es sich für ihn anfühlte, als würde sich ein Nachtfalter auf seinen Hals setzen.

»Es ist zu hell. Man kann uns sehen.«

»Niemand sieht uns.«

»Jeder kann von draußen hier reinschauen. Es ist eine Bäckerei.«

»Es ist ein Uhr morgens. Und es ist keine Bäckerei.«

»Jana!«

»Wir legen uns einfach auf den Boden.«

»Jana.«

»Niemand sieht uns. Komm. Du bist so schön.«

»Du bist schön.«

»Der Teppich ist weich. Komm.«

»Weinst du?«

»Nicht reden, ja?«

»Du weinst ja.«

»Es ist nichts. Es ist gut. Komm.«

Auf der anderen Straßenseite sah Sonne zu, bewegungslos und im Verborgenen. Sie stand seit zwei Stunden im Eingang der Hausnummer 24, ohne sich zu rühren, unauffällig wie eine Eule und ebenso frei von Gnade.

Sie hatte Nicky nach Hause gebracht, hatte ihm Ravioli gekocht, hatte ihren kleinen gelben Rucksack gegen einen großen roten Rucksack eingetauscht, den sie vollpackte mit Dingen, die sie brauchte. Sie hatte sich warme Sachen übergezogen, den alten Skianorak, sogar eine Wollmütze mit Bommel, obwohl es erst Anfang Oktober war. Nicky hatte sie einen Gutenachtkuss gegeben und ihm zuvor ein Kapitel aus Astrid Lindgrens *Die Brüder Löwenherz* vorgelesen, das einem Märchen nahekam und ihrem Vater sehr gefallen hatte. Es war eines der seltenen Jugendbücher, das mit dem Selbstmord von Kindern endet – von Kindern, die keine Eltern, sondern nur sich selbst haben.

Als Jana und sie noch in der Schule waren, hatten sie sich als die »Schwestern Löwenherz« bezeichnet, die füreinander in die Tiefe springen, die füreinander gegen das Drachenweibchen Katla kämpfen und ein Leben im Kirschtal führen wollen. Unzertrennlich. Über den Tod hinaus.

Sonne war aus dem Haus gegangen und mit der Straßenbahn gefahren, an der üblichen Station ausgestiegen und den Weg gegangen, den sie seit Jahren ging. Sie hatte sogar überlegt, den Laden zu betreten, wie sie ihn immer betrat, wenn auch in anderer psychischer Verfassung als sonst. Aber dann hatte sie das dünne blaue Licht in der Backstube glimmen sehen. Sie hatte lange gezögert, sich schließlich umgewendet, die Fahrbahn überquert, auf der anderen Straßenseite alle Vorkehrungen getroffen und schließlich ihre Position als Schatten im Schatten eines Hauseingangs eingenommen.

Von hier hatte sie die beste Sicht auf das große, dunkle, von der eingravierten Brezel aufgemunterte Schaufenster gegenüber, durch das sie nun die nackten, verlogenen, verfluchten, verschissenen, rasenden Rattenherzen dabei beobachtete, wie sie, von der Straßenlaterne grell erleuchtet, hinter der brusthohen ehemaligen Backwarenauslage abtauchten, um sich zu paaren.

Für Sonne war es an der Zeit.

Sie drehte sich um, öffnete ohne Hast die Haustür hinter ihr, deren Schließmechanismus sie zuvor mit einem Keil blockiert hatte. Dann betrat sie den dunklen Hausflur, dessen Schweigen sie umfing. Das in tiefem Schlaf liegende, konspirierende Gebäude flößte ihr Kraft ein. Sie machte kein Licht, bog in das Treppenhaus ab, stieg zwei Stockwerke nach oben. Sie hätte den Gram der letzten Jahrzehnte gerne zu einem anderen Ende geführt. Aber Hauptsache, es gab überhaupt ein Ende.

Sie wirkte entschlossen. Die Schwestern Löwenherz gab es schon lange nicht mehr.

Vor einem kleinen Fenster im Zwischengeschoss machte sie Halt. Sie öffnete den schmalen Fensterschlitz vorsichtig. Dann blickte sie nach unten in die Nacht und konnte durch die Scheibe der Totenbäckerei sehen, was auf den Dielen hinter dem Schaufenster geschah. Sie setzte den Rucksack ab, holte ihre Canon Eos 90D mit aufgesetztem Teleobjektiv aus der Innentasche. Sie hob den Apparat an ihr Auge, stützte das schwere Objektiv mit der rechten Hand ab und suchte ihr Motiv. Sie umklammerte das Gehäuse und stöhnte leise, als sie wie durch ein Fernglas sah, was sie sah.

Vielleicht hatte sie ihr Produktdesignstudium, ihre Fotografenausbildung, die Jahre als Fotoreporterin an einer Münchener Stadtzeitung und die unglaubliche Tristesse bei Fotoshootings mit längst verflossenen Topmodels wie Tatjana Patitz, Claudia Schiffer, Adriana Lima nur deshalb durchlitten, um in diesem entsetzlichen Moment das Erbärmliche tun zu können, dachte Sonne und drückte den Auslöser.

DER LETZTE GRUSS

32

Ihr Vater erschien ihr im Traum. Er saß im Garten unter dem Mandelbaum auf seinem alten weißen Küchenstuhl und hielt ein aufgeschlagenes Märchenbuch auf dem Schoß, wie in ihren allerersten Erinnerungen.

Sie sah ihn zunächst nur von hinten. Als sie um ihn herumging, um wie immer seinen Blick auf sich zu ziehen, bemerkte sie, dass er keine Augen hatte. Stattdessen glänzten saftige, schwarzrote Kirschen in den Augenhöhlen, von denen die Stängel in die überlangen Wimpern wuchsen. Auf seiner Schulter saß ein Rabe und versuchte, ihm mit dem Schnabel die Kirschen aus den Augenhöhlen zu hacken. Er aber schloss immer rechtzeitig die Lider und lächelte überlegen, weil ihm der Vogel kein Leid antun konnte.

»Tritt näher, mein Kind«, sprach ihr Vater sanft. »Mein ungezogener Rabe sagte mir schon, dass du kommen würdest.«

»Aber ich wusste gar nicht, dass ich kommen würde, Papa.«

»Du bist ja auch nicht so weise wie der Rabe. Setz dich nur, kleine Sonne. Setz dich ins Gras, und hör gut zu.«

»Wirst du mir ein Märchen vorlesen?«

»Nein, mein Rabe erzählt dir das Märchen. Er kann viel besser erzählen als ich, und er erzählt auch die Stellen, die ich vielleicht weglassen würde, weil das Märchen ja von dir handelt.«

»Von mir?«, fragte Sonne erschrocken.

»Ja«, sagte ihr Vater mit einer Stimme von warmer Schwäche, so wie sie es immer geliebt hatte, »das Märchen heißt *Die Frau und das Gebirge,* und da kein Mensch sein eigenes Märchen kennt, hast du wohl auch noch nie davon gehört.«

»Das stimmt, Papa«, sagte sie. Und sie setzte sich ins Gras, so wie sie sich früher immer ins Gras, aber auch aufs Sofa gesetzt hatte, und blickte den schwarzen Raben erwartungsvoll an.

»Nun gut«, sagte der Rabe, breitete die Flügel aus, stieg in den Himmel und flog zwei enge Pirouetten über ihrem Vater, um das weibliche Publikum zu beeindrucken. Er landete exakt wieder auf derselben Schulter, von der er abgeflogen war, putzte sich den Schnabel an den Haaren ihres Vaters ab und spreizte sein Gefieder. Dann sortierte er sich und kam zur Ruhe.

»Die Frau und das Gebirge«, deklamierte der Vogel feierlich. »Ein Märchen von Nikolaus Meling. Vorgetragen mit meiner herrlichen Stimme.«

»Schon gut, alter Rabe«, sagte ihr Vater. »Fang einfach an.«

»Es war einmal eine Frau, die war die Magd des Todes«, begann der Rabe selbstsicher. »Und diese Frau war eine ruhelose Wanderin. Ob sie nun gerade schlief oder wachte, ob sie nun gerade aß oder trank, immer eilte sie dem Herrn Gevatter entgegen. Und mit sich führte sie ihr ganzes Gepäck in einem Bergsteigerrucksack. Aber an ihrem Bauch hing ein gar liebliches Kind, das keine eigenen Füße hatte, das sie aber dennoch mit ihrem ganzen Herzen liebte und vor dem Herrn Gevatter verstecken wollte.«

Die Stimme des Raben klang nicht krächzend, sondern geschmeidig, geradezu verführerisch weich, dunkel, tief, und ein wenig schien sie an Samuels Stimme zu erinnern.

Sonne schloss die Augen und ließ sich in die Wärme der Rabenstimme fallen.

»Eines Tages kam die Frau in ein Gebirge. Und im Tal, am Fuße des höchsten Berges, traf sie sieben Zwerge, die sie danach fragten, wohin sie denn wolle, ganz alleine mit einem versteckten Kindlein.

›Ich muss auf den Berg hinauf, das ist meine Bestimmung‹, erwiderte die Frau.

›Da kommen wir gerne mit‹, sagte der älteste Zwerg, der Leid hieß. ›Denn wir wohnen jenseits der Berge. Und ohne uns werdet Ihr es nicht schaffen, gute Frau.‹

Und so wurden die sieben Zwerge ihre Gefährten.

Und sie hießen Leid, Ohnmacht, Verzweiflung, Erschütterung, Wut, Wehmut und Schmerz.

In der Tat handelte es sich um einen sehr anspruchsvollen Aufstieg ins Gebirge. Und je höher die kleine Gruppe stieg, umso heftiger begann es zu schneien.

Als es dunkel wurde, schneite es noch immer, und die Zwerge schlugen ihr Nachtlager zwischen den letzten Bäumen auf, machten ein großes Feuer und schliefen in kleinen Zwergenzelten, während die Frau eine Höhle fand und mit ihrem Kind in den Schlafsack kroch, in dem sich beide geborgen fühlten.«

Sonnes Herz pochte, als sie über das Märchen nachsann,

denn sie fühlte tatsächlich, dass es ihr eigenes Märchen war, so wie es ihr Vater versprochen hatte.

Sie sah, dass er die Augenlider geschlossen hatte, und sie betrachtete ihn, da sie schon lange nicht mehr so viel Zeit mit ihm hatte verbringen dürfen. Es nahm sie wunder, wie jung er war und wie zart und unverletzt sein langer, gut rasierter Hals glänzte.

»Am Morgen«, fuhr der Rabe fort, »waren alle Berge schneebedeckt, was den weiteren Aufstieg erschwerte. Da die Frau aber nicht umkehren wollte, berieten sich die Zwerge, was zu tun sei, wie es ihre Art war. Schließlich blieben Erschütterung und Wehmut zurück und versprachen, an dieser Stelle an der Baumgrenze ein Basislager aufzuschlagen und auf die Wanderer zu warten.

Die Frau packte ihr Kind und ihren Rucksack. Sie brach auf, begleitet von dem gut trainierten Schmerz, der ausgeschlafenen Verzweiflung, der willenlosen Wut, der optimistischen Ohnmacht und dem erfahrenen Zwerg Leid, der der Oberzwerg war. Je höher sie stiegen, desto stärker blies der eisige Wind. Wie Nägel mit rostigen Spitzen schlugen sich die Eiskörner in ihre Gesichter und fegten manche Zwergenmütze fort.

Als sie um einen Felsvorsprung bogen, erschauderten sie vor einer riesigen, sich in die Wolken auftürmenden Gebirgswand, an der nur noch ein schmaler Grat in die gewaltige Höhe führte. Leid strich sich durch seinen gefrorenen Bart und sah, dass Ohnmacht Schuhe aus Glas trug und auch nicht mehr optimistisch wirkte. Daher musste er umkehren, zusammen mit Wut, dem es zu frostig wurde.

So trotteten die beiden von dannen, während Leid, Schmerz und Verzweiflung ihre Bergsteigerausrüstung aus ihren kleinen Beutelchen packten und mit dem alpinen Teil der Unternehmung begannen, ebenso wie die Frau mit dem Kind. Sie sicherten sich nun alle mit Seilen ab, da bald im tiefen Schnee kein Pfad mehr zu erkennen war und sie in die nebelverhangene, sturmdurchtoste Wand klettern mussten.

Höher und immer höher ging es, und die Frau ärgerte sich, mit den Zwergen gewandert zu sein, da sie viel weniger aushielten als sie selbst. Vor allem Verzweiflung jammerte ständig. Sie hörte Klagen wie ›Ich kann nicht mehr‹ oder ›Was für eine saublöde Idee‹, und einmal schrie er sogar erbost: ›Ach, wär ich nur bei meinem kleinen Tellerchen und meinem lieben Becherchen geblieben!‹

Schließlich erreichten sie eine senkrechte, spiegelglatte Bergwand, von der aus es nur noch überhängende, vereiste Passagen zu geben schien. Jedoch war die Sicht so schlecht geworden, dass jegliche Orientierung verloren ging.

›Das ist fatal‹, murmelte Leid, blickte nach oben und nach unten und konnte weder Himmel noch Erde erkennen. ›Ich glaube, wir sollten an dieser Stelle abbrechen, gute Frau. Es ist das falsche Wetter, um auf den Berg zu gehen.‹

Aber Abbrechen kam für die Frau nicht infrage. Sie musste unterwegs sein. Sie musste unentwegt wandern und ihr Kind beschützen. Daher strafte sie Leids Vorschlag mit schweigender Verachtung, schlug mit ihrem Hammer Haken in den Felsen, hängte ihre Sicherungsleine ein und kletterte weiter, ohne sich umzusehen.

Nur Leid und Schmerz folgten, der eine fluchend, der

andere widerstrebend, während Verzweiflung zurückblieb und bald von der Schneewand geschluckt wurde.

Die Frau bekam immer weniger Luft, da die Sauerstoffsättigung nachließ.

An einer Steilpassage wurde ihr schwarz vor Augen, und sie musste innehalten. Heftige Böen zerrten an ihr.

Als sie einen neuen Haken in das Gestein treiben wollte, um weiter emporzuklettern, löste sich über ihr ein Schneebrett und krachte auf sie herab. Sie duckte sich, wurde aber getroffen. Ihr rutschte der Karabiner aus der Sicherheitsverankerung. Sie merkte, dass ihre Füße den Halt einbüßten, ruderte mit einem Arm, hörte hinter sich den Warnschrei von Leid.

Dann verlor sie das Gleichgewicht und stürzte ab.

Plötzliche Stille trat ein, verknüpft mit dem Gefühl von Zeitlosigkeit. Sie hörte nichts weiter als ihren Atem. Ihr ganzes Leben zog an ihr vorüber, während sie ins Nichts fiel. Doch als sie schon die Augen schloss, ihr armes Kind an sich drückte und ihm Adieu zuflüsterte, das Ende wie eine Astronautin erwartend, die durch Zeit und Raum ins Schwarz gleitet, spürte sie schmerzhaft die nach oben schießende Leine im Gesicht.

Instinktiv griff die Frau danach. Blitzschnell. Womöglich hatte sich das Seil um einen Sicherungshaken geschlungen oder um einen scharfen Vorsprung.

Sie schaute nach oben, dem wild schlagenden Tau nach, sah aber nichts weiter als Sturm und Schnee, während sie noch hinabraste.

Plötzlich gab es einen heftigen Ruck, der ihr fast die Lungen zerplatzen ließ. Das Seil war von einer zur anderen

Sekunde zum Zerreißen gestrafft. Irgendwo weit über ihr musste es sich verheddert haben.

Das Kind schrie auf. Die Frau konnte mitten im Sturm nichts sehen, aber sie wusste, dass sie fürs Erste gerettet war. Sie hing inmitten dieses undurchdringlichen Schneetreibens in eisiger Kälte über dem tiefen Abgrund, an einem Seil, das verhindert hatte, dass sie am Fuß der Steilwand zerschellte. Sie tastete das Kind an ihrem Bauch ab. Es schien wohlauf zu sein, trotz seines Weinens.

Sie küsste es, beruhigte es, versuchte, sich umzuschauen. Aber es war unmöglich. Sie konnte in dem Schneetreiben kaum die Hand vor den Augen erkennen. Und nach unten in die Tiefe wagte sie nicht zu blicken.

Ein Rufen weit über ihr löste ein Echo aus. Sie antwortete in Panik.

›Wir hängen!‹, schrie sie.

›Haltet aus!‹, schien die Stimme von Leid zu rufen. ›Ich hole Hilfe!‹

Sein Brüllen wurde verweht. Ihr war klar, dass man sie nicht rechtzeitig bergen könnte. Nicht in diesem Orkan, der an ihr zerrte und sie hin- und herwarf. Womöglich lockerte sich dadurch das Seil über ihr. Oder der Strick schnürte ihr die Luft ab. Oder sie und das Kind erfroren.

Ihre Chance, gerettet zu werden, war verschwindend gering.

Sie musste etwas unternehmen, sonst wäre ihre Zukunft vorbei.

Was nur konnte sie tun?

Sie versuchte, langsam an dem Seil nach oben zu klettern. Aber vergeblich. Ihre Kräfte waren erschöpft. Das Kind war zu schwer. Und das Risiko, dass sich der Strick aus seiner provisorischen Halterung lösen könnte, schien viel zu hoch.

Verzweifelt schloss sie die Augen.

Da hörte sie plötzlich eine Stimme. Die Stimme schien aus ihrem Inneren zu kommen, und sie sagte: ›Lass los!‹

Vielleicht war es die Stimme Gottes, vielleicht die Stimme ihrer inneren Dummheit, vielleicht die eines bösen Geistes oder eine Halluzination.

Doch sie hörte ganz deutlich, wie die Stimme immer wieder sagte: ›Lass los … Lass los … Lass los.‹

Ihr war klar, dass Loslassen den freien Fall bedeuten würde. Es war eine Möglichkeit, das Martyrium abzukürzen. Sie dachte über die verlockende Aussicht nach, die Qual zu beenden.

Worauf die Stimme noch lauter wurde.

Dann fiel eine weitere Stimme in die Aufforderung ein. Sie kam nicht von innen, sondern von außen. Von weit über ihr. Die Frau blickte verwirrt nach oben. Sie sah einen Zwerg – zwischen ihm und ihr eine dichte Wand aus wirbelndem Schnee –, der unter großer Gefahr zu ihr herabkletterte und unablässig ›Lass los! Lass los!‹ rief. Es war Schmerz.

Sie war irritiert. Gewiss war Leid schon auf dem Weg in die Basisstation und würde Hilfe holen. Wieso wollte Schmerz, dass sie aufgab?

›Lass los!‹, schrie der Zwerg schon wieder.

Und auch die innere Stimme drängte: ›Lass doch endlich los, dann musst du nicht länger leiden. Diese Quälerei ist vergebens, lass los!‹

Doch sie spürte das Kind an ihrem Leib. Sie klammerte

sich noch stärker an dem Tau fest, während sie sich selbst einschärfte, dass keine Stimme der Welt sie dazu bringen würde, sich des Wunders zu entledigen, das ihnen ganz offensichtlich das Leben gerettet hatte.

Schmerz war nur noch zehn Meter über ihr, schrie immer wieder, deutete mit verzweifelter Miene in die Tiefe, offenbar um sie anzufeuern, sich endlich fallen zu lassen. Doch als er so heftig gestikulierte, glitt er aus und kippte selbst kopfüber in den Nebel, lautlos, und war verschwunden.

Sie biss sich auf die Lippen. Sie würde niemals kapitulieren.

Trotzig klammerte sie sich weiter an das Seil, Stunde um Stunde, und die Temperatur sank stetig.

Und dann tauchte plötzlich der Herr Gevatter neben ihr auf. Vielleicht schwebte er auf Flügeln wie ein Engel. Sie erschrak sehr. Aber er legte ihr beruhigend die knöcherne Hand auf den Rücken, streichelte sie und flüsterte: ›Vertrau mir. Du bist doch meine liebe Magd, und ich kümmere mich um dich. Du kannst loslassen. Alles wird gut werden. Lass nur los.‹

Die Frau jedoch hatte einen eisernen Willen und wollte ihr Liebstes beschützen. Ihr Ein und Alles. Ihr Kind.

Sie gab nicht auf, auch als ihr die Welt langsam entglitt.

Am nächsten Morgen, nachdem der Sturm sich gelegt hatte, fand die Rettungsmannschaft den zerschmetterten Leib des Zwerges in einer Felsspalte.

Auch die Frau wurde entdeckt. Sie hing immer noch an dem Seil, an das sie mit ihren von blauem Eis überkrusteten Händen festgefroren war. Ihr Herz hatte die arktische Kälte nicht überstanden und war stehen geblieben. Sie fanden ihr

Kind wohlbehalten und in tiefem Schlaf unter ihrer warmen Jacke. Sie lösten es vorsichtig von der Mutter, die bis zuletzt den Strick umklammert hatte – keinen Meter über dem Boden hängend.«

Der Rabe war zu Ende mit der Geschichte. Er räusperte sich.

Sonne schlug entsetzt die Augen auf, und ihr Vater machte es ebenso.

»Nicht loslassen bedeutet manchmal den Tod«, erklärte er ihr mit großer Freundlichkeit, »bedenke das, mein liebes Kind.«

Dann wandte er sich an den Raben und sagte: »Gut erzählt, alter Rabe. Nun hol dir deine Belohnung.«

Und der Rabe hüpfte auf den Schädel ihres Vaters, hackte von dort mit der Schnabelspitze nach unten in die Augenhöhlen und fraß die beiden Kirschen auf, während der Mann die Lider weit aufriss, um es ihm leichter zu machen.

33

Es war die vierte Nacht hintereinander, in der sie schlecht geträumt und schlecht geschlafen hatte.

Immer, wenn sie in diesen Nächten wach geworden war, hatte sie neben sich auf den Nachttisch gegriffen, den Laptop aufgeklappt und die Fotos auf dem Bildschirm angestiert. Dadaistische Fleischknäuel. Action-Painting aus behaarten und unbehaarten Körperteilen. Und auf jedem Foto ein Stück Sarg der Marke »Abendröte«.

In dieser vierten Nacht, um drei Uhr morgens, übergab sich Sonne schließlich lautstark in ihren Hausschuh und konnte nicht verhindern, dass Jana zu ihr eilte. Später brachte sie ihr noch einen Salbeitee.

Würde nur noch fehlen, delirierte Sonne, dass sie mir die Stirn befühlt.

»Oje«, sagte Jana weichherzig, »kann ich dir noch irgendwas Gutes tun?«

Das hatte sie tatsächlich gesagt. Das hatte zumindest ihr Mund gesagt.

Ganz besonders zornig machte Sonne dieser sorgenvolle Mund, der auf ihren Fleischknäuel-Fotos geradezu entstellt war von höchst authentischer Selbstvergessenheit und geiler Raserei, aber ansonsten nur geöffnet zu werden schien, um zu täuschen, zu verbergen und geheuchelte Anteilnahme auszudrücken. Dieser Mund war eine Schande für die oberste Körperhöhle des Menschen, die für Nahrungsaufnahme, Artikulation, Atmung und gelegentlichen Auswurf des Mageninhalts gedacht war, nicht aber für Lüge und Fellatio.

»Nein danke, Jana. So lieb von dir«, presste sie hervor.

»Soll ich deinen Laptop wegstellen? Der ist nicht gut bei Kopfschmerzen.«

»Nein, den brauche ich in Griffweite.«

»Ich bin Migränikerin. Ich kenne mich echt ein bisschen aus.«

»Du bist ein Schatz. Aber lass ihn einfach da stehen.«

»Okay. Bin drüben, wenn du was brauchst«, flötete Jana im Weggehen, die Spezialistin für die Deutung aller Bewegungen, Äußerungen und Tanzschritte des Mundes, die es jedoch seit vier Tagen und Nächten selbst war, deren labiale, labiodentale, palatale, glottale Laute aufs Genaueste interpretiert wurden, inklusive der dafür nötigen Gesichtsmuskeln.

Janas Mund war für Sonne aber kein Opernglas oder sonst eine Sehhilfe in die Psyche einer Person hinein, sondern ein eigenes Lebewesen, irgendein Meerestier, eine fleischfressende Seeanemone vielleicht, die an Korallenriffen klebte und sich von schönen kleinen Fischen wie Nicky ernährte.

Am nächsten Morgen, dem fünften Morgen einer neuen Zeitrechnung, einem besonderen Morgen überdies, dem Morgen nämlich, bevor Said beerdigt wurde, schlürfte die Seeanemone mit diesem schönen kleinen Fisch heißen Ka-

kao. Sie hörte seine Englischvokabeln ab, klemmte ihre tentakelartige Zunge zwischen die Vorderzähne, um ihm den englischen »Th-Laut« vorzusummen, und lachte sogar überzeugend und grundlos, als er mit dem Ofenhandschuh die weich gekochten Eier auf den Tisch balancierte.

Sonne saß erschüttert daneben, die schmerzende Stirn in die Hände gedrückt, während die Eier in die blauen Becher gesetzt wurden.

»Willst du dich nicht noch einmal hinlegen?«, erkundigte sich die Seeanemone wieder mit dieser unerträglichen Parodie von Mitgefühl bei ihr. »Nach dieser schlimmen, schlimmen Nacht?«

»Morgen ist die Beerdigung«, lehnte Sonne das Angebot schmallippig ab. »Da werde ich dir beistehen.«

»Dann einen Haken dran«, sagte die Seeanemone froh. »Ich bin dir so dankbar.«

Sie gab ihr sogar einen Kuss. Der Kuss war für Sonne kaum auszuhalten, ja sie musste sich zur Seite drehen, weil er nesselte, dieser judaswürdige Kuss, und sie hoffte, dass ihr Magen nicht wieder flau würde.

Mit den Worten *»come on boy«* wurde auch Nicky von der Seeanemone geküsst. Es folgte ein weiterer Kuss, und zwar auf den Panzer der Schildkröte, die Nicky ihr hinhielt. Der vierte Kuss des Meerestiers landete auf Saids Urne, die auf dem Küchentisch neben dem Honig stand.

»Schön, dass du noch mal mit uns frühstückst«, sagte Jana, randvoll mit Emotionen, zur eher sachlich gestimmten Urne, und sie wischte sich über die Lippen und die Augen.

»Tante Jana?«, fragte Nicky vorsichtig.

»Ja?«

»Ist das nicht schwer für dich, Tante Jana, dass er morgen nicht mehr hier stehen wird?«

Er zeigte auf die frisch geküsste Urne.

»Ein bisschen schon«, meinte Jana traurig. »Aber es kommt ja auf den Geist an. Bevor mein Mann geboren wurde, war er ein Geist, weißt du … ungefähr so wie meine Hand.«

Jana hob ihre Hand und ließ ihre Finger wackeln.

»Und als er dann zur Welt kam …« Sie zog den Ofenhandschuh zu sich herüber und schlüpfte mit der Hand hinein, »… als er dann zur Welt kam, bekam sein Geist einen Körper.«

Wieder zuckte sie mit den Fingern im Handschuh, und Sonne fragte sich, ob das Marvel-Comic-Motiv auf dem Ofenhandschuh mit dem Duell Iron Man gegen Captain America dem Körper von Said auch nur annähernd gerecht wurde.

»Dieser Geist ist es, der seinem Körper Leben gibt, genau wie meine Hand diesem Handschuh Leben gibt. Verstehst du?«

»Natürlich verstehe ich das, Tante Jana. Mama hat mir das schon oft erklärt. Wir haben ja ständig irgendwelche Urnen hier.«

»Ach ja?«

»Ja. Denn wenn die Leute es wollen, dann versteckt Mama die Urnen für die Leute. Und ins Grab kommt dann nur Sand mit kleinen Steinchen.«

»So kannst du das aber nicht sagen, Nicky«, widersprach Sonne müde und unterbrach das lustlose Aufschlagen ihres

Frühstückseis. »Das wäre ja Störung der Totenruhe. Das ist streng verboten.«

»Aber du hast doch gesagt, Mama, dass du das blöd findest, dass nicht jeder die Asche von seiner Mama oder von seinem Papa mit nach Hause nehmen kann.«

»Das ist kompliziert, Nicky.«

Jana zog den Handschuh aus und legte ihn auf die Urne. Sie starrte den leblosen Gegenstand nachdenklich an, bevor sie ihre Augen hob und Sonne musterte. »Aber ist das denn möglich?«, fragte sie nach einer Weile. »Ist das denn möglich, dass ich ihn, also das, was noch übrig ist von Said, behalten dürfte?«

Sonne nickte einfach nur, betrachtete das in stumpfem Umbra gefärbte Gefäß (das für sie etwas Vertrautes und Bemitleidenswertes hatte) mit dem Blick einer Gynäkologin, die eine ungewollte Schwangerschaft beenden muss. Dann köpfte sie ihr Ei.

»Aber das ist ja wunderbar«, gluckste Jana. Der Ausdruck reinsten und unverfälschtesten Glücks breitete sich über ihrem Gesicht aus. Und sie wagte es, Sonne nochmals zu küssen.

Nichts sprach aus Sonnes Sicht dagegen, der zudringlichen Küsserei mithilfe der Fleischknäuelfotos sofort Einhalt zu gebieten. Die technische Qualität des Materials war jedenfalls erstklassig, sowohl im Schärfebereich als auch in der Belichtung. Man könnte jedes Foto auf die dreißig Quadratmeter Bildschirmfläche der blöden blauen Wand projizieren, und alle Welt würde denken, es hätte sich um ein Hochglanzshooting gehandelt, da war sich Sonne sicher.

Sie hatte mehrmals die E-Mail mit den angehängten Aufnahmen abschicken wollen. Alles war vorbereitet.

Wie eine US-Whistleblowerin, die sich vor 518 Jahren Haft in Guantanamo wegen Geheimnisverrats schützen muss, hatte Sonne ihre Mail-Adresse über ein kompliziertes Mixmaster-System anonymisiert und über unzählige Remailer-Ketten in ihre Atome zerlegt. Niemand konnte die brisante Ladung auf sie zurückverfolgen.

Im Adressfeld waren neben RTL die vier widerlichsten Boulevardmedien des Landes eingetragen, zusätzlich auch der Spiegel, weil in der Redaktion eine ehemalige Kollegin Sonnes aus der Münchener Stadtzeitungsära gelandet war, die bereits damals Jana von Mond abgrundtief gehasst hatte.

Mehrmals hatte Sonne den Zeigefinger in den letzten vier Tagen schon über dem Senden-Button kreisen lassen. Sie war stets in alttestamentarischer Verfassung gewesen.

Und doch hatte sie gezögert.

Immer wieder hatte sie gezögert. Immer wieder hatte sie den Bombenabwurf auf den kommenden Tag verschoben.

Es war nicht naheliegender Kleinmut. Oder Angst vor eigenen Verlusten. Die eigenen Verluste war sie bereit zu akzeptieren. Sie wusste, dass sie mit den Fotos nicht nur die Mond, sondern auch Samuel und letztlich sich selbst in den Abgrund zog.

Zwar würde es die interessierte Schlachtbankpresse entzücken, ihren Lesern ein pornografisches Stillleben zu präsentieren, in dem die ineinander verkeilten Körperteile einer TV-Zelebrität und des Bestatters ihres noch lebendwarmen Gatten wie nasses, aufgeschnittenes Obst glänzten – noch dazu kurz vor dem feierlichen Begräbnis. Eine besonders charmante Note jedoch erhielten die In-flagranti-Fotos für die Medien durch den sensationellen Genius Loci. Denn aufgrund des in den Geschlechtsakt hineinragenden Kopfteils des Ausstellungssargs wurden die eindeutig erkennbaren und offenbar gemütlichen Räumlichkeiten des mit der Zeremonie beauftragten Beerdigungsinstituts ebenfalls ein Skandal.

Selbst der Firmenname klang unter diesen Umständen kaum noch seriös. Denn *Sommernachtstraum* könnte auch ein guter Name für ein Bordell sein.

»Du musst in die Schule, Schatz«, sagte Sonne hastig zu ihrem Sohn, um sich abzulenken.

»Ich putz mir noch die Zähne, Mama. Und die Tiere brauchen noch eine Portion.«

»Beeil dich.«

Nachdem Nicky die Schildkröte mit einem Salatblatt versorgt und der Maus Vahana eine Handvoll Körnerfutter in den Käfig geschüttet hatte, hüpfte er aus der Küche.

»Ich liebe ihn«, schwärmte Jana und sah auf seinen leeren Platz. »Er ist genauso vernünftig und gewissenhaft wie du.«

Sonne nickte.

Denn Jana hatte recht. Leider aber war das Gewissenhafte und Vernünftige ihr größtes Problem. Sie beneidete Jana so sehr um ihre Gewissenlosigkeit. Sonnes Furor wurde von ihrer Scham stark gezügelt, dieser inneren Fessel, die sie so oft verflucht hatte in ihrem Leben und die noch mächtiger war als die Ratio.

Sie schämte sich für das plötzlich über die Ufer Tretende ihres Charakters, das so gar nicht zu ihr zu passen schien.

Allein schon die Erkenntnis, dass sie fähig war, sich stundenlang mit einer Kamera auf die Lauer legen zu können, um ihre einstmals besten Freunde in ihrer Intimität bloßzustellen, verhalf ihr zu einer Art Waschzwang. Seit sie im nächtlichen Treppenhaus die Bilder geschossen hatte, shampoonierte sie sich morgens dreimal von Kopf bis Fuß ein, brauchte das Gefühl von juckender Seifenlauge in ihren Augen.

Nicht nur dieser Ekel vor sich selbst hielt sie davon ab, die Fotos in den Orbit zu streuen, sondern auch die Scheu, etwas zu tun, was ihrem Eigenbild widersprach.

Sie war kein menschenfressender Riese, kein Drache, keine Hexe und schon gar keine böse Königin. Offen und ehrlich, so sah sie sich. So hatte doch ihr Papa sie bis zuletzt gesehen. Und mit dieser Gewissheit konnte sie aus luftiger Höhe auf die Kleinheit anderer Menschen herabblicken, wenn es ihr schlecht ging.

Aber auf offene und ehrliche Art konnte man keinen konspirativen Salto mortale schlagen, und das marterte sie.

Daher wartete sie auf den richtigen Moment. Sie wartete darauf, dass ein brennendes Zeichen an die Wand geschrieben werden würde, wenn die Lawine loszutreten sei. Und sie genoss es, obwohl sie natürlich der Genuss gleichzeitig beschämte, fünf Tonnen TNT in ihrem Zeigefinger schlummern zu wissen. So war es ihr ein Leichtes, morgens gemeinsam mit Jana am Frühstückstisch zu sitzen und ihr mit demselben Zeigefinger die Zuckerdose herüberzuschieben.

»Müssen wir uns nicht auch auf den Weg machen jetzt?«, fragte Jana.

»Willst du wirklich dabei sein?«, wollte Sonne wissen und hasste sich gleichzeitig dafür, dass sie eine Prise jener verlogenen Besorgnis in ihre Stimme legte, die sie sich von Jana lieh. »Ausgerechnet heute?«, fuhr sie genauso schäbig fort. »Samuel und ich schaffen es auch allein. Kommen nicht deine Schwestern heute an?«

»Du bist doch angeschlagen, meine liebe Sonne. Und ich würde hier durchdrehen.«

Sonja Meling seufzte ergeben und benahm sich weiterhin so, als sei die Mond für sie vorhanden.

34

Zehn Minuten später verließen Sonne und Jana die Wohnung.

Jana kümmerte sich einen Dreck darum, ob sie von irgendjemandem auf der Straße erkannt wurde. Keine Sonnenbrille. Gar nichts.

Aber kein Mensch beachtete sie.

Sie fuhren mit der Straßenbahn in die Totenbäckerei.

Samuel wartete schon, aber nicht alleine.

Neben ihm, unter der großen Uhr, wartete wie am vorigen und am vorvorigen Tag Mister Wang. Er hatte einen zufriedenen Gesichtsausdruck, so als liebte er es, unter großen Uhren zu warten. Er war ein drahtiger älterer, wie ein englischer Lord gekleideter Kung-Fu-Meister mit einer ständig laufenden roten Nase, der mit dem Ausdruck vollendeter Ergebenheit nichts anderes machte, als die goldene Prachturne mit den sterblichen Überresten von Ying Shu zwischen seinen weiß behandschuhten Händen zu halten. Denn er war der Butler von Herrn Shu, Ying Shus Vater, und hatte von diesem den Auftrag erhalten, auf dessen Tochter gut aufzupassen.

Samuel hingegen konnte nicht wie besprochen Saids Asche in Empfang nehmen. Stattdessen erfuhr er zu seinem Bedauern, dass sie in Sonnes Küche neben dem Honig vorsätzlich zurückgelassen worden war. Noch mehr schmerzte ihn zu hören, dass er als Ersatz des originalen Knochengranulats drei Kilo Cappuccino-Splitt im Gartencenter kaufen solle. Und von Eumel, dem unermüdlichen Herrn Kalmik, war eine neue Aschekapsel zu organisieren, ohne dass das dem Kung-Fu-Meister Wang oder sonst jemandem unangenehm auffallen durfte.

»Dann sollten wir uns beeilen. Es wird ein riesiger Tag. Let's go!«, sagte Samuel griffig, vor den Augen des stoischen Butlers sehr um den Eindruck von Geschäftigkeit bemüht.

Er brachte die kleine Gruppe in seinem rostzerfressenen Automobil, das weit weniger wert war als die maßgeschneiderte Arbeitskleidung von Mister Wang, so schnell es ging nach Patagonien.

Sonne bemerkte, dass Samuel viel mehr redete als sonst.

Er plapperte geradezu, wiederholte, was alle bereits wussten und niemanden interessierte. Dass die scheunentorhohen Porträtfotos der Toten in der Druckerei abgeholt werden mussten. Dass Mister Wang zur Floristin wollte, um zusammen mit ihr den Großauftrag und die Anlieferung für morgen abzusprechen. Dass der Butler, der kein Wort Deutsch verstand und mit seinem goldenen Ei auf dem Schoß wie eine vornehme Henne in ihrem Nest saß, im Namen der Familie Shu die Kapelle für die Trauerfeier abzunehmen habe, die Üppigkeit ihrer Dekoration vor allem. Dass die gesamte Montage des Tempelgrabmals am Nachmittag bevorstand und welche Schrauben in welcher Größe dafür noch zu besorgen seien.

Ob er diese Details wiederkäute, weil er Jana damit beeindrucken wollte? Ob er etwas für sie empfand, was über physische Anziehung hinausging? Wollte er mit dem öden, guttural vorgetragenen Totengräber-Small Talk etwa ein Pfauenrad schlagen?

Sonne registrierte jedenfalls die verkrampft unverfängliche Art, in der er und Jana miteinander umgingen und die sie mit beharrlichem Schweigen zu unterlaufen wusste.

Samuel setzte die Frauen im Fuhrpark Patagoniens ab, direkt vor der *Sommernachtstraum*-Garage. Ein fahrerloser Lieferwagen parkte vor dem Garagentor.

»Auf Eumel ist eben Verlass«, bemerkte er anerkennend mit Blick auf den Transporter. »Fangt ihr schon mal an. Mister Wang und ich brauchen eine Weile.«

Samuel verabschiedete sich mit einem erneuten »Let's go«, wie früher, als er mit diesem Satz seine Punkkonzerte eröffnete. Dann war er fort.

Sonne schloss das Garagentor auf, schob es in die Höhe, hörte, wie Jana hinter ihr die Heckklappe des Kleinlasters herunterließ. Sie war froh, dass man viel arbeiten und wenig reden musste. Ihr Kopf dröhnte noch immer.

Sie begannen, die Scheinwerfer, die Beistelltischchen, das Piedestal für die Urne, die Schauvasen, die Lautsprecher, das Mikrofon, den Zusatzkatafalk und die Kartons mit den Brokatstoffen auf die Ladefläche des Transporters zu stellen.

Danach schleppten sie das drei Meter hohe, rot-goldene chinesische Tempelmodell, das Samuel gefertigt hatte, querliegend auf einer Sackkarre nach draußen.

»Wir sollten warten, bis Samuel und der Typ wiederkommen«, schlug Jana vor, als sie die Last vor der Heckklappe absetzten. »Mir ist das zu schwer.«

Sonne nickte. Zwei Tauben landeten knapp neben ihnen und umkreisten das Kunstwerk gurrend. Vielleicht hielten sie es für einen Taubenschlag.

Herr Kalmik schlenderte vorbei, in Sportkluft wie immer, das zusammengerollte Handtuch im Nacken. Er blieb stehen, begutachtete das Holzmodell, das im grellen Tageslicht bunt funkelte und nach frischem Lack roch. Dann lächelte er bedauernd.

»Ach Prinzessin«, rief er Jana zu, »schlimmer Tag morgen, was?«

»Allerdings.«

»Mein Beileid. Aber ein schönes Grabmal.«

»Danke«, sagte die Seeanemone. »Aber es ist kein richtiges Grabmal. Es ist nur aus Holz.«

Herr Kalmik wiegte den Kopf hin und her, ohne dass klar wurde, warum. Dann schlurfte er davon.

Sonne hielt es nicht länger aus. Sie verzog sich hinüber zur Eidechsenmauer. Dort setzte sie sich auf den Asphalt, zog die Beine an, schlang die Arme um ihre Knie und lehnte sich gegen die Backsteine. Sie schloss die Augen. Der Tag war sonnig, und die Nacht würde kalt und klar werden und ihr besseren Schlaf bescheren. Winterschlaf. Und bessere Träume. Frühlingsträume.

Das hoffte sie. Sie war unendlich erschöpft.

Was sie in der Nacht geträumt hatte, wusste sie nicht mehr. Aber ihr Vater hatte eine Rolle gespielt. Wie so oft.

Sonne konzentrierte sich auf den leichten Wind in ihrem Haar. Sie liebte den Herbst in Patagonien. Er versetzte sie in die allerschönsten Tage mit Mubi zurück. Die frische Luft, die feuchte Erde, die bunten Farben und die Gerüche des sterbenden Laubs, das im Englischen Garten immer von den Mitarbeitern des Gartenamts (das zu Mubis Entzücken »Grünanlagenaufsicht der Landeshauptstadt München« hieß) unter die Bäume gekehrt wurde, während sie in Berlin ungeordnet verrotteten.

Einmal hatte Mubi sie in solch einen Laubhaufen geworfen, und sie hatten eine Art Kissenschlacht gemacht, sodass alle Blätter wie Daunenfedern über den Rasen flogen, sich chaotisch auf dem Grün verteilten und die gediegenen Münchener Rentner sie anglotzten, ihre Gesichter vollgesogen mit Tadel. Ihr war, als wäre sie nie jünger gewesen als mit dreiundzwanzig, glücklicher ganz gewiss nicht. Als hätte ihre Kindheit in Deggendorf, die doch chronologisch davor lag, in einer späteren, verloreneren Zeit stattgefunden.

»Darf ich?«, fragte eine ganz nahe Stimme.

Sonne klappte die Lider auf und sah, dass Jana plötzlich vor ihr stand. Sie hatte ein kleines IKEA-Klappstühlchen mitgebracht, faltete es vorsichtig auf, ohne Sonnes Antwort abzuwarten.

»Ist irgendwas los mit dir?«, erkundigte sich Jana unverblümt, noch während sie sich setzte.

»Nein, gar nichts. Wieso?«

»Ich finde dich etwas distanziert im Augenblick.«

Ich könnte dich umbringen. Ich könnte dich ganz einfach umbringen, wie du da auf deinem scheiß Stuhl sitzt, der im Übrigen meiner ist, dachte Sonne.

»Vielleicht bin ich etwas nervös«, erwiderte sie hingegen betont freundlich. »Es wird ein wichtiger Tag sein für dich morgen.«

»Frag mich mal, wie nervös ich bin.«

»Ja, du hast dein Aussehen verändert.«

»Du hast mein Aussehen verändert. Du hast meine Haare geschnitten, als müsste ich in ein nordkoreanisches Straflager.« Die oberen Schneidezähne blitzten etwas heraus und nagten skeptisch am unteren Rand der Seeanemone.

Sonne betrachtete die Frau, die sie niemals hätte treffen dürfen in ihrem Leben und die in einer Art angezogen war, als gäbe es darunter keine Haut, sondern nur offene, ungeschützte Organe.

»Ja, aber du hast deine Frisur gerichtet. Das war nicht ich.«

»Ich habe gestern etwas nachschneiden lassen, ja.«

»In diesem Salon, wo man Nicky Champagner serviert hat oder jedenfalls irgendwas mit Alkohol?«

Janas Augenlider flatterten etwas, vielleicht wegen der Sonnenstrahlen, die über ihr Gesicht tanzten, vielleicht auch aus anderen Gründen.

»Ich bin froh«, sagte sie, »wenn man mich überhaupt noch irgendwo reinlässt. Aber so anders ist die Frisur ja nicht. Nicht der Rede wert.«

»Und ein wenig zugenommen hast du auch.«

»Nein. Na ja. Ein bisschen.«

»Steht dir gut. Du siehst besser aus, wenn du nicht so dünn bist.«

»Ist das eine nette Art zu sagen, dass ich dick geworden bin?«

»Quatsch. Du siehst nicht dicker aus, du siehst gebärfreudiger aus. Das ist was anderes.«

»Gebärfreudiger? Mein Mann wird morgen begraben. Du sagst komische Sachen die letzten Tage«, stellte Jana fest. »Ich habe fast den Eindruck, du fühlst dich in meiner Gegenwart nicht wohl.«

Seeanemonen haben kein Skelett. Wenn man sie aus dem Meer holt und an Land verfaulen lässt, sind sie nach vier Wochen einfach weg wie ein Milchprodukt. Nichts hält sie zusammen außer diese strahlenartigen, gelbroten Muster, mit denen sie die Umwelt blenden.

»Na ja, wir haben die wichtigen Dinge zwischen uns nicht geklärt, oder?«, versuchte Sonne zu sprechen, als ginge es um nichts.

»Aber ich habe dir alles gesagt.«

»Du hast mir alles gesagt?«

»Ja.«

»Du hast mir alles gesagt?«

»Na klar, was denkst du denn?«

»Du willst mir alles gesagt haben, Jana? Alles?«

Sonne forschte in dem Antlitz der ruchlosen Verräterin, ob das Wörtchen »Alles?« Vorsicht hervorschäumen ließ. Oder sogar Furcht. Aber sie sah nur ein breites Spektrum unfroher Gesichtsausdrücke.

»Was soll ich dir denn nicht gesagt haben?«, fragte Jana unwillig. »Alle wesentlichen Geheimnisse weißt du.«

»Aha. Was unterscheidet denn wesentliche Geheimnisse von unwesentlichen Geheimnissen?«

»Du kennst meine Ängste, Sonne. Niemand kennt meine Ängste besser als du.«

»Du meinst doch nicht deine Angst vor Spinnen?«

»Meine Angst vor dem Alleinsein vor allem.«

Sonne merkte, wie sich in ihr alles zusammenzog. Sie musste aufpassen, dass sie die Fassung behielt. Sie musste sich auf die Oktobersonne konzentrieren. Auf die letzte Wärme des Jahres, die über ihr Gesicht strömte.

»Gut, aber weiß ich wirklich alles über deine Angst vor dem Alleinsein? Weiß ich zum Beispiel, was du so machst gegen deine Angst vor dem Alleinsein?«

»Worauf willst du hinaus?«

»Na ja, man kann zum Beispiel ins Kino gehen, wenn man Angst vor dem Alleinsein hat. Oder man kann einer Nazipartei beitreten – da fühlt man sich wahrscheinlich niemals einsam. Oder man kann an Trauerreden mitschreiben, die auf den verstorbenen Gatten gehalten werden.«

»Du klingst irgendwie sarkastisch. Das verunsichert mich.«

»Entschuldige.«

»Diese Zusammenarbeit mit Samuel, die hat mich inspiriert. Er kann super schreiben. Ich meine, er wäre wahrscheinlich ein fantastischer Gag-Autor in meiner Show.«

Sie sah eher wehmütig als begeistert aus. Sonne legte den Kopf in den Nacken. Eine Wolke schob sich vor die Sonne, die Vorläuferin eines sich zunehmend bedeckenden Himmels. Sofort wehte eine kalte Brise über den Hof, der völlig verwaist schien, ungewöhnlich für die Tageszeit. Sie fröstelte und fragte sich, ob sie aufstehen solle, unter dem Vorwand, eine Jacke anzuziehen, damit das Gespräch nicht abgleitet. Sie blickte Jana an und entschied sich, sitzen zu bleiben.

»Magst du denn seinen Humor?«

»Durchaus. Samuel kann sehr witzig sein«, nickte Jana. »Aber er macht auch gerne idiotische Scherze.«

»Wahrscheinlich nicht in der Rede.«

»Nein, er hat … er hat so kluge Sachen da drin. Zum Beispiel über das Klammern.«

»Ach ja?«

»Ja. Es geht um das Festhalten.« Jana machte eine Faust, sogar zwei Fäuste, vielleicht nicht nur aus Gründen der Illustration. »Es geht darum, menschliche Verbindungen nicht vom unangenehmen Standpunkt des Festhaltens, des Kontrollierens zu betrachten. Sondern als Ort aufrichtiger Begegnung mit dem anderen.«

»Ja. Das Aufrichtige ist sehr wichtig«, bestätigte Sonne. Sie versuchte, jeglichen Sarkasmus aus ihrer Stimme zu merzen, was kaum möglich war. Aber Jana schien sich entschieden zu haben, alle Zwischentöne zu überhören – als würde es jemals bei irgendetwas, was Menschen einander sagen, um den Inhalt des Gesagten gehen und nicht um das, was es verbergen will.

»Ja, und Aufrichtigkeit kann nur in Freiheit genossen werden. Das ist so klug zu betonen, weil es natürlich auch eine Rede ist auf Ying Shu. Und auf die Beziehung der beiden.«

»Du hältst die Beziehung der beiden für eine aufrichtige Beziehung?«

»Nun ja, ich wusste davon«, sagte Jana, ruckelte aber erstmals auf dem IKEA-Stühlchen, als wäre es nicht so bequem, wie es aussah. »Und ich habe trotzdem nicht geklammert. Und Ying Shu hat auch nicht geklammert.«

»Vielleicht hätte ja das Baby geklammert.«

»Ach, das Baby, ja, das vergesse ich immer.«

»Das macht nichts. Es war ja nicht dein Baby.«

Zum ersten Mal seufzte Jana ihr altes Janaseufzen. Dieser kleine Laut, der sich ihr immer entrungen hatte, wenn Sonne eine Idee zu einem Sketch beisteuerte, von dem sie nicht wusste, was davon zu halten sein sollte.

»Ich glaube, dass der Aspekt wichtig ist, dass Festhalten kein Gradmesser für Interesse ist.« Wieder ballten sich die Fäuste, die Jana gleichzeitig in ihren Schoß legte. »Nur weil ich an jemandem unglaublich festhalte«, fuhr sie fort, »heißt das noch nicht, dass ich irgendwas an ihm wirklich interessant finde.«

»Klar, das verstehe ich. Und umgekehrt bedeutet das, dass du dich, nur weil du jemanden unglaublich interessant findest, noch lange nicht an ihm festhalten musst.«

»Ich weiß nicht, ob ich das richtig verstehe.«

»Schau uns an. Du fandest mich mal interessant, mochtest mich, hast mir Dinge versprochen. Das bedeutete aber nicht, dass du sie halten musstest, diese versprochenen Dinge. Die Tatsache, dass du mich hast fallen lassen, bedeutete nicht, dass du mich nicht mehr sympathisch fandest, oder?«

Janas Fäuste öffneten sich wie Blumen. Sie hatte bekümmerte, knochige Hände, als wären sie schon mehrmals gebrochen worden und auf unnachahmlich schöne Weise wieder zusammengewachsen.

»Ich bin gerade ein bisschen wehrlos, weil in vierundzwanzig Stunden die Trauerfeier beginnt«, sagte Jana leise. »Ich kann mich nicht mit dir in dieser Art auseinandersetzen.«

»In Ordnung.«

Jana saß nun auf dem IKEA-Stuhl wie eine unsichere Gefängnispastorin, die ihre Einführungspredigt hält.

»Ich habe doch nur gesagt, dass Liebende nicht klammern müssen, nur um zu beweisen, dass sie mit dem Herzen voll dabei sind. Die Tatsache, dass wahre Liebende nicht klammern, bedeutet, dass im Verzicht auf das Klammern die Wahrheit der Liebe steckt.«

»Und ich sage auch nur«, entgegnete Sonne fast liebenswürdig, »dass dies dasselbe ist, als würde man aus der Tatsache, dass Tote kein Bier trinken, die Schlussfolgerung ziehen, dass man unsterblich wird, wenn man aufhört, Bier zu trinken.«

»Du vergleichst Liebe mit Bier?«

»Nein. Ich vergleiche Lieben mit Sterben. Ich bin gestorben, als du mich nicht mehr geliebt hast.«

»Was soll ich dazu sagen, außer, dass man nicht vergleichen sollte?«

»Du könntest ›Entschuldigung‹ sagen.«

Jana richtete sich auf, aber anders, als eine furchtsame Pastorin sich in einer Gefängniskapelle aufrichten würde. Eher wie einer der genervten kriminellen Insassen, der ihr zuhört und dem das Gequatsche reicht.

»Du tust immer so, als wäre alles meine Schuld.«

»Natürlich, Jana, ist nicht alles deine Schuld. Ganz bestimmt ist nicht deine Schuld, dass Said gestorben ist. Aber niemand weiß, ob er sich nicht umgebracht hat.«

»Wie kannst du so etwas nur sagen?«, empörte sich Jana nun offen.

»Er ist mit einem Tesla, der nicht abstürzen kann, abgestürzt«, antwortete Sonne. »Man hat keine Bremsspuren gefunden. Der Bericht der italienischen Polizei wird und wird nicht fertig.«

»Du willst mir also sagen, dass ich eben doch schuld bin. Wenn ein Ehemann sich umbringt, ist immer seine Frau schuld.«

»Beruhig dich, Jana.«

»Willst du mir das unterstellen?«

Jana stand von ihrem Stuhl auf und tigerte aufgebracht vor Sonne auf und ab.

»Vergiss es«, wiegelte Sonne ab. »Ich will nicht auf dich einprügeln. Aber du hast gesagt, dass du mir alles gesagt hast. Und das stimmt einfach nicht.«

»Und wie ist es mit dir?«

»Mit mir?«

»Hast du denn immer die Wahrheit gesagt?«

»Ich denke schon«, erwiderte Sonne ehrlich erstaunt. »Meistens jedenfalls.«

Jana blieb stehen und lachte verächtlich. »Ich glaub es einfach nicht«, stieß sie kopfschüttelnd hervor.

»Die Dinge, die ich verspreche, die mache ich«, beharrte Sonne in ruhigem Ton. »Ich stehe den Menschen bei.«

Jana fing mit ihren zerbrochenen, gläsernen Händen an, spöttisch zu klatschen. »Wow. Ich glaube, die gleichen Worte hast du benutzt, als du dich damals zur Schülersprecherin hast wählen lassen. Da warst du aber ein Kind.«

»Was willst du mir vorwerfen? Wann habe ich dich jemals so behandelt wie du mich?«

Jana griff ihren Stuhl und hob ihn an. Sonne dachte, sie würde sich mit dem Möbel in der Hand umdrehen und davonstolzieren. Aber im Gegenteil, sie kam drei Schritte näher, rammte den Stuhl krachend auf den Boden und setzte sich so dicht vor Sonne, dass sie auf sie herabschaute.

»Du denkst bis heute, dass du die Dinge machst, die du versprichst: *Ich stehe den Menschen bei.* O Mann!«

»Aber genau so ist es.«

»Quatsch. Wie eine Politikerin bist du, außer dass diese Leute wenigstens wissen, dass sie total korrupt und innerlich verdorben sind.«

»Du beleidigst mich einfach nur. Es gibt nichts, was ich dir angetan hätte.«

»Wenn ich's nicht bin, dann ist es jemand anders. Jeder tut irgendjemandem was an. Das ist nun mal das Leben. Auch du bringst Leute um.«

»Du spinnst.«

»Ich spinne?«

»Ja.«

»Ich soll spinnen?«

»Ja, du drehst gerade durch!«

»Und was ist mit Nicky?«

»Er ist mein Sohn. Und ich bin seine Mutter. Und ich liebe ihn.«

Jana beugte sich vor. Sonne konnte sie riechen. Sie roch immer gut, selbst wenn sie vor Wut schwitzte, so wie jetzt.

»Und wer ist sein Vater?«, fragte sie lauernd.

»Was soll das? Ich bin niemandem Rechenschaft darüber schuldig. Und dir schon gar nicht.«

»Aber du willst, dass ich dir alles sage, und kannst nicht mal deinem Sohn mitteilen, wer ihn gezeugt hat?«

»Er ist acht, nicht achtzehn! Du mischst dich in Dinge

ein, die dich nichts angehen. Die nichts mit uns zu tun haben. Staaten nennen so was eine ›innere Angelegenheit‹. Darin musst du dich nicht einmischen!«

»Ach ja, was bist du? Die Vereinigten Staaten von Sonja Meling? Putin will auch, dass man sich nicht in seine inneren Angelegenheiten einmischt, wenn er die Ukrainer massakriert.«

»Du bist solch ein Arschloch!«

»Du nennst mich ein Arschloch?«

Plötzlich war es sehr laut.

»Ja. Und was für eins. Du hast eine Affäre mit Samuel!«

»Ja und?«, schrie Jana.

»Wie ›ja und‹?«, fuhr Sonne sie an.

»Du unglaublich bigotte Möchtegernheilige!« Die geballten Fäuste Janas waren wieder da. »Du hattest auch mal eine Affäre mit Samuel.«

»Woher willst du das wissen?«

»Ganz einfach! Weil du ein Kind hast mit Samuel!«

Und plötzlich war es sehr still.

Es war die Stille von Menschen, die einander verlieren und sich in alle Richtungen drehen und winden, um das, was passiert ist, nicht wahrhaben zu müssen. Und Sonne, die in diesem Moment das Gefühl hatte, dass ihr Nicky aus den Armen gerissen und ins Feuer geschleudert wurde, konnte dazu überhaupt keine emotionale Reaktion aufbringen außer Schläfrigkeit. Und ohne zu blinzeln, betrachtete sie die Mond, schaute sie direkt an, sah sie aber nicht, sondern blickte auf sie, als würde sie ein Radiogerät anstarren, in dem gerade ein Bombenalarm verkündet wird, mit der Aufforderung, die Schutzräume aufzusuchen.

»Entschuldige«, sagte Jana tonlos zu ihr und drehte sich zur Seite, als wäre mit einem Mal alle Kraft aus ihr gewichen.

Das Leben ist zerbrechlich und unglaubwürdig, wie ein Traum, dachte Sonne.

»Wirklich, es tut mir leid«, wiederholte Jana schwer atmend. »Aber Samuel ist ein Mensch, der sich vollkommen für dich aufopfert.« Ihre Gesten fingen an zu fliegen und ebenso die karamellisierten Finger. »Er ist etwas stämmig, aber nicht dick. Er ist stark, aber sanft. Er ist ein Sumoringer, aber ein Sumoringer im Schmetterlingskostüm. Ich habe viele Menschen getroffen in meinem beschissenen Job. Doch noch niemals einen Sumoringer, der jeden Kampf aufnimmt, wenn er für andere kämpfen kann, und der sofort aufgibt, wenn er nur für sich kämpfen darf. Ich sehe ihn in der Rolle des ruhigen, gutmütigen Friedensstifters. Ich finde das begehrenswert. Ich bewundere das. Ich bin gerne mit ihm zusammen. Ich denke mir, dass er ein wunderbarer Mann für mich sein würde. Denn er ist einer jener seltenen Typen, die die Leute dazu bringen, sich von ihrer besten Seite zu zeigen, anstatt von ihrer schlechtesten. Ganz im Gegensatz zu dir.«

Sie sprach die Sätze nicht mehr wie eine Seeanemone aus, sondern wie ein Mund, der gar nicht zu Jana passte.

»Leider habe ich überhaupt keine Chancen bei Samuel. Denn Samuel liebt nur einen einzigen Menschen auf der Welt, und das ist seine Chefin.«

In der Ferne fuhr ein Leichenwagen in den Fuhrpark ein, bog vor eine der Garagen und hielt. Georgine stieg aus.

»Hast du mir zugehört?«

»Ja klar«, sagte Sonne abwesend.

»Weißt du, was ich gerade gesagt habe?«

»Ja. Samuel hat dir verraten, dass er Nickys Vater ist.«

»Bitte sei nicht sauer.«

»Nein. Ich denke nur nach.«

»Das ist gut. Denk einfach nach.«

»Ja klar.«

»Scheiße«, jammerte Jana. »Ich wollt's dir nicht sagen. Aber du hast mich so angemacht. Es tut mir leid.«

»Schon gut, vielleicht ist es ja richtig so.«

»Danke, dass du so darüber denkst.«

»Ich glaube, ich muss mal für mich sein«, erklärte Sonne stimmlos.

Jana nickte stumm und winkte ab.

Sonne stand auf, ließ Jana auf ihrem Stuhl sitzen und schlenderte über den Asphalt. Sie hatte keinen anderen Wunsch, als in höflichem Ton vernünftige Ansichten mit sich selbst auszutauschen. Sie kam an Georgine vorbei und grüßte sie ebenso freundlich.

»Hallo, Sonne. Alles Gute für morgen. Wird eine krasse Geschichte, oder?«, fragte die große, schwerblütige Frau und zeigte ihr Mitgefühl, indem sie ihre Arme sinken ließ.

»Ja, ich glaube schon.«

»Richtig groß. Nimm die Kleine mal für mich in den Arm.« Sie blickte hinüber zu Jana, die mit dem Rücken zu Patagonien saß und regungslos auf die Backsteinmauer starrte. Georgine seufzte. »Sie ist ja eigentlich ein armes, liebes Ding.«

»Ja. Das ist sie. Das stimmt.«

Sonne ging weiter zum Transporter. Vor dem grün-rotgoldenen Tempelmodell Samuels hatte sich inzwischen ein halber Taubenschwarm eingefunden. Frische, kalkweiße Vogelexkremente trockneten auf dem geschwungenen Pagodendach. Sie holte ein Tempotaschentuch aus ihrer Hosentasche und wischte die Verunreinigungen ab. Dann trat sie in die offen stehende Garage, schmiss das Taschentuch weg, griff zu ihrem Rucksack. Sie holte ihren Laptop heraus, öffnete ihn, ohne sich hinzusetzen, ging online.

Schließlich öffnete sie die Mail, die sie schon vor Tagen geschrieben hatte. Sie kontrollierte, ob die Fotos alle korrekt anhingen, ohne sie noch einmal anzusehen. Dann schickte sie die Nachricht in die Welt.

35

Wahnsinnig war ich müde gestern and I slept in über dich, lieber Mondkopf.

Mit Laptop auf das Bauch.

Du hast jetzt dein Studio-Aufzeichnung in Munich und ich bin so excited, dass ich nicht bin dabei.

Diese ganze crazy Menschen, im Grunde sie sind kaum an irgendwas wirklich interested, außer an Hahaha.

Mir die machen Kopfschmerzen.

Ying Shu hat hier übernachtet, unten in Gästezimmer.

Sie gegangen aber schon sehr früh heute Morgen.

Ich nicht die Tür gehört.

Nothing.

Sie macht die Tür wahrscheinlich zu wie ich, also als ob die Tür ist aus Seidenpapier, nicht wie du, um to let go out the energy.

Jetzt ist es halb zwölf am Mittag, und ich bin leider crazy krank.

Ich habe aber trotzdem die Nocturnes versucht.

Chopin crazy.

I take a lot of Ying Shu, und sie sagt auch, nein, ich sehe dich nicht rosarot. Habe ich nie getan.

Sie wundert sich gestern, dass dennoch ich bin so »tolerant« zu dir.

Ich bin überhaupt nicht »tolerant« zu dir.

Aber ich verstehe glaube ich ganz gut crazy Mondkopf und mich stört wirklich nothing basically. Auch nicht moonshadow.

Du sagst ja immer, dass ich bin der »ernsthaftere« Mensch von uns beiden, und ich kann auch gar nicht anders.

Ich versuche trotzdem, crazy Dinge durchzusetzen.

Volles Rohr.

Wie Mozart-Zyklus im Mai in die Gethsemane-Kirche.

Also zum Beispiel ich wollte auch immer berühmt werden und habe es nicht geschafft.

Auch du wolltest immer berühmt werden. Und du bist nun in Munich und diese ganze Land lacht hahaha über dich.

Aber berühmt sein macht nicht mehr glücklich als nicht berühmt sein, aber die anderen mehr unglücklich.

Also die, die dich lieben.

Also ich.

Danke, that you introduced me to Ying Shu.

Also.

Ich glaube, Ying Shu ist sehr gute Psychologin.

Sie beobachtet ganz genau.

Ich finde es komisch, dass sie sagt, Gesichtsauszüge verraten viel über Charakter.

In Taiwan ist das wohl wichtige Lehre.

Sie sagt: »Said, Sie haben interessante Gesichtsauszüge, aber das Gegenteil eines lächelnden Mundes.«

Sie sagt, meine Lippen sind an den Mundwinkeln nach unten gezogen, sie immer sehen aus sorgenvoll.

Man gewinnt den Eindruck, sagt sie, dass ich bin »gramgebeugt«.

»Gramgebeugt« ist Wort, das habe ich noch nie gehört.

Jedenfalls ich problematisch für meine Umgebung mit mein sorgenvolle Mund, sagt Ying Shu, mit mein pessimistische Stimmung.

Mein andere Gesichtsauszüge können diese Merkmal mildern, meine Augen zum Beispiel.

Ying Shu hat meine Augen sehr gelobt.

Doch sagt man in ihre Taiwan, dass Menschen mit diese Mundform wie ich haben diverse Eigenschaften, die ihnen machen das Leben really terrible: Unzufriedenheit und bitter Entschlossenwille, sich nicht zu amüsieren.

Sie sagt, mein Mund verrät angeborene Lethargie, die alle Energie aufsaugt wie Schwamm, und meine Mund wird den zum Haben von Karriere wichtigen Enthusiasmus ersticken.

Lustig ist, dass Ying Shu hat genau dieselbe Mund.

Sie ist wirklich fantastische Psychologin.

Sie hat mir auch erklärt die andere Münder.

Es gibt Breitmund, ist autoritär und wenig freundlich wie Mund von Mussolini.

Dann noch Kleinmund, Kirschmund, Vollmund, Drachenmund, der ist von ausgeglichene Charakter.

Tigermund, der ist so groß, dass man Faust hineinstecken kann.

Und dann Ochsenfroschmund von Menschen, die sind gesellig, liebevoll und füttern immer ihre Tiere.

Du hast Mischung aus Kirschmund und Vollmund, und Kirschmund sind vor allem Menschen, die wollen die Welt nicht verändern, aber sie wollen wenigstens schwer machen uns anderen das Leben auf diesem Planeten.

Ying Shu hat erklärt, in chinesische Tradition jedes Gesicht ist eine Landschaft mit Bergen und Flüsse.

Die Augen sind Jangtsekiang, die Nase heißt nach einem Fluss Jing oder so, der hat zwei Arme, das sind die Nasenlöcher.

Die Stirn ist Heng Shan, der Heilige Berg, und der rechte Wangenknochen ist auch eine heilige Berg, von dem ich habe den Namen vergessen, aber bei dir er heißt Zugspitze.

Ying Shu hat mich auch gefragt, wie ich mich fühle, weil du willst du kein Kind.

Ich habe gesagt, ich dir vertraue.

Wenn ich zu dir sage, ich will ich ein Kind, und du sagst, du willst du kein Kind, dann ich kann nur vertrauen.

Schau mal, ich habe dir vertraut damals in Sekunden.

Warum?

Obwohl ich doch wusste, wie dumm und crazy du auch sein kannst!

Ich glaube, du hast beides, eine crazy Inkontinenz von Gehirn, die ist nahezu babyhaft, du bist so offen.

Gleichzeitig das Talent zur totalen be together, wie sagt man, die Verschworenheit.

Das nur sehr wenige haben und aus die Verschworenheit du hast deine Melancholie.

Aber die du zeigst nicht.

Deshalb vertraut dir auch Fredo, auch wenn er nicht weiß jeden Morgen, was du passierst, aber er weiß, du hast keine Melancholie.

Leute mit sichtbare Melancholie, so wie ich, nicht so erfolgreich wie Leute mit unsichtbare Melancholie, so wie du.

Du hast ein gewisses Widerspruch, mit dem ich versuche klarzukommen.

Da hat mir Ying Shu auch geholfen.

Warum sind viele von deine Haltungen in die Momente, wenn sie entstehen, wie aus Blitzzement?

Unbreakable, you know?

Und dann sie zerfallen aber wie eine Kadenzflucht bei Johann Sebastian Bach in ganz wenige Sekunden?

Zackzack?

Wie erkennt man an dir, was du meinst wirklich?

Für was du lässt dich vierteilen, du Kämpferische?

Das ist so attraktiv.

Und was ist Laune und Spiel?

Warum bist du mal-so-mal-so, ich finde das deutsche Wort »wankelmütig« dafür, aber auch gewissenhaft?

Warum ich will trotzdem auf deine wankelmütige Grund ein Haus bauen?

Warum ich will ich Baby mit dir?

Warum bist du für mich Gegenteil von eins mal eins, und trotzdem ich habe Vertrauen?

Ich lege mein Leben in deine Hände, meine Würde und meine Stolz, das weißt du? Und wie gerne ich will ich mit dir ein Kind haben, aber wenn du willst du nicht das Kind, dann ich mich hingebe dich du dir.

Oh my god, what a crazy language, die Deutsch.

Und mir gedacht von Anfang an, dass ich mich hingeben muss dir.

Und gleichzeitig nicht nachgeben ich darf dir.

Very tough, diese Mischung.

Nachgeben kann ich nicht.

Und hingeben kann ich, weil es total und ganz freiwillig ist, denn nachgeben ist niemals freiwillig.

Es ist aber eine komische Sache und nicht meine Art, und ich lerne es gerade, und es hat auch etwas sehr Schönes neben der Scheiße.

Ich mich noch nie jemand hingegeben.

Übrigens ich bin eigentlich dominant.

Das hat auch Ying Shu gesagt, weil das sieht sie an meine Ohrläppchen, die sind heilige Seen auch mit chinesische Namen. Und dass ich gerne Sex habe, sieht sie an alle meine andere Gesichtsauszüge.

Komisch, dass mich das so sehr erregt, wenn du mich nimmst, es ist die stärkste Erregung, stark wie Weltall, die ich kenne.

Und ich kenne sie nur bei dir.

Du hast das vorgestern etwas niedlich gemacht oder wie sagt man, als du hast gesagt, ich bin eben »das Mädchen« in unsere Beziehung.

Das mich ärgert irgendwie.

Also ich wollte dir schon ein Messer in den Bauch stechen.

Weil wer will schon das Mädchen sein?

Das Bett ist doch ein Schiff ohne Capitano.

Und ich bin Arab man, Jana.

Für Arab man es ist komisch, dass ich mich hingeben will.

Ich finde gut, wenn du in mich stichst.

So fühlt es sich an.

Wie Stechen.

Crazy, dass du nennst das »Zerquatschen«, wenn ich darauf die Sprache hebe.

Ich will über alles reden können.

Ich will immer bei dir sein und habe das Gefühl, ich bin schon fast schwul.

Ying Shu will übrigens auch ein Baby haben, aber ihr Mann will nicht nicht, sondern sie hat keinen.

Ach, liebe Mondkopf, jetzt es ist schon Mittag, ich kehre in Gedanken immer wieder zurück zu dir.

Ying Shu mag dich auch sehr gerne.

Deine neue Sketch mit den Frauen, die keine Zähne haben mehr, ist lustig.

Mein sorgenvoller Mund hat sich bewegt zu eine Lächeln.

Ich will immer bei dir bleiben, und ich will dich nie verlieren.

Es ist schwer, neben so eine berühmte Mensch zu leben.

Du bist so berühmt und hast trotzdem so viele Angst like a mouse.

Ying Shu hat gesagt, ich kann sein stolz auf mich und auf mein Melancholie, und mein Depressivität ist süß, aber ich bin leider nicht ihr Typ.

Hahaha.

Alle Küsse überall hin

Dein Said

36

Jana blickte von dem Brief auf. Dem letzten seiner 238 Liebesbriefe. Dem ersten seiner 54 Nichtliebesbriefe. Sie hatte alle gelesen in dieser Nacht vor dem abschließenden Gruß, den sie und die Menschen ihm erweisen würden.

Vielleicht hatte er zu viel scheiß Traurigkeit und zu wenig fucking Talent gehabt, um die himmlische, welterschütternde Musik, die ihm vorschwebte, jemals zu komponieren.

Aber war das der Grund gewesen? Hatte er deshalb aufgegeben? War es möglich, dass er wegen zu viel scheiß Traurigkeit und zu wenig fucking Talent über die Klippe gerast war? Schien so etwas denkbar, trotz seines so sehr ersehnten, neben ihm in einer warmen taiwanesischen Fruchtblase sanft schaukelnden Embryos, das dereinst seinen Namen getragen und seinen sorgenvollen Mund verdoppelt hätte in dieser kranken Welt?

Nichts deutete auf etwas Lebensmüdes hin.

Seine Verzweiflung las sich so lebensbejahend, weil natürlich auch seine eigenwillige Grammatik das Leben bejahte.

Aber man weiß nie, wo das Unglück endet. Damals, als er ihr den 238. Liebesbrief als Mail nach München schickte, hatten sie gedacht, dass ab nun alles wieder besser werden müsse, da der Tiefpunkt ihrer Ehekrise erreicht sei. Dabei befand der sich in jenen Tagen noch hoch über dem Meeresspiegel.

Jana legte den Computer zur Seite. Sie fühlte sich wie ausgewrungen. Es war fünf Uhr morgens. Sie hatte keine Minute geschlafen, weil ununterbrochen der Puls an ihrem Hals knabberte. Ihre Züge drückten Panik aus.

Draußen herrschte noch tiefe Dunkelheit.

Sie lag in ihrem mit roter Satinbettwäsche bezogenen Bett, das sie mit Said drei Jahre zuvor in einem Designerladen in der Kantstraße gekauft hatte, als schon längst klar war, dass sie darin nie miteinander Liebe machen würden.

Sie fragte sich, ob die bevorstehende Beerdigung mit einer ähnlich hoffnungslosen Gewissheit belastet war, obgleich es diesmal nicht um Liebemachen ging, nicht um den radikalsten Ausdruck von Leben, sondern um das Gegenteil.

Nach der patagonischen Auseinandersetzung mit Sonne am Tag zuvor war sie nicht mehr zu deren Wohnung, sondern direkt mit dem Taxi von der Sommernachtstraumgarage in ihre verhasste Villa gefahren, ohne auf Samuel zu warten. Sie hatte ihn nur angerufen und ihm mitgeteilt, dass Sonne Bescheid wusste über sie beide. Sein schweigendes Entsetzen, ein automatischer Reflex, der an Unhöflichkeit grenzte, ließ sie auf sich wirken.

Am späteren Nachmittag hatte sie in ihrem leicht royalistisch möblierten Entree ihre angereisten Schwestern empfangen, die bei ihr übernachten wollten.

Ihre jüngste Schwester Hera, die seit dreizehn Jahren alles durcheinander studierte, womit man kein Geld verdienen kann, wurde mit ihrer nach rohem Fleisch riechenden Lebensgefährtin in Saids Kompositionszimmer untergebracht. Hera grimassierte ungeduldig vor sich hin, so als hätte sie in eine Zitrone gebissen, während ihr Jana die komplizierte japanische Toilettenspülung erklärte. Hera sagte nicht mal, dass ihr Janas Verlust leidtat. Dabei hatte sie mit Said zu Weihnachten 2019 sogar aggressiv geflirtet.

Ihre andere Schwester Lilith, die sie noch weniger mochte, musste im Hobbyraum schlafen, in dem Saids einziges Vergnügen, nämlich seine Schallplattensammlung, fast allen Platz beanspruchte. Sie zeigte hingegen keine Spuren von Verwunderung, als Jana aus dem Nichts anfing zu weinen, sondern sagte nur »Kopf hoch«.

Doch diese Briefe Saids, die eine einzige Abfolge von liebenswürdigen, unerträglichen Komplimenten waren, unter denen manchmal der Kummer wie Hausschimmel saß, schnürten ihr erneut das Herz ab.

Sie wusste, dass sie ein ausgeprägtes Philtrum über ihrer mittelmäßig geschwungenen Oberlippe besaß, die aber nur Saids von Geschlechtstrieb und Anbetung umnebeltes Hirn als Kirschmund oder gar als Vollmund wahrnehmen konnte.

Noch mehr hatte er die zwei Venusgrübchen über ihrem Gesäß geliebt, die sie selbst noch nie gesehen hatte, außer im Spiegel. Er hatte ihr sogar einmal eine Sonate gewidmet, die *Your two wonderful Arschmulden* hieß.

Er trug sie ihr am Piano vor wie ein Anliegen.

Er wollte immer dieses Kind mit ihr.
Ich will dieses Kind mit dir.
Ach, Liebster, mein Liebster.

Um sich aus den gloriosen Erinnerungen zu schälen und das fürchterliche und trostlose Purgatorium, das unmittelbar vor ihr lag, trotz aller Furcht zu beginnen, stand sie auf, als wäre es ein Tag wie jeder andere.

Sie schritt barfuß in Saids himmelblauem Flanellpyjama, der ihr viel zu groß war, hinüber zu der Trauergarderobe, die sie sich bereits am Abend zuvor herausgelegt hatte. Das schwarzblaue Kleid, das ihr bis zu den Knöcheln reichte, ähnelte einer Masse in Tinte getunkter Straußenfedern, die ein betrunkener Couturier mit einer defekten Nähmaschine zusammengetackert zu haben schien. Darüber wollte sie ein gelbes T-Shirt von Said anziehen mit dem Aufdruck *My life has a wonderful cast but a terrible plot.* Tropfenförmig herunterhängende Silberohrringe, die Said ihr zu ihrem dreißigsten Geburtstag geschenkt hatte, lagen auf einem Stühlchen.

Alles war gerichtet. Und sie fühlte sich wie auf Wellen. Es gab keine Seekrankheit, die vergleichbar gewesen wäre mit ihrem Zustand. Sie begann zu weinen.

Und doch hatte sie nicht die geringste Ahnung, welch perfekter Sturm sie an diesem Tag noch erwarten sollte.

Auch Samuel wusste das nicht.

Ihm reichten die akuten Probleme.

Zur selben frühen Stunde, als Jana ins Badezimmer stakste und die Dusche anstellte, war er auf dem noch in anthrazitgrauer Nacht und ungewöhnlicher Stille liegenden Friedhof Heerstraße tätig.

Zusammen mit dem hoch konzentrierten Butler, Mister Wang, und einem eilig herbeigerufenen zweiköpfigen Bautrupp aus Polen errichtete er in großer Hektik ein provisorisches Podest neben dem Doppelgrab, auf das sein asiatisches Tempelmodell gehievt und dort fest verschraubt werden sollte.

Sie wurden von zwei Füchsen beobachtet, was die beiden muskulösen, sehr katholischen Polen beunruhigte. Im Baustrahlerlicht hatten sie die grün in der Dunkelheit funkelnden Augenpaare zunächst für die bösen Blicke erzürnter Gespenster gehalten.

Eigentlich hätte das Grabmalprovisorium nicht in der Finsternis, sondern am Nachmittag zuvor errichtet werden sollen. Aber nahezu alles, was schiefgehen konnte, war auch schiefgegangen.

Zunächst einmal war es schwer gewesen, für das Surrogat von Saids Originalasche eine zweite Urne zu besorgen.

Das Problem war der mit allen Wassern gewaschene Butler Mister Wang, der Samuels vertrauliches Telefonat mit Eumel heimlich aufgenommen und in das KI-Übersetzungsprogramm seines Handys eingespeist hatte. Daher wusste er, dass neben den in einer goldenen Urne versammelten töchterlichen Resten des achtreichsten Mannes Taiwans nicht Ying Shus gleichfalls zermahlener und zerstampfter, aber immerhin authentischer Liebhaber begraben werden sollte, sondern nur Steingranulat für zwölf Euro achtundneunzig das Kilogramm.

Das sorgte für erhebliche Aufmerksamkeit der sofort informierten Familie Shu.

Zwar gelang es Samuel, Ungenauigkeiten des Übersetzungsprogramms geltend zu machen. Auch schwor er, dass es sich um einen Irrtum handle und die Bitte um eine zweite Urne lediglich Folklore gewesen sei, da die Mond eine identische Urne als Memento mori erbeten habe. Nichts weiter.

Dennoch war das Misstrauen Taiwans groß. Samuel musste, um etwaigen Kontrollen durch den geschmackssicheren Butler zuvorzukommen, Wirbeltierasche besorgen. In der Kürze der Zeit war das nur bei *Animal Starship* möglich, einem kooperativen Kleintierkrematorium, das ihm vor Jahren schon einmal aus der Patsche geholfen hatte.

Es dauerte geschlagene fünf Stunden, bis die sterblichen Überreste von sieben Jagd-, Haus- und Schäferhunden als treue und gewichtsanaloge Stellvertreter ihres postmortalen Herrchens in den Aschezwinger einziehen konnten. Es handelte sich dabei um nichts weniger als eine Straftat. Und darüber hinaus wurde Ying Shu mit einem kleinen Rudel von Möpsen, Pudeln, Terriern und Bulldoggen begraben, was ihr, die sie ihr Leben lang an einer Hundehaarallergie gelitten hatte, womöglich nicht gerecht wurde.

Danach war Samuel von Jana angerufen worden, die ihm mitteilte, was Sonne alles an Neuigkeiten erfahren hatte an diesem Tag. Auf seine erschütterte Frage nach Sonnes Reaktion sagte sie nur: »Gejubelt hat sie nicht.«

Sonne wiederum hatte daraufhin auf keine seiner intensiven Kontaktbemühungen per SMS, Telefon oder WhatsApp reagiert.

Darüber hinaus hatte sie, wie er schmerzlich erfahren musste, tags zuvor Patagonien verlassen, ohne ihren vielen Aufgaben dort nachzukommen.

Samuel musste daher die gesamte Vorbereitung der Bestattung, der Trauerfeier, des anschließenden Kondolenzdinners, des Sicherheitskonzepts, der medialen Betreuung alleine übernehmen, was ihn fast in den Wahnsinn trieb.

Ohne Mister Wang, der ein Mann von unendlichen Talenten war, da er kochen, telefonieren, Blumen arrangieren, Polen besorgen, Zeitpläne koordinieren und mit seinen bloßen Händen töten konnte, wäre er in der Whiskybar hängengeblieben, in die er sich zwischenzeitlich wie in ein Kloster geflüchtet hatte.

Jetzt, inmitten des Dämmergraus, nach einer vollkommen schlaflosen Nacht, zog Samuel mit einem Akkuschrauber die letzten Schrauben an der Kopie der Meerschweinchenpagode fest, um die sich heute alles drehen würde. Um ihn herum erwachten die Vögel, und ein zarter Schimmer von Tageslicht kroch über die Baumwipfel.

Ihm schlug das Herz bis zum Gaumen bei der Vorstellung, Sonne zu begegnen. Er dachte ununterbrochen an sie. Er dachte an Nicky. Er dachte an Jana. Er dachte an den Priester Meister Ming. Er dachte an das Grab, das nah genug am See lag, um die Seelen zu beruhigen. Er dachte an Ying Shu. Er dachte an Ying Shus Kind und auch an sein eigenes Kind, obwohl die Kinder nichts miteinander gemein hatten, denn es gibt keine größeren Unterschiede unter den Menschen als die zwischen den Toten und den Lebenden.

Und schließlich dachte er auch noch an Familie Shu.

Die nämlich wurde zur gleichen Zeit von Butler Ricardo geweckt, der im Gesamtpaket des Hotels Adlon enthalten war. Butler Ricardo besaß zwar keinen schwarzen Gürtel in ostasiatischen Kampfsportarten wie sein Kollege Mister Wang, sprach aber immerhin ein wenig Mandarin, da die meisten Milliardäre, die die Präsidentensuite buchten, Chinesen waren und heimischen Zungenschlag beim Personal goutierten.

Präsident Shu, wie der Konzernchef eines der größten taiwanesischen Firmenkonglomerate der Einfachheit halber gerufen wurde, hatte auch deshalb die *Prussian Suite* für seinen Aufenthalt gewählt, weil hier mit europäischer Sorgfalt gepanzerte und schusssichere Türen, Fenster und Wände auf von Hand bemalte asiatische Lackpaneele aus dem 18. Jahrhundert trafen. Die ochsenblutfarbene Holzvertäfelung des Salons spiegelte die Leidenschaft der preußischen Könige für Chinoiserien wider, weshalb Präsident Shu überlegte, ob er den traurigen Anlass seines Besuchs nicht auch dazu nutzen sollte, um ein kleines Brandenburger Schlösschen des Kartätschenprinzen Wilhelm I. zu erwerben.

»Kartätschenprinz« war solch ein lustiges Wort, dass es Butler Ricardo sehr häufig wiederholen musste und jedes Mal mit herzlichem Gelächter von Familie Shu, die es kichernd nachzusprechen versuchte, reich entlohnt wurde.

Das Gelächter hellte die ansonsten düstere Stimmung von Familie Shu auf. Dabei wurde das Wort »Tod« vermieden. Man sagte eher umschreibend, dass Tochter Ying nach Shungshou gegangen sei und dort Entenei verkaufe. Präsident Shus Frau, die Gnädige Wah, die wie eine lüsterne

Konkubine aussah und offenbar eine nicht nur sehr junge, sondern auch sehr neue Gattin war, nannte Ying äußerst ehrerbietig die »Shenxian«, die gute Fee. Und Präsident Shu sprach humorvoll von »meiner lieben Ying, die zu faul zum Atmen geworden ist«.

Erster Managerdirektor Meng Shu, der Sohn des Präsidenten und ältere Bruder von Ying, vertrieb sich die Zeit an der Playstation mit *Total War: Warhammer* III, während Zweiter Managerdirektor Shang Shu stundenlang auf das Brandenburger Tor starrte.

Präsident Shus Gesicht, eine vernarbte, mit Kratern übersäte Steinwüste, zeigte Spuren ernster Besorgnis, als er an diesem frühen Morgen Butler Ricardos Weckruf folgte und in den marmorgefliesten Jacuzzi stieg.

Butler Mister Wang hatte inzwischen Unzulänglichkeiten der Bestattungsfirma *Sommernachtstraum* in Erfahrung gebracht und ihm gemeldet. Offenbar waren die deutschen Geschäftsführer überfordert. Überhaupt machten fast alle Deutschen, denen Präsident Shu in den letzten Jahren begegnet war, einen nahezu hilflosen Eindruck und sahen ihn am Verhandlungstisch oft mit großen Augen verblüfft an, wie frisch abgeschnittene Fischköpfe, bei denen das Maul sich noch bewegt.

Butler Mister Wang hatte eine Nachricht an Präsident Shu geschickt, dass im provisorischen Grabmal die Anbringung der für das Zeremoniell wichtigen Kerzen und Lichtschalen versäumt worden war. Angeblich sei es in Deutschland feuerpolizeilich nicht gestattet, offenes Feuer an Grabstätten zu entzünden, schon gar nicht an solchen aus Holz. Präsident Shu konnte nur den Kopf schütteln. Er ordnete die strenge Durchsetzung seiner Wünsche an und erkundigte sich, ob man den Friedhof nicht einfach kaufen könnte.

Er wusste, dass diese Art des Denkens und Handelns seine Tochter von ihm fortgetrieben hatte.

Wenn er gewittert hätte, dass sie immer auf der Flucht war, wenn er auch nur geahnt hätte, dass sie nach ihrem Psychologiestudium in Deutschland nicht zurückkehren würde, um ihren vorbestimmten Platz an der Konzernspitze einzunehmen, sie, das klügste seiner drei schwachen Kinder, dann hätte er sie niemals nach Europa ziehen lassen.

Er verfluchte diesen fürchterlichen Kontinent, der sich für etwas Besseres hielt und in dem es gleichzeitig von bettelarmen Akademikerinnen nur so wimmelte. Und Ying war eine davon gewesen. Nie hatte sie Geld von ihm angenommen und immer nur die nötigen Postkarten zum Neujahrsfest geschickt.

Sie hatte die Pflichten einer konfuzianisch gehorsamen Tochter vernachlässigt, ihm sogar Vorhaltungen gemacht wegen der jungen Frauen, die er nach dem Tod ihrer Mutter in gleichmäßigem Rhythmus gegen noch jüngere Frauen austauschte. Ihre Doktorarbeit mit dem Titel *Narzissmus – Vom Pfauenmythos zur Psychoanalyse des Selbst* hatte sie ausgerechnet ihm gewidmet.

Sie hatte ihr schönes, seidenglänzendes Haar von seiner Mutter geerbt, und auch ihre verträumten, tiefen Augen. Und zu ihrem dritten Geburtstag war sie mit den kleinen Füßchen über seinen Rücken gelaufen, und noch immer meinte er, ihr zartes Gewicht zu spüren.

Als durch die Düsen Luft in den Jacuzzi geblasen wurde, setzte er sich in das sprudelnde Bad, tauchte den Kopf ins heiße Wasser und schrie hinein.

37

Sonne traf mit der Morgenröte am Friedhof ein, blass und übernächtigt. Sie hatte graue Ringe unter den Augen und struppige, ungewaschene Haare. Sie aß ein Fischbrötchen.

Vor den noch geschlossenen Toren hatten sich bereits über hundert Schaulustige, Autogrammjäger und Mond-Fans eingefunden, durch die sich Sonne zu wühlen begann. Sie kam an wollüstigen Gaffern vorbei, die über den Zaun auf das neblige Terrain blickten, als gäbe es dort unzüchtige Umarmungen zu entdecken. Neben dem Schild *Bitte Tür schließen! Wildschweingefahr!* weinte eine ältere Dame, weil sie nicht auf das Gelände gelassen wurde. »Dabei will ich nur zu meinem Kurtchen«, stammelte sie, was ihr offenbar nicht geglaubt wurde.

Der uniformierte Friedhofsmitarbeiter, der den Eingang kontrollierte, hatte einen disziplinierenden Gesichtsausdruck aufgesetzt, der schon bald nicht mehr reichen würde.

Sonne zeigte ihm ihre Visitenkarte wie eine Polizeimarke.

Er wunderte sich über die kauende Bestatterin.

Sie durfte passieren.

Sonne lief den langen geschwungenen Weg zur Sausuhle hinab, wie der dickdarmförmige kleine See hieß, zu dessen

Senke sich terrassenförmig gruppierte Grabreihen wie Weinberge herunterwölbten.

Auf halber Strecke erreichte sie die Trauerhalle, neben der zwei Lkws parkten. Mehrere Floristinnen trugen Tausende von Blumen ins Innere des festungsartigen Ziegelbaus, einem Konstrukt der Zwanzigerjahre, das die Nationalsozialisten später zur Karikatur einer NS-Ordensburg ausgebaut hatten. Über einer Art Wehrgang, auf dem man sich sehr gut schwer bewaffnete Wikinger vorstellen konnte, erhoben sich zehn Meter hohe Backsteinmassen. Drei langgestreckte, schmale Schießschartenfenster verwandelten jeden Lichtstrahl, der es hindurchschaffte, zu einer Art elektromagnetischer Elite.

Links und rechts von den Fenstern hingen die riesigen Fotoporträts von Said und Ying Shu. Beide lächelten.

Sonne blieb stehen, nur wenige Schritte von der zweiflügeligen Freitreppe entfernt. Sie hielt eine Hand über die Augen, betrachtete sich die heiteren Antlitze des Paares über ihr, während sie den letzten Bissen Hering verdrückte. In dieser Haltung verharrte sie, um den Kontrast zwischen arischer NSDAP-Architektur und artfremden Physiognomien zu bestaunen.

Tatsächlich hing Janas Psychologin schief.

Aus dem Schlund der Kapellenpforte trat unvermittelt Samuel mit Butler Mister Wang und einem seiner polnischen Arbeiter heraus, die eine zehn Meter lange Leiter trugen. Sorgfältig legten sie sie an die Portalmauer an. Offensichtlich sollte Ying Shus Foto ins rechte Lot gebracht werden.

Samuel machte einen übernächtigten und gehetzten Eindruck. Erst als die Leiter schon stand und der Pole Anstalten machte hinaufzusteigen, bemerkte er Sonne.

Er sprach kurz mit Mister Wang, wandte sich dann ab und eilte die Treppenstufen zu ihr herunter, vorbei an den schwitzenden Floristinnen. Über ihm sah Sonne einen Bussard kreisen, und sie blickte die vielen Sekunden, die Samuel auf dem Weg zu ihr benötigte, hinauf zu dem schwebenden Raubvogel, der sehr hungrig sein musste, um bei so schlechter Thermik schon zu jagen.

»Ich habe dich nicht erreicht«, sagte Samuel, als er bei ihr ankam, etwas außer Atem. Er kaute mindestens drei Kaugummis.

»Genau. Ich wollte nicht mit dir sprechen.«

Sie nahm erst jetzt den Blick vom Himmel, rückte ihre Fensterglasbrille zurecht, und ihr war schwindelig.

»Das verstehe ich«, sagte er.

Ihr Zustand verwirrte ihn. Er sah noch einen Krümel Schlaf in ihrem Auge. Die schwarze Kluft starrte vor Fettflecken, und die Schnürsenkel ihres linken Schuhs standen offen. Er sah es nur aus dem Augenwinkel. Er wollte nicht zu Boden blicken.

»Kannst du uns helfen? Wir haben nur noch zwei Stunden«, fragte er.

»Du hast keine zwei Stunden, Samuel.«

»Oder sogar noch weniger.«

»Du bist gefeuert.«

»Sonne!«

»Ich übernehme das hier, und du verschwindest.«

»Jetzt dreh nicht durch.«

»Mach ich nicht. Pack deine Sachen, und leb dein Leben.«

Ihr Atem stand als Wolke zwischen ihnen, die erste sichtbare Kälte in diesem Jahr. Er starrte sie aus hohlen Augen an. Sein Kiefer zermalmte die Kaugummis, während er konzentriert durch die Nasenlöcher Luft ansog.

»Bist du betrunken?«

»Quatsch.«

»Deine Pupillen sind riesig. Und du riechst nach Alkohol. Und nach Fisch.«

»Du weißt genau, dass ich nicht trinke. Und jetzt mach die Fliege!«

Er nickte langsam, als er die bleierne Schwere ihrer Zunge mit der Fliege kämpfen hörte, die er machen sollte. Hinter ihm klackten die Stiefel des Arbeiters auf den Metallsprossen. Vom See dröhnten Hammerschläge, mit denen das Grabmal fixiert wurde. Und über allem sangen die Vögel in den alten knorrigen Bäumen, die vom Ufer des Gewässers wie an einer steilen Kraterwand emporwuchsen.

»Es ist gut«, lenkte Samuel ein. »Ich akzeptiere die Kündigung, Sonne. Okay?«

»Und zwar schnell.«

»Ganz schnell. Praktisch sofort.«

»Verpiss dich!«

»Das mache ich. Versprochen. Aber lass mich das hier noch zu Ende bringen.«

»NEIN, DU VERPISST DICH JETZT! DU VERPISST DICH GENAU JETZT!«

Sie schrie so laut, dass selbst die Amseln für einen Moment Ruhe gaben. Butler Mister Wang drehte sich zu ihr um. Und Samuel hatte sie noch niemals in dieser Form aus der Haut fahren sehen. »Die besonnene Sonne«, wie er immer gescherzt hatte.

Feines rotes Gerinnsel auf ihrer Wange. Geplatzte Äderchen.

»Ich verpisse mich«, gab Samuel behutsam nach und wurde beim nächsten Satz noch leiser. »Ich putz die Platte, okay?«

»Du verschwindest von der Bildfläche«, forderte sie, mit ihrer Fassung ringend.

»Ich mach mich aus dem Staub.«

»Du verpfeifst dich und wirst Nicky nie wiedersehen.«

»Aber ich kann dich nicht untergehen lassen.«

»Du meinst, du kannst Jana nicht untergehen lassen.«

»Es geht um die beiden da oben.« Er zeigte mit dem Daumen hinter sich zu den Porträtfotos, an denen der Pole herumzupfte. »Die brauchen uns. Ihr Tod ist größer als jeder andere Schmerz, Sonne.«

»Das ist mein beschissener Kalenderspruch. Der steht auf unserer Website.«

»Ja, ich hab ihn mir geliehen. Aber er ist wahr. Ein Herzchirurg kann auch nicht wegen Liebeskummer aus dem OP rennen und das Skalpell im Brustkorb stecken lassen.«

»Du hast mich verraten. Du hast Nicky und mich verraten.«

»Vielleicht, Sonne.«

»Ganz sicher.«

»Okay. Aber wir müssen das jetzt hier trotzdem über die Bühne kriegen. Halbwegs vernünftig. Es werden Massen an Leuten kommen. Ich muss eine Rede halten. Die Blumen sind noch nicht alle da. Familie Shu will Kerzen und Fackeln am Grab haben.«

»Das geht nicht.«

»Wir müssen es versuchen.« Er blickte zu Butler Mister Wang, der gerade in sein Handy sprach. »Familie Shu spendet soeben ein Vermögen an die Friedhofsverwaltung.«

Sonne stand vor ihm und schwankte. Hinter ihr bogen sich ein paar ebenfalls schwankende Kiefern im Wind, als würden sie direkt aus ihrem erdfarbenen Kopf wachsen.

»Ist das in Ordnung, Sonne? Dieser Tag heute noch? Okay?«

Das war eine dumme Frage. Dieser Tag heute war nicht okay. Nicht einmal diese Minute jetzt war okay.

Sie fing sich wieder, blickte ihn an. Selbst die Kiefern hinter ihr schienen ihn anzublicken.

Ohne zu wissen, warum er es sagte, sagte er: »Ich will dich nicht verlieren. Aber ich habe das Gefühl, ich verlier dich schon seit zehn Jahren.«

»Na gut«, erwiderte sie. »Diesen einen beschissenen Tag noch.«

38

Die große dunkle Wolke saugte alles Licht vom Himmel. Über dem See lag immer noch Nebel, und von den bewaldeten Hängen senkte sich ein grünblauer Schatten auf die Grabterrassen herab, der dunkler und dunkler wurde, je tiefer er zum Ufer sank.

Dort unten ballten sich Besuchermassen fast über die ganze Länge des kleinen Sees, quollen über das helle Ufer wie dickflüssiger Teer, da die Leute nicht zu den eng mit Gräbern getupften Anhöhen ausweichen konnten, ohne sie zu zerstampfen. Zum chinesischen Grab, das auf einem kleinen Hügel über dem Schilf stand, suchten alle die freie Sicht, reckten die Hälse, stellten sich auf die Friedhofsbänke und schwärzten jeden grünen oder braunen Fleck.

Hatte Jana jemals so viele Menschen gesehen, die zu einer Veranstaltung von ihr kamen, ohne lachen zu wollen?

Sie war gerührt, dass Saids letzter Gang diese breite Anteilnahme erfuhr, auch wenn es nur die Illusion von Anteilnahme sein sollte.

In ihrem schwarzen Kleid und dem gelben Shirt, flankiert von Lilith und Hera, stand sie in den Farben einer Bienenkönigin vor dem Doppelgrab am Seeufer, direkt neben Samuels Pagodentempelchen.

Sie ließ die ausgehobene Erde auf sich wirken, die drei

Meter vor ihr liegende frische Krume, deren feuchter Geruch nach durchnässten Gräbern sich mit den Parfums ihrer Schwestern mischte. Sie fühlte sich, als würde sie Blut spenden: leicht und verwundet. Aber deine Wunde ist der Ort, durch den das Licht in dich eindringt. Das hatte Said so oft zitiert. Dieses Gedicht von Rumi.

Auch viele seiner Freunde und Kollegen waren gekommen, fast alle Araber, um ihm die Ehre zu erweisen. Ebenso die Bandmitglieder seiner ersten TV-Jobs, Bekannte aus der Konzertszene, eine tief erschütterte Ex-Geliebte aus der Münchener Zeit, die die Oud mitbrachte, die er ihr einst geschenkt hatte, das Holz immer noch wie frisch lackiert schimmernd in einem zwischen Heidehonig und Saharasand changierenden Gelb.

Jana sah nur trauernde, bestürzte, friedvolle, durchlässige Gesichter, in die angesichts der pikanten Situation, dass eine prominente Witwe ihren verstorbenen Mann zusammen mit dessen gleichzeitig verstorbener Geliebten in aller Öffentlichkeit begräbt, keinerlei Ausdruck dünner oder gar intensiver Heimtücke stieg. Meister Ming waren die komplizierten Rituale gut von der Hand gegangen, er musste nur noch die Urnen segnen vor ihrer Absenkung und danach die Feuer im Tempelchen entzünden.

Jana fühlte tiefe Dankbarkeit.

Ja.

Und sie war unendlich traurig.

Eine Wunde ist der Ort, durch den das Licht in dich eindringt.

Die einzigen Momente der Irritation waren eingetreten, als sie zwei Stunden zuvor, unmittelbar nach ihrer Ankunft am Friedhof, Samuel diskret in der noch menschenleeren Trauerhalle einen roten Bücherbeutel mit Saids Aschenurne übergeben wollte. Er hatte irritiert reagiert. Denn hinter ihm auf einem Podest neben dem Rednerpult stand bereits eine bau- und farbgleiche Urne, ebenso mit Saids Asche gefüllt oder jedenfalls mit einem Granulat, das ihn täuschend echt zu repräsentieren wusste. Und neben dieser Urne stand auf einem zweiten Podest Ying Shus goldenes Behältnis und daneben wiederum, wenn auch in gebotener Entfernung unter einer Empore, wachte Butler Mister Wang, der zufrieden lächelnd auf alles Dingliche aufpasste, als würde er unter einer großen Uhr stehen.

Zu Janas Überraschung fragte Samuel sie an diesem feierlichen Ort – wenn auch mit einer gewissen Unruhe und auch mit gesenkter Stimme, ja im eigentlichen Sinne flüsternd –, ob ein Austausch der Urnen denn wirklich, wirklich unbedingt nötig sei, da es eine Menge Probleme mit sich bringen könne, noch einmal »die Pferde zu wechseln«, wie er sich ausdrückte.

Jana erklärte ihm, dass ein Transfer unumgänglich wäre. In der Nacht habe sie alle Liebesbriefe Saids gelesen. Durch die Lektüre sei ihr sein edles Gemüt nochmals vor das innere Auge getreten, sodass ihr voller Reue bewusst wurde, wie selbstsüchtig und gegen seinen ausdrücklichen Willen sie handeln würde, wenn sie ihren Mann bei sich behielte, anstatt ihn wie gewünscht zusammen mit Ying Shu der Erde zu übergeben.

»Aha«, hatte Samuel geseufzt und etwas düster angemerkt, dass Säugetierasche völlig DNA-frei sei und auch gewissermaßen als Gleichnis dienen könne für die Vergeblichkeit allen Seins, egal in welcher Variation.

Auf Janas Frage, was denn unter »Säugetierasche« genau gemeint sei, ging er nicht weiter ein, sondern forderte sie auf, den lächelnden Chinesen ein wenig abzulenken.

Also war sie zu Butler Mister Wang hinübergegangen, hatte ihn auf Englisch gefragt, wie ihm denn der deutsche Friedhof so gefalle, ob er völlig anders aussehe als die Anlagen in Taiwan, hatte eine Verbeugung und einsilbige Antworten erhalten, ohne dass er auch nur einmal zwinkern musste, schon gar nicht den Blick von den zu bewachenden Objekten abwendete, sodass Samuel schließlich voller Ungeduld rief, auf Deutsch, damit Herr Wang es nicht verstand: »Mein Gott, halt ihm halt mal die Augen zu«, was sie dann auch tat.

Der Mann reagierte bemerkenswert, beließ die fremden, etwas schweißigen Frauenhände, als würde er sie für eine Komponente germanischer Trauerkultur halten, höflich auf seinem Gesicht, hörte nicht auf zu lächeln, lächelte aber nun auf eine Weise verärgert, wie es nur alte Chinesen können, und bat die Dame, die schließlich die Dame des Tages war in ihrem unermesslichen Verlust, doch bei Gelegenheit ihre Extremitäten nicht mehr mit ihm zu teilen, wessen sie bereitwillig Folge leistete, nachdem Samuel die fraglichen Urnen ausgetauscht hatte.

Von dieser Imponderabilie abgesehen war aber die Trauerfeier aufs Beste verlaufen.

Familie Shu hatte sich nicht wie ein Wasserfall über Jana

ergossen, sondern war nur ein warmer Regen, der ihre Aussicht streifte. Die Trauerhalle war von den Floristinnen mit exakt 13 946 Blumen geschmückt worden, denn so viele Tage hatte die zarte Ying Shu auf dieser Erde gelebt. Jeder Montag wurde zu einer Narzisse, jeder Sonntag zu einer Pfingstrose, es gab Tage, die durch Lilien oder Chrysanthemen vergegenwärtigt wurden. Die Kapelle war viel zu klein und zu depressiv für diese Masse an bunten, wenn auch todgeweihten Pflanzen, sodass sie sich in ein riesiges, etwas diesseitiges Gartencenter verwandelt hatte. Die Gäste mussten über Hunderte von Vasen steigen, um zu ihren Plätzen zu gelangen, und Samuel und Sonne drückten jedem ein paar von Yings Sonntagen in die Hand, denn die dufteten am stärksten und am chinesischsten.

Ein jüdischer Pianist interpretierte an einem gläsernen Flügel ein um Völkerverständigung bemühtes Stück von Said (leider nicht *Your two wonderful Arschmulden*), und der bekannte Komiker Bernie Schlesig, ein Freund und Förderer Janas aus alten Tagen, rezitierte aus Ying Shus Doktorarbeit *Narzissmus – Vom Pfauenmythos zur Psychoanalyse des Selbst* und hatte Tränen in den Augen bei dem Satz: »Aufgrund der Art und Weise, wie sich ein Narzisst in einer Beziehung für gewöhnlich verhält – rücksichtslos, herzlos und gemein –, glauben Betroffene, dass dieser gar keine Gefühle haben kann. Das stimmt aber nicht, denn er kann durchaus frieren.«

Samuels Rede schließlich, die auch in weiten Teilen Janas Rede war, bot durch ihren Mangel an Blumigkeit einen schönen Kontrast zu der floralen Überwältigung im Saal. Die wichtigen Stellen über das Klammern an und das Freilassen von geliebten Menschen wurden von der Trauergemeinde nicht als anstößig empfunden, und Samuels tiefe Stimme war von Erschöpfung, Schlafmangel, aber auch von einer höchst aktuellen und gutturalen Trennungsangst gebeizt, von der Jana noch nichts wusste, die aber die Menschen zum Weinen brachte.

Auch als man aus dem Gebäude herausschritt und unter die Masse der vielen Hundert Schlachtenbummler trat, denen die Toten egal waren und die nur auf eine Sensation lauerten, stieß man auf unerwartetes Mitgefühl. Vielleicht lag es an den Wolken am dunklen Himmel, vielleicht auch an der Wolke aus olfaktorischem Overkill, die aus der Kapelle herausgeweht wurde und den Leuten in die Nasen stieg und sie narkotisierte.

Wer kann schon in einem Rosengarten wütend werden, hatte Said einmal gesagt.

Jedenfalls schien es keinen einzigen Menschen zu geben, nicht einmal unter den anwesenden Medienberichterstatterinnen und Fotografen, der sich in Janas Gefühle einmischte.

In einer langen Prozession, der Meister Ming mit einem schwarzen Regenschirm in der Hand voranschritt, bewegte sich der Trauerzug in Serpentinen zum finsteren See hinab. Saids erdfarbene Urne wurde von Jana getragen, Präsident Shu ging neben ihr und wiegte seine goldene Tochter so vorsichtig im Arm, als wäre sie neugeboren.

Während Jana nun am Grab stand und sich an die zurückliegenden Minuten mit Wohlwollen erinnerte, ging ohne jeden Anlass eine kaum merkliche Unruhe durch die sich still im Wasser spiegelnde Menschenmenge, wie durch einen Heringsschwarm, kurz bevor er die Richtung wechselt.

Jana bemerkte erst gar nichts.

Aber sie runzelte die Stirn, als sie den Teenager sah. Es war eine nicht weit von ihr entfernt stehende, rotbraun ummantelte schmale Gestalt, die respektlos in ihr rosa Handy starrte und es kurz darauf an ihre rundliche Nachbarin weiterreichte, mit einem Ausdruck, der nicht zu deuten war. Das birnenhafte Mädchen blickte vom Display auf, sah Jana an, nicht feindselig, aber direkt, fast philosophisch.

Dann schlug Meister Ming mit einem Holzschlegel auf seinen Gong.

Jana brach den Blick ab, sah, wie der Priester sich vor Präsident Shu verbeugte. Der Vorstandsvorsitzende der Shu Plastic Corporation wie auch so vieler anderer asiatischer Tochterfirmen neigte den Kopf zur Seite, ein Zeichen der Huld oder der Demut, dadurch rutschte auch sein Doppelkinn zur Seite wie eine zweite, ungebändigte Krawatte, während die erste aus reiner Seide weiterhin tadellos saß. In dieser Verfassung trat er an das offene Grab und übergab Samuel die goldene Urne, um die der Bestatter mit großer Geschicklichkeit eine Ablassschnur band.

Genau in dem Moment, als Präsident Shu seinen Kopf aufrichtete und Ying Shus letzter goldener Schimmer an Samuels Schnur unter die Grasnarbe sank, hörte Jana ganz deutlich ein Stöhnen in der Menge. Arme bewegten sich, Hüften und Schultern, kaum sichtbar, aber doch sichtbar.

Jana war verwirrt. Überall waren Handys zu sehen. Ihr innerer Alarm sprang an. Plötzlich wirkten die Menschen um sie herum nicht mehr wie einzelne Mittrauernde, nicht einmal mehr wie amorphes Publikum, sondern wie Teile eines Rudels, durch das Energie fließt. Wenn mehrere Handys gleichzeitig zu filmen beginnen, dann weißt du, dass was los ist.

Jana sah im Augenwinkel, wie Präsident Shu auf seinen Platz zurücktrat, um Jahre gealtert.

Erneut ertönte der Gong. Der Priester verbeugte sich nun in ihre Richtung. Sie war an der Reihe. Said war an der Reihe.

Dabei fühlte sie sich in diesem Moment gar nicht mit Said verbunden. Als wäre die Leine zwischen ihnen für einen Augenblick gekappt. Alle Innigkeit. Jede Erinnerung. Plötzlich futsch wegen all der Blicke.

Und vor allem ein Gedanke: Dies ist der Moment. Der ultimative Abschied. Das Nichts und das Immer des Nichts.

Die Ewigkeit.

Sie vernahm in der Entfernung ein Kichern, als sie zwei Schritte nach vorne trat. Es klang für sie wie eine Sirene. Als würde in ihrem Gehirn eingebrochen. Ihr äußeres Selbst, von ihrem inneren Selbst deutlich getrennt, übergab Samuel ihren Mann, die Krümel ihres Mannes, weißen Staub, fünf Prozent davon seine Zähne, alles umhüllt von biologisch abbaubarem Plastik.

Sie hörte mehrere Fotoapparate klicken, als Samuels Hände ihren Mann ergriffen.

Ihr direkt gegenüber schlich sich jemand mit Teleobjektiv um einen Baum und versuchte, Samuel und sie von vorne vor die Linse zu bekommen. Sie kannte diese Perspektive. Man nannte sie das »Paparazzostößchen«. Zwei sich heimlich Liebende in unverfänglicher Position im Zentrum des öffentlichen Interesses. Am besten lächelnd. Weinend fast noch besser. Hauptsache nah beieinander. Verkauft sich prima.

Sie wandte sich ab. Sie erbleichte oder hatte jedenfalls das Gefühl des Erbleichens.

Was war daran interessant?

Samuel, Said und ich auf einem Titelblatt?

Irgendwas muss passiert sein.

Die Reflexe begannen. Ihr Herz raste.

Der entscheidende Moment entglitt ihr, als der Mensch, der sie ein Drittel Leben lang begleitet hatte, der die Schönheit der menschlichen Natur und der Schöpfung in einen einzigen Blick legen konnte, aus ihrem so banalen Betrachten entschwand. Ihrem stumpfen Betrachten voll mit Abwesenheit. Der Moment fühlte sich nicht an wie erhabene Feierlichkeit, sondern wie Müllruntertragen.

Sie sah einen Regenwurm, der sich aus der Erdkrume krümmte.

Sie hasste sich dafür, in dieser Sekunde einen Regenwurm zu bemerken. Sie trat zu ihren Schwestern zurück und hasste die Schwestern. Einfach weil diese genauso wenig kapierten wie sie selbst, was geschah.

Lilith legte ihren Arm um sie. Wieder hörte Jana das Klicken. Sie dankte für den Arm und drückte ihn beiseite.

Sie hasste auch die ahnungslosen Arme ihrer Schwestern.

Der dritte Gong von Meister Ming regte sie bereits über Gebühr auf. Chinagong. Handarbeit. Messing. Gegossen. Getrieben. Gedreht.

»Irgendwas stimmt nicht«, hauchte sie Samuel gehetzt zu, der sich hinter sie gestellt hatte.

Er nickte, als wüsste er irgendwas.

»Weißt du irgendwas?«

»Ich wurde gefeuert.«

Meister Ming entzündete seine Fackel und schritt hinüber zum Pagodentempel.

»Gefeuert? Wo ist Sonne?«

Sonne war nirgendwo zu sehen.

»Sie räumt die Kapelle auf.«

Und dann sah Jana Sonne doch. Auf der anderen Seite des Sees, fast einen halben Kilometer entfernt, hoch über den Baumwipfeln, am Rande der Schlucht, die zur Talmulde steil abfiel, stand Sonja Meling als winziger Punkt ganz oben auf der langen Leiter, die an die Trauerhalle gelehnt war. Sie hängte das Porträtfoto von Said ab, das man vom Ufer aus sehen konnte.

»Was macht sie da, zum Geier?«, fragte Jana, obwohl sie sah, was Sonne machte, und sie schüttelte den Kopf und verstand nichts mehr.

Das Feuer kam. Die ersten Kerzen brannten aromatisch.

Ein Fotograf trat ohne jede Scheu hinter das Grabmal und fotografierte durch die Flammen hindurch die gnädige Frau Shu. Wahrscheinlich das schönste Motiv. Samuel wollte ihn warnen, es nicht zu übertreiben, tat aber nichts.

Der Priester zündete die restlichen Kerzen an.

Der Fotograf zielte auf Präsident Shu persönlich.

Die Menschen verdichteten sich zu einer elektrisierten Menge. Das birnenartige Mädchen grinste unangenehm, wurde apfelförmiger.

»Schau im Internet nach«, raunte die ängstliche Bienenkönigin.

»Was?«

»Meinen Namen!«

Präsident Shu sagte etwas zu Butler Mister Wang. Butler Mister Wang verbeugte sich, ging hinüber zu dem Fotografen und bat den Mann mithilfe einer Bewegung, die später als »Kung-Fu-Tritt« bezeichnet wurde, das Fotografieren einzustellen. Die Kamera flog in hohem Bogen durch die Luft, landete auf einer benachbarten Marmorgrabplatte und blieb auf dem *üll* der Inschrift *Edith Müller 1914–1999* liegen.

Kung-Fu-Tritte sind etwas sehr Seltenes auf Friedhöfen. Die Presse war maximal interessiert.

Der Fotograf, dem kein Haar gekrümmt worden war, da Mister Wangs Fuß nur das Funktionsende seiner Kamera hatte herbeiführen wollen, machte den Fehler, wütend auf Präsident Shus Butler zuzulaufen und um Begleichung des Schadens nachzusuchen, indem er ihn am Hals packte. Mister Wang sah sich genötigt, den »Tür-zu-Tritt« anzuwenden, gefolgt vom »Lotus-Tritt«, durch den sein gestrecktes Bein wie eine Peitsche wirkte. Der vom Aufprall erstaunte Fotograf wurde nach hinten geschleudert, drehte sich in der Luft um seine Körperachse und stürzte nicht nur auf Samuels Tempelchen, sondern schlug dort regelrecht ein. Die linke Hauptsäule brach, ebenso das Bein des Fotokünstlers. Er schrie auf, die Behältnisse mit Brennspiritus ergossen sich über ihn, über Priester Ming und über die vielen Tage Arbeit, die Samuel mit den Lackierarbeiten gehabt hatte. Alles fing innerhalb von einer Sekunde Feuer.

Noch bevor Jana ihren Mund schließen konnte, brannte der Pagodentempel lichterloh, während Samuel den kreischenden Meister Ming und der winselnde Bildreporter sich selbst löschte.

Die große, andächtig staunende Trauergemeinde sah von der vordersten bis in die letzte Reihe die Feuersbrunst lodern, und die meisten hielten das Ganze, inklusive der Untröstlichkeit eines offenbar expressiv trauernden, sein Hosenbein umklammernden Medienvertreters, für ein buddhistisches Zeremoniell, zumal es zu keinem Löscheinsatz kam, denn der zuständige Beamte war gerade auf Toilette.

Samuel zeigte Jana sein Handy.

Sie las, was im Internet stand.

Sie las sich die Augen rot.

Im selben Moment befand sich Sonne immer noch zehn Meter über der Trauerhalle auf ihrer langen Leiter, und zwar in einer Art und Weise, die in deutlichem Widerspruch zu den Sicherheitsbestimmungen von *Sommernachtstraum* stand.

Das höchste Unfallrisiko für Bestatter liegt statistisch gesehen im nicht korrekten Gebrauch von Leitern, was nicht nahezuliegen scheint, da dieser Beruf im landläufigen Sinne eher mit Schaufeln zu tun hat, mit Grabung, Erdauswurf und Tiefbau.

Dennoch streben Bestatter auch in die Höhe und müssen häufig Leitern benutzen, um Scheinwerfer unter die Decken diverser Veranstaltungsorte zu schrauben, um Baldachine über Katafalken aufzuspannen, um schwarze Luftballons in die Gewölbe von Kirchen zu hängen und vieles mehr. Samuel hatte daher ein kleines Brevier gedruckt, das er den Mitarbeitern oder Friedhofsangestellten, die für *Sommernachtstraum* Events vorbereiteten, jeweils vor Arbeitsbeginn in die Hand drückte. Auf diesem Papier stand:

Zur Unfallverhütung gilt für alle Sommernachtsträumer insbesondere beim Umgang mit Leitern:

Metallleitern auf unfallsicheren Zustand überprüfen!

Holzleitern nur aus gesundem, gerade gewachsenem und angstfreiem Holz verwenden!

(Gemeint war astfreies Holz, Druckfehler!)

Leitern mit unvollständiger Sprossenzahl meiden!

Leitern standsicher aufstellen! (Ausgleiten, Umkanten, Abrutschen, Einsinken verhindern!)

Leitern nicht an Drähten, Stangen, Glasscheiben, geöffnete Türen oder gar nichts anlehnen!

Leitern nicht zu Zwecken nutzen, für die sie nicht geeignet sind (Gerüstbau, Turnübungen, Marathontelefonate, Sargtransport, Kindern die Aussicht zeigen)!

Leitern stets von einem Kollegen oder einer Kollegin sichern lassen!

Vor Betreten der Leitern auf eigenes Gewicht achten (nicht betreten, falls dieses 200 Kilogramm überschreitet, außer bei Metallleitern, für einen solchen Fall besondere Sicherung beachten, gegebenenfalls von mehreren Hilfskräften festhalten lassen)!

Leitern meiden bei:

Hagel, Schnee, Starkregen, Sturm, Gewitter.

Alkohol- oder Drogeneinfluss.
Höhenangst.
Beschwerden des Allgemeinzustandes.
Ramadan.
Sonstigem Hungergefühl
sowie schweren Depressionen.

Sonne hatte fast alle diese Hinweise missachtet.

Die halbe Flasche Wodka, die sie sich in der Nacht gegönnt hatte, der Hering in ihrem Verdauungstrakt, der dagegen nicht ankam, die starken Windböen, die an ihr rüttelten, die fehlende Kollegin, die die Leiter festhalten könnte, die enorme Steighöhe, die fatal war, die blinzelnden Augen, die ihr vor Müdigkeit zufielen, und die extreme Niedergeschlagenheit, die wie flüssiger Stickstoff durch ihre Arterien rann und die Adern frostete, ließen sie daran zweifeln, dass sie sich überhaupt auf einer Leiter befand. Ihr Gefühl war, einfach an frischer Luft und im Grünen ihre Arbeit zu erledigen, was ja nicht ungesund sein konnte.

Sie löste die Schnüre, die verborgene Haken in den Backsteinen und Ösen an Saids Porträttafel verbanden und dadurch fixierten. Sonne stand direkt neben seinem basketballgroßen rechten Auge, das so freundlich auf den See herabblickte.

Von dort hörte Sonne einzelne Schreie aufsteigen, die sie für Trauerfolklore hielt. Aber erst, als unter ihr ein Löschfahrzeug der Feuerwehr mit Blaulicht vorbeischaukelte, mit großer Zurückhaltung, um auf dem schmalen Weg nicht über Blumenrabatten und Grabanlagen zu rollen, wendete sie den Kopf und blickte über die Schulter, ein Blick, der nicht auf Samuels Unfallverhütungsbrevier als Risikofaktor aufgeführt war, ein eklatantes Versäumnis.

Sonne sah eine steile, schwarzgraue Qualmsäule, die bis zur dunklen Regenwolke emporzusteigen schien und bei besserem Wetter in ganz Berlin hätte gesehen werden können. Nicht nur Samuels Tempelchen brannte, sondern die Flammen waren inzwischen auf die Zweige einer knochentrockenen Fichte übergesprungen, die mehrere Meter über dem Doppelgrab hingen. Das Feuer fraß sich in Windeseile zum Stamm der Fichte durch. Sonne hörte über die weite Distanz das Knacken des explodierenden Holzes und sah den Funkenflug, vor dem sich die ersten Trauernden in Sicherheit brachten. Jemand sprang sogar in den See.

Die Fotos sind also gelandet, dachte Sonne.

Es durchströmte sie eine Hitze, die nicht recht zu dem flüssigen Stickstoff in ihrem Blut passte. Ein Schwindel erfüllte sie.

Doch sie fühlte sich sicher, schloss nicht die Augen, obwohl man das bei Schwindel auf einer Leiter unbedingt machen sollte (ein weiteres Desiderat auf Samuels Liste).

Stattdessen hielt sie nach Jana Ausschau, vergeblich. Man konnte die auseinandereilenden Menschen nur als kleine Punkte in der Ferne wahrnehmen.

Sie lehnte sich weit vor, von Saids Auge weg hin zu seiner Nase. Dort begann sich alles zu drehen.

Sonne dachte, dass nun die Tragödie beginne, auf die ihr Vater sie sein kurzes Leben lang mit all seinen Märchen vorbereitet hatte, eine Geschichte, die Furcht und Mitleid erregen würde.

Aber Furcht und Mitleid lagen ihr selbst vollkommen

fern. Mit Jana, die Sonne immer noch nicht sah, als sie mühsam durch ihre engen, flatternden Augenschlitze hindurchblinzelte, hatte sie kein Mitleid. Und zu dem fehlenden Mitleid kam nun, als sie das Gleichgewicht verlor und mitsamt der Leiter in den Abgrund kippte, auch noch fehlende Furcht hinzu.

39

Es war die Hölle, es Nicky zu sagen.

Samuel blieb neben dem Zille-Museum stehen. Sein Blutdruck so hoch, dass er fantasierte. Seit der Apokalypse fantasierte er. Hartnäckige Träume von seinem Vater. Selbst tagsüber. Selbst jetzt. Der vor dreiundzwanzig Jahren stückweise aus einem Gleisbett gepickte und in Plastiksäcke geworfene, blutige Mangel-an-Freude. So hatte Samuels Mutter ihn manchmal gerufen, halb im Spaß: »He, Mangel-an-Freude, denkst du an den Blumenkohl bitte?«, oder auch »Niemand hat heute so viel gelacht wie Mangel-an-Freude.«

Ich weiß genau, dass er tot ist, dachte Samuel und dachte es so intensiv, dass er es fast aussprach, hier in Berlins touristischer Mitte, im Nikolaiviertel, inmitten von Besucherschwärmen.

Nun ist Vati aber dennoch da. Ich sehe ihn. Er thronte vorhin schweigend und in veränderter Gestalt auf einem Baum, saß eben noch auf der Bank in der U-Bahn als ein großer, etwas zu wohlgenährter Adler, ein schweigendes Gesicht.

Nun hockt er dort auf dem Postkartenständer des Zille-Museums, die Krallen auf dem dünnen oberen Stahlrohr eines Gitters, an das fröhliche und freche Motive von Berliner Straßengören von 1912 geklemmt sind. Mein gefiederter, mäusefangender Vater fängt an, lebendig zu werden, einfach da zu sein, ruhig, liebevoll, nur ein wenig still und traurig, als hätte er mir viel zu verzeihen.

So nah bin ich dir nie gewesen, als du noch lebtest.

Ich werde noch verrückt, dachte Samuel.

Er näherte sich den Postkarten. Der Adler flog nicht fort, sondern hob die Schwingen und löste sich auf. Eine junge Verkäuferin erschien, Bubikopf, Stupsnase, womöglich erstaunt darüber, dass Samuel so lange ein Kartenmotiv studierte, das einen kleinen Jungen beim Starren auf das Eiserne Kreuz seines in Verdun gefallenen Vaters zeigt.

Die Verkäuferin musterte ihn interessiert.

Ob sie ihn wohl erkannte?, überlegte er. Ob sie deshalb so zu ihm stierte, weil sie erkannte, dass er es war, der perverse Beischläfer der perversen TV-Schlampe? Oder bin ich paranoid?

Ich werde wirklich noch verrückt.

Er drehte sich weg, ließ die Verkäuferin stehen, ging die wenigen Schritte zu dem Hauseingang und wartete. Die Haustür war immer noch nicht repariert, sondern stand offen. Seit wie vielen Wochen schon?

Nach zehn Minuten traf Jana ein. Sie stieg aus einem Taxi, wie sie es sich für Kinopremieren antrainiert und nie wieder abgewöhnt hatte. Ein Schritt nach dem anderen, aber was für einen. Ihre Sonnenbrille war wieder da. Außerdem eine schneedichte Wintermütze mit Ohrenklappen. Die Apokalypse schien sie wie in Stacheldraht gewickelt zu haben. Sie hielt sich sehr gerade, wirkte innerlich versiegelt, hatte keine Migräne.

Als sie vor ihm stehen blieb, sagte sie: »Anstand!«

Er hatte keine Ahnung, was sie meinte, ob sie eigentlich »Haltung!« oder »Kopf hoch!« hatte sagen wollen, vielleicht sogar »Wir schaffen das!«, denn genau den Subtext meinte er zu spüren, und deshalb nickte er.

Sie aber hatte ausgesprochen, was ihr während der Taxifahrt durch den Kopf gegangen war, dass nämlich in der Wüste der totalen Zerstörung, in der sie sich nun alle befanden, die Oase der persönlichen Würde vor dem Abholzen bewahrt werden müsse, und wenn es einen das Leben kostet. Anstand als Chance.

Samuel klingelte, um anzuzeigen, dass sie da waren. Sie traten durch den Hauseingang in den Korridor, stiegen die drei Stockwerke hoch, und Jana erinnerte sich, wie angespannt, bleich, mit einer Zunge im rechten Mundwinkel, Sonne vor ihr die Treppen erklommen hatte, als sie viele Wochen zuvor bei ihr aufgeschlagen war.

Mit dem Schlüssel in der Hand ging Jana auf die Wohnung zu. Samuel folgte. Aber als sie um die Ecke bogen, wartete Nicky schon in der offenen Tür. Er stand, eingerahmt vom Türrahmen, als in der Hüfte etwas eingeknickte Silhouette vor dem hellen Flur, in der Hand die in der Luft kraulende Schildkröte Kakerlake.

Er war so ungeheuer klein.

Jana hustete ihren Kloß aus dem Hals. Dann schob sie die Sonnenbrille in die Stirn, beugte sich zu ihm herab, umarmte ihn, sprudelte hervor, dass sie den ganzen Tag gestern und die ganze Nacht und den halben Tag heute im Krankenhaus war und daher nicht hatte kommen können. Ihr Stacheldraht war weg. Nicky rieb ihr mit der Schildkröte über den Rücken.

Er ging vor in die Küche, setzte Kakerlake auf dem Tisch ab und bot dem Besuch zwei Gläser mit Mineralwasser an, so wie seine Mutter es immer gemacht hatte.

Es begann schon zu dämmern draußen. Er machte kein Licht. Wahrscheinlich hatte Sonne ihm beigebracht, Strom zu sparen, dachte Jana.

»Wir müssen beide kurz mit dir sprechen«, sagte Samuel. Die Worte fühlten sich schal an im Mund. Pelzige Worte. Idiotische Worte. Es war ja klar, dass sie mit ihm sprechen mussten, sonst wären sie nicht beide hier.

Sie setzten sich an den Küchentisch, der von einer bunten, mit Donald Duck in verschiedenen Erregungszuständen bedruckten Tischdecke aufgeheitert wurde, auf der Kakerlake vor sich hin kroch. Ein offenes, halb geleertes Nutellaglas zeigte an, dass der Junge wenigstens gegessen hatte.

Nicky setzte sich ihnen gegenüber. An seiner Wange klebte noch ein kleiner Nutellarest, den man im Dämmerlicht gerade noch erkennen konnte. Der Adler, der Samuels Vater war, flog einmal um die Deckenlampe und verschwand wieder. Samuel wollte ihn nicht dabeihaben.

»Ich habe dir ja schon am Telefon gesagt, was deiner Mama passiert ist«, begann er stockend.

»Wird sie sterben?«, fragte der Junge.

Samuel sah sich selbst in diesen scheuen, unsteten Augen,

die die Augen von Mangel-an-Freude waren, weshalb der Adler wahrscheinlich immer wieder vorbeischauen würde. Ansonsten sah er lange blonde Strähnen, die am Kopf anlagen, fettig und dünn, blasse Haut, Bluterhaut.

»Wir müssen positiv denken, Nicky. Die Operation hat zehn Stunden gedauert. Sie ist gut verlaufen. Und morgen früh kommt noch einmal eine Operation.«

»Warum, Onkel Samuel?«

Es war sein eigener Sohn. Und er konnte seinem eigenen Sohn kein Vater sein, sondern nur ein Fremder, ein Onkel Samuel. Er konnte ihm nicht mal einen Kosenamen geben. Wieso nannte dieser Junge alle Menschen Onkel und Tante, als würde er in den Fünfzigerjahren leben? Und warum hatte er diese hellen und reinen Augen seines Großvaters, in die so viel Schmerz und Furcht passten und die nichts herausließen?

»Heute kam nur die Wirbelsäule dran«, erklärte Samuel. »Und morgen die inneren Organe.«

»Welche denn?«

Alle, wollte Samuel sagen. Aber er sagte es nicht.

Jana behagte die Richtung nicht, die das Gespräch nahm, und ihr war klar, dass der Junge eine Portion Hoffnung brauchte. »Deine Mama ist in sehr guter Betreuung in der Charité«, mischte sie sich ein. »Da gibt es fantastische Ärzte. Das weißt du ja. Du bist ja da auch ständig. Nirgendwo könnte sie es besser haben. Deine Mama wird es schaffen.«

Sie saßen unter dem Poster von Arjen Robben, wie er 2013 im Champions-League-Finale von Wembley in der 89. Minute Borussia Dortmund erschießt. Nicky hatte den gleichen Gesichtsausdruck wie Dortmunds Torhüter Roman Weidenfeller.

Die ganze Nacht hatte er nicht geschlafen, sondern vergeblich auf die Mond gewartet, auf einen Anruf wenigstens, auf irgendwas. Aber das Irgendwas war erst am frühen Morgen gekommen, als sein Kinderhandy geklingelt hatte.

Jana stand auf, ging um den Tisch herum und setzte sich neben ihn. Sie nahm ihn in den Arm, drückte seinen Kopf behutsam an ihre Schulter. Dabei konnte sie selbst Trost gut gebrauchen.

Sie erzählte ihm die Geschichte, wie sie einst mit seiner Mutter die Welt aus den Angeln gehoben hatte, als sie sich versprachen, immer füreinander da zu sein wie die Schwestern Löwenherz. Und dass seine Mama sie stets habe abschreiben lassen und dass Nicky bestimmt auch jede seiner Mitschülerinnen von ihm abschreiben lässt, denn dann sei er ein Kavalier.

Und erneut sagte sie: »Anstand!«

Sie werde ihm in den nächsten Wochen die Pausenbrote schmieren. Sie werde ihm die Medikamente besorgen. Sie werde aufpassen, dass er sich kein Knie aufschrammt. Sie werde ihn ins Krankenhaus fahren, wann immer er möchte. Und sie werde versuchen, nicht kitschig zu sein.

»Und eins kann ich dir versprechen«, sagte Jana in beschwörendem Ton, »ich werde alles tun, damit sich deine Mama keine Sorgen macht. Und Samuel wird das auch tun.«

»Ich danke dir, Tante Jana«, sagte Nicky einfach. »Aber nun hole ich mal das Testament.«

Jana erschrak, wollte das abwehren, hob beide Hände, aber schon stand er auf, verließ die Küche, man hörte die leisen Schritte von dreißig Kilogramm Mensch davontapsen. Samuel und Jana sprachen nicht miteinander. Sie blickten sich nicht an, sondern starrten auf die Schildkröte, die Samuel kurz vor Erreichen der Tischkante umdrehte, damit sie nicht in die Tiefe stürzte. Keiner atmete schneller als der andere. Atmeten sie überhaupt?

Das Einzige, was man hörte, war die Maus Vahana, die in ihrem Käfig ratternd in einem Hamsterrad rannte.

Nicky kehrte zurück, in der Hand ein zweimal gefalteter Briefbogen, Vorder- und Rückseite beschrieben. Sonnes Mädchenschrift war immer noch blau, rund, becherförmig, warmherzig, mit einigen spitzen, markanten Formen dazwischen. So wie sie damals ihre Deutscharbeiten geschrieben hatte. Ihre Sketche. Alles.

Jana setzte die Sonnenbrille wieder auf, damit man ihre Augen nicht sah. Sie richtete sich etwas auf.

Nicky las den letzten Willen seiner Mutter vor, mit einer schmächtigen, akkuraten Stimme, die nicht zitterte.

Wie zu erwarten war und schon aus den ersten Zeilen hervorging, war er der Alleinerbe.

Das ihm zustehende Eigentum an der Firma *Sommernachtstraum* sollte treuhänderisch Samuel Petersen verwalten. Über seine wirtschaftliche Aufgabe hinaus fand Samuel in Sonnes Zeilen keine Erwähnung, nicht als Firmenpartner, nicht als Lebensfreund, nicht als Nickyvater, nicht als Mensch. Er war nichts weiter als ein Funktionsträger.

Und der Funktionsträger lächelte dünn.

Als Betreuung für Nicky wurde hingegen Jana von Mond eingesetzt.

Jana blinzelte ungläubig, als sie ihren Namen hörte. Sie wischte sich Haare aus dem Gesicht, die gar nicht dort waren, und bat Nicky, ihr das Papier zu zeigen. Er schob es ihr hinüber, sodass es genau zwischen Donald Duck dem Komantschen und Donald Duck dem Pharao zu liegen kam. Jana beugte sich zu dem Schriftstück herab und las:

Als Wiedergutmachung für defizitäre Freundschaftsdienste wünsche ich, dass die Person, die den größten Einfluss auf mein Leben gehabt hat, Frau Jana von Mond, geboren am 24. 08. 1983 in Jena, wohnhaft in Berlin, für den Fall meines Todes ihre Aufgabe als Vormund und Erziehungsberechtigte meines Sohnes Nikolaus nach bestem Wissen und Gewissen übernimmt, in deren Stand ich sie hiermit vollumfänglich einsetze.

Jana reichte Nicky das Testament zurück. Er behielt es in den Händen. Ohne zu stocken, trug er den Inhalt bis zur letzten Zeile, die der Name seiner Mutter war, Sonja Meling, in elegantem, leise fließendem Ton vor.

Dann sagte er Jana, dass seine Mama ihm mehrmals mitgeteilt hatte, wie sie gerne beerdigt werden möchte. Ohne Tränen. Mit Gesang. Unter Freunden. Als verbrannte Asche auf dem Nickys Wohnort am nächstgelegenen Friedhof, abhängig davon, wo er leben würde. Zusammen mit ihren liebsten Fotos.

Bestimmt kein Foto von mir dabei, dachte Samuel, fand sich aber sofort erbärmlich in seinem Selbstmitleid und spürte, wie sich der Adler seines Vaters auf ihm niederließ und auf seine Schulterblätter kackte.

Außerdem, fuhr Nicky fort, wollte seine Mutter einen kleinen Grabstein, auf dem ihr Name steht und sonst nichts.

Die Versorgung ihrer Leiche sollte Samuel Petersen übernehmen, sich aber bei der Trauerfeier nicht in den Vordergrund spielen.

In der inzwischen fast stockdunklen Küche herrschte Stille. Nicht nur die Schildkröte, auch die Maus hatte innegehalten, auf die vielleicht viel Einfühlungsvermögen durch Ganesha, den Gott der Weisheit, übergegangen war.

»Nun ja«, meinte Samuel nach einer Weile zu seinem die väterliche Angst in keiner Weise ahnenden Sohn, »wie Tante Jana schon sagte: Deine Mutter wird es ganz bestimmt schaffen. Sie wird wieder gesund. Sie ist ja eine toughe Frau.«

»Ja. Wir müssen immer das Beste hoffen und das Schlimmste erwarten, Onkel Samuel.«

»Genau, das ist der berühmteste Satz deiner Mutter.«

»Ist der nicht von Arthur Schopenhauer?«

»Du bist ein ganz schöner Klugscheißer, Nicky«, murmelte Samuel mit traurigem Lächeln. »Und das sage ich mit vollem Respekt.«

»Das sagt Mama auch immer mit vollem Respekt.«

»Okay«, räusperte sich Jana. Sie legte dem Jungen die Hand auf die Wange, wischte den Nutellarest fort. Auf seinem verstörten Gesicht platzten die Lichtbläschen der Stadt, die in Form von Autoscheinwerfern und Leuchtreklame durch das matte Fenster in die fast nachtschwarze Küche einschwebten. »Also ich denke, ich werde hier erst einmal weiter wohnen bei dir. In Ordnung?«

»Wird Onkel Samuel denn auch hier wohnen?«

Jana starrte ihn verblüfft an, nahm die Hand von seiner Wange. »Nein, wieso?«

»Seid ihr denn jetzt nicht ein Liebespaar?«

Jana zog die Augenbrauen hoch, um ihren millisekundenlangen Herzstillstand zu überspielen. Sie bleckte die Oberlippe, ließ sie über die Schneidezähne gleiten, wiederholte das wie ein Pavian. Samuel kratzte sich am Hals.

»Du darfst doch nicht in die sozialen Medien schauen, Nicky«, krächzte er vorwurfsvoll.

»Aber es steht auf der blöden blauen Wand.«

»Was steht da?«

»Dass ihr beide euch gernehabt.«

»Was steht da genau?«

»Dass ihr euch gernehabt, steht da, nur nicht mit netten Worten.«

»Okay, stimmt, wir haben uns gern, Nicky.«

»Ja, das sieht man auch auf den Fotos.«

»Auf der Videoleinwand waren Fotos von uns?«

»Ja, man sah, wie du Tante Jana in den Hals gebissen hast. Und Tante Jana hatte den Mund offen, als würde ihr was wehtun.«

»Kannst du mal aufhören, Jana immer ›Tante Jana‹ zu nennen?«

»Lass ihn doch, Samuel.«

»Ja klar, entschuldige. Entschuldige, Nicky. Verdammt, entschuldige.«

»Wie soll ich denn Tante Jana sonst nennen?«

»Du kannst sie nennen, wie du möchtest. Wirklich. Aber nenn mich bitte nicht mehr ›Onkel Samuel‹, ja?«

»Okay.«

»Okay. Nur Samuel. Einfach nur Samuel.«

»Okay. Ich nenne dich einfach nur Samuel.«

»Gut. Ich habe Tante Jana nicht wehgetan, als ich ihr in den Hals gebissen habe.«

»Wenn du zu Tante Jana ›Tante Jana‹ sagst, soll ich dann zu Tante Jana auch weiter ›Tante Jana‹ sagen und nur zu dir ›Samuel‹?«

»Mann, Nicky!«

»Ja?«

»Schon gut.«

»Sagt mal«, rief Jana immer noch unter Schock, den sie mit ihrer etwas zu lauten, unverdrossenen Stimme zu verdrängen suchte, »wir sollten alle etwas Schönes für deine Mama besorgen. Etwas, das sie sich immer gewünscht hat. Und das bringen wir ihr ins Krankenhaus, ja?«

Sie stand auf. Sie musste sich bewegen. Und sie machte das Licht an.

»Ja gut«, antwortete Nicky, blinzelnd wegen der plötzlichen, überfallartigen Helligkeit.

»Also ich könnte ihr Plätzchen backen«, schlug Jana vor. »Deine Oma hat uns oft Plätzchen gebacken, als wir immer zum Essen gingen zu Frau Meling nach der Schule.«

»Gut.«

Sie öffnete willkürlich die Küchenschränke und tat so, als würde sie hineinblicken. »Und du, Samuel?«

»Ich weiß nicht. Ich bringe ihr Blumen mit.«

Im selben Moment bereute er, was er gesagt hatte. Blumen würden ihn zu sehr an die 13 946 Blumen der Apokalypse erinnern.

»Oder einen Wein«, korrigierte er sich.

»Einen Wein? Spinnst du? Was soll sie denn mit einem Wein auf der Intensivstation?«

»Ich weiß nicht. Ich bin nicht der große Schenker.«

»Du kannst ihr doch was schnitzen? Du machst so schöne Holzobjekte.«

»Glaub mir, mein Bedarf an Holzobjekten ist gedeckt, seit ich weiß, wie gut die brennen können.«

»Sorry, Samuel. Aber was hat Sonne sich denn am meisten von dir gewünscht? Was ist ihr Zauberwunsch an dich?«

»Ich denke, ich werde ihr ein Lied schreiben. Das könnten wir dann zusammen vorsingen. Und ich spiele Gitarre.«

»Das ist eine tolle Idee. Und du, Nicky?«

»Ich weiß noch nicht.«

»Bestimmt malst du ihr ein Bild, oder? Du kannst so toll malen.«

Sie zeigte auf seine Geburtstagszeichnungen, die über dem Küchentisch hingen.

»Ja, das wird Mama gefallen. Aber das ist nicht ihr Zauberwunsch an mich.«

»Was ist denn ihr Zauberwunsch an dich?«

»Kinder.«

Jana blieb stehen, direkt unter der Lampe, und blickte ihn verständnislos an.

»Wie meinst du das?«

»Mama hat immer gesagt, wenn sie einen letzten Wunsch hat, dann nur, dass ich Kinder haben soll. Weil das macht mich glücklich. So glücklich, wie es sie macht, dass ich auf der Welt bin.«

»Du könntest ihr ein Bild malen mit deinen späteren Kindern drauf.«

»Ja, aber ich weiß nicht, ob ich Kinder haben kann. Ich bin ja ein Bluter.«

»Ja und?«

»Also ich kann mir von niemandem in den Hals beißen lassen, so wie du, Tante Jana.«

»Das muss man ja auch nicht unbedingt. Weißt du, Onkel Samuel und ich, wir wollen ja kein Kind haben.«

Sie ging so weit weg wie möglich von dem Kind, das sie mit all dem Grässlichen konfrontierte, und landete an der Fensterbank, auf die sie ihren Körper sacken ließ.

»Das ist aber schade. Mama hat immer gesagt, ein Kind haben heißt, etwas zu erschaffen. Sie hat gesagt: Du wirst wissen, was ich meine, wenn du einem Menschen in die Augen blickst und weißt, dass du die Ursache für diese Augen bist.«

»Du bist wirklich ein Klugscheißer, mein Lieber«, sagte Jana.

Nicky nickte und wandte sich an die Person im Raum, die am atemlosesten zuhörte.

»Willst du denn auch keine Kinder haben, Samuel?«

»Nein, Nicky.«

»Du wärst bestimmt ein netter Papa.«

Samuel blickte seinen Sohn an, aufgewühlt wie ein Ameisenhaufen, in den jemand hineingetreten hat.

»Ich glaube, ich werde verrückt«, sagte er. Er zwang sich dabei, unbefangen zu lächeln, als hätte er einen Scherz gemacht, trank sein Glas Mineralwasser aus, ging ins Badezimmer und brach erst dort zusammen.

40

Danach erzählte er ihr, was sie schon wusste: wie sehr Sonne den Optimismus verachtet, aber an die Hoffnung glaubt. Hoffnung ist im Jetzt. Du kannst erreichen, was du in dir trägst. Optimismus liegt in der Zukunft. Du kannst es nicht erreichen. Du kannst nur träumen. Imagine. John Lennon. Daraufhin fühlten sie sich gestärkt und beschlossen, doch zu zweit bei Nicky einzuziehen. Und zwar sofort. Auf der Stelle. Jetzt. Nicht in der Zukunft.

Bereits am frühen Abend bezog Jana im Schlafzimmer das Doppelbett mit frischem Bettzeug. Es war eigenartig, Sonnes Wäsche zu durchwühlen, eine Auswahl zu treffen für die Farbe des Lakens. Als wäre in dieser Situation zwischen Himmel und Erde auch die banalste Entscheidung eine über Leben und Tod. Sie erinnerte sich, wie sie sich früher immer über die Frotteebezüge von Familie Meling gewundert hatte. In der DDR kannte man Frottee nur von Handtüchern. Auf einem Frotteelaken zu liegen war wie am Strand von Odessa zu liegen.

Sie wählte ein hellblaues Exemplar, weil es sie an einen gemeinsamen Ausflug nach Rügen erinnerte. Im Schullandheim hatte es nur hellblaue Laken gegeben, auf denen der weiße Ostseesand, der aus allen Körperfalten hineinrieselte, wenn man vom Baden kam, wie ein verlängerter Meeres-

Die Sonne und die Mond
Hannah Herzsprung liest Chris Kraus

z.T. mit den Gästen Karoline Schuch (Schauspielerin),
Hendrik Thiele (Bestatter), Aeham Ahmad (Piano)

09. SEPTEMBER 2025

Herbstlese Blankenese,
Zeise Kino in Ottensen:
Hannah Herzsprung, Chris Kraus

22. SEPTEMBER 2025

Literaturhaus Frankfurt:
Hannah Herzsprung, Chris Kraus

23. SEPTEMBER 2025

Kulturetage Oldenburg:
Hannah Herzsprung, Chris Kraus

24. SEPTEMBER 2025

Babylon Berlin:
Hannah Herzsprung, Karoline Schuch,
Hendrik Thiele, Aeham Ahmad,
Chris Kraus

25. SEPTEMBER 2025

Thalia Dresden:
Hannah Herzsprung, Chris Kraus

26. SEPTEMBER 2025

Literaturhaus München:
Hannah Herzsprung, Karoline Schuch,
Chris Kraus

boden wirkte. »Sandkörner raus aus Deutschland«, hatte Sonne immer gerufen und mit der Hand über die Matratze gewischt. Und Jana hatte gejuchzt und mitgemacht, und der Sommer war leicht.

Mit eigenen Händen hatte Jana schon seit vielen Jahren nicht mehr im Haushalt gearbeitet. Dafür gab es Krystyna, die dralle Polin, oder zwei Südamerikanerinnen, die beide Maria hießen. Sie fand aber, dass höchstpersönliches Bettbeziehen eine großartige Möglichkeit war, sich nicht vollkommen unanständig zu fühlen.

»Anstand.«

Anstand würde ihr neuer Schlachtruf sein.

Alles andere war vorbei.

Die Fotos hatten ganze Arbeit geleistet, und es spielte keine Rolle, dass ihre Herstellung und Verbreitung gegen IT-, Medien- und Urheberrecht verstieß.

Anzeige wird erstattet. Aber was hilft es?

Erledigt sind Sie nicht, Frau von Mond, hatte ihr Anwalt Sir-yes-Sir gesagt, nur am Ende. Für diese Auskunft hat er ihr 728 Euro Beratungsgebühr in Rechnung gestellt.

Jobs hatte sie keine. Fredo war weg. Eine neue Agentur gab es noch nicht. Ihr Management, das die Pressebetreuung verantwortete, trieb sich auf Mallorca herum, wo es offenbar keinen Strom, keinen Handyempfang, kein Internet und keine Lust gab, freiwillig in Zeitungen zu schauen.

Sie hatte keine Ahnung, wer diese widerlichen Aufnahmen gemacht hatte.

Samuel glaubte, dass es jemand aus dem gegenüberliegenden Gebäude gewesen war. Ein Zufallstreffer.

Aber ihr schien das nicht wahrscheinlich. Sie neigte dazu, komplexe Zusammenhänge zu vermuten. Sie nahm sich wichtiger als Samuel. Vielleicht hatte der russische Geheimdienst spioniert wegen der zwei Putin-feindlichen TV-Gags, die sie im Frühjahr gebracht hatte. Womöglich waren es auch Detektive, die RTL ihr auf die Fährte gehetzt hatte. Selbst Fredo traute sie alles zu. Verschwörungen und ihre Theorien beruhigten sie, weil sie dem Offensichtlichen immer noch eine andere Dimension abgewannen, genau wie Religion. Letztlich war das auch der Grund, weshalb sie seit ihrer Kindheit das silberne Kreuz um den Hals trug. Es half ihr auch jetzt, denn sie hatte begonnen, für Sonne zu beten.

Christus, erhöre uns. Tröste alle, die in Trauer und Verbitterung sich dir zuwenden, oder gewähre mir wenigstens, mit meiner Omi zu reden.

Liebe Omi, höre mich, lass Sonnes Genickbruch wieder zusammenwachsen. Und bitte lass es keine Verletzung des Rückenmarks sein. Bitte bestürme den lieben Gott, dass er die beste Bestatterin Berlins für diese Seite der Friedhöfe erhalten möge. Für das Oben. Nicht für das Unten. Und bitte sage Gott, dass ich Anstand entwickle und dass auch er Anstand haben soll und einfach mal machen könne, um was man ihn bittet.

Auch für den Fortbestand von *Sommernachtstraum* betete sie. Denn den ganzen Tag über waren Kündigungen eingetrudelt. Keiner wollte sich mehr von Samuel unter die Erde bringen lassen.

»Ist klar«, hatte er gesagt, »weil mein nackter Arsch zu sehen ist. Niemand möchte sich von einem nackten Arsch begraben lassen, selbst wenn er bekleidet ist.«

Jana verstand, was er damit meinte. Und sie spürte, dass ihm alles außer Sonne egal war.

Sie hörte, wie die Wohnungstür aufgeschlossen wurde. Samuel und Nicky kehrten vom späten Einkaufen zurück. Ihre Stimmen waren gedämpft, aber nicht verzweifelt. Fast waren es Shoppingstimmen. Einkaufen und Bettenbeziehen stabilisiert die Beladenen, Entsetzten und Ruinierten.

Wenn meine Energie dich nicht weckt, bin ich nicht die, die du brauchst, meine Freundin. Anstand und Energie. Das ist das Einzige, was jetzt noch helfen kann, liebe Sonne.

Wie aus dem Nichts sah sie plötzlich eine Art Excel-Tabelle vor sich, mit Namen darauf, die nach dem Anstandsgrad ihrer Träger sortiert waren, in absteigender Reihenfolge. Ganz oben natürlich Sonnes strahlender Name, gleichauf der von Said, dicht gefolgt von den Namen von Omi, Mahm, Paps und all den anderen Verstorbenen, auch Nickys Name war dazuzurechnen, und, mit einigem Abstand, Samuels, und ganz unten, am Ende der Liste, auf dem allerletzten Platz, noch hinter Fredo, isoliert und schäbig, ihr eigener.

Als Nicky schlief und Samuel ins Schlafzimmer kam, sah er Jana in knalloranger Bettwäsche liegen, auf einem hellblauen Laken, an der Fensterseite, beleuchtet vom Lichtkegel der Nachttischlampe und den Blick nach draußen gerichtet, wo man die Reflexionen der blöden blauen Wand ahnte.

»Ich weiß nicht, ob Sonne das gut findet«, sagte Samuel

und zeigte auf die leere Seite des popgrellen Bettes, deren Decke bereits für ihn aufgeschlagen war.

»Schlafen?«, fragte Jana.

»Werden wir nur schlafen?«

»Natürlich werden wir nur schlafen. Glaubst du, ich werde mit dir irgendwas anderes machen? Im Bett meiner im Koma liegenden Freundin?«

»Nein, natürlich nicht.«

»Dann leg dich hin.«

Samuel kaute auf seiner Unterlippe, während er begann, sich auszukleiden.

»Ich meine, ich meine …«, stotterte er. »Ich meine, sie hat mich aus der Firma geschmissen. Dann wird sie mich auch aus der Wohnung schmeißen. Und ganz sicher wird sie mich aus ihrem Bett schmeißen, vor allem, wenn ich mit dir da drin liege.«

»Du stehst im Testament. Du sollst Nicky sein Erbe sichern. Das ist nicht Aus-der-Firma-schmeißen.«

Sie löschte das Licht, drehte sich zur Seite und schlief in Sekundenschnelle ein, noch bevor sein Pullover über dem Stuhl hing und der Adler seines Vaters durch das Fenster hineinfliegen konnte.

Am nächsten Morgen, Samuel hatte mit Nicky die Wohnung verlassen, um ihn im Zoo mit Löwen und Krokodilen abzulenken, rief der Arzt auf Janas Handy an. Sie ließ es viermal klingeln, weil die Vier ihre Lieblingszahl war. Dann nahm sie ab und rechnete mit dem Schlimmsten.

Er sagte: »Guten Morgen, die Dame.«

Er sagte das aus Rücksicht, um sie nicht dem Schrecken

ihres eigenen, derzeit besonders prominenten Namens auszusetzen und den damit verbundenen Assoziationen und Bildern, die sie womöglich in seinem Hirn vermuten könnte. Trotzdem hasste sie, dass er nicht sofort klarstellte, ob etwas Fatales geschehen war.

»Die Operation ist gerade vorüber.«

Sie konzentrierte sich so sehr auf seine Stimme und deren Potenzial an Zuversicht, dass sie nur Bruchstücke dessen verstand, was er sagte. Verletzte Hohlorgane waren stabilisiert worden, begann er, insbesondere die Harnblase. Teile des Darms mussten wieder vernäht werden. Perforationen an Milz und Leber enorm. Zerstörte Blutgefäße allüberall. Zahlreiche stumpfe Traumata. Leider Nachweis einer intrakraniellen Blutung. Aber Kopf wird sich erholen. Großartig. Bei Halswirbelsäule Fraktur des Atlas. Auch sechster und siebter Halswirbel gebrochen. Aber prima: keine Verletzung der Arteria vertebralis. Vulgo: keine Zerstörung des Rückenmarks. Vulgo: konservative Behandlung mit Halskrause. Vulgo: nicht tot.

»Das ist ja … wunderbar?«, hörte Jana sich vorsichtig fragen, als wäre sie ihre eigene Sprechpuppe.

»Ja, wir sind auch zufrieden. Das Koma lösen wir Ende der Woche auf.«

Er klang irgendwie gelangweilt. Jana schwieg.

»Das heißt«, sagte der Arzt, »Frau Meling ist erst einmal außer Gefahr.«

Er hörte immer noch keine Reaktion.

»Hallo? Die Dame?«

Jana sprang auf, rannte zum Fenster, riss es auf und schrie die blöde blaue Wand an, brüllte »Ihr Ficker!«, brüllte »Ihr

Schwanzlutscher!«, brüllte auch selten benutzte vulgäre Ausdrücke, die Nicky im Zoo alle nicht hören konnte, im Gegensatz zum Arzt, der in der Leitung blieb und Jana danach auch nicht mehr »die Dame« nannte.

»Entschuldigen Sie bitte«, sagte sie etwas außer Atem, als sie wieder am Handy war, »aber ich musste mich einmal ganz doll freuen.«

»Ja natürlich«, sagte der Arzt verständnisvoll. »Wir brauchen übrigens schnellstmöglich alle bisher existierenden Bildmaterialien der Patientin. Röntgenaufnahmen. MRTs et cetera. Es wäre daher wichtig, dass wir heute noch Kontakt zu ihrem Hausarzt bekommen.«

»Ich weiß nicht, ob ich da jetzt die Adresse herauskriege.«

»Versuchen Sie es.«

Er beendete das Gespräch.

Jana rief sofort Nicky an, der gerade im Primatenhaus vor dem Schimpansenkäfig stand, wie man hörte. Als er erfuhr, dass seine Mutter wieder gesund werden würde, rief er »Hurra! Hurra! Hurra!«, und im Hintergrund schrien ein paar begeisterte Menschenaffen fast das gleiche.

Jana fragte, ob er den Namen von Sonnes Hausärztin kennen würde. Aber Nicky freute sich nur mit Glückskindjubel, lachte und kannte keine anderen Ärzte außer seinen vierzehn eigenen.

Sie legte auf, sah sich im Schlafzimmer um, überlegte fieberhaft. Dann entdeckte sie das gelbe Post-it-Zettelchen am Computer. Auf dem Papier stand: »Nickymama835%«.

Sie schaltete den Computer an, gab das Passwort ein. Der Bildschirm glomm auf.

Sie fahndete in der Spotlight-Suche nach »Arzt«. Zehn Sekunden später hatte sie Doktor Beate Lieberknecht gefunden, Spittelstraße 24. Nächster Termin am 6. Dezember um 14:30 Uhr.

Na also.

Sie huschte mit der Maustaste auf den Beenden-Button.

Dabei übersah sie auf der Startfläche einen blauen Ordner. Vielleicht wollte sie ihn auch nur übersehen, denn irgendwas hielt ihre Pupille dort fest. Vermutlich der Dateiname: *12.10.2024*.

Am 12. Oktober war ich in der Totenbäckerei, durchfuhr es Jana.

Mit Samuel.

Nackt.

Langsam fuhr sie mit der Maus zurück, direkt über den Ordner.

Zum Anstand gehört ganz sicher, in intimen Dokumenten einer Freundin, zumal einer schwerverletzten, mit dem Tod kämpfenden Freundin, die einem das Sorgerecht für den eigenen Sohn anvertraut, auf keinen Fall herumzuschnüffeln.

Denn Anstand ist nicht nur der Maßstab für ethisch-moralischen Anspruch und Erwartung an gutes und richtiges Sexualverhalten. Das, was die Buddhisten Brahmacharya, das Vermeiden von sexuellen Verfehlungen nennen, ist nur der kleinste Teil der Tugend des Anstands. Anstand, kann man sagen, ist Ehrlichkeit. Anstand heißt, nicht zu stehlen, nicht zu betrügen. Keine schlechten Sketche aufzuführen. Und auch keine Völker auszurotten.

Anständig ist es hingegen, Mahatma Gandhi zu sein.

Mahatma Gandhi wiederum hat gesagt, die Nichtzusammenarbeit mit dem Schlechten gehört ebenso zu unseren Pflichten wie die Zusammenarbeit mit dem Guten.

Ein anständiger Mensch lässt sich nicht korrumpieren. Anstand bedeutet innere Zufriedenheit. Anstand bedeutet, sich als Fisch durch die Kloake der Unanständigkeit zu kämpfen, bis man die offene und klare See erreicht, die man selbst ist.

Anständig ist es, die Zehn Gebote einzuhalten oder wenigstens acht oder neun davon.

Anständig ist es, wie Albert Schweitzer im Dschungel zu leben und Kinderlähmung zu heilen.

Anständig ist alles, was Sonja Meling gemacht hat in ihrem Leben.

Und mit dieser Gewissheit öffnete Jana mit einem Mausklick den Ordner *12. 10. 2024*.

Danach sah die Welt für sie anders aus.

DAS ENDE

41

Sonnes Augen waren von den Fensterscheiben abgewandt. Sie lag auf dem Rücken und blickte zur Tür. Man hörte Schritte. Sie richtete sich leicht auf. Zumindest versuchte sie, sich leicht aufzurichten. Aber es war noch nicht möglich. Die Halskrause umschloss ihren Nacken wie langsam trocknender Zement. Dennoch sah sie die gelbe Tür, die aufging und diese weiße Silhouette einließ. Schwester Thao Bang. Mehr Geist als Körper. In ihrer Hand unübersehbare Herausforderungen.

»Time for breath builder.« Thao lächelte.

Sie stellte das Atemübungsgerät auf den Beistelltisch, einen grünen, wie ein Föhn aussehender Kasten mit melancholisch herabhängendem, flötenartigem Schlauch, besonders geeignet für Blasmusikerinnen, wie der humorbegabte, aber immer übermüdete Stationsarzt vor einigen Tagen Sonne erklärt hatte. Jeder Atemzug mit der Apparatur brachte all ihre sonstigen malträtierten Organe gegen die Lunge auf, die nur ihren Job machte. Sie musste trainiert werden.

Die Pflegerin hatte einige »süße Keiten« mitgebracht, wie sie das nannte. Als Schmerzmittel Novalgin. Außerdem ein Breitbandantibiotikum, eine schlichte Kochsalzlösung und ein Beruhigungsmittel, das Thao nur »Saftilein« nannte.

Wenn Sonne sich vor Schmerzen kaum rühren konnte, wenn die Kopfhörer zum TV-Programm nicht funktionierten, selbst wenn es draußen einfach nur in herbstlichen Schnüren regnete, stets hieß es: »Can I bring your Saftilein?«

Schwester Thao klemmte die Fläschchen an das Infusionsbesteck, von dem sich diverse Flüssigkeiten über ein Gestrüpp an Kanülen in Sonnes Venen ergossen, meist nacheinander, manchmal auch gleichzeitig. Unmengen an Flüssigkeiten. Sie war eine Kläranlage, ihr Körper nichts als ein Sandfang, und sie fühlte sich, als wäre sie nur dazu da, erstklassigen Urin zu produzieren, der in einen Beutel neben ihrem Bett tröpfelte wie flüssiges Gold.

»Your husband is coming gleich«, strahlte die Krankenschwester und öffnete die Zulaufkanülen.

»Das – ist – nicht – mein – hus – band«, keuchte Sonne. Jeder Atemzug fiel ihr schwer.

»Yes, your husband«, täuschte sich Thao. »With funny son. He is draußen vor die Tür.«

Sonne war es zu anstrengend, den Beziehungsstatus zu klären. Außerdem nannte Thao Dang alle männlichen Besucher auf der Station entweder »your husband« oder »your father« oder aber im Fall, dass sie die betreffende Person nicht sympathisch fand, »your Don't-know-what«.

Sonnes Bettnachbarin, ein achtzigjähriger Oberschenkelhalsbruch, hatte gleich vier »husbands« und sogar noch einen »father« zuerkannt bekommen (der allerdings ihr drei Jahre jüngerer Bruder war).

Sonne wurde noch Blut vom Ohrläppchen gezapft sowie der Blutdruck kontrolliert. Er war zu hoch, ebenso ihr Puls.

Thao machte ein erstauntes Gesicht und sagte: »Lady is very nervous.« Zum Abschluss gab es einen liebevollen Druck von Thaos Hand auf die einzige Stelle der Patientin, die nicht wehtat, nämlich den linken Oberarm.

»Are you ready?«

Sonne konnte weder nicken noch den Kopf schütteln, daher antwortete sie nur: »Ich – weiß – nicht.«

Dann war sie alleine in dem in warmen Farben gesprenkelten Patientenzimmer, von der schnarchenden Nachbarin einmal abgesehen. Sie senkte die Augen auf ihre mageren, abgezehrten Schenkel hinab. Man konnte sich gut vorstellen, wie sie als Leiche aussehen würde. Samuel würde ihr auf der Skala von 1 (verwest) bis 10 (dornröschenfrisch) wahrscheinlich die Note 7 geben, wegen der sehr glatten Haut sogar eine 7 plus. Die Frankenstein-Narben an ihrem Bauch würden eine 8 verhindern.

Als lebendes Subjekt könnte es gerade mal zu einer 2 reichen.

Sie hatte nicht darum gebeten, dass Samuel kommt. Sondern sie hatte es befürchtet. Sie hatte nur ausrichten lassen, dass Nicky sie besuchen dürfe. Nicky ist fast neun. Er kennt die Charité in- und auswendig, besser als sein Hämophilie-Professor, dem er mal den schnellsten Weg zur Kinderstation zeigen konnte.

Nicky hätte auch alleine hergefunden, ohne jede Begleitung.

Aufgrund der Vielschichtigkeit des Schamgefühls, von dem sie gemartert wurde, das sie auch im Schlaf verfolgte und das manchmal einen starken Sog entwickelte, hoffte Sonne auf milde Symptome, wie zum Beispiel Schweißausbrüche. Sie hatte noch nie geschwitzt, nur weil Samuel kam. Aber nun war es möglich. Sie spürte die Hitze unter ihren Achseln. Ihr Mund war trocken. Und als sie auf den Patientenmonitor blickte, sah sie ihrer Herzfrequenz beim Rasen zu.

Eigenartigerweise quälte sie ein starkes Bedürfnis, Samuel unverändert zu sehen. Ein Bedürfnis, dass ihm nichts passiert war durch all den Terror, den sie ausgelöst hatte. Ein Bedürfnis, das einer Sehnsucht schon recht nahekam. Sehnsucht – und Reue, ihn so oder so verwundet zu haben.

In der Alchemie ihrer Gefühle konnte sie viele Elemente nicht voneinander scheiden, bis auf das der Hoffnung, ihn nicht innerlich so gebrochen zu sehen, wie sie es selbst war.

Sie hatten nur einmal kurz telefonieren können, und das auch nur sehr einseitig, weil sie noch kaum hatte sprechen können. In seiner Stimme, die heller und abgeriebener klang als früher, spürte sie Not.

Jana hatte er kaum erwähnt. Und sie hatte nicht gefragt. Nur, dass die Mond nicht mit zum ersten Besuch kommen könne, erfuhr Sonne von ihm. Heute würde sie also nicht dabei sein.

Zu ihrer großen Erleichterung.

Sie war bereit, ihm jetzt alles zu sagen. Sie hatte viel Zeit gehabt, sich über ihr Handeln Rechenschaft abzulegen. In den Momenten, die sie nur noch als nächtliches Leuchtfeuer in Erinnerung hatte, kurze Blitze in tiefer Dunkelheit, Stimmen und Schreie, hatte sie zum ersten Mal den Vorgeschmack des Verglühens gekostet. Sie hatte den Herrn Gevatter neben sich gespürt, wie er ihr freundlich die Stirn mit einem Tuch abtupfte und es ihr dann über den Mund legte.

Was sie schmeckte: eine gewisse Süße. Auch eine Schwere und Nässe, vielleicht das Äquivalent zu jenen Tagen, die man einst als Amphibie in der Fruchtblase zugebracht hat. Nicht Erde zu Erde werden wir, sondern zunächst einmal Wasser zu Wasser. Und noch feucht durch Schweiß und Blut und das trügerische Schwimmen im eigenen Gehirn und durch all die Saftileins, die man ihr eingetrichtert hatte, wurde ihr bewusst, dass sie beichten würde, wenn jemals wieder etwas von ihr an der Oberfläche des Lebens auftauchen dürfte.

Trotz der Nähe des Todes, der sie von Kindheitstagen an bis in ihr Berufsleben hinein ausgesetzt war, konnte sie sich nicht an den Gedanken gewöhnen, dass sie am Ende versterben könnte und dass sie in diesem Fall nicht mehr erfahren würde, was den anderen von diesem Zeitpunkt an widerfährt. Als drehte man ihr einen Film im Kino in der Mitte ab, den sie mit heißem Herzen verfolgt.

Ja, o Herr Gevatter, ich habe gesündigt wider die Regeln, die meine eigenen waren. Ja, diese Fotos.

Die Verpflichtung, die Wahrheit und nichts als die Wahrheit zu sagen, war der Preis, den sie dem Herrn Gevatter dafür zu zahlen hatte, dass er in aller Stille wieder verschwunden war.

Der Plastikgriff an der gelben Tür senkte sich leise quietschend nach unten. Zuerst sah sie nur seine Nasenspitze, aber dann kam das ganze Gesicht Nickys zum Vorschein, mit diesem freudigen, schelmischen Ausdruck, den Kinder haben, wenn sie wissen, dass ihr Auftritt pures Entzücken auslöst.

»Mein – Schatz«, stieß Sonne hervor.

Der Junge schäumte in ihr Zimmer, nicht lauter als eine platzende Seifenblase, und dennoch wachte der Oberschenkelhalsbruch auf, weil Freude, selbst wenn sie stumm ist, in einem so kleinen und trostlosen Raum aufs Trommelfell gehen kann. Nicky umarmte Sonnes Kopfkissen, um ihr nicht wehzutun, und nur sein duftender Schädel lehnte sich an ihren Arm.

»Freust du dich, dass ich da bin, Mama?«

»Ja – so – sehr.«

»Ich freu mich auch ganz arg, Mama.«

»Mein – Schatz.«

Sie musste anfangen zu weinen.

Samuel war in der Tür stehen geblieben. Er hatte seine Gitarre dabei, trug sein ewiges Fischermützchen auf dem Haupt und brauchte eine Weile, bis er eintrat und die Tür hinter sich schloss. Er schlurfte in seiner abgerissenen Punkerkluft an der erneut wegdösenden Bettnachbarin vorbei und blieb unbeholfen neben Sonnes Bett stehen, durch und durch ein entlassener Mitarbeiter seiner in Trümmern liegenden Ex-Chefin.

»Hi«, sagte er, ohne sie zu berühren.

»Hi.«

»Samuel hat keine Blumen mitgebracht«, entschuldigte sich Nicky für ihn, »weil er hat gesagt, Blumen sind was für Leichen.«

»Schon – gut.«

Jetzt war der Schweißausbruch da. Sie spürte, wie es aus ihr herausdünstete.

»Keine – Hand?«, fragte sie und hob den rechten Unterarm, an dem keine Katheter störten. Samuel trat vor und legte seine Hand in ihre wie in die Hand einer schwerverletzten, aber huldvollen österreichischen Kaiserin, und sie musste wieder weinen. Aber er hatte keine Ahnung, warum.

»Mama, es ist doch alles gut«, sorgte sich Nicky.

»Ja – alles – gut.«

Sie bat um ein Taschentuch, und Nicky reichte ihr eines herüber. Sie tupfte sich das Gesicht ab, während er fröhlich zu sprudeln begann.

»Ich habe eine Eins in Deutsch, Mama. Und eine Zwei in Geschichte. Wir nehmen gerade Ägypten durch. Bei der komischen Frau Heilmann.«

Er rollte theatralisch mit den Augen, rückte gleichzeitig näher zu ihr. Sein Atem roch nach Kaugummi, den er wahrscheinlich von Samuel bekommen hatte.

»Im alten Ägypten gab es keine Geburtstagsfeiern, stell dir vor. Es feierten nur Pharaonen, aber nur ab dem Tag ihrer Krönung. Dann waren sie Götter und feierten Göttergeburtstage. Aber die Menschengeburtstage und auch die Namen der Menschen wurden ein Leben lang geheim gehalten. Jedenfalls in der Öffentlichkeit. Wenn jemand nämlich den Namen eines anderen kannte, schwups, konnte er ihn verzaubern. So war es ein Zeichen totalen Vertrauens, wenn man Menschen den eigenen Namen sagte. Wenn du gestorben wärst, Mama, und wir wären alle alte Ägypter, dann würde ich vielleicht jetzt erst erfahren, wie du heißt.«

»Wieso – nur – eine – Zwei?«

»Ach, weil ich nicht so viel geschrieben habe wie die Anastasia. Aber die Anastasia ist auch eine Streberin. Und sie ist dick. Und außerdem ist Tante Jana nicht mehr da. Die hat mir immer viel geholfen.«

Die Informationen konnte sie schnell verarbeiten und einordnen, die eine aber schneller als die andere.

»Man – sagt – nicht – dick.«

»Entschuldigung, Mama. Aber sie ist gar nicht so klug, wie sie gut ist.«

»Du – willst – auch – nicht – dass – man – zu – dir – doof – sagt – Schatz.«

»Aber ich bin nicht doof.«

»Sei – nett – zu – Ana – Stasia.«

»Willst du denn gar nicht wissen, warum Tante Jana nicht mehr da ist?«

»Doch – schon.«

»Ich erkläre es der Mama«, warf Samuel ein, der ununterbrochen die von Verbänden und Blutergüssen getüpfelte Gestalt betrachtete, die mit Anmut versuchte, seinem Blick auszuweichen. »Magst du ihr vielleicht noch einen Kaffee von unten holen? Sie will doch bestimmt einen Kaffee?«

Sonne verstand, dass sie einen Kaffee wollen müsste, sagte »Ja« und schwitzte noch stärker.

Als Nicky aus dem Zimmer hinausgeweht war, blieben ihnen vielleicht sechs oder sieben Minuten, um alles zu klären, was geklärt werden musste an diesem Tag. Das war nicht viel Zeit.

Samuel griff sich einen Stuhl und stellte ihn direkt neben Sonne, ohne dass sie ihn ansah. Er setzte sich umständlich. Sie wurde so nervös, dass sie, knapp an ihm vorbeischauend, ihn mit einer Geste um das Atemübungsgerät bat. Er reichte es ihr. Sie begann, in gleichmäßigem Rhythmus hineinzupusten.

»Ich habe ihm nichts gesagt«, begann er vorsichtig.

Sie schloss kurz die Augenlider, langsam wie Bahnschranken, begütigend, so wie Nonnen es tun, die einem Gläubigen sein gottgefälliges Tun danken.

»Aber ich übernachte in deiner Wohnung. Und ich schlafe in deinem Bett. Sonst könnte ich nicht auf ihn aufpassen.«

Wieder das Nonnenhafte ihrer Lider.

»Wir verstehen uns gut. Doch ich werde mich an unsere Vereinbarung halten, Sonne. Du musst dir keine Sorgen machen.«

Sie blinzelte ihm ein »Danke« zu.

»Mit *Sommernachtstraum* ist es schwer gerade. Du hast ja sicher erfahren, was los ist? Dass über Jana und mich Fotos im Umlauf sind? Sehr intime Fotos?«

Sie blinzelte ihm ein »Ja« zu. Gleichzeitig atmete sie tiefer aus und ein.

»Hast du sie gesehen?«

Sie blinzelte ihm ein »Nein« zu.

»Ich habe dir deinen Laptop mitgebracht. Wenn du die Bilder sehen willst, findest du alles im Internet. Aber mir wäre lieber, du würdest sie nicht sehen.«

Sie blinzelte ihm nichts zu. Sie stieß das, was in ihrer Lunge war, in das Gerät und sah, wie sich ein transparentes Fensterchen beschlug. Wie einfach das Lügen doch war. Man musste nur an den richtigen Stellen nicht blinzeln. Selbst Augen können reden oder schweigen. Sie musste es jetzt sagen. Genau in dieser Sekunde.

Sie nahm den blauen Schlauch aus dem Mund.

»Samuel.«

»Ja?«

»Diese – Fotos.«

»Ich weiß. Atme nur weiter, das ist wichtig. Immer da schön reinblasen.«

Er hielt ihr das Latexmundstück an die Lippen. Sie ließ es sich von ihm wieder einführen. Er war so zart, wollte ihr nicht wehtun. Und sie musste schweigen.

»Ich habe Nachforschungen angestellt«, sprach er. »Es ist ziemlich klar, wer das gemacht hat.«

Diesmal ein Flattern der Augenlider.

»Gegenüber die blonde Nazifamilie. Du weißt schon. Die im dritten Stock, mit der Deutschlandfahne auf dem Balkon?«

Sie blickte ihn nur an.

»Er ist Taxifahrer und hat immer eine Kamera auf seinen Fahrten dabei. Hat mir die Frau vom Kiosk erzählt. Knipst Ausländer, die ihm nicht gefallen. Den Dreck in den Straßen. Das Undeutsche. Ist mir klar, dass das nur ein Nazi gemacht haben kann.«

Gerne würde sie jetzt den Kopf wegdrehen. Aber es geht nicht. Dieser Zement an ihrem Hals. Diese Schrauben in ihrer Wirbelsäule. Der Atemtrainer war ihr einziger Schutz.

»Ich werde ihm seinen scheiß vw anzünden. Ich werde ihm jeden Knochen einzeln brechen. Was sind das für Menschen? Kannst du dir vorstellen, nachts Leuten mit einer Kamera aufzulauern beim Vögeln und sie dann mit den Bildern umzubringen?«

Sie musste husten und spuckte den Schlauch aus.

»Oh Gott. Was ist los? Weinst du?«

»Nein.«

»Doch. Du weinst. Dieser ganze Scheiß. Entschuldige.«

»Samuel. – Ich – bin – es.«

»Natürlich bist du es«, verkannte er ihren so unverkennbaren Satz. »Um dich geht es. Du bist am Leben. Das ist so unglaublich. Das ist das Einzige, was zählt. Ich weiß nicht, wie ich mit dir reden soll. Deshalb dieser Quatsch. Ich meine, du hast mich entlassen. Das war unser letztes Gespräch. Eine Entlassung.«

»Ent – schuldige.«

»Nein, schon gut. Ich habe dich angelogen.«

»Nein – ich.«

»Ich muss mich entschuldigen. Es ist, wie es ist. Aber ich habe ja trotzdem erst mal weitergemacht. Schon für Nicky. Ich meine, ich hoffe, das ist okay.«

»Ich – bin – ein – Schwein.«

»Aber jetzt hör doch mal auf.«

»Ein – ein – Arschloch.«

»Das ist ja fürchterlich«, sagte er schockiert. »Hör auf zu weinen. Wenn hier einer ein Arschloch ist, dann bin ich das.«

Es floss aus ihren Augen, wie es bisher nur aus all den Kanülen geflossen war, aus ihrer Blase geflossen war, hinein in den Urinbeutel geflossen war.

Er klingelte nach der Schwester. Thao Bang segelte herein, trällerte: »Oh Lady, don't cry«, und flößte ihr die doppelte Portion Saftilein ein.

Dann kam Nicky zurück, mit der dampfenden Kaffeetasse in der Hand. Der Oberschenkelhalsbruch wachte auf und schaltete den Fernseher an.

Nicky versuchte, Sonne mit Geschichten von den Pharaonen zu beleben. Doch es gelang nicht.

Um die Stimmung zu heben, nahm Samuel seine Gitarre und sang mit Nicky die Hymne.

In der Totenbäckerei

Gibt es manche Meckerei.

Ach.

Sie vermisste Samuel.

Sie vermisste Samuel, obwohl er da war, aber sie vermisste ihn für alle Zukunft, weil die dunkle Schuld zwischen ihnen stand.

Eine riesengroße Kleckerei.

Während Thao Bang und die Bettnachbarin applaudierten, zeigte Sonne keine Reaktion.

»Hast du Mama das gesagt wegen der Tante Jana?«, fragte Nicky.

»Nein, das habe ich noch nicht«, gestand Samuel.

»Dann erzähle ich es«, erklärte Nicky bestimmt.

Er schmiegte sich an seine Mutter und machte ein wichtiges Gesicht. Er sah seinem Vater, der hinter ihm am Tisch saß und selbstvergessen auf der Gitarre zupfte, so ähnlich, dass es wild in ihr arbeitete.

»Also die Tante Jana, die hat mir eigentlich versprochen, dass sie bei mir bleibt. Und sie hat zusammen mit Samuel, den ich nicht mehr Onkel Samuel nennen darf, im Schlafzimmer geschlafen, und ich dachte, sie wäre sehr nett. Aber dann ist sie schon zwei Tage nach deinem Unfall ganz plötzlich gar nicht mehr so nett gewesen. Weil sie war dann nämlich krank. Also sie hat diese schlimmen Kopfschmerzen gehabt wie so häufig. Aber sie hat auch noch mehr gehabt als diese schlimmen Kopfschmerzen. Sie hat den ganzen Tag geheult. Ganz schlimm geheult hat sie. Noch viel schlimmer als ich oder der Samuel. Ich habe ihr auch den guten Tee gemacht und ihr Kakerlake an die Backe gehalten und auch den Käfig mit Vahana ans Bett gebracht, zum Zugucken. Aber nichts hat geholfen. Sie hat geheult und geheult, viel mehr als du jetzt.«

Er unterbrach sich, weil sie ein neues Taschentuch brauchte.

»Erst habe ich gedacht, es ist vielleicht wegen der Fotos, wo man sieht, dass Samuel und Tante Jana nackig sind. Aber es war etwas anderes gewesen. Denn nach ein paar Tagen hat sie gesagt, dass sie verreisen muss. Und dass es ihr sehr leidtut, aber es muss sein. Es wäre was passiert. Und sie hat gesagt, dass sie eine Arbeit auf einem Kreuzfahrtschiff gefunden hat. Ich habe mich natürlich gefragt, was Tante Jana auf einem Kreuzfahrtschiff macht. Denn kochen kann sie ja nicht gut, eigentlich gar nicht. Und sauber machen kann sie auch nicht gut. Und sie ist wirklich ein Schlampinchen. Und Kapitän hat sie auch nicht gelernt. Sie kann nicht mal segeln. Und eigentlich geht sie auch nicht gern ins Freibad. Also eigentlich kann Tante Jana nur nett sein und lustig, wenn sie nicht gerade heult. Aber sie hat gesagt, genau das Nette und Lustige, das macht sie auf dem Kreuzfahrtschiff. Da muss sie jeden Abend auf der Bühne all den reichen Leuten Blondinenwitze erzählen. Sie hat mir dann auch gleich einen erzählt, wo es darum geht, dass sich zwei Blondinen mit Stroh bewerfen, weil sie haben einen Gedankenaustausch.«

Er seufzte, und der Kaffee, den er Sonne gebracht hatte,

war längst kalt. »Also ich verstehe nicht, warum man so in der Art über blonde Frauen sprechen darf, aber nicht über Anastasia. Aber egal. Wenn jedenfalls Tante Jana Angst gehabt hätte wegen der komischen Fotos, dann wäre sie ja nicht auf ein Kreuzfahrtschiff gegangen. Denn auf dem Kreuzfahrtschiff, da wissen doch alle, wie sie sich von Samuel in den Hals beißen lässt. Tante Jana wollte auch Postkarten schicken von unterwegs. Denn sie fährt nach Südamerika, hat sie gesagt. Also ich finde echt gemein, dass sie so schnell weggefahren ist.«

»Schaffst – du – es – denn – alleine – Samuel?«

»Nicky und ich schaffen das zusammen«, sagte er fast munter und stellte die Gitarre weg. »Und ich soll dir von Jana auch sagen, wie leid es ihr tut, dass sie aufbrechen musste.«

Er beugte sich zu dem Rucksack hinunter, der neben dem Tisch stand, öffnete den Reißverschluss und zog einen dicken DIN-A4-Umschlag heraus. Nicky sprang vom Bett auf, holte das Briefkuvert herüber und legte es auf Sonnes Bettdecke ab.

»Das sollen wir dir geben, hat Tante Jana gesagt.«

»Danke – Nicky.«

Sie griff nach dem Umschlag und besah sich das satinierte Papier.

Es war weiß, glatt und unberührt, bis auf die handschriftlichen, in schwarzen Großbuchstaben gefassten Worte:

FÜR SCHNEEWEISSCHEN

VON ROSENROT

42

Der Herr Gevatter lebte einsam in einem Hüttchen, und vor dem Hüttchen war ein Garten, darin standen zwei Rosenbäumchen, davon trug das eine weiße, das andere rote Rosen. Und von zwei der liebenswürdigsten Gebärenden, die er je mit seinem Kahn hatte über den nahen Fluss-ohne-Namen rudern müssen, hatte er sich aus Mitleid ihrer Kinder angenommen, statt sie ebenfalls in den Nebel am anderen Ufer zu geleiten. Sie glichen den beiden Rosenbäumchen, und das eine nannte er Schneeweißchen, das andere Rosenrot.

Sie waren von dem weichherzigen Gevatter so gut und frei aufgezogen worden, dass sie beide wach, klug, unverdrossen, selbstbestimmt, verlässlich und wohlwollend der Welt ins Gesicht schauten. Schneeweißchen war nur stiller, sanfter, aber auch entschlossener als Rosenrot. Sie wich niemals ab von dem, was sie für richtig erachtete. Gerne hielt sie sich an Regeln, und es war ihr wichtig, dass auch im Kleinsten alles seine schöne Ordnung hatte. Sie hatte langes weißes Haar, denn dies war das Kennzeichen der Kinder des Herrn Gevatter, dass sie die Haarfarbe der Greise und der Toten tragen mussten.

Rosenrot hingegen hatte das reine Weiß ihrer Haare schon mit sechs Jahren eingebüßt, als sie mutwillig in dem

Fluss-ohne-Namen zu baden wagte, obwohl es der Gevatter streng verboten hatte. Wie Rost hatten sich ihre Haare gefärbt, obwohl sie nur bis zum Bäuchlein im Wasser gestanden hatte. Fast wäre sie an Atemstillstand gestorben, wenn nicht der Gevatter angerannt gekommen wäre mitsamt seinem Erste-Hilfe-Kasten und all seiner Kenntnis von lebensrettenden Maßnahmen, denen er bei seiner Tätigkeit so oft begegnete, wenn auch nur, um ihr Scheitern zu beobachten.

Rosenrot sprang gerne in den Wiesen und Feldern umher. Sie kletterte auf die höchsten Bäume, um den Blick auf das verbotene Nebelland jenseits des Flusses-ohne-Namen zu erhaschen, immer in der Hoffnung, dass sie etwas durch den dichten Dunst erspähen könnte. Sie war neugieriger als ein Eichhörnchen, suchte Blumen und Kräuter an den entlegensten Stellen und in tiefen Schluchten, sammelte wilde Beeren und wollte später einmal Entdeckerin werden.

Schneeweißchen aber saß gerne daheim beim Herrn Gevatter, ließ sich von ihm in allem unterrichten, was die Menschen für wichtig erachteten, half ihm beim Kochen und Staubsaugen und wollte später auch einmal die Toten über den Fluss bringen, weil sie das für eine gesellschaftlich relevante und vernünftige Aufgabe hielt.

Der Herr Gevatter aber sagte, er würde ihnen ihre Berufe bestimmen, doch noch sei die Zeit nicht reif dafür. Sie aber sollten ihre unbeschwerte Kindheit genießen.

Die beiden Kinder hatten einander so lieb, dass sie sich immer an den Händen fassten, sooft sie zusammen ausgingen. Und so liefen sie auch einmal in der Woche viele Stunden in die weit entfernte Stadt hinter den drei Hügeln, um im Supermarkt all das einzukaufen, was die kleine Familie des Herrn Gevatter zum Leben brauchte.

Wenn Schneeweißchen abends im Bettchen sagte: »Wir wollen uns nicht verlassen«, so antwortete Rosenrot: »Solange wir leben nicht«, und der Herr Gevatter setzte hinzu: »Was das eine hat, soll's mit dem andern teilen.« Und dann legten sie einander die Hand auf die Schulter, und er löschte das Licht und freute sich über seine holden Kindlein.

Oft liefen sie im Walde allein umher, und Rosenrot ging stets voraus, um alles Neue als Erste zu erspähen, während Schneeweißchen hinterdreinschlich und sie beide nach hinten absicherte. Der Herr Gevatter hatte ihnen Pfeil und Bogen geschnitzt und ihnen beigebracht, auf fünfzig Meter Entfernung einen Tannenzapfen zu treffen. Doch dies war nur seiner umfassenden Mütterlichkeit geschuldet, damit sie sich gegen Unholde wohl wehren konnten. Sie taten keinem Tier etwas zuleide, sondern holten für ihre Mahlzeiten stets proteinreiche Tiefkühlware aus der weit entfernten Stadt hinter den drei Hügeln.

So kam die ganze liebe Fauna vertraulich zu ihnen herbei: Das Häschen fraß ein Kohlblatt aus ihren Händen, das Reh äste an ihrer Seite, der Hirsch sprang ganz lustig vorbei, und die Vögel blieben auf den Ästen sitzen und sangen, was sie nur wussten.

Kein Unfall traf sie, und wenn sie sich im Walde verspätet hatten und die Nacht sie überfiel, so legten sie sich nebeneinander auf das Moos und schliefen, bis der Morgen kam. Der Herr Gevatter machte sich dann große Sorgen, aber wusste sie auch durch andere Mächte beschützt.

Einmal, als sie im Walde übernachtet hatten und das

Morgenrot sie aufweckte, da sahen sie ein altes Weiblein in einem weißen, glänzenden Kleidchen neben ihrem Lager sitzen. Es stand auf und blickte sie ganz freundlich an, sprach aber nichts und ging in den blauschwarzen Wald hinein. Und als sie sich umsahen, so hatten sie ganz nahe bei einem Abgrunde geschlafen und wären gewiss hineingefallen, wenn sie in der Dunkelheit nur noch zwei Schritte weitergegangen wären. Der Gevatter aber sagte ihnen, das müsse seine Kollegin aus dem Norden gewesen sein, die ihr Revier gut bewachte.

Schneeweißchen und Rosenrot hielten das Hüttchen des Herrn Gevatter so reinlich, dass es eine Freude war hineinzuschauen. Sie wuschen seine Wäsche dermaßen gewissenhaft, dass sie ihm fast zu hell erschien. Einmal sogar schnupperte ein Selbstmörder, den er in Empfang nahm, an seiner frisch gereinigten Kapuze und lobte den Duft nach Zitronen.

Im Sommer besorgten die Kinder das Haus und stellten dem Alten jeden Morgen, ehe er aufwachte und seinen Dienstplan durchsah, einen Blumenstrauß vors Bett, darin war von jedem Bäumchen eine Rose. An besonders schweren Tagen, wenn er zum Beispiel Mütter mit Kindern aus einem abgestürzten Flugzeug oder Femizidopfer in sein kleines Boot bitten musste, schmierte Rosenrot ihm Marmeladenbrote für unterwegs, die ihn kräftigten und auch seine Seele stärkten. Doch auch sie naschte davon, denn sie war sorgloser als ihr Schwesterlein.

Im Winter zündete Schneeweißchen den alten Gasofen an, wärmte das Badezimmer vor und legte genug Scheite auf den Kamin, dass sich die Flammen wie Gold in den Trinkgläsern spiegelten, die allüberall auf Regalen standen.

Abends, wenn die Flocken fielen, sagte der Herr Gevatter: »Geh, Schneeweißchen, und schieb den Riegel vor, damit niemand mehr eine Überfahrt über den Fluss erheischt bei diesem Sauwetter.«

Und dann setzten sie sich zu dritt an den schönen Tisch neben dem Herd, der Herr Gevatter nahm die Brille und las in einem großen Buch über neue oder interessante Todesarten, und die Mädchen saßen ihm gegenüber und spielten pädagogisch wertvolle Spiele. Neben ihnen lag ein Lämmlein auf dem Boden, das ihnen zugelaufen war, und hinter ihnen auf einer Stange saß ein weißes Täubchen und hatte seinen Kopf unter den Flügel gesteckt.

Bei einer dieser Zusammenkünfte sagte der Herr Gevatter, nun sei es endlich an der Zeit, dass die Kinder eine Tätigkeit erlernten. Er habe beschlossen, dass sie beide stolze Friseurinnen werden sollten.

Schneeweißchen und Rosenrot waren bass erstaunt, da sie nun nicht Entdeckerin die eine oder Gevatterin die andere zu werden versprachen, sondern einer gewöhnlichen Profession nachgehen sollten.

Doch der Herr Gevatter sagte: »Habt keine Sorge, ihr Kinder. Die Menschen messen den Haaren schon seit Jahrtausenden eine besondere Bedeutung bei. So gelten sie als Sitz der Seele, als Symbol körperlicher Stärke und als Quell magischer Macht. Einst haben die alten Helden auf ihren Helmen Haare angebracht, um ihre Feinde in Furcht und Schrecken zu versetzen. Heute erzeugen Punker mit ihrer Haartracht eine ähnliche Wirkung. Und die holde Königin liebt tollhäusige Frisuren über alles, sodass es euch an nichts mangeln wird mit dieser Ausbildung.«

Und der Gevatter schenkte ihnen zwei silberne Haarscheren, eine Trimmschere aus Messing, die sie sich teilen mussten, sowie einige scharfe Messer und feinste Kämme. Schneeweißchen fügte sich tapfer in diesen Plan. Rosenrot aber weinte des Nachts bitterlich in ihrem Bettchen, und beide ahnten, dass ihre Kindheit vorbei war.

Eines Abends, als sie wieder einmal alle traulich beisammensaßen, klopfte jemand an die Türe, als wollte er eingelassen werden. Der Gevatter sprach: »Geschwind, Rosenrot, mach auf, und sage der Kundschaft, dass sie bis morgen drüben im Schuppen warten soll – da nächtigen schon zwei Erdbebenopfer, und es wird noch genug Platz für den Gast sein.«

Rosenrot ging, schob den Riegel zur Seite und fürchtete, es wäre wie neulich ein Mann, der mit abgerissenen Armen vor ihr stand und mit dem Schädel um Einlass gehämmert hatte.

Aber ein solcher war es nicht. Es war ein großer Bär, der seinen dicken schwarzen Kopf zur Türe hereinstreckte. Rosenrot schrie laut auf und sprang zurück. Das Lämmchen blökte, das Täubchen flatterte auf, und Schneeweißchen griff schnell zu seinem Bogen, spannte einen Pfeil in die Sehne und zielte auf das Herz des Bären, wie es seine Art war.

Der Bär aber fing an zu sprechen mit einer tiefen, freundlichen Stimme und sagte: »Fürchtet euch nicht, ich tue euch nichts zuleid. Denn ich bin der Meisterfriseur, und der Herr Gevatter hat mich rufen lassen.«

»Du armer Bär«, sprach der Gevatter, »es tut mir leid,

dass du so garstig empfangen wardst. Lege dich nur erst ans Feuer. Gib aber acht, dass dir dein Pelz nicht brennt.« Dann sagte er: »Schneeweißchen, Rosenrot, habt keine Angst, der Meisterfriseur tut euch nichts, er meint's ehrlich, denn er ist kein Mensch. Er weiß besser umzugehen mit Schere und Kamm als jedwedes andere Tier im ganzen Wald. Ihr werdet viel von ihm lernen.«

Da kamen sie beide heran, und nach und nach näherten sich auch das Lämmchen und Täubchen und hatten keine Furcht vor ihm.

Der Bär aber sprach: »Ihr Kinder, klopft mir erst den Schnee ein wenig aus dem Pelzwerk«, und sie holten den Besen und kehrten dem Bär das Fell rein; er aber streckte sich ans Feuer und brummte ganz vergnügt und behaglich.

Nicht lange, so wurden sie ganz vertraut und trieben Mutwillen mit dem unbeholfenen Gast. Sie zausten ihm das Fell mit den Händen, setzten ihre Füßchen auf seinen Rücken und walgerten ihn hin und her. Oder sie nahmen eine Haselrute und peitschten übermütig auf ihn ein, und wenn er brummte, so lachten sie. Der Bär ließ sich's aber gerne gefallen. Nur wenn sie's gar zu arg trieben, rief er: »Lasst mich am Leben, ihr Kinder. Schneeweißchen, Rosenrot, schlagt nicht euren Meister tot.«

Dann aber zeigte er ihnen, wie sie ihre silbernen und messingfarbenen Scheren zu benutzen hatten. Und sie durften nach Belieben seinen ganzen Pelz zerschneiden und kleine Löckchen in die zotteligen Haare an seinen Hinterläufen drehen.

Als Schlafenszeit war und die anderen zu Bett gingen, sagte der Gevatter zu dem Bären: »Wir danken dir, Meisterfriseur. Du kannst in Gottes Namen da am Herde liegen bleiben, so bist du vor der Kälte und dem bösen Wetter geschützt.«

Sobald der Tag graute, ließen ihn die beiden Kinder hinaus, und er trabte über den Schnee in den Wald hinein.

Von nun an kam der Bär jeden Abend zu der bestimmten Stunde, legte sich an den Herd, erlaubte den Kindern, Kurzweil mit ihm zu treiben, so viel sie wollten. Und danach brachte er ihnen die größten Kunststücke mit der Schere bei. Jedes Mal frisierten sie seinen Pelz, rasierten ihn manchmal kahl mit den scharfen Messern und schäumten ihn ein mit teuren Shampoos.

Doch stets war am nächsten Tag sein Fell wie unberührt, ein wildes Gestrüpp, das sie immer besser und besser in Undercuts oder fransige Bobs mit Pony verwandelten. Und sie waren so gewöhnt an ihn, dass die Türe am Abend nicht eher zugeriegelt ward, als bis der schwarze Gesell angelangt war.

Als das Frühjahr herangekommen und draußen alles grün war, sagte der Bär eines Morgens zu Schneeweißchen: »Nun habt ihr genug gelernt und seid mir in fast allem überlegen. Ich muss jetzt fort und darf den ganzen Sommer nicht wiederkommen.«

»Wo gehst du denn hin, lieber Bär?«, fragte Schneeweißchen.

»Ich muss in den Wald und meine Schätze vor den bösen Zwergen hüten: Im Winter, wenn die Erde hartgefroren ist, müssen sie wohl unten bleiben und können sich nicht durcharbeiten, aber jetzt, wenn die Sonne die Erde aufgetaut und erwärmt hat, da brechen sie durch, steigen herauf, suchen und stehlen; was einmal in ihren Händen ist und in ihren Höhlen liegt, das kommt so leicht nicht wieder an des Tages Licht.«

Schneeweißchen war ganz traurig über den Abschied, und als es ihm die Türe aufriegelte und der Bär hinausdrängte, blieb er an dem Türhaken hängen, und ein Stück seiner Haut riss auf, und da war es Schneeweißchen, als hätte es Gold durchschimmern gesehen. Aber es war seiner Sache nicht gewiss. Der Bär lief eilig fort und war bald hinter den Bäumen verschwunden.

Nach einiger Zeit schickte der Gevatter die Kinder in den Wald, Reisig zu sammeln. Da fanden sie draußen einen großen Baum, der lag vom Gewitter gefällt auf dem Boden, und an dem Stamme sprang zwischen dem Gras etwas auf und ab, sie konnten aber nicht bestimmen, was es war.

Als sie nähertraten, sahen sie einen Zwerg mit einem alten, verwelkten Gesicht und einem ellenlangen, schneeweißen Bart. Das Ende des Bartes war in eine Spalte des Baums eingeklemmt, und der Kleine sprang hin und her wie ein Hündchen an einem Seil und wusste nicht, wie er sich helfen sollte. Er glotzte die Mädchen mit seinen roten feurigen Augen an und schrie: »Was steht ihr da! Könnt ihr nicht herbeigehen und mir Beistand leisten?«

»Was hast du angefangen, kleines Männchen?«, fragte Rosenrot.

»Dumme, neugierige Gans«, antwortete der Zwerg, »den Baum habe ich mir spalten wollen, um kleines Holz in der Küche zu haben; bei den dicken Klötzen verbrennt gleich das bisschen Speise, das unsereiner braucht, der nicht so viel hinunterschlingt als ihr grobes, gieriges Volk. Ich hatte den Keil schon glücklich hineingetrieben, und es wäre alles nach Wunsch gegangen, aber das verwünschte Spaltholz war zu glatt und sprang unversehens heraus, und der Baum fuhr so geschwind zusammen, dass ich meinen schönen weißen Bart nicht mehr herausziehen konnte. Nun steckt er drin, und ich kann nicht fort. Da lachen die albernen glatten Milchgesichter! Pfui, was seid ihr garstig!«

Die Kinder verkniffen sich artig das Lächeln, gaben sich alle Mühe, aber sie konnten den Bart auch mit vereinten Kräften nicht herausziehen, er steckte fest.

»Ich will laufen und Leute herbeiholen«, sagte Schneeweißchen.

»Belämmerte Schafsköpfe«, schnarrte der Zwerg, »wer wird gleich Leute herbeirufen, ihr seid mir schon um zwei zu viel. Fällt euch nichts Besseres ein?«

»Sei nur nicht ungeduldig«, sagte Rosenrot, »ich will schon Rat schaffen«, holte sein silbernes Friseurscherchen aus der Tasche und schnitt das Ende des Bartes aufs Feinste ab.

Sobald der Zwerg sich frei fühlte, schrie er: »Ungehobeltes Volk, schneidet mir ein Stück von meinem stolzen Barte ab. Habt ihr denn einen Spiegel?«

»Freilich«, sagte Rosenrot und gab ihm seinen kleinen Handspiegel.

Er aber besah sich den Schaden und fand ihn nicht ungebührlich.

Er griff nach einem Sack, der zwischen den Wurzeln des Baums steckte und mit Gold gefüllt war, hob ihn heraus und brummte vor sich hin: »Nicht übel geschnitten. Fast wie vom Bär, den der Teufel holen möge. Lohn's euch der Kuckuck!«

Damit schwang er seinen Sack auf den Rücken und ging fort, ohne die Kinder nur noch einmal anzusehen.

Einige Zeit danach wollten Schneeweißchen und Rosenrot im Bache baden gehen. Als sie nahe bei dem Gewässer waren, sahen sie, dass etwas wie eine große Heuschrecke nach dem Wasser zuhüpfte, als wollte es hineinspringen. Sie liefen heran und erkannten den Zwerg.

»Wo willst du hin?«, fragte Rosenrot, »du willst doch nicht ins Wasser?«

»Solch ein Narr bin ich nicht«, schrie der Zwerg, »aber seht ihr nicht? Der verwünschte Fisch will mich hineinziehen!«

Der Kleine hatte dagesessen und geangelt, und unglücklicherweise hatte der Wind seinen Bart mit der Angelschnur verflochten; als gleich darauf ein großer Fisch anbiss, fehlten dem schwachen Geschöpf die Kräfte, ihn herauszuziehen. Der Fisch behielt die Oberhand und riss den Zwerg zu sich hin. Zwar hielt sich dieser an allen Halmen und Binsen, aber das half nicht viel. Er musste den Bewegungen des Fisches folgen und war in beständiger Gefahr, ins Wasser gezogen und ertränkt zu werden.

Die Mädchen kamen zur rechten Zeit, hielten ihn fest und versuchten, den Bart von der Schnur loszumachen, aber vergebens. Bart und Schnur waren fest ineinander verzwirbelt. Es blieb nichts übrig, als das silberne Scherchen hervorzuholen und den Bart kunstvoll abzuschneiden, wobei ein kleiner Teil desselben verloren ging.

Als der Zwerg das sah, schrie er sie an: »Ist das Manier, ihr Gesindel, einem das Gesicht zu schänden? Zeigt her den Spiegel!«

Wieder reichte Rosenrot ihm den Handspiegel. Er begann unvermutet zu lächeln beim Betrachten des Schadens und sagte: »Wohl denn. Ich sehe wohl prächtig aus mit dieser neuen Barttracht. Ihr seid gar brav, und ich kann einem von euch Kindlein vielleicht dereinst eine Stellung verschaffen am Hofe der Holden Königin.«

Dann holte er einen Sack Perlen, der im Schilfe lag, und ohne ein weiteres Wort zu sagen, schleppte er ihn fort und verschwand hinter einem Stein.

Es trug sich zu, dass bald hernach der Gevatter die beiden Mädchen wieder nach der Stadt hinter den drei Hügeln schickte, Zwirn, Nadeln, Schnüre und Klopapier einzukaufen. Der Weg führte sie über eine Heide, auf der hier und da mächtige Felsenstücke verstreut lagen.

Da sahen sie einen großen Vogel in der Luft schweben, der langsam über ihnen kreiste, sich immer tiefer herabsenkte und endlich nicht weit von einem Felsen niederstieß. Gleich darauf hörten sie einen durchdringenden, jämmerlichen Schrei. Sie liefen herzu und sahen mit Schrecken, dass der Vogel ihren alten Bekannten, den Zwerg, an Bart und Schulter gepackt hatte und ihn forttragen wollte.

Die mitleidigen Kinder hielten gleich das Männlein fest und zerrten so lange an dem Raubtier herum, bis er seine Beute fahren ließ.

Als der Zwerg sich von dem ersten Schrecken erholt hatte, schrie er mit seiner kreischenden Stimme: »Konntet ihr nicht säuberlicher mit mir umgehen? Gerissen habt ihr an meinem armen Barte, der nun nur noch ein Strunk ist. Auf keinem Zwergenfeste mehr werde ich mich blicken lassen können, ihr unbeholfenes Pack!«

Da zogen beide Mädchen ihre Scherchen aus den Taschen und verwandelten den übrig gebliebenen Fetzen Haar an seinem Kinn in ein staunenswertes Werk der Frisierkunst.

Als darob der Zwerg in den Handspiegel blickte, blitzten seine Augen entzückt auf, und er sprach: »Potz Blitz, ich will ein Riese sein, wenn das nicht wahrhaft magische Hände sind, die solch eine Fabelei zu zaubern vermögen. Ich werde einer von euch den Zutritt zur Holden Königin schaffen. Denn wisset, auf ihrem Kopfe leben Paradiesvögel in Nestern, und hoch wie ein Baum türmen sich die herrlichen, von Silberfäden durchwirkten Haare Ihrer Majestät. Die besten Hairstylisten des Landes sammelt sie in ihrer Residenz und überschüttet sie mit Gold und Edelsteinen. Sagt, wer von euch will mit mir das Abenteuer bestehen?«

»Nun, lieber Zwerg«, sagte Schneeweißchen, »wir werden nur zu zweit an den Königshof ziehen oder gar nicht. Denn wir haben uns geschworen, uns niemals zu verlassen, unser ganzes Leben nicht.«

»Wohlan«, sagte der Zwerg und rieb sich die Hände, »vielleicht nimmt sie auch zwei von euch, wir werden sehen.«

»Aber nein«, bedauerte Schneeweißchen, »wir müssen uns doch um unseren Herrn Gevatter kümmern, das ist unsere Pflicht.«

Rosenrot nickte traurig.

Der Zwerg aber besah sich die beiden Mädchen genau und sagte ihnen so freundlich, wie er noch nie gesprochen hatte: »Nun denn, das kann ich gut verstehen, und der Kinder Treu ist die schönste Treu auf Erden.«

Als aber kurz darauf Rosenrot wieder einmal alleine durch den Wald streifte und auf einen hohen Baum stieg und sehnsüchtig hinüber ins verbotene Nebelland blickte, wo es vielleicht viele interessante Dinge zu entdecken gab, hörte es unter sich am Boden einen Ast knacken. Als es hinabgestiegen war, sah es schon den Zwerg mit seinem herrlichen Bart warten.

»Seid gegrüßt, Euer Gnaden«, sprach er mit ausgesucht feiner Tonart. »Habt Ihr womöglich Lust, mit mir aufzubrechen und mich an den Königshof zu begleiten?«

»Aber nein, das geht nicht«, rief Rosenrot erschrocken. »Ich muss doch jetzt nach Hause.«

»Papperlapapp. Im Haus des Todes wird kein Glück geschmiedet. Ihr werdet alt und grau dort werden. Und am Ende versenkt der Hausherr seine Kinder, wenn sie greis geworden und ihre Tage gezählt sind, in den Fluten hinter seinem Hüttlein.«

»Ihr glaubt, Schneeweißchen soll dort sterben? Und auch ich?«

»Der Herr Gevatter jedenfalls stirbt nie.«

»Und er hatte schon andere Kindlein vor uns?«

»Gar viele. Denn seit vier oder fünf Jahrhunderten fühlt er sich etwas einsam und braucht stets Gesellschaft, so wie manche Zwerge sich auch einen Maulwurf halten.«

Da fing Rosenrot bitterlich zu weinen an und sagte, so

wolle sie nicht enden. Und sie müsse Schneeweißchen retten und fortgehen.

Und der Zwerg erklärte ihr, das sei ein feiner Plan. Doch zuerst müsse sie Gold und Edelsteine erwerben, damit sie und ihr Schwesterlein würden ohne den Gevatter leben können. Und wenn sie ihm zum Hof der Holden Königin einher folge, könne sie bald in großem Reichtum zurückkehren und alle Glückseligkeit mit ihrem Schwesterlein teilen.

Da dachte Rosenrot: Ach, wollte ich nicht immer schon die große Welt entdecken? Und was ist, wenn Schneeweißchen mir nicht nacheilen möchte? Sie ist doch so bedacht und hört stets auf den Herrn Gevatter. Ich bleibe ja nur kurze Zeit auch fort. Und mit meinem silbernen Scherlein werde ich Reichtümer anhäufen, und Schneeweißchen wird überrascht und glücklich sein, wenn ich alles mit ihr teile. Ach potz, ich werde es tun.

Und so folgte sie hoffnungsvoll dem verschlagenen Zwerg.

Als sie aber in der großen Stadt hinter den drei Hügeln anlangten, verkaufte der Zwerg das Mädchen an die Agenten der Holden Königin, die im ganzen Land nach den besten Friseurinnen und Haarkünstlern fahndeten. Und Rosenrot wurde eingesperrt, damit sie nicht wieder flüchten konnte.

Der gierige Zwerg jedoch bekam als Belohnung zweihundert große Südseeperlen und viel Gold obendrein. Schwer beladen und zufrieden mit sich kehrte er zurück in den Wald.

Derweil steckte man Rosenrot in einen goldenen Käfig,

den man zu einem großen Seehafen verbrachte, auf ein prächtiges Schiff. Sein Rumpf war über und über mit Bernstein beschlagen, und es brauchte zwei Wochen, um die königliche Residenz auf der anderen Seite des Lapislazulimeers zu erreichen.

43

Thao Bang kam ins Krankenzimmer und fragte, ob sie irgendetwas bringen könne. Einen Tee vielleicht. Oder einen Zwieback.

Sonne sah von dem Brief auf und schüttelte den Kopf.

»Everything okay?«, fragte die Pflegerin besorgt, denn sie sah in Sonnes Augen.

»Ja, ja – alles okay.«

»Mama muss nur ein Märchen lesen«, klärte Nicky sie auf, während er weiter in sein Handy starrte. Samuel saß mit dem Rücken zur Tür und zupfte auf der Gitarre die Melodie von *Waltzing Matilda*.

»No no, Mama doesn't have to read a Märchen. Mama is not okay. Mama needs a check and a Saftilein«, sagte Thao Bang bestimmt.

Sie trat mit ihren kleinen Geisterschritten näher, kontrollierte den Abfluss der Infusionen. Sie blies sich die schwarzen Stirnhaare aus den Augen, besah sich kritisch den Urinbeutel und wechselte ihn. Sie strich Salbe auf Sonnes Handrücken und ihre Finger sowie über die Stelle, an der die Augenbrauen ausgerissen waren. Danach drehte sie sie auf die Seite, soweit das die Nackenkrause zuließ. Sie entfernte mit einem Tupfer den Eiter, der aus den noch nicht verheilten Wunden am Schulterblatt quoll, verband sie wieder und spritzte direkt an die Stelle Antibiotikum, obwohl die Patientin schon über die Kanüle damit versorgt wurde.

Schließlich nahm sie den Atemtrainer von Sonnes Nachttisch und sagte ihr: »Don't make you too much Kopfschmerzen.«

Sonne blinzelte bejahend. Nicky und Samuel hatten betreten zur Seite gesehen. Die Schwere der Verletzungen wurde für sie erst erahnbar, als sie deren Versorgung sahen.

Sonne fragte sich, wieso Jana die Mühe auf sich genommen hatte, ihr das bekannte Märchen von Schneeweißchen und Rosenrot aufzuschreiben.

Aber sie ahnte, dass es alles verändern würde.

44

Schneeweißchen brach das Herz, als sie merkte, dass Rosenrot spurlos verschwunden war. Sie weinte Tag und Nacht.

Der Herr Gevatter musste vor Kummer gar vier Tage Sonderurlaub nehmen, was er noch nie getan hatte.

Die Verstorbenen, die über den Fluss-ohne-Namen gerudert werden wollten, kampierten in dieser Zeit im kleinen Garten des Hüttchens wie Flüchtlinge. Und weil sich Menschen auch im Tod nicht ändern, beschwerten sie sich über die schlechte Organisation und verlangten, den Geschäftsführer zu sprechen.

Schneeweißchen befragte alle Tiere, denen sie begegnete. Doch keine Amsel und keine Eidechse hatte irgendetwas erlauscht, und niemand wusste, was Rosenrot zugestoßen war.

Da begab es sich, dass Schneeweißchen so krank vor Trauer wurde, dass der Gevatter meinte, ihm würde nun auch noch das zweite Kind genommen werden. Er musste der dahinsiechenden Kleinen sogar einen Platz in seinem Kahn reservieren.

Zwar genas sie in letzter Sekunde. Doch es fielen ihr alle langen weißen Haare aus und wuchsen nimmermehr. Und die meisten Geschöpfe im Wald erschraken, als sie ihrer ansichtig wurden. Denn kahlen Menschen trauen die behaarten Tiere nicht, weder die Rehlein noch die Hirsche, nicht Fuchs und nicht Kaninchen. Selbst die Ratten mieden sie, und nur die nackthäutigen Regenwürmer und kleinen Schlangen nahmen nicht Reißaus, wenn sie ihr begegneten.

Das Kind verfiel in große Einsamkeit. Und so sagte es dem Gevatter, dass es keine Friseurin mehr sein möge, denn wer wolle von einem glatzköpfigen Mädchen die Haare gerichtet bekommen? Friseurinnen müssten außerdem fröhlich und munter sein und sich die Klagen ihrer Kundinnen über Rückenschmerzen und die Klimaerwärmung anhören, ohne Spuren von Verdruss zu zeigen. Und dazu war sie nicht mehr fähig.

Darüber sann der Gevatter lange nach und sprach schließlich: »Mein armes Kind. Dann höre. Ich werde dich zu meiner Gesellin machen, wie du es wünschst. Du sollst eine gute und zuverlässige Ruderin über den Fluss-ohne-Namen werden, der voller Ungeheuer und furchtbarer Gefahren ist. Und du kannst dafür sorgen, dass die Kundschaft die Überfahrt mit brav gerichteten Haaren antritt, am Kopfe und am Kinn. Dann war deine Ausbildung nicht völlig umsonst.«

Da dankte das Mädchen und fiel vor dem Gevatter auf die Knie. Und so geschah es, dass Schneeweißchen zur Assistentin des Todes wurde, denn das war ihr offizieller Titel, wie er auch in ihrem Lehrbrief stand. Sie war aber so lieblich zu all ihren Passagieren, erklärte ihnen die nötigen Dinge so genau, kämmte und frisierte sie ein letztes Mal aufs Artigste, dass der Gevatter sehr stolz wurde auf sein trauriges Kindlein.

Als es wieder Winter wurde, kam der Bär erneut zu ihnen zu Besuch, um seine Dienste als Meisterfriseur anzubieten. Wie aber erschrak er, als er sah, wie depressiv es im Hüttchen geworden war.

Der Gevatter kümmerte sich nicht mehr um seine berufliche Weiterbildung, las nicht einmal mehr Comics, sondern saß in seinem Schaukelstuhl, starrte Löcher in die Luft und drehte seine knöchernen Daumen, als wäre er irre geworden.

Schneeweißchen wiederum hatte kein Schwesterlein mehr, mit dem es spielen und reden konnte. Und so arbeitete es unablässig, putzte Fenster und kochte Fertiggerichte, um den Schrecken und die Wirrnis vergessen zu können.

Der Bär jedoch, obgleich er viel dichteres Fell hatte als alle anderen Tiere des Waldes, scheute sich nicht, mit dem kahlen, auch sonst gar haarlosen Schneeweißchen freundlich zu verkehren. Und selbst wenn sie ihn nicht mehr kitzeln und walgern wollte wie früher, saßen sie doch gerne beieinander, spielten hin und wieder eine Partie Mühle und sprachen über das, was sie fälschlich Gottes unerforschliche Wege nannten.

Eines Abends im Dezember, der Gevatter und sein Kind hatten soeben den Ofen mit vielen Scheiten befeuert, denn draußen fegte ein Eissturm über das Land, fiel der über und über mit Eiszapfen behängte Bär in die Stube ein und rief aufgeregt: »Ich habe Rosenrot gefunden!«

Da fuhr der Gevatter in die Höhe, und Schneeweißchen tat einen spitzen Schrei und musste sich vor Aufwallung die Hand vor das Mündlein legen.

Der Bär stürzte sofort zum Kamin, weil er stark unterkühlt war. Und noch während er sich dort niederließ und um ihn herum eine Lache aus tauendem Schnee und Eis entstand, erzählte er, dass eine Brieftaube aus der königlichen Residenz ermattet vor seiner Höhle gelandet sei, weil sie in dem Orkan nicht hatte weiterfliegen können.

Als er sie in seine Höhle geladen hatte und nach Neuigkeiten über die Holde Königin befragte, habe sie erwidert: »Ihre Majestät trägt nun einen Kopfschmuck hoch wie die Rialtobrücke in Venedig, voll mit glitzernden Smaragden und bewohnt von winzigen Kobolden, die zarte Weisen spielen. Die neue Hoflieferantin für extravagante Frisurkreationen ist ein junges Mädchen, das sich ›Rosenrot‹ nennt. Und alle Welt liebt Rosenrot, die ein unermesslich reiches und schönes Geschöpf zu sein scheint.«

Da aber merkte Schneeweißchen, dass sie von Rosenrot verraten worden war, und sie sah Kräfte der Vorstellung freigesetzt, die sie in sich nie vermutet hatte. Und diese trübten ihr ganzes Wesen. Denn ihr liebster Mensch auf der Welt hatte ihrer beider heiligen Schwur gebrochen: dass sie einander nicht verlassen, ihr ganzes Leben nicht, und was das eine hat, soll auch das andere haben. Doch stattdessen war Rosenrot die Favoritin der Holden Königin geworden.

Über Nacht verfärbte sich die helle Haut Schneeweißchens in ein mattes Grau, während der Herr Gevatter seine Haut weiterhin schwarz trug. Ihre hellen Augen aber wurden schmal und traten in die Höhlen zurück.

Und sie sagte dem Herrn Gevatter, dass sie nun nicht mehr leben wolle.

Der Alte aber bat sie, nicht aufzugeben und ihn nicht alleine zu lassen. »Bedenke, dass du als meine Gesellin einst auch unsterblich werden wirst, Schneeweißchen.«

Das Mädchen aber wollte davon nichts hören, sondern klagte von seinem unermesslichen Leid.

Daher sprach der Gevatter: »Aber sieh doch, Schneeweißchen: Dies ist das normale Dasein, das dir nun widerfährt. Außerhalb unseres kleinen Idylls ist alles bitter. Denn die Bestimmung des Menschen besteht darin, dass er, von der Hoffnung genarrt, mir in die Arme tanzt. Wenn er die Illusionen erkennt, denen er sich hingab, ist er traurig, und wenn er sich täuschen lässt, ist er auch traurig, zeigt es aber nicht. Denn alle Menschen wissen um die Endlichkeit. Nur die Tiere wissen es nicht. Bis auf die Bären.«

Deshalb war es am Ende nur der Bär und Meisterfriseur, der Tag für Tag aus dem dunklen Wald kam, um Schneeweißchen auf andere Gedanken zu bringen. Selbst als es wieder Frühling wurde, ging der Bär nicht mehr fort, um seine Schätze zu hüten, denn die Zwerge hatten sowieso fast alles von ihm geraubt. Und so blieb er der treueste Freund des armen, verlassenen Schneeweißchens.

Die Jahre gingen ins Land. Schneeweißchen wurde eine trotz ihrer grauen Haut und der fehlenden Haarpracht ansehnliche junge Maid, deren melancholische Schönheit viele Freier anzog. Vorbeikommende Jägersmänner machten ihre Aufwartung. Die jedoch mochte sie nicht, da sie die Tiere totschossen und sogar den Bären erlegen wollten.

Auch der gefährdete Bär begann sich um sie zu bemühen. Und obwohl sie ihn lieb hatte wie kein sterbliches Wesen sonst, blieb er doch ein Bär. Überdies war sie unsicher, ob sie aufgrund ihrer bevorstehenden Unsterblichkeit überhaupt einen Bräutigam wählen sollte, den sie doch in ferner Zukunft mitsamt ihrer gewachsenen Liebe würde ins Boot setzen und über den Fluss-ohne-Namen rudern müssen. Und dies ausgerechnet dem Bären anzutun, der doch ihr einziger Trost, ein wahrhaftiger Freund und der letzte Glaube an die Güte des Schicksals war, schien ihr zu grausam zu sein.

Eines Tages hielt eine goldene Kutsche vor dem Garten des Hüttchens, die einen wohlhabenden Freier versprach. Der Gevatter eilte hinaus, um dem Herrn zu sagen, dass seine Tochter protzige Kutschen gar nicht schätzte, sondern für leeren Tand hielt. Daher möge er das luxuriöse Gespann lieber mitsamt Kutscher auf dem Parkplatz zurücklassen, der eigens unweit vom Hüttchen angelegt worden sei.

Doch dann öffnete sich die Tür der Kabine, und eine Schönheit mit Schleier vor ihrem Gesicht stieg aus, gewandet in rubinroten Sammet. Als endlich die Dame den Schleier lüftete, stand Rosenrot vor dem alten Mann, in vollkommener Grazie. Er war wie vom Donner gerührt. Und da ein Gevatter nicht weinen kann, klapperten alle seine Knochen gleichzeitig, und es klang wie ein Rappeln in der Kiste.

Rosenrot fiel dem guten Alten um den Hals und brach selbst in Tränen aus.

Der Gevatter stakste in das Haus hinein und rief aufgewühlt nach Schneeweißchen.

Diese kam vom Ufer des Flusses-ohne-Namen heraufgerannt. Als sie Rosenrot sah, fiel jedoch ein Schatten vor ihr Gesicht. Denn die Freudlosigkeit ihres Lebens war dem Verrat geschuldet, den Rosenrot einst begangen hatte. Dennoch begrüßte sie ihr Schwesterlein, wie es sich gehört, verjagte den Schatten und zeigte eine Freude, die sie nicht empfand.

Im Hüttchen erklärte Rosenrot ihrer kleinen Familie, dass der böse Zwerg sie einst mit falschen Worten fortgelockt habe und in der Stadt hinter den drei Hügeln gefangen nehmen ließ, um eine Belohnung dafür zu erhalten, dass er eine Meisterfriseurin ausgeliefert hatte. Sie sei mit Gewalt zur Holden Königin gebracht worden und habe dort, um ihr Leben zu retten, den Frisiersalon Ihrer Majestät geleitet. Doch sei sie trotz aller Ehrungen und Gunstbeweise stets unglücklich gewesen. Nichts habe sie sich sehnlicher gewünscht, als zurückzukehren in das Hüttchen ihres kindlichen Glücks, was ihr von höchster Stelle stets verwehrt wurde.

Nun habe die Holde Königin jedoch Furcht vor dem Sterben bekommen, da sie schon alt sei und bereits Moos auf ihrer Haut sprieße. Daher habe sie Rosenrot aus königlicher Gnade erlaubt, ihrer Wege zu ziehen und nach eigener Façon fröhlich zu werden. Dies aber nur unter der Bedingung, dass sie ihr einen Liter frisches Zwergenblut liefere. Die kostbare Substanz brauche die Königin dringend für einen Trank, der ihr die ewige Jugend bewahre.

Der Gevatter und Schneeweißchen erschraken, als sie dies hörten. Daher sprach Rosenrot: »Liebstes Schneeweißchen, liebster Gevatter, ich werde doch niemanden töten.

Aber ich bin hier, um den gemeinen Zwerg, der unser aller Leben vernichtet hat, zu finden, ihn zu binden und an den königlichen Hof zu liefern, so wie er auch mich einst an den Hof geliefert hat. Dort mögen sie ihm seinen Lebenssaft auf welche Art auch immer entziehen. Gelingt mir dies, so bin ich frei und kann für immer hier leben. Ich habe Reichtümer aller Art, sodass wir aus dem Hüttchen einen Palast bauen können. Doch bitte ich euch von Herzen um eure Hilfe.«

Der Gevatter blickte so ernst, wie er noch nie zu seinen Kindlein geschaut hatte.

Dann gab er seine Meinung kund, dass der Zwerg gewiss ein Schuft sei. Daher könne dem Plan seine Berechtigung nicht abgesprochen werden. Ob es jedoch klug sei, ihn auch auszuführen, stehe auf einem anderen Blatt. Selbst das Fangen eines bösen Zwerges werde sich für immer in die Seele Rosenrots einbrennen. Und ob sie dafür die Kraft habe, das könne nur sie selbst wissen. Er sei der Gevatter der Menschen, und für Zwerge fühle er sich nicht zuständig. Und deshalb trete er beiseite. Niemals aber würde er seine Zustimmung dafür geben, das gemütliche alte Hüttchen gegen einen geschmacklosen Palast aus Zement, Glas und Aluminium einzutauschen.

Schneeweißchen, die nie wieder Rosenrots Hand halten, nie wieder neben ihr im Moos einschlafen oder mit ihr im Bächlein baden wollte, pflichtete dem Gevatter bei. Denn als sie noch liebe Kinder gewesen waren, da seien sie durch den Wald gegangen ohne jedes Arg. Alle Tiere hatten mit ihnen Geselligkeit gepflegt. Nun aber nahm jede Kreatur Reißaus, die sie und ihren kahlen Kopf erspähte. Und wenn sich erst einmal im Walde herumspräche, dass Schneeweißchen und Rosenrot Zwergenblut an ihren Händen hätten, dann würden sich selbst die Bäume gegen sie verschwören.

Rosenrot aber hörte diese Entgegnungen mit großem Kummer. Mit leeren Händen durfte sie nicht zurückkehren in die königliche Residenz, da sie dann bis an ihr Lebensende Haarkreationen für die Holde Königin entwerfen müsste. Dies aber in der Gemeinschaft von lauter neidischen, drachengleichen Friseusen zu tun, die alle nur ihren Tod wünschten, um selbst die Position der Hoflieferantin einnehmen zu können, hatte ihr allen Lebensmut vergällt. Niemals wieder wollte sie ihren teuflischen Dienst aufnehmen.

Als sie daher kurz hernach im Wald zufällig dem Bären begegnete, der vor lauter Glück, sie nach so langer Abwesenheit wiederzusehen, einen Bärentanz aufführte, so fing sie vor ihm an zu weinen. Und als er ihr gut zusprach und sie mit seiner weichen Tatze streichelte und erschüttert nach den Gründen ihrer Niedergeschlagenheit fragte, so schilderte sie ihm ihre Not.

Als sie geendet hatte, sprach der Bär: »Die Zwerge sind gar frech und haben mir all meinen Besitz geraubt. Und was du erlitten hast durch die List des Zwerges, ist eine ruchlose Tat.«

Rosenrot schniefte daraufhin und schöpfte ein wenig Hoffnung.

»Wisse aber, Rosenrot, dass der Zwerg mich selbst dereinst verwünscht hat. Ich nämlich habe ihm vor vielen Jahren, als ich noch jung war, den Bart gestutzt. Und als ihm das Ergebnis nicht gefiel, hat er mich vor rasendem Zorn in einen Bären verwandelt. Nur durch den Tod des Zwerges kann ich erlöst werden, mein Bärenkleid verlieren und wieder der wunderschöne Damen- und Herrenfriseur werden, der ich einst war. Darum werde ich dir gerne zu Diensten sein. Den Zwerg aber muss ich erschlagen, denn ich bin von uns beiden das Raubtier. Dann kannst du sein Blut in ein Kännchen füllen und an die Holde Königin schicken. Wir beide aber werden froh sein unser Leben lang.«

Rosenrot umarmte den lieben Bären, und sie entschlossen sich, den Zwerg zu finden, zu binden und ihm den Hals durchzuschneiden.

Der Bär aber erzählte dies Schneeweißchen und bat sie, ihnen beiden zur Seite zu stehen. Denn der Zwerg, so schwach und klein er auch sei, verfüge über große Zauberkräfte, und man müsse ihn sehr schnell überwältigen, bevor er seine langen Zauberflüche beenden könne. Dafür bräuchten sie ihre Hilfe, vor allem ihren Pfeil und Bogen. Sie würden ihm eine Falle stellen, ihn mit einem Säckchen haselnussgroßer Diamanten von Rosenrot auf eine Lichtung locken und ihn zu dritt zu Fall bringen.

Als Schneeweißchen dies hörte, wurde sie von großer Traurigkeit erfüllt. Denn sie sah, dass sich Rosenrot und der Bär gut miteinander ins Benehmen setzten und gemeinsame Pläne schmiedeten. Und sie bekam Angst, dass Rosenrot ihr nun auch noch den einzigen treuen Freund rauben würde, den sie ihr Eigen nannte. Als sie gar hörte, dass der Bär in Wirklichkeit ein verzauberter Friseur sei, so wünschte sie sich, mit ihm als ihrem Liebsten die Jahre zu verbringen bis hin zu seinem Tode. Denn sie ähnelten einander mit ihrer reinen Freude an wunderschönen Haaren. Und er war ein guter Bär und würde ein ebenso guter Mensch sein und konnte obendrein hervorragend Mühle spielen.

Da fasste Schneeweißchen einen Plan und ging alleine in den Wald, um den Zwerg zu suchen. Sie sagte den Eidechsen und Schlangen, die wie stets flink herzukrochen, wenn sie ihrer gewahr wurden, dass sie am Abend des nächsten Vollmonds an der Bucht mit den drei Buchen am Fluss-ohne-Namen auf ihn warten würde. Das sollten sie dem Zwerg in seiner geheimen Erdhöhle zutragen.

Als Schneeweißchen am genannten Treffpunkt und zur bezeichneten Stunde eintraf, sah sie das kleine Männchen wild um ein Feuer tanzen. Sein langer Bart war in die glühenden Scheite geweht worden und brannte hell.

»Was hältst du Maulaffen feil!«, schrie der Zwerg wütend, als er das Mädchen sah. »Hol mir Wasser aus dem Fluss, um den Bart zu löschen. Du bist doch die Gesellin des Todes und darfst in den dunklen Strom ungestraft hineinfassen, ich aber werde dabei sterben.«

Da führte sie das Männlein an den Fluss-ohne-Namen und bespritzte eifrig seinen lodernden Bart, von dem am Ende nur noch ein rauchendes, schwarz verschmurgeltes Gewebe blieb.

»Ach, was bist du doch für ein Vieh«, klagte der Zwerg, »mich hierherzubestellen und zu verwüsten. Wäre ich nicht gekommen, so hätte ich noch den schönsten Bart des Waldes. Los, nimm dein Scherchen, und zaubere etwas Schönes, sonst will ich dich verwünschen.«

Da sprach Schneeweißchen: »Nein, werter Herr, das wäre Unrecht. Aus einer toten Kaulquappe wird kein

Froschkönig, und aus einem verbrannten Haar wächst kein fein geflochtenes Zöpfchen. Ich aber will dir sagen, dass ein Mordanschlag auf dich vorbereitet wird.«

»Ha!«, krähte der Zwerg voll Grimm, »das haben schon viele versucht, denen ich ihre Schätze geraubt habe. Sag mir nur, um wen es sich handelt, und ich werde ihn verdammen. Aber vorher reparierst du meinen armen Bart mit deiner Kunst, sonst wird es dir schlecht ergehen, dummes Ding!«

Da nahm Schneeweißchen ihr silbernes Scherchen aus der Tasche und entgegnete demütig: »Niemals zeigst du auch nur ein wenig Dankbarkeit für all das, was Rosenrot und ich dir erwiesen haben. Immer haben unsere Scherchen dich gerettet. Doch diesmal wird es anders sein.«

Mit diesen Worten stieß ihm Schneeweißchen die scharfe Schere in die Halsschlagader, dass das Blut nur so herausspritzte.

Der tödlich getroffene Zwerg fasste sich ungläubig an die wogende Wunde. Schneeweißchen aber sah ihm ohne Scheu dabei zu, wie er auf die Knie sank. Und sie dachte, dass in diesem Augenblick dem Bären sein Bärenkleid abfiele und ein schöner, golden schimmernder Meisterfriseur auf sie zu Hause warten würde. Und Rosenrot würde auf immerdar an den Hof der Holden Königin zurückkehren, um dort ein fröhliches Luxusleben zu führen. Denn das wünschte sie ihr nun großherzig, und all die Liebe, die Schneeweißchen und Rosenrot als Kinder miteinander verbunden hatte, leuchtete vor ihrem inneren Auge auf.

Der Zwerg jedoch röchelte zu ihren Füßen und stieß hervor: »Dämlicher Fladen einer Kuh! Niemand wird mich überleben. Verflucht habe ich alle! Und so werde ich auch dich ...«

Und mit diesen Worten starb er.

Schneeweißchen fühlte mit einem Mal, wie eine riesige Faust in ihren Gedärmen wühlte. Sie musste sich am Flussstrand übergeben. Auf die Knie gestützt sah sie, wie ihre graue Haut ganz schwarz und immer schwärzer wurde. Eine tiefe Angst erfasste sie. Sie ließ die Leiche des Zwerges liegen und rannte und rannte durch den ganzen finsteren Wald den weiten Weg nach Hause zurück.

Als sie aber völlig außer Atem, dem Zusammenbruch nahe und mit schlagendem Herzen das Hüttchen erreichte, sah sie den Herrn Gevatter. Er saß unter dem roten Rosenbaum, der auf einen Schlag alle seine Blüten verloren hatte. Die roten Blütenblätter bedeckten zwei leblose Gestalten, die sich mit ihren Rücken an den Stamm des Baumes gelehnt hatten und aussahen, als wären sie in ein inniges Gespräch vertieft. Es waren Rosenrot und der Bär. Er trug noch immer sein Fell, da der Tod des Zwerges seine Gestalt nicht hatte verändern können. Und Rosenrots schöne Augen standen offen, waren aber gebrochen.

Als Schneeweißchen vor den Leichen stehen blieb, wandte sich der Gevatter zu ihr um. Immer hatte er ein gleichmäßiges Wesen gehabt. Nun aber schien etwas in ihm zu toben. Er betrachtete Schneeweißchen, die von oben bis unten mit Zwergenblut besprenkelt war. Und erst jetzt bemerkte sie, dass sie die ganze Strecke mit der Schere in der Hand gerannt war, die ihre Faust noch immer umklammerte.

»Ich sehe, Schneeweißchen«, hub der Gevatter mit Grabesstimme an, »dass du heute die Unsterblichkeit erworben hast. Denn deine Haut ist nun so schwarz wie die meine.«

Schneeweißchen blickte mit Schaudern an sich hinunter und sah, dass er recht hatte.

Der Gevatter fuhr fort: »Auch ich habe einst einen Zwerg töten müssen, um in meinen Stand zu wechseln. Denn so gebietet es das Gesetz. Aber bedenke, dass alle räuberischen Zwerge die Menschen, vor denen sie sich fürchten, mit Fluch belegen. Und so sind nun alle tot, denen dein gemeuchelter Zwerg einst Schlimmes zufügte. Nur du hast überlebt, weil du meine liebe Gesellin bist.«

Da aber stürzte das schwarze Schneeweißchen ins grüne Gras und weinte und schrie wie noch nie zuvor in seinem Leben. Der Tod ihrer beiden wertvollsten Gefährten dauerte sie so sehr, dass sie zu explodieren wünschte. Reue ist eine Krankheit. Sie frisst sich durch die Nächte, die Gedanken, die Organe. Was aber wird sie einem Mädchen antun, das in alle Ewigkeiten sich nun der Toten erbarmen und ihnen eine gute Ruderin sein muss?

Schneeweißchen krallte ihre Finger ins Gras. Als sie aber aufschaute, sah sie, dass alle sich erhoben hatten. Der Gevatter stand wie ein schwarzer Schatten vor dem toten Bären und dem toten Rosenrot, die ebenfalls aufgestanden waren, einander ihre Hände gereicht hatten und schon bereit schienen für die Überfahrt. Der Gevatter sah Schneeweißchen an und sagte, dass sie die beiden nun über den Fluss-ohne-Namen bringen müsse, alleine und ohne seine Hilfe. Denn das sei ihre Meisterprüfung.

Da flehte Schneeweißchen den Gevatter an, ihr das nicht

anzutun und ihr den einen und dringlichsten Wunsch zu erfüllen, die beiden wieder ins Leben zurückzuholen. Denn sie wusste, dass der Herr Gevatter dies zu tun imstande war. Auch sie und Rosenrot hatte er einstmalen, als sie frischgeboren aus den Bäuchen ihrer sterbenden Mütter kamen, auf seinem Nachen versteckt und heimlich ins Hüttchen gefahren.

Dem Gevatter tat sein Schneeweißchen von Herzen leid. Er hatte viel Ungemach gesehen in seiner Tätigkeit. Doch noch niemals einen solchen Schmerz.

So seufzte er, überlegte lange und sagte schließlich: »Nun denn, Schneeweißchen. Wenn du bereit bist, auf deine Unsterblichkeit zu verzichten, dann gibt es einen Weg. Aber der ist steinig.«

»Oh bitte, lieber Gevatter, ich will nicht für immer leben und verzichte gerne.«

»Nur einen Menschen darf ich retten im Laufe eines Jahres. Doch stets zu einem hohen Preis. Du darfst dir wählen entweder den tumben Bären oder aber das liebliche, mir auch so teure Rosenrot, um mit ihm hier auf Erden deine Bahn zu ziehen.«

»Aber solch eine Bürde kann ich doch nicht tragen.«

»Du musst. Bedenke auch, dass der, den du verurteilst, ins Nebelland verbracht zu werden, dort keinen leichten Stand mehr haben wird. Zwar weiß ich nicht genau, was ihm geschieht. Doch Freuden wird er keine haben.«

»Um Himmels willen. Es ist unmöglich, eine Wahl zu treffen.«

»Dann kannst du meine Gesellin und Juniormeisterin bleiben. Ich rudere für diesen Fall die beiden gleich hinüber.

Und wir machen uns eine schöne Ewigkeit und holen uns ein neues Kindelein bei nächster Gelegenheit, oder vielleicht zwei, damit wir wieder fröhlich sein können.«

Da erhob Rosenrot ihre Stimme und sagte: »Nein, liebes Schneeweißchen. Bitte wähle den Bär. Du hast ihn doch unendlich lieb. Das weiß ich inzwischen besser als du selbst. Und er hat mir vor wenigen Minuten noch, als wir unter meinem feinen Rosenbäumchen saßen, selbst erklärt, dass er nichts sehnlicher wünscht, als mit dir glücklich und alt zu werden und über verrückte Haartrachten nachzudenken. Wähle den Bär, dann wirst du wieder glücklich sein. Und das Nebelland macht mir keine Angst, denn ich kann so lustig tirilieren und werde alle um den Finger wickeln.«

Der Herr Gevatter widersprach: »Bitte, Schneeweißchen, wähle das liebe Rosenrot. Ihr habt euch doch so gerne. Nie zuvor habe ich zwei Kindlein so zärtlich miteinander umgehen sehen. Der Bär wird dich nur langweilen, denn seine Menschensprache hat der Zwerg ihm auch genommen, sodass er nichts weiter ist als ein brummendes Naschmaul. Mir aber bricht das Herz, wenn du Rosenrot, den Apfel meines Auges, in die ewige Verdammnis schickst. Doch nun ruft die Pflicht. Denn am Ufer wartet schon lange ein Herzinfarkt, und ich habe gewisse Standards.«

Mit diesen Worten drehte sich der Alte zur Seite, eilte fort und verschwand um die Hausecke.

Schneeweißchen aber blieb zurück, betrachtete den verstorbenen Bären, der sie nur stumm und traurig anblickte. Denn in der Tat konnte er nicht mehr sprechen und war nichts weiter als ein zotteliger Allesfresser.

Da legte sich Schneeweißchen auf den Rücken und schaute weinend in den tiefblauen Himmel, in den einige Zweiglein ihres weißen Rosenbäumchens hineinragten. Und sie fragte den Himmel verzweifelt, was sie nur machen sollte.

»Wähle den Bär. Wähle den Bär«, hörte sie Rosenrots so liebevolle Stimme.

Doch sie konnte sich nicht entscheiden, sondern schloss die Augen und zitterte am ganzen Körper.

Und wenn sie nicht gestorben ist, dann zittert sie noch heute.

45

»Was steht denn drin, Mama?«, fragte Nicky.

»Nichts – Schatz.«

Mit einer Hand, in einer unendlich langsamen Bewegung, zog sie sich die Decke über die Brust, als wolle sie sich vor der Lüge in ihrer Stimme schützen.

»Aber Mama, du hast fast eine Stunde gelesen. Da muss doch mehr als nichts drinstehen.«

Sie lag ein paar Sekunden still da. Dann hörte sie, wie sich ihre trockenen Lippen voneinander lösten, und sie atmete dreimal durch den Mund aus und ein, so wie sie es mit dem Lungentrainer immer machte. Es tat gut.

»Nichts – Inte – ressantes.«

»Und wieso steht da ›Für Schneeweißchen‹ drauf? Bist du das Schneeweißchen?«

Sie hatte keine Kraft, darauf zu antworten.

»Und darf ich es denn dann auch mal lesen?«

»Komm, Nicky, lass mal die Mama in Ruhe«, mahnte Samuel, der weit hinten am Tisch saß. »Sie hat viele Schmerzen, und vielleicht sollten wir auch allmählich gehen.«

»Nein – nicht«, sagte Sonne mit eingedickter Stimme.

»Gut. Wir bleiben natürlich auch noch gerne. Sehr gerne. Wir könnten dir noch ein Lied spielen, wenn du magst. Vielleicht was von den Beatles?«

»Lap – top?«

»Dein Laptop? Ja klar. Ich habe ihn mitgebracht.«

Er griff in seinen Rucksack und zog den Computer heraus. Sonne hob die Hand, die Haut glänzte noch von der Salbe, die Thao Bang einmassiert hatte. Ihr Zeigefinger zielte auf den Laptop und krümmte sich mehrmals.

»Willst du ihn wirklich haben? Jetzt? Du siehst sehr kaputt aus.«

»Ha – ben.«

»Okay. Klar. Kommt.«

Er fummelte das Gerät aus der Hülle, stand auf und brachte es Sonne. Er klappte es für sie auf, legte es vorsichtig auf ihren Schoß, sodass sie mit den Fingern die Tastatur erreichen konnte. Sie drückte auf den Einschaltbutton. Samuel sah das Tremolo ihrer Finger.

»Der – Gips – macht – irre.«

»Ja. Aber das Bein wird wieder. Du wirst sehen, wir werden noch zusammen Skifahren lernen, wenn das alles vorbei ist.«

Sie musste es ihm jetzt zeigen. Sonst schaffte sie es nicht mehr. Es musste jetzt sein.

»Oder wir gehen wandern, falls es keinen Schnee mehr gibt. Oder schwimmen. Schwimmen ist sowieso am besten. Schwimmen ist auch gut für die Halswirbel.«

Der Satz mit der Reue stimmt, den Jana geschrieben hat. Reue ist eine Krankheit. Schlimmer als eine gebrochene Wirbelsäule.

»Jedenfalls werden wir tolle Sachen zusammen machen. Oje, du schwitzt total. Deine Stirn ist ganz feucht. Hast du Fieber?«

Das Startmenü öffnete sich. Eine blaue, schimmernde Fläche. Blau wie der Himmel, in den Schneeweißchen starrt, um eine Entscheidung zu fällen.

»Nimm's mir nicht übel, ich bin ein bisschen besorgt, dass du so schwitzt. Soll ich vielleicht die Pflegerin rufen?«

Sie ignorierte die Frage, suchte fieberhaft die Dateien ab, die vor ihr aufmarschierten. Ihre Pupillen verwandelten sich in digitale Sensoren, abgekoppelt von ihrem Gehirn, das gleichzeitig an Folgen dachte. Doch jetzt nicht an Folgen denken, forderte dasselbe Gehirn an anderer Stelle. Und es dauerte. Es dauerte, bis sie merkte, dass die Datei nicht da war. Der Ordner. Er fehlte. Er war gewiss einmal vorhanden gewesen. Und nun nicht mehr. Er war verschwunden.

Ihr Gehirn sprach durcheinander.

»Samuel?«

»Ja?«

»Eine – Datei – fehlt.«

»Eine Datei?«

»Fehlt!«

»Aber das kann ja nicht sein. Nicky, warst du an Mamas Computer?«

»Nö.«

»Ich auch nicht.«

»Ja – na?«, fragte sie.

»Ich weiß es nicht«, antwortete Samuel. »Aber ich glaube, jemand hat dem Krankenhaus die Adresse deiner Ärztin geschickt. Da warst du noch im Koma. Das kann durchaus Jana gewesen sein.«

»Schei – ße.«

»Wieso? Was ist das für eine Datei?«

»Hat – sie – dir – was – geschickt?«

»Nein ich habe keine Datei bekommen. Und keinen Ordner. Wie heißt der denn?«

»Wer?«

»Der Ordner?«

»Zwölfter – Zehnter – Zweitausend – Vierundzwanzig.«

»Nie gehört. Aber ist das nicht das Datum, an dem wir … das Datum eben?«

Sie schwieg. Hätte sie ihren Kopf senken können, hätte sie ihn jetzt gesenkt. So blieben ihr nur die Augen.

Wie war das möglich, der Computer ohne den Ordner?

Oder hatte ihn jemand gelöscht? Eine Barmherzigkeit? Eine unverdiente Gnade? Ein Wunder? Wie im Märchen?

»Kann es nicht sein, dass du dich getäuscht hast, Sonne? Ich meine, du warst mehrere Tage im künstlichen Koma. Da geht einem schon mal was durch die Lappen.«

Ihre Mundschleimhäute zogen sich zusammen. Als wäre Autobatteriesäure unter die Zunge gelaufen. Es konnte nur eine Person geben, die diesen Ordner gelöscht hatte.

Sie öffnete ihr Mailprogramm.

»Das kommt wieder zurück. Es wird eine Weile dauern. Aber dann kommt im Oberstübchen alles wieder zurück.«

»Ja, Mama«, rief Nicky, »du bist immer noch ziemlich klug. Vielleicht nicht mehr so klug wie vorher. Aber keine Idiotin oder so.«

»Nicky!«, wies Samuel ihn zurecht.

»Aber es stimmt. Es gehen Millionen von Gehirnzellen kaputt bei einem Koma. Das weiß doch jeder.«

Sie durchforschte die gesendeten Mails.

Sie fand die Nachricht nicht.

Ein Märchen.

Am meisten überraschte sie, dass die plötzliche Erkenntnis sie nicht daran hinderte, weiterhin gegen Jana Groll zu empfinden.

Ja, der Groll wurde für einen Moment sogar größer, obwohl sie gleichzeitig auch von unendlicher Dankbarkeit durchflutet wurde. Und in einem weiteren Kessel stieg das Schuldgefühl an, was ebenfalls für Energie sorgte.

Aber der Groll schien in einem separaten Kühlkeller untergebracht zu sein, an den die Außentemperaturen nicht herankamen.

Sie beschloss, sich so zu fühlen, als sei nichts geschehen.

In Wirklichkeit muss ich mich nicht verstellen, weil mir nicht in den Kopf will, dass mir so etwas passieren kann und wird: Gutes.

Kann mir so etwas wie Rettung widerfahren? Etwas Wundersames und Überwältigendes? Ausgerechnet?

Ich bin noch nie gerettet worden.

Nicht vor dem Tod meines Vaters.

Nicht vor dem Tod meiner Mutter.

Nicht vor dem Tod von Mubi.

Nicht vor dem Tod von Jana. Denn als Jana mich verriet, ist sie in mir den Höllentod gestorben.

Und auch nicht vor dem Tod von Samuel. Denn du hast mich im Stich gelassen, Samuel. Du warst nicht ehrlich zu mir. Man muss doch ehrlich sein. Das sind doch die Regeln. Warum hält sich denn kein Mensch an Regeln? Sind wir denn alle zu bösen Zwergen geworden?

»Bist du okay, Sonne?«, fragte Samuel.

Das war wieder so eine ungeheuer blöde Frage. Musste er die unbedingt jetzt stellen? Jetzt fange ich natürlich wieder an zu heulen. Zum dritten Mal, seit er hier ist. Ist ja klar.

Tatsache ist: Ich wurde auch nicht vor meinem eigenen Tod gerettet.

Denn einst bin ich ermordet worden.

Doch nun habe ich überlebt.

Gleich zweimal.

»Nicky, hol mal deiner Mama noch ein paar Taschentücher, ja?«

Es stimmt ja, dass er ein Sumoringer ist. Von allen Kampfsportlern der Welt sind Sumoringer nun mal die depressivsten. Sie gucken sich traurig an und warten. Vor allem müssen sie gut beobachten können. Zumindest am melancholischsten sind sie. Und nackt. Und friedlich. Und wahnsinnig höflich. Und es geht nie ums Bluten oder ums Blutenlassen. Es geht nur darum, auf der Matte zu bleiben.

Samuel war wahnsinnig gut darin, auf der Matte zu bleiben. Wenn sie es recht betrachtete, war ihr Dasein seine Matte gewesen. Seine enorme Standfestigkeit, seine Kraft, seine Zähigkeit waren eigentlich alles, was sie von ihm gesehen hatte. Sein Herz hatte sie nie angerührt.

Als er ein einziges Mal nicht treu war, und dabei ist das Wort »treu« völlig unangebracht, viel zu hochgegriffen, hat es ihr den Verstand geraubt, weil es nur bestätigte, was immer wieder geschah: dass sie im Stich gelassen wurde.

Wenn sie als kleines Kind weinen musste, dann hatte ihr Vater immer gesagt, dass sie in die Augenwaschstraße fährt, so wie er immer mit ihr in die Autowaschstraße fuhr. Das war für sie so ein schönes Bild, dass all die rotierenden blauen Bürsten und die pustenden Düsen auch über ihre Hornhaut schrubbten und alles reinigten, was an Schmerz in ihr klebte.

Und so fuhr sie auch jetzt durch die Augenwaschstraße und sah durch den dichten Schleier zu ihm hinüber, bewunderte seinen Geschmack für Mode, insbesondere für Schuhe, der genauso schlecht war wie ihrer, verehrte seinen hässlichen Bart, liebte seinen besorgten Blick auf Nicky, der gar nicht begriff, was gerade passierte, sondern wieder in sein Handy starrte wie all diese bedauernswerten Kinder, die keine Märchen mehr hören wollen.

Samuel trat so nah neben sie, dass sie ihn mit dem Zeigefinger, dem gesalbten, unbeholfen am Hosenbein streicheln konnte.

Er blickte sie an, mit dem Ausdruck mechanischen Erstaunens.

»Du?«, sagte sie.

»Ja?«

»Was – sind – wir?«

»Ich denke, wir sind Freunde, oder?«

»Nein – ehrlich.«

»Also ich meine das ehrlich. Wir sind befreundet. Ich kümmere mich um deinen Nicky. Ich kümmere mich um dich. Du entlässt mich. Du stellst mich wieder ein. Was Freunde eben so machen.«

»Das – ist – nicht – ehrlich.«

»Was willst du hören?«

»Was – sind – wir – für – einander?«

»Wir sind alles Mögliche füreinander. Wir sind einer für den anderen ganz Verschiedenes. Und das werden wir auch weiter sein. Du wirst sehen.«

»Du – lügst.«

»Nein.«

»Du – liebst – mich.«

Nicky blickte auf und setzte ein Gesicht auf, als wäre er bei einem unangenehmen Gespräch dabei.

Samuel wartete, bis sie ruhiger wurde.

»Ja klar liebe ich dich. Wir lieben uns ja alle. Wir lieben vor allem Nicky.«

»Ich – wollte – dir – was – sagen.«

»Was denn?«

»Jetzt – nicht – mehr.«

»Okay.«

»Jetzt – bleibt – es – ein – Geheim – nis.«

»Okay.«

»Für – immer.«

»Okay.«

»Ist – das – schlimm?«

»Nein, ich habe jede Menge Geheimnisse vor dir. Du hast keine Ahnung, was ich für beschissene Ernährungsgewohnheiten habe.«

Nicky brachte nicht mehr einzelne Taschentücher, sondern die ganze Familienpackung mit.

»Danke – Nicky«, sagte Sonne.

Und sie dachte: Ich wähle den Bär.

»Gerne, Mama.«

»Ich – habe – dich – lieb.«

»Ich habe dich auch lieb.«

Ich wähle den Bär.

»Und – ich – glaube – wir – sollten – jetzt – mal – über – ein – anderes – Thema – sprechen.«

»Oh, das war aber ein langer Satz, Mama.«

»Ja.«

»Hast du bei so langen Sätzen Schmerzen?«

»Nein.«

»Über was denn für ein Thema?«

»Deinen – Papa.«

Ich wähle den Bär.

EIN JAHR SPÄTER

46

Es war fast 23 Uhr, als sie ein Jahr später aus dem Theater des Westens traten. Ein feiner Nieselregen hatte eingesetzt. Vor ihnen glänzte die Kantstraße matt, in einem scharf geprägten Muster von Lichtern und Schatten, das dem vorbeizischenden Verkehr in dem Gebräu aus Tempo, Nacht und leichtem Niederschlag Kontur gab. Wie die meisten Menschen, die einen vollgepackten Zuschauersaal verlassen, brauchten sie eine Weile, um zu verstehen, dass der Applaus nicht ihnen gegolten hatte.

»Also ich fand's toll«, sagte Nicky lebhaft.

»Ja, es war wirklich sehr schön«, bestätigte Samuel.

»Vor allem die Stellen, wo sie gesungen hat.«

»An denen sie gesungen hat.«

»Wie bitte?«

»Vor allem die Stellen, an denen sie gesungen hat.«

Nicky lächelte sehr erwachsen über Samuels Belehrung, sagte aber nur: »Ich wusste gar nicht, dass Tante Jana so gut singen kann.«

Samuel zog den Taschenschirm aus der Manteltasche, spannte ihn auf. Er hielt ihn über seinen Sohn und sich selbst, da Sonne dankend den Kopf schüttelte. Sie wollte den Sprühregen im Gesicht spüren. Die feine Gischt. Das verirrte Küstenwetter.

Es waren schmissige Nummern gewesen, musste sie einräumen. Manche rockig. Andere sentimental. Aber als sie am Ende bei der Zugabe aufgestanden war und mitgewippt hatte, waren ihre Schmerzen im Bein zu groß geworden, und sie hatte sich wieder hingesetzt. Selbst der Beifall wurde von ihren Hand- und Armknochen hoch in die Schulter abgelenkt, wo er in die dort immer noch versenkten Titanschrauben fuhr und für ein Gefühl sorgte, das eher unangenehm als peinigend war. Dennoch war sie die Erste im Saal gewesen, die aufgehört hatte zu klatschen.

Sie überquerten alle drei nebeneinander einen Zebrastreifen und liefen in dieser Formation noch zweihundert Meter den Boulevard entlang, um das Restaurant zu finden. Sie humpelte kaum.

Die ganze Zeit über pfiff Nicky einen der Musical-Ohrwürmer, die sich zuvor in ihn hineingebohrt hatten. Er begann, in einige Pfützen zu springen, als wolle er sie zerstampfen. Sie mussten aufpassen, dass er nicht zu übermütig wurde. Er durfte heute zum ersten Mal ohne Helm auf eine Veranstaltung gehen, hatte jedoch gelernt, Menschen und Hunden und vor allem Hundeleinen mit eleganter Leichtigkeit auszuweichen.

Als ein Bus an ihnen vorbeischäumte, flüsterte Samuel Sonne zu: »Wie fühlst du dich?«

Sie sah dem Bus nach, nahm seine Hand und drückte sie zweimal, und er wusste Bescheid.

Gut, dass sie nicht dreimal gedrückt hatte.

Sie betraten das Lokal. Überfüllt. Laut. Alle Tonlagen, aber eher in die Höhe schießend, sehr viel Diskant.

Ein in Schweiß gebadeter Oberkellner begrüßte sie, suchte ihren Namen im Reservierungskalender und ließ sie von einem verhuschten, sich durch die engen Stuhlgassen schlängelnden Tamilen zu ihrem Tisch geleiten.

Es war ein runder Tisch, bedeckt von einer bis zum Boden reichenden Damasttischdecke, der, erkennbar reserviert, in einer Nische stand, so wie sie es sich gewünscht hatten, damit Nicky nicht aus Versehen angerempelt oder von einem betrunkenen Ensemblemitglied niedergewalzt werden würde.

Sie setzten sich. Der große Gastraum lief fast über. Es herrschte Premierenstimmung.

»Meinst du, wir können schon bestellen?«, fragte Sonne unsicher und musste die Stimme heben in dem Lärm.

»Ja klar, sie sagte, es dauert ein bisschen mit der Maske. Und sie muss auch noch ein Interview geben.«

Sonne blickte ihn an, und für eine Sekunde oder zwei lebte sie in der strahlend blauen Welt seiner steinalten Augen, umfangen und zuversichtlich. Dann aber fiel ihr wieder ein, was ihr bevorstand, und sie konzentrierte sich auf die Speisekarte und suchte vor allem Gerichte, in denen keine Fleischfetzen drohten, zwischen ihren Zähnen hängen zu bleiben.

Sie hatten schon mit der Hauptspeise begonnen, als Jana von Mond hereinwehte. Sie hatte sich abgeschminkt, trug ein graues, unauffälliges, dennoch elegantes Nichts unter einem Chanel-Mantel. Sie war gewiss Deutschlands bestangezogener Skandal, selbst wenn sie sich keine Mühe zu geben schien.

Zwei Kellner, die in der Nähe des Tisches Teller aufeinanderstapelten und laut italienisch miteinander redeten, verstummten, als sie an ihnen vorbeiging.

Als sie vor ihrem Tisch stehen blieb, kam einer angehastet, lang und dünn, nahm ihr den Mantel ab und wischte gleichzeitig mit seiner zusammengerollten Serviette unsichtbare Weißbrotkrümel von der Tischdecke, während Jana als Erstes Nicky an ihr Herz drückte, vorsichtig, als wäre er aus Kristall.

»Mein Schatz!«

»Tante Jana!«, jubelte er.

Sie lachte, und sie lachte auch unbefangen, als sie Samuel umarmte, den italienischen Kellner wie Luft behandelnd, aber wie gute Luft.

Als die Reihe an Sonne kam, sahen sich beide mit einer kurzen Scheu an, und Sonne deutete auf ihre Schulter und zog Speichel durch die Zähne, um die Vorsicht anzudeuten, um die sie bei der Umarmung bat. Janas Hände fühlten sich jedoch wie winzige Raupen an.

Dann drehte die Mond sich um und sagte: »Das ist übrigens Ahmed.«

Sie zeigte auf ihren Begleiter, der wundersamerweise vom beflissenen Kellner bisher komplett verdeckt worden war. Ahmed war jung, drahtig, trug ein bis zum schwarzen Brusthaar offen stehendes knallbuntes Louis-Vuitton-Seidenhemd und lächelte versonnen, als lausche er aufmerksam in sich hinein.

Sonne sah an Samuels Blick, dass er genauso schockiert

war wie sie selbst über die nahezu siamesische Ähnlichkeit mit Said, die den jungen Mann auszeichnete.

»Wow, Sie haben doch den Toten gespielt, der so toll tanzt und Klavier spielt!«, rief Nicky begeistert.

»Absolutely«, sagte Ahmed.

»Sie können ja viele Tricks!«

»Absolutely.«

»Können Sie mir auch mal einen zeigen?«

Da nahm Ahmed, vermutlich um sich in Lichtgeschwindigkeit mit Nicky anzufreunden, ein Steakmesser von einem Servierwagen, bat den Jungen, die Hand auf den Tisch zu legen und die Finger zu spreizen. Bevor irgendjemand am Tisch reagieren konnte, hielt er Nickys zartes Handgelenk fest und stach mit einem Affenzahn im Stakkato auf Nickys Hand ein, traf aber nie einen der Finger, sondern nur die Zwischenräume, und durchbohrte so das Tischtuch mehrfach. Der Kellner fand das nicht lustig, und Sonne fiel fast in Ohnmacht vor Entsetzen.

Jana nahm ihrem Geliebten nachsichtig die Waffe aus der Hand und sagte, mit Blick auf Nicky: *»He has hemophilia. Not the best idea to cut his fingers.«*

Ahmed lächelte wieder, etwas blass um die Nase, wie ein Russisch-Roulette-Spieler, der fast, aber nur fast, seine Partie verloren hätte.

Jana klatschte in die Hände, strahlte alle an und sagte: »Wie schön, dass wir uns endlich wiedersehen.« Sie deklamierte es so intensiv, als stünde sie noch auf der Bühne. »Wie lang ist das jetzt her? Ein Jahr?«

Die Erwachsenen nickten matt lächelnd, dankbar für ihre Rastlosigkeit.

»Es war so cool, Tante Jana. So cool!«, schwärmte Nicky sie an. »Und du warst von allen die Krasseste.«

»Ach Quatsch, ich kann das doch gar nicht.«

»Doch ehrlich! Und als du gesungen hast: ›Das Beste ist an Leichen, dass sie einander gleichen‹, da habe ich mich echt weggeschmissen.«

»Weggeschmissen? Sagt man heute schon mit neun ›weggeschmissen‹?«

»Und neben mir haben die Leute getrampelt. Hast du das nicht gehört?«

»Doch, schon. Aber man weiß ja nie, was davon ehrlich gemeint ist. Manchmal trampeln Leute auch nur, weil sie einen wiedererkennen.«

Sonne wartete, bis sich die Woge der Selbstgefälligkeit gelegt hatte, dann sagte sie in sachlichem Ton: »Es ist ein wirklich gut geschriebenes Stück, Jana. Ich kann nur gratulieren.«

»Dass du das sagst, Spätzchen. Unglaublich. Das aus deinem Munde.«

Mit ihren weit aufgerissenen Augen wirkte sie wie durchgedreht. Selbst wenn sie nichts genommen haben sollte, sah sie aus wie früher, dachte Sonne, so als wäre sie auf Kokain und könnte im nächsten Moment aus purer Lebensfreude jemandem die Zähne in die Luftröhre schlagen.

Jana wandte sich an Ahmed und sagte mit radioaktivem Lächeln: *»Sonne is a wonderful writer. She was my first director in school theatre and I killed her career.«*

Er nickte desinteressiert, betrachtete Sonnes reizloses H&M-Kleid, erhob sich und flüsterte etwas in Janas Ohr. Dann trollte er sich an einen vielversprechenderen Tisch.

»Oje, er mag kein Schultheater«, seufzte Jana amüsiert. »Sieht er nicht toll aus von hinten?«

»Mit wem hast du den Stoff denn entwickelt?«, wollte Sonne wissen, oder jedenfalls tat sie so, als wollte sie es wissen.

»Nur mit Monsieur Bordeaux und Madame Café au Lait und ab und zu einem Haschtütchen. Wir haben geschrieben wie die Irren. Drei Monate Isolation am Kap der guten Hoffnungslosigkeit. Das hilft.«

Sonne bemerkte, dass der runde, reservierte Tisch, den sie bisher für nichts anderes als einen runden, reservierten Tisch gehalten hatte, wenn auch einen anstrengenden, sich seit Janas Ankunft in eine Art Planet zu verwandeln schien, der allerlei Asteroiden, Satelliten und auch Weltraummüll in seine Umlaufbahn zog.

Herr Kalmik, in erstaunliche Adidas-Ballonseide gewandet, nachtblau, war ein besonders hell funkelnder Trabant.

»Hallo, Prinzessin.«

»Hallo, Eumel«, kreischte sie.

»Dufte Mucke. Muss ich schon sagen. Vor allem natürlich der Patagonien-Song.«

»Danke, ich bin so berührt«, sagte sie und ließ sich von ihm ein Küsschen auf die Wange drücken.

»Hast mich gut verarscht mit dem Bestatterkönig. Immer mit seinen Sportklamotten der. Und dann komm ich ausgerechnet in der Scheiße hier angewackelt.«

Er zupfte wiehernd an seiner Ballonseide. Eine hochtoupierte Berliner Pflanze zog ihn fort, vermutlich seine Frau. Jana winkte enthusiastisch hinterher.

Tänzerinnen, die wie Pornostars, und Sänger, die wie

Messerwerfer aussahen, drängten sich um sie. Daneben wimmelte es von Drehbuchautorinnen, Produzenten von Morningshows, hippen Promo-Direktorinnen. Sogar ein leibhaftiger Astral-Channeler bot Gratishoroskope an, um jemanden aufzureißen. Die korpulente Kultursenatorin drückte, als ein Pressefotograf wild umherknipste, ihr Kinn fotogen an den Hals wie ein Pelikan. Ihr dehnbarer Hautsack schien voller kleiner Fische zu sein.

»Was für ein ätzendes Inferno«, stöhnte die Mond zwischendurch.

Später schlug sich ein Journalist zu ihr hinüber. Dürr, mit eingesunkener Brust, das Gesicht von einer Hornbrille entstellt und eine Hand knapp über den Eiern, stellte er sich direkt vor Jana auf und krächzte: »Nicht schlecht, aber geht für Sie das Konzept ›Musical trifft Tod‹ wirklich auf?«

Sonne hatte noch nie so viele Sommersprossen auf so weißer Haut gesehen. Eine ganze Milchstraße flog dem Typ über die Wangen, stürzte sich den Gänsehals herunter, verschwand unter einem maulwurffarbenen Weniger-als-H&M-Hemd, wurde an den Handgelenken wieder ausgespuckt und bis zu den letzten insektenhaften Fingergliedern geschleudert.

Jana lächelte freundlich, begann aber, stumm die Sommersprossen des Journalisten zu zählen. Jana hatte schon in der Schule immer was gezählt, wenn sie sich langweilte, erinnerte sich Sonne, meistens die Kalorien, die sie verbrannte.

Irgendwann sagte Samuel zu Nicky: »Schau mal, da drüben sitzt Heidi Klum.«

»Echt?«

»Ja klar«, sagte Jana glühend. »Das ist die Heidi. Geht ruhig rüber, und holt euch ein Auti.«

»Ein Auti?«, fragte Samuel.

»Ein Autogramm.«

»Ein Autogramm heißt Auti?«

»Na ja, man kann ja nicht ›Auto‹ sagen. ›Hol dir mal ein Auto.‹ Das klingt ja absurd.«

»Okay.«

»Oder ›Hol dir mal ein Gramm‹.«

»Klar«, lachte Samuel.

»Na geht schon. Ihr müsst sagen, dass sie eine viel bessere Hauptdarstellerin gewesen wäre als ich. Und dass sie einen tollen Arsch hat. Dann könnt ihr euch vor Autis gar nicht mehr retten.«

Samuel und Nicky verschwanden im dichten Gewühl.

Jana verbarrikadierte die Tischbank mit ihren abgegessenen Tellern, die sie sorgsam übereinander auftürmte. Dann rutschte sie zu Sonne durch, die auf der dunklen Seite des Planeten saß. Jana atmete hörbar ein und aus, als wäre sie kurz vor einem elementaren Zustand der Bedürftigkeit. Sonne roch Janas Körper, roch den dezenten, reifen Geruch einer Klar-über-Vierzigjährigen, die viel Sport machte, aber den herberen, frischeren Geruch einer Zwanzigjährigen nie mehr würde ausdünsten können. Auf ihrer Oberlippe saßen winzige Schweißperlen.

»Du guckst, als wär ich in der Menopause«, sagte Jana quietschig.

»Nein«, wehrte Sonne ertappt ab, »du bist nur plötzlich so nah.«

»Ich muss so nah sein, sonst drängen sich Leute dazu. Nur wenn wir aussehen, als würden wir uns gleich küssen, traut sich keiner her. Na komm.«

Sie legte den Oberarm ostentativ auf die Lehne hinter Sonnes Rücken und rückte noch näher. Sie berührten sich. Auch die Haare, da sie die Köpfe zusammensteckten. Sie saßen da wie einst. Immer schon hatte Sonne Janas Haare geliebt.

»Was hältst du von ihm?«, fragte Jana und zeigte mit dem Champagnerglas auf Ahmed, übermütig wie Kleopatra. Er stand in einer Traube von blutjungen Vampirinnen, die zuvor mit ihm auf der Bühne getanzt hatten. Man sah seine Grübchen über die ganze Distanz. Sonne dachte, gewiss hat er schöne Genitalien. Das ist Jana wichtig.

»Sehr nett und ein bisschen berechnend vielleicht«, mutmaßte Sonne.

»Er ist vierzehn Jahre jünger als ich. Hat eine irre Technik.«

»Beim Tanzen?«

»Bei allem. Ist schon ein irrer Kick, für so was zu entbrennen.«

»Ich gönn's dir.«

»Nur dass er mich so an Said erinnert, macht mich ein bisschen traurig.«

»Das stimmt. Sein Mund ist wie auf diesen Fotos.«

»Ja, aber vor allem die Bewegungen. Vielleicht bewegen sich Araber einfach auch so. Aber sie sind sich schon sehr ähnlich, Said und Said-der-Zweite. Der Mund. Die Augen. Die Höflichkeit. Beide sind Langschläfer. Beide stehen auf Harry Styles. Beide haben kein sehr ausgeprägtes Selbstwertgefühl. Meine Güte, sogar das Sperma schmeckt gleich.«

»Jana!«, rief Sonne entsetzt.

»Was denn?«

»Du bist unmöglich.«

»Hab dich nicht so. Ich habe heute 42-jährigen-und-126-tägigen Geburtstag.«

»Gratuliere.«

»Und ich bin ein bisschen beschwipst. Ich hab Premiere. Ich hab Premiere von einem Musical über die beschissenste Zeit meines Lebens.«

»Das ist schon ganz schön verrückt, die Welt der Bestatter zur Operette zu machen.«

»Also ›Operette‹ darfst du schon mal gar nicht sagen heute Abend. Sonst werden sie dich skalpieren. Wie alt bist du denn? Neunzig?«

»Frau Mutzke hat mir gefallen.«

»Ja klar. Sie hat den besten Song. ›Alle meine Mäuse‹.«

»Ja.«

»Sie hat ihn verdient. Ich denke oft an die Toten.«

»Das ist doch verständlich.«

»Und ich denke oft an Said. Eine Trauer ist verarbeitet, wenn man ohne intensiven Schmerz an den Verstorbenen denken kann, sagt mein Psychiater. Aber ehrlich gesagt, als ich vorhin ›Weine nicht, Hannilein‹ geschmettert habe, musste ich fast abbrechen.«

»Ja, man hat es gemerkt. Es war sehr ergreifend.«

»Ich denke, ich hätte doch was von seiner Asche behalten sollen«, stellte sie betrübt fest. »Es würde mir helfen, wenn ich mit ihm rede, ein Behältnis mit seinen Resten zu sehen. Ich hätte die mit Ying Shu ja teilen können. So wie im Leben.«

»Es tut mir so leid.«

»O Gott. Ich darf echt nicht heulen. Nicht hier. Echt nicht.«

Jana wedelte mit ihrer linken Hand vor ihren Augen herum, die sie nach oben drehte, Richtung 200-Watt-Deckenstrahler, und Sonne sah das drohende Glitzern.

»Soll ich dir ein Wasser holen?«

»Nein, bleib sitzen. Es gibt tausend Wasserholer hier.«

Sie wischte sich über die Augen, setzte ihr fulminantes Lächeln auf, das mit Zähnen, und beugte sich vor. Sie rief eine Frau in rotem Kleid, die ihr den Rücken zugewandt hatte. Als die ihr Fuchsgesicht umwandte, zeigte Jana auf eine leere Wasserflasche und danach auf sich selbst. Der Fuchs verstand, nickte begeistert und machte sich gehorsam auf den Weg.

Jana lehnte sich auf die Bank zurück, ließ den Blick über all die Feiernden schweifen. Ihr Lächeln zog ins Schmerzliche.

»Weißt du, deshalb rede ich von dem ganzen Scheiß, von dem Sperma und so, damit ich nicht sofort wieder zusammenbreche.«

»Immerhin wissen wir jetzt, dass es kein Selbstmord war.«

»Ja, das wissen wir. Es bringt Said nicht zurück, aber das wissen wir.«

Sonne hatte es nur im Internet gelesen. Eine kurze Nachricht unter »Vermischtes« bei *Spiegel-Online*. Es war ein technischer Defekt gewesen. Ein schwarzes Schaf unter einer Million schneeweißer Teslas. Nichts als Pech, eine Laune der Technik. Wie eine Fehlmutation.

Sonne hatte damals Samuel gerufen, und sie hatten es noch mal gemeinsam gelesen und dann für ihre beiden bizarren, unglücklich verunglückten Unglückskunden eine Kerze angezündet. Es gibt immer Gelegenheit für eine letzte Kerze.

Der sommersprossige Journalist mit Hornbrille tauchte vor ihnen auf wie ein Gespenst.

»Darf ich noch einmal stören, Frau von Mond?«, fragte er herablassend.

Sie musterte ihn abwartend. »Was gibt's denn?«

»Könnten wir vielleicht draußen noch ein Glamour-Foto machen? Für die *Gala*?«

»Nein, kein Glamour-Foto.«

»Ich meine ja auch eher ein After-Show-Foto.«

»Kein Glamour-Foto, kein After-Show-Foto, kein Nackt-Foto. Gar kein Foto.«

»Oh.«

»Ja, Ich sitze hier mit meiner Freundin und will einfach nur über den Tod reden, okay?«

»Könnten wir dann vielleicht hier am Tisch ein Foto machen?«

»Sie wollen ein Foto machen, während ich über den Tod rede?«

»Am besten, Sie reden gar nicht. Vielleicht prosten Sie und Ihre Freundin einfach in die Kamera?«

Bevor Jana etwas erwidern konnte, richtete Sonne sich auf, stierte den Mann an und sagte: »Warum gehen Sie nicht einfach?«

»Wer sind Sie denn?«

»Ich bin der Bodyguard.«

»Ja, sie ist meine Agentin«, pflichtete die Mond bei.

»Sitzt Ihre Agentin nicht da hinten?«

»Ja, aber das hier ist die Agentin, die Karate kann.«

»Das stimmt«, bestätigte Sonne, »ich kann Ihnen mit einem Tritt das Sternum brechen.«

»Na gut, dann eben keine Fotos.«

Er zog angewidert ab.

Jana prustete los. Sonne konnte nicht an sich halten. Eine kurze hysterische Welle. Mehr Stressabbau als Fröhlichkeit.

Und dennoch.

Dann kam der Fuchs und brachte das Wasser.

Jana goss zwei Gläser ein.

»Wie läuft es mit Samuel?«

»Gut.«

»Einfach nur gut?«

Sie stürzte das Wasser hinunter und schenkte sich gleich nach.

»Er möchte bestimmt nicht, dass ich über ihn rede.«

»Das verstehe ich.«

»Er ist toll mit Nicky. Und wir … Na ja, ich denke, wir sind nicht nur zum Zeitvertreib zusammen.«

Jana legte plötzlich den Kopf vorsichtig auf der Damasttischdecke ab, als wäre darunter ein Tablett und ihr Kopf das letzte zarte Stück Obst des Abends und ihr Arm, den sie über die ganze Breite der Tischplatte ausstreckte, ein riesiger Apfelstiel.

»Mann, bin ich müde«, flüsterte sie.

Sonne tat das Gleiche wie Jana, kam auch als Apfel mit

Stiel neben ihr zu liegen, ein etwas weniger süßer, weniger polierter Apfel, der es nur zu einer Art Mus bringen würde, nicht zu etwas, das Eva ihrem Adam schenken könnte.

»Danke, Jana«, hauchte sie.

»Bitte.«

»Ich meine, danke dafür, dass du damals …«

»Ich weiß schon, wofür«, unterbrach Jana.

Ihre Lungen hoben und senkten sich im Takt. Sie lagen eng nebeneinander, wie im Landschulheim, oder wie bei Familie Meling am Esstisch, oder wie in der Klasse 11a, weil Frau Bütikofer Hausaufgaben für das Wochenende verteilt hatte.

»Und danke für das Märchen.«

»Ach, Schneeweißchen«, sagte Jana leise. »Liebes, liebes Schneeweißchen.«

Sie konnte auf so vielfältige Weise lächeln – himmlisch, traurig, glitzernd, hinterhältig, vordergründig, klammheimlich, verstohlen, leise. Aber die Art des Lächelns, die ihr jetzt entglitt, kannte Sonne noch gar nicht. Es war sowohl brüchig als auch brunnentief.

Janas Hand am Ende des ausgestreckten Arms griff ihre Hand, die daneben lag. Alle Finger verschränkten sich.

»Ich habe oft an uns gedacht, Spätzchen. An das Leben, das so ganz anders gelaufen wäre, wenn wir uns nicht getroffen hätten. Und irgendwie habe ich das Gefühl, dass es nun fast vorbei ist, jetzt, wo wir uns nicht mehr berühren. Denn wir werden uns nicht mehr berühren. Ich weiß, dass ich dich sehr liebe. Und dennoch kann ich dir niemals verzeihen.«

Jana sprach, als würde sie über ein Reh reden, das im

Raum steht und das man mit einer falschen Bewegung verjagen könnte.

Sonne sah sie nicht an. Sie wusste genau, was sie meinte.

»Ja«, flüsterte sie, »ich kann dir auch nicht verzeihen.«

Jana entzog ihr die Hand, beugte sich über sie und schlang ihr die Arme um den Hals. Sie machte es sanft, sodass die Titanschrauben in der Schulter nichts merkten. Dann drückte sie einen flüchtigen Kuss in Sonnes Haare, richtete sich ruckartig auf. Sie sortierte den Arm, den sie ausgestreckt hatte, rieb an ihm und musste plötzlich lachen, weil er eingeschlafen war. Auch Sonne richtete sich auf.

»He, du machst mir alles nach, du Opfer«, grinste Jana.

»Ja«, bekräftigte Sonne, »und früher war es umgekehrt.«

»Früher ist für den Arsch, Honey. Was zählt, ist jetzt. Ich bin sehr froh, dass ihr heute alle gekommen seid.«

»Ich bin auch froh.«

»Aber jetzt gehe ich mal zu Said-dem-Zweiten.«

»Ja, tu das.«

»Und zu den anderen. Ich will hören, dass ich toll war, dass ich geil getanzt habe, dass ich eine große Musical-Schreiberin bin, eine fantastische Stimme und ein betörendes Gehirn habe. So was sagst du einem ja nicht.«

Sie rutschte aus der Bank heraus, ohne sich noch einmal umzudrehen. Sie verschwand, so wie alle verschwunden waren, mit denen der Abend begonnen hatte.

Sonne blieb allein am Tisch zurück. Sie sank in das weiche Lederpolster ein, das ihren geborstenen Leib warm umfasste. Ihr Schweigen durchdrang sie, wuchs über sie hinaus, wuchs über ihren Kopf wie eine Glocke aus Glas, sodass das Stimmengewirr und das Gläserklirren, in das sich eine weit entfernte Feuerwehrsirene mischte, wie Vogelschwärme zurückwichen. Es war wie an ihrem ersten Urlaub in Massa Marittima. Sie war höchstens vier Jahre alt. Ihr Vater hatte sie in den flachsten Teil des Mittelmeers geschleudert, und sie ließ sich auf den Meeresboden herabsinken, um ihm Angst zu machen, Angst, dass seine liebste Sonne ertrinken könnte. In ihren Ohren hatte es gegluckert und geschwappt, und eine völlig andere Welt war in sie eingedrungen, eine Welt, die sie in der Kinderbadewanne schon einmal gehört hatte, aber doch ganz anders. Und als sie dann die Luft nicht mehr anhalten konnte und nach oben sprang und die Wasseroberfläche durchstieß, da schrie sie vor Vergnügen, und auch ihr Vater schrie vor Vergnügen. Der ganze Strand schien vor Vergnügen zu schreien. Und es war eine solche Seligkeit.

Sie griff zu einem halb leeren Weinglas, das irgendjemandem gehörte, nur nicht ihr, und sie trank einen Schluck des fremden Weins und dachte, wer weiß, wie viel Wein ich noch trinken kann, oder Samuel, oder Nicky, oder jeder hier in diesem Raum, bis die Uhr abgelaufen ist.

Aber Nicky, fiel ihr ein, darf ja noch gar keinen Wein trinken.

Und der Gedanke brachte sie zum Lächeln.

Früher oder später altern wir alle, eigentlich sogar immer, ob wir neun sind oder fünfzig, ob wir 42-jährigen-und-126-tägigen Geburtstag feiern oder wie der Herr Gevatter unser Rosenrot über den Fluss-ohne-Namen rudern.

Wir werden alt. Und das ist keine schlechte Nachricht,

sondern bedeutet genau genommen, dass wir am Leben sind, und das sollte ein Grund zum Feiern sein.

Und Sonne nahm das Glas und rutschte aus der Bank, um Nicky und Samuel zu suchen.

Nachwort

Alle Verhältnisse vergehen wie Rauch. Und natürlich auch fast alle Bücher. Diesem Roman wird das Gleiche blühen, und dennoch wurde er geschrieben, um eine Zeit lang zu überdauern, weil ich so gerne hätte, dass die Erinnerung an die Person, der er gewidmet ist, überdauern möge.

Uta, meine Frau, die vor nicht einmal zwei Jahren gestorben ist, hätte mich bei diesem unbescheidenen Satz mit leichtem Tadel angelächelt. Mit milder Nachsicht. Und überhaupt. Für alle Zumutungen, insbesondere für das Strapazieren ihres Bedürfnisses nach totalem Verzicht auf irgendeine Art von Aufhebens um sie, hielt Uta viele Facetten des Lächelns bereit, und noch am Tag ihres Todes, sogar noch im letzten Moment, bevor sie das Bewusstsein verlor, wählte sie die traurigste Version. Es war ein Ausdruck für Lebens-, aber auch für Sterbensklugheit, wenn es so etwas überhaupt geben kann und nicht einfach nur »Tapferkeit« heißen sollte.

In den Sommermonaten 2024, in denen der vorliegende Roman entstand, begleitete mich Utas finales Lächeln ununterbrochen, trieb mich schließlich auch in diese Geschichte um Tod und Vergänglichkeit, um Abschied und

Liebe hinein, die es, und das ist das Unerträgliche, ohne ihr unerwartetes und tragisches Ende nicht gegeben hätte.

Für die Tatsache, dass Utas tragisches Schicksal der Ausgangspunkt eines recht diesseitigen Vorhabens war (denn alles ist eitel, ganz besonders aber das Schreiben von Romanen), einem Vorhaben, das mich mit Inspiration und Ideen, hin und wieder mit dem, was ich für Humor halte, und sogar mit Spuren von Albernheit flutete, müsste ich eigentlich um Verzeihung bitten. Aber Uta weiß um die Kraft des Trostes, die der Umgestaltung von Schmerz in abstruse Energie innewohnt, und sie glaubte als Künstlerin zutiefst an die Kunst als unabdingbare Atemtherapie, möge sie auch mit noch so großen Sauerstoffmängeln oder gar mit Mittelmäßigkeit daherkommen. Wobei dies nicht ganz stimmt, denn Mittelmäßigkeit mochte sie am wenigsten, weshalb ich hoffe, dass möglichst wenig davon die ernste Sonne und die kapriziöse Mond infiziert haben mag.

Wie schön wäre es, wenn das Wesen Utas, in das ich mich beim Schreiben hineinfallen ließ, um überhaupt durchzuhalten, auf die eine oder andere Weise auch die Leserinnen und Leser dieses Buchs erreichen könnte. Dies wünsche ich mir, denn das kann auf keinen Fall etwas Falsches sein. Daher möge es mir nachgesehen werden, wenn ich zum Abschluss ihr Bild noch einmal auferstehen lasse, in Gestalt des Nachrufs, den ich ihr im November 2023 hinterhersandte:

Uta Schmidt
31.10.1965–14.11.2023

Vor einer Woche ist Uta gestorben, mein bester Freund und die Liebe meines Lebens. Es war kein leichter Tod, denn er kam nicht mit offenem Visier, sondern schlich sich hinterrücks an, wie ein Dieb in der Nacht.

Vor dreißig Jahren, ich war noch Filmstudent, sah ich Uta zum ersten Mal in den Fluren der Deutschen Film- und Fernsehakademie. Die Tür zu einem Schneideraum war offen, und ich blickte hinein. Da stand sie: jung, schmal und in schweren Stiefeln am Steenbeck-Schneidetisch, sah von der Seite auf, kam mit ihrem typisch schlenkernden Schritt und etwas geduckt in einem unnötigen Bogen auf mich zu, weil sie mich mit meinem Kommilitonen Christian Petzold verwechselte, als ich sagte, dass ich der Chris bin.

Sie meinte dann, das sei doch nicht so schlimm.

Selbst damals war sie schon positiv, ein Modewort für Leute, die man mochte. Ich bin eigentlich mein ganzes Leben lang eher negativ gewesen, was sie nicht abschreckte, solange ich sie zum Lachen brachte.

In meinem ersten Liebesbrief hatte ich sie als Apachin angesprochen, da sie so behutsame Füße hatte und so wildes Haar und wache, scheue Augen, die zwar kurzsichtig waren, aber alles um sich herum anzünden konnten mit dieser sanft glühenden Freude am Leben, an der Kunst und am Gegenüber, das sie prinzipiell und bis zum Nachweis des Gegenteils für sturzvernünftig hielt.

Sie grübelte gern, fand Nachdenken am schönsten, wenn es gemeinsam geschah, und redete niemals Unsinn. Edle

Einfalt hat sie daher nicht ausgezeichnet, aber sehr wohl stille Größe.

Obwohl sie eine haltungsstarke, in ihrer fichtennadelstummen inneren Ruhe äußerst wirksame Zauberin war, wollte sie mit ihrer Persönlichkeit niemals große Räume füllen. Räume konnten ihr gar nicht klein genug sein, nicht weil sie Enge, sondern weil sie Nähe suchte, gerade auch in ihrem Beruf. Sie mochte Menschen, und Menschen, mit denen sie die gebrechliche Einrichtung der Welt etwas aufmöbeln konnte, mochte sie doppelt. Bei Gewitter war sie die Höhle, in die man flüchtete. Und bei Sonne war sie die Sonne.

Dass Uta für einige Jahre als eine der besten Filmeditorinnen des Landes galt, fand sie übertrieben. Es strapazierte auch ihr Bedürfnis nach Bescheidenheit.

Sie war eine für das Zweifeln hochbegabte Mahnerin, eine Grundvoraussetzung ihrer Profession, die ja die Entscheidungen des Drehbuchs und der Regie kritisch zu hinterfragen und auch zu korrigieren hat.

Sie konnte auf so wundervolle und zärtliche Weise kritisch sein, ich liebte und erlitt ihre melodiöse Kritik und konnte sie wohl deshalb so unbeschadet ertragen, weil Uta zu niemandem kritischer war als zu sich selbst.

Die Kunst der Auslassung beherrschte sie wie kaum jemand anderes, ließ sich aber auch gerne ein. Auf neue Ideen, andere Vorstellungen, auf Mut und auf britischen Humor, der ihr am besten stand. Am Schnitt mochte sie das Ozeanische der Möglichkeiten. Und sie sah immer Land.

Sie liebte und unterstützte rückhaltlos ihre Regisseure

und Regisseurinnen und konnte ihnen ihre Egos und Schwächen verzeihen, weil sie diese zu Recht als die fürs Filmemachen notwendigen psychischen Defekte sah. Sie fand an Menschen und auch an Filmen nichts unheimlicher als Perfektion.

Glätte war ihr suspekt. Mit Produzenten hatte sie daher manchmal Schwierigkeiten.

Echte Reserve brachte sie häufig TV-Redakteurinnen entgegen, weil ihrer Meinung nach Macht, oder auch nur das Bewusstsein von Macht, im kreativen Prozess oft Sand im Getriebe ist.

Als Editorin war Uta erfolgreich, und wir hatten das große Glück, uns in all den Jahrzehnten unseres Zusammenlebens auch im Künstlerischen blind und sogar taub zu verstehen. Uta erhielt für ihre »meisterliche und musikalische Montage« (Jurybegründung) in unserem Kinofilm *Vier Minuten* den Deutschen Kamerapreis in der Kategorie Schnitt, der ihr zwei Jahre später für unsere Bella-Block-Folge *Reise nach China* erneut verliehen wurde. Für *Vier Minuten* wurde sie außerdem für den Deutschen Filmpreis nominiert, sie erhielt eine Nominierung für den Preis der Deutschen Filmkritik und wurde insgesamt dreimal für den Deutschen Schnittpreis Edimotion nominiert.

All das hat sie gefreut, war ihr aber im Grunde auch gleichgültig, da sie den Wert eines Lebens nicht nach der Anerkennung anderer bemaß.

Jetzt, wo sie gegangen ist, wirken diese Auszeichnungen wie Tand, obwohl sie doch eine geglückte Existenz suggerieren.

Wichtig waren ihr aber nur die Kinder, die sie in die Welt setzte, die Sehnsüchte, die sie trieben, und die unerschütterliche Gewissheit, dass das Universum nicht so kalt und erbarmungslos sein kann, dass nicht doch noch irgendwo ein kleines, gut geheiztes Raumschiff um die Ecke biegt, um damit in unendliche Weiten zu fliegen. Dieses Raumschiff wünsche ich dir, meine Liebste, und auch einen wohltemperierten Stern, auf dem du landen und bei einem guten Kaffee auf mich warten kannst.

Here's looking at you, kid.

Dank

Selten hatte ich als Romanautor solch ein großes Bedürfnis, mich zu bedanken, und noch nie tat ich dies im Namen meiner Frau.

Ihr Bestatter Hendrik Thiele, den sie in ihren letzten Tagen noch kennenlernen wollte, was aber nicht gelang, hat die vorliegende Geschichte erst ermöglicht, zunächst nur dadurch, dass er mir ans Herz wuchs. Utas letzte Reise hätte nicht mit noch wärmerer Zuwendung und mit noch mehr Empathie begleitet werden können als durch ihn. Dass Uta und ich ausgerechnet auf Hendrik trafen (durch Vermittlung von Gioia Raspé, der damit ebenfalls zu danken ist), grenzt an ein Wunder.

Um mich von der Trauer und dem Wahnsinn abzulenken, wollte ich wissen, was Menschen wie Hendrik dazu bringt, sich um die Toten zu kümmern, aber auch um die Hinterbliebenen – diese angeblich Lebenden, die an der Bruchkante ihres plötzlich radikal veränderten Daseins zurückbleiben, ohne sich überhaupt noch wie Lebende zu fühlen. Aus langen Gesprächen ist der Stoff zu diesem Roman entstanden, und für das Vertrauen kann ich Hendrik nur aus tiefster Seele danken, wobei der Dank für all das, was er für Uta tat, durch nichts zu steigern ist.

Die Kolleginnen Hendriks, Leo Ritz und Natalie Waschk

von *Junimond Bestattungen*, haben das Unterfangen mit weitem Herzen toleriert, und für diese Großzügigkeit danke ich sehr. Allen Menschen, die Uta die letzte Ehre erwiesen, gilt meine tiefe Verbundenheit.

Die Schauspielerin Hannah Herzsprung rief mich im Juni 2024 an und fragte, in den Echoraum meiner Trauer hinein, ob ich, gewissermaßen zur Zerstreuung, ein Drehbuch schreiben könne für sie und ihre Kollegin Karoline Schuch, welcher Art auch immer. Es entstand zwar kein Drehbuch, aber auf Grundlage all dessen, was ich von Hendrik erfahren hatte, der vorliegende Roman über zwei Bestatterinnen und ihre fatale Freundschaft. Wenn es je eine Verfilmung geben sollte, dann ist die Besetzung so was von geklärt. Wie sehr danke ich Hannah für diesen Anruf, und dass sie den Roman auch zu einem Hörbuch veredelt hat, ist Grund zu äußerster Freude.

Myrna Maakaron hat schließlich einen beträchtlichen Anteil am Entstehen des Buches, weil sie mir Briefe und Ratschläge bot, oft beides in einem, und ihre treue Freundschaft.

Großer Dank gebührt erneut dem Verlag Diogenes, seinem Verleger Philipp Keel und all den anderen Diogenesinnen und Diogenesen, ganz besonders meiner unendlich geduldigen Lektorin Silvia Zanovello, die mit Akribie, Klugheit und Leidenschaft das Manuskript verbessert hat, ohne sich darauf auch nur das Geringste einzubilden. Ich danke Henriette Kuch für das Kopfzermartern, wie man die Medien in heutigen Zeiten für Geschichten wie diese interessieren kann, und Melanie Kollbrunner für das Organisieren der Lesetour. Dank auch an Martha Schoknecht, die mit der Regisseurin Sabine Buss das Buch von Hannah einlesen ließ.

Meiner Agentin Rebekka Göpfert danke ich für ihr unerschütterliches Vertrauen, Clara von Berlepsch für ihre dramaturgischen Ratschläge und den Filmproduzenten Martin Danisch und David Hadda für ihren Zuspruch. Katja Pirlich hat das Buch auf medizinische Ungenauigkeiten hin überprüft, was erhebliche Fehler verhindern konnte – falls noch welche erkennbar sind, trage alleine ich die Verantwortung.

Ole Sveinsson ging zu den richtigen Zeiten mit mir spazieren und bestärkte mich darin, das Buch in der Art zu schreiben, wie es nun geschrieben wurde. Auch Kristian Thees liebt Spaziergänge, und er steuerte auf selbigen zwei kleine Anekdoten bei, wofür ich herzlich danke. Roland Horn hat mir über das Sterben seines Vaters berichtet, und sein letztes Foto dieses beeindruckenden Mannes begleitete mich innerlich bei der Arbeit an diesem Buch. Heike Melba Fendel danke ich für ihre Großzügigkeit und ihre Bereitschaft, mich über alle Maßen zu unterstützen.

Weiterer Dank gebührt Uschi Keil, Patricia Barona und natürlich Thea Kraus. Manche Menschen haben einfach durch unerwartete Bestärkung auf eine Art, von der sie gar nicht wissen, zum Entstehen dieses Buches beigetragen, wozu Jaco und Lasse Schmidt, Matthias Pirlich, Maria Caridia, Ed Herzog, Natalia Gallina, Christian Herzig und Oliver Kispert gehören. Auch ihnen danke ich sehr.

Um ein Buch zu schreiben, braucht es neben persönlicher Unterstützung und Hilfe auch Anregung. In dem Sommer seines Entstehens haben mich Texte u. a. von Judith Hermann, Chris Oyler, Ottessa Moshfegh, Douglas Coupland, Nick Hornby, Françoise Cactus, Bernd Cailloux und Hanif Kureishi in den Roman inspirierend begleitet, wofür ich sehr dankbar bin.

Ingomar von Kieseritzkys hochironisches *Buch der Desaster* hat aus satirischen Gründen einige exotische Bestattungsrituale aus dem rassistisch grundierten Werk von John Koty, *Die Behandlung der Alten und Kranken bei den Naturvölkern,* von 1923 übernommen, die hier ebenfalls angeführt werden.

Der syrisch-palästinensische Pianist Aeham Ahmad hat mich vor einiger Zeit zu einem Kinofilm inspiriert *(15 Jahre)* und auch diesem Roman die Anregung zu einer wichtigen Figur gegeben. Ich danke ihm und dem S. Fischer Verlag für die Genehmigung, eine Episode aus seiner Autobiografie *Und die Vögel werden singen* (Frankfurt am Main 2017) als Vorlage für das Kapitel über Saids Erfahrungen in Damaskus nutzen zu dürfen.

Die wunderbare und viel zu früh verstorbene Françoise Cactus hat in ihrem Roman *Autobigophonie* (Martin Schmitz Verlag, Berlin 1996) einst über die Hirnhälften von »Rechts- und Linkswixern« nachgedacht, was mich bis heute so entzückt, dass ihre Überlegung in diesem Buch Eingang gefunden hat. Für die freundliche Genehmigung ist dem Martin Schmitz Verlag zu danken.

Eine gewisse Rolle in dem Roman spielen drei Märchen, die ich mir aus verschiedenen Quellen zugänglich machte und für den Roman zum Teil erheblich veränderte.

Bruno Bettelheim *(Kinder brauchen Märchen),* der zu einer zumindest indirekten Figur dieses Buches geworden ist, ist die Entscheidung für das Grimm'sche Märchen *Schneeweißchen und Rosenrot* zu danken, das nicht nur seinen Titel, sondern trotz aller dichterischen Freiheiten die dramaturgische Struktur behalten hat. Eugen Drewermann *(Rapunzel, Rapunzel, lass dein Haar herunter. Grimms Märchen tiefenpsychologisch gedeutet)* und Rudolf Meyer *(Die Weisheit der Deutschen Volksmärchen)* verdanke ich weitere Anregungen zu diesem Werk.

Die Fabel *Max im Grab* stammt ebenfalls von den Brüdern Grimm und heißt im Original *Der arme Junge im Grab.* Im Gegensatz zu *Schneeweißchen und Rosenrot* ist diese Geschichte bis heute so gut wie unbekannt geblieben.

Das dritte Märchen *Die Frau und das Gebirge* ist eigentlich keins. Zu der Idee hat mich *Das Buch der Trauer – Wege aus Verlust und Schmerz* des Psychoanalytikers Jorge Bucay gebracht. Der Mediziner hat mit dieser hochalpinen Allegorie der einfachen, aber wahren Erkenntnis ein Bild gegeben, dass Leben oft gleichbedeutend damit ist, das loszulassen, was uns einmal gerettet hat.

Den Unterschied zwischen Optimismus und Hoffnung, der einerseits fein, andererseits gravierend und außerdem leicht durch die Songs *Let it be* und *Imagine* illustrierbar ist, habe ich nirgends so gut wie von Rabbi Yonason Goldson erklärt bekommen, und zwar in einer YouTube-Diskussion.

Das Lied von Rolf Zuckowski *In der Weihnachtsbäckerei* hat, wenn auch verändert, in diesem Buch Spuren hinterlassen. Parodie ist nur eine andere Form der Verehrung, und für das freundliche Verständnis bedanke ich mich herzlich.

Schließlich muss Eminems *Song Without me* (aus dem Album: *The Eminem Show,* 2002) erwähnt werden, im Grunde ein Spottgedicht auf die amerikanische Musikindustrie. Einige Originalzeilen des Textes haben Eingang in den Roman gefunden (S. 33).

Mein letzter Dank gilt dem Germanisten, Kunsthistoriker, Philosophen und Psychoanalytiker Bruno Bettelheim persönlich, über dessen Märchenforschung ich während meines vergeblichen und am Ende erfolgreich abgebrochenen Germanistikstudiums Ende der 1980er-Jahre an der Universität Mannheim ein Seminar besuchte, das nun erst 35 Jahre später zu Buche schlägt. Bettelheims Grunderkenntnis mag schlicht klingen, ist mir aber wichtig und existenziell genug, um sie zum Kernsatz des vorliegenden Romans zu erheben, einem Satz, der in den derzeit brüchigen Zeitläuften eine besondere Melancholie auszulösen vermag:

»Wenn wir nicht einfach in den Tag hineinleben wollen, sondern uns unserer Existenz ganz bewusst werden möchten, dann ist es unsere schwerste Aufgabe und unsere größte, in unserem Leben einen Sinn zu finden.«